繁梦漫天的季节

FANMENG MANTIAN DE JIJIE

齐凯文 ｜著｜

中国言实出版社

图书在版编目（CIP）数据

繁梦漫天的季节 / 齐凯文著. -- 北京：中国言实
出版社，2024.4
ISBN 978-7-5171-4814-2

Ⅰ.①繁… Ⅱ.①齐… Ⅲ.①长篇小说—中国—当代
Ⅳ.① I247.5

中国国家版本馆 CIP 数据核字（2024）第 085857 号

繁梦漫天的季节

责任编辑：郭江妮
责任校对：薛　磊

出版发行：中国言实出版社
　　　　　地　　址：北京市朝阳区北苑路 180 号加利大厦 5 号楼 105 室
　　　　　邮　　编：100101
　　　　　编辑部：北京市海淀区花园北路 35 号院 9 号楼 302 室
　　　　　邮　　编：100083
　　　　　电　　话：010-64924853（总编室）　010-64924716（发行部）
　　　　　网　　址：www.zgyscbs.cn　电子邮箱：zgyscbs@263.net

经　　销：新华书店
印　　刷：北京盛通印刷股份有限公司
版　　次：2024 年 12 月第 1 版　2024 年 12 月第 1 次印刷
规　　格：710 毫米 ×1000 毫米　1/16　35.75 印张
字　　数：758 千字

定　　价：68.00 元
书　　号：ISBN 978-7-5171-4814-2

目　录

第二卷　迷途的羔羊·················· 127

熊熊燃烧的炉火可能会蒙蔽人的双眼，也可能使人在烈火中获得涅槃。

第三卷　各自的道路·················· 223

在最后的时间里，一个又一个选择逐渐勾勒出了未来的模样。

第四卷　烂漫的青春 ······················· 383

青春的意义，就在于从不完美的经历中重新认识自己，为继续前行增添勇气。

第一卷　隐藏的心情

在朝夕相处之后，在坦诚以待之前，一切有关友情与爱情的秘密都被悄悄隐藏起来。

只是冤家路窄没有儿女情长

短暂而美好的寒假生活结束了。伴着凛冽的寒风，莘莘学子带着心中对寒假的不舍和对新学期的期待回到了熟悉的校园。

一位金色头发的少年正向着班级走去，他低头玩着手机，风儿呼啸地吹过他的耳边，好像一首迎接他上学的欢迎曲。

"嘿！壮壮！看什么呢？"

一个活泼的声音伴着微风传入金发少年的耳中。少年循声望去，一位扎着紫色双马尾的姑娘正笑着和他打招呼，她的眼睛眯成一条缝，有些调皮地看着少年。

"我已经是高中生了，不要天天叫我的乳名好不好？"

少年收起手机，假装生气地看着姑娘。

"我可是你的青梅竹马，所以叫你的乳名是我的特权哦！"

姑娘突然睁开了她水汪汪的大眼睛，圆圆的脸凑到少年跟前，一脸认真地说道。

"是吗？可是我不认识你啊！"

少年装作满不在乎地丢下这句话，加快了自己的脚步。

"喂！你小子等等我啊！"

姑娘顶着气鼓鼓的脸追了上去。

说话间，他们来到了高一七班的教室门口，那是他们共同所在的班级。走在前面先打开教室门的少年名叫温笃行，是一位乐观开朗的阳光男孩，过去的整个高一上学期都在班里充当大家的开心果，总是能给班里的同学们带来心情的愉悦。

因为温笃行丢下自己先走而一直生气到现在的姑娘名叫柳依依，是温笃行的小学同班同学，尽管他们后来去了不同的初中，但他们却意外地同时考上了秋阳大学附属中学，并都来到了人文实验班。每次温笃行惹她生气的时候她都要用手掌劈温笃行的头。

"温笃行同学！"

柳依依脸色突然一沉，语气阴沉地说：

"一路上都不理我，我想你应该已经做好准备了吧？！"

说着，她开始活动起她的手腕，她的骨头也被她自己弄得咔咔作响，接着，她闭上眼，深吸了一口气，又突然怒目圆睁，厉声喝道：

"天——"

"你先请吧。"

温笃行突然转过身来，笑眯眯地看着柳依依，说着还做了一个请的手势。

"天……天知道你脑子里整天都在想些什么？！"

柳依依红着脸说道。她太过惊讶以至于忘记收回停在半空中本来要敲温笃行的手掌。

"当然是因为爸爸我选择包容你的小调皮呀。"

温笃行调侃地回答。接着，他趁柳依依不注意的时候抓住柳依依的手，将她悬在半空中的手放了下来。

"啪！"

随着一声脆响，温笃行的脸上多了一个红红的手印。

"你真是个大笨蛋！难怪一直没有女朋友！"

柳依依直视着温笃行，愤怒中带着一丝羞赧。

"就是因为你这只'母老虎'天天在我旁边，所以才浪费了我这迷倒众生的英俊面孔！"

177厘米的温笃行一步跨到柳依依身前，仗着自己比柳依依高出7厘米的优势低着头俯视她，试图在气势上先声夺人。

"你想和我打架吗？"

身形娇小的柳依依气鼓鼓地挽起袖子，对温笃行怒目而视，做出要大干一场的架势。

"我不想和你打架，因为伤在你身，痛在我心。"

温笃行带着笑丢下这句令人意外的话，径直走进教室。

温笃行刚进班，就迎面碰上了正急忙往外跑的孟霖铃。

"笃行真是的！"

孟霖铃抱怨道：

"开学第一天你就把小依惹毛了，看你之后的日子怎么过？"

"如果我的生活里没有那个小霸王我应该会过得更好吧！"

温笃行高傲地抬起头，倔强地说道。

孟霖铃白了温笃行一眼，出去安慰柳依依去了。

温笃行坐到位子上开始整理书本，不一会儿，就听见外面传来了柳依依响亮的吼声：

"温笃行！我要和你一决雌雄！"

"省省吧！我敬你是条汉子！"

温笃行不服输地对着教室门口吼道。

此时，温笃行才注意到班里同学的目光已经齐刷刷地看向了自己，他赶忙低下头收拾起自己的东西来。

"哎，你老是欺负人家柳依依干什么？"

温笃行转过头去，看见坐在他身后的金泽明板着脸，浓密的眉毛都挤在了一起。

"又和柳依依闹别扭了吗？"

说话的人是刚刚来到温笃行旁边的徐远洋，一个左眼下方有颗泪痣的男生。

温笃行低下去的头上下晃动了一下。

"等一会儿你不如去安慰一下小依吧。"

徐远洋提议道。

温笃行看了看徐远洋，又看了看此时已经回到座位上一脸阴沉的柳依依，冲徐远洋点了点头。

这时，新学期的第一次上课铃声打响了。

"好了好了，新学期的兴奋劲儿差不多该过了啊，都回到座位上去。"

一个沉稳厚重的声音从门口的方向传来。一位眼神冷峻、西装革履的青年人从教室门口缓步走上讲台，讲台上方的灯照在他层次分明的发型上，一片雪白。这位青年教师就是目前高一七班人文实验班的班主任赵从理老师，教授数学。

赵从理老师清了清嗓子，说道：

"今天第一节是班会，咱们主要讨论一下下个礼拜二将要举行的高一篮球联赛的人员安排问题。我们的校风还是比较保守的，所以这次的篮球联赛主要面向高一年级的男同学……男女混合比赛经校领导讨论后觉得有伤风化，所以这次女生不能上场，但啦啦队还是可以有的。"

柳依依听到这里，原本充满无限期待的眼神逐渐暗淡下去。

"那么，有谁想当咱们班篮球队的队长吗？"

"我！"

赵从理老师话音未落，温笃行已经高高地举起了手。

"我好像之前没怎么看你在课间打过球啊。"

赵从理老师挠挠头，说。

"对啊，所以我要当啦啦队队长。"

温笃行的话引得班里哄堂大笑。

赵从理老师擦了擦汗，问：

"你是认真的吗？"

"对啊。"

温笃行尽量用听起来比较天真的语气回答道。

"那我很认真地跟你说——'不行。'"

赵从理老师带着僵硬的笑容回答道。

在众人的笑声中，金泽明无奈地摇了摇头，举手道：

"赵老师，我想当篮球队队长。"

"金泽明同学平常经常打篮球，我觉得挺好的，那就你来吧。"

赵从理老师僵硬的笑容逐渐自然起来。

"可是，赵老师……"

金泽明问道：

"咱们班算上我在内只有温笃行、徐远洋、朱龙治四个人，这次篮球赛好像要求最少有五个人上场。"

"这个你倒不用担心。"

赵从理老师说：

"明天会有一位外国学生转到咱们班，正好是个男生，到时候人数就够了……咱们还有几分钟下课啊？"

"二十五分钟。"

同学们回答道。

"很好，那剩下的时间你们写几道立体几何题吧，把学案翻到第二十三页……"

赵从理老师话还没说完，温笃行赶忙问道：

"可是老师，咱们下一节就是数学课啊！"

"对啊，你现在写几道立体几何题咱们下节课就有得讲了。"

温笃行听到这里，头就耷拉了下去。

下课后，温笃行来到了柳依依的座位旁边，此时，柳依依正一言不发地趴在桌子上。温笃行在她耳边轻声说道：

"那个……刚才是我不好，原谅我吧。"

柳依依没有回答。

温笃行耐心地在她身边站了一分钟，听到了她若有若无的鼾声，那是精致睡眠的体现。

"喂！你的神经到底是有多大条啊！"

温笃行怒气冲冲地在柳依依身边吼道。

"你敢打扰老娘的美容觉！胆儿肥了你！"

被搅了好梦的柳依依感受到了很大的起床气，两个人又吵了起来。

"他俩还挺甜的嘛。"

孟霖铃在他们不远处偷笑着说。

"那是因为你太闲了！"

温笃行和柳依依同时对孟霖铃喊道，孟霖铃被噎住了话，唯有报以苦笑。

事实的真相有时也会让人意想不到

早上 7：29 分，秋大附中校门口。

"完蛋了！ 7：30 的大限将至，迟到了迟到了！要被赵老师查水表了！"

温笃行一个箭步窜进了校门，向着教学楼飞驰而去，他嘴里叼着的面包也随着他飞驰的脚步一上一下地晃动着。

只听"砰"的一声，温笃行迎面撞上了一个壮汉的后背，他一下子摔倒在地，嘴里的面包也随之掉在了地上。

"你不要紧吧？"

一个雄浑的声音传入温笃行耳中，温笃行抬头一看，一位皮肤白皙，鼻梁高挺，有着淡蓝色瞳孔的少年正关切地望着他，眼中满是担心。因为温笃行坐在地上，所以这位本就身材魁梧的少年在他的眼中显得格外高大。

"大哥，对不起！是我太不小心了！"

尽管对方的语气十分柔和，但温笃行自知有错在先，不论如何，在此情况下，道歉应该是个正确的选择。

"哪里，你不必放在心上。"

望着展现出极强求生欲的温笃行，对方报以理解性的微笑。

对方拉起了坐在地上的温笃行，温笃行掸了掸裤子上的灰，赶忙向对方道谢。

温笃行捡起地上的面包扔进了垃圾桶，随后，他下意识地掏出手机一看，显示时间已经 7：35 了。

"我现在感觉有些透心凉，心在飞扬！"

温笃行语气绝望地说。

早上 7：41，高一七班教室外。

"温笃行，你把这种校园恋爱轻喜剧的标准开场作为你迟到的借口，而且对方还是个男生？……我是说彪形大汉，说实话很难令人信服。"

赵从理老师扶着额头，有些无奈地看着温笃行。

"我也知道这很难令人信服，但我说的都是真的……话说，老师平时还追动漫看校园恋爱轻喜剧？"

"我就偶尔看看……"

赵从理老师不好意思地挠挠头。

"等会儿，这不是问题的重点吧？！你都迟到了能不能保持严肃？"

赵从理老师板起脸孔，问道。

"好。"

温笃行说出这个字时差点儿笑出声儿来，但他已经尽了最大的努力在克制自己。

"虽然你上个学期就没几天是按时到学校的，但那时的你好歹很诚实，每次都跟我保证下次一定不会迟到了。没想到你现在终于学会说谎了。"

正在温笃行因为赵老师的话丈二和尚摸不着头脑的时候，周围的地面突然剧烈震动起来。

温笃行转过头去，一位身形魁梧的蓝瞳少年映入他的眼帘。

"就是他！"

温笃行指着那名少年喊道。

赵从理老师顺着温笃行手指的方向望去，只见一位彪形大汉正扶着膝盖气喘吁吁。

"你就是新来的转学生彼得罗切夫斯基吧？"

赵从理老师上下打量他一番后，问道。

"对……请问……您就是高一七班的班主任赵从理老师吗？"

彼得罗切夫斯基上气不接下气地问。

"没错。"

赵从理老师点了点头道：

"我们班的规矩是要求 7 : 30 准时到校，你已经迟到快二十分钟了，希望你下次要按时到校。"

"非常抱歉。"

彼得罗切夫斯基不好意思地说。

"行了，先进班吧。"

赵从理老师示意彼得罗切夫斯基先进班。

"温笃行，你给我留下。"

赵从理老师叫住了正准备要溜进班的温笃行。

"老师，我……"

温笃行有些慌了。

赵从理老师没有理会温笃行的不知所措，他靠近温笃行，小声问道：

"你觉得那个转学生能有 190 厘米高吗？"

"啊？"

面对赵从理老师突如其来的询问，温笃行显得有些意外。

"我觉得应该没有那么高吧？"

温笃行想了想，说。

赵从理老师胸有成竹，似乎对自己的判断充满了自信。

"打个赌吗？"

温笃行自信地问。

"哈哈哈，年轻人，有勇气是好事儿，但鲁莽是不可取的。"

赵从理老师靠在门边的墙边笑了笑，说。

早上8：00，高一七班教室内。

"各位同学好，我是彼得罗切夫斯基，父称阿列克谢耶维奇，来自俄罗斯。我们俄罗斯人的名字比较复杂，你们就直接叫我彼得就可以了。"

彼得站在讲台上，语气平淡地说，脸上还挂着礼貌性的微笑。虽然彼得在言谈中表现出了很强的亲和力，但他的身高客观上对整个班级形成了强大的压迫感，此时彼得正站在讲台上，使得这一威慑更加突显。

"彼得，我有问题想问你！"

彼得的自我介绍刚刚结束，温笃行就迫不及待地举起手来。

听到这里，赵从理老师再次扶着额头，露出一副苦恼的神情。

"请说吧。"

在得到彼得的同意后，温笃行站起身来，说道："我是温笃行，身高177cm，请问你有多高呢？"

温笃行问出这个问题时，本就寂静的班级变得愈发沉默，只有彼得爽朗的笑声回荡在安静的空气中。

无视班里同学诧异的目光，温笃行直视着彼得的眼睛，问道。

"我前两天量的，正好190厘米。"

"真的吗？！"

"当然。"

温笃行像泄了气的皮球一般低下头去，赵从理老师则得意地看着温笃行。

"金泽明的后面还有一个空位，彼得，你就坐在那里吧。"

赵从理老师指着金泽明身后的空位对彼得说。

下课后，金泽明转过头跟彼得打了个招呼："你好，我是金泽明，七班班长，很高兴认识你！"

彼得对金泽明的打招呼报以习惯性的微笑。

金泽明顿了顿，答道：

"恕我冒昧，请问你对打篮球感兴趣吗？"

"篮球是男人的浪漫！"

彼得兴奋地喊道，此举引来了班中同学的纷纷侧目。

"在女生多的文科班里做这种发言是很危险的哦，彼得。"

温笃行不知何时来到彼得身边，边说边冲他比了一个"嘘"的手势。

"那你要不要加入我们班的篮球队，作为队员参加下礼拜二的高一年级篮球联赛呢？"

金泽明接过彼得的话头，兴致勃勃地问。

"没问题！我爱篮球！"

彼得充满激情的回答再度引来了班里的瞩目，没人理会的温笃行则站在一边幽怨地看着他俩。

"太好了，彼得！你是我们全村的希望！"

金泽明握着彼得的手开心地说。

"全村？"

彼得的脸上浮现出疑惑的神色。

"啊，你就是全班的希望，表示你对我们很重要的意思。"

金泽明解释道。

接着，金泽明把篮球队里的男生都叫到了跟前，从位斗里掏出一个小本子，宣布道：

"现在我们开始分配每个人在球场上的位置。第一个是温笃行。"

"第一个就是我吗？没想到你还是挺重视我的嘛！"

温笃行笑嘻嘻地说。

"你作为咱们队的大前锋，负责抢篮板、防守和卡位，这个位置活动量还挺大的，最近要注意多运动。"

金泽明没有理会温笃行得意的笑容，自顾自地解释起来。

"没想到我会被分配到这么重要的位置上？谢谢领导的关心，组织的栽培！"

温笃行半开玩笑地说。

"别这么客气，大前锋虽然任务很多，但不以得分为主，我觉得这个位置很适合你。"

金泽明揶揄道。

"你还是这么不可爱啊？！"

温笃行有些不高兴地说。

金泽明开始继续分配任务。

"下一个是彼得，你作为中锋进行篮下防守，严控对方的进球数。"

"交给我吧！"

"朱龙治，你是体育生，又在学校篮球队里担任主力，这次安排你作为小前锋，灵活打内线。"

"我知道了。"

"徐远洋，你十分灵活，因此安排你为控球后卫，负责抢断传球。"

"好。"

"你该不会是看徐仔身高只有171厘米才说人家是灵活的吧？"

面对温笃行的质疑，金泽明站起身合上小本子敲了一下他的头，继续说道：

"最后是我，金泽明，这次作为得分后卫，主要在外线得分。以上。"

金泽明合上了本子，颇有剑士收刀入鞘的骄傲，他似乎对自己的人事安排充满信心。

"哎，小依，你不觉得金泽明指挥若定的样子很帅吗？"

此时，坐在金泽明左前方的孟霖铃小声对身边正在享用加餐的柳依依说道：

柳依依叼着自己的黄瓜卷摇了摇头，她咽下黄瓜卷后问道：

"原来你喜欢这种类型的男生呀？"

"才不是呢，只是觉得有一点点帅而已。"

孟霖铃说着，笑得十分温柔。

过去的朋友也能带来新的快乐

"嘿嘿，我要这个！"

这天放学后，在 6 - 12 便利店内，赵从理老师指着冰柜里的雪糕愉快地说。

"世界上哪有要求学生请客的老师啊？"

温笃行双手抱头，嘟着嘴抱怨道。

赵从理老师从冰柜里拿出了一根雪糕，满意地说道：

"所谓的愿赌服输就是这么一回事。教师是一项既教书又育人的工作，如果学生有尝试赌博的苗头，就一定要尽可能扼杀在萌芽状态。"

"老师你是不是事先知道彼得的身高才来和我打赌的？"

温笃行用怀疑的语气问道。

"你怎么这样凭空污蔑人的清白？"

赵从理老师无辜地看着他。

"什么清白？我前天亲眼见你受了八班颜丽华老师的不少气，不吭声儿！"

温笃行用奇怪的语调调侃道。

"谦让不能算受气……谦让，读书人的事儿，能算受气吗？正所谓宰相肚里能撑船，只是未到伤心处。"

赵从理老师边说着，边即兴挥舞着手里还未开封的雪糕。

"感觉你说的话好难懂啊。"

温笃行假装糊涂地说。

"别装傻了，老师十年前上高中的时候也学过《孔乙己》。"

赵从理老师颇为得意地说。

"hello，温笃行，没想到在这儿碰上你了！"

温笃行循声看去，一个梳着侧分的白发少年出现在他面前。

"董晓峰？你是来这儿买晚饭的吗？"

温笃行显得有些意外。

"是啊，我要用行动反抗学校不合理的饮食制度。"

董晓峰笑着说。

"我记得你是理科八班颜丽华老师的学生吧？"

赵从理老师问道。

"赵老师好，我是董晓峰，我和妹妹董晓倩都就读于八班。"

董晓峰和赵从理老师打了个招呼，做起了自我介绍。

"今天晓倩没跟你一块儿过来？她初中的时候不是老跟在咱们身边吗？"

温笃行问道。

"晓倩和她们班的章凤仪去学校后边的梦悦城吃饭了，我和章凤仪也不熟，就自己跑来便利店买饭了。"

董晓峰答道。

"阿诺，你先把我的雪糕结个账好不好？"

赵从理老师凑近温笃行，在他旁边小声提醒道。

"章凤仪？就是你们班那个身材娇小的女孩？我记得她初中时好像是孟霖铃的闺蜜？"

温笃行好奇地问。

"……好像是吧？"

董晓峰略微思索后，回答道。

"我说，雪糕已经快要化掉了……"

赵从理老师再次在旁边提醒，但却被沉浸在久违的聊天中的温笃行和董晓峰再度无视了。

赵从理老师嘟着嘴不情愿地掏出手机扫码支付了买雪糕的钱，离开了便利店。

"温笃行！都已经几点钟了？你怎么还在这儿闲聊啊！"

温笃行和董晓峰正聊得起劲儿，金泽明突然出现在便利店门口。

看着满脸怒气的金泽明，温笃行先是一愣，然后突然想起来今天放学后是篮球队集训的时间。

"抱歉啊，晓峰。"

温笃行难为情地挠挠头：

"今天是我们人文战队为下礼拜的篮球联赛做准备的日子，咱们下次再聊吧。"

"不要随便给班里的篮球队起这么奇怪的名字好不好？"

金泽明微笑地警告他。

董晓峰一把拉过温笃行，在他耳边悄声问：

"你真的要上场吗？"

"对啊。"

温笃行答道，语气中流露出一丝骄傲。

"那你要小心点儿啊。"

董晓峰友善地提醒道。

"不过就是打个球而已，又不是打群架，应该不至于那么危险吧？哈哈哈哈……"

温笃行故作轻松地说。

董晓峰直接反问道：

"你知道对于我们班男生而言，打篮球和打群架的区别在哪儿吗？"

"不……不知道……"

温笃行的语气中明显产生了一丝恐惧。

"打篮球的目的是为了赢球，打群架的目的是为了报仇，其他方面就差不多了。"

董晓峰留下这句耸人听闻的话后就去挑便当了。

温笃行冒着冷汗转身对金泽明说：

"那个……我有一句话不知当讲不当讲。"

"不当讲。"

金泽明一边拒绝，一边头也不回地拽着温笃行的袖子往便利店外面走。

到了店外，温笃行才发现大家都在等他。

"既然各位都到齐了，那我们就要启程去梦悦城了！"

金泽明手指着梦悦城的方向，说道。

"等会儿！维特！我们为什么要去梦悦城呢？"

温笃行不解地问。

金泽明耐心地解释道：

"每天放学那些初中小孩占场占得特别快，我估计他们一天作业挺少的。咱们没地方训练，只好去梦悦城了。"

"你说啥？"

温笃行还是不明白去一个每层不是卖衣服就是餐厅的梦悦城怎么练球。

温笃行又看向众人，众人也露出疑惑不解的神色。

"总之，跟我走就对了。"

金泽明说着，就头也不回地走了，大家连忙紧随其后。

到了梦悦城八层后，众人走进了游戏厅，很快就看到了角落里的篮球机。

"大哥。"

温笃行冲金泽明竖起了大拇指，赞叹道：

"你真幽默。"

金泽明吐了吐舌头，从兜里掏出了不知何时兑换的游戏币，将其中一部分分给其他人，随后就自顾自地玩儿起了投篮。

众人很快放下了最初的怀疑，沉浸在了投篮的乐趣中。站在一旁对篮球并不感兴趣的温笃行顿时觉得百无聊赖起来。

"我来陪你吧。"

刚刚还在一旁观战的徐远洋看出了温笃行的寂寞，于是他来到温笃行的旁边，和温笃行闲聊起来。

"呼！好热啊！"

玩儿到一半，彼得十分过瘾，准备脱掉自己的上衣。

"彼得，冷静点儿。"

朱龙治在旁边提醒道：

"你这个行为违背公序良俗啊，不够文明。"

"哦，不好意思，我是太兴奋了。"

彼得不好意思地把衣服又穿了回去。

"哎，你看见了吗？"

温笃行悄悄地问徐远洋。

"看见什么了？"

徐远洋不解地问道。

"当然是彼得的八块腹肌啊！我天，第一次看见活生生的八块腹肌。"

温笃行显得有些激动。

徐远洋对此报以苦笑。

闲谈间，温笃行四处张望，正好看见了不远处的董晓倩，一位有着飘逸白色长发的姑娘，两边的刘海沿着两颊的轮廓垂下，两只大眼睛在刘海中若隐若现，更显得楚楚动人。

"哎，那不是董晓倩吗！"

董晓倩一眼就看见了和徐远洋站在一起的温笃行，又旋即低下头去。

董晓倩旁边还有一位一头金色自来卷的少女，身形娇小。虽然温笃行从未与她交谈过，但他知道那位少女就是孟霖铃和董晓倩不同时期的闺蜜——章凤仪。

"你认识那个男生吗？"

章凤仪询问董晓倩道。

"认识。"

董晓倩低着头小声答道。

章凤仪看看董晓倩，又看看温笃行，有些紧张地在董晓倩耳边问道：

"那个男生该不会是在纠缠你吧？"

"啊？没有没有！"

董晓倩急忙抬起头否认道：

"他是我初中时候的好朋友，我和哥哥以前常跟他一起玩儿。"

章凤仪闻言一笑，跑到温笃行跟前，双手握拳托着下巴，颇感兴趣地说：

"我叫章凤仪，是晓倩的朋友。我听说你也是晓倩的朋友，很高兴认识你！"

温笃行先是一愣，然后笑眯眯地说：

"我是温笃行，和董晓情从初中开始就是朋友了。"

温笃行向后一看，看到徐远洋有些局促，于是补充道：

"这是我的朋友徐远洋。"

章凤仪和徐远洋互相打了招呼，温笃行上前把手放在董晓情头上，关心地说：

"最近都没怎么见到你，过得还好吗？"

董晓情"嗯"了一声，两颊早已通红。

"太好了，你初中的时候话不多，常常跟在我和你哥身后，我还担心你上高中以后不愿意和其他人做朋友呢。"

温笃行说着，喜悦之情溢于言表。

"我有你和哥哥就很开心了。"

董晓情喃喃自语道，但还是没有抬头看温笃行，不过温笃行并没有听清董晓情在说什么。温笃行拿开了放在董晓情头上的手，担心地问：

"怎么了？你不舒服吗？"

"没有！"

董晓情抬起头，睁着大眼睛直勾勾地看着温笃行。

二人相互对视了一下，董晓情马上又把头低了下去。

"看来你今天似乎有些累了，早点儿回去休息吧。"

温笃行用极其温柔的语气说道。

温笃行与董晓情和章凤仪道别后，徐远洋好奇地问：

"我以前很少见你这样，今天的你似乎特别温柔。"

温笃行笑了笑，回答道：

"晓情从初中起就总是爱哭鼻子，一开始我也挺不耐烦的，但次数多了就对她越来越好了。人毕竟是会成长的。"

徐远洋听完后若有所思地点了点头。

而此时，一个疑惑逐渐在温笃行的心中萌发起来：

董晓情会不会是真的喜欢我呢。

这个念头刹那间在温笃行的脑海中闪现，又随着徐远洋开启下一个话题而被温笃行很快忽略了。

开始的时候总是蕴含着无限可能

时间来到了高一年级篮球联赛当天。

中午，温笃行和金泽明、徐远洋、柳依依、孟霖铃坐在一起吃午饭。

温笃行常常坐在桌子的尽头，一般情况下，他的左右手分别是柳依依和孟霖铃，柳依依的旁边是徐远洋，孟霖铃的旁边是金泽明。

"哎呀呀。"

温笃行端着餐盘在自己的位置上坐定后就开始大发感慨：

"每天中午往这儿一坐，就有一种老板给公司开会的感觉，真是太爽了。"

"拉倒吧，要是哪家公司让你当老板，不出仨礼拜就会从股市上蒸发了。"

柳依依无情地嘲笑道。

虽然温笃行的白日梦遭到了柳依依的嘲讽，但他并不生气，而是语气平淡地说：

"朕不死，尔等终究是太子！"

"温笃行！你今天想用鼻子吃饭是不是？！"

柳依依边瞪着温笃行边说道。

"别生气啦，生气的话饭可就不好吃了。"

徐远洋苦笑了一下，安抚柳依依的情绪道。

柳依依放下筷子，做了两个深呼吸，对温笃行说：

"我大人不计小人过，这次篮球联赛你可要好好加油啊！"

温笃行也放下筷子，冲柳依依一抱拳，道：

"小民在此谢过大人了！"

说完，温笃行拿起筷子继续吃起饭来。

柳依依用左手握住右手手腕，右手不住地颤抖着，威胁温笃行道：

"你最好快点儿吃，不然我也不知道接下来会发生什么！"

"听说女侠疯起来连自己都打，今日一见，果然是名不虚传！"

温笃行此言一出，竟把柳依依给气乐了，餐桌上的气氛顿时快活起来。

笑过之后，孟霖铃眨了眨眼睛，问金泽明：

"安排得怎么样了？"

金泽明咽下自己的食物后，颇有自信地说：

"应该是没什么问题的。"

"那当然没问题了，我们金队长的进球率连游戏厅的篮球机都害怕了！"

温笃行坏笑着揶揄道。

"吃你的饭。"

金泽明颇为沮丧地说。

孟霖铃看着金泽明轻轻笑了笑，没说什么。

"我吃饱了。"

徐远洋率先吃完起身，他随后低下头对旁边的柳依依半开玩笑地说：

"待会儿你可别和温笃行打起来啊。"

柳依依双手叉在胸前，气鼓鼓地说：

"我才懒得和他一般见识！"

徐远洋无可奈何地笑笑，端着餐盘离开了。

"你可别吃太多啊，吃太多中午比赛的时候就跑不动了。"

金泽明提醒温笃行道。

"知道了。"

温笃行边咀嚼食物边含混地说。

"我现在去消化消化食儿，顺便做个热身什么的，也先走了啊。"

金泽明起身说道。

"加油哦。"

孟霖铃鼓励道。

"一会儿就看我的吧！"

金泽明自信地回应。

距离比赛开始还有二十分钟时，金泽明已在球场附近等候多时。

金泽明忽然感觉背后有人靠近，他猛地转过身去，一个熟悉的身影出现在金泽明眼前。

"别紧张，我是董晓峰，我们之前在便利店见过面的。"

董晓峰说着，还向金泽明打了个招呼。

"还有二十分钟比赛就要开始了，你不和你们班其他人一样去做做热身吗？"

金泽明谨慎地问。

"有些事儿你可能误会了。"

董晓峰挠挠头，继续问道：

"我不是来打探情报的，就是想找温笃行说两句话。"

听完董晓峰的话之后，金泽明点点头，朝远处的温笃行喊道：

"温笃行！过来一下！有事儿跟你说！"

正在球场边上闲逛的温笃行闻言马上跑了过来。

"嘿！笃行，我有两句话要和你说。"

董晓峰一把拉过温笃行，指着班里球员训练的方向，问：

"你看见那个个子很高的家伙了吗？"

温笃行顺着人流看过去，一个正在做蛙跳的巨汉映入眼帘。

"那是什么怪物？"

温笃行惊讶地脱口而出。

"他叫鲁知行，和你们班朱龙治一样都是学校篮球队的。"

董晓峰说到这里停了一下，然后继续说道：

"当年朱龙治和他打练习赛的时候，作为小前锋的朱龙治在一场比赛中发动了不下十次的进攻，但均被鲁知行粉碎，除非你特别灵活，否则你要是和他硬碰硬，那就是以卵击石。"

董晓峰继续介绍道：

"那边那位面如重枣的人是关云隆，以神速闻名，被称为球场赤兔，几乎没有他快攻打不下的防御，同样也是学校篮球队的成员。那边正在做高抬腿的人是程蒙，别看他长得不高，但抢断和挡拆样样拿手，号称是篮球界的幽灵，虽然一直是校篮球队的替补队员，但每次上场都能取得 15 到 20 分的成绩。至于说那边的那位名叫顾元武的同学……"

"也是校篮球队的？"

温笃行插话道。

"不。"

董晓峰摇了摇头，说：

"人家是秋阳市篮球队的，两年后连高考都不用参加，会被秋阳大学免试录取。"

"你走吧，我想静静。"

温笃行的话中透露着难以言说的疲惫。

"下回记得把静静介绍给我认识啊。"

董晓峰临走前还不忘调侃温笃行一句。

"队长……"

温笃行带着哭腔来到金泽明身边，说道：

"我头发有点儿疼，能不能就不上场了？"

"董晓峰刚才把你吓唬了一通是不是？"

金泽明用一种意料之中的口吻问道。随后，金泽明又反问道：

"可是如果你不战而降，你真的甘心吗？"

"甘心。"

温笃行目光如炬，语气坚定地说。

"啊！没救了！"

金泽明叹道。

"你想想，如果你上场的话，你什么都不用做就会首先收割一波女生们的尖叫，如果你进球了，全场会为你一个人欢呼！不论是输还是赢，咱们都一定会获得班里女生由衷的钦佩！别忘了，咱们文科班的女生可比他们八班多不少呢！"

在金泽明的循循善诱下，温笃行很快打起了精神，他对金泽明竖起大拇指，道：

"教练！我想打篮球！"

随着球场上一声哨响，文科七班对阵理科八班的篮球比赛正式打响了！

七班第一高峰彼得罗切夫斯基和八班第一高峰鲁知行跳球的结果很快揭晓，鲁知行将球拍进了自己的半场中，先声夺人。八班的人群中爆发出一阵欢呼声，七班篮球队迅速收缩阵线开始回防。

像战场上的主将一样冲在最前方运球快攻的人是顾元武，紧随其后的是关云隆、董晓峰和程蒙。朱龙治和温笃行上前拦截，但均被顾元武一晃而过。

这时，一个灵活的身影像幽灵一样逼近顾元武，那个身影把重心放低，在高速运动中伸出手来，实现了一记漂亮的抢断。此人不是别人，正是被金泽明在赛前寄予厚望的徐远洋。这次，轮到七班的同学们为自己班的队伍欢呼了。

"同志们！随我冲啊！"

温笃行反应灵敏，他大喊一声，直追徐远洋而去。金泽明短暂地愣了一下，很快就反应过来，追了上去。

"回防！快回防！"

面对突如其来的变故，董晓峰沉着冷静地指挥道。

程蒙和董晓峰先一步到达己方的三分线外，严阵以待。

徐远洋在二人面前停下，右手继续运球，左手在右手的前方护住篮球，以防被断球。

面对二人的强势联防，徐远洋一直处于运球状态，却始终找不到突破的机会。

时间在一分一秒地流逝着，如果徐远洋持续按兵不动，那么七班将很可能会失去控球权。

说时迟，那时快，徐远洋看准机会，一记触地反弹将球传给了金泽明，金泽明趁机绕过程蒙和董晓峰，直扑到八班三分线内，他即将面临堪称绝对防御的鲁知行的强力阻挡。

此时，在篮筐下，鲁知行已经蓄势待发，紧张地注视着金泽明的一举一动。

站在鲁知行面前的金泽明犹豫了一下，随即将后背靠在鲁知行身上试图背打，但鲁知行凭借庞大的身躯在与金泽明激烈的对抗中始终纹丝不动。

在这危急关头，温笃行率先出现在金泽明的视线中，当篮球重新由地面弹回金泽明手中时，金泽明将篮球抱在胸前，并孤注一掷地将球传到了温笃行手中。

"投篮！"

金泽明朝温笃行大吼道。

温笃行冲金泽明点点头，他紧张地咽了一口吐沫，微曲双膝，右手托球，左手扶球，将球举过头顶，球随着温笃行蹬地和出手的动作离开了温笃行的双手，以一道弧线的轨迹向篮筐的方向飞去。

即使看不懂比赛看帅哥也不错

在球飞向篮筐的过程中，全场鸦雀无声，所有人都屏息凝气地等待着这一记投篮的结果。

拜托了，一定要进球啊！

董晓倩在心中为温笃行默默祈祷着。

球在飞向篮筐的过程中逐渐减速，在狠狠地撞上篮筐后被弹了下来。位于线内的金泽明和鲁知行同时跳起，试图将篮球投向队友。由于身高上的绝对优势，鲁知行率先触球，将球拍向了刚好赶回内线的关云隆。

关云隆接住球后展开快攻，此时，投篮未进的温笃行还愣在当场。

金泽明见状，对温笃行吼道：

"给我打起精神来！"

"是！"

回过神来的温笃行干脆地应道。

徐远洋和朱龙治见状快速回防，先后组成两道防御线。

关云隆首先面对的是徐远洋的防守，他双眼紧盯着徐远洋，露出了一丝不易察觉的微笑，紧接着，关云隆一个转身晃掉了徐远洋，向朱龙治的右边冲去。

朱龙治见此情形，直奔自己的右边而去，突然，一个身影猛然出现在他面前，朱龙治毫无防备地撞上对方后，关云隆趁机突破了他的防守。

朱龙治定睛一看，前来挡拆的是刚才一直寂寂无闻的程蒙。

"交给你了！我们的希望！"

顾元武举起一只拳头高声喊道。

此时，在关云隆面前只剩下最后一个对手，那就是来自俄罗斯的巨人彼得罗切夫斯基。

彼得站在篮筐的斜前方，双膝微微弯曲，他张开双臂，全神贯注地盯着眼前的对手。

面对彼得铜墙铁壁般的防御，关云隆面无惧色，他运球前进两步，以右掌抓起球纵身一跃，将篮球狠狠砸进篮筐内。

关云隆在一脸错愕的彼得身后仍保持着右手抓住篮筐，整个人悬在半空中的姿势。关云隆通过一记扣篮为八班拔得头筹，场上的比分来到了 2:0。

全场沸腾了，八班的同学开始欢庆这全场的第一粒进球，人群中顿时喧嚣起来，很快，这些嘈杂的声音汇集成了同一种声音：

"八班必胜！八班必胜！"

伴随着班里同学的加油声，董晓峰来到球场中线，准备发球。

董晓峰将球传给关云隆，关云隆接住球，开始了下一轮的进攻。

"我之前都没想到！"

柳依依略微有些吃惊地说：

"没想到徐远洋的速度还挺快的！"

"感觉他平时弱不禁风的，没想到在场上的表现这么出色，真是人不可貌相啊。"

孟霖铃说着，语气中透露着钦佩。

"嗨！小霖！"

孟霖铃转过头去，看见了正在和自己打招呼的章凤仪。

孟霖铃的眼睛眯成一条缝，笑着向章凤仪挥挥手。

"你觉得球场上有没有比较帅的男生？"

章凤仪问。

孟霖铃看到她眼中闪烁着好奇的目光，暗中叫苦不迭。

"我觉得没有特别帅的吧。"

孟霖铃如此说道，但眼神却时不时地瞟向球场上的金泽明。

章凤仪看了看柳依依后，问：

"咦，小霖，你身后的女生是谁呀？"

"啊！"

孟霖铃突然回过神来，介绍道：

"刚才忘记介绍了，这是我高中的好朋友，柳依依。"

"你好！我是柳依依！"

柳依依热情地打了个招呼。

"我叫章凤仪，和孟霖铃从初中起就是好朋友，去年一起从玛利亚学院考到秋大附中。"

章凤仪也自我介绍道。

"从注重礼仪的女子学院考过来的学生连气质都不一样呢。"

柳依依笑道。

章凤仪笑了笑，问：

"那，依依觉得哪个男生比较帅呢？"

"我觉得是徐远洋吧？刚才他飞快地断掉了对手的球，那一刻我觉得他简直帅呆了！"

柳依依说着，脸上洋溢着憧憬的神情，面对柳依依的坦诚，孟霖铃显得有些局促。

"那……你觉得温笃行这个人怎么样呢？"

"温笃行那家伙啊？和小时候一样，总是天天随心所欲、吊儿郎当的，我看见他就气不打一处来。"

柳依依语气愤怒地说。

"不过呢……"

柳依依话锋一转，答道：

"有时候他把我惹生气了也会安慰我，虽然他的安慰十分蹩脚，还常起反效果，不过我能感觉到他很在乎我的感受。人毕竟是会成长的，即使是猴子也可能懂得人的情感，不是吗？"

章凤仪发自内心地笑了起来。

"你真是个有趣的人，很高兴认识你！"

章凤仪愉快地说。

"嘻嘻，我也是。"

柳依依在笑的时候露出了一口白牙。

此时，由于关云隆在刚才的进攻中再次得手，比分已经来到了 4：0。

截至目前，四十分钟制的比赛已经过半，时间来到了中场休息。

"可恶，我们已经丢了两球了！再这样下去，我们就很可能以 6：0 的比分败北了！"

下场后，金泽明焦急地抱怨道。

"要改变战术吗？"

朱龙治问。

金泽明扶着下巴略微沉思之后，正色道：

"开始盯人吧！"

于是金泽明向队员们招招手，让他们聚到自己的身边，开始分配任务。

下半场比赛开始了，八班这次派出顾元武发球，七班则以朱龙治作为防御八班进攻的第一道防线。

朱龙治一直在观察顾元武的动作，他试图预判对方的行动。

他观察到顾元武先是向左边看，随后又将视线移向右边。

朱龙治先看了看背对着他的顾元武左手边的董晓峰，又看了看顾元武右手边的关云隆，他似乎明白了什么，于是奋不顾身地向顾元武的左手边冲去，正好遇上刚被传到球的董晓峰。

"你的观察力很敏锐嘛！"

董晓峰赞叹道。

两人互相对视了一番，他们都在思索着克敌制胜的方法。

董晓峰先看了看朱龙治左手边的金泽明，又看了看朱龙治的右手边的温笃行，心中暗想：

没办法了！

董晓峰将头微微倾向朱龙治的左边，然后迅速从右边展开了快攻。看见朱龙治向自己进攻的反方向扑去，董晓峰心中暗喜。

董晓峰很快来到温笃行跟前，他做了一个运球转身，试图过掉温笃行。不曾想半路杀出个程咬金，徐远洋来到董晓峰面前，和董晓峰身后的温笃行形成前后夹击之势。

什么？！

面对徐远洋突如其来的抢断，董晓峰来不及惊讶，就失去了对篮球的控制权。

徐远洋运球来到顾元武和关云隆面前，气氛一时间剑拔弩张。

此时，金泽明和朱龙治来到徐远洋身边，像两尊门神一样守护着徐远洋的安全。

程蒙趁徐远洋不备从侧面突入，眼看就要夺走徐远洋刚刚获得的篮球，却被一个高大的身影挡住去路。

"同学，此路不通哦！"

温笃行笑着说。他通过一个绝妙的挡拆化解了来自暗处的威胁。

趁顾元武和关云隆的注意力全被场上的变故吸引之时，徐远洋通过一个变向绕过了二人，直扑八班的三分线内。

"加油啊！小洋！"

柳依依十分激动，开始不顾一切地为徐远洋加油。

徐远洋环顾左右，发现了离自己最近的温笃行。

"笃行兄！接着！"

徐远洋说着，将球传给了温笃行。

温笃行接到球，冲徐远洋竖了一个大拇指。

此时，温笃行正站在八班篮筐的正前方，位于三分线外。对于一个球技娴熟的人来说，站在这种位置投篮具有相当高的命中率，不过对于一直不爱运动的温笃行来说，想在这么远的地方命中一记三分球还是很有难度的。

温笃行双手握紧篮球，深吸一口气，平复了紧张的心情，他双膝微曲，右手托球以便出手，左手扶球控制方向，在双脚离地跳至最高点处出手，篮球便沿着弧形轨迹向篮筐飞去。

"刷！"

伴随着篮球滑过篮网的声音，七班的人群中爆发出雷鸣般的掌声和欢呼声。

"温笃行！干得漂亮！"

柳依依在场外兴奋地叫起来，孟霖铃也在旁边开心地鼓起掌来。

"耶！我进球了！"

温笃行仰天长啸。

"温笃行还挺厉害的嘛，是不是呀？"

章凤仪用手肘顶了顶董晓倩，揶揄道。

"真是的，小凤！"

董晓倩抱怨道：

"不要再取笑我啦！"

董晓倩说着，脸上却满是灿烂的笑容。

温笃行的得分吹响了反攻的号角，激励着七班开始了猛烈的反扑。

在接下来的十六分钟里，经过一番激烈的攻防，双方各有得失，当终场的哨声响起时，比分最终停留在10∶9，七班惜败。

比赛一结束，柳依依就冲到温笃行和徐远洋身边，激动地与他们抱在一起。

不远处，董晓倩也想上前鼓励温笃行，不过，她在球场边上来回踱步几次后，最终还是停住了脚步。

金泽明强打起精神以七班篮球队队长的身份和八班队长董晓峰握手致意后，垂头丧气地来到了场外，坐在绿化带前，把头埋在双膝中。

孟霖铃望着沮丧的金泽明，心中充满了担忧。

她走近安抚道：

"你已经很努力了。"

面对毫无反应的金泽明，她犹豫了一下，又继续道：

"尽力也是一种胜利。"

"我真的不甘心。"

金泽明抬起头，委屈地看着孟霖铃，说道。

只要打起精神来就有机会做得更好

　　放学后，在高一七班的教室内，同学们懒散地收拾书包、做值日，聊着今天发生的趣事以及回家后的计划。在接下来的半个小时里，班中逗留的人越来越少，最终，偌大的教室只剩下金泽明一个人。从放学时间开始，他就趴在桌子上，把头埋在自己的臂弯里，对教室内的嘈杂声充耳不闻。良久，金泽明抬起头环顾四周，才发现刚刚还人声鼎沸的教室此时早已空无一人。

　　金泽明掏出手机，随意翻阅着朋友圈，屏幕里他人的快乐投射在他的眼眸，却丝毫不能宽慰他心中的失意。

　　金泽明打开音乐播放器，选中了歌单中的《直到世界终结》，这首歌是日本动漫《灌篮高手》中最为经典的片尾曲，在半年多前金泽明备战中考期间，这首歌常常在金泽明伤心或疲惫时给予他重新振作的力量。当他点击播放按钮时，熟悉的旋律萦绕在他的耳边，他闭上眼睛，静静感受着音乐给予人的力量：

　　世界が終る前に
　　在世界的万物终焉之前
　　聞かせておくれよ
　　谁愿意给我讲一个
　　満開の花が
　　与繁花盛开
　　似合いの catastrophe
　　最贴切的不幸瞬间
　　誰もが望みながら
　　谁都满怀着憧憬在期待
　　永遠を信じない
　　却又不愿相信永远
　　なのに きっと
　　可是也一定
　　明日を夢見てる
　　再遇见梦想中的明天

はかなき日々と
转瞬即逝的时光
この tragedy night
在这悲剧的夜晚

一曲终了，金泽明意犹未尽，但他的内心已被音乐稍稍慰藉。

"明天会更好吗？"

金泽明自语道。

"让我们期待明天会更好。"

温笃行在旁边断断续续地唱着。

"是温笃行吗？"

金泽明转过头来，问道：

"你往常不是每天放学后回家最快的一个吗？今天怎么还没回家？"

"我刚才帮着赵从理老师监督值日来着。"

温笃行走过来，坐在课桌上，看着金泽明笑道：

"看你还有心情吐槽我，那我就放心了。"

"有些抑郁症患者表面上都是很坚强的。"

金泽明以有气无力的声音说。

"你的好胜心还在，说明你还有改变世界的愿望，这样的话，可不能算是抑郁哦。"

温笃行笑道。

"这么说的话，你还这么关心我，说明你也不抑郁喽？"

金泽明饶有兴趣地问。

"我这个人一直都吊儿郎当的，没什么好胜心，所以也只能用关心他人这些好胜心以外的标准来判断了吧。"

温笃行打趣道。

金泽明站起身，答道：

"一起出去走走吗？"

"正有此意。"

温笃行从课桌上跳下来，双手插兜，安心地说。

金泽明和温笃行并排往楼下走，二人的脚步声在寂静的教学楼里清晰可闻。

"笃行，你说咱们这次输了，班里的同学会怎么看我这个队长？"

金泽明双眼向下看着脚下的楼梯，问。

"我不知道，可能每个人的看法都不一样吧。"

温笃行望向前方，答道：

"不过在我看来，那些关心你的人会为你的失败而难过，那些不在乎你的人并不会关注你的失败，而那些讨厌你的人则会从你的失败中寻找乐趣。"

"我的失败和消沉让你们感到难过了吗？"

金泽明抬起头，睁大了眼睛，问。

"我们都很担心你。"

温笃行边说边看向金泽明：

"不过我除了难过以外，还打心底里为你感到高兴。"

"你讨厌我？"

金泽明有些惊讶地问。

"不。"

温笃行摇摇头，答道：

"我是为你愿意征求我的看法感到高兴，这说明你并没有任由坏情绪吞噬你的幸福。"

"笃行，谢谢你。"

金泽明有些哽咽地说。

"这是我应该做的。"

温笃行看着金泽明，笑道。

说话间，二人已走到了操场上。

"一起出一趟校门吗？"

温笃行询问道。

"去哪儿？"

金泽明好奇地问。

"太空咖啡。柳依依、徐远洋和孟霖铃都在那儿等着咱们，柳依依说有很重要的事情要商量。"

温笃行答道。

金泽明点点头，二人从学校东门出去，向太空咖啡馆走去。

温笃行推开太空咖啡馆的门走进里面时，一股浓郁的咖啡香气扑鼻而来。

"呦！"

坐在门正对面的柳依依首先看到了二人，打招呼道：

"这不是上赛季命中率百分百的天才球员吗！"

"哪有什么百分百啊！"

温笃行佯怒道：

"我第一球不是没进吗！"

"啊？"

柳依依假装疑惑了一下，答道：

"你第一球虽然是照着篮筐去的，但不是在传球吗？"

"看在你请我喝咖啡的份儿上，我不跟你生气！"

温笃行忍气吞声道。

柳依依三步并作两步来到温笃行身后的金泽明面前，热情地问：

"金泽明！想喝什么？别客气！"

"我要把你两条长及膝盖的双马尾绑成死扣！"

温笃行发现自己被无视后，在柳依依身后愤怒地说。

柳依依转过身冲温笃行做了个鬼脸。

"好啦，别生气，我的拿铁给你喝好了。"

徐远洋安抚道。

温笃行冷哼一声，坐在了徐远洋旁边。坐在徐远洋对面的孟霖铃微笑着看着温笃行和柳依依的斗嘴，没有说话。

"那我要一杯抹茶太空冰好了。"

金泽明道。

柳依依点点头，然后问温笃行：

"壮壮，你想要点儿什么？"

"不要叫我壮壮啊！"

温笃行不满地说。

"好的，壮壮。那我就看着点了。"

柳依依冲温笃行狡黠一笑，去柜台点餐去了。

不一会儿，柳依依端着托盘回来了。她把抹茶太空冰放在金泽明面前，把焦糖卡布奇诺放在温笃行面前。

"嗯，还挺好喝的！"

温笃行赞许道。

"嘿嘿，那当然了。"

柳依依双手拿着托盘，脸上写满了骄傲。

孟霖铃端起红茶喝了一口，问：

"小依，你今天不是有重要的事情要说吗？"

"啊！对了！"

柳依依坐在徐远洋旁边，兴奋地说：

"我昨天听说学校的微电影节就要开始了！想问问你们有没有兴趣！"

"微电影是什么？"

金泽明费解地问。

"微电影是指以较低成本制作的片场较短的电影，但同时又具有时间、地点、人物、情节、主题等电影基本要素。"

柳依依滔滔不绝地解释道。

"我大概懂了。"

金泽明听完后点点头，问道：

"那么这次的主题有没有什么要求呢？"

"这次的主题是'校园'。只要是和校园生活有关的内容都可以。"

"听上去很有意思！"

温笃行很有兴趣地说。

"对吧！对吧！"

见到温笃行理解自己，柳依依十分开心地回应道。

"小洋，你觉得怎么样呢？"

柳依依一脸期待地问。

"我之前没有过类似的经验，不过我可以试一试。"

徐远洋字斟句酌地答道。

"那小霖要不要一起呢？"

柳依依又转向孟霖铃，问道。

"微电影节的比赛一定会有胜负的，对吧？"

孟霖铃回避了柳依依的问题，微皱着眉头反问道。

温笃行闻言，很快就明白了孟霖铃的担心，于是，他悄悄地拍了一下金泽明的后背。
金泽明先是疑惑地看着温笃行，但也很快就明白了温笃行的用意。

"虽然我们今天输掉了比赛……"

金泽明顿了顿，继续道：

"但那已经是过去的事情了，与其常想着悔不当初，不如勇敢地面对下一个机会，并
努力地把握它。如果能从失败中汲取经验，在接下来的挑战中好好地使用，那么过去的失
败倒也值得……我想参加这次的微电影节。"

"看来，你真的已经走出来了。"

温笃行愉快地说。

孟霖铃看着金泽明，表情也逐渐柔和起来。

"那么，"

孟霖铃起身走到柳依依面前，问道：

"请让我也加入吧！"

"太好了！"

柳依依高兴地跳了起来。

"年轻的时候，我们总会因为能力和视野的局限错过一些机会，我们唯一能做的就是

不再因为同样的理由错过下一个机会，做到了这一点，便又成长了一步。"

一个熟悉的声音萦绕在众人的耳边。

"赵老师！"

温笃行最先看到了赵从理老师，他开心地和赵从理老师打了个招呼。

赵从理老师拿着一杯冒着热气的摩卡，伸出另一只手和温笃行及其身边的人打了个招呼。

"您是什么时候过来的？"

柳依依问道，脸颊也因为害羞而有些绯红。

"从你说微电影的定义的时候开始的吧，我点的这杯摩卡让我等了好久，所以我只好一直站在柜台附近了。"

赵从理老师说着，脸上还带着歉意。

听到这里，柳依依的脸更红了，像一个熟透了的苹果。

"不过，既然你们已经决定要参加微电影节了，就要全力以赴地努力哦！"

赵从理老师鼓励道。

"不过这个容易害羞的小家伙真的能带着我们拍出好作品吗？"

温笃行摸着柳依依的头，问道。

柳依依难为情地看着温笃行。

选择合适的演员电影就成功了一半

早上 7：10，天刚蒙蒙亮，柳依依就大步流星地走进了教室。此时，距离太空咖啡会谈已经过去了两个礼拜，温笃行、柳依依和徐远洋经过一番思维的碰撞和肢体的冲突，基本完成了微电影的剧本，现在已经进行到了最关键的选角环节。

不知何时开始自封为导演的柳依依此时已经睁大了眼睛环顾四周，开始寻找合适的人选。班里的几个早到的同学在柳依依犀利的眼神注视下都显得不太自在，但求贤若渴的柳依依并未注意到他们的不自在。

大约十分钟后，教室的前门打开了，有着薰衣草色的头发，绑着长长的麻花辫子的沈梦溪出现在教室内，阳光映照在她圆圆的脸蛋上，衬托出了江南女子的朦胧与温婉的美。

看到这一幕的柳依依，一时之间竟有些恍惚。

当柳依依回过神后，她抑制不住内心的激动，一下子冲到沈梦溪面前，问道：

"沈梦溪同学！你有没有兴趣支持一下班里的微电影事业呢？"

"嗯？"

面对柳依依突然的邀请，沈梦溪显得有些意外。

柳依依赶紧从胸前的书包里掏出剧本，继续说道：

"这个角色真的非常适合你！我希望你无论如何都要考虑一下！"

沈梦溪从最开始的意外中回过神来，她犹豫了一下，随即冲柳依依点点头。

放学后，在七班的教室内，柳依依将剧组成员召集到一起开会。

"咳咳。"

柳依依清了清嗓子，答道：

"首先，我很荣幸能成为班里微电影剧组的导演，感谢大家对我的支持。"

"哼，要不是因为打不过你，我支持谁也不会支持你啊。"

温笃行小声嘀咕道。

"温笃行！"

柳依依吼道：

"导演说话的时候要专心听！不要没事儿自己在那儿自言自语！"

"是！"

温笃行吓得一哆嗦，急忙答道。

柳依依满意地点点头，道：

"经过我两个礼拜以来的不懈努力，我终于找到了适合出演这次微电影女主角的人选，她就是沈梦溪！"

柳依依边说边将手伸向了沈梦溪所在的方向。

众人转过头去，看见沈梦溪双颊绯红，背着双手，双眼羞赧地看向地面。

"那个……"

沈梦溪有些害羞地说：

"我看了微电影的剧本，觉得很不错，所以想来试试看……"

"那当然了！毕竟是我写的剧本。老话说得好：笃行出品，必属精品！"

温笃行露出一口洁白的牙齿，自信地笑道。

"虽然我没听过这样的老话，但你这次的剧本写得的确很不错。"

柳依依颇为少见地对温笃行的自信表达了赞同。

温笃行的眼睛笑成了一道缝，显得十分得意。

"不过……"

柳依依顿了顿，悠悠说道：

"这次的剧本不是你一个人写的吧？徐远洋也有功劳啊。"

温笃行不好意思地挠挠头。

"剧本的整体框架是温笃行构思的，我只是在细节上稍加润色而已。"

徐远洋笑着摆摆手，答道。

"哎，小洋，你也太谦虚了吧。"

柳依依叹了一口气，答道：

"那温笃行，你来给大家讲一下剧本。"

"好嘞！"

温笃行愉快地应道。

"这次的剧本取材于抗日战争时期老学姐的文章。故事发生在 1945 年的秋阳市第二女子学院，也就是我们学校的前身。那一年是日本全面侵华的最后一年，也是秋阳市光复的年份。故事以学姐和同学们与教授日文的日本教师筱原利业的斗争与反日斗争为主线，表达了反对战争的主题。"

温笃行滔滔不绝地介绍道。

"感谢温笃行同志空洞无物的介绍，相信大家听完他的介绍，在理解剧本的过程中会发现没有任何帮助。很抱歉浪费了大家的时间，大家拿到剧本后请好好地加油吧！"

柳依依说着，脸上带着歉意。

"喂！你什么意思啊！"

被泼了冷水的温笃行生气地问道。

"咱俩认识这么久了，我是什么意思你还不了解吗？"

柳依依坏笑着问道。

温笃行气鼓鼓地不说话了。

柳依依掏出手机，上下滑动了一会儿后，说道：

"下面我说一下大家的角色。沈梦溪饰演女主角，当时秋阳市第二女子学院的学生梁玉；金泽明饰演男主角，当时的日本教师筱原利业；孟霖铃和我会饰演作为群众演员的其他学生；温笃行饰演宣布抗战胜利的校长。角色分配就是这样了，大家还有问题吗？"

"我我我！"

温笃行高高地举起手来。

柳依依看了看温笃行，旋即把眼神飘向别处，继续说道：

"大家都没问题了吧？很好，那大家就回去先熟悉一下剧本，我们明天就开始彩排。"

"我有问题啊！"

温笃行叫道。

柳依依执拗不过温笃行，只好忍着不快，假装和颜悦色地问：

"那么，温笃行同学，请尽管说出你的问题。"

"你为什么一直梳着夸张的双马尾呢？"

温笃行故作单纯地问。

"出现了，官方吐槽！"

金泽明右手捂着眼睛无奈地说。

温笃行话音刚落，柳依依的眼神突然变得凶狠起来，周身也冒出了红色的光，一股气流环绕着柳依依，双马尾在气流的顶托下直冲天际，教室里的气氛瞬间紧张起来。

"前方高能，非战斗人员都给我回避！"

柳依依笑眯眯地对身后的众人说道。

"那个……"

温笃行说着，语气有些颤抖：

"你就当刚认识的绅士，闹了个笑话吧？"

"哪里哪里，剧组成员有什么问题，导演都要耐心解答，不是吗？"

柳依依说着，脸上依旧挂着笑容。

"别害怕，别害怕。"

孟霖铃轻抚着一脸惊恐的沈梦溪的后背，安抚道。

"让女人先走！"

金泽明说着，一面挡着柳依依的方向不让大家看见，一面指挥大家尽快疏散。

等到所有人都撤出教室后，金泽明砰的一声关上了门，教室内的最终审判开始了。

"救命啊！ help！"

伴随着一阵清脆的响声，教室内的声音逐渐平息下来。

门开了，温笃行捂着头跟跟跄跄地走了出来，脸上还多了几个血红的手印。

"喂！你没事吧！"

徐远洋担心地上前问道。

"欺负女生是不好的行为，要爱护女生哦！知道吗？"

说着，还冲着一脸惊诧的众人可爱地眨了一下眼睛。

徐远洋对温笃行报以同情的表情，随后，他走进教室里安抚柳依依去了。

"你也多少长点儿记性吧。"

金泽明拍拍温笃行的后背叹道。

"阿弥陀佛，施主所言甚是。"

温笃行双手合十，强打精神道。

"何必自讨苦吃呢？"

徐远洋走出教室对温笃行无奈地说，柳依依跟在他身后脸色阴沉地走了出来。

温笃行不好意思地挠挠头，笑道：

"柳依依，关于今天的事我……"

"我很抱歉。"

柳依依出人意料地先开口道歉了。

"其实你的双马尾挺可爱的，很抱歉我……"

温笃行话说到一半，孟霖铃皱着眉冲温笃行使了个眼色，示意他不要继续说下去。

就这样，柳依依在徐远洋的搀扶下消失在众人的视线中。

"我是不是不小心把玩笑开得太过火了？"

温笃行自语道。

"其实小依的心思比你想的要细腻多了，所以我希望你下次在和她开玩笑的时候，多注意些分寸。"

孟霖铃严肃地对温笃行说。

"我知道了。"

温笃行内疚地说。

"不过，你也不用太担心。"

孟霖铃见温笃行有些沮丧，宽慰道：

"你已经在第一时间承认了错误，这种勇于担当的责任感是很令人钦佩的，而且小依也不是那种会对别人的冒犯耿耿于怀的人，所以你也不用太苛责自己。"

"谢谢你，孟霖铃。"

温笃行道。

"你不用道谢，毕竟在我心目中，你和柳依依都是我重要的朋友。"

孟霖铃双手背在身后，上身微微前倾，笑吟吟地看着温笃行，说道。

午后的阳光柔和地打在孟霖铃红色的马尾上，使孟霖铃的笑容更显出几分温柔的暖意。

面对此情此景，温笃行一时呆住了，对他来说，今天下午的这一抹笑容注定令他难忘。

加班前的每一秒都是快乐的时刻

教室内，一片寂静，几名身着女子学院校服的女同学坐在各自的位置上，无言地等待着新老师的到来。

过了一会儿，一位戴着圆框眼镜，身着黑西装，唇上留着一撮日式小胡子的男人走进班里，在讲台的正中央站定。他先是环顾四周，然后以严肃的口吻说道：

"我是你们的日文教师筱原利业，从今天起，由我教授你们日文。上课。"

台下的女同学们低着头，对筱原利业的声音充耳不闻。

面对女同学们视若无物的态度，筱原利业感到很生气，于是他提高了音量：

"上课！"

女同学们回应他的依旧是无言的沉默。

筱原利业不屑地说：

"你们中国人连老师都不知道尊重，还想战胜我们？哼哼，痴人说梦！"

"咔！"

坐在导演椅上的柳依依打断了金泽明的表演。

"温编剧过来一下！"

柳依依招呼道。

"有什么吩咐吗？大小姐！"

温笃行跑过来，还冲柳依依有模有样地敬了个礼。

"我记得当时的秋阳市是敌占区吧？"

柳依依问。

"没错，出什么问题了吗？"

温笃行不解地问。

"如果是作为敌占区的学生的话，我觉得用'反抗'一词比'战胜'要好吧？当时的中国一直在抵抗日本的帝国主义侵略，所以敌占区面对日本进行的以日文授课为核心的皇民化教育和文化殖民，'反抗'一词比较合适。"

温笃行点点头，笑道：

"柳导还真是严格。"

于是，柳依依在和金泽明进行了简单交流后，重新开始了拍摄。

"你们中国人连老师都不知道尊重，还想反抗我们？哼，痴人说梦！"

筱原利业不屑地说：

"我再给你们一次机会，再做不好，今天我就不讲课了！我一定要教教你们中国人什么叫尊师重道！你们都坐下！上课！"

台下的女同学们这才站起身来，向筱原利业问了好。

"咔！"

柳依依暂停道：

"这段过了，咱们休息一下，一会儿直接拍温笃行的那部分戏。"

"太好了，终于轮到我大显身手了！"

温笃行开心地打了个响指。

温笃行身着一身笔挺的棕色西装走上讲台，眉宇间尽显兴奋的神色，激动地说：

"同学们，今天把大家叫到这里，是有一个天大的好消息要告诉大家！日本的军队，无条件投降，我们中国人民的抗战，取得了最后的胜利！"

"咔！"

柳依依捂着嘴叫停了温笃行的表演。

"哈哈哈哈哈！"

在摄影机停止拍摄后，众人哄堂大笑起来，教室里充满了快活的气氛。

"为什么要笑呢？我演得多精彩啊！"

温笃行有些不满地说：

"我的演技完美诠释了女子学院的校长得知抗战胜利后的喜悦，见微知著，深刻表达了和平与发展是当今时代的主题。"

"哈哈哈，你夸自己一套一套的，不如去豆瓣当水军吧。"

柳依依说着，眼角还带着笑出的眼泪。

"我觉得你像那种街边推销房地产的促销员。"

徐远洋笑着说。

"怎么连徐仔都说这种话啊？真是的！"

温笃行不满地说。

柳依依擦了擦笑出来的眼泪，说道：

"不过我觉得这一遍拍的还算是成功吧，这一条可以过了。"

"一遍过都是小 case！"

温笃行比了个胜利的手势，语气中又恢复了平日的自信。

柳依依看了看表，说道：

"现在已经下午五点多了，我们不如先吃完晚饭再继续拍摄工作吧！"

"是你请客吗？"

温笃行凑上前去，满脸期待地问。

柳依依从兜里掏出几张红彤彤的百元大钞，说道：

"是我请客，不过是赵从理老师出钱。"

"没想到赵从理老师这么心系学生，真是令人感动！"

温笃行带着有些调侃的语气说道。

"笃行总是半开玩笑地夸别人。"

孟霖铃笑眯眯地看着温笃行，说道：

"如果你能更诚恳、直接地对别人的关心表示感谢就好了。"

"下次我会注意的。"

温笃行红着脸，不好意思地说。

"那我们决定一下要吃什么吧！"

柳依依提议道：

"我觉得吃寿司比较好！"

"我想吃汉堡！"

温笃行道。

柳依依和温笃行相互对视一下，很快就爆发了争吵。

"怎么能让各位女士吃汉堡那种高热量的垃圾食品呢？！"

"可是吃寿司我们男生根本就吃不饱啊！"

"寿司里的海鲜食材加工少，比汉堡更健康，是瘦身美容的一大利器！"

"汉堡中有厚实多脂的肉排，比寿司更好吃，是补充能量的不二法门！"

"他们两个还真喜欢吵架呢！"

徐远洋苦笑着说。

"不如我们吃兰州拉面怎么样？"

孟霖铃提议道：

"这样吃得还算健康，又能填饱肚子，而且价格也不贵。"

"我赞成！"

温笃行高高地举起了手，说。

"那我也赞成。"

柳依依紧随其后地说。

外卖到了以后，柳依依挂了电话，问徐远洋：

"一块儿下楼取外卖吗？"

徐远洋微笑着点点头。

望着柳依依和徐远洋远去的背影，温笃行疑惑道：

"他俩的关系啥时候变得这么好了？"

孟霖铃扑哧一笑，意味深长地说：

"这种事儿可说不好。"

"谢谢师傅!"

柳依依拎着四个袋子冲外卖小哥热情地道谢后,转过身以不容置疑的口气对徐远洋道:

"你拿三个!"

很快,二人拎着大家的晚饭回到了教室。柳依依拎着一个塑料袋的饭在前面蹦蹦跳跳地走着,她身后是额头上冒出不少汗珠,提着三袋子饭的徐远洋。

"呦,大小姐今天不想着欺负我了吗?"

温笃行开玩笑道。

"谁稀罕欺负你呀!"

柳依依说着冲温笃行吐了吐舌头。

"你该不会是喜欢徐远洋吧?"

温笃行半开玩笑地试探道。

"我经常欺负你不就是喜欢你吗?"

柳依依虽以开玩笑回应,但语气中却多了些许的愤怒和慌乱。

"大家忙了半天,都饿了吧?我们赶紧开饭吧!"

徐远洋圆场道。

晚饭很快在相对沉闷的气氛中结束了。

"现在终于到了最重要的戏份了!"

重新恢复活力的柳依依端着只剩下面汤的空碗转过身,用筷子指着沈梦溪,说道:

"接下来就拜托你了!要放轻松哦。"

沈梦溪睁大了眼睛有些紧张地冲柳依依点点头。

"你还是有点儿紧张呢。"

孟霖铃微侧着头看着沈梦溪,说道:

"试着深吸几口气,慢慢呼出,这样可以缓解紧张的情绪哦。"

沈梦溪听了孟霖铃的建议后做了几个深呼吸,冲孟霖铃点了点头。

"那我们现在就开始吧!"

柳依依招呼大家道。

不一会儿,换好女子学院校服的沈梦溪、孟霖铃和柳依依快步跑下楼。

镜头一转,饰演筱原利业的金泽明正颓坐在墙角,呆滞的眼神中充满了痛苦与绝望。

沈梦溪有些紧张地开口道:

"筱原,你的国家已经向我们投降了……"

"咔!你的声音太小了,听不出你心中的愤怒!"

站在沈梦溪身边的柳依依突然冲着镜头喊停,她身旁的孟霖铃忍不住笑了起来。

"不好意思，我有点儿出戏了。"

片刻之后，孟霖铃略带歉意地说。

"咱们柳导不能既当演员又管监督呀，这样确实容易让演员出戏。"

此时，负责拍摄的温笃行挠挠头，为难地说。

"那个……"

正在众人为难之际，门外传来了一个有些害羞的声音：

"如果你们不介意的话，我也可以当群众演员……"

"晓倩你来得正是时候！"

温笃行开心地朝她挥挥手，说道。

"不过，我可能做不太好……"

董晓倩双手背后，低着头，有些担心地说。

"如果是晓倩的话，我相信你一定能做好的！"

温笃行笑着说：

"因为你是一个一旦认定某个目标就会坚持到最后一刻的姑娘呀！"

听到这里，董晓倩抬起头来，直勾勾地看着温笃行，双颊早已绯红。

孟霖铃一直看着董晓倩，很快就露出了理解的笑容。

"事不宜迟，我们快去换衣服吧！"

站在一旁的柳依依说着，就拉着董晓倩去更衣室换衣服去了。

柳依依和董晓倩走出更衣室的时候，正探讨着有关口红的话题。

这时，温笃行忽然迎面出现在两人跟前，抬起手，打招呼道：

"你们聊的东西我还挺感兴趣的，讲到白垩纪了吗？"

柳依依愣了一下，然后哭笑不得地揶揄道：

"大爷你耳背啊！我们聊的是口红，不是恐龙！"

在之后的拍摄中，董晓倩虽然台词不多，但经过两三次的排练后很好地完成了任务，不过在拍摄的过程中，董晓倩偶尔也会走神，把台词说得磕磕巴巴的，眼神时不时地看向正在为他们拍摄的温笃行。

大约四十分钟后，所有的拍摄工作圆满结束了。

"下面我宣布：高一七班的微电影《陆沉往事》今天正式杀青啦！"

夜晚的教室里发出一阵雀跃的欢呼声。

"后期的剪辑工作就交给你了，我们的码农徐远洋！"

柳依依拍着徐远洋的肩膀，有些幸灾乐祸地说。

"看来，我们忙碌的夜晚才刚刚开始。"

徐远洋无奈地笑了笑，说。

"你们几个，还没回家吗？"

一个熟悉的声音从门的方向传来，赵从理老师有些严肃地走了进来：

"下礼拜就要期中考试了，即使是拍微电影也不能这么晚还不回家啊！"

"我们这儿刚办完事儿，马上就回去了。"

金泽明上前解释道。

"晚上走夜路也不安全，抓紧时间啊！我先下班了。"

赵从理老师说完，就转身离开了。

"唉，可惜呀，连赵老师都下班了，我们的码农同志回去还得加班。这要是把学习的时间码没了可咋整呀？"

温笃行一把揽住徐远洋，故作难过地说。

"拉倒吧，别看人家现在忙着后期制作，下礼拜期中考试指不定比你高多少分呢！"

柳依依有些不满地吐槽道。

"你啥时候又变成跟徐仔一伙的了？"

温笃行惊讶地问。

"要你管吗？"

柳依依丢下这句话之后，拎起书包，头也不回地走了。

温笃行搂着徐远洋，有些费解地感叹道：

"女生真是难懂的生物啊！"

"其实有时候你也挺神奇的。"

徐远洋苦笑着说。

前进的决心与勇气比选择更关键

"各位拿到自己的成绩单后都要回去总结一下这次考试的情况，好好反思一下你们这些老司机都是怎么翻车的！那今天的课就上到这里吧，下课了！"

赵从理老师说完，就收拾好自己的东西离开了。

"赵老师让我做反思，我觉得我最大的错误就是参加考试，不仅浪费纸笔，还毁了心情！"

温笃行把头耷拉在课桌上，手里攥着成绩单，小声嘀咕道。

"这次考得不太理想吗？"

徐远洋关心地问。

"还行吧，满分 750 我考 471，反正我考这个成绩也挺正常的。"

温笃行苦笑了一下，答道。

"可是你这个成绩在高考里连一本线都上不了吧？你与其妄自菲薄，还不如在学习上多下点儿功夫。"

金泽明走到温笃行旁边，有些着急地说。

"天生我材必有用，何必单恋一枝花？是金子总会发光的！"

温笃行有些不服气地反驳道。

"机会总是留给有准备的人，未来你的确会有很多机会，不过你又做了多少准备呢？一个没有准备的人怎么能抓住这些机会呢？"

面对温笃行的反驳，金泽明继续滔滔不绝地说。

"你烦不烦啊？考得高很了不起啊？！"

温笃行受不了金泽明的说教，厌烦地说。

"我从没说过这样的话……"

面对突如其来的质疑，金泽明有些不知所措地解释起来。

"那为什么是你在考试之后对我说教，而不是我反过来劝你不要只知道学习呢？"

温笃行怒视着金泽明，继续说道：

"每个人都有自己的道路，为什么一定要我遵循着你的轨迹前进呢！归根到底，我能不能考上一本是我自己的问题，和你也没什么关系吧！"

说完，温笃行猛地起身，径直走出了教室。

金泽明则回到自己的座位上，双手抱着头，独自生起闷气来。

"你也别太难过，虽然想法不同，但温笃行也没有针对你的意思。"

徐远洋有些担心地劝慰道。

"他不过是个扶不起的阿斗而已！"

金泽明不理会徐远洋的安慰，把头埋在自己的臂弯里。

午饭时间，温笃行和柳依依早早打完饭坐在位置上。

看着只顾埋头吃饭而不发一言的温笃行，柳依依的心中涌起一阵担心。

"你别只顾着吃饭，也和我说说话啊！"

柳依依说着，语气中满是焦急。

温笃行咽下嘴里的食物，说道：

"我现在烦得很，不想说话。"

说着，温笃行夹起一大块炸鸡，一下塞到自己嘴里。

正在这时，金泽明端着餐盘走了过来，他身后是孟霖铃。

金泽明停住脚步，看了看狼吞虎咽的温笃行，旋即迈开步子，走到了隔壁桌子的空座位，坐了下来。

"呦！金泽明，今天打算来这里坐坐吗？"

坐在金泽明旁边的朱龙治拍着他的肩膀，问道。

"在原来的地方待久了，偶尔也想换个感觉。"

金泽明笑了笑，道。

孟霖铃看了一眼在隔壁桌上谈笑风生的金泽明，坐到了柳依依对面。

"金泽明现在情况怎么样啊？"

柳依依担心地问。

温笃行仰起脖子将碗中的汤一饮而尽，说道：

"我吃饱了！"

说着，他端起餐盘头也不回地走了。

"真是的，走了连椅子都不知道推回去！"

柳依依边抱怨边将椅子推到了桌子下面。

"金泽明似乎还对温笃行的质疑耿耿于怀，两个人可能不会那么容易和好。"

孟霖铃皱着眉，有些为难地说：

"如果他们一直谁也不肯低头，那么冷战可能还要持续下去。"

"他俩还真喜欢给人添麻烦！"

柳依依抱怨道。

柳依依好像突然想起什么似的，问道：

"对了，徐远洋今天没来食堂吃饭吗？"

"他在小卖部买了个汉堡就上楼了，可能他也因为这件事儿没心情吃饭吧。"

孟霖铃苦笑着说。

放学后，收拾好书包的温笃行正准备离开学校的时候，一只手轻轻放在了他的肩膀上。

温笃行转过身去，赵从理老师正笑眯眯地看着他。

"你今天交的作业有点儿问题，能不能现在和我去办公室一趟我和你说一下？不会耽误太多时间。"

温笃行虽然心有不快，但见赵从理老师这么说，还是答应了。

赵从理老师走进办公室，坐在了自己的办公椅上，指着他旁边的躺椅，说道：

"这个椅子很舒服，你坐这里吧。"

温笃行一言不发地坐下了。

"抱歉，其实你的作业没什么问题，我是因为有其他事情想问你才叫你过来的。"

见温笃行没有回应，赵从理老师直截了当地问：

"我看你今天心情不好，和朋友吵架了？"

赵从理老师问的时候，脸上挂着一如既往沉着的笑容。

"您是怎么知道的？"

温笃行的语气中有些惊讶。

"因为我曾经也是高中生啊。高中生难过的理由也就是那么两三个：恋人分手、老师批评、朋友吵架，最近没有老师反馈你上课表现不好，你也不像是谈恋爱了，所以只可能是跟朋友吵架了呀。"

赵从理老师似乎早就料到温笃行的反应，不急不忙地回答道。

"我这么有魅力的人怎么就不像是谈恋爱的？"

温笃行语气不满地说。

"你和柳依依谈恋爱了吗？"

赵从理老师问道。

"她嫌我傻，我嫌她丑，我俩牢不可破的友谊怎么能被男女之情玷污？"

温笃行假装严肃地说。

"那你天天跟她在一起你还能谈女朋友么？你当你周围的姑娘傻吗？"

赵从理老师有些嫌弃地问道：

"先不说这个了，你到底和谁吵架了？"

于是温笃行三言两语将来龙去脉说给了赵从理老师听。

"嗯，真是一个直击灵魂的问题呀。"

赵从理老师听完温笃行的叙述后颇为感慨地说：

"这世界上有很多事情都是不完美的，不过，世上从没有完美，有的只是适宜。"

温笃行听得满头雾水，眼神中流露出不解的神色。

看着有些疑惑的温笃行，赵从理老师露出了一个亲切的笑容，说道：

"高考是人生重要的一个转折点。我相信你从小到大一定听到很多人说过类似的话。"

"嗯。"

温笃行简单地回应了赵从理老师，但并没有多说什么。

"不过你有没有想过为什么大家会这么说呢？"

赵从理老师问道。

"如果您和金泽明想的一样，我觉得就不必谈了。我现在心情很不好。"

温笃行马上表现出不耐烦的语气。

"我的想法其实并不重要。因为你的人生需要你自己去经营，未来你会发现，不论他人能给予你再多的帮助，有些事情注定需要你去独自完成，这个时候如果你脚下是你自己选定的道路，我想你的步伐也会更加笃定。"

赵从理老师说着，脸上从始至终挂着和蔼的微笑。

"所以，你不妨畅想一下，高考之后，你想拥有怎样的人生道路。"

赵从理老师换了一个方式，继续问道。

"可能我会因为考上秋阳的某一所大学而留在本地，或者到外地读书，也有可能会出国吧？我不知道。"

温笃行思索了一阵，不确定地说。

"我认为你已经触碰到了问题的本质，你没发现吗？"

赵从理老师的目光愈发柔和起来。

听完赵从理老师的话，温笃行稍加思索，便明白了话中的含义。

"您的意思是……高考之所以被称为转折点，是因为我们将会面临很多选择？"

"没错，有的人将会留在家乡扎根故土，有的人则会去外地闯荡游历，还有的人会远渡重洋留学深造。留下来就能了解乡，走出去可以增长见闻，不同的选择一定会带来不同的结果，但并没有哪一种选择是一定正确的，因为问题的关键不在于选择，而在于前进的决心与勇气。"

赵从理老师发现温笃行正聚精会神地听他说话，语气也逐渐缓和下来：

"我和八班的颜丽华老师十几年前都是咱们秋大附中的初中学生，我们的梦想都是考到秋大附中的高中，结果我考上了，但她中考的时候发低烧，把答题卡涂串了，就没考好，于是她去了一所很普通的高中。你猜猜她本科考到了哪所大学？"

"我听说是一所不错的大学，但颜丽华老师似乎不愿过多提及。"

温笃行想了想，道。

"咱们秋阳市名称的本意是秋天的夕阳，传说明成祖亲征北元后班师回朝正值秋季，途经此地时正好是夕阳西下，于是咱们的城市就被称作秋阳。秋阳在明清两代曾长期作为陪都，因此近代变法时期维新派在这个顽固派势力较弱又具有一定政治影响力的城市兴办了我国最早的几所高等学府，其中最知名的是秋阳大学堂，也就是今天的秋阳大学。"

赵从理老师说到这里，温笃行忍不住道：

"那不是我国最先进的高等学府之一吗？！"

"没错。"

赵从理老师点点头，继续道：

"但当时我离秋阳大学的分数线差了将近三十分，可是我不想离开秋阳，于是我就上了一所不知名的大学。但我在研究生的时候考上了维新理工大学，这也算是秋阳市的重点大学吧，而颜丽华老师则出国去澳洲读了研究生。当时我还担心我们会不会毕业后从此走上截然不同的道路，而这一切仅仅是因为高考二十几分的差距造成的……不过，后边的事情你都知道了不是吗？"

"你们都来到秋大附中当老师，各自带了一批不让人省心的学生。"

温笃行半开玩笑地说。

"我就喜欢和有自知之明的人交流。"

赵从理老师笑眯眯地回应道。

"我似乎知道我该怎么做了，谢谢老师！"

温笃行有些开心地说。

"不用客气，这都是我应该做的。"

说到这里，赵从理老师张开手，说道：

"我的话说完了，有什么问题我们以后再谈吧。"

友谊是比分歧更重要的东西

"最近心情有没有好点儿了呢？"

徐远洋下课后趁金泽明离开座位的时候来到温笃行的座位前，问。

温笃行没有接话，只是点点头。

"那就好。不过呢……"

徐远洋话锋一转，说道：

"你最近先别跟金泽明搭话，他不像你这么大度。"

"什么意思？"

听到徐远洋这样说，温笃行有些好奇地问。

"他说他对你很失望，他原本以为你只是贪玩儿没想着学习，现在他觉得你可能缺乏一些必要的上进心。"

徐远洋一五一十地把金泽明对他说过的话转述给了温笃行。

"他总是这样干涉别人的选择，将自己的意志强加在别人头上。"

温笃行不满地说：

"他之前也一直跟我说别总是欺负柳依依，但那只是我们日常互动的一种方式而已，他总是自以为是地试图将别人塑造成像他一样的人。"

"每个人的想法或多或少总会有冲突的地方，他只不过是将他认为正确的事情分享给你，可能分享的方式你不太喜欢，但初心还是好的，所以你也多少理解一下他吧。"

徐远洋安抚道。

听到这里，温笃行有些激动地站起身来，说道：

"你不觉得这样的观点就和'我做这一切都是为你好'差不多吗？一味强调结果而忽略过程，那为了达到将自己的想法强加于人的目的岂不是可以不择手段？法国大革命时期的罗恩夫人曾说过，'自由，多少罪恶假汝之名以行！'如果人们为了虚假的自由不断牺牲，为了个人的成功一味屈从，那人们还关注成长和梦想干吗！我并不认同这种结果至上主义的观点！"

"我还真有点儿说不过你。"

徐远洋苦笑一下，道：

"金泽明没有照顾你的感受的确是他的问题，但如果你还想继续和他做朋友的话，我觉得你还是要多理解他，否则你们相处起来两个人会很不自在。"

温笃行听到这里，一时间哑口无言，只能一言不发地盯着徐远洋。

"最近心情有没有好一些呢？"

"嗯。"

面对孟霖铃担忧的询问，金泽明仍旧低头写着数学题，只是头也不抬地简单回应了一下。

"其实温笃行只是没理解你的好意而已，如果他能够理解的话，我想他……"

孟霖铃话说到一半，见金泽明仍在奋笔疾书，丝毫没有停笔的意思，一时间不知该如何是好。

"我想我可能打扰到你了。"

孟霖铃以金泽明刚好可以听见的音量说出这句话后，转身要走。

金泽明啪的一声将笔扣在桌子上，语气低沉地说：

"我的朋友可以不优秀但很自信，可以没才华但很知足，甚至偶尔可以懒惰，但他不能为自己的失败找借口！"

听到这里，孟霖铃猛然转过身来，呆呆地看着金泽明。

"他明明很有才华，他明明不甘平庸，他明明有机会变得很优秀，但他不仅不愿意直面自己的失败，反而还装作满不在乎！"

金泽明说着，不禁站起身来，加重了自己的语气：

"眼睁睁看着这样的人泯然众人，这是对我的一种折磨！"

金泽明说到这里，不禁停下来喘了几口气，随后继续说道：

"道不同不相为谋。我帮不了他，所以我不能再和他做朋友了，这样对我和他都有好处。"

"既然你都这么说了，我想我也不用再劝了。"

孟霖铃叹了口气，说道：

"不过，你真的很关心他。"

金泽明没有接话，坐下来继续写起了数学题。

"仅凭一次对话就做决定是不是有点儿武断？"

柳依依听完孟霖铃转述的内容后不禁说道。

"我也觉得是，但金泽明貌似已经下定决心了。"

孟霖铃有些难过地说。

"……没办法，还是我跟他说吧。"

柳依依犹豫了一下，有些无奈地说。

放学后，柳依依看着自己低着头默默收拾着书包的温笃行，竟不知该如何开口，正在柳依依为难时，温笃行却突然问道：

"你是不是有什么话想和我说？"

"你怎么知道的？"

面对突如其来的询问，柳依依显得十分惊讶。

"你总是把自己的情绪写在脸上，一直如此。"

温笃行实话实说道。

"那你以前老是惹我生气干吗？！"

柳依依假装生气地问。

"因为你生气的反应很有趣呀，而且很多时候，你并不是真的生气，不是吗？"

温笃行说的时候，脸上带着一抹笑。

"真拿你没办法。"

柳依依苦笑着摇了摇头，道：

"其实我今天是来和你说关于金泽明的事情的。"

"他对我很失望，我听徐远洋说过了。"

温笃行平静地回答。

"其实……他说他以后不想和你做朋友了。"

柳依依小心翼翼地说着，水汪汪的大眼睛一直看着温笃行。

温笃行因为惊讶而睁大了眼睛，但随即恢复了常态，说道：

"随他高兴吧，反正我也不想回应他的期待。"

说完，温笃行提起书包，将有些难过的柳依依留在原地，头也不回地走了。

"尽管是温笃行和金泽明两个人之间的矛盾，但我好像比他们更难过。"

晚上，徐远洋正在写作业，手边的手机突然震动一下。他拿起手机一看，是柳依依发来的消息，字里行间显得有些沮丧。

徐远洋想了想，回答道：

"现在温笃行和金泽明的关系太脆弱了，不如我们暂时维持现状吧。"

徐远洋回复之后，心跳有些加速，一直紧张地盯着屏幕，等待着柳依依的回应。

"温笃行上高中以后的朋友本来就不多，不知道他和金泽明的关系能恢复如初吗？"

柳依依语气担忧地问。

看到柳依依的消息，徐远洋心疼了一下，他重重地叹了一口气，回答道：

"我们一起经历了那么多，相信他们一定会和好的。"

"真的吗？"

柳依依问，语气中有些难以置信。

"我会一直陪着你们，尽我最大的努力！"

徐远洋的语气十分坚定。

"谢谢你！"

柳依依趴在床上打着字，一个灿烂的笑容在脸上绽放开来。

"不客气。"

徐远洋结束了和柳依依的聊天后，迈着沉重的步伐来到床边，将头埋在了枕头里。

"在吗？"

正百无聊赖地仰躺在床上刷着手机的温笃行看见孟霖铃在私聊里主动和他打了个招呼，不知为什么竟有些紧张，额头微微冒汗，他赶忙点了进去。

"啥事儿呀？"

温笃行故作镇定地问道。

"最近有件事儿一直困扰我，我想听听你的看法。"

看着孟霖铃发来的消息，温笃行隐约猜到了孟霖铃的来意，他的心情逐渐平复，说道：

"乐意效劳。"

孟霖铃发了一个开心笑脸的表情，然后直接问道：

"两个男生在吵架之后还会原谅对方吗？"

尽管已经有了心理准备，但看到孟霖铃的问题后，温笃行还是愣了一下，随后他反复打出几句话又一一删掉，最后道：

"男生往往比同年龄的女生要晚熟一些，不过，一旦他们双方都懂得了友谊其实比分歧更重要，我相信他们会和好的。"

孟霖铃一字一句认认真真地读完了温笃行发来的话，如释重负地笑了。

"嗯嗯，我知道啦，谢谢！"

温笃行发了一个笑嘻嘻的小熊的表情，便放下了手机。

他站起身来，将右手放在左边心脏的位置上，感受着自己剧烈的心跳在慢慢平复，整个人因为心中的悸动变得有些恍惚。

唱歌这种事情只要自信就好

清晨，温笃行双手插着兜，漫步在上学路上。因为时间尚早，因此温笃行周围也几乎没有什么来往的行人，于是他左右看看，在确定没有熟人之后，便引吭高歌起来：

"丑八怪，能否别把灯打开。我要的爱……"

"哎呀！"

一声语气略显夸张的感叹打断了温笃行的歌声。

柳依依捂着耳朵从温笃行身后跑到他跟前，抱怨道：

"我以前欺负你是我不对，你能不能别让我听力残废啊！"

"你这小霸王，以为押韵的话就都是真理啦？"

温笃行忍着不悦，挤出一副虚假的笑容问柳依依。

柳依依没理会温笃行的挑衅，反而带着一副不可思议的表情问道：

"你该不会是要参加下礼拜的卡拉OK大赛吧？"

"怎么了？不行吗？"

温笃行装作无意地问。

"你在我面前唱歌，我能保证不打死你；你在别人面前唱歌，谁能保证不打死你？"

柳依依坏笑着看着温笃行。

"你这能把人得罪死还拉出来鞭尸的能耐跟谁学的啊？"

温笃行有些郁闷地问。

"你说呢？"

柳依依挤出一个假笑，瞪着温笃行。

"你打算比赛的时候就唱这首歌了吗？"

柳依依突然转移话题道。

温笃行摇摇头，笑道：

"不是，这首歌是我用来练嗓子的。比赛的歌曲我要暂时保密，毕竟有神秘感的男人才有魅力。"

"你最神秘的地方就是我真不知道你是怎么活到现在的。"

柳依依说着，脸上又浮现出了一抹坏笑。

"这句话我原封不动还给你。"

温笃行说着，已经彻底没了唱歌的兴致。

"你们平常都喜欢听什么歌儿？"

中午吃饭的时候，温笃行突然开口问道。

"咣当！"

温笃行话音刚落，柳依依的筷子突然从手里掉到了桌子上。

一滴汗水从柳依依的脸颊滑过，她左手使劲儿握住发抖的右手，双眼直视着温笃行，满是惊恐。

"你干啥呢？菜里有毒啊？！"

温笃行一脸看白痴的表情看着柳依依，有些不满地说。

"江湖上，又要掀起一场腥风血雨了？"

柳依依无视了温笃行的吐槽，问道。

"咳咳，我想参加卡拉OK大赛你就那么大意见吗？"

温笃行扶着额头，有些无奈地问。

"那必须的！"

柳依依说着，伸出了一个大拇指。

"这是我第一次面对别人冲我伸出的大拇指感觉这么尴尬……"

"没关系。"

柳依依边说边露出一个小孩子恶作剧得逞的表情：

"以后见多了就习惯了。"

温笃行闭上眼睛，做了一个深呼吸，默念道：

"男子汉不打女生，男子汉不打女生……"

简单平复了一下心情之后，温笃行转过来问徐远洋，问道：

"徐仔，我唱歌真有那么难听吗？"

"嗯，是个好问题。"

徐远洋说完，就不知道该怎么接下去了，于是他只好冲温笃行微笑了一下。

"唉。"

看着二人的反应，温笃行不禁叹了口气。

"怎么了？"

徐远洋看温笃行的情绪突然消沉，关心地问。

"没什么。"

温笃行看了一眼和金泽明单独坐在一起吃饭的孟霖铃，回应道。

"你们说，金泽明和孟霖铃他俩谈恋爱了吗？"

温笃行转过头来，装作无意地问道。

"我觉得应该不会吧。"

徐远洋也没多想，说道：

"这几个礼拜金泽明都是自己一个人吃饭，孟霖铃可能怕金泽明一个人太寂寞，所以最近才会去找他吧。"

"看样子最近一段时间也不会回来了吧。"

柳依依朝金泽明他们的方向望了望道。

"其实这两天好像有人猜测两个人是不是谈恋爱了，但都被金泽明否认了。"

徐远洋突然想起了这两天听到的流言蜚语，说道。

"毕竟金泽明和孟霖铃都是心里只装着学习的人，所以我觉得他俩也不太可能谈恋爱。"

柳依依想了想，说道。

"说的也对啊。"

温笃行随意应和一下，就低下头吃起饭来。

吃着饭，徐远洋说道：

"哦对了，我听说金泽明好像也要参加这次的卡拉 OK 大赛……"

"啪！"

温笃行将自己的筷子重重地放在桌子上。

"真的吗？"

温笃行不由得靠近了徐远洋，瞪着他问道。

"对呀。"

徐远洋点点头，继续说道：

"我记得他要唱的曲目是……"

"是什么？"

温笃行一脸专注地问。

"是什么来着？"

徐远洋一脸抱歉地挠挠头，看着温笃行道。

"还有歌叫这种名字？"

温笃行语气中流露出疑惑，他一本正经地拿起自己的手机，打开了搜索界面，准备搜搜这首《是什么来着》到底是谁的歌。

"哈哈哈哈哈！笑死我了！"

柳依依放下筷子，哈哈大笑道：

"小洋的意思是他也忘了金泽明要唱的歌儿是哪首了。"

"空欢喜一场！"

温笃行有些尴尬地把手机收了起来。

"不过，你为啥对金泽明要唱哪一首歌那么感兴趣呀？"

柳依依眨了眨眼睛，好奇地问。

"因为我想和他唱同一首歌，我要超越他！"

温笃行握紧自己的拳头，说道。

"啪！啪！啪！"

温笃行话音刚落，柳依依就鼓起掌来。

"有志气！不愧是我看着长大的小伙子！虽然我们不知道金泽明会唱哪首歌，但我喜欢你的勇气！"

"我怎么感觉你在占我辈分的便宜？！"

温笃行说着，露出一个怀疑的眼光。

"哪有啊，你想多了。"

柳依依说完，试图通过一个假笑蒙混过去。

"放学有时间吗？要不咱一块儿去 KTV 吧！梦悦城就有一个。"

温笃行提议道。

"我今天没什么事儿。"

徐远洋道。

"我今天就舍命陪君子了，奉陪到底！"

柳依依边说边看向温笃行，眼中满是坚毅的神色。

"虽然总觉得你的话很奇怪，不过不知为什么，我还有点儿小感动。"

温笃行说着，捂着眼睛假装哭了起来。

放学后，三人结伴来到梦悦 KTV。

"老板老板！来一个小包间吧！"

柳依依举着手机上的付款二维码兴奋地说。

"好嘞。"

老板正要给他们开一个包间时，柳依依补充道：

"要咱们这儿隔音效果最好的！"

"啥？"

老板听了愣住了，问。

"喂！我唱歌真的就那么难听吗！"

温笃行苦笑着抱怨道。

"我们不能再增加无辜的牺牲者了，明白吗？"

柳依依转过头来，眼神冰冷地直视着温笃行，严肃地说道。

温笃行被柳依依盯得有些发毛，硬是没敢接话。

"风萧萧兮易水寒，壮士一去兮不复还！"

柳依依仰头望向远方，继续说道：

"我不入地狱，谁入地狱？！"

"该配合你演出的我演视而不见！"

温笃行丢下这句话后，就拽着柳依依的衣服袖子往包间的方向走。

"你果然要唱薛之谦！"

柳依依用非常得意的语气说。

"你高兴得像薛之谦本人一样！"

温笃行禁不住调侃道。

"不，我高兴得像薛之谦的律师一样，因为可以发律师函了，你唱歌明显侵犯人家名誉权。"

柳依依在言语间仍旧没有放过温笃行的打算。

"不好意思，给您添麻烦了！"

徐远洋向老板微微点头，表示了一下歉意，就匆匆去追柳依依他们去了。

"来！"

进了包间之后，柳依依把话筒递给了温笃行。

温笃行接过话筒后，柳依依说道：

"今天我们为你而来，你来开第一腔！"

温笃行虽然觉得柳依依的话有点儿别扭，但还是清了清嗓子，点了一首薛之谦的《刚刚好》。

一曲终了，全场默然。

半晌，温笃行小心翼翼地问：

"我唱歌真有那么难听？"

"该怎么说呢……"

徐远洋稍微停顿了一下，随后说道：

"意外地还不错呢。"

"真的吗？太好了！"

温笃行颇为高兴地说。

"高音基本都能上去，音准也不错。"

刚刚还一直调侃温笃行的柳依依此时突然认真起来，继续说道：

"但是如果你唱歌只用嗓子的话就会很累的，而且你会有些气短，要学会把气吸到小腹丹田的位置，并学会在不需要连续演唱的地方换气。"

"嚯，看不出来，你也是行家啊？"

温笃行有些惊讶地说。

"那必须的。"

柳依依抬起头，显得十分得意，说道：

"我来给你示范一下！"

柳依依拿起话筒，引吭高歌了一曲。

曲罢，温笃行带着哭腔说：

"大哥，别开腔！自己人！"

"很有小依的风格。"

徐远洋笑了一下，模棱两可地说。

大家喜欢的歌曲往往都是内心的写照

"39.5℃。"

董晓峰站在妹妹的床边，看着温度计上显示的数字，神情严肃。

"哥……快……快扶我起来！"

满脸通红的董晓倩躺在床上吃力地说。

此时，她的枕头和被褥早已被汗水浸湿，湿漉漉的头发也都粘在了脸上。

"我……我今天一定要去上学才行！"

董晓倩艰难地用双臂支撑起自己的身体，想要下床。

"晓倩！"

董晓峰着急地说：

"烧成这样就别学习了吧！"

"不……"

董晓倩摇摇头，说道：

"烧成灰我也要去。"

董晓倩双臂一软，一下子趴在床上，嘴里喃喃道：

"因为呀……今天……今天是他很重要的日子。"

"我愚蠢的妹妹啊。"

董晓峰满是心疼地将右手的食指和中指并在一起，轻点了一下董晓倩的额头。

"哥……"

董晓倩有气无力地开口道：

"你……能不能帮我办一件事儿？"

放学后，原本寂静的学校礼堂逐渐热闹起来，越来越多的人从礼堂外面进来，不一会儿，不大的礼堂很快就座无虚席了。

"欢迎大家来到一学期一度的校园卡拉OK大赛！我是这次的主持人，来自七班的彼得！"

彼得爽朗的声音回荡在不大的礼堂里，清晰可闻。

"青春，是一首情感丰沛的歌！每个人都有属于自己的青春，每个人都有不同的歌。把所有的情感通过歌曲展现出来吧！让全场的灵魂震荡！为今天站在舞台上的歌手们喝彩吧！陪自由的歌手疯狂！"

彼得寥寥数语的即兴演讲很快就炒热了气氛，获得了台下观众热烈的回应。

几位选手演唱过后，彼得介绍道：

"十年，说长不长，因为它只够让我们从蹒跚学步到步入初中；十年，说短不短，因为它足以让我们从年少无知变得自信稳重，下面有请高一七班金泽明同学为大家带来陈奕迅的《十年》，大家掌声欢迎！"

"来了！"

听见金泽明的名字，温笃行的神经瞬间紧绷起来。

在众人的掌声中，金泽明漫步来到舞台中央，聚光灯打在他身上，让他看上去像一位天王巨星。

"音乐，谢谢！"

金泽明虚指了一下斜上方的位置，伴奏很快响起。

不知不觉间，一曲终了，无数的掌声和欢呼声涌上舞台，其中不乏少女的尖叫，金泽明伴着掌声和欢呼声走下了舞台。

金泽明经过后台时，和正在候场的温笃行打了一个照面。

"唱得不错。"

温笃行赞叹道，语气中显得十分真诚。

"谢谢。"

金泽明停住脚步，对温笃行的赞誉报以一个礼貌性的微笑，随后径直走下了舞台。

据说，比赛结束后，金泽明就获得了一个令无数男人艳羡的称号：迷妹杀手，因为在比赛结束后的一个月内，就有两个初二学妹和一个高二学姐向他表白，不过都被他一一回绝了。尽管后来金泽明还顺利晋级决赛，不过他却以学业繁重为由放弃了参赛资格。

"在生活中，我们都试图追求平衡，不论是学业和娱乐，抑或是友情与爱情，都需要实现一定的平衡，而刚刚好就是一种最为幸运的状态，下面有请高一七班温笃行同学为大家带来薛之谦的《刚刚好》，大家掌声欢迎！"

温笃行在掌声中接过彼得手中的话筒，说道：

"第一次上台唱歌，有点儿紧张，主要也是小时候唱歌确实不太好听，记得我小学三年级的时候，有一次……"

"咳咳。"

彼得咳嗽了一声，小声提醒道：

"这是校园卡拉 OK 大赛，不是中国好声音，讲故事就免了吧。"

"咳咳。"

听到彼得的话，温笃行也清了清嗓子，说道：

"那，闲话少说，我开始唱了啊！"

"噢！等你好久了！加油啊，温笃行！"

柳依依充满活力的声音响彻礼堂，引得众人一阵哄笑。

温笃行朝柳依依比了一个OK的手势，然后开始了演唱：

如果有人在灯塔，拨弄她的头发，思念刻在墙和瓦……

在演唱的过程中，温笃行并没有为早已烂熟于心的曲调和歌词花费全部精力，而是时不时地在观众席里搜索着那个他朝思暮想的身影。

……你别太在意，我身上的记号。

直到演唱结束时，温笃行也没有找到那个身影。

在热烈的掌声中，温笃行落寞地离开了。

不过，温笃行没有注意到的是，在礼堂居中的位置上，有一个录像机将他在舞台上的表现全部录了下来。

虽然温笃行的演唱基本没有跑调，但在几个尾音的处理上通过颤音等方式不自觉地增加了自己的风格，有些与歌曲情感相得益彰，有些则显得突兀，但依然收获了不少好评。虽然恋爱女神并没有因为他特别的演唱而垂青于他，不过他也获得了一个响亮的称号："摄魂歌神"，也算是在江湖上留下了自己的传说。

离开舞台的温笃行并没有在礼堂里逗留，而是默不作声地走出了礼堂的大门。

就在这时，彼得主持的声音清晰地传入了温笃行的耳朵里：

"下面有请高一七班孟霖铃同学为大家带来《A Thousand Years》，大家掌声欢迎！"

听到这里，温笃行立刻跑回了礼堂内，目光瞬间就锁定了正站在舞台中央的孟霖铃身上。

在聚光灯下，本就迷人的孟霖铃显得更加光彩照人。

她深吸了一口气，朱唇轻启，一首曲调优美的英文歌曲就缓缓流出，流进了观众的心中。

"...I have loved you for a thousand years, I'll love you for a thousand more."

当演唱戛然而止时，观众才如梦初醒地从那清亮的声音中回过神来，雷鸣般的掌声从人群中响起，经久不息。

在如潮的掌声中，孟霖铃微笑着朝台下鞠了一躬，但她双颊的绯红已足以表明她的喜悦。

比赛之后，孟霖铃天籁般的歌声和迷人的气质迅速在学生间广为流传，引起了一阵轰动，曾经出现了放学的时候有七八个人在高一七班教室门口围观的盛况，给性格低调的孟霖铃造成了不小的困扰。

后来，人气暴涨的孟霖铃被某位不知名的粉丝赋予了"空灵绝唱"的名号，进一步扩大了她的知名度，导致习惯了默默无闻的孟霖铃不得不放弃了决赛资格，在一定程度上遏制了粉丝们的狂热。最终，这件事在赵从理老师的出面介入下才得以完全解决。一个月后，大家的生活又恢复到往日的宁静中，但"空灵绝唱"的名号却在校园中继续流传着。

"今天你的歌真的很好听！你一定准备了很久了吧？"

回到家，温笃行放下书包，立刻坐在书桌前给孟霖铃发起了消息。

"哈哈，谢谢你！这首歌是我很喜欢的歌，虽然比赛前没有练习很多，但的确唱过很多遍了。"

孟霖铃很快就回复了消息。

"如果可以的话……"

温笃行发完这句话之后停顿了一下，继续发道：

"我想一直听你唱歌，我希望我的一生都有你的声音在我的耳畔！"

"那是当然了。"

看着孟霖铃肯定的答复，温笃行不禁喜上眉梢。

"我们要做一辈子的好朋友哦！"

孟霖铃发完这段话后，又补了一个可爱少女微笑的表情。

温笃行看着孟霖铃的回复，脸上摆出一副欲哭无泪的表情。

"好！"

他极不情愿地打出了这个字，发了过去。

门被打开了，董晓峰走进家门，看见了身着睡衣坐在餐桌旁的董晓倩，手里还抱着一杯热可可。

"为什么不好好躺下休息？"

董晓峰皱起眉头，有些责怪地问。

"烧已经退了，想起来活动一下。"

董晓倩说着，露出一个有些疲惫的微笑。

董晓峰在书包里翻着，很快就翻出了录像机。

"要看看吗？"

董晓峰拿着录像机，问。

"要！"

董晓倩吐了一下舌头，稍微恢复了一点儿精神。

董晓峰将录像机连上电视后，屏幕上很快出现了温笃行的影像。

董晓倩抱着小猫毛绒玩具，全程聚精会神地盯着屏幕，温笃行的演唱结束后，她还开心地鼓起掌来。

此时，董晓峰从冰箱里拿出一瓶可乐，边倒边问：

"怎么样？我录得不错吧？"

"录得太好啦！谢谢哥！"

董晓倩转过头来，冲董晓峰甜甜地一笑，说道。

"晓倩啊……"

董晓峰放下了可乐瓶，他犹豫了一下，还是装作漫不经心地开口问道。

"怎么啦？"

董晓倩此时还沉浸在看完温笃行演唱的兴奋中，随口应道。

"你为啥突然想听温笃行唱歌了……我记得他初中的时候唱的也不好听啊。"

"因为……他是我最最重要的朋友！"

董晓倩没有回头，她摆弄着衣角，双颊有些微红地回答道。

看着刚刚还兴奋不已的董晓倩突然安静下来，董晓峰好像突然意识到了什么，他不自觉地笑了笑，没有再多说别的。

如果能让在意的人感到安心就好了

中午，同学们正在教室里午休，突然，校园内响起了广播：

"同学们，各位中午好，我是学生会主席，来自高二一班的杨骁荪，很抱歉打扰各位午休。"

杨骁荪简单做完了自我介绍后，说道：

"本学年的第二学期即将结束，学生会中的大部分高二同学即将离开学生会专心备考，因此，我们诚挚地邀请各位有志于参加学生会工作的学弟学妹们参加学生会竞选，竞选将于下礼拜一放学后在礼堂开始，同时也请各班派出代表作为选举人参与投票。我谨代表学生会全体成员提前欢迎各位的到来。广播到此结束，谢谢！"

广播结束后不久，原本安静的校园很快又嘈杂起来。

孟霖铃走到柳依依身边，期待地问：

"小依！你对学生会感兴趣吗?！"

柳依依想了想，摇摇头，说道：

"过两天微电影节的结果就要出来了，我这两天还挺忙的，而且我对文书工作也不太感冒。"

"是嘛……那好吧。"

听了柳依依的话，孟霖铃悻悻地离开了。

这时，赵从理老师进了班，在讲台上站定，道：

"打扰一下，学校要求每班派出两个代表参加下礼拜一的学生会改选，现在请每个人找出一张纸条，写下两位同学的名字，放学前交给金泽明。"

赵从理老师接着看向金泽明，道：

"然后你把统计的结果告诉我一下。"

"好的。"

金泽明答应道。

放学后，数学办公室的门被推开了，赵从理老师抬头一看，温笃行走了进来。

"稀客啊。"

赵从理老师坐在椅子上笑眯眯地看着温笃行，问：

"今天是什么风把你刮来了？"

"有点儿事儿想和您商量一下。"

温笃行没有在意赵从理老师的调侃，开门见山地说。

"关于金泽明的事吗？"

赵从理老师认真起来问道。

温笃行摇摇头，道：

"是关于班级代表的问题……"

温笃行顿了顿，问道：

"请问我能成为班级代表吗？"

赵从理老师有些吃惊地看了一眼温笃行，随即掏出手机查看了一下统计结果，说道：

"班里投票选出的第一名是金泽明，二十七票，第二名是孟霖铃，二十三票，第三名是柳依依，二十一票……"

念完前五名后，赵从理老师将结果直接翻到了底部，说道：

"你获得了五票，是班级的第十一名，而你之后的同学普遍得票少于三票，因此投票结果，你并不占优势。"

"我想争取一下这个名额。"

温笃行想也没想地说道：

"我听说孟霖铃想参加学生会的竞选，但按照规定，她不能当选班级代表。"

"给我一个你这样做的理由。"

赵从理老师直视着温笃行，严肃地要求道。

温笃行略微犹豫了一下，说道：

"前段时间，孟霖铃因为校园卡拉 OK 大赛的事情在公众视野中引发了过多的关注，我很担心她，所以在她参加竞选的过程中，我想在台下默默地支持她，让她安心。"

"这也算是一个理由。不过……"

赵从理老师斩钉截铁地说：

"我不能同意你当选代表的请求。我们要尊重这次投票的结果，这既符合民主精神，也不破坏既定规则。"

"我知道了，谢谢老师。"

听到这里，温笃行以为自己讨了个没趣，转身准备离开。

"但如果你执意要去的话，我可以安排你以旁听代表的身份，观摩候选人演讲和代表投票。"

赵从理老师双手交叉置于胸前，笑吟吟地看着温笃行，说。

"老师，您说话咋还大喘气呢？"

温笃行转过身，有些哭笑不得地说。

"你们英语老师没教过你们，但是这个词以前都是废话吗？"

赵从理老师摊开手，装作一脸无辜地对温笃行说道。

"我对您的肺活量表现出极大的质疑，however，谢谢。"

温笃行说完，学着赵从理老师的动作，摊开了手。

"Not at all, you can go."

赵从理老师说着，做了一个请的手势。

"江湖再见！"

温笃行朝赵从理老师拱手道别后，离开了办公室。

"你似乎和你的学生很合得来呢。"

一位身着白色衬衫，脖子上戴着方巾的女人笑着说道，一头飘逸的黑色长发沿着她脸部的轮廓倾泻而下，一双水灵的大眼睛中透露出一丝可爱与机灵，她就是目前高一八班的班主任——颜丽华老师。

"别取笑我啦，丽华。"

赵从理老师把办公椅转向颜丽华老师，无奈地说。

"唉，也是。"

颜丽华老师叹了口气，道：

"我作为八班班主任，最近也不好过啊。"

"你们班董晓峰又打架了？"

赵从理老师试探着问道。

"没有，不过性质也差不多了。"

颜丽华老师颇为无奈地解释道：

"昨天我们班有一个女生跟董晓峰的妹妹炫耀男朋友给自己买的名牌包，撒完狗粮炫完富，就把他妹妹给气哭了。结果董晓峰一听说自己妹妹被欺负了，拿自己的零花钱买了个同款的山寨包儿，今天在教室里当着那个女生的面儿拿打火机把山寨包儿给点了，还跟人家说正版烧起来跟这个不一样，直接把打火机摔在人家姑娘身上让人家烧着试试。姑娘看到这阵仗，一下儿就吓蒙了，中午连饭都没吃就回家了。"

"扑哧。"

听到这儿，赵从理老师忍不住笑出声儿来，随后连忙说道：

"你继续说。"

颜丽华老师也没在意，继续说道：

"这事儿吧，你说是侮辱也谈不上，毕竟董晓峰一没用暴力侮辱肢体，二没用脏话侮辱人格，结果人姑娘的家长也真聪明，直接拿着打火机来找老师说，董晓峰违反了不让携带火种到校的校规。我今儿个一中午没休息，尽处理这事儿了。"

"哈哈哈哈！"

赵从理老师终于忍不住大笑起来：

"这小子真是个狠人，脑子也挺灵光，知道自己买不起正版包儿，就买一个假的直接报复，反正烧了也不太心疼嘛。行，有两把刷子！"

"要不，让董晓峰转到你们班学文去？"

颜丽华老师说着，露出一个狡黠的笑容。

"别闹啦！"

赵从理老师苦笑了一下，道：

"我带文科班才是真头疼呢。文科班女生多，你得罪人家姑娘一次，姑娘说不定就恨你一辈子，毕业之后想起这老师了都想踹上一脚。但作为班主任，该说的话我又不能不说，我的仇人很快就要遍布世界各地了。"

"家家有本难念的经啊。"

颜丽华老师右手托起自己的下巴，若有所思地感慨了一句，接着，她笑道：

"不过你这自我定位倒还挺清晰的。"

礼拜一下午，全校各班代表鱼贯进入礼堂，温笃行也悄悄混杂在入场的人群中，不过为了不引人注目，他特意跟了高一年级代表的队尾，与金泽明、柳依依二人保持了一定距离。很快，学生会主席杨骁苏就出现在众人的视野中。

"我谨代表学生会全体成员欢迎各位的到来，感谢大家对学生会工作的关注和支持。"

杨骁苏在台上打着官腔，脸上带着礼貌性的微笑：

"各位代表是全校学生意志的代理人，即将代表全校学生行使神圣的民主权利，选出符合学生与学校利益的学生会成员。希望各位在选举过程中能摒弃私心、遵循公意，从实际出发，以人民为中心……"

坐在台下的温笃行听着杨骁苏在台上了无新意的演讲，不禁感觉昏昏欲睡。

十分钟后，杨骁苏的演讲戛然而止，温笃行也努力驱赶走浓郁的睡意，将注意力集中在了即将登场的候选人身上。

在许久的等待后，温笃行最期待的人走到了演讲台前。

"各位与会代表，大家下午好。"

一个甜美的声音从台上传来，代表们向台上看去，很快就认出了那位曾在校园的卡拉OK大赛中创造奇迹的姑娘，于是众人的目光很快就汇聚到了孟霖铃的身上。

在众人的注目下，本就有些许紧张的孟霖铃心跳逐渐加快，渐渐感受到了很大的心理压力。

就在孟霖铃有些不知所措的时候，她突然看到了台下向她竖起大拇指的温笃行，顿时感觉轻松了不少。

"我这次想竞选的职位是宣传部部长。"

孟霖铃逐渐提高了自己的音量，答道：

"我认为宣传部不应该仅仅成为社团招新和师生座谈发布信息的媒介，而应该真正鼓励同学们发出自己的声音。"

听到这里，金泽明不禁眼前一亮，他的身体不自觉地微微前倾，专心地听着孟霖铃的发言。

孟霖铃清了清嗓子，说道：

"如果我有幸当选为宣传部部长，我将在平台上开设个人专栏推送，以学生演讲的方式传播知识，为同学们提供互相学习、交流的机会，实现校园内的知识共享。还请大家能投我一票！"

孟霖铃话音刚落，全场立刻以热烈的掌声表达了对她的支持与期待。

在沸腾的人群中，金泽明一直注视着台上的孟霖铃，眼神中有些惊讶，但更多的是发自内心的钦佩。

对游学的期待才是游学的起点

"告诉你们一个好消息！"

柳依依来到金泽明和孟霖铃面前，颇为得意地说道：

"咱们的微电影《陆沉往事》被评为这次微电影节参赛作品的第一名，说不定还会被送到日本参加其他赛事哦！"

"太好啦！"

孟霖铃一拍手，高兴地说：

"其实我也有一件好事儿要告诉你呦！"

"是什么呀？"

柳依依期待地问。

"小霖已经是这一届学生会的宣传部部长了。"

坐在一旁的金泽明笑眯眯地插话道。

"真是的，小明怎么能先说出来呢？"

孟霖铃笑着抱怨道，还用粉拳轻轻捶了一下金泽明。

柳依依之后又和两人随意交谈了几句，便找借口离开了。

"额，我怎么觉得今天和他俩说话不太舒服呢。不知道为什么，总想举个火把。"

柳依依自己小声儿嘀咕了起来。

"好了，都该回座位了啊！上课了。"

这时，赵从理老师走进了教室，对班里还在聊天的同学们喊道。

看着同学们慢慢悠悠地往各自的座位走，赵从理老师生气地拍了一下桌子，同学们回到座位的速度明显加快了不少。

看着都已经坐好的同学们，赵从理老师满意地点点头，说道：

"就算是期末考试前的最后一堂课也不能松懈啊！"

说完，赵从理老师低头翻开了学案，但他好像突然想起什么似的，又合上学案，说道：

"差点儿忘了，暑假咱们年级要外出游学。"

说着，他从公文包里拿出了一沓通知，边看边说：

"通知上写明了这次游学的时间和地点，有盛阳、帝京、洛安、天府、宁京、上洋、深渠、香埠几个城市可以选择。课代表快点儿上来发一下通知，要不然今天讲不完课，到时候看见卷子我怕你们哭。"

数学课代表温笃行和孟霖铃赶紧到讲台前拿出通知开始发放。

下课后，温笃行来到孟霖铃旁边，问：

"孟霖铃，你这次想去哪个地方游学？"

孟霖铃用右手食指托着下巴想了想，说道：

"可能要去洛安吧？毕竟那里曾是汉、唐等多个大一统王朝的首都，应该能学到很多。"

"嘿嘿，我也想去洛安。"

温笃行愉快地说。

"小依和徐远洋我还没来得及问呢，他们想去哪里？"

孟霖铃问。

"我不知道……如果他们也想去洛安就好了。"

温笃行挠挠头，说道。

当他转身要走时，孟霖铃忽然叫住了他。

"笃行。"

孟霖铃低着头，红着脸不好意思地说：

"前几天学生会竞选的时候，谢谢你的支持。"

"哦。"

面对孟霖铃的感谢，温笃行先是愣了一下，然后笑道：

"不客气，希望你能实现自己的理想。"

温笃行以一个自以为帅气的形象转身离去，心怦怦地跳个不停。

晚上回到家，温笃行和柳依依、徐远洋三个人建了一个群。

"这该不会是期末备考学习群吧？"

柳依依很快就在群里发言道。

"请问你对我的学习积极性是不是有什么误解？"

温笃行发出这行字之后，还甩了一个翻白眼的表情包。

"那我就放心了，看来地球暂时是安全的。"

柳依依发完后，又发来一个松了一口气的小人儿的表情包。

"好了，不和你皮了。"

温笃行顿了顿，又打字道：

"这次游学，咱们一起去洛安怎么样？"

"我听说金泽明要去洛安，要不，你再考虑考虑？"

柳依依劝说道。

面对这个问题，温笃行早有准备，于是打字道：

"只要我不和金泽明起冲突不就好了嘛！主要是我哥们儿董晓峰想去洛安，所以我想着咱们就一块儿去呗，还能顺便交个朋友。"

"既然你都这么说了，那我也没啥意见。"

柳依依接着打字问道：

"去洛安的带队老师是谁呀？"

"好像是八班的颜丽华老师。"

徐远洋突然冒出来，说道。

"不太了解啊，你们之前和颜丽华老师有过接触吗？"

柳依依有些好奇地问。

"哦……"

温笃行欲言又止，最后打字道：

"我哥们儿他就是八班的，听他说之前他把别人打了之后被颜老师骂了一中午。"

"红红火火恍恍惚惚，笑死我了。"

柳依依问：

"那你哥们儿是不是特别怕颜老师？"

"也不一定。"

温笃行打字道：

"他说上学期他被别人打到进医院的那段时间，颜老师一直给他送作业，直到他出院。"

"哈哈，好可爱的小老师呀！"

柳依依的语气中流露出对颜老师的好感。

"喂！徐仔！别再潜水了好不好！"

温笃行这时才发现徐远洋已经在群里消失许久，导致他和柳依依在群里聊出了私聊的感觉，于是催促道。

过了一个多小时，徐远洋才回消息道：

"我刚才放下手机去做了一套数学卷子，写完才看到，抱歉。"

"不对吧？老铁……"

温笃行疑惑地问：

"我记得数学的考试时间不是两个小时吗？"

"我实在懒得检查了，所以打算玩儿会儿手机就直接对答案了。"

徐远洋轻描淡写地发道。

"学霸的世界我不懂。"

温笃行的语气中透露出深深的无奈。

"所以你要不要一起去洛安？"

温笃行问。

"好啊。"

徐远洋答应道。

温笃行等了五分钟，发现徐远洋没有再回复其他任何话。

"虽然学霸做事情都喜欢抓重点吧……但聊天也只抓重点是不是有点儿太过分了？！"

温笃行抱着手机不满地吐槽道。

期末考试在很多同学对游学的期待中不知不觉地结束了。同学们将要面临的下一项严峻的挑战就是登录校园网，抢到自己想去的游学地点的名额。

虽然通知上写着游学目的选择项目将于期末考试后隔天的上午十点开始，但温笃行在八点钟的时候就早早坐在笔记本电脑前，开了空调，嘴里叼着一片面包片，手边放着iPad、苹果汁以及饼干、薯片等零食，严阵以待。

"哦对了，今天我追的新番好像要更新哎！"

想到这里，温笃行拿起iPad，赶紧打开了b站的追番列表。

时间不知不觉地来到了上午9：58，温笃行看了一眼表之后，赶紧放下iPad，点击了电脑屏幕上的校园网网址。

"系统繁忙，请稍后重试。"

当这行字出现在屏幕上时，温笃行的心情是崩溃的。

"学校服务器用的是水果电池吧？！"

温笃行拍着键盘吼道：

"给我振作起来啊！小土豆！"

在接下来的十分钟里，温笃行紧握鼠标，开始不停地点击刷新。

那行字第五十次出现在电脑屏幕上时，温笃行绝望了。

他把头砸在了键盘上，自暴自弃地嘟囔道：

"小土豆被电了那么久也会很疼吧？啊！小土豆休息一下也是正常的吧？哈哈。"

就在这时，温笃行的手机突然响了一声，他抬起头，拿起手机一看，是柳依依发来的一条新消息：

"我已经选完啦！在洛安组等你哦！"

"以我这儿的网速，我八成就在市内游学了。"

尽管温笃行发了一条调侃的消息过去，但语气中满是绝望。

发完这条消息后，温笃行条件反射地又点了一遍刷新，屏幕上出现了选择游学目的地的信息。

"土豆成精了？！"

温笃行惊讶地叫道。

不过他马上意识到自己没有时间继续吐槽了，于是他赶忙选定了洛安的选项，并点击提交。

在度过了人生中最为漫长的十秒之后，系统显示申请提交成功。

"**谢谢**土豆大仙！"

温笃行眼泪汪汪地盯着提交成功的界面，开始胡言乱语起来。

待心情稍稍平复，温笃行打开了微信，看到了柳依依几分钟前发来的消息：

"你把账号和密码给我，我把奇迹给你。"

"想要创造人类的幸福，只有靠老子自己！"

温笃行骄傲地发消息道：

"我将成为洛安最靓的仔！"

在关掉和柳依依的对话框后，温笃行马上打开了和孟霖铃的对话框，假装平静地问：

"怎么样，选到洛安了吗？"

"选到了！你呢？"

孟霖铃很快回复道。

"和你在洛安的街头走一走，直到所有的灯都熄灭了，也不回头。"

温笃行在回复里抖了个机灵。

"哈哈！你知道这次还有谁去吗？"

孟霖铃问。

"柳依依选到了，其他人不太清楚。"

温笃行回答道。

"那人挺多的呀，玩不了扑克了。"

孟霖铃想了想，问道：

"你玩儿过狼人杀吗？"

"没有，但我可以学。"

温笃行犹豫了一下，不好意思地说。

"耶！太好了！！"

孟霖铃发完这句话，回了一个胜利的表情，继续说道：

"到时候我教你！"

"到时候我可不会手下留情哦！"

温笃行半开玩笑地发道。

"我对自己的水平可是很有自信的。"

孟霖铃回复道。

温笃行认真地回复道：

"那我很期待哦！"

温笃行放下手机，兴奋地站起身来，在房间里来回走动，还时不时地傻笑一下。

秘密总在意外的情况下被人发现

出发当天的早上6：10，因为对游学过于兴奋而一夜无眠的温笃行早早来到了学校里，却发现操场上早已挤满了兴奋地讨论着游学计划的高一同学。他转了一圈，很快，他就在熙攘的人群中看到了一个紫色的双马尾。

"嘿！柳依依！"

温笃行边叫边朝着那个方向挥挥手。

头上扎着紫色双马尾的姑娘转过脸来，脸上露出了疑惑的神情。

"哦……"

温笃行举起的手尴尬地悬在了半空，他赶忙摆摆手，解释道：

"不好意思，认错人了。"

温笃行只好继续四处张望，这次他又看到了一个有着紫色双马尾的姑娘，而那位姑娘的脸碰巧朝着温笃行的方向在和同伴聊天。

看着姑娘脸上熟悉的婴儿肥和一双大大的眼睛，温笃行确定自己不会再认错人了。

"柳依依！"

温笃行开心地向柳依依挥着手，喊道。

正在和别人聊天的柳依依循声望去，看到了温笃行，也高高地举起自己的手，朝他挥了挥。

"怎么没看见徐远洋啊？"

温笃行左右看看后，奇怪地问。

"他好像没选到洛安，最后去帝京了。"

柳依依说着，语气中有些遗憾。

"唉。"

温笃行叹了口气，顶着两个大大的黑眼圈，感叹道：

"话说你起得还真早啊。"

柳依依摆摆手，说道：

"我昨天几乎就没睡着。"

说到这里，柳依依仔细观察了一下温笃行，随后说道：

"不过你好像也差不多吧？"

"咱俩说不定还有点儿区别。"

温笃行笑了笑，说道：

"我知道从午夜到凌晨五点半这段时间我可以数 9993 只羊。"

"真的吗？"

柳依依有些不相信地问。

"你试过连着数羊数五个多小时吗？"

温笃行谨慎地问。

"没有。"

柳依依爽快回答道。

"我说的就是真的。"

温笃行双眼炯炯有神地看着柳依依，说道。

"扑哧。"

一直待在柳依依身边的姑娘听到这里不禁笑出声来。温笃行这才注意到，一直看着他们对话的姑娘是孟霖铃。

温笃行的瞳孔一下子收缩起来，整个人不自觉地调整了一下站立的姿态。

"早……早上好。"

温笃行有些拘谨地打了个招呼。

"早呀。"

孟霖铃回应了温笃行的问好，脸上还带着一如既往甜美的笑容。

"你叫什么名字？"

一个悠悠的声音传来。

温笃行看过去，一位个子不高，身着白色衬衫，外面套了一件棕色薄风衣的女人正神情冷峻地看着他。

"我是高一七班的温笃行。"

温笃行简单做了一下自我介绍后，问道：

"请问您就是颜丽华老师吧？"

女人微微一点头，然后说道：

"你就在孟霖铃这组吧，记得每次参观完集合的时候都要和组长报个到。"

"好的，我知道啦。"

温笃行愉快地答应道。

在列车上，温笃行一直在寻找着孟霖铃的身影，他隐约听见从隔壁车厢传来了熟悉的声音，于是他走进了车厢，看见了几个熟悉的人：金泽明、孟霖铃、朱龙治三人正在玩儿着斗地主。

温笃行本想上前打个招呼，但手刚举起来，却很快又放下了。

他转身离开了那个车厢，却迎面撞上了柳依依。

"哎？"

温笃行有些意外地看着柳依依，问：

"你没和孟霖铃她们一起玩儿吗？"

"主要是我和金泽明也不太熟呀。"

柳依依耸耸肩，道：

"我当初之所以会和他接触，是因为你和他关系不错，其实我觉得这个人很多时候挺矫情的，不够大气。所以既然你现在不理他了，那我也不太想理他。"

"看不出来，你这么挺我呀？"

温笃行饶有兴致地看着柳依依，问道。

"你觉得要是没姐在这儿罩着你，你这满嘴跑火车的家伙是怎么茁壮成长到现在的？"

柳依依用高高在上的口气，有些骄傲地说。

"你听说过一个词叫位面之子吗？"

温笃行没有接话，而是反问道。

柳依依一脸困惑地摇摇头。

"位面就是世界的意思，这是游戏里的一个梗。简单来说，位面之子就类似造物主的亲儿子这种感觉。"

温笃行解释道。

"所以，我是造物主？"

柳依依装傻道。

"哦，我的意思是……"

温笃行擦擦头上的汗，道：

"我要不是天天靠怄气续命，可能我早就是百万富翁了吧？"

"嗯。"

柳依依点点头表示赞许，说道：

"你长得的确挺像是'地主家的傻儿子'。"

听了柳依依的话，温笃行苦笑道：

"就当你说的有理，反正我打不过你。"

柳依依颇为得意地笑了笑，道：

"我现在也没什么事儿干，要一起在网上下下五子棋吗？"

温笃行开心地点点头，表示答应。

下棋下到一半，柳依依指着自己的眼睛周围，问温笃行：

"你看我的黑眼圈重不重呀？"

温笃行仔细端详了一番，笑道：

"我都怀疑动物园的熊猫馆里是不是少了个大熊猫！"

柳依依嘟着嘴，抱怨道：

"真不会说话，怪不得你一直是单身呢！建议你先去同性交友网站上泡个几年，如果对异性依旧痴心不改的话，可以考虑去宠物商店、动物园、植物园找自己的另一半儿……那里可能会有很多有爱心又博学的姑娘！"

下午两点，列车缓缓驶入洛安南站。

在颜丽华老师的带领下，众人很快坐上大巴到达了酒店。

"酒店的房间是两人一间，下面我念到名字的同学派一个人过来拿房卡。"

颜丽华老师一边组织大家在酒店的大厅里集合站好，一边说道。

接着，颜丽华老师拿着大家的房卡，念了起来：

"金泽明和朱龙治！"

"到。"

"柳依依和孟霖铃！"

"这里！"

"温笃行和董晓峰！"

"here！"

"沈梦溪和董晓倩！"

"有！"

一刻钟后，颜丽华老师将房间分配完毕，嘱咐道：

"如果你们想调换房间的话需要提前跟我说一声。现在时间还早，你们可以在酒店内和附近的地方自由活动，但别走太远。"

董晓峰拿了房卡后，就和温笃行一块儿排队等电梯。

"咱们的房间在 502。"

大约十分钟后，董晓峰将其中一张房卡从卡套里抽出来，递给温笃行，说道：

"咱与其在这儿等电梯，还不如直接从楼梯上去呢。"

看着前边等着排队坐电梯的人潮，温笃行妥协了。

"走吧。"

温笃行拎着行李箱，无奈地说。

"啊！累死我了！"

插完电卡，温笃行将行李箱往房间最靠里的茶几旁边一放，就迫不及待地躺在了就近的床上，抱怨道。

董晓峰走过去将自己的行李箱和温笃行的行李箱放在一起，问道：

"在火车上也没好好吃东西吧？要不要一起去楼下找家餐厅吃点儿什么？"

"Here we go！"

温笃行颇为期待地说。

此时，大部分同学已经带着行李到达了各自的房间，因此电梯不再像刚才那么拥挤，两人坐上电梯很快就到达了楼下。

"Hello."

温笃行一下电梯，就看见不远处的孟霖铃伸出手跟他打了个招呼。

温笃行也朝孟霖铃挥挥手，脸上自然地露出一个灿烂的笑容。

"柳依依刚才在外边发现了一家不错的店，要一起去吗？"

孟霖铃询问道。

"好啊。"

温笃行点点头，然后指向旁边的董晓峰，说道：

"先给你介绍一下，这是我的好哥们儿董晓峰，我们在初中的时候是同班同学。"

"你好，我现在在八班。你愿意的话可以叫我晓峰。"

董晓峰打了个招呼。

"我叫孟霖铃，很高兴认识你。"

孟霖铃大方地打了个招呼，说道。

随后，三人来到店内，发现柳依依已经点好了几串羊肉串。

"我没想到男生也会加入我们。"

柳依依面色神秘地说：

"要不要试着登上大人的阶梯？"

趁众人还未反应过来时，她冲着柜台的方向喊道：

"老板，来四瓶果啤！"

"好咧！"

老板抱着四瓶果啤从前台走了过来。

"年轻人想喝酒还早了点儿吧？！"

一个熟悉的声音从门口传来，众人循声望去，颜丽华老师正满面怒容地站在门口。

"颜老师。"

柳依依赶忙来到颜丽华老师跟前，无辜地说：

"这是低纯度酒精的饮料，不是啤酒。"

听了柳依依的解释，颜丽华老师的眉头略微舒展，她拿过其中一瓶果啤，用大拇指撬开瓶盖，喝了一口，说道：

"虽然有大概 3% 的酒精含量，不过算合格吧。"

接着，颜丽华老师指着董晓峰他们坐的桌子，说道：

"包括刚才我喝的果啤在内，给那桌的人一人一瓶果啤，五瓶果啤的钱由我来付。"

"好咧，没问题。"

见有生意可做，老板自然对刚才的小插曲视而不见。

"谢谢颜老师！"

柳依依开心地向颜老师道谢。

柳依依回来后，董晓峰有些抱歉地说：

"我们班主任虽然经常多管闲事，但的确是位好老师，刚才的事儿希望你们不要介意。"

"你就是董晓峰吧？我记得你当时是八班篮球队的队员，而且也听温笃行提起过你。"

柳依依这才有时间和董晓峰说上话，于是问道。

"笃行都常说我些什么啊？"

董晓峰颇感兴趣地问。

"有些事儿还是不知道比较好。"

温笃行拍拍董晓峰的肩膀，插话道。

"算了。"

董晓峰将后背往椅子上一靠，对温笃行道：

"我看对面的两位姑娘也没有露出莫名其妙的笑容，估计你也没说我太多坏话。"

四人又吃饭闲聊了一会儿，便在互相道别后回到自己的房间去了。

回到房间后，董晓峰很快就去找朋友联机打游戏去了，对游戏兴趣索然的温笃行一个人闲来无事，不觉倦意来袭，直接躺倒在自己的床上睡着了。

温笃行醒来的时候，窗外天色已黑，他掏出手机一看，已是晚上十点左右了。他闲来无事，于是出门游逛。

在漫无目地逛了一会儿后，他想了想，给柳依依发了一条消息，写道：

"你睡了吗？刚才结账的时候我手机不是没电了嘛，如果你方便的话，我现在过去把钱还给你。"

不一会儿，柳依依回复道：

"好啊，我住 666 号房。"

温笃行很快来到了 666 门口，轻敲了两下门。

门吱呀一声开了，柳依依打开门，示意温笃行进来。

"其实，你是来找孟霖铃的吧？"

待温笃行进来后，柳依依关上门，直接地问道。

温笃行有点儿吃惊地看着柳依依，没有接话。

看着温笃行的反应，柳依依笑了笑，分析道：

"其实你完全可以通过微信转账把钱还给我，所以你既然要亲自前来，就一定有什么不得不这样做的理由。当你排除一切不可能的情况，剩下的，不管多难以置信，那都是事实。"

"我记得这是夏洛克·福尔摩斯说过的话吧？"

温笃行笑着说：

"女人的第六感真的很敏锐。"

朋友们一起度过的每个夜晚都是无眠之夜

"孟霖铃现在不在房间里吧?"

温笃行这才意识到自己忘了确认这件很重要的事儿,于是赶忙问道。

"孟霖铃去找朋友玩儿了。"

柳依依含糊其词地回答。

温笃行暗暗松了一口气,然后说道:

"我的确喜欢孟霖铃,不过,你是怎么知道的?"

面对温笃行的疑惑,柳依依好像早有准备似的,不疾不徐地答道:

"在我的理解中,男生会尽可能在与女生的交际中展现出一种自然的状态,即便是缺乏与异性社交的经验的男生也是如此,更何况是你这样的有很多异性朋友的男生,但每当你在我旁边与孟霖铃交谈的时候,我能明显感觉到你很紧张,而这种感觉是我与你对话的过程中不会出现的……"

柳依依说到这里,意味深长地看了一眼温笃行,继续说道:

"如果仅凭这一点还无法作出判断的话,那么你每天中午总会习惯性地看向孟霖铃所在的方向,我想应该足以说明问题了。"

"interesting..."

温笃行以无奈的语气回应道。

"你觉得她……喜欢我吗?"

温笃行小心翼翼地问。

"应该不喜欢吧。"

柳依依摇摇头,道:

"可能你觉得孟霖铃是那种温柔而被动的传统女生,但其实她是很有主见的。一旦遇到了喜欢的人,我相信她一定会主动表示的。"

"……那你觉得她喜欢金泽明吗?"

温笃行犹豫了一下,问道。

"我不知道。"

柳依依摇摇头,如实说道:

"友情和爱情的界限往往不是那么泾渭分明,所以我判断不出来。"

"这样啊,你也不知道吗……"

温笃行神情有些沮丧地说。

柳依依看着缄默不言的温笃行，忍不住开口道：

"孟霖铃在楼下的 233，你可以去找她玩儿……如果你能做到的话。"

听柳依依这么说，温笃行先是露出一副疑惑的表情，随即理解地点点头。

"哐哐。"

温笃行站在 233 的门口，轻轻敲了两下门。

"全社杀一口？"

门里边传来了一个声音，答道。

温笃行愣了一下，然后就意识到这是历史课上学习的"大跃进"时期的一首打油诗，因为实在是通俗易懂到了能当段子的地步，所以曾在班里风靡一时，于是他念出了这首诗的下半句：

"足够吃半年。"

"哈哈，是友军。"

门开了，孟霖铃探出了自己的小脑袋，看见温笃行之后，冲他甜甜地笑了一下。

"晚……晚上好。"

温笃行红着脸说道。

"呦！你醒啦？"

从房间里出来的董晓峰看到了温笃行，邀请道：

"我们正商量着一起玩儿'狼人杀'呢，要不要进来一起啊？"

"走吧！"

温笃行一拍董晓峰的肩膀，示意董晓峰前面带路。

温笃行进到房间里之后，发现房间里还有金泽明、朱龙治、董晓倩。

就在温笃行纠结该怎么跟金泽明开口说话的时候，金泽明突然开口道：

"我们这儿好像人已经够了，要不你下次再来吧。"

面对金泽明的逐客令，温笃行正不知该怎么回答的时候，孟霖铃道：

"小明你记错了吧？我记得'狼人杀'除了上帝以外，至少需要五个人才能玩儿呀。"

"……哦，是我记错了。"

金泽明自知失言，于是附和道。

在有些尴尬的气氛中，众人开始分配"狼人杀游戏"的角色。

"我玩儿过很多次'狼人杀'了，所以这次就先由我来当上帝主持游戏吧！"

孟霖铃主动请缨道。

于是温笃行、董晓峰、董晓倩、朱龙治、金泽明依次坐好。温笃行从孟霖铃手中接过身份牌一看，是一张狼人牌，随后他便将狼人牌揣进了兜里。其他人也纷纷确定了自己的身份，将身份牌放到了别人看不见的地方。

在身份牌分发完毕后，孟霖铃解释道：

"这次游戏的身份分别是两个村民，一个狼人，一个女巫，一个预言家，其中女巫和预言家为神职角色。女巫可以在某个晚上使用一次毒药杀人，在另一个晚上狼人杀人之后使用一次解药救人，预言家每天晚上可以查验一个人的身份，如果是狼人我会告诉他是坏人，如果是其他角色我会告诉他是好人。如果狼人全灭则其他角色胜利，如果村民或者神职角色全灭则狼人胜利。"

接着，孟霖铃指挥道：

"天黑请闭眼！"

"狼人请睁眼。"

"狼人决定今晚要杀的人是谁？"

"确定吗？好，狼人请闭眼。"

"女巫请睁眼。"

"今天死的人是他。是否使用解药？是否使用毒药？好，女巫请闭眼。"

"预言家请睁眼，今天要验证谁的身份？"

"好人拇指朝上，坏人拇指朝下，他的身份就是这个。好，预言家请闭眼。"

"天亮了。"

在听到这句话后，所有人都睁开了眼睛。

孟霖铃继续说道：

"今天死亡的人是董晓峰，第一晚死亡有遗言。"

"我觉得……"

董晓峰用右手的食指和拇指呈八字形托着下巴，正色道：

"我是无辜的。"

"算了吧，你活着也挺浪费空气的。"

温笃行调侃道。

董晓峰吐了吐舌头，然后坐在一边拿起手机继续打起了游戏。

"下面从温笃行开始请大家按顺序依次发言。"

孟霖铃道。

温笃行稍稍组织了一下语言后，认真地说：

"虽然我刚才调侃董晓峰的发言真的毫无价值，不过我们还是能从中得到一些有用的信息。首先他不可能是狼人，因为他一自杀游戏就结束了；其次他不可能是女巫，否则他应该会用解药来救自己；最后他也不可能是预言家，不然他临死前最起码应该提一句话吧？所以我认为他是一个村民。"

"啊？预言家和女巫都是啥？"

董晓峰在等待自己的游戏角色复活的间隙故意装傻，插了一句话道。

"出局的人不能说话！"

孟霖铃瞪了董晓峰一眼，有些生气地提醒道。

"我觉得董晓峰不是村民。"

温笃行幽幽地说：

"他是个智障。"

轮到董晓倩发言了，她看了一下温笃行，又低下头开始摆弄起自己的衣角，说道：

"那个……我觉得温笃行说得挺有道理的，所以他应该是个好人吧……我现在很难看出谁是狼人，所以我想弃权。"

过了一会儿，董晓倩用很小的音量说道：

"我说完了。"

孟霖铃苦笑了一下，示意朱龙治可以开始发言了。

"我并不赞同刚才董晓倩的看法。"

朱龙治先抛出了自己的观点，随后说道：

"因为温笃行刚才的所有分析都符合逻辑，一个狼人也有可能通过这种分析摆脱嫌疑，因此我认为不能以此来判定他的身份。而董晓倩发言的逻辑就显得很奇怪，有可能她还不太会玩儿，也有可能她是在故意含糊其词，所以我认为至少董晓倩的嫌疑是最大的，因此我准备投票让董晓倩出局。"

金泽明想了想，说道：

"其实我是预言家，我验证了刚才董晓峰的身份是好人，所以温笃行的推理是正确的。由于狼人只有一个，且这次不让人出局则会增加狼人的胜率，所以我决定投票让董晓倩出局。"

孟霖铃点点头，道：

"现在开始投票！"

最后的投票结果为：

温笃行弃权，董晓倩弃权，朱龙治投董晓倩，金泽明投董晓倩，董晓倩出局。

"请董晓倩说遗言。"

孟霖铃看着董晓倩，道。

董晓倩点点头，有些不好意思地说：

"那个……其实我是女巫。"

听到这里，在座的人不禁都吃了一惊。

"这局输了！"

金泽明扶着额头，悔恨地说。

"游戏继续，天黑请闭眼。"

……

"天亮了。今天死亡的人是朱龙治。游戏结束,狼人获胜了!本局的身份是:温笃行是狼人,董晓峰是村民,董晓倩是女巫,朱龙治是村民,金泽明是预言家。"

孟霖铃宣布道。

"我们再来一局吧!"

在大家把身份牌都交回去后,金泽明不甘心地提议道。

"那这次我来当上帝吧。"

朱龙治道:

"我似乎有点儿明白这个游戏的玩法了。"

于是孟霖铃接替了朱龙治之前的位置,朱龙治开始发身份牌,这次温笃行拿到的是村民。

……

"天亮了,今天死亡的人是孟霖铃,请说遗言。"

孟霖铃先是露出一丝茫然的神色,随后道:

"我是一位村民,希望预言家和女巫能保护好另外一位村民,特别是女巫不要冒险使用毒药。我要说的就是这些。"

随后,朱龙治示意由温笃行发言。

温笃行不假思索地说:

"我是好人,但因为我掌握的信息不够充分,所以我无法就场上形势作出判断。为了防止出现像上一局直接票死女巫的情况出现,所以除非之后发言的人有重大嫌疑,否则我想投弃权票。"

董晓峰犹豫了一下,说道:

"……我也是好人,不过我不是预言家,所以我不能验证身份。因为现在村民只剩一个人,所以我想村民应该不会贸然暴露身份,也正因如此,为了防止出现让村民直接出局的情况,所以我也投弃权票。"

"我觉得刚才哥哥的话听起来很奇怪……"

董晓倩想了想,分析道:

"哥哥说自己是好人,那么排除了预言家,假设哥哥是女巫的话,他应该留着一次自救的机会,所以完全可以暴露身份,所以他只可能是村民,不过这样发言的话不就很容易将自己暴露在危险中吗?所以我猜哥哥其实是狼人。还好,我是预言家,我验证了孟霖铃的确是好人。"

"我是女巫。"

金泽明自曝身份,然后说道:

"我认为董晓峰通过模糊身份达到自保目的的可能性很大,但根据他的话,我不能判断他是村民还是狼人,因为风险太大了,所以我投弃权票。"

温笃行投董晓峰，董晓峰弃权；董晓倩投董晓峰，金泽明弃权；董晓峰出局。

"游戏结束，好人获胜！本局的身份是：温笃行是村民，董晓峰是狼人，董晓倩是预言家，孟霖铃是村民，金泽明是女巫。"

朱龙治宣布道。

"你表现得很好嘛！真看不出你是个新人。"

孟霖铃以颇为赞许的眼光看着温笃行，说道。

温笃行挠挠头，显得有些不好意思。

"哥，我困了。"

董晓倩打了个哈欠，揉着眼睛对董晓峰说。

董晓峰怜爱地摸了摸她的头，然后对众人道：

"那我先送她回房间，你们继续玩吧。"

说着，两人便离开了房间。

"现在只剩下咱们四个了。"

孟霖铃环顾四周，思索了一下，说道：

"不如，我们玩儿'真心话大冒险'吧！"

人们把真实的情感都埋入内心深处

看着孟霖铃十分期待的眼神，温笃行等人也没多想，便点头答应了。

"不过……"

金泽明看了一眼手机上显示的时间，说道：

"现在已经快到午夜了，'大冒险'就免了吧，我们可以聊聊真心话。"

"好啊。"

孟霖铃开心地点点头，看着温笃行，说道：

"那就从笃行开始吧……你和柳依依发生过的最大的一次冲突是什么？"

"嗯……"

温笃行抱着双臂，抬头想了一会儿，说道：

"我记得应该是小学的时候吧？我们其实是小学同学。"

"下面把灯光投给这位同学！"

孟霖铃半开玩笑地对温笃行说。

温笃行笑了一下，道：

"那是一个晴朗的早晨……"

"歌哨声伴着起床号音？"

朱龙治下意识地接话道。

"哦……"

温笃行突然被打断后显得有些不知所措，他重新组织了一下语言，说道：

"那是一个夏日的午后，天上的太阳火辣辣的晒……"

"扑哧。"

听到这里，孟霖铃不禁笑出了声儿。

温笃行顿了一下，决定强行把故事讲下去：

"我妈看我俩玩儿得好，所以那天放学就给了我十块钱，让我买两根冰棍儿。我就买了两……"

"结果你把两根都吃了？"

孟霖铃好奇地问。

"你猜对了一半儿。"

温笃行看着孟霖铃，露出一副无辜的表情，说：

"你也知道，夏天的时候冰棍儿一般都化得比较快。然后柳依依发现自己的冰棍儿一直在融化，就开始哭，还是怎么劝都劝不住的那种。所以，为了帮助她顺利赶上冰棍儿融化的速度，我就把她的冰棍儿咬下来一大块儿，结果她哭得更凶了……"

"不是也没打起来吗？还不错。"

朱龙治安慰道。

"是没打起来，问题是在那之后她俩礼拜都没跟我说话。"

温笃行苦笑道：

"最后还是我自掏腰包请她去冰激淋店吃冷饮她才满意，因为店里有冷气，就不用担心冷饮会融化了……当时总共花了 14 元，这个数字像心理阴影一样在我的脑海里挥之不去，因为那是我当时攒了三个月的积蓄啊！"

"吃货对食物的怨念真是相当可怕啊。"

听完温笃行的讲述，朱龙治若有所思地点点头，答道。

"下面该笃行指定下一个人说真心话啦！"

孟霖铃提醒道。

为了避免尴尬，温笃行选择问朱龙治真心话：

"你和初恋是怎么在一起的？"

朱龙治徐徐说道：

"我从小学起就喜欢打篮球，上初中的时候还成了学校篮球队的队员，我的初恋当时是我们队另外一名队员的女朋友……"

"只有不够硬的锄头，没有挖不动的墙角。"

温笃行开玩笑道。

"我当时那么年轻，哪儿懂什么要想生活过得去，就得头上戴点儿绿啊？"

朱龙治开玩笑地回应道：

"当时那姑娘说喜欢我，要和她男朋友分手。我脑子一热，二话不说就和她男朋友干了一架……"

"最后抱得美人归了？"

温笃行颇感兴趣地问。

朱龙治点点头，然后有些无奈地说：

"结果仨礼拜之后我打架受的伤都没好呢，人家姑娘就又跟隔壁管乐团团长好上了。这年头儿，打篮球的真比不过玩儿乐器的。"

"初恋就像一阵风，一不留神就来去无踪。"

温笃行感叹道。

"笃笃。"

就在这时，一阵敲门声传进了屋内。

"该不会是老师吧？"

温笃行有些心虚地小声嘀咕道。

孟霖铃把食指放在唇上示意大家安静，然后轻手轻脚地走到门边，透过猫眼看见了一头熟悉的白发。

为了谨慎起见，孟霖铃在门边小声地说：

"全社杀一口。"

"半年都管够！"

门外回应道。

孟霖铃轻笑了一声，打开门，董晓峰从外面走了进来。

"你刚才错过了好多劲爆的消息呢，真可惜。"

孟霖铃惋惜道。

"不好意思，刚才在门外被颜老师盘问了半天，皮都快脱一层了。"

董晓峰进来后，第一时间说道。

"啊？那颜老师还会来这里吗？"

孟霖铃问道，语气中显得有些紧张。

董晓峰一摊手，说道：

"人家不说，咱也不敢问啊。"

"笃笃。"

就在这时，敲门声再度响起，有了董晓峰之前说的那番话，众人的神经瞬间紧绷起来。

"我是颜老师，开门！"

"看来咱们几个是被她一个人包围啦。"

董晓峰有些释然地说。然后他指着洗手间，示意除了金泽明和朱龙治以外，其他人都赶紧躲进洗手间里。

董晓峰打开了门，还没来得及说话，颜老师就劈头盖脸地说道：

"怎么还磨磨蹭蹭的？你知道现在几点钟了吗？！还不快回去睡觉！"

"我这不正跟朱龙治他们要我白天借给他们的充电宝呢，马上就回去睡觉！"

"你小子可给我老实点儿啊！拿了东西赶紧回去，别到了外头还给我惹事儿！"

颜老师盯着董晓峰，警告道。

"得嘞！"

董晓峰满口答应道。

门一关，众人顿时松了一口气，赶紧从洗手间内鱼贯而出。

"说起来，我倒是挺喜欢在五谷轮回之所看《红楼梦》的，刚才躲进去的时候，我还后悔没带一本装着是在读书呢。"

刚出了洗手间，朱龙治就忍不住对一旁的金泽明笑道。

金泽明抬手算了算朱龙治看的章回数，笑道：

"你可能是最近吃多了。"

金泽明此言一出，众人不禁都笑了起来，方才紧张的气氛霎时缓和了许多。

金泽明趁机提议道：

"现在也凌晨一点多了，要不你们就先回去吧。"

众人为了避免被颜老师再度突击检查，都纷纷表示赞同。

"晓峰，你先回房间吧，我送孟霖铃回去。"

出了金泽明和朱龙治的房间后，温笃行对董晓峰说道。

"好吧。"

董晓峰点点头，说道：

"小心别被颜老师发现了，那我先撤了！"

董晓峰离开后，温笃行对孟霖铃建议道：

"为了保险起见，咱们走楼梯吧，这样不太可能被颜老师发现。"

孟霖铃点头道：

"虽然有点儿麻烦，不过也还可以。"

于是两人来到了楼梯间，开始慢悠悠地往上走。

路上，温笃行深吸了一口气，假装漫不经心地开口道：

"对了，刚才的真心话我都没机会问你，我现在还能提问吗？"

"可以呀。"

孟霖铃走在前面，侧着头回应道。

温笃行快走几步，和孟霖铃并肩而行，问：

"你喜欢什么样的男生呢？"

听到这个问题，孟霖铃脸红了一下。

"因为我一直觉得你似乎只对学习感兴趣，所以我挺好奇你会喜欢什么样的男生。"

温笃行有些慌乱地解释道。

"我……喜欢那种有责任感又温柔的男生吧，我认为一个真正关心自己朋友的男生一定也会关心自己的女朋友。"

孟霖铃认真地想了一下，说道。

"这种男生还挺多的。"

温笃行笑了笑，道。

孟霖铃笑着点点头，问道：

"那你喜欢什么样的女生？"

温笃行咽了一口吐沫，说道：

"我……喜欢像你这样的……温柔、谨慎、情商高。"

"哈哈，你真会说话。"

孟霖铃歪着头看着温笃行，露出一个灿烂的笑容。

"我们到了。"

温笃行说着，指了指墙上贴的 6 的标识。

"哎？你知道我住在六层？"

孟霖铃有些好奇地问。

"刚才和柳依依在微信上聊了一会儿，知道的。"

温笃行镇定地回答。

"你喜欢柳依依吗？"

孟霖铃瞪着好奇的大眼睛，突然问。

"啊？我才不喜欢她呢！"

温笃行赶紧否认道。

"太可惜了，我以为你俩能发生点儿故事呢。"

孟霖铃说着，眼中满是惋惜。

温笃行对此唯有报以苦笑。

说话间，两人已来到了孟霖铃的房间门口。

"我就送到这里吧。"

温笃行说着，冲孟霖铃摆摆手，说道：

"晚安。"

"你也早点儿休息，晚安。"

孟霖铃笑吟吟地道别。

送别了孟霖铃，温笃行双手插兜，一边哼着小曲儿，一边愉快地走到了电梯间，看到了一脸怒气的颜丽华老师。

"那个……"

温笃行一时间不知该如何应对，随口答道：

"我刚才去还充电宝了。"

"那就麻烦你明天把凌晨两点还充电宝之前发生的所有事情写成一份报告交给我吧，抬头的标题就写检讨书好了。"

颜老师笑眯眯地看着温笃行，道。

"是。"

温笃行有一种自己是被猛兽盯上的猎物的感觉，也不敢多说什么。

在 233 房间里，金泽明和朱龙治此时已经熄了灯，但两人躺在床上都了无睡意，便聊起天来。

"你似乎一直对自己要求特别严格，特别是学习方面，你从小到大都是这样吗？"

朱龙治问。

"不是。"

金泽明抬头看向天花板，好像在回忆什么十分久远的事情一样。

良久，金泽明开口道：

"我和你这种一直在秋大附中读书的人不一样，我以前是孔孟附中毕业的。"

"就是那所在现代社会仍坚持以仁义礼智信治校的学校吧？看官网似乎成绩不错。"

朱龙治想了一下，说道。

"如果官方宣传的时候都没有拿得出手的成绩，这个学校就真没救了是吧？"

金泽明有些无语地说。

"近代历史已经充分向我们证明，儒家理论其实很难解决现实问题，这是从儒家使用单一的道德标准要求所有人开始就注定的宿命。孔孟附中带着严守古训的宗教激进主义将之贯彻到教育领域，只会培养出更多道貌岸然的伪君子而已。"

金泽明顿了顿，继续道：

"当我们学校的人把仁理解为互相包庇掩盖彼此的过错，把义理解为为了给朋友出气去打架，把礼理解为学习成人聚在一起吸烟酗酒等恶劣的社会规则，把智理解为算计两性关系，把信理解为盲目跟随校园恶霸去为非作歹的时候，这种教育模式就已经彻底破产了。"

"……你以前也这样吗？"

朱龙治犹豫了一下，问。

"我初三之前最大的爱好就是打架。"

金泽明毫不避讳地承认道。

"我甚至觉得只有女人才会吵架，男人就应该用拳头解决问题。直到有一次，我和其他派别的一个老大在体育器材室门口打架，从中午打到了放学，最后浑身是血地倒在了血泊中，被老师直接送去了医院，我才意识到自己的愚蠢，才意识到自己以为凭借拳头就能解决一切问题的想法是何等的幼稚。"

说到这里，金泽明不禁哽咽了一下，继续说道：

"然后……然后我退出了帮派，抛弃了廉价的自尊心，花一年时间努力学习，最终，皇天不负苦心人，我考上了全市最好的中学之一的秋大附中。"

"努力还是会有回报的……"

朱龙治说着，声音逐渐减小下去。

金泽明看着有了困意的朱龙治，不忍再继续打扰，便翻了个身，渐渐睡去。

旅途中的相伴胜过万千风景

早上7：50，502房间内，温笃行正抱着自己的枕头睡得迷迷糊糊的，突然，他的手机响了起来。

温笃行睡眼蒙胧地拿过手机，接通了电话。

"温笃行！你知不知道现在几点了？！"

电话里传来颜丽华老师的吼声，把温笃行的耳膜震得生疼。

温笃行被吓得清醒过来，他看了一眼表，已经7：51了。

这时，已经穿着妥当的董晓峰背起书包，把手机从温笃行手里拿过来，说道：

"颜老师，我们已经准备好了，马上就下去。"

董晓峰一边在电话里说着，一边将刚起来的温笃行往洗手间里推，示意他赶紧去洗把脸。

"十分钟之内，我必须要见到你们！嘟嘟……"

颜丽华老师说完，便马上挂断了电话。

"坏了，通牒越短，事情越大。"

董晓峰苦笑了一下，将手机随手放在了茶几上。

洗手间的门开了，赤裸着上身的温笃行从洗手间里出来，正双手捧着毛巾擦脸。

"接着！"

董晓峰随手抓起一件温笃行的T恤，扔给了温笃行。

温笃行接住T恤后，就把毛巾随手扔在床上，开始把T恤往头上套。

"东西都准备好了吧？"

董晓峰拿起温笃行的书包，问。

"手机、水瓶、充电宝，东西一样都不少。"

温笃行边穿T恤边回答道。

在穿好T恤后，温笃行接过书包背在背上，边穿短裤边问：

"能不能去我行李箱里给我拿一双新袜子？"

"大哥，你赖床能不能有点儿水平啊！袜子都不提前准备好？！"

董晓峰边抱怨边向着温笃行的行李箱走去。

这边，已穿好短裤的温笃行从书包里掏出提前准备的面包，赶紧啃了两口。

拿到新袜子之后，温笃行穿好袜子，把鞋子系紧鞋带，掏出手机看了一眼表，已经

7：59 了。

温笃行收起手机，一手拿起面包啃一手拿着梳子整理发型，边往房间门口走边问董晓峰：

"刚才颜老师都说什么了？"

"她说如果你要是迟到了她就会请你吃一种果……"

董晓峰跟在温笃行身后有些无奈地说道。

"什么果？"

温笃行关上门后奇怪地问。

"后果。"

董晓峰在他旁边摊摊手，说道。

"别逗了，她才没那么多俏皮话呢。"

温笃行故作镇定地说。

"反正意思都差不多。"

董晓峰一耸肩，道。

"对了，你有口香糖吗？"

温笃行突然问董晓峰道。

"你该不会早上没刷牙吧？"

董晓峰露出一个惊恐的表情，反问道。

"成大事者不拘小节。"

温笃行拍拍胸脯，骄傲地说。

"是龙给我盘着，是虎给我卧着！别忘了细节决定成败！"

董晓峰按住温笃行的头，佯怒道。

在电梯里，董晓峰一直盯着温笃行的发型，终于忍不住扑哧一笑，说道：

"你是不是最近有什么想不开的？年纪轻轻干点儿什么不好？非不走正道儿来游学前理什么发！"

温笃行捂着头，求饶道：

"托尼老师的艺术太超前了，理解一下。"

当两人要坐的大巴映入他们的眼帘时，颜丽华老师已经站在大巴的车门处，气得满脸通红。

"现在是 8：05，你们迟到了五分钟！"

颜老师厉声喝道，冰冷的眼神直视着两人，仿佛要刺穿他们的灵魂。

"咕噜。"

温笃行喉头一紧，不小心把口香糖给咽下去了。

"颜老师您消消气，气坏了身子多不好啊！"

董晓峰见势不妙，赶紧上前安抚道。

"车上四十个人每人等你们五分钟，加在一起就是二百分钟，你们打算怎么补偿？"

颜丽华老师无视了董晓峰，挑起眉头问道。

"那个……"

温笃行上前说道：

"今天我们之所以迟到是因为我起晚了，和晓峰没有关系。您要是想处罚的话，我听凭您的处置。"

"哦？"

颜老师饶有兴致地看了温笃行一眼，道：

"你可给我记住你现在说的话！"

"没问题！"

温笃行拍着胸脯保证道。

早上 8：15，在大巴上。

"颜老师，这根本就是处罚我们吧？"

柳依依不满地说：

"为什么我们要听温笃行唱歌啊！"

"要不，我给大家讲个笑话？"

温笃行拿着话筒，试探性地问。

"那就算了。"

柳依依在座位上坐成了一个帝京瘫，绝望地说：

"你还是唱歌吧。"

"感谢这位歌迷的支持。"

温笃行笑了笑，说道：

"那下面我就给大家带来一首郑智化的《水手》吧！"

一曲终了，全场默然。

众人安静的原因倒不是因为温笃行的歌声不太悦耳，而是感觉当众唱歌对温笃行而言似乎算不上什么处罚。

"行了，你俩回去吧。下次别给我迟到了啊！"

颜丽华老师从温笃行手里接过话筒，让温笃行和董晓峰回到了座位上，然后道：

"今天是各位同学来洛安参观的第一天，我们特别请来了洛安当地的向导方政先生为大家进行讲解，大家掌声欢迎！"

在一片掌声中，坐在司机身后的位置上的方政站起身来，和众人打了个招呼：

"各位来自秋大附中的同学们，早上好，我是你们的导游方政，你们可以叫我方叔，也可以叫我方导。"

接着，方政对之后要去的景点龙渊山赤枫寺作了简要的介绍：

"……当年秦始皇巡视天下时，曾途经此地，附近的村民说始皇帝到来的几日前，有紫气东来。始皇帝当晚做梦与蛟龙缠斗，最终斩蛟龙于剑下，蛟龙遗骸跌落深渊。始皇帝醒后，以为蛟龙既除，大秦自此江山永固，遂将此山命名为龙渊山，希望能镇住龙脉，保佑大秦千秋万代，不承想竟二世而亡。两百年之后，汉明帝刘庄于深秋时节在山上游玩时夜梦白马驮经，四周枫叶飘舞，一片赤红，遂遣使西行印度，求得真经，修建寺庙于龙渊山上，定名为赤枫寺，供僧侣日夜研习佛经，最终为汉家天下延续近二百年。唐太宗时……"

在方政讲解的过程中，大巴从市中心驶向了郊区，周围高大的建筑物逐渐减少，取而代之的是郁郁葱葱的树林和绵延不绝的山峦。

面对此情此景，坐在窗边的董晓峰不禁感慨道：

"在城里很少能看见这样壮观的景象呢，你说是吧？笃行。"

董晓峰见温笃行没有回应，便转过头去，发现不知何时，温笃行已睡着了。

就在这时，方政指着前面的一座与周围的群山相比高耸许多的山峰，介绍道：

"那就是龙渊山了。"

当大巴到达山下的停车场后，众人依次下车，不禁为龙渊山的巍峨所震撼。

"造化钟神秀，阴阳割昏晓。"

温笃行对着龙渊山摇头晃脑地吟出一首诗句。

"真牛！"

董晓峰则说出了那句最为经典和亲民的感叹。

感慨过后，众人开始了登山。自新中国成立以来，龙渊山风景区作为首批文化遗产重点保护单位，其修缮和基础设施建设工作就备受国家重视，因此山上的道路颇为平坦，众人在闲谈间行走自如，不费吹灰之力。

看着走在队伍前列和朱龙治有说有笑的金泽明，孟霖铃本想加入他们，却犹豫半晌，还是没有勇气上前。

"你喜欢这里吗？"

温笃行来到孟霖铃身边，笑着问。

"我喜欢这里的花草树木、水声蝉鸣，喜欢一切能让人忘掉烦恼的东西。"

孟霖铃漫不经心地说着，眼神中流露出一丝惆怅。

"原来像你这么优秀的人也会有烦恼呀。"

温笃行故作惊讶地说。

"快乐与烦恼是一对双生子，他们往往会相伴而行，若舍弃了烦恼，快乐便也不复存在了。所谓痛并快乐着，大约也就这么回事儿吧。"

风轻拂过孟霖铃鲜艳的秀发，为她的话平添了几分诗意。

"既然如此……"

温笃行的眼睛直视着孟霖铃的双瞳，说道：

"我愿与你分担所有的烦恼。"

听到这里，孟霖铃看着温笃行，一时间不禁愣住了。

交往的感觉比过程更令人难忘

"谢谢你。"

孟霖铃回过神来，笑着向温笃行道谢。

"你知道你眼前的古树最大的有多少岁了吗？"

温笃行的视线移到道路两旁的古树上，问道。

"可能有上百岁了吧。"

孟霖铃虽然觉得温笃行的问题有些突然，但还是认真回答道。

"远远不止。"

温笃行将视线重新落在孟霖铃身上，说道：

"洛安最后一次以大一统王朝首都的身份出现在史书中是在唐朝，而这其中的一些古树，早已历经千年风霜，是当年唐太宗为纪念发妻长孙皇后，派人种下的。"

"我都不知道，原来这些古树还承载着这样深沉的意义。"

孟霖铃感叹道。

"我之前也不知道。"

温笃行慢悠悠地说：

"虽然古树的确应该已经上千年了，但刚才的故事是我现编的。"

"扑哧。"

孟霖铃忍不住笑道：

"你居然拿我寻开心，你真是太坏了。"

"我是想为你寻开心呀。"

温笃行装作无辜地说。

"前面就是赤枫寺了！"

方政一只手举着导游旗，另一只手指向山顶的一座寺庙，介绍道：

"那是中国最早的寺庙，素有中国第一古刹之名。"

进了寺院后，庭前便是一个雕工精致的焚香炉，形形色色的游客在此焚香祷告，向佛诉说着自己的心事。

因为之前方政在大巴上已经做了大量的介绍，因此方政在焚香炉前简单讲解几句后，便宣布可以解散了。

温笃行跑到旁边的商铺买了两支香来到孟霖铃身边，问：

"你愿不愿意趁此机会对佛说一说你的心事？"

孟霖铃接过温笃行手中的香，端详了一会儿，然后坚定地点点头。

伴随着缕缕青烟从两人手中的香上缓缓飘起，两人并排站在一起，闭上眼睛，默念着各自的心事。

而这一切，都被董晓倩看在眼里，她捂着隐隐作痛的胸口，深吸了几口气。

过了一会儿，温笃行在心里念完了自己的心事，于是他将自己的香插进了焚香炉，孟霖铃也学着他的样子做了同样的事儿。

"说完心里话之后，有没有感觉平和多了？"

温笃行笑着看向孟霖铃，问道。

孟霖铃心情轻松地点点头。

"你看见屋檐上的壁画了吗？"

温笃行指着寺庙主殿的屋檐，赞叹道：

"上面从白马驮经开始，讲述了佛教在中国传播发展的全过程。在历史上，佛教曾在南梁武帝、北魏孝文帝、武则天时期蓬勃发展，佛教也在北魏太武帝、北周武帝、唐武宗、后周世宗时期几经磨难，佛教面对着'三武一宗灭佛运动'的压力，却最终绵延至今，巍然大宗，靠的正是虔诚的信仰和坚强的意志。"

在温笃行讲述壁画背后的故事时，孟霖铃伫立在他身旁，静静聆听着。

"所以，每当你迷茫时，不妨想想那些前仆后继为信仰献身的殉道者们，尽管他们在捍卫信念的道路上受尽苦难，但只要还有希望，他们便会抓住那唯一的光。即使不能成为这个国家唯一的宗教，他们也能学着与其他宗教和睦共存，共同促进社会的进步。"

就在温笃行说话的时候，孟霖铃已不知不觉地看向了温笃行。

"只有一个竭尽全力而不得的人，在放手的时候才能义无反顾，不是吗？"

温笃行看着孟霖铃，反问道。

"谢谢你，笃行。"

孟霖铃笑了，微微露出洁白的牙齿，答道：

"我知道该怎么做了。"

说完，她做了一个深呼吸，迈着笃定的步伐来到了金泽明和朱龙治的身边。

"现在我不知道该怎么做了啊啊啊啊！我刚才都在胡说八道些什么？！"

温笃行在心里大声地为自己刚才的一番话表示懊悔。

"笃行……"

董晓倩来到温笃行身边，小声道。

"你怎么了？"

温笃行转过头来，带着哭腔问。

"你还好吧？"

见温笃行情绪不高，董晓倩关心道。

"没什么。"

温笃行赶紧调整了自己的状态，回答。

"要一起逛逛吗？"

董晓倩悄悄平复了紧张的心情，提议道。

"好啊。"

温笃行想也没想，便答应下来。

两人走过主殿，来到了各国风格的庙宇林立的景区。

"这些建筑分别具有缅甸、泰国、印度的风格，是我国与其他国家友谊的象征。不过这些别具一格的寺庙都是最近几十年修建的，其历史远没有赤枫寺本身那么久远。"

温笃行走在董晓倩身边，侃侃而谈道：

"佛教发源于古印度，因其主张的众生平等与雅利安人入侵印度后所奉行的民族歧视政策不符，因此逐渐被印度教及其附属的种姓制度所取代。但佛教本身已经在东南亚和东亚地区开枝散叶，向东传播到了缅甸、泰国、老挝、柬埔寨等地，被称为小乘佛教，又称南传佛教；向北传播到了西藏、中原、朝鲜、日本等地，被称为大乘佛教，又称藏传佛教。我国主要的佛教流派就是大乘佛教中的汉传佛教和藏传佛教了。所以现存于世的佛教流派实际上是同根同源的，虽然曾各自独立发展，但彼此间的差异并未达到难以弥合的地步，因此我们才得以有幸见到如此壮观的景象。"

"你懂得好多啊！"

董晓倩笑眯眯地感叹道。

"都是看书看出来的。"

温笃行挠挠头，有些不好意思地说。

"我记得你在初中时就很喜欢看历史书。"

董晓倩说着，眼前浮现出了每个放学的午后半倚在窗台前捧着书本的身影。

"是啊。"

温笃行点点头，以怀念的语气继续道：

"不过我现在只有在无聊的时候会翻几页书看看，已经好久没有那么专心致志地读过书了。"

"看来长大后不只会得到一些东西，还会失去一些东西。"

董晓倩语气悲伤地说。

"是啊，不过希望我在成长的路上不要失去太多，特别是那些我一直视若珍宝的财富。"

温笃行仰头看向天空，有些怅然若失地说道。

"你是指阅读的习惯吗？"

董晓倩问。

"除此之外，还有很多……"

温笃行掰着手指，数道：

"知识、回忆、理想……还有朋友。"

温笃行说到这里，下意识地看向了董晓倩。

董晓倩注意到了温笃行的视线，脸唰地一下就红了。

温笃行见董晓倩的脸红得像熟透的苹果，以为她发烧了，正要询问，从大门的方向突然传来了方政的声音：

"秋大附中高一七班的同学们！集合了！"

被集合的提醒声打断了的温笃行一时间忘记了自己要问什么，董晓倩这才暗暗松了一口气。

在众人都上车了以后，大巴缓缓离开了龙渊山赤枫寺，开始前往市区内的下一个景点。

方政介绍道：

"下一个景点就是著名的德政宫了。在中唐的唐宣宗时期，唐宣宗对内抑制宦官、打压藩镇，对外削弱吐蕃，在朝中从谏如流，任人唯贤，使唐朝出现中兴局面，史称大中之治。他本人也被称为小太宗，其贤名流传至今。在成就功业以后，唐宣宗为告诫后世帝王要勤政爱民，以德服人，遂将唐朝皇宫大明宫改名为德政宫。该宫殿后来在唐末战乱中被毁灭，直到明朝控制洛安后才被重新修葺，在明末、清末、抗日战争时期饱经磨难，屡次重修，才留存至今……"

大约两个小时的车程之后，大巴来到了德政宫门口。

众人迈入德政宫的朱色大门后，只见四周宽广明亮，与之前古朴寂静的赤枫寺大不相同，充满肃穆庄严之气。

温笃行和董晓峰漫步在主道上，见两旁都是红墙黄瓦的明清建筑，心中不免有些失落。

"唉。"

温笃行叹了口气，遗憾地说：

"看不到一点儿盛唐的气象了。"

"什么是盛唐气象？"

董晓峰不解地问。

"方叔刚刚说德政宫是在清朝重建的，但却是类似明清皇宫的建筑样式，可见当时的工匠和学者并未经过详细考证，这是遗憾之一；主殿紫宸殿门口的两尊石狮，雕工精致而威猛不足，说这是唐朝殿宇，未免也太牵强了。"

董晓峰听完，似懂非懂地点点头。

"你好像有什么话想说？没关系，想夸我就直说，我不会骄傲的。"

温笃行拍了一下董晓峰的后背，露出一个自信的笑容。

董晓峰捂着头，自说自话道：

"今天听了一路的历史，我是真的头疼……幸亏当初没选文科。"

"上车睡觉，下车尿尿，景点拍照，回去一问，什么都不知道，的确挺让人头疼的。"

温笃行调侃道。

"咱们是不是要去吃晚饭了呀！"

董晓峰的视线微微向上移动，心虚地岔开了话题。

"一提吃饭我就来气。"

说到这个，温笃行忍不住小声抱怨道：

"咱现在每顿必备炒圆白菜、大盘鸡、炒西葫芦、泡菜面和紫菜汤，我都怀疑咱车顶上是不是趴着一位时刻待命的随行师傅，每到一个餐厅就自行溜进厨房里做饭……"

董晓峰一撇嘴，以夸张的语气进行了一番天马行空的想象：

"那要是过两天再给咱们加个菜，怕不是还要流传出第二代随行师傅传承古老饮食文化并体现工匠精神的动人传说，万一将来菜品再大改一次，是不是就意味着随行师傅可能已经金盆洗手，或者因为失去利用价值而被组织暗杀，甚至被组织用于给咱们更新菜品……"

"游学期间被黑得最惨的估计就是随行师傅了……"

温笃行无奈地朝董晓峰摊摊手，以同情的语气说道：

"师傅不仅落得个分而食之的下场，而且连名字都没有留下。"

卧谈会是住在一起时的常规操作

"好看吗？"

回到酒店房间后，董晓峰拿着一个亮晶晶的吊坠问温笃行。

温笃行装作一脸惊恐地看着董晓峰，大声道：

"董晓峰啊董晓峰，没想到你这个浓眉大眼的家伙也爱上女装了？"

"一见到吊坠子，立刻想到穿女装，立刻想到女装大佬，立刻想到穿过一万次女装。温笃行的想象唯有在这一层能够如此跃进。"

董晓峰瞥了温笃行一眼，不屑地回应道。

"啧啧，我说一句陈佩斯的台词你都能拿鲁迅压我？行啊兄弟，肚子里有点儿墨水！"

温笃行带着值得玩味的笑容讽刺道。

"扯远了。"

董晓峰摆摆手，说道：

"这吊坠我要送给晓倩，不是我自己要戴的。我就想问问你好不好看……"

"按照我国《婚姻法》规定：结婚登记双方之间不能有三代以内旁系血亲关系……"

温笃行再度无视了董晓峰的问题，开始自说自话起来。

董晓峰将吊坠放在茶几上，一边活动自己的手腕，一边笑眯眯地说：

"你还有什么未了的心愿就现在说了吧，等我出来之后我会尽量帮你实现的……"

"大哥！我错了！别杀我！我上有老母亲，还没女友，不想年纪轻轻就走了啊！"

温笃行见势不妙，赶紧拱手求饶道。

"哈哈哈，汝父母吾自养之，汝勿虑也！"

董晓峰哈哈大笑，吓得温笃行一屁股坐在床上，说道：

"咋又学上曹操说话了？"

董晓峰不慌不忙地从兜里掏出手机，打开手电筒应用，让强光直射着温笃行，照得他睁不开眼睛。

董晓峰举着手机，幽幽地说道：

"如果我这一拳下去，你乡下的老母亲是会哭泣的！我一会儿要订的夜宵猪排饭，和你也没什么关系了！怎么样，你有没有什么想说的呢？"

"啊！我知道了！"

温笃行突然眼前一亮，站起身，激动地说：

"这个梗是不是战后初期日本警察审犯人的时候，会拿自己的私房钱买猪排饭的那个？"

"对，就是那个！"

在引起共鸣后，董晓峰非常开心地惊呼道。

一阵欢喜过后，董晓峰的脸上逐渐浮现出迷茫的神色，自语道：

"不对呀，我刚才想干什么来着？"

"你不是说那个吊坠想送给董晓情吗？行啊，我觉得挺好看的，她应该会喜欢的。"

温笃行笑了笑，道。

"啊，对，那我就放心了！"

董晓峰开心地说。

"突然觉得自己真是个厉害的节奏大师呢！"

温笃行自我赞美道。

"对了，今天晚上有团建活动吗？"

董晓峰突然问。

温笃行掏出手机看了一眼，回答道：

"他们说今天坐车的时间太长了，都想早点儿休息。"

"是吗？那太遗憾了。"

董晓峰的语气中流露出些许沮丧。

两人把东西很快收拾了一番之后，就早早关灯上床了。

二十分钟后。

"晓峰。"

温笃行小心翼翼地呼唤道。

"干吗？"

董晓峰很快回应道。

"哈哈，你没睡呀！"

温笃行有些惊喜地说。

"在车上睡太多了，真的睡不着啊！"

董晓峰语气绝望地说。

"那咱俩聊会儿天儿吧！"

温笃行提议道。

"咱俩都认识四年了，你那些傻事儿都是我看着干的，有的还是咱俩一块儿干的，你是什么变态我还不清楚吗？还记得那次你把我往我喜欢的女生身上推，结果我还没来得及发火呢，人家姑娘直接就照着你过去了……"

董晓峰犀利地调侃道。

"停！我感觉你要黑我了！"

温笃行赶紧制止道。

"你的感觉是正确的。"

董晓峰毫不留情地回答道。

"咱们聊这种话题会让读者朋友们质疑我的人品，到时候要是掉粉了，喜欢咱们的人就越来越少了吧？"

温笃行没头没脑地冒出来一句，说道。

"什么玩意？"

董晓峰听了愣住了。

"没啥，就是有时候觉得自己是小说里的主人公，而这个世界之所以被创造出来，可能只是为某个二流作者的三流校园恋爱喜剧小说服务的。"

温笃行天马行空道。

"我看你是小说看多了吧！"

董晓峰毫不留情地嘲讽道。

"才不是呢！"

温笃行辩解道：

"这是一种'宿命论'的观点。所谓'宿命论'，就是认为自由意志事实上并不存在，人们所有的行为都是逻辑发展的必然结果，否定个人意志等偶然性对事物发展的影响。尽管阿尔伯特－爱因斯坦作为'机械决定论'者并不完全等同于相信宿命，但他的一句话仍算是对这个观点做了精辟的总结：上帝不掷骰子。所以，这可不是小说家的点子，而是哲学家的课题。"

"你说的每一个字我都能懂，但连起来就不知道你在扯什么犊子了！"

董晓峰抱怨道。

"算了，咱还是聊点儿庸俗的话题吧。"

温笃行有些郁闷地说：

"我就奇了怪了，你说我从小到大女性朋友一大堆，怎么就没有人能透过我迷人的外表爱上我深刻的内涵呢？不知道我的女朋友现在过得好不好，有没有按时吃饭，住在哪里，叫什么，出生了没有，还会不会出生……"

"我认识你这么久咋就没发现你话痨这么严重呢？"

董晓峰有些不满地说，但他等了两分钟，却并没有等来温笃行的回应。

发现温笃行已经抛下他独自去见周公之后，董晓峰只好双目圆睁地盯着天花板。在和温笃行进行了一番烧脑的对话之后，董晓峰彻底睡不着了。

在 666 号房里，也有两个失眠的人。

"睡了吗？小依。"

孟霖铃轻轻问道。

"还没有。"

柳依依回答道。

两人面对面看着对方，月光倾泻在两人的脸上，使两个人的五官都愈加清晰起来。

"我有件事儿一直很好奇，想听听你的看法。"

孟霖铃开口道。

"好啊，你说吧。"

柳依依答应道。

"你听没听过一句话叫女追男隔层纱，男追女隔层山？"

孟霖铃问。

"听过呀。"

柳依依简单地回答道，不过她似乎隐隐察觉到了孟霖铃接下来要说的话。

"所以……如果一个女生去追求自己喜欢的男生，那男生是不是比较容易接受呢？"

孟霖铃说着，眼中充满期待。

"看情况吧。"

柳依依略微思考一下后，答道：

"男生和女生最大的区别就是，男生见到某个女生的第一眼就知道自己有没有可能喜欢上这个女生，而咱们往往是在长时间的接触之后才有可能渐渐喜欢上某个男生……当然，如果这个男生超级帅的话就另当别论啦。"

"扑哧。"

孟霖铃轻轻笑了几声，问：

"那你觉得怎么才能看出一个男生喜不喜欢一个女生呢？"

"什么时候我们热爱学习的小霖也开始关心起这些问题了？"

柳依依揶揄道。

"小依真是的，我也不是小孩子了呀。"

孟霖铃笑着抱怨道。

"说的也是。"

柳依依想了想，说道：

"我觉得除非两个人有机会互诉衷肠，否则很难完全确定彼此的心意吧？"

孟霖铃若有所思地点点头，随口道：

"看来，两个人的距离越近越不能掉以轻心呀。"

"小霖已经有喜欢的人了吗？"

柳依依明知故问道。

孟霖铃沉默了一会儿，认真地说：

"如果我把他的名字告诉你，你能不能不告诉别人？"

"嗯，我保证不告诉别人。"

柳依依语气坚定地说。

孟霖铃站起身，在柳依依的床沿坐下，伸出右手的小拇指，说道：

"那我们要拉钩才行哦！"

柳依依此时也从床上坐起身来，伸出了小拇指，两人的小拇指缠绕在一起，齐声道：

"拉钩上吊，一百年不许变！"

在这一古老的宣誓仪式结束后，孟霖铃趴在柳依依耳边，说出了那个柳依依早已猜到的名字。

旅行是增进感情的最佳方法

在接下来的几天里，众人又参观了洛安的诸多景点，不知不觉间，回程的时候到了。

早上，在233房间内，经过一阵忙碌后，金泽明和朱龙治终于收拾好了各自的行李。朱龙治从塑料袋里掏出了昨天买的一听可乐递给金泽明，金泽明接过可乐，拉开拉环，仰起脖子喝了一大口后，一脸满足地说：

"辛苦工作后来一听可乐就是最棒的了！"

朱龙治喝了一小口可乐后，看了一眼表，说道：

"现在还不到7：00，距离集合时间还有半个多小时，正好我有件事儿想和你说一下。"

"你说。"

金泽明见朱龙治的脸上露出了少见的严肃，于是将可乐放在茶几上，正襟危坐道。

"你有没有注意到这两天孟霖铃一直跟咱们走得比较近？"

朱龙治突然问道。

"有什么问题吗？"

金泽明露出疑惑的表情，问道。

"那姑娘你最好重点关注一下，说不定会有什么意想不到的发现。"

朱龙治饶有兴致地暗示道。

金泽明双手抱在胸前，闭目沉思了一会儿，说道：

"我觉得我还挺了解她的，应该不会在她身上发现什么让我太过吃惊的东西吧……"

"看来你似乎还没察觉到呢。"

朱龙治苦笑道。

"你是指哪方面的事情？"

金泽明依旧迷茫地看着朱龙治，问道。

"算啦！"

朱龙治站起来对金泽明说道：

"有些事儿还是你自己慢慢发觉会比较有乐趣。"

董晓峰来到董晓倩的房间门口，敲了两下房门。

"谁呀？"

门里面传来了董晓倩的声音。

"是我。"

董晓峰应道。

"哥，你咋来了？"

董晓倩开门后，有些惊讶地问。

董晓峰此时已将两手背在身后，他笑眯眯地问：

"你猜猜我背后藏的是什么？"

"是零食吗！"

董晓倩高兴地猜道。

董晓峰将装着吊坠的礼盒递给董晓倩，然后摸摸她的头，苦笑道：

"欠你的零食我回去给你买！"

"哥，这是你送给我的礼物吗！"

董晓倩的语气中有着难以置信的惊喜。

"是笃行托我带给你的。"

董晓峰假装随口说道。

看着董晓倩喜不自胜的表情，董晓峰不禁露出一丝得意的笑容。

董晓峰回到房间内，看着还趴在床上呼呼大睡的温笃行，不禁微微皱眉，吼道：

"大哥，上午都快被你睡没了！给我麻利儿起床！"

温笃行挠挠后背，慢悠悠地翻了个身，说出了那句家喻户晓的梦话：

"我已经吃不下了……"

看着还沉浸在梦乡中的温笃行，董晓峰狡黠地笑了一下，趴在温笃行的耳边，突然大声吼道：

"你再不起床就赶不上吃早饭了！"

"啊啊啊啊！"

温笃行一下子从床上坐起来，大喊道：

"多谢招待！"

温笃行揉了揉惺忪的睡眼，只见董晓峰用看白痴的表情看着他。

"咳咳。"

温笃行尴尬地咳了几声，问：

"现在几点了？"

"7：11。"

董晓峰回答。

"不是还有将近二十分钟才集合吗！"

温笃行抱怨道：

"那么早叫我起床干吗？你忘了我上次的一刻钟奇迹了吗？"

"你也是个大孩子了，这次你自己拿袜子，然后跟颜老师解释吧。"

董晓峰摊手道。

温笃行腾地一下翻身下床，道：

"说走咱就走，你有我有全都有！"

看着走进洗手间开始洗漱的温笃行，董晓峰不禁叹了口气，嘀咕道：

"我这兄弟到底哪点儿好啊？"

洗着洗着，温笃行忽然伸出一根手指，问洗手间外的董晓峰：

"你看我手指上这黑色的东西是啥？"

董晓峰瞟了他一眼，随口道：

"是不是袜子掉色了啊？"

早上 7：29，酒店大堂。

下了电梯，温笃行提着自己的行李箱呼哧带喘地往集合点跑。

正在统计人数的颜丽华老师注意到了跑过来的温笃行，突然问道：

"你们房间着火了？"

"啥？没有啊。"

温笃行有些摸不着头脑，回答。

"那你今天为什么没迟到？"

颜丽华老师挑起了眉毛，语气夸张地问。

温笃行半开玩笑道：

"我怕最后一天还迟到了，我就得在这儿继续游学了。"

"不错，算你聪明。"

颜丽华老师微微一笑，转身就要离开。

"哦，对了。"

颜丽华老师好像突然想起什么似的，转过头来对温笃行说：

"第一天晚上我让你写的那份检讨你一直没交给我呢，回去直接给你们赵老师吧，让他也分享一下你们的快乐吧。"

"我们那天晚上的事儿您都知道了吗？"

温笃行有些惊讶地问。

"我不知道。"

颜丽华老师摇摇头，说道：

"不过应该比深更半夜还充电宝有意思多了。"

听到这里，温笃行有些尴尬地笑了笑。

"笃行！"

柳依依叫了温笃行一声，把自己的手机递给温笃行，说道：

"你看，这是徐远洋在帝京游学时候拍的照片！帝京真的好繁华啊！"

温笃行接过手机，问道：

"我可以左右滑动看看吗？"

在得到许可后，温笃行看了几张照片，将手机还给了柳依依，问道：

"你去过帝京吗？"

"没有。"

柳依依摇摇头，说道。

"我也是。"

温笃行笑了笑，说道：

"听说那是我国最富庶的地方，在近代历史上有着举足轻重的地位，有机会真想亲眼看看。"

"帝京和秋阳，作为相隔不远的两座城市，命运却如此不同，一个几百年来作为首都而声名显赫，一个仅仅作为陪都和港口而籍籍无名……有时候觉得还真是不公平。"

柳依依慨叹道。

"新中国成立以后，咱们秋阳原本是冀省省会，到后来才被单独列为直辖市的，不过既然秋阳可以与帝京、上洋、巴渝并列为直辖市并获得政策支持，可见秋阳的潜力并不差。"

温笃行充满信心地说。

在回程的列车上，大部分人都戴上耳机听着歌休息，还有些人百无聊赖地看视频、玩儿游戏或低声交谈着，全然不见来时的兴奋与喧嚣。在一片安静的氛围中，温笃行靠在椅背上，戴上耳机，伴着悠扬的音乐，带着兴奋过后的疲惫渐渐进入了梦乡。

当温笃行醒来时，周围的很多人还沉浸在梦乡中无法自拔。就在他准备再睡个回笼觉的时候，董晓倩出现在了他的视野里。

"那个……"

董晓倩脸红红地看着温笃行，她背着手，显得有些局促。

过了一小会儿，她好像下定了决心似的伸出自己的一只手，摊开了手掌，里面是一小块包装精美的巧克力。

"这是给我的吗？"

温笃行问道，语气显得有些意外。

董晓倩点了点头。

"谢谢！"

"谢谢你……"

就在温笃行伸手去拿董晓倩手上的巧克力时，两人同时说道。

温笃行听到董晓倩的感谢愣了一下，正要开口询问的时候，董晓倩却马上就离开了。

温笃行低头看看手心里的巧克力，脸上不由自主地露出了开心的笑容。

出了秋阳西站以后，众人很快就找到了要接他们返回学校的大巴。

在上车时，温笃行看到柳依依的手里也有一块儿巧克力，问道：

"这是董晓倩给你的吗？"

"嗯！"

柳依依点点头，开心地说：

"董晓倩说很高兴能和我成为朋友，所以给了我一块巧克力！"

"能交到朋友不是挺好的吗……"

温笃行笑着说道。但不知为什么，听了柳依依的话，温笃行总感觉心里有些空落落的。

这时，柳依依上下打量了温笃行一番，忽然说道：

"我觉得你长得像一个人。"

"谢谢……"

温笃行随口应了一声，然后忽然意识到自己的回答有些不太走心，连忙补了一句，问道：

"你说我像谁啊？"

柳依依坏笑了一下，回答道：

"弥勒佛！"

温笃行无奈地抱怨道：

"你别太离谱了，行不行？"

坐在返回学校的大巴上，柳依依看着窗外熟悉的风景，心头不禁涌起了一种别样的感动。她打开微信，点开了和徐远洋的对话框，发消息问道：

"你到秋阳了吗？"

"到了呀。"

"帝京离秋阳比较近，所以我应该回来得比你们还早呢。"

徐远洋发完这两句话之后，又配了一个一辆汽车飞驰而过的表情包。

柳依依发了个不屑的表情，然后问：

"你们这次参观了颐明大学吗？感觉怎么样？"

徐远洋回道：

"说实话，同样都是985高校，秋阳大学和颐明大学的差距还是很大的。无边无际的芙蓉湖，古色古香的十七孔桥，还有设施完备的邱季瑞体育馆和连绵不绝的丁香公寓，无不体现出这所以举国之力经营的大学所具有的水平，不过……"

徐远洋话锋一转，道：

"这些都不是秋阳大学不能超越颐明大学的根本所在。任何一个团体要想不断发展，靠的不是一流的设施，而是一流的人才。而颐明不仅有一流的学生，更吸引了许多一流的老师，这才是始建于 20 世纪 10 年代的颐明之所以能在理科方面赶超早在 19 世纪末期就已经建校的秋大的决定性因素。如果……如果有机会的话，我能在颐明学到一些经验然后回来建设我们家乡自己的大学就好了！"

看着徐远洋发过来的文字，柳依依的心底不禁升起一股崇敬之情，她毫不犹豫地回复道：

"如果是小洋的话，我相信你一定可以的！"

优秀的助攻就是人生的捷径

"从明天起就是暑假了，各位同学不要光顾着玩儿，要多想想自己期末考试前后那段提心吊胆的日子，并且请务必牢记：远离游戏就是远离危险，靠近作业就是靠近梦想。游戏诚可贵，爱情价更高。若为学习故，二者皆可抛。希望我们各科老师的假期大礼包能陪伴你们度过一个充实到难忘的暑假。好了，放学吧。"

赵从理老师宣布放学后，就把卫生委员叫过去，督促他们尽快安排同学做值日，不一会儿，教室里除了几个正在做值日的同学以外，就没剩下什么人了。

"梦溪，我今天放学有初中同学的聚会，你先帮我做一下值日吧，拜托啦！"

"我和几个小学同学约了一块儿喝杯咖啡，她们等我好久了，先走啦！"

"我早就约好今天要回幼儿园看老师了，值日下次还给你，谢谢啦！"

看着几个不干活儿的同学，沈梦溪气得眼泪在眼眶里打转，但还是没阻止她们的离去。

温笃行把笔往桌子上一扔，双手抱着头，两条腿大摇大摆地搭在了桌子上。

"怎么样啊？假期有什么打算吗？"

柳依依正巧路过温笃行的跟前，随口问道。

"嘻嘻！"

温笃行冲柳依依咧嘴一笑，得意地说：

"我要在面前摆一个笔记本电脑，一个 iPad，一个看薛之谦的演唱会直播，一个看最近更新的新番！吃西瓜两半儿我都抱着，一半儿挖着吃，一半儿挖着玩儿！家里空调我对着开，一个吹冷风，一个吹热风！"

"我听前半段还当你是浪费，后半段压根儿就是犯病啊！"

柳依依笑着调侃道。

"行了，不搞笑了，问你个正事儿啊！"

温笃行突然一改刚才的嬉皮笑脸，正色道。

"发生什么事了？"

柳依依也不禁严肃起来。

"不，准确来说还真是什么都没有发生。"

温笃行摇摇头，笑道：

"其实是我想约孟霖铃假期一块儿出去玩儿。"

"你俩现在关系怎么样？"

柳依依问。

"还可以吧，就……普通朋友？"

温笃行以不确定的语气说道。

"这可不好说。有些时候你拿对方当朋友，对方可不一定会这么想。"

柳依依直接问道：

"你表白过吗？"

"表白过。"

温笃行点点头，道。

"然后就失败了？"

柳依依试探地问。

"人家当我是开玩笑的，给了张友情卡……"

温笃行有些郁闷地说。

"哈哈，看来还是朋友。"

柳依依笑道：

"那就好说了，你就直接约她出来看个电影啥的，最好是爱情片或者冒险动作片，但如果你带她去看类似《汽车人总动员》这种年度巨制抄袭烂片，除非你能想办法把自己整容成吴彦祖，不然就祝人家姑娘能找一个有脑子的好男生吧。"

"哦，咱别一上来就从入门到放弃啊……青春片行不行？"

温笃行试探性地问。

柳依依毫不留情地否认道：

"现在国产青春片的套路除了打架就是堕胎，女主角连个有脑子的正常人都找不出来，而且很多傻白甜的颜值远没有好看到能让人忘掉编剧死得早的地步，请问你想给人家姑娘暗示些什么？"

"那揭露影视圈阴暗'潜规则'的良心巨作《纯洁心灵——逐梦演艺圈》怎么样？"

温笃行开玩笑地问。

柳依依一脸看白痴的表情看着温笃行，道：

"其实我仇人挺多的，里边儿也有几个女的长得还行，要不你换个人喜欢吧……我不明白孟霖铃造了什么孽被你看上了。"

温笃行越听越郁闷，说道：

"要不我直接约她出来听你说单口相声得了！不仅有意思还能省钱……"

"其实我只有在你面前才有那么多骂人不带脏字的灵感，要说的话这也应该是对口相声。"

柳依依坏笑道。

"不过，为什么要看爱情片和冒险动作片？"

温笃行疑惑地问。

柳依依如数家珍道：

"看爱情片的理由很简单，因为不管一个女生到了多大的年龄，嘴里说着还相不相信爱情，女生永远都会憧憬有一位白马王子能带给她理想中的爱情。这种憧憬可能是两人三餐四季的小确幸，也可能是香车宝马、锦衣玉食的大富贵，网上不是有这样一句话吗：若她涉世未深，就带她看人间繁华，若她心已沧桑，就带她坐旋转木马。每个女生对爱情的需求都是不一样的，但这种需求始终存在，所以看爱情片就是投其所好。"

"那为什么看冒险动作片呢？我觉得似乎只有我们男生才对那些东西感兴趣吧？"

温笃行仍旧不太理解地问。

"你听说过'吊桥效应'吗？"

柳依依反问道。

"你是说如果两个人一起经历危险情况时出现了心跳加速的现象会让双方误以为是对对方心动所导致的？"

温笃行想了想，道。

"你这不是知道得挺清楚的嘛！"

柳依依拍了一下温笃行的后背，提醒道：

"其实看 3D 冒险的动作片也会有同样的效果。"

"哦……"

温笃行若有所思地点点头，说道：

"那不如看爱情……"

"你有权保持沉默！你所说的每一句话将成为呈堂证供，并如实转述给孟霖铃。"

柳依依面带微笑地举起拳头，语气平和地说。

"别，警察同志，有话好说嘛。"

温笃行一边张开双手一边往后退，假装安抚柳依依。

柳依依用右手食指和大拇指比成一个手枪的形状，射向了温笃行。

"嗷！"

温笃行痛苦地大叫一声，捂着自己的胸口坐在地上，身子一歪，就倒了下去。

"呼！"

柳依依吹散了假想中自己手枪里飘出来的烟尘，幽幽说道：

"你挺会演的嘛，我们欠你一座小金人儿。"

温笃行坐起身来，双腿张成了一个大字，不好意思地挠挠头，说道：

"那我……这两天就约她出来？"

"你随便呀。"

柳依依摊手道：

"如果人家愿意和你出来的话，你什么时候约她都是一样的，也就是所谓的出游春夏秋冬都有空，回家东西南北都顺路。"

"谢谢师父！"

温笃行朝柳依依鞠了一躬，说道。

"那个……"

站在不远处的沈梦溪拿着扫把，有些为难地说：

"你们站在教室中间我不太好扫地……"

"抱歉抱歉！"

温笃行赶忙从地上站起来，抚摸着后脑勺，显得有些不知所措。

"没关系。"

沈梦溪一双有些哭红的眼睛望着温笃行，轻轻说道。

"你是南方人吗？"

温笃行好奇地问。

"我妈妈是余杭人，爸爸是帝京人，所以算是半个南方人吧。"

沈梦溪眨了眨眼睛，回答道。

温笃行盯着她看了一会儿，一脸诚恳地说：

"你的眼睛，有灵性。虽然看上去有些红红的，但仍有一种藏不住的深邃。"

"真的吗？"

沈梦溪有些不可思议地问。

"你一般有画眼影的习惯吗？"

温笃行问道。

"没有。"

沈梦溪笑着回答道。

温笃行点点头，笑道：

"如果之前没有人这样说过的话，我很荣幸可以第一个发现你的美。"

温笃行话音未落，沈梦溪的脸已经刷地红成了一片。

"那……我先去投抹布了。"

沈梦溪放下扫把，晃晃悠悠地走出了教室。

"可以啊兄弟，我咋没发现你这么会说话呢？"

柳依依摇晃着温笃行的肩膀，激动地说。

"因为我比较会讨自己不喜欢的女生的欢心……"

温笃行苦笑道：

"不过，我说的都是实话就是了。"

"怪不得从不见你夸我呢，原来你对姑奶奶还有点儿意思！"

柳依依开玩笑道。

"你想多了。"

温笃行摆摆手，正色道：

"我只是拿你当兄弟而已。"

"我拿你当亲儿子一样提携，你却拿我当兄弟！"

柳依依一脸失望地说。

"这样这样，你也别失望，我送你一首歌儿好了。"

温笃行假装安慰道。

"如果是薛之谦的《丑八怪》我就把你卖到广东切片儿吃，反正切了片儿也看不出你是不是福建人。"

柳依依笑眯眯地看着温笃行道。

"那我就没什么歌儿可以送给你……别打脸！啊！头也不行！"

温笃行的惨叫声从教室里传来。

"现在，你可以把你内心的想法毫不掩饰地唱出来了。"

柳依依双手叉腰，一脸和善地看着温笃行。

温笃行捂着腮帮子，唱道：

"就这样被你征服！"

这时，柳依依看到拿着湿抹布回来的沈梦溪，对温笃行建议道：

"不如我们一块儿帮沈梦溪做值日吧！"

"全凭您的吩咐。"

温笃行揉了揉刚被打了还隐隐作痛的腮帮子，哪儿敢不从。

就在这时，赵从理老师进了班，发现班里只剩下了沈梦溪一个值日生，于是问道：

"其他值日生都上哪儿去了？"

听了赵从理老师的问题，沈梦溪低着头，沉默不语。

赵从理老师马上就明白了其中的缘由，于是他转过头问温笃行：

"你们值日组都是哪四个人？"

"我、孟霖铃、柳依依、金泽明。"

温笃行回答道。

赵从理老师点点头，说道：

"我记得你前两个月不是和金泽明闹矛盾了吗，正好让沈梦溪代替金泽明加入你们组吧。"

"我没什么意见。"

温笃行回答道。

"你去温笃行的值日组，可以吗？"

在商量妥当后，赵从理老师转过身对沈梦溪说道。

沈梦溪点了点头。

"今天晚上回去我会在群里点名批评她们，你别太难过。"

赵从理老师安慰道。

梦想中的假期是玫瑰的颜色

回到家后，温笃行迫不及待地给孟霖铃发了条消息：

"你假期有时间吗？要不要一起出来玩玩？"

"咱们两个不出去玩吗？"

孟霖铃很快回道。

看着孟霖铃回复的消息，温笃行苦笑了一下，回复道：

"我也不知道其他人有没有时间呀。"

"要不，你问问柳依依有没有时间吧。正好我假期想见她一下，我们不如一起见个面？"

孟霖铃建议道。

"行，你稍等一下。"

温笃行只好回道，接着，他打开了和柳依依的对话框，把自己和孟霖铃刚才的聊天记录截图发给了柳依依。

"兄弟，你这是凉了啊。"

柳依依的语气中满是无奈：

"人家不好意思拒绝你，所以就把我搬出来啦。你还是洗洗睡吧，说不定明天一觉醒来就不喜欢她了呢！"

"别介啊大夫，我觉得我还能抢救一下！"

温笃行继续争取道。

"不要，我不想当电灯泡。"

柳依依直截了当地拒绝道。

"我记得你跟徐远洋关系不错吧？他从帝京回来之后咱就放假了，你也没什么机会见他不是吗？这次你就当帮我个忙，到时候我请你一瓶饮料。"

温笃行循循善诱道。

"唉，我真是败给你了。"

柳依依发了一个摊手的表情包，然后继续发道：

"那我到时候和徐远洋打个招呼，你和孟霖铃确定一下见面的时间和地点吧。"

"好的。"

温笃行和柳依依聊完后，就又去找孟霖铃了。

在得知柳依依会带着徐远洋一块儿到场之后，孟霖铃回复道：

"我7月20号有时间，就定在那天中午11：30见面吧。"

温笃行回了一个好字之后，呆呆地看着屏幕，小声嘀咕道：

"如果不是真心喜欢，谁又愿意做舔狗呢？"

7月20日上午11：20，在梦悦城的牛仔屋。

温笃行本以为自己是最早到达约定地点的人，却发现柳依依已经连四个人的座位都找好了。

"我们名震洛安的迟到大王温笃行同志居然都学会提前出现，颜老师要是听说了不知会作何感想？"

柳依依坐在位子上，坏笑着揶揄道。

"你的那瓶饮料没有了。"

温笃行噘着嘴，不满地说。

"我就开个玩笑，认真你不就输了吗？"

柳依依嘴硬道。

就在两人斗嘴之际，徐远洋和孟霖铃同时出现在他们面前。

"不好意思，我们是不是迟到了？"

徐远洋挠挠头，露出抱歉的神色，问。

"没有没有。"

柳依依头摇得像拨浪鼓一样，赶忙否认道。

众人各自挑了位置落座，徐远洋十分自然地坐在了柳依依的对面，而温笃行则乘势坐在了徐远洋的旁边，孟霖铃也在温笃行的对面坐下。

"刚才在路上正巧碰到了孟霖铃，我们以为时间还早，就没着急过来。"

徐远洋腼腆地笑了一下，说道。

温笃行摆摆手，说道：

"哈哈，别放在心上，我们是提前过来的，怎么能算你们迟到呢？"

接着，温笃行话锋一转，介绍道：

"我也算是这间店的常客了，毫不夸张地说，这是我在梦悦城里能找到的最好吃的一家综合料理。尤其是这家店的菲力牛排和芝士蛋糕，我想你们会喜欢的。"

听到这里，孟霖铃和徐远洋不禁眼前一亮，十分期待地翻开了菜单。

点完菜之后，徐远洋十分好奇地开口问道：

"你是怎么知道我喜欢吃芝士蛋糕的？我记得我从来没跟你说过呀。"

温笃行自信一笑，答道：

"还记得今年3月21号咱们参加柳依依生日派对的时候吗？那次柳依依准备的蛋糕是水果慕斯蛋糕，我记得当时你说如果味道能再浓郁一些就好了，所以我猜比慕斯蛋糕味道更厚重一些的，应该就是芝士蛋糕了吧？"

"我之前都没发现，原来你有这么好的洞察力！"

徐远洋赞叹道。

"可我不记得咱们之前一块儿去过西餐厅呀，你是怎么知道我喜欢吃什么的？"

孟霖铃也有些惊讶地问道。

"A secret makes a man man."

温笃行将食指放在唇边，眨了眨眼睛，说道。

"我记得这句话是《名侦探柯南》里贝尔摩的常挂在嘴边的一句话改编的吧？"

徐远洋突然说道。

"可以啊，小伙子！"

温笃行一把搂住徐远洋，说道：

"这都被你发现了，你真是个小天才！"

"哈哈，只是碰巧知道而已。其实我一般动漫看得少，还是喜欢科幻小说更多一点儿。"

徐远洋挠挠头，说道。

"前一段时间特别火的《三体》你看过没？我真的超级喜欢！"

柳依依马上接话道。

"《三体》是我最早接触的科幻作品，初三那年的课余时间我基本上都贡献给它了。"

徐远洋笑道：

"人在艰苦跋涉的旅途中，往往需要一些精神寄托，这种寄托对有些人来说是宗教信仰，对有些人来说是知己亲友，而对我来说就是一本科幻小说这么简单。"

就在众人闲聊时，大家点的菜陆续被端上了餐桌。

"菲力牛排、海鲜焗饭、芝士蛋糕、刺身盖饭、豚骨拉面、恺撒沙拉……您的菜上齐了，请慢用。"

"好好吃！"

柳依依吃了一口刺身盖饭，带着哭腔说道：

"这儿的刺身盖饭真的太赞了！"

徐远洋笑眯眯地把蛋糕推到柳依依面前，说道：

"我还没动过呢，你要不要尝尝？"

"可以吗？"

柳依依擦了擦嘴角的口水，瞪着渴望美食的大眼睛，小心翼翼地问。

"当然了。"

徐远洋强忍着笑意，回答。

于是柳依依挖了一大勺蛋糕，放入了口中。

"呜！"

柳依依发出了愉悦的呼声。

看着柳依依一脸满足的笑容，徐远洋终于忍不住笑了出来。

"要不，就都给你吧。"

徐远洋指了指芝士蛋糕，说道。

"这怎么行呢！"

柳依依赶忙摆摆手，拒绝道。

"姑娘，再来一份芝士蛋糕！"

温笃行实在看不下去了，于是对旁边的服务生说道。

"明明还没吃两口东西，就感觉已经撑得不行了。"

温笃行幽怨地看着柳依依，说道。

柳依依扶着后脑勺，笑着朝温笃行吐了吐舌头。

菜过了五味之后，孟霖铃不好意思地说：

"马上就要百年校庆了，学生会给了我搜集社会上对学校评价的历史记载的任务，八月份就要交材料了，你们吃着，我就先撤了。"

"有事儿就快去忙吧，咱们下回再约！"

柳依依冲孟霖铃摆摆手，说道。

"好！"

孟霖铃说着，在桌上放了两百块钱，起身准备离开。

"我送你一程吧。"

温笃行也站起身来，说道。

两人走出牛仔屋后，温笃行略带歉意地说：

"我也没想到他俩的关系发展得那么快，今天的约会，是我欠考虑了。"

"没关系，说实话我也没想到。"

孟霖铃微微一笑，说道：

"不过他俩的感情能发展得这么好，作为他们的朋友，我们应该感到高兴才对。"

"你要交的那个材料，其实不着急吧？"

温笃行看着孟霖铃，露出一个颇值得玩味的笑容，说道。

"哈哈，被看穿了。其实那个材料八月中旬之前交上去就可以了。"

孟霖铃大方地承认道。

"那……要一起去看个电影吗？"

孟霖铃想了想，问：

"有什么好看的电影吗？"

"咱们刚才聊到了科幻小说《三体》，你知道小说的作者是谁吗？"

温笃行问道。

"我记得……好像叫刘慈欣吧？"

孟霖铃不太确定地说。

"嗯嗯，我们混科幻圈的一般都叫他大刘，他的另一部小说《流浪地球》最近被改编成了电影，听说反响不错，'烂番茄度'还挺高的！"

温笃行兴奋地说。

"什么是'烂番茄度'？"

孟霖铃疑惑地问。

"那是国外影视评分网站的一个系统名称，一般评价越高'烂番茄度'越高，类似我国的豆瓣酱影视评分系统。"

温笃行解释道。

孟霖铃点点头，说道：

"那就去看吧！"

到了位于梦悦城顶层的陪都电影院后，两人买完票发现离电影开场还有一段时间，于是找了个地方坐下开始聊起天来。

"你一般都喜欢看什么书啊？"

两人沉默了一阵，温笃行率先开启话题，道。

"爱情小说。"

孟霖铃回答。

"柳依依真是神机妙算啊！赞！"

温笃行听后心中暗喜，但表面上仍不动声色地说：

"其实我最近也对爱情小说略有研究，你看过夏洛蒂·勃朗特的《简·爱》吗？"

"当然！我很喜欢这本书！"

孟霖铃看着温笃行，眼中流露出意外的神色。

"你最喜欢哪个人物呢？"

温笃行问道。

"罗切斯特。"

孟霖铃毫不犹豫地回答道：

"我从他身上读到了自卑和无助，就像曾经的我一样，让人心疼。"

说完之后，孟霖铃感觉自己似乎说太多了，便低下头去，沉默不语。

看着有些消沉的孟霖铃，温笃行安慰道：

"虽然我不知道你曾经历过什么，但在我看来，现在的你是一个很自信，也很温柔的姑娘。可能你有过一些并不美好的经历，但你却从这些经历中获得了实实在在的成长呀。毕竟我们很多人在学会爱人之前，都会走不少弯路。所以，就算两个人的事情一个人是无法决定的，但你可以选择一条你认为将会获得幸福的路，不断成长，并始终坚定地走下去。"

"或许，你是对的吧。"

孟霖铃站起身，嘴角不自觉地微微上扬，说道。

温笃行看着有些释怀的孟霖铃，欣慰地笑了笑，然后问道：

"现在差不多可以开始入场了，要进去吗？"

"走！"

孟霖铃说完，就迈着轻快的步伐朝放映厅的方向走去。

温笃行打开微信和柳依依的对话框，给柳依依发了个两百块的红包，留言道：

"虽然我今天莫名其妙地在发光，吃狗粮吃到心里发慌，不过我能见到孟霖铃就已经很开心了，谢谢你！"

"对了。"

走在前面的孟霖铃突然回过头来，问：

"咱们百年校庆时可能需要一些学生记者采访返校的校友，你有兴趣参加吗？"

"My precious！"

温笃行拍着胸脯道。

当温笃行看到孟霖铃一脸疑惑的表情时，他才意识到自己刚刚说错了。

"不好意思，最近《指环王》看太多用错梗了，再给我一次机会……"

说完，温笃行第二次拍了一下胸脯，道：

"My pleasure！"

第二卷　迷途的羔羊

熊熊燃烧的妒火可能会蒙蔽人的双眼，也可能使人在烈火中获得涅槃。

秘密哪能经得起时间的考验

"哇哦！"

高二上学期开学的第一天，温笃行站在校门口远眺，不禁为校园中人声鼎沸的景象所震撼。

温笃行下意识地看了一眼手表，随即惊呼道：

"现在居然才早上 7 点？"

"毕竟比起还在上学的学生，已经踏上社会的校友对学校更有亲近感呀。"

温笃行一抬头，孟霖铃正眼带笑意地看着他。

"早上好！"

温笃行朝孟霖铃打了个招呼，眼睛笑成了一条缝。

"这是你的记者证，今天要好好加油哦。"

孟霖铃说着，从小挎包儿里拿出了一个有带子的记者证递给了温笃行。

"没问题！"

温笃行颇为自信地说。

"哦，对了，我请你准备的采访问题你准备好了吗？"

温笃行赶忙掏出手机，打开备忘录，递给了孟霖铃。

"您认为您在秋大附中做过哪些假如去了别的学校就不太可能去做的事情，也就是说您觉得秋大附中带给了您什么特别的经历？这个问题不错啊，很新颖！"

孟霖铃在简单阅读后，赞许道。

"嘻嘻！"

温笃行颇为得意地笑了笑。

孟霖铃将手机还给温笃行，提醒道：

"一会儿去食堂门口找一下自己的采访搭档吧，你的搭档是柳依依。"

"是我认识的那个柳依依吗？"

温笃行小心地确认道。

"是你认识的柳依依。"

孟霖铃十分确定地说。

"我突然想起来我还有事儿，告辞！"

温笃行一拱手，转身就要离开。

"好了，不要再闹脾气啦！"

孟霖铃来到温笃行的面前，安慰道：

"习惯了就不害怕了。"

"这应该不算是安慰吧？"

温笃行苦笑道。

"之后你如果在采访中遇到什么问题的话就 call 我哦！"

孟霖铃说着，做了一个打电话的手势放在脸颊边上：

"当然，如果是关于和柳依依和平共处的问题我也很乐意帮忙。"

在和孟霖铃道别后，温笃行一脸不情愿地到食堂门口去找柳依依了。

"嘿！壮壮！"

柳依依热情地朝温笃行打了个招呼。

"我已经是高中生了，不要老是这么叫我！"

温笃行话音刚落，突然感觉这段对话好像似曾相识。

"今天到场参加百年校庆活动的人还真多呢！"

温笃行看着四周喧嚣的人群，感慨道。

"是呀，说不定到了一百五十周年校庆的时候，已经退休的我也会捧着你的照片，带着我帅气的老公和一双事业有成的儿女故地重游，给你讲讲祖国这几十年来的巨大变化……"

柳依依一脸憧憬地想象道。

"怎么听上去怪怪的……"

温笃行有些怀疑地看着柳依依，说道。

"你想多了吧，到时候你应该也已经名垂千古了，我怎么好意思拿您老人家开涮呢！"

柳依依揶揄道。

"你在想 peach ！"

温笃行毫不客气地回敬道。

"对了，宣传部今天派给你的任务是什么？"

温笃行突然想起来这件重要的事儿，于是问道。

柳依依拿起自己脖子上挂的相机晃了晃，说道：

"我是摄影记者，专门负责拍下采访记者缠着别人尬聊的车祸现场。你可以开始你的表演了！"

听完柳依依的话，温笃行白了她一眼。

就在这时，一位面容姣好、穿着新潮的白色夹克、头戴纯黑棒球帽的年轻女子戴着入耳式耳机从温笃行的身边路过。

温笃行情不自禁地跟过去问道：

"呐！大姐姐！你喜欢吃甜豆腐脑还是咸豆腐脑？"

"男人都是大猪蹄子！"

柳依依扶着额头一脸厌恶地说。

那位年轻女子隐约听到了温笃行的声音，于是摘下耳机，转过身去，一双水汪汪的大眼睛直视着温笃行，问道：

"请问，你有什么事儿吗？"

"我是高中生记者，温笃行，今年十六岁，新学期开始就读于高二七班，性别男，爱好女，单身，无不良嗜好……"

温笃行微微眯起双眼，露出了一个自以为十分帅气的蜜汁笑容，说道。

温笃行话还没说完，年轻女子就重新戴上了耳机，转身准备离去。

"你以为自己顶着一张大脸就是野原新之助了？！"

柳依依毫不留情地调侃了一句温笃行，随后，她赶忙对那位年轻女子道：

"请稍等一下！"

"居然还有同伙！"

年轻女子有些惊讶地看着柳依依，说道。

"我们是百年校庆的学生记者，能请您接受我们的采访吗？"

柳依依一边伸手向温笃行要他的手机，一边单刀直入道。

"可以。"

年轻女子听柳依依说明来意后，爽快地答应了。

在得到对方的同意后，柳依依翻出温笃行的备忘录，开始根据备忘录上编辑好的问题进行采访。

"能请您告诉我您的姓名和年龄吗？"

"李芳林，今年十九岁。"

"请问您当时的班主任是谁？他现在还在咱们学校任教吗？"

"我当时的班主任是赵从理老师，他挺年轻的，我当时是他带的第一届学生。他应该还在咱们学校任教吧？没听说他转行了。"

"我也是赵从理老师的学生！"

柳依依一听说对方是自己的亲学姐，兴奋地说道。

"这真是太巧了！"

李芳林惊喜地感叹道，然后用好奇的语气问道：

"那家伙现在还和颜丽华老师经常斗气吗？"

"当然！我看到他俩在一起因为一些鸡毛蒜皮的小事儿吵架的时候，总是赵从理老师先认输呢！"

"有件事儿你可能不知道哦！"

李芳林一脸神秘地凑到柳依依耳边，告诉了她一个关于赵从理老师和颜丽华老师的秘密。

"啊？真的吗？"

柳依依惊呼道，用难以置信的表情看着李芳林。

李芳林笑着点点头。

"咳咳。"

看着两人在极短的时间内形成了闺蜜情谊，温笃行故意咳嗽了一下，提醒道：

"我怎么觉得采访的内容朝着奇怪的方向发展了？！扯远了！扯远了！"

柳依依这才回过神来，对李芳林说道：

"那我们就继续刚才的采访吧！"

李芳林笑着点了点头。

"学姐在秋大附中发生过什么有趣的事儿吗？"

李芳林忍着笑，道：

"当时我们九班和隔壁十班都是文科班，两个班的数学老师分别是赵从理老师和颜丽华老师。高三那年冬天，秋阳下了一场好大的雪，我们两个班就商量好在数学课之前的那个课间去操场上做了一堆雪球带回来，然后再集体交换教室，等着他俩过来上课的时候打他们一个措手不及……"

"结果呢！"

柳依依迫不及待地问。

"结果颜老师看了看我们班同学，又看了看门口十班的牌子，趁我们还没反应过来的时候就去找隔壁在同一节上课的赵从理老师去了，而赵老师在我们班傻愣愣地站了一会儿，就被十班同学群起而攻之，他那天穿的蓝色西装在颜老师到九班之前就已经变成白的了。哈哈哈！"

李芳林讲完之后，终于忍不住笑出声来。

"原来我们这届还不是他带过最皮的一届啊！"

柳依依有些意外地说。

"当然了，你们连他们是青梅竹马，赵老师小学就跟颜老师表过白的事儿都不知道，一听就知道不如我们以前会搞事儿！"

李芳林说着，露出了一个颇为自得的坏笑。

"学姐在秋大附中有没有做过什么您觉得只有在这里读书才能做的事儿？"

柳依依继续问道。

"每次我去赵老师那儿答完疑之后，我都可以直接坐在他的躺椅上边摇晃边和他扯闲篇儿。秋大附中最大的特点在于自由，这种自由体现在不论学校还是老师都不会在无关紧要的事情上诉诸权威，而是会尽量尊重学生的个性，发挥学生的能力。"

李芳林说着说着，语气在不知不觉间逐渐柔和起来。

"那学姐在这里有没有留下什么遗憾呢？"

"没能在这里谈上一场从校服到婚纱的恋爱，算是我的一个遗憾吧……秋大附中的男孩子真的挺好的。"

李芳林挠挠头，半开玩笑道：

"毕竟等我开始谈恋爱的时候，已经过了早恋的年纪了。"

柳依依笑了笑，说道：

"最后，请学姐用一句话总结一下秋大附中给学姐留下的印象吧！"

"秋大附中不在乎你考了多少分，只在乎你过得好不好。"

听着李芳林的话，柳依依不禁有些动容。

"好的，谢谢学姐接受我的采访！"

柳依依甜甜一笑，对李芳林道了谢。

"你真的好可爱啊！"

李芳林边说边掏出手机，问道：

"能加个微信吗？"

"当然可以！"

柳依依十分自然地把温笃行的手机还给了他，掏出自己的手机，加上了李芳林的微信。

"啪！啪！啪！"

李芳林走后，温笃行禁不住为柳依依鼓了鼓掌，赞叹道：

"你可真是个聊天鬼才！"

"你可得多学着点儿！"

柳依依有些骄傲地说。

"得嘞，下一位让我来采访吧！"

温笃行主动请缨道。

经过两人的不懈努力，一天下来，两人确实收获了不少精彩的采访内容。日头偏西，看着校园里的人逐渐减少，两人意识到差不多可以收工了，于是，他们进了食堂，找了两个位子坐下，开始整理起今天一天采访的收获。

"噗哈哈哈哈！"

温笃行看着校友曾经经历过的一些妙趣横生的往事，不禁笑出声来。

"你怎么了？怎么了？"

柳依依好奇地把小脑袋凑过来，问。

"你还记得咱今天听见的那句学霸休闲作息吗？每当你写数学作业累得不行时，不妨写篇作文换换心情，还有昨天看原版《莎士比亚全集》太投入，一不留神忘写英语套题了！"

"哈哈哈！我印象最深刻的是那个……"

柳依依出神地想了想，说道：

"咱们一位六十多岁的学姐当年翘了晚自习出来散心，看路边的灯光像是芭蕾舞者。"

"听上去的确很有诗意啊。"

温笃行赞叹了一下，随后揶揄道：

"不过真没想到假小子柳依依也会对这么有少女心的故事情有独钟！"

"写作猛男，读作少女！"

柳依依不仅没反驳温笃行的话，反而还撸起袖子秀了一下自己的肌肉。

"噗哈哈哈哈！"

温笃行被柳依依的动作逗得乐不可支。

笑完之后，温笃行继续说道：

"今天有一位校友提到的金老师也挺有意思的。那位金老师鼓励同学们：'生活热情有朝气，吃饭都要跑着去。我记得他去年带毕业班的时候还爆出一句金句叫什么……'"

"每天进步一点点，持续努力到天堂！"

柳依依脱口而出道。

温笃行笑着点点头，然后说道：

"不过有一句话我听着挺惋惜的……"

"哪句？"

柳依依问道。

"很多男生都喜欢同一个女生，但没有一个人敢表白。"

温笃行一字一句地说道。

今天的故事总是昨天的延续

"怎么样，今天的采访还顺利吗？"

就在温笃行和柳依依聊天的时候，孟霖铃走了过来，问道。

"挺顺利的。"

柳依依给出了肯定的答复。

"我们根据采访所得，基本勾勒出了秋大附中历史发展的轨迹。"

温笃行介绍道：

"虽然由于年代久远，我们没有采访到一百年前建校初期曾在此求学的校友，但我们有幸采访到了半个世纪前在此求学的一位学姐和 40 年前求学的两位学长。与之后在此求学的校友们不同，在那个读书无用论盛行的年代里，秋大附中仍保持了较高的教育水准，严格而非自由是学生对学校教学风格最直观的感受，而我们也采访了其他在 21 世纪到此求学的校友们，他们在采访中使用了诸如尊重天性、竞争压力不大、全面发展、不以成绩为准等词汇反映了学校在新时期办学过程中所遵循的自由原则，可见秋大附中并不是会死守某个教条，而是会根据时代的发展与时俱进。"

柳依依紧接着补充道：

"我们还特别注意了很多并没有在秋大附中完整经历过初、高中六年生活的校友们的采访回答，因为他们可以根据自己的直观经验对秋大附中和其他中学进行比较，结果我们发现，在类似的比较中，自由一词的使用频率很高，有两位校友特别用没有强制午休和团委与学生会分离的具体事例反映了秋大附中的自由风格。"

"太棒了！"

孟霖铃一拍手，喜出望外地说：

"没想到仅仅一天的时间，你们就分析得这么充分了！今天晚上有时间吗？我请你们吃好吃的！"

"其实我暑假作业还没写完呢，今晚回去要开夜车……"

柳依依有些为难地说。

"啊？那就没办法了。"

孟霖铃遗憾地说：

"下次你有时间的时候我再请你吃个饭吧。"

"好！"

柳依依点点头，红扑扑的脸蛋上露出了开心的笑容。

柳依依离开后，孟霖铃问温笃行道：

"关于餐厅的选择，你有什么好的建议吗？"

温笃行想了想，说道：

"不如，我们还是去牛仔屋吧！"

"好呀。"

孟霖铃笑着答应道。

两人坐电梯来到梦悦城七层，走了两步之后，突然看见了一家织田旋转寿司。

孟霖铃看见旋转寿司店，眼前一亮，提议道：

"我们去尝尝这里的寿司怎么样？"

"我吃什么都行。"

温笃行摊摊手，说道。

于是两人走进店内，找了两个靠近旋转台的位子坐下。

孟霖铃迫不及待地取下一盘鳗鱼寿司，打开上边的透明塑料盖，从餐具盒里拿出一双筷子，苦笑着说：

"今天宣传部的事儿张罗了一整天，真是饿死我了，不好意思……"

"你别放在心上。"

温笃行摆摆手，接着，突然话锋一转，坏笑着说：

"反正不管在哪家店里我都有信心吃穷你。"

孟霖铃咽下一口寿司，笑眯眯地说：

"你能吃穷我算我输。"

温笃行听罢，优雅地取下来一盘三文鱼刺身，倒好酱油和芥末，用筷子简单搅拌之后，开始大快朵颐起来。

"你不能专挑贵的吃啊，有欺负我的嫌疑！"

孟霖铃娇嗔道。

温笃行流着泪说道：

"我哪舍得欺负你啊……话说这儿的芥末真的好辣！"

"扑哧。"

看着温笃行被呛得泪流不止的样子，孟霖铃一下子就笑了出来。

温笃行拿起手边的餐巾纸擦擦眼泪，问道：

"你觉得这家店怎么样？"

孟霖铃说道：

"挺好吃的，我决定下次带柳依依过来。"

"没想到，你对她居然这么好！"

温笃行边说着边取下一盘南瓜蛋糕。

"怎么？不挑贵的吃了吗？"

孟霖铃饶有兴致地看着他，问。

"虽然医学还没有证明，但人类其实有两个胃，一个用来装甜品，一个用来装其他的食物，我只是不希望我的另一个胃太寂寞了。"

"哈哈哈，你好有趣呀。"

孟霖铃笑了笑，说道。

"不过小学的时候柳依依还挺照顾我的，现在你又照顾她，真是天道好轮回，苍天饶过谁呀！"

温笃行举着筷子感叹道。

"仔细想想，我还不知道呢。"

孟霖铃手托着下巴，颇感兴趣地看着温笃行，问：

"你和柳依依是怎么成为朋友的？"

听到这里，温笃行边说边拿着筷子在空中比画道：

"很久很久以前，Once upon a time，有一位少年，他因为自己的盛世美颜，引来了周围人的嫉妒，于是，他被针对了。孩子们打麻将三缺一宁可斗地主也不叫他，打羽毛球宁可和墙打也不和他玩儿，这样的日子持续了好久……"

说到这里，温笃行摆出一副十分悲伤的样子，继续道：

"One day，孩子们突然觉得，不能因为少年是个老实人就孤立他，于是他们就开始欺负他。当时，那位少年很喜欢写历史小故事，他们就嘲笑他是个书呆子，还把他的故事本撕得粉碎。正在这时，天空飘来五个字，刀下留人！一位留着双马尾的女生皮笑肉不笑地走了过来。"

"是四个字。"

孟霖铃笑着提醒道。

"哦，你大概体会一下，反正就是那么个意思。"

被打断的温笃行显得有些尴尬，他稍稍组织了一下语言，继续讲述道：

"哦？这年头儿不流行英雄救美，改成美救英雄了？为首的一个小孩儿挑衅地说。在当时，《火影忍者》还没完结，被大家认为是永不完结的民工漫。作为一位火影迷，柳依依也不废话，她将双手交叉放于胸前，大喝一声：八门遁甲—第八死门—开！使出了那火影世界里的最强奥义体术！紧接着就是一阵砍瓜切菜，四个人被打得人仰马翻，为首的那个小孩伸出大拇指，赞叹道：我愿称你为最强！那位少女从此一战成神，目睹这场战斗的少年受到了极大的震撼，称她为大姐头，她的手下败将更是对她纳头便拜，叫她大王。可喜可贺！"

"不要叫我大王，要叫我女王大人！"

听到这个声音，温笃行和孟霖铃同时愣了一下，他们循声望去，柳依依正笑着向他们打招呼，并露出一口洁白的牙齿。

"是的，大王！好的，大王！"

温笃行开玩笑地说。

"你不是回去赶作业了吗？"

孟霖铃瞪着大眼睛，好奇地问。

"嗨，不要紧。"

柳依依坐在孟霖铃的旁边，摆摆手，说道：

"反正我没写完的是数学作业，刚才和赵老师打了个招呼，我跟他保证一定在开学后的一个礼拜之内补上，他就不难为我了。"

"我们两个数学课代表都在这儿呢，你这样是不是太嚣张了？嗯？"

温笃行以挑衅的语气问。

"你们就是我嚣张的资本呀！"

柳依依两眼放光地说。

孟霖铃擦了擦汗，无奈地笑了笑。

"我自从上学期就好久没看见你的作业本了，有点儿想念它。"

温笃行开玩笑地说。

"不会的。"

柳依依摇了摇头，斩钉截铁地说：

"我确定你根本就没见过它。"

"不过呢，我也挺理解你的。"

温笃行道：

"上次寒假的倒数第二天，我发现自己的作业实在是写不完了，于是我只好奋斗了一个通宵，一直写到最后一天晚上六点，实在写不下去了，于是我绝望地坐在书桌前，自杀性地给柳依依打电话……"

"哦，我想起来了！"

柳依依一拍手，笑着说：

"当时笃行给我打电话问我能不能写完作业，我一听就知道不靠谱啊，然后我就劝他向绝望的生活投降了。"

"结果我第二天就被老师揪过去骂了……"

温笃行捂着脸悲痛地说。

柳依依好像想起了什么似的，突然道：

"我差点儿忘了，其实温笃行当年被欺负那件事儿还有后续呢！当时温笃行还挺有股子狠劲儿，非要自己去报仇，然后他为了有一个看上去比较厉害的身体，就一天吃五顿饭，这样坚持了一个月之后，变成了一个小胖墩儿，直到今天都没缓过来！哈哈哈！"

"我都把话题带那么远了你还给强行绕回来，你是魔鬼吧你！"

温笃行假装生气地指责道。

"哈哈哈！不是 strong，是虚胖！"

柳依依调侃道。

三人聊得十分热烈，时间一晃就过去了，于是三人下楼来到了梦悦城门口。

"那我就坐地铁回去了，你们怎么回去？"

孟霖铃问。

"我和温笃行就骑车回去了，你先走吧！"

柳依依笑着说。

"好吧，那，路上小心！"

孟霖铃说着，就和温笃行他们挥挥手，算是告别。

"回去和我报个平安。"

温笃行十分关切地说。

"嗯！行！"

孟霖铃答应道。

"笃行，有件事儿我觉得你最好知道。"

看着温笃行呆呆地望着孟霖铃离去的背影，柳依依犹豫了一下，还是说道。

人们往往因为自身的无能而愤怒

"咋了，你对我有感觉？"

温笃行挑了挑眉，开玩笑道。

柳依依无奈地白了温笃行一眼，道：

"可不嘛……一看见你，我就感觉手脚冰凉，全身发抖，食欲缺乏，那感觉不是一般的强烈……你是不是还觉得自己挺帅的？"

温笃行闭上眼睛，拍拍胸脯，颇为得意地说：

"我从不自我评价，我只用实力说话。在华夏人看来，一句话只要押韵就是真理！"

柳依依摆摆手，弯下腰作呕吐状，说道：

"那真是挺令人作呕的，我有些食欲缺乏了……"

这时，柳依依忽然反应过来，她一跺脚，急切地对温笃行说：

"哎呀，不是，我真有事儿要告诉你！"

"嗯，你说吧。"

看着柳依依凝重的表情，温笃行也不由得认真起来。

"孟霖铃，她有喜欢的人了。"

柳依依说着，眼中满是同情。

"是金泽明吗？"

温笃行愣了一下，随即小心地确认道。

"对。"

柳依依回答。

"哈哈哈！我就知道是他！"

温笃行仰天长啸，引来几个路人侧目。

"笃行，你……你还好吧？"

柳依依有些担心地问。

"感觉呼吸不太顺畅。"

温笃行捂着胸口，蹲在路边，带着哭腔说道：

"我喜欢她很久了，我真的不甘心……真的！"

看着有些消沉的温笃行，柳依依蹲了下来，双手扶住他的肩膀，几次欲言又止，不知该如何安慰。

"其实……我很早之前就已经感觉到了……但，那又有什么用呢……"

温笃行有些哽咽地说。

"或许……金泽明不喜欢孟霖铃也说不定，你别太难过了……"

看着温笃行的眼泪在眼眶里打转，柳依依心疼地安慰道。

"没用的……"

温笃行痛苦地摇摇头，说道：

"当你真正喜欢一个人的时候，心里就再没有了别人，所以金泽明的态度，根本就无所谓……"

话音未落，两行泪水便悄无声息地从温笃行的脸颊两侧滑落。

"笃行……"

柳依依轻声念着温笃行的名字，抬手慢慢抚着他的头发。

正在这时，温笃行的手机响了一下，他用袖子擦了擦眼泪，打开了那条新消息，是孟霖铃发来的：

"我已经到家啦！晚安，祝你好梦！"

温笃行强打起精神，打字回道：

"晚安！！"

"计程车！"

这时，柳依依伸手拦下了一辆出租车，她打开后座的车门，对温笃行说：

"上车吧，我送你回家。"

温笃行神情呆滞地点点头，面无表情地坐进了车里。

路上，见一向健谈的温笃行始终一言不发，柳依依有些坐立不安。

"师傅，您在这附近靠边儿停就好了。"

柳依依指了指温笃行所居住的小区的大门，说道。

车子停下后，柳依依对师傅道了谢，对着后座的温笃行道：

"笃行，该下车了。"

见温笃行没有回应，柳依依觉得有些奇怪，于是她走下车，拉开后座的车门，看见温笃行正闭着眼倚靠在座位上。均匀的呼吸从他的鼻腔里传来，柳依依这才意识到，温笃行是睡着了。

"真不知道该说他什么好……"

柳依依见状，无可奈何地笑了笑，不过，她一颗悬着的心总算放了下来。

柳依依拍了拍温笃行的肩膀，温笃行这才悠悠转醒。

"对不起，我太累了。"

温笃行疲惫地笑了一下，说道。

柳依依摇摇头，道：

"你别放在心上。"

两人走到了小区门口，柳依依问道：

"你一个人可以回家吗？"

温笃行点点头。

"到家记得给我报个平安。"

柳依依嘱咐道。

温笃行嗯了一声，摸了摸柳依依的头，便转身进了小区。

凌晨1：30，辗转反侧的温笃行起身去客厅接了一杯水，喝着喝着，他好像突然想起什么似的，于是他赶紧放下杯子，回到卧室，打开了微信里和柳依依的对话框。

温笃行非常焦急地打着字，然后发了出去：

"你已经睡了吗？我忘记回复你了，非常抱歉！"

"没事儿，你早点儿睡吧，晚安。"

柳依依很快回复道。

看着柳依依的回复，温笃行的心里泛起一丝涟漪。

第二天，温笃行一进班，孟霖铃便迎了上来，问道：

"笃行，你昨天的采访记录和相关总结能不能今天发给我一份？宣传部这两天做推送会用到。"

"可以。"

温笃行答应下来，然后问道：

"你什么时候要？"

"越快越好。"

孟霖铃道。

就在温笃行准备离开的时候，孟霖铃突然说道：

"以后要早点儿休息哦！"

听到这话，温笃行的心里一阵感动。

"得友如此，夫复何求！"

温笃行在心中默默感慨。

"怎么样，昨天的活动还顺利吗？"

孟霖铃路过金泽明的座位时，金泽明问道。

"进行得很顺利！"

孟霖铃开心地回答。

"听说梦悦城最近新开了一家宇智波抹茶，要尝尝吗？"

金泽明笑着征询孟霖铃的意见。

"好啊。"

孟霖铃毫不犹豫地答应道。

偶然听见两人对话的温笃行心里咯噔一下，心跳不禁有些加快。

"交一下儿数学作业！"

正在这时，孟霖铃的声音打破了温笃行纷乱的思绪，他深吸一口气，开始在书包里翻找起各科的假期作业。

中午，温笃行和孟霖铃开始统计交数学作业的同学名单，孟霖铃负责念作业本上的名字，而温笃行负责在姓名条上对应的名字后面打钩。

"哎？谁数学作业没写名儿？"

孟霖铃拿起一本作业，疑惑地问。

"我看看。"

温笃行边说边拿过作业本。

温笃行随意翻了几页，一些熟悉的字体映入他的眼帘。

"好像是我的。"

温笃行有些尴尬地看着孟霖铃，道。

"我看你今天上午老是打瞌睡，黑眼圈也很重，昨天补作业补到很晚吗？"

孟霖铃有些担心地问。

"昨天看动漫看到太晚了。"

温笃行随口敷衍道。

孟霖铃轻轻笑了一下，问：

"什么动漫呀？"

"啊？嗯……就是《哆啦 A 梦新番》。"

温笃行有些慌乱地回答。

"那部动漫还在更新？"

孟霖铃的语气有些意外。

"对呀，我和柳依依都在看呢。"

温笃行笑了笑，解释道。

"柳依依也看《哆啦 A 梦》？"

孟霖铃用意外的语气再次问道。

"我们从小学的时候就开始看《哆啦 A 梦》了……"

温笃行苦笑道：

"当时柳依依还一直叫我蓝胖子叫了好久呢！"

"你叫她大姐头，她叫你蓝胖子，这画面挺美的。"

孟霖铃揶揄道。

"你们两个！"

正在两人闲谈的时候，徐远洋突然从门外气喘吁吁地跑进来，说道：

"赵从理老师叫你们赶紧把数学作业抱过去！"

"不好意思，我们马上就统计完！"

说着，孟霖铃一下子拿起两本作业，开始念起上面的名字来。

"下次记得早点儿送过来啊！"

赵从理老师收到数学作业后，有些不满地说。

"抱歉，下次我们一定早点儿送过来。"

温笃行挡在孟霖铃的面前，挠挠头，不好意思地说。

两人走出了数学办公室的门之后，温笃行道：

"我突然想起赵老师让我当数学课代表时的情景了。"

"说来听听。"

孟霖铃道。

温笃行边回忆边说：

"当时赵老师问我愿不愿意当他的课代表的时候，我说我数学不好，结果他问我是哪个初中毕业的，我说我是本校毕业的，他说秋大附中的孩子一定能努力做到自己不擅长的事情。现在想想其实也没什么逻辑可言，但当时我就感觉赵老师很信任我！"

"哎，那你比我可好太多了……"

孟霖铃颇为无奈地说：

"当时好像咱俩刚熟悉起来，赵老师因为这个就让我也当数学课代表，还说什么男女搭配，干活儿不累。反正我是感动不起来了。"

"赵老师很多时候思维也挺直男的，连颜老师都拿他没辙。"

温笃行安慰道。

两人回到班里，孟霖铃赫然发现自己的桌子上多了一个纸袋子，上面写着"宇智波抹茶"的字样。

看见孟霖铃发现了桌上的纸袋子，金泽明朝孟霖铃笑了一下，孟霖铃也朝着金泽明露出了一个甜甜的笑容，温笃行将这一切都看在眼里，心中醋意更浓。

冲冠一怒对应的是后果自负

这一天，室外白云朵朵、阳光明媚，微风拂过，几片落叶四散纷飞，使秋意更浓郁了几分。这正是外出活动的好天气。

体育课上，在老师宣布可以自由活动之后，由于徐远洋此时正作为代表前往日本参加国际微电影节的颁奖活动，因此，七班和八班男生混编后在保证实力均衡的前提下分为两组：温笃行、彼得罗切夫斯基、董晓峰、顾元武一组，金泽明、朱龙治、关云隆、鲁知行、程蒙一组。

随着体育老师一声哨响，比赛正式拉开了序幕。

在挑球结束之后，彼得成功将球拍到了己方阵营，获得了控球权。

"没想到，你进步得这么快！"

鲁知行在比赛的间隙赞叹道。

"谢谢。"

彼得朝鲁知行微微一笑，回应道。

此时运球的人是董晓峰，他在温笃行和顾元武的护卫下来到了中场，在突入对方场地之前，受到了来自朱龙治和关云隆的阻挡。

朱龙治向关云隆使了个眼色，关云隆心领神会，直扑董晓峰，进行拦截。

当关云隆把手伸到董晓峰身前时，董晓峰一个转身自然地过掉了关云隆，但被过掉的关云隆不仅没有沮丧，反而露出了一丝不易察觉的笑。

董晓峰还没来得及松一口气，对面金泽明就突然挡在他的身前，董晓峰急忙停下脚步，金泽明趁机将球从董晓峰的胯下穿过，拍给了朱龙治。

朱龙治在接连晃过温笃行和顾元武后，来到了由彼得防御的篮下位置。

此时，由于队友还未赶到，同时在彼得的贴身防守下，朱龙治和彼得难以拉开距离，于是朱龙治心生一计，他毫不犹豫地纵身起跳，故意将手挡在篮球前方，然后在篮球出手后被彼得打到了手。

"打手犯规！"

朱龙治边拍着自己被打到的手边喊道。

体育老师吹哨认可犯规有效，由朱龙治的队伍获得控球权。

"龙治可以啊，这造规简直就是教科书般的典范！"

金泽明不禁感慨道。

朱龙治发球后，球很快来到了金泽明手中，关云隆和程蒙迅速来到金泽明附近，打算随时配合金泽明攻入对方阵营。

就在金泽明展开快攻的时候，温笃行碰巧来到了金泽明面前，金泽明毫无防备地和温笃行迎面撞上，两个人同时摔倒在地。

"绝对是带球撞人！"

董晓峰在旁边拍手叫好。

但紧接着，球场上突发的变故却让所有人感到意外。

"你是不是故意的？！"

温笃行一把揪住刚站起身的金泽明的衣领，朝他怒吼道。

"你给我松手？！"

金泽明眼神冰冷地看着温笃行，语气低沉地说。

温笃行冷哼一声，反问道：

"那我要是不松开呢？"

话音刚落，金泽明毫不客气地一拳击中了温笃行的面门。

温笃行被打得鼻头红肿，他的头受到惯性的作用向后一仰，但仍死死抓着金泽明不放。

回过神后，温笃行一记右勾拳打得金泽明左脸发红。

就在金泽明抬脚打算一脚踹倒温笃行的时候，董晓峰和朱龙治赶紧分别拉开了温笃行和金泽明。

"你们这是怎么回事儿！"

体育老师一脸严肃地走过来，问道。

此时，一股热流从温笃行的鼻腔中涌出，两行鼻血很快出现在温笃行的脸上。温笃行赶忙用手捂住鼻子，恶狠狠地瞪着金泽明，没有说话。金泽明也低着头默不作声。

"先送他们去医务室。"

见两人谁也不说话，体育老师只好跟董晓峰和朱龙治嘱咐道。

中午，两人在食堂吃饭时，周围人自然也注意到了他们的伤势。

"……你这是怎么了？"

看着两个鼻孔都被棉球堵住的温笃行，柳依依强忍着笑意，关切地问道。

看着柳依依憋得通红的脸，温笃行一脸委屈地说：

"被人一拳打到鼻梁骨上了。"

听温笃行这么说，柳依依脸色一变，生气道：

"有我罩着，谁还敢欺负你！难道他不知道我秋大附扛把子的名号吗？"

"哦，其实我也才刚听说……你在学校里这么厉害呢？"

温笃行神情复杂地说，语气中有一丝怀疑。

"看来你似乎对我的实力有所怀疑，我可以很负责任地告诉你……你的怀疑是正确的！"

柳依依说着，不好意思地吐了吐舌头。

"你知道《蜡笔小新》里小新给妈妈起的最知名的一个外号是什么吗？"

温笃行问。

看着一脸茫然的柳依依，温笃行一字一句地说：

"妖怪撒娇老太婆。"

"在给你报仇之前，我先把你杀了祭天吧，记得保佑我复仇顺利！"

柳依依起身，表情和善地走到温笃行身后，轻声说道。

"请问我现在道歉还来得及吗？"

温笃行语气镇定地问。

"如果道歉有用的话，还要警察干吗？"

柳依依说着，将自己的手化作手掌，毫不留情地劈在了温笃行的头上。

一股熟悉的热流从温笃行的鼻腔里传来。

温笃行赶紧从兜里把备用的棉球掏了出来，但还是太迟了。

"对不起对不起！"

见玩笑开得有些过火了，柳依依急忙从兜里掏出一包纸巾，帮温笃行一起清理起来。

清理干净之后，温笃行止住了血，柳依依这才问道：

"所以你到底被谁打了？"

"你很快就会知道了。"

温笃行捂着鼻梁，哽咽道。

午休时间，赵从理老师来到班里，阴沉着脸对温笃行和金泽明道：

"你们两个，现在马上到我的办公室去，我有话要问你们。"

进了办公室以后，赵从理老师坐在椅子上，翘着腿，双手交叉在胸前，严肃地说：

"金泽明，你给我背一遍秋大附中的五大底线。"

金泽明双手背后，不情愿地开口背道：

"第一，不许打架斗殴；第二，不许考试作弊；第三，不许交往过密；第四，不许顶撞老师；第五，不许抽烟喝酒。"

"背得倒是不错，可你们做到了吗？！"

赵从理老师厉声质问道。

见两人不说话，赵从理老师继续说道：

"虽然学校一直在强调五大底线，但抽烟喝酒和交往过密说起来都属于私生活领域，除非影响极其恶劣，否则学校并不会过多干涉；至于顶撞老师，我从教快十年了，顽劣的学生也见过不少，但还真没听说过因为学生出言不逊就跟学校举报要给学生处分的老师。"

说到这里，赵从理老师伸出两根手指，说道：

"所以学校真正从严处理的纪律问题，就只有打架斗殴和考试作弊。你们自己往枪口上撞，说实话，我也帮不了你们！你们的事儿，还要看学校行政讨论后的决定，在结果出来之前，你们都去隔壁的会议室上自习，谁也不许给我回去上课！听明白了吗？"

"我不想和这家伙待在一起呼吸同一片空气！"

温笃行指着金泽明，朝赵从理老师抱怨道。

"这是命令，我建议你必须听我的！"

赵从理老师以不容置疑的口气说道：

"你们现在回去收拾书包，直到结果出来之前，跟班里保持统一作息，在那儿给我老老实实地上自习！"

两个人垂头丧气地离开后，颜丽华老师来到赵从理老师身边，称赞道：

"行啊从理，把这俩孩子治得服服帖帖的，之前小看你了！"

"哎，别提了！这俩孩子不闹事儿还好，闹起来都不是省油的灯。"

赵从理老师苦恼地看向颜丽华老师，说道。

"不过，你真打算让他俩一直停课？"

颜丽华老师瞪着大眼睛，有些好奇地问。

"这怎么可能啊！"

赵从理老师双手交叉放于脑后，闭目静思道：

"学校给的处分早就下来了，说是要记到档案里，其实毕业前肯定会把处分撤销。我主要是希望他们能通过这次的事情长点记性，他们必须明白，暴力从来就不是解决问题的好方法。"

"那你把他俩安排在一起自习，就不怕他俩再打起来？"

颜丽华老师的语气中有些担忧。

"根据体育老师的反馈，温笃行是鼻梁受伤，而金泽明是左脸肿胀。虽然我之前对他俩的格斗水平并不了解，但从这次的受伤的情况来看，金泽明在格斗方面远比温笃行更有经验，我相信温笃行吃了苦头之后，不会不明白这一点。金泽明的特点是看重学业成绩，他尤其看重课堂效率对学习的作用，那么我现在停了他的课，他不仅不会再惹麻烦，还会配合我尽快处理这件事情。所以，不管他们今天上午有多大矛盾，都不可能再打起来。"

赵从理老师以自信的语气说道。

"说真的，要不把我们班董晓峰交给你管管吧，我拿那孩子是真没什么招儿了。"

颜丽华老师双眼放光地建议道。

赵从理老师想了想，说道：

"董晓峰和我们班这俩孩子还不太一样，他其实比温笃行和金泽明都聪明，你没发觉他报复不同的人会采取不同的方式吗？比如他上次报复那个欺负他妹妹的女生，他完全可以把那个女生打一顿，以此造成心理创伤，但他却选择烧山寨包儿的方式达到了同样的目的，却免于触犯打架斗殴底线后的惩罚。对付这种人，你只有看穿他所有的把戏，让他的小聪明不起作用，他才会意识到自己一直在做的事情是有多无聊。所以下次再遇到这种事情的时候，你就用'胡萝卜加大棒'的方法，用袒护他的方式拉拢他，同时用看穿他的把戏和威胁的方式打压他，接着再引导他用沟通的方式解决问题，才有机会让他彻底改变。"

"谢谢教育界大佬赵从理老师的提点！"

颜丽华老师听完赵从理老师的建议之后，半开玩笑地道谢。

善意有时也会让人喘不过气来

"现在你满意了吧？"

温笃行把书包一下子扔在会议室的椅子上，讽刺道：

"在你的不懈努力下，咱俩终于可以远离尘世的喧嚣，相亲相爱地一起自习了！"

"虽然我不想再惹什么麻烦，但我也不怕惹出一点儿麻烦来，你最好注意一下你的言辞！"

金泽明说完后，狠狠瞪了温笃行一眼，然后就掏出书本，上起了自习。

"切！瞧把他自己能耐的，损色！"

温笃行暗骂了几句之后，十分无奈地从书包里翻出来了哲学原理、文化提纲、经济ppt，百无聊赖地背了起来：

"……同一性以斗争性为前提，斗争性……同一性……下一句是什么来着？"

"下一句是斗争性寓于同一性之中，并为同一性所制约。还有，你能不能小点儿声儿？"

金泽明实在听不下去温笃行磕磕绊绊地背诵了，于是不耐烦地提醒道。

"要你管吗？！"

温笃行说着，又掏出了数学练习册，开始做起习题来。

前边的小题做得还算顺畅，但做到后边的大题时，温笃行却犯了难。

温笃行盯着单位圆里的三角形看了十分钟之后，抓耳挠腮地说：

"凭啥这就是个直角三角形啊？怕不是在刁难我胖虎？"

沉思良久，温笃行灵光乍现，说道：

"要不，就用伪证法吧！"

"我真是服了你！"

忍无可忍的金泽明站起身，来到温笃行身边，拿起桌上的铅笔在示意图上比画了几下，只见温笃行皱紧的眉头逐渐舒展，原本束手无策的题目竟逐渐在脑中浮现出了完整的思路。

"我可能有点儿明白你的成绩为什么上不去了。"

金泽明讲解完毕后，放下笔，对温笃行说道：

"刚才你学了一会儿政治之后又马上看起了数学，可见你注意力并不是很集中，所以你的学习效率就提不上来，积累做题经验的速度太慢到考试的时候就不能举一反三，想拿到好成绩可就太难了。"

"有什么好的解决办法吗？"

温笃行此时也放下了心中的芥蒂，诚恳地向金泽明请教道。

"虽然分门别类地整理错题，然后再反复练习是个不错的方法，但这个方法可能并不适合你，主要是因为这个方法的工作量的确很大，我自己都没能坚持下来，所以我并不推荐。"

金泽明略微思索一下，说道：

"你可以试试我的方法，就数学学科而言，就是大量地刷题。题目我们可以分为三种：简单题、中档题和难题。对于前两者而言，一定要重点拿下，平常训练自己用尽量短的时间得到正确的答案。至于难题嘛，至少大题一般都是按步骤给分的，做到就是赚到，平常只要经常找老师问，然后一道题多做几遍就行了，这样可以省下找新题和整理错题的时间。"

"嗯嗯！那其他学科你都是怎么学的？"

温笃行继续问道。

"大同小异，史、地、政无非是多了一个熟悉知识点的步骤，在知识点掌握到一定程度的时候，该刷题还是要刷题，不然就只是纸上谈兵了。没有做题经验的积累，考试的时候就很难抓住题目的重点。"

金泽明以充满自信的口吻，道。

两人在会议室里相谈甚欢，丝毫没有注意到隔墙有耳，赵从理老师正在门外偷偷听着。

赵从理老师欣慰地笑了一下，然后推开会议室的门，板起面孔，问道：

"现在，你们是不是可以说说你们打架的原因了？"

"当时我不小心和温笃行撞在一起了，是我不对。"

金泽明率先表态道。

"不，如果不是我不依不饶的话，我和金泽明也不会打起来，所以要承担主要责任的应该是我！"

听了金泽明的检讨，温笃行赶紧说道。

"你们前一段时间还势不两立的，现在却反而开始往自己身上揽责任了？"

赵从理老师饶有兴致地问。

见两人没有回答，赵从理老师纠正道：

"你们上历史课的时候应该了解过直接原因和根本原因的区别吧？我们上初中的时候举过这样一个例子：第一次世界大战爆发的直接原因是奥匈帝国皇储斐迪南大公遇刺，而根本原因是奥匈帝国和德意志帝国等新兴国家希望取代大英帝国和法兰西第三共和国等旧有殖民国家成为霸主。你们两个都不像是那种喜欢惹是生非的人，所以我想知道你们之间究竟有什么矛盾大到需要通过武力才能解决。"

"我其实就是觉得温笃行对学习不重视的态度让人很不高兴。"

金泽明直言不讳道。

"那你现在还这么想吗？"

赵从理老师笑眯眯地看着金泽明，问道。

金泽明犹豫了一下，回答道：

"通过这段时间的相处，我发现温笃行其实并不是不重视学习，只是没有发现适合自己的学习方法，所以对学习有一些抵触情绪。我相信，温笃行可能不像我一样把学习视为高中阶段的至高使命，但他仍旧把学习当作高中生活十分重要的一部分。"

听了金泽明的话，赵从理老师满意地点点头，接着，他鼓励温笃行道：

"金泽明说的话，你都听到了，如果你有什么感想的话，不妨说给我们听听。"

温笃行有些抱歉地看了一眼金泽明，开口道：

"我之前从不知道，金泽明居然会这么关心我，我其实很想和他重新做回朋友。"

紧接着，温笃行话锋一转，说道：

"但是很遗憾，出于某些原因，我不能重新和他成为朋友，我害怕做出让他受伤的事情，与其这样，我宁可失去这个朋友！"

温笃行话音刚落，赵从理老师的瞳孔因为吃惊而有些收缩，但他随即恢复常态，转过身对金泽明道：

"你先回班吧。"

金泽明阴沉着脸走出了会议室，将门重重地关上。

"好了。"

赵从理老师翘起腿，一脸严肃地看着温笃行，问道：

"现在这间会议室里只有我们两个人了，我想听听，你这么做的理由。"

"什么理由？"

温笃行装傻道。

"当然是你一改宽容大度的风格，执意要与金泽明决裂的理由。"

赵从理老师直视着温笃行，追问道。

"我们只是性格不合而已，道不同不相为谋。"

温笃行一摊手，装作满不在乎地说。

"这不是你内心真正的想法。"

赵从理老师摇摇头，说道。

"那您还想听什么？"

温笃行以无奈的语气问道。

"算了。"

赵从理老师站起身，幽幽说道：

"你不说，我也不能把你怎么样。但你身边的人说不定会知道些什么，毕竟，世界上可没有密不透风的墙。"

"您不能这么做！"

温笃行有些急了，阻止道。

"你不说，是你的自由，而我想了解真相，是我的自由，这并不冲突，不是吗？"

赵从理老师反问道。

经过一番心理斗争之后，温笃行小心地问赵从理老师，道：

"如果我把我的秘密告诉您，您能保证不说出去吗？"

"保护学生是教师的责任，我可以向你保证。"

赵从理老师以肯定的语气说。

"我喜欢孟霖铃，可是孟霖铃却喜欢金泽明。"

温笃行十分委屈地说。

没有节制的爱只是占有欲作祟

"当你想在一个人面前展现出最好的自己，却发现对方的眼中并没有你的身影时，这种感觉的确让人难以接受……"

赵从理老师说着，眼中流露出些许的同情。

"但是，这或许并不是一件很糟糕的事儿……"

赵从理老师话锋一转，宽慰道：

"她的选择实际上赋予了你们追求各自幸福的机会。在我看来，如果她对你不够在意，或者你们不能在情感中保持步调一致的话，即使你们在一起了，也很难幸福。可能现在你们同在一个班里，所以物理距离非常近，但你们心灵之间的距离，可能一直难以更进一步吧。"

说到这里，赵从理老师拍了拍温笃行的肩膀，道：

"你对她的感情不应该成为你未来道路上的绊脚石。对于有些感情，你付出得越多，越容易适得其反，感情就像手里的沙子一样，攥得越紧，流得越快。但我希望你能明白的是，别太跟自己过不去了。当你奋不顾身地喜欢一个人的时候，说不定也会有人一片痴心地喜欢你，只是你还没有发现而已。"

赵从理老师在离开前，特意嘱咐温笃行道：

"如果你今天没心情上课的话，就去隔壁办公室找我，我可以给你批张假条让你回去休息。"

说完，赵从理老师就走出了会议室，并轻轻将门带上。温笃行只感觉自己的身体像灌了铅一样沉重，颓唐地坐在了身后的椅子上。

约莫十几分钟后，温笃行站起身来，在课间回到了教室里，上了下午的最后一堂课。

讲台上，老师正滔滔不绝地讲着课，还不时爆出一两个段子，引得同学们阵阵发笑。可坐在座位上的温笃行却无心听讲。此时，他正沉浸在自己的悲伤中，并苦苦思索着对策，对老师讲课的内容也全都左耳进右耳出，在脑中没有留下任何痕迹。下课后，除了几个零零碎碎的知识点和两三个连开头都记不清了的段子之外，温笃行什么也没记住。

"知识点记不得，笑点倒是快背下来了，我真是屈才了！"

放学后，温笃行懊恼地趴在桌子上，绝望地自嘲道。

柳依依小心翼翼地走到温笃行的身边，用手指轻轻点了一下他，问：

"Are you okay？"

"I am fine, thank you... 个大头鬼啊！难受想哭！"

"哈哈哈哈哈！"

柳依依大笑道：

"如果说抑郁症是心灵的感冒，你这撑死了也就是心灵的咳嗽，还是很 ok 的！"

"心灵的咳嗽就不该重视一下吗？咳得脑壳疼也是大问题吧？"

温笃行抬起头，幽怨地看着柳依依。

"就是这么个理儿。"

柳依依收起笑容，尽力摆出一副严肃的表情，问：

"那什么……May I help you？"

"Sure."

温笃行点点头，问：

"如果你和你最重要的朋友喜欢上了同一个人，你会怎么做？"

"我想我会和她来一场愿赌服输的博弈吧。"

柳依依表情极其认真地说。

"那如果，这是一场注定失败的赌注呢？"

温笃行眼神冰冷地看着柳依依，问。

"勇往直前，言出必行！这是漩涡鸣人的忍道，也是我的座右铭。"

柳依依坚定地注视着温笃行，一字一句地回答道。

"我一定要让她明白我的心意！"

温笃行将右手握成一个拳头，自我鼓励道。

于是，在接下来的一个月里，温笃行每天都早早来到学校，从食堂给孟霖铃带糯米面包回来当早餐。

"那个……"

这天，孟霖铃像过去一个多月以来的早晨一样面对着温笃行和他带过来的面包，有些为难地说：

"虽然我不知道你为什么这么做，不过你愿意每天都给我带早饭，我很开心，我也的确很爱吃糯米面包……但是，我已经连着吃了一个月的糯米面包了，这面包我今天真的不能收！你的好意我心领了，面包你还是自己吃吧。"

孟霖铃好说歹说地劝了半天，温笃行这才不情愿地离开了。看着渐行渐远的温笃行，孟霖铃暗自松了一口气。其实，早在半个月前，孟霖铃就已经隐隐猜到了温笃行的意图，而聊到这个话题时柳依依的闪烁其词，让她更加确信了心中的想法，但正所谓看破不说破，朋友继续做，因此一时之间，孟霖铃也不知道该怎么解决这件事儿。虽然孟霖铃也和自己的另一个闺蜜章凤仪聊过这件事儿，但章凤仪也因为温笃行实际上并没有给孟霖铃添麻烦而表示爱莫能助。

"哎，小霖！最近热映的电影《大护法》你看了吗？超精彩的！"

柳依依开心地来到孟霖铃身边，问道。

"还没呢，准备过两天去看。"

孟霖铃回答，眼中透露出些许的期待。

正在这时，温笃行突然冒出来，插话道：

"我看过那部电影，在我看来，和英国作家乔治·奥威尔的《1984》很类似，是一部反乌托邦的电影，讲述了一个集权体制的社会如何奴役他人的肉体，扭曲他人的想法，使其最终服从于既有的社会规则，从而间接证明了社会科学的重要性……"

"不好意思啊笃行，我该去抱作业了，下次再说吧。"

孟霖铃忍不住从座位上站起来，脸上带着歉意，说。

"没关系，我们一起去把作业抱回来吧！毕竟，我们同样都是数学课代表呀！"

温笃行跟上孟霖铃的脚步，笑着说道。

孟霖铃虽然在心里暗中叫苦不迭，但也只好接受了温笃行的帮助。

在路上，孟霖铃和温笃行进行了一场教科书般失败的查户口式对话。

"我看你换新鞋子了，黑色很适合你！"

"嗯，谢谢。"

"你喜欢黑色是吗？我也喜欢。"

"那还挺巧的。"

"我觉得黑色有神秘和稳重的寓意，你觉得呢？"

"我就觉得比较好看，也没想那么多。"

"……哈哈，单纯的姑娘会生活得比较快乐。"

两个人在经过了很长时间有一搭没一搭缺乏营养的对话之后，终于来到了数学办公室的门口。

"我们打个赌怎么样？"

孟霖铃对温笃行道：

"如果你能保证在回去的路上不和我说话，我就答应和你一块儿去看电影。"

"好！"

温笃行听孟霖铃这么说，大喜过望，赶忙答应道。

在回去的路上，孟霖铃绞尽脑汁地计划着该如何让温笃行开口，她看见墙边的自动贩卖机，突然心生一计，对温笃行说道：

"我渴了，你能不能帮我去买一瓶水？"

温笃行点点头，抱着作业本走向了自动贩卖机。

"你不问问我想喝什么吗？"

孟霖铃冲着温笃行的背影道，但温笃行却并没有回头或者接话。

不一会儿，温笃行回来了，他一手托着作业本，一手拿着孟霖铃最爱喝的燕巢咖啡，递给了她。

看着温笃行手里的咖啡，孟霖铃的心中突然没有来由地难过了一下，她把头别过去，紧闭着双眼，说道：

"我……我今天不想喝咖啡。"

"那你想喝点什么？"

温笃行下意识地问，几乎是在同一时间，他意识到自己输掉了赌注。

"北极熊汽水。"

孟霖铃低着头，很不好意思地说。

"我知道了。"

温笃行说着，再次来到了自动贩卖机前，将自己怀里的一摞作业本放在了地上，打开咖啡的瓶盖，仰起头，将一整瓶五百毫升的咖啡一饮而尽。然后他擦擦嘴，将瓶子扔到了垃圾桶里，从兜里掏出一张十元纸币，将它小心翼翼地用手熨平，颤抖着放进了纸币的入口。

一罐北极熊汽水落到了出货口，温笃行从里面将它掏了出来，一言不发地递给了孟霖铃。接着，在孟霖铃呆呆地注视下，温笃行抱起之前放在地上的作业本，头也不回地走了。

晚上，情绪低落的孟霖铃回到了家中，她打开和温笃行聊天的对话框，发信息道：

"笃行，我们现在这样的关系，我真的很累……"

"我不明白，为什么我都这么努力了，你还是不喜欢我！"

温笃行回复道，语气中充满了不甘和费解。

看着温笃行发来的消息，孟霖铃难过地回复道：

"不能接受你的感情，我真的很抱歉。如果你愿意的话，我想我们可以继续做朋友……"

"从我喜欢上你的那一刻起，我们就再也不能做朋友了。"

看到温笃行回复的这句话，孟霖铃的眼泪唰地流了下来。

"谢谢，再见。"

温笃行在发出这句话之后，留恋地看了一眼孟霖铃的微信头像，那是一朵漂浮在蓝天中的白云，就像她本人一样，无拘无束、单纯无瑕。温笃行一点一点翻看着两个人的聊天记录，伴着一行行对话，温笃行仿佛又置身于那一个个难忘的场景中，脑中也跟着回忆起了当时的心情。最后，他翻到了一年之前刚认识的他们互相打招呼的对话，眼泪终于难以抑制地夺眶而出。在泪眼婆娑中，温笃行删除了孟霖铃的微信好友。

在删了孟霖铃的好友之后，心情久久难以平复的温笃行打开了音乐播放器，选中了歌单中薛之谦的《一半》：

多困难 狠话有几句新鲜感

又有多难 掩饰掉全程的伤感

我毁了艘小船 逼我们隔着岸

冷眼旁观 最后一段 对白还有点烂

你可以为我们的散不用承担

是我投入到一半感到不安

好过未来一点一点纠缠

我帮你摘下的那颗廉价指环

像赠品附送完人群涣散

心很酸烟很淡

难过若写不完用情歌刁难

在音乐中，温笃行的泪水像溃堤一样汹涌。

急功近利反而会透支彼此的感情

第二天，刚进班的温笃行看见了正和其他同学聊天的孟霖铃，于是有些拘谨地朝她打了个招呼。孟霖铃的眼神偶然落在温笃行的身上，两人四目相对时，孟霖铃马上将眼神飘向了别处。

看着孟霖铃的反应，温笃行十分难过地低下头，垂头丧气地来到了自己的座位旁边。

"嘿！壮壮！怎么一大早就没精打采的？有什么不开心的事儿就说出来让我开心开心！"

柳依依悄无声息地来到温笃行身边，用幸灾乐祸的语气问。

"没什么。"

温笃行头也不抬地回答道。

"如果你有什么想不明白的可以问我……"

见温笃行的情绪真的十分低落，柳依依收敛起开玩笑的语气，她温柔地笑了笑，说道：

"有些你百思不得其解的事情，说不定他人会有你可以参考的答案哦。"

听到这里，温笃行不由得抬起头，注视着柳依依。良久，温笃行吐出几个字：

"放学别走。"

"秋大附中的女人绝不认输！"

柳依依恢复了调侃的语气。

放学后，在织田旋转寿司店里。

"也就是说，你不仅把人家的微信给删了，之后不管是发验证申请还是当面和她打招呼，她都没理你，结果你自己后悔了？"

柳依依神情严肃地看着温笃行，将他刚才说给自己听的大致经过总结了一遍。

温笃行眼睛盯着桌子下面，不好意思地点点头。

"我从未见过如此厚颜无耻之人。"

柳依依捂着眼睛，无奈地说：

"这队友真心带不动了，你还是另请高明吧。"

"别介啊，你说你来都来了，就帮人帮到底呗！"

温笃行焦急地说。

"在此之前，我得先问你一个问题。"

柳依依说着，调整了一下坐姿，认真地注视着温笃行，问道：

"你是打算和她做朋友重新做人，还是依然对她怀有非分之想？！"

"虽然我不是什么好人，但我不希望人家那么想。"

温笃行老实答道。

"Let me see see...emmm，我觉得，就目前的情况看来，你想迎娶白富美，结束母胎 solo 必须满足三个条件之一才可以。"

柳依依伸出三根手指，谨慎地说：

"第一，她因为某些事儿从你身上发现了之前未曾发现的优点；第二，她哪天受了什么刺激突然开始喜欢你这种类型的男生；第三，你自己愿意改变成她现在喜欢的样子。只有满足这三点中的一点，你才有可能实现逆袭。"

"原来我还有这么多条道儿可以走呢？真是条条大路通罗马！"

温笃行眼前一亮，惊呼道。

"你想得美。要知道，有些人就生在罗马。"

柳依依白了温笃行一眼，毫不留情地调侃了他一下，接着分析道：

"不过其实你是一个很好懂的人，平常说话办事儿的时候思想都比较透明，说实话，一般人认识你三天你是骡子是马就能看得一清二楚了。这时候除非你能冒出来罗斯柴尔德家族继承人这种隐藏设定，否则你有什么优点她心里应该是有数的，所以此路不通。"

"但说不定我是那种深入了解之后才能发现魅力的男生呢！"

温笃行辩解道。

柳依依想想以前和自己天天较劲的那个兔崽子，再看看眼前这个在她心目中地位越来越重要的大男孩儿，说道：

"你说的话我也没法儿反驳，但至少以人家孟霖铃目前对你的了解程度，你还难入她的法眼，说不定人家因为觉得跟你性格不合本身就没兴趣深入了解你呢？该面对的现实还是要面对的。"

"行吧，我服了。"

温笃行两手一摊，无奈地说。

柳依依用手托着下巴，幽幽说道：

"至于她突然喜欢你这种事儿，以你小学'猜丁壳'都能连败四十七把的运气，我估计是指望不上了。说到底，这种等着对方蓦然回首，那人却在灯火阑珊处的事情，只讲缘分，不看努力。"

"当时明明还有三把平局呢！"

温笃行愤愤不平地说。

"哈哈，是我贵人多忘事儿了，不好意思。"

柳依依故意装傻，调侃道。

"咱总不至于梦醒了无路可走吧？"

温笃行强打起精神，小心地问。

"上帝为你关上一扇门，一定还会用门夹住你的脑子。"

柳依依无奈地说：

"剩下的这条路，虽然可以为革命指明方向，但说实话，不太好走。"

"I do，我愿意一试。"

温笃行拍拍胸脯，语气坚定地说道。

柳依依叹了口气，答道：

"所谓改变成她喜欢的样子，简单来说有两种理解：第一种是为了让她认可而根据她的喜好改变自己；第二种是为了提升自身而根据自己的需要改变自己……说实话，我比较推荐你选择后者。"

"为什么？"

温笃行有些意外地问。

"因为在我看来，恋爱是为了让我们成为更好的人，如果你为恋爱放弃了自己的底线和特质，那么恋爱的这个好处就不存在了。只有当你真正意识到自己的不足并希望改变时，这种改变才能足够彻底，并且对你有益。为了过得更幸福，我们可能也会在环境的影响下多少改变自己，但这并不是我们强迫自己去迎合他人的理由，因为迎合他人是很难获得真正的幸福的。"

柳依依一脸认真地解释道。

温笃行点点头，然后问：

"不过，在此之前，我们难道不应该先解决她不理我的问题吗？"

柳依依叹了口气，无奈地说：

"或许你对自己的说服能力十分自信，但你没发现，人家现在根本就不给你解释的机会吗？"

"你说得好有道理，我竟无言以对。"

温笃行很不情愿地说，然后问道：

"那我之后还给她发验证申请吗？"

"做人留一线，日后好相见。我劝你悬崖勒马，回头是岸。"

柳依依郑重地提醒道。

"也是，我估计昨天一晚上她也烦了。"

温笃行赞同道。

"你这话让我听得很慌啊，你昨儿个整出啥么蛾子了？"

柳依依见情况不对，赶忙问道。

"就……给人发了一点儿验证申请。"

温笃行支支吾吾地说。

"你发了多少？"

柳依依紧张地问。

"也就……十几条吧。"

温笃行说着，不好意思地吐了吐舌头。

"都啥时候了你还在这儿给我卖萌！"

柳依依着急地说：

"发消息烦女生可是追女生的大忌！你这八成就是死刑了。"

温笃行闻言大惊，他赶忙掏出自己的手机确认，过了一会儿，他带着哭腔对柳依依说：

"已经拉黑了……"

"你真是傻得让人心疼！"

柳依依捂着脸说道：

"如果之前能不能成功要看运气，现在基本就只能看造化了。"

"运气和造化有啥区别吗？"

温笃行有些迷糊地问。

"如果之前的难度是买十张彩票中一瓶酱油的话，现在是一张彩票领千万大奖了……你可以去买十张彩票试试，我觉得你连包纸巾都赚不回来。"

柳依依说着，起身去柜台结了账，回来之后，坐下问道：

"本来我还想着等把你的事情聊完让你请我吃这顿饭呢，现在看来，还是我请你吃饭吧。"

看着情绪有些低落的温笃行，柳依依安慰道：

"你也别太难过了，事情发展到今天这样，孟霖铃也有她的问题，如果她能更果决一点儿，你能再收敛一点儿，大家还是可以互相给个面子的，但现在既然人家不给你面子，你就靠自己的骨气给挣回来，先冷处理一段时间，然后再默默地关心她。但不论如何，我希望你能记住这次'欲速则不达'的教训。"

"其实本来我们聊得还挺好的，最后变成这样，我真觉得挺可惜的。"

温笃行的语气中流露出了深深的遗憾。

燃烧的炉火终将融化友情的坚冰

这天早上，刚刚结束了日本之行的徐远洋来到了学校，他站在门口环顾四周，很快就看到了坐在座位上补作业的柳依依，感觉到有人在看自己的柳依依抬起头，和徐远洋有了目光接触。

"想我了吗？"

徐远洋主动朝柳依依打招呼道。

"你这家伙终于回来了！"

柳依依三步并作两步来到徐远洋跟前，半开玩笑地说：

"我还以为你被漂亮的日本小姐姐拐跑当压寨夫人了呢！"

"为什么是小姐姐抢我？就不能是我和小姐姐为爱偷渡吗？"

徐远洋假装抱怨道。

"那你怕不是吃了熊心豹子胆！"

柳依依毫不客气地反驳道。

"我还真是怕了你了。行吧，没脾气！"

徐远洋随和地笑了笑，然后好像突然想起什么似的，说道：

"对了，我这次还给你带了礼物回来呢！你先把眼睛闭上！"

"好！"

柳依依答应着，闭上了眼睛。

徐远洋从书包里掏出两个包着深蓝色包装纸的盒子，一左一右夹住柳依依的脸，坏笑着说：

"现在你可以睁开眼睛啦！"

柳依依睁开眼睛，从徐远洋的手里拿到了那两盒放在自己脸颊两侧的礼物，定睛一看，惊喜道：

"你居然给我买了白雪恋人！"

"因为我感觉女生可能都喜欢甜食嘛，虽然我知道你喜欢寿司，但我怕带回来的时候给放坏了。"

徐远洋用不好意思的语气说着，但脸上却情不自禁地露出了笑容。

"你还能想着我我就很开心了！我也很喜欢吃甜食呢！而且免费的甜食吃起来更好吃！"

柳依依开心的快要跳起来了，说道。

"嘻嘻，你喜欢就好。"

徐远洋笑着说。

"哦对了，其实你不在的时候发生了很多事儿，你要听吗？"

看着柳依依在说这句话时凝重的表情，徐远洋认真地点点头。

柳依依简单描述了一下从校庆日晚上到孟霖铃拉黑温笃行那天之间的事情。

"原来我不在的时候，发生了这么多事情啊。"

听柳依依讲述了温笃行和孟霖铃形同陌路的始末后，徐远洋不禁有些感慨。

徐远洋双手交叉放于胸前，缓缓说道：

"也就是说……如果温笃行不喜欢孟霖铃的话，其实他不仅能和孟霖铃相安无事，也能和金泽明重修旧好？"

柳依依听到这里愣了一下，然后点点头，说道：

"这我倒没想过，不过听你这么一说，的确是这样。"

"那笃行下一步有什么打算吗？"

徐远洋问道。

"他说他虽然不想放弃，但也不知道该怎么办了。"

柳依依皱着眉头，难过地说。

"不过听你的意思，他在感情方面好像比较容易做出一些过激的举动……我还是找机会跟他说说吧。"

"可能比起我，你们哥们儿之间会更好说话吧。那就交给你啦！"

柳依依放心地说道。

"嗯，你放心。"

徐远洋答应道。

放学后，柳依依来找徐远洋，兴致勃勃地问：

"你今天着急回家吗？"

徐远洋停下了正在收拾书包的动作，冲柳依依爽朗地一笑，说：

"我今天不着急回家，怎么了？"

"今天我妈加班不管我饭，要一起去买点儿吃的吗？"

柳依依将自己的小脑袋探到徐远洋跟前，邀请地说。

"好啊，顺便也给笃行买点儿什么吧，我这次也没给他带点儿礼物回来。其实我本来想给他带点儿日式点心的，但我一想到我把点心盒子递给他的画面，就感觉 gay 里 gay 气的。"

徐远洋不好意思地提议道。

"哈哈哈哈。"

柳依依被徐远洋逗得乐不可支。

两人离开教室之后，教室里的同学们不久也走得稀稀拉拉的了，从最后一节课一上课就沉沉睡去的温笃行这才悠悠转醒。

"大家呢？老师呢？"

温笃行揉了揉惺忪的睡眼后，诡异地自言自语道。

他看了看墙上的钟，这才意识到，已经放学快半个小时了。温笃行环顾四周，发现班里只剩下了自己和孟霖铃。

孟霖铃看了温笃行一眼，开始一言不发地收拾东西。很快，收拾完东西的孟霖铃背起书包，准备离开了。

"这么早就回家了？"

温笃行搭话道。

孟霖铃头也不回地嗯了一声，走出了教室。温笃行见孟霖铃走出去的时候手上好像捧着什么东西，于是好奇地跟了出去。

他躲在教室外的柜子旁边，悄悄探出一个脑袋来。

只见孟霖铃笑着将一个盒子放到了一个柜子里。

等到孟霖铃走后，温笃行赶忙来到了那个柜子跟前。

"金泽明！"

温笃行不敢相信自己的眼睛，因为孟霖铃将盒子放进的正是金泽明的柜子。

嫉妒心大作的温笃行打开了金泽明的柜子，里边放着的就是不久前孟霖铃还捧在手里的盒子。

那个盒子有着淡蓝色的外表和波浪式的花纹，曾和金泽明做过朋友的温笃行知道，这正是金泽明喜欢的颜色。

此时，已经嫉妒到失去理智的温笃行鬼使神差地打开了盒子，里面放着很多糖果和一张折叠起来的卡片。

已经打开盒子的温笃行索性一不做、二不休打开了卡片，不出所料，里边是孟霖铃写给金泽明的话：

"糖分可以补充能量并赶走一切坏心情。"

"你在做什么！"

此时，一个熟悉的声音传入醋意大发的温笃行的耳中，温笃行循声望去，孟霖铃正惊诧地看着他，眼中还带着一丝愤怒。

"你误会了……"

温笃行还想辩解什么，孟霖铃却丢下书包，头也不回地跑下了楼。

孟霖铃下楼的时候，迎面撞上了刚从外面回来的徐远洋和柳依依，柳依依朝孟霖铃打了个招呼，但孟霖铃却无视了柳依依的存在，径自跑下了楼。

"温笃行！你小子是不是又给老娘惹祸了！"

柳依依把手里的东西往徐远洋那里一递，撸起袖子来到了教室门口，见到了呆若木鸡地瘫坐在地上的温笃行。

"还是来晚了一步吗……"

徐远洋追上柳依依的同时，也看见了坐在班门口的温笃行，有些遗憾地说。

"刚才发生了什么？"

柳依依压住自己的怒气，问道。

听到柳依依的问题，温笃行在地上跪坐好，低头道：

"我检讨！"

然后，他把自己的所作所为一五一十地告诉了柳依依和徐远洋。

"说真的，我都想替她给你一巴掌！"

柳依依怒视着温笃行，道。

"你先消消气吧。"

徐远洋两手扶着柳依依的肩膀，安抚着她，随后对温笃行道：

"你这次可闯祸了啊，介入人家姑娘的隐私，人家没当场发作就算不错了。你别看我和柳依依现在看着关系不错，要是我做了和你类似的事情，我怕是要为马来西亚最大的猫山王榴莲献上我的膝盖了……"

"我都没想到还有这种玩儿法，是我没玩儿过的最新版本？"

柳依依扭过头看向徐远洋，突然问道。

"你能当我没说过吗？"

听完柳依依接的话，徐远洋吓得冷汗直冒。

"所以，这件事儿你准备怎么处理？"

柳依依在和徐远洋开了句玩笑之后，眼神再度瞟向温笃行，严肃地问。

"擅自看了她给金泽明的东西，是我不对，我想向她道个歉……"

"这还差不多！"

柳依依说着，朝徐远洋使了个眼色，就拿起书包下楼找孟霖铃去了。

章凤仪看见迎面跑过来的孟霖铃，本想打个招呼，但却发觉孟霖铃有些不对劲，于是她有些担心地问。

"你怎么了？"

听到章凤仪的声音，孟霖铃愣了一下，她停下了脚步，呆呆地看了章凤仪一眼，然后就扑到章凤仪的怀里哭了起来。

过了一会儿，柳依依追了上来，看着在章凤仪怀里泪流不止的孟霖铃，柳依依叹了口气，将孟霖铃的书包递给了章凤仪，接着，柳依依突然鞠躬道：

"今天温笃行对小霖做了一些过分的事情，虽然他是我的朋友，但小霖同样也是我的朋友，所以我不会偏袒温笃行。刚才我已经骂过他了，他也认识到了自己的错误。他担心小霖现在不想见他，不接受他的道歉，所以他特意拜托我过来跟小霖说声对不起……"

此时，章凤仪将孟霖铃的书包放在了一边，她一边轻抚着孟霖铃的背一边对柳依依说道：

"谢谢你把小霖的书包送过来，你今天先请回吧。你对朋友的重视我个人还是很欣赏的，不过接不接受那小子的道歉，还要等小霖冷静下来以后再说。"

柳依依闻言点点头，朝孟霖铃再度鞠了一躬后，便识趣地回去了。

徐远洋尝试将温笃行从地上拉起来，但却没有效果，于是徐远洋干脆也坐在地上，对温笃行说道：

"我知道今天的事儿你也不是故意的。其实你本身没什么恶意，只不过是想多了解一些孟霖铃的想法，但又苦于没有渠道，所以才出此下策……"

说到这里，徐远洋直视着温笃行，说道：

"作为一个旁观者，我不能认同你，但作为一个男人，我可以理解你！所以……"

徐远洋不好意思地朝直愣愣地看着他的温笃行说：

"地上真的有点儿凉，咱能不能站起来说话？"

异性缘好的朋友就是行走的饭票

"温笃行，我们又见面了！"

这天放学，温笃行背着书包下楼时，在楼梯口看见了一个有着金色自来卷的少女正怒气冲冲地看着自己。

"我记得，你好像是章凤仪？"

温笃行疑惑地看着那位少女，有些不确定地说。

少女抬起头，有些高傲地说：

"既然你认识我，那你应该知道我今天为什么来找你！"

温笃行听了章凤仪的话，先是一愣，随即低下了头，说道：

"关于孟霖铃的事儿，我很抱歉……"

章凤仪不慌不忙地审视了温笃行一番，有些轻蔑地开口说道：

"哼，别的不说，单凭你的长相来看，想和我们家孟霖铃谈恋爱，真是癞蛤蟆想吃天鹅肉……"

章凤仪的话还没说完，温笃行立刻怒说道：

"我给你面子，你可别给我蹬鼻子上脸！"

被温笃行把话噎回去的章凤仪狠狠地瞪着温笃行，带着既吃惊又愤怒的语气说道：

"你这是认错的态度吗！"

"该认的错儿我都会认，但不代表你就可以在这儿给我散德行！"

温笃行毫不客气地回应道。

"区区一个温笃行……有什么了不起的？！"

章凤仪色厉内荏地质问道。

"我和你不一样，我不会揪着别人小辫儿不放，这就是小爷我比你局气的地方！"

温笃行说着，骄傲地用大拇指指了指自己。

"我……我要把你欺负我的事情全都告诉孟霖铃！"

"别说孟霖铃了，今天你就是把天王老子搬出来也没用！今儿个要不让你嘴边儿有个把门儿的，小爷我就随你姓儿！"

温笃行也有点儿来劲了，发狠话道。

章凤仪被温笃行连连抢白，气得浑身发抖，她愤怒地瞪着温笃行，一激动，眼泪猝不及防地流了下来。

面对突如其来的变故，温笃行也被弄得有些发蒙，他赶忙用柔和的语气说：

"刚才我不小心把话说重了，是我不好，你别哭了行不？"

章凤仪听了温笃行的话，直接号啕大哭起来。

温笃行紧张地看着周围路过时纷纷侧目的众人，苦恼地挠挠头，有些为难地跟章凤仪商量道：

"我最受不了女人在我面前掉眼泪了……我怎么做你才能不哭呢？"

章凤仪边抽泣边说道：

"……请我喝太空咖啡新出的大杯皇家焦糖玛奇朵。"

温笃行没办法，只好掏出手机开始搜索，他点开太空咖啡官方网页后，震惊道：

"大杯68元一杯？他们怎么不直接去抢啊！现在的智商税是不是也太高了？"

看着越哭越起劲的章凤仪，温笃行一摆手，说道：

"哭累了记得补充点儿水分，别哭脱水了……再见！"

温笃行说完，转身就要走。

"你这人怎么能这样啊！"

此时，章凤仪停止了哭泣，朝温笃行抱怨道。

温笃行无奈地转过身，伸出一根手指，以不容置疑的口气对章凤仪道：

"只能买38元的小杯皇家焦糖玛奇朵，再说走人！"

章凤仪连忙点头答应。

在太空咖啡店里。

"唉……"

温笃行叹了口气，看着眼前喝咖啡喝得正欢的章凤仪，无奈地问：

"现在你满意了吧？"

章凤仪没接话，她一手端着咖啡用吸管嘬着，一手指了指展示柜里的抹茶蛋糕。

温笃行身心俱疲地说：

"你都已经连着点了三杯小杯皇家焦糖玛奇朵了还好意思要吃的？！你以为我的钱是大风刮来的？真不拿自己当外人啊！"

"是你自己说我可以买小杯的皇家焦糖玛奇朵，但又没规定我最多能点几杯，我觉得没毛病啊！"

章凤仪有些得意地说：

"而且，你长得不好看也就算了，要是还穷的话，人家孟霖铃凭什么看上你啊？"

"说实话，我倒挺好奇孟霖铃初中的时候为什么会选择和你做朋友的，难道玛利亚学院就没有一个正常人吗？"

温笃行郁闷地看着章凤仪，答道：

"能吃是福，太能吃就是猪……老实说，我现在一看见你我就肉疼！"

"如果你愿意请我吃蛋糕的话，我就在孟霖铃面前帮你多说两句好话，怎么样，这买卖很划算吧？"

章凤仪无视了温笃行的调侃，满脸期待地提议道。

"你说的这个我们文科生称之为沉没成本，也就是指前期已经投入却无法收回的成本。我可不会因为你的空头支票就傻乎乎地把零花钱全赔进去。"

温笃行冷冷地说。

"不错嘛，是个聪明的家伙。你欺负孟霖铃就已经惹到我了，我怎么可能帮你说好话呢？"

章凤仪颇为赞许地点点头，道。

"你怕不是想气死我好继承我的遗产？"

温笃行哭笑不得地说。

"就你那穷样儿，我估计遗产税我还得倒贴钱，债务更比债权多！"

章凤仪接了温笃行的话，调侃道。

"你真是个被理科班耽误的文科奇才！"

温笃行明褒暗贬道。

"差点儿忘了正事儿了！"

章凤仪一拍脑袋，马上换了一副严肃的表情对温笃行说：

"你不要以为物质诱惑就能让我轻易屈服，如果你还要继续纠缠孟霖铃的话，我就算豁出性命也要护她周全！"

"这位同学，我就当破财消灾给自己买了个教训，这钱我可以不要了，但你能不能要点儿脸？！"

温笃行用不可思议的语气说道。

"答应我！"

章凤仪眼泪汪汪地看着温笃行，要求道。

"好好好，我答应你，我以后不会再缠着孟霖铃了。"

温笃行被章凤仪折腾得实在是没了脾气，于是只好答应了她的要求。

"那我们就拉钩吧！"

章凤仪愉快地提议道。

"那好吧。"

温笃行说着，不情愿地伸出了自己的小拇指，两人的小拇指缠绕在一起，并象征性地上下晃动了一下。

章凤仪在达到自己的目的后便哼着小曲儿，步伐轻快地离开了咖啡店，温笃行则心疼地看着自己微信钱包里的余额，欲哭无泪，而两人都没有注意到的是，从他们进来后不久，就有一位戴着墨镜、留着白色长发的少女便走进店里，她点了一块蛋糕，背对着他们坐在了离两个人不远的位置。待两人分别走后，少女摘下了墨镜，露出了一双美丽得有些妖艳的眼睛，她神情落寞地盯着眼前吃了一半的蛋糕，显得有些沮丧。在喧嚣的咖啡店里，她静静地坐了一会儿，眼泪还是不争气地从脸颊滚落。

某天的数学课上，赵从理老师在上课后不久路过金泽明的座位，发现金泽明一直在东翻西找，于是问道：

"你的练习册呢？"

金泽明擦了擦汗，老实地回答：

"可能是放在外边儿的柜子里了。"

金泽明说完，瞪着一双迷茫的大眼睛看着赵从理老师。

两人对视了一阵，赵从理老师先沉不住气了，说道：

"需要我帮你去取回来吗，公子？"

原本正默默做题的同学们听到赵从理老师的调侃不禁哄堂大笑起来，教室里充满了快活的气氛。

赵从理老师眼睛一瞥，发现一贯开朗的柳依依这次却没凑热闹，他眼神向下一看，就看到了柳依依空空荡荡的桌子，于是问柳依依道：

"你的练习册呢？"

"……没带。"

"你是想当公主吗？"

在班里因为赵从理老师调侃柳依依笑得正欢时，金泽明赶紧走出了教室，他打开了自己的柜子，翻了一会儿，一个天蓝色的盒子赫然出现在他的面前。出于好奇，金泽明打开了盒子，他很容易就注意到了叠在糖果堆儿上的卡片，他打开叠好的卡片，上边出现了那句希望他能有好心情的祝福，金泽明暖心一笑，但他左思右想，也想不出这是谁送的礼物。

金泽明回到教室之后，他虽然眼睛始终看着黑板，但思绪却四处游离，时不时猜测着送礼物者的身份，当他的目光偶然落到小黑板上的数学作业上时，他不禁愣了一下，随即意识到了卡片上字迹主人的身份，脸上不由自主地露出了开心的笑容。

最惨的事情莫过于宿敌抢走了女神

"小霖……"

某个课间，金泽明来到孟霖铃的座位旁边，小心翼翼地对孟霖铃说：

"今天下午五点，你能不能去一趟学校的体育馆？我有一件很重要的事情要对你说。"

孟霖铃略微吃惊地看了一眼金泽明，但还是点点头表示同意。

晚上，柳依依正躺在床上刷着微信，突然收到了孟霖铃的消息：

"我喜欢金泽明的事情，你没告诉过别人吧？"

柳依依表情下意识地抽搐了一下，随即故作轻松地回答道：

"我像是那种让全世界帮你保守秘密的人吗？"

"那……"

孟霖铃依旧小心翼翼地问道：

"你愿意帮我保守其他的秘密吗……"

柳依依盯着屏幕上的消息，一时间不知该如何回答。

"如果我心里放了太多秘密，可能对我也是个很大的挑战吧……"

柳依依发出了这样一句模棱两可的话后，话锋一转，说道：

"不过为了小霖，我会尽最大的努力做好的！"

孟霖铃发了个开心的表情，然后说道：

"其实是这样的，今天有个男生和我表白了，但我没有立刻给他答复。我也不是讨厌他，但因为我没谈过恋爱，所以总担心自己会做得不好，而且我也不知道对方究竟有多喜欢我，搞得我写完作业后连预习的心思都没了，一直在想着这件事儿，所以我很想听听你的想法。"

柳依依看着孟霖铃发过来的话，嘴角不自觉地露出了欣慰的笑容，于是回复道：

"我很理解你的心情，毕竟男生可能会因为女生在人群中多看了他一眼就觉得对方喜欢自己，而即使男生和咱们表白，咱们女生也会忍不住怀疑对方是不是只是一时兴起。不过呢，我觉得很多时候咱们连自己的态度都把握不好，想知道对方的想法就更困难了。

所以我建议如果你愿意相信他，也觉得自己已经做好了心理准备，那不妨勇敢地接受他的一片心意。其实在我看来，在恋爱中受伤几乎是不可避免的，但受伤有时候可能并不是一件坏事儿，它可以使人堕落，也可以催人成长，如果他是一个有责任感的男生，那么我相信，即使他在未来可能让你受伤，他也会想尽一切办法让你开心起来的。"

柳依依在手机上洋洋洒洒打了一大段话，发给孟霖铃，随后，柳依依捧着手机焦急地等待着孟霖铃的回复。

过了十几分钟，孟霖铃回复道：

"不好意思，你的话我认真地读了好久，我很受启发，谢谢你，小依！"

"别这么说，我们家的白菜终于有猪拱了，我高兴还来不及呢！"

柳依依调侃着发了一条消息，道。

孟霖铃回了个翻白眼的表情。

第二天放学的时候，温笃行乐呵呵地来找柳依依，说道：

"你能不能把手机借给我？我想看看孟霖铃最近过得怎么样。"

"别了吧老哥，好奇心害死猫啊……要不，你再考虑考虑？"

柳依依一反常态地劝阻道。

"行了，我又不是猫，哪有那么容易就领便当了？"

温笃行不以为然地说。

"唉。"

柳依依叹了口气，把自己的手机递给了温笃行，没再说什么。

当温笃行翻到孟霖铃朋友圈里她和金泽明两人的合照时，温笃行不由得沉默了。他很清楚，一个女生依偎在一个男生的怀里一起自拍意味着什么。他没兴趣再看孟霖铃在图片上配的文字，意兴阑珊地将手机还给柳依依，阴沉着脸走出了教室。

柳依依有些心疼地望着温笃行落寞的背影，但并没有着急前去安慰他。

过了二十分钟，教室里的人群渐渐散去，柳依依将自己的书包收拾好抱在怀里，看了看不远处温笃行的书包，静静等待着温笃行的归来。

过了一会儿，温笃行回到教室，手里拎着一个塑料袋，一言不发地坐到了自己的座位上。

柳依依放下书包，小心翼翼地走到温笃行身边，问：

"好点儿了吗？"

"我是个挺没心没肺的人……"

温笃行说着，从袋子里拿出一个三文鱼饭团，他将保鲜膜剥开，咬了一口，道：

"但我现在真的很难过……"

温笃行嚼着饭团，眼泪唰地一下流了下来。

柳依依没再说什么，只是走过来默默地抚着温笃行的后背，掏出兜里的纸巾轻轻擦了擦温笃行的眼泪。

待温笃行的情绪稍稍平复后，柳依依扶着温笃行坐在了座位上，自己也一言不发地坐在他的旁边。

"小依，你订的饭来啦！"

正在这时，徐远洋拎着订好的饭走进了教室，看见了脸上挂着泪痕的温笃行和坐在旁边一脸担心的柳依依。

徐远洋愣了一下，悄悄问柳依依道：

"不是你干的吧？"

柳依依白了徐远洋一眼，打开自己的手机，将孟霖铃的朋友圈翻开，递给了徐远洋。

徐远洋看完孟霖铃发的朋友圈，眉头紧锁地将手机还给了柳依依。随后，他来到温笃行身边，从旁边随手拿过一把椅子，坐下道：

"青春是一场跌跌撞撞的旅行，拥有着后知后觉的美丽。所以说，爱过、痛过，放过就好。你失去的只是锁链，但你得到的将是整个世界。"

"徐仔，我真的不太明白……"

温笃行抬起头看着徐远洋，用沙哑的声音说道：

"你是怎么做到把《小幸运》的歌词和《共产党宣言》的结束语杂糅到一起还毫无违和感的？"

"哈哈哈哈。"

徐远洋大笑起来，说道：

"看来你似乎已经好多了。"

"主要是你安慰人的话实在是太出戏了。"

温笃行揉揉有些红肿的眼睛，问道：

"你说……为什么我都已经这么努力了，但不仅没有换来想要的结果，反而还把她越推越远呢？"

徐远洋给了柳依依一个眼神，示意她先到教室外面回避一下。

等柳依依走后，徐远洋看着温笃行，缓缓说道：

"我不知道你有没有听过这样一句话，所谓女人在任何时候都要面子，而男人只有在女人面前才要面子。你喜欢她的事情在班里已经尽人皆知了，人家就算是没有喜欢的人，只要她不喜欢你，就不能跟你有太多来往。再加上你删人家的微信在前，人家拉黑你在后，你们才刚断绝来往不久，就算可以恢复也是需要时间的。"

"那你说，我和她还能重新做朋友吗？"

"你想听实话吗？"

徐远洋目光炯炯，直视着温笃行，问。

"Of course."

温笃行想也不想地回答。

"说实话，我觉得挺困难的。"

徐远洋苦笑了一下，说道：

"因为人家现在已经开始谈恋爱了，而且恋爱的对象还是和你最不对付的死对头，所以不论是为了不让金泽明多想，还是不让你多想，孟霖铃都很难再和你有所接触。"

"这或许就是宿命吧？"

温笃行无奈地摇了摇头，感慨道。

"不。"

徐远洋摇头否认道：

"这是教训，是生活给予你的一笔财富。在你日后面临困难时，这笔财富将展现出它的力量。"

新年舞会是了解心意的最佳时机

"小明，你听说过咱们学校的新年舞会吗？"

中午吃饭时，孟霖铃问金泽明道。

"就是那个在每年新年联欢会之后的下午举办的舞会吧？我记得只让高中学生参加。"

金泽明在脑海中搜索了一下自己的记忆后，回答。

"嗯嗯，新年舞会今天就已经开始售票了，要不要一起去？"

孟霖铃提议道。

"那是当然的啦！"

金泽明爽快地答应道。

"你有舞伴儿了吗？"

同一时刻，朱龙治也和温笃行聊到了相同的问题。

"老盯着姑娘没意思……没有，你有伴儿了吗？"

温笃行随便找了个借口糊弄了过去，然后问朱龙治，说道。

温笃行假装两眼放光，缓缓说道：

"不如咱们就……"

"那天都早点儿回家准备过元旦吧！"

朱龙治几乎第一时间将温笃行大胆的想法扼杀在了萌芽中。

温笃行也不介意，反而托住下巴，皱起眉头，认真地担忧道：

"不过听说这次舞会老师也会参加，那我就不能干那种事，那种事，和那种事了，只能去干那种事和那种事了！"

"到底是哪种事啊喂？"

朱龙治擦了把汗，问道。

温笃行笑着道：

"比如舞会当天借邀请跳舞的名义去横刀夺爱，被彪形大汉怒斥怎么能做这种事，快去排队什么的。"

回到教室里，温笃行掏了掏裤兜，十分尴尬地跟朱龙治说：

"我好像把笔袋儿落在楼底下了……"

"我好像也没把笔袋儿带回来……你把东西落哪儿了？"

朱龙治问道。

温笃行努力地回忆了一番，然后推测道：

"咱刚才不是在一楼跟董晓峰聊了两句吗？可能落在一楼了。"

朱龙治眼珠一转，狡猾地说：

"我好像放食堂了……我去楼下拿着你的笔袋儿跑到食堂你信不？"

温笃行连忙拉住朱龙治，求饶道：

"我信，我非常相信，哥你冷静一点儿……"

放学后，温笃行双手插兜，一个人百无聊赖地往洗手间走去，在楼道里，周围的人大多都在谈论着即将到来的新年舞会，气氛十分热烈。没有舞伴的温笃行被人们的议论声弄得心烦意乱，不自觉地加快了脚下的步伐。

"笃行……"

就在这时，温笃行突然听见有人在背后叫着自己的名字，他循声望去，只见董晓倩正直勾勾地看着自己，双颊因为紧张而有些绯红。

"你怎么了？"

温笃行看着脸颊绯红的董晓倩，有些好奇地问。

"你有舞伴儿了吗？"

董晓倩问道，眼神中透露出些许期待。

"没有。"

温笃行摇摇头，说道。

"我也没有……你愿意和我一起过去蹭吃蹭喝吗？"

"哈哈哈哈！好啊！"

听了董晓倩的说法，温笃行想也没想就答应了下来。

"对了，你知道新年舞会什么时候开始售票吗？"

温笃行问董晓倩道。

"这个礼拜的每天中午都会在逸夫楼门口售票。"

董晓倩想了想，回答。

"那我明天就去买票吧，这种事儿宜早不宜迟。"

温笃行笑着说。

"这真是太好啦！"

董晓倩高兴得快要跳起来，喊道。

第二天中午，早早吃完饭的温笃行来到了逸夫楼门口，发现等候的人群已经排起了长队。

温笃行看着一眼望不到头的队伍，有些心累地掏出手机，边玩儿边等待着队伍一点点向前缓慢地移动。

就在温笃行专心致志地玩儿手机的时候，他突然感觉到有人拍了一下自己的后背。

温笃行转过身去，看见董晓峰朝自己打了个招呼。

"你这次是和谁一块儿去参加新年舞会呀？"

董晓峰试探地问。

"和晓倩一起去。"

温笃行回答之后，问董晓峰道：

"你和谁一起去？"

"哦，我们班的章凤仪。"

董晓峰不好意思地挠挠头，说道：

"其实我和她不太熟，但我们理科班本来女生就少，实在是找不到舞伴儿了。"

温笃行苦笑了一下，道：

"那你可要小心一点儿了，我觉得那姑娘的脑回路挺清奇的，你可不一定受得住。"

"哈哈哈，这世界上还能有比你更神奇的家伙吗？"

董晓峰不以为意地调侃道。

"等你见识过就知道了。"

温笃行叹了一口气，摊摊手，以怜悯的语气说道。

"不过，想参加舞会的人还真多啊！我明明吃完饭的第一时间就过来了，还排得这么靠后。"

温笃行看了一眼没有尽头的队伍，有些不高兴地说。

"吹，接着吹！"

董晓峰白了温笃行一眼，说道：

"你对自己的吃饭速度没点儿 b 数吗？以前初中的时候基本上每次你都是食堂里战斗到最后一刻的人，连负责墩地的食堂大叔都认识你了，中考前吃状元餐的时候还拉着你的手让你常回来蹭饭呢！"

"哎呀，我也没那么好啦，咱们好汉不提当年勇，这事儿过去就拉倒吧！"

温笃行挠着头打了个哈哈道。

"你后来回去找大叔了吗？"

董晓峰打断了温笃行的圆场，不依不饶地问。

"刚上高一那会儿去过几次，结果大叔每次都把他们准备自己吃的包子和馒头留给我，弄得我怪不好意思的，后来就没去了。"

温笃行面露尴尬地说。

"原来你还知道什么叫不好意思啊。"

董晓峰坏笑着调侃道。

"哦，对了！"

温笃行一拍手，好像突然想起来什么似的，假装责怪董晓峰道：

"你还记得你初一那年干过什么好事儿吗？"

"我这个人把学雷锋当成生活中的一部分，做过的好事儿罄竹难书，不知道你问的是哪件啊？"

董晓峰装傻道。

"你也知道自己做过的事儿只能用'罄竹难书'来形容吗？"

温笃行还给董晓峰一个白眼，说道：

"你小子和我不一样，从小就吃得快，消化差。咱初中的时候整层楼只有一个汤桶，那天我饭吃到一半儿就想起去教室外确认一下还有没有汤，结果我前脚刚走，你后脚就到我位子边儿上把手里的鲜橘多往我米饭里倒了半瓶下去，结果我回来看着面前的鲜橘多捞饭还好奇地尝了一口，马上就给倒了。那是我长那么大以来第一次浪费粮食，而且从那以后直到今天，我再也没喝过鲜橘多……真的，我现在喝果汁橙都没问题，一闻鲜橘多就恶心。"

"哈哈哈哈笑死我了！"

董晓峰大笑道：

"你不提这茬儿我都忘了！这样吧，改天我请你喝鲜橘汁，就当我给你赔个不是，一定管饱！"

"要不是我打不过你，就凭你这句话我也要把你按在地上摩擦，再捶爆你的狗头。"

温笃行毫无气势地抱怨道。

两人闲聊之间，前边的队伍越来越短，很快，两人就到了售票点跟前。

"同学您好。"

售票的学生会成员朝温笃行露出了一个礼貌的微笑，问：

"请问您要校内票还是校外票？异性票还是同性票？"

温笃行被对方的问题打得措手不及，满头雾水地问：

"请问有什么区别吗？"

"不论异性票还是同性票，校内票 35 元两张，校外票 50 元两张。"

对方以十分简短的语句回答道。

"我要两张校内异性票，微信可以吗？"

温笃行问。

"扫这个二维码就可以了。"

对方指了指旁边立着的二维码，微笑着说。

回到班里，温笃行来到徐远洋旁边，问道：

"你这次该不会是和柳依依一块儿去的吧？"

徐远洋看着温笃行，点点头。

"感觉你们这半年打得火热啊，你小子可真有一套！"

温笃行笑眯眯地问道。

"我们两个不是那种关系……"

徐远洋吞吞吐吐地回应道。

"我啥都没问，你紧张啥。"

温笃行说着，低下头，闻了闻他的头发。

"你干吗啊！"

徐远洋被温笃行弄得有些不自在，抱怨道。

"我在对你发出真香警告。"

温笃行以开玩笑的语气道。

"好了，不拿你开涮了。"

温笃行摆摆手，问道：

"既然你也要去参加新年舞会，那不如新年联欢会结束后咱们一块儿去会场？"

"你的舞伴儿是谁呀？"

徐远洋有些惊讶地问。

"隔壁班的董晓倩，我初中同学。"

温笃行随口答道。

徐远洋若有所思地点点头，没再说什么。

到了12月31日，元旦节的前一天，秋大附中按照惯例举办了各自班级内部的联欢活动，班里的几位同学轮番上台，表演了吉他弹唱、拉小提琴、说相声等节目。温笃行心不在焉地看着节目，眼睛时不时瞥向远处正卿卿我我的金泽明和孟霖铃，心里很不是滋味儿，而这些都被不远处的徐远洋看在眼里。

中午，新年联欢会结束后，温笃行有些沮丧地拎起装着西服套装的袋子，来到洗手间，迎面撞上了刚换好西装的徐远洋。

"又是新的一年了，今天就别想太多，好好玩儿吧！新年快乐！"

徐远洋拍拍温笃行的肩膀，宽慰道。

"嗯，新年快乐……"

温笃行打起精神回应道。

"今天小依是直接换好礼服过来的，我估计董晓倩应该也差不多。我和小依在外边儿等你，你换好衣服之后咱们就去八班找董晓倩，然后一起去会场。"

徐远洋笑着说。

温笃行点点头，等徐远洋走后，温笃行就进了一个隔间，把袋子挂在衣服钩子上。

就在温笃行准备换衣服的时候，他突然收到一条微信，是董晓倩发来的，他点开一看，上面写道：

"我哥和凤凤不太熟，所以要我陪他们俩一起去会场，我在会场门口等你。"

温笃行看着董晓倩发来的消息，不禁露出了温馨的笑容。

温笃行换好西装后，就和徐远洋、柳依依一起到达了靠近学校西门，正对着四会堂的高三年级食堂知味堂的楼下，这就是本次舞会举办的地点。温笃行一眼就看到了在楼下等候多时的董晓倩，朝她挥了挥手，一直东张西望寻找温笃行的董晓倩看见了挥手的温笃行，也开心地挥手回应。

"抱歉，让你久等了。"

温笃行挠挠头，不好意思地说。

"不会，我也才刚把我哥和凤凰送上楼去。"

董晓倩十分善解人意地说。

"外面冷，咱们进去再说吧。"

见柳依依和董晓倩的礼服都比较单薄，徐远洋提议道。

"说得也是。"

温笃行赞同了一下徐远洋的话，接着便对董晓倩做了一个请的手势。

"要是你对我能有这种温柔的一半儿就好了。"

柳依依半开玩笑地调侃道。

"这话你以后应该多对徐远洋说。"

温笃行笑眯眯地说了这么一句，把柳依依羞得满面通红。

到了知味堂门口，温笃行定睛一看，检票的人竟然是同班的朱龙治，于是上前打趣道：

"闹了半天都是自己人啊，早知道我就不费那么大劲儿买票了，你一捂眼睛我们不就都进去了吗？选择性检票，我觉得这个可以有！"

温笃行边说边把手伸进兜里拿票，他翻了一会儿之后，突然意识到自己忘带票了。

"龙哥，其实吧，我刚才没和你开玩笑……"

温笃行挠挠头，十分窘迫地说。

朱龙治先是愣了一下，随即用手开始揉眼睛，同时自语道：

"我怎么感觉眼睛里进沙子了呢，可能要花点儿时间才能弄出来吧……"

温笃行心领神会，赶紧招呼其他三人进了知味堂。

四人来到了知味堂二层后，徐远洋对温笃行和董晓倩道了一声失陪，便带着柳依依进入了人群中，而温笃行则扶着董晓倩的腰，伴着轻柔的音乐翩翩起舞。

"你刚才怎么那么着急走？"

柳依依挽着徐远洋的手臂，瞪大了好奇的眼睛，问。

"因为我想多花些时间和你单独相处啊。"

徐远洋坦诚地回答。

"你真是的！"

柳依依用粉拳捶了一下徐远洋的胸口，说道：

"说的我都不好意思了！"

看着有些羞赧的柳依依，徐远洋露出了一个暖暖的笑容，他轻声问道：

"你愿意做我的女朋友吗？"

柳依依把头靠在徐远洋怀里，点点头，脸上洋溢着幸福的笑容。

温笃行和董晓倩跳了一会儿舞，董晓倩小心地问：

"你觉得我今天穿的礼服好看吗？"

听了董晓倩的问题，温笃行看了看董晓倩的礼服，那是一件黑色的礼服，裙摆上挂着同样颜色的流苏，一部分肩膀与后背也有所裸露，与董晓倩平日里的清纯风格迥然不同。

"有一种摄人心魄的美。"

温笃行笑着回答道。

听了这句模棱两可的评价，董晓倩有些不满，问：

"你是不是对所有女生都这么说。"

面对董晓倩的怀疑，温笃行并不紧张，他不疾不徐地说：

"今天的你，与以前清纯可人的你相去甚远，这种反差让人意外，但你的身形又能很好地适应这种稍显袒露的装束，从而融入这种风格当中，因此我才说今天的你有一种有别于以往的，崭新的美。"

看着因自己的赞美而有些手足无措的董晓倩，温笃行微微一笑，低下头在董晓倩的耳边耳语道：

"我赞美女性时从不说谎，因为我有一双发现美的眼睛。"

执着于过去的人会失去更珍贵的当下

"跳了这么久，你也累了吧？"

温笃行低下头，对正挽着他手臂的董晓倩笑了笑，说道。

董晓倩红着脸点了点头，有些不好意思地笑了。

"那我们去吃点儿东西？"

温笃行提议道。

"行。"

董晓倩对此表示赞同。

二人来到餐台，看着琳琅满目的各式蛋糕惊讶不已。

温笃行随手拿起一个看上去十分鲜艳的红色蛋糕，放入口中，一股甜甜的草莓味道顿时充盈在口腔之间，令他的嘴角不禁扬起了一丝笑意。董晓倩则将一块儿绿色的蛋糕送进嘴里，看上去像抹茶口味的。

"好苦呀！"

董晓倩不禁皱起了眉头，捂着嘴轻声叫道。

"哈哈，一不小心中枪了吧！"

温笃行咧嘴一笑，说道。

董晓倩有些惊诧地看着温笃行，惊呼道：

"你的牙齿怎么变红了？"

听了董晓倩的话，温笃行赶紧穿过汹涌的人群走到镜子前，不一会儿，就扶着额头回来，苦笑道：

"可能是牙龈出血吧。"

"扑哧。"

董晓倩忍不住笑了一下。

"你的牙怎么变得这么红了？"

温笃行循声望去，看到了彼得那一脸不可思议的表情。

"这难道就是来自东方的神秘力量？"

彼得半开玩笑地说。

"你现在来一口就能有个同款了。"

温笃行指着那些红色的蛋糕，有些期待地看着彼得。

彼得拿了两块儿红色的蛋糕，笑道：

"我是个喜欢给别人带来惊喜的男人。"

说完，彼得捧着蛋糕高高兴兴地走了。

"hello 壮壮！好久不见了！"

听见这个称呼，温笃行马上朝柳依依丢过去一个嫌弃的眼神。柳依依旁边的徐远洋则苦笑着跟温笃行和董晓倩打了招呼。

"壮壮……是在叫你吗？"

董晓倩瞪着好奇的大眼睛看着温笃行，问。

温笃行摸着自己的脖子，看了董晓倩一眼，悠悠道：

"张爱玲曾说：在对的时间遇到对的人，是一种缘分；在对的时间遇到错的人，是一种不幸；在错的时间遇到对的人，是一种无奈；在错的时间遇到错的人，是一种残忍。每当听到柳依依的声音，我就感觉她掐住了我命运的后脖颈儿。"

"造化弄人啊。"

徐远洋带着怜悯的眼光看着温笃行，说道。

"兄弟别这样，你比我更值得同情。"

温笃行拍了拍徐远洋的肩膀，幸灾乐祸地说。

"天——诛！"

正在两人沉迷于指桑骂槐的时候，在旁边一直一言未发的柳依依突然举起双掌，照着两人的脑袋各来了一下，生气地说：

"老娘不发威，你们当我是 Hello Kitty 啊！两个大男人在这儿叽叽歪歪的，有意思吗？"

"娘子教训的是。"

徐远洋赶忙低头认错。

"气管炎晚期，求生欲极强。"

温笃行一边揉着自己的头，一边冲徐远洋伸了个大拇指，赞叹道。

"别别！加儿化音了！"

见柳依依又要劈自己，温笃行赶忙解释道。

"缺乏基本政治觉悟。"

徐远洋颇为得意地调侃道。

"哎，对了，我刚才看见彼得了，没听他提起过他的舞伴啊，你知道吗？"

温笃行问徐远洋道。

"哈哈哈。"

听了温笃行的问题，徐远洋忍不住笑了起来，随后回答道：

"这哥们儿可不简单！他从一开始就没想着要找舞伴，自己直接跟吉他社要了张演出票就进来了，现在说不定正和别人的舞伴跳舞呢。"

徐远洋话音刚落，彼得就来到董晓倩身边，伸出一只手，用慢条斯理的语气邀请道：

"美丽的姑娘，你愿意和我共舞一曲吗？"

看着身形壮硕的彼得，董晓倩有些紧张地摇摇头，像一只受惊的小兔子赶忙躲在了温笃行身后。

"抱歉了兄弟，你会找到更好的。"

温笃行拍了一下彼得的肩膀，半开玩笑地说。

彼得朝温笃行微笑了一下，随即走到柳依依身边，发出了同样的邀请。柳依依看了徐远洋一眼，徐远洋微微颔首，表示同意，于是柳依依欣然接受了彼得的邀请。

待到彼得和柳依依进入舞池后，董晓倩这才松了口气。

"别害怕，彼得不是什么坏人。"

温笃行温柔地摸摸董晓倩的头，安抚了一下她紧张的情绪。

随后，温笃行用手肘顶了顶徐远洋，坏笑着问：

"你小子，真的不嫉妒？"

"即使是情侣之间，也有不能过多干涉的事情，毕竟，距离产生美嘛。"

面对温笃行的调侃，徐远洋半开玩笑地回应道。

"我感觉有时候好像离你很近，但有时候又真的看不透你。"

温笃行苦笑地看着徐远洋，道。

"我从不轻易向别人敞开我的心扉，这可能就是我的问题吧。"

徐远洋感慨道，他的眼睛却始终紧盯着舞池。

"不过，我好像一直没看见金泽明和孟霖铃呀，他们没来参加舞会吗？"

温笃行装作漫不经心地问。

徐远洋将视线移向温笃行，字斟句酌地说：

"他俩可能是出去玩儿了吧……刚刚看到他们好像往东小院的方向走了。"

"也是，毕竟情侣还来舞会干吗呀，直接约会就好了。"

温笃行笑了一下，半开玩笑地说。

"你现在……还放不下孟霖铃吗？"

董晓倩看着温笃行，眼神中流露出些许焦急，说道。

"怎么说呢……"

温笃行挠挠头，露出一个为难的表情，说道：

"还没完全放下吧，不过可能再过一段时间，连继续喜欢都做不到了……"

说完，温笃行一时间陷入了沉默。

徐远洋见状，宽慰道：

"天涯何处无芳草，何必单恋一枝花？你失去的每一个不爱你的人都是在为未来的幸福铺平道路。"

"我和你可不一样，作为一个没谈过恋爱的人，我很难相信你的话。"

温笃行说着，意味深长地看了徐远洋一眼。

徐远洋朝温笃行露出了一个尽可能慈祥的笑容，说道：

"没关系，长大了你就明白了。"

说完这句话，徐远洋伸手就要摸温笃行的头。

温笃行一巴掌将徐远洋的手打到一边儿去，皱着眉头说：

"你小子占便宜没够啊？！"

"不过呢……"

徐远洋沉吟半晌，认真地说道：

"别人的话最多只能为你提供安慰，前进的方向还是要靠自己来选择。"

"哈哈，不愧是谈恋爱的人啊，安慰起人来一套一套的。"

温笃行一把搂过徐远洋，拍了拍他的肩膀，赞许道。

"你注意些分寸啊，我可是有家室的人！"

徐远洋半开玩笑地责怪道。

温笃行将徐远洋搂得更紧了，用色眯眯的语气说：

"你有女朋友，但你没男朋友对吧？哎，我也没有男朋友，你说这事儿巧不巧？我有一个大胆的想法……"

徐远洋不禁露出一副惊恐的表情，他一把将温笃行推开，双手护住自己的胸部，说道：

"你的好意我心领了，大胆的想法就收起来留着自用吧。"

"壮壮！我不在的时候你又调戏我男朋友是不是？！"

就在这时，柳依依回来，看到笑眯眯地搂着徐远洋的温笃行，佯怒道。

"以前咱俩是发小，现在咱俩是情敌！"

温笃行故意挑衅说道。

柳依依被温笃行逗得有些急了，刚要上前准备修理他一番，却被身边的徐远洋一把拦住，徐远洋说道：

"Do you remember what the singer named Michel Jackson sang before? Just beat it, no one what to be defeated！（你还记得一位叫迈克尔·杰克逊的歌手之前是怎么唱的吗？尽快离开，没有人想被打败！）"

"Please！ I would not be defeated by this guy！（拜托！我不会败在这种人手上！）"

柳依依有些不满地回应道。

"你们……在放什么洋屁？"

温笃行一脸懵懂地问。

"人虽强，好战必亡。"

徐远洋继续劝道。

"天下虽安，忘战必危！"

柳依依马上反驳道。

"这俩人是在说夫妻相声吗……"

温笃行小声吐槽道。

他转身打算拉着董晓倩离开这是非之地，却发现不知何时，董晓倩已经不见了踪影。

温笃行掏出手机想联系董晓倩，却看到了董晓倩十分钟前给他发的消息：

"不好意思，我今天不太舒服，先回去了。你好好玩儿吧。"

温笃行若有所思地走到餐台前拿了一块儿抹茶蛋糕，放到嘴里，马上感叹道：

"果然好苦啊。"

人生在世难免向恶势力低头

"人生若只如初见，何事秋风悲画扇。等闲变却故人心，却道故人心易变。"

寒假过后，被棉袄裹得严严实实的温笃行走进校园，望着四周苍凉荒芜的树木和川流不息的师生，温笃行触景生情，不禁将自己前几日读到的一首词吟唱出来。

念着念着，温笃行突然感觉到后背被人拍了一下，紧接着，传来了柳依依充满调侃意味的声音：

"开学第一天就念着清朝纳兰性德的情疡诗词？不愧是体面人啊老铁，讲究！"

"初读不识词中意，再读已是词中人。你整天傻拉呱唧的，自然是不会懂的！"

温笃行转过身来，眼睛直直地盯着柳依依，毫不留情地回应道。

听了温笃行的话，盛怒下的柳依依一边摩拳擦掌，一边摆出一副僵硬的笑容，说道：

"好小子，你有种！那就让你切身感受一下痛楚吧！"

"对不起！斯密马赛（すみません）！你大人不记小人过，饶了我这回吧！"

温笃行见势不妙，赶紧拱手求饶道。

"对了，这学期就要正式文理分科了，你考虑得怎么样？"

柳依依忽然关切地问。

"文科学到底，打死不学理！"

温笃行说着，还朝柳依依比出一个 V 字形的手势。

两人进了教室，柳依依自然是去找徐远洋你依我侬去了，温笃行环顾四周，看见孟霖铃一个人坐在角落里一言不发。

"你……你怎么了？"

温笃行看了一眼单手撑着下巴，一直出神地望向窗外的孟霖铃，不禁有些担心，于是问道。

孟霖铃笑着摇了摇头，故作轻松地说：

"我没什么事儿，你不用担心。"

见孟霖铃这么说，温笃行只好点点头，回到了自己的座位上。

在温笃行座位的不远处，朱龙治、董晓峰、鲁知行、关云隆、顾元武五个人正围在一起，热火朝天地打着"三国杀"。

"咳咳。"

就在这时，讲台上传来了几声有些尴尬的咳嗽声，吸引了班里不少同学的注意，但此时正沉浸在激烈的"三国杀"游戏中的五人对此却毫无反应。

赵从理老师见状，嘴角不禁微微抽搐了一下，他在全班的瞩目中走下讲台，轻手轻脚地向五个人的方向移动。

"你们几个，怎么刚开学就在班里聚在一块儿玩儿'三国杀'啊？放假前不是说了吗，马上就要摸底考试了，快把'三国杀'收起来！"

赵从理老师站在五人的身后，表情严肃地说。

"知道啦！知道啦！马上就收了起来。"

董晓峰有些不情愿地站起身，伸了个懒腰，答道。

"你不是隔壁班的董晓峰吗？怎么会在这里？"

赵从理老师看着站在他面前的董晓峰，有些惊讶地问。

董晓峰还未作答，赵从理老师环顾了一周在董晓峰之后起身的四人，才意识到他们中间除了朱龙治以外，其他人全是八班颜丽华老师的学生。

见董晓峰有些不高兴，朱龙治赶紧挡在董晓峰身前，解释道：

"我这不假期刚买了一套典藏版'三国杀'嘛……正好这次拿过来给我在篮球队的兄弟们分享一下。我们下午放学后要一直训练到晚上八点，实在是没时间玩儿了，所以就趁着大清早儿打两轮。"

"不对吧，除了朱龙治以外，你们其他人不都是八班的吗，为什么要在七班玩儿啊？"

赵从理老师狐疑地看着他们，问道。

"因为您口碑好！"

鲁知行想也没想就脱口而出，一句话引得全班同学哄堂大笑。

"这话我可得回去好好琢磨琢磨，你都听我们班同学说什么了？"

赵从理老师饶有趣味地将目光移向鲁知行，问道。

"我的个乖乖，您可闭嘴吧！"

之前面色阴沉的董晓峰赶紧推开鲁知行，实话实说道：

"上个学期期末考试之后，我们哥儿几个在班里打扑克，被颜老师抓了个正着，不仅把扑克没收了，还让我们几个写了一下午的事情经过和保证书……"

说到这里，董晓峰的脸上马上浮现出一副痛心疾首的表情，抱怨道：

"不瞒您说，当时刚轮到我出牌的时候颜老师就进来了，我手里可是有两个王四个二啊！我好不容易才把一张三藏在七八九十JQK的顺子底下打出去了，本来高兴得不行，他们马上就要完蛋了，我还差一把就要连赢五局了！"

听了董晓峰的话，赵从理老师点点头，从朱龙治手中拿过"三国杀"的盒子，说道：

"我改主意了，这玩意儿先放我这儿保管，看你们的表现再还给你们。"

"行，都听您的。"

见董晓峰正要发作，朱龙治赶紧满口答应。关云隆和顾元武也忙不迭地捂住董晓峰的嘴，架着他就要往外走。

"你们几个在这儿干吗呢！"

就在董晓峰等人正要走的时候，一个身影赫然出现在七班后门的门口，用冰冷的声音问话道。

看着脸上堆满假笑的颜丽华老师，被夹在中间的董晓峰双腿一软，咣当一声跪在了地上。

赵从理老师不慌不忙地将拿在手里的那盒"三国杀"背在背后，干笑了两声，说道：

"颜老师你看，他们几个和我们班的朱龙治不都是篮球队的嘛，今儿个他们来得都比较早，就干脆凑在一块儿商量过段时间打比赛的战术，不信你可以问问董晓峰他们。"

"是这样吗？你可别跟我耍什么花花肠子啊，老实回答我！"

颜丽华老师脸上挂着笑，居高临下地瞪了董晓峰一眼，质问道。

董晓峰赶紧拼命点头，赞同赵从理老师的说法。

"颜老师，这是为学校争光的好事情啊，你就看在我的面子上，原谅他们这次，让他们赶紧回去上课吧。"

颜丽华老师一撇嘴，说道：

"这次有赵老师给你们求情，我就既往不咎了，要是下次再出现这种情况，不管是因为什么原因，唯你们是问！"

"您说啥是啥，我们一定重新做人。"

董晓峰带头说道，其他几个人也纷纷点头，猫着腰狼狈不堪地走出了七班教室。

在送走了颜丽华老师之后，赵从理老师将门关上，教室里忽然爆发出了雷鸣般的掌声，久久不息。

"行了行了，都别起哄了！"

赵从理老师严肃地朝大家摆摆手，接着就对朱龙治说道：

"你小子刚才还有心情鼓掌啊？你刚才要是说漏了嘴，说不定颜老师连你一块儿骂呢！放学之后去我办公室做值日，打扫完了就还给你，给老师出送命题可还行？这次必须让你长长记性！"

说完，赵从理老师就端着那盒"三国杀"走上了讲台，对全班同学道：

"我希望今天早上发生的事儿大家能引以为戒，你们也都是半个大人了，见人说人话、见鬼说鬼话的本事都没有了吗？在学校里老师还能罩着你们，走上社会就得你们罩着别人了！我从小也是淘气过来的。我不怕你们惹事儿，就怕你们不能平事儿。还有啊，今天金泽明因为感冒请假了，你们要记得最近这段时间出门千万不能耍单儿啊，连凉水澡都洗不了就别想着冬泳。最后我还要提一点就是，过两天的摸底考试我希望你们这两天再好好预习一下，到时候就看你们的了，然后就看我手里的红笔了。不成功，便成仁；不成人，便成狗；成狗的不要来见我……好了，电教课代表呢？"

"臣在！"

柳依依站起身朝赵从理老师拱手道。

"今天早上有校会转播，你把闭路电视的频道调一下。"

赵从理老师说道。

很快，闭路电视的屏幕上出现了一个正在宣讲新学期要求的校领导：

"尊敬的老师们，亲爱的同学们，大家早上好。我是教务处主任。俗话说，'不以规矩，不成方圆。'下面由我宣讲新学期的要求。从这学期开始，学校接连通过了《加餐废止法案》《课间操延长法案》《午休门禁法案》《手机集中管理法案》，务求营造出严谨、健康的教学和学习环境。

下面我们来详细解读上述规定：根据学生议事委员会的建议，加餐废止和课间操延长作为发扬体育精神、促进身体健康的重要举措，有助于为学生的学习生活打下坚实的健康基础，乃至实现健康工作五十年的宏伟目标。而'给手机一个家'的规定就是通过实施手机集中管理将有助于学生提高学习专注度，保护视力，促进教师与同学之间，同学与同学之间的面对面良性互动。实施午休门禁将有利于维护学生的人身安全和食品安全，从根本上杜绝来自校外的安全隐患。

以上就是对新学期要求的解读。下面是对一些同学上学期表现的表彰和处分决定……"

听了教务处主任冗长的宣讲，温笃行不禁有些好笑地小声嘟囔道：

"最后主任肯定会说：播种一个信念，收获一个行动；播种一个行动，收获一种习惯；播种一种习惯，收获一种性格；播种一种性格，收获一种命运……哎，我都已经背下来了。"

"扑哧。"

徐远洋无意间听到了温笃行的这番话，忍不住笑出声来。

广播结束后，方才一直用手机处理事情的赵从理老师抬起头，茫然地问众人：

"刚才的广播里说什么了？"

温笃行装出一副云淡风轻的样子，在讲台下不紧不慢地回答道：

"老师，刚才广播里说开放在校手机使用，就像在家里一样。"

赵从理老师眼珠一转，几乎是第一时间心领神会地说：

"你的手机很快就会有个'家'了。"

放学后，徐远洋拿到了手机，他双手捧着手机，揪心地对它说：

"许久不见，你瘦了好多！"

温笃行却把手搭在徐远洋的肩上，顺势拿过徐远洋手上的手机，调侃道：

"兄弟，你没发现这手机背后的文身不太对吗？赶紧给人家放回去！"

这时，柳依依也过来取出了自己的手机。

柳依依举着手机在温笃行面前晃了晃，问道：

"我的手机是粉色的，你嫉妒吗？"

温笃行十分配合地皱皱眉，然后说道：

"我下次整个基佬紫的过来我就不嫉妒了。"

柳依依见状，满意地点点头，然后转身准备走，却不小心一个趔趄差点儿跌倒在地上。

"你嫉妒吗？"

柳依依站稳之后，有些尴尬地朝温笃行笑了笑，然后来了这样一句话。

"我真心嫉妒你心态怎么那么好。"

温笃行伸手扶住额头，继续坚持配合道。

晚饭后，朱龙治垂头丧气地背着书包到了数学办公室准备打扫卫生，一进屋就看见了正在玩儿"三国杀"的温笃行、徐远洋、董晓峰、章凤仪，就连赵从理老师也赫然在列。

朱龙治砰的一声把书包放在一旁的桌上，抱怨道：

"我苦哈哈地来办公室打扫卫生，你们却在这儿光明正大地打牌，这也太不公平了吧！"

"没办法啊……"

赵从理老师出完牌之后将手牌倒扣在桌上，苦笑着摊摊手，说道：

"毕竟董晓峰他们也不是我的学生，我没理由硬要他们过来做值日啊……"

"那温笃行和徐远洋是什么鬼啊？！"

朱龙治颇为不满地问道。

"他俩今天把数学作业抱过来了，打"三国杀"算是一点儿福利吧。董晓峰和章凤仪是八班的数学课代表，我当然要一视同仁啦。"

赵从理老师说着，露出了一个得意的笑容。

"您只不过是打五人身份局人不够才让董晓峰和章凤仪加入的吧……"

朱龙治毫不留情地揭穿了赵从理老师的目的。

赵从理老师拍拍朱龙治的肩膀，笑着宽慰道：

"行啦，你别生气，今天你也不用做值日了，我们打完这盘就还给你……哎对了，咱刚才聊到哪儿了？晓峰和凤仪在新年舞会之后约着一块儿出去玩儿，然后就在一起了？行啊晓峰，理科班本来人就少你还能在班内闭关锁国的情况下解决问题，比我像你这么大的时候还有能耐！"

"没有啦，如果不是凤凤当时拉着我去梦悦城逛了一整天，我也没勇气跟凤凤告白啊。"

董晓峰挠挠头，不好意思地说。

听到这里，众人纷纷笑了起来，办公室里一时间充满了快活的气氛。

朱龙治好像突然想起什么似的，他走到董晓峰身后，扶着他的肩膀，轻描淡写道：

"今天下午篮球队的训练，我本来以为要来办公室打扫卫生，所以就请假了，你呢？"

董晓峰腾地一下站了起来，手里的牌也散落了一地，他惊慌地说：

"坏了！今天下午是新学期的第一次训练，我给忘了！"

"慢走啊！"

朱龙治朝董晓峰的背影摆摆手，大摇大摆地坐在了董晓峰的位置上，将地上的手牌悉数捡起来整理好，开心地说：

"下面就由我来接替董晓峰吧！来，我们继续。"

"继续干什么？"

一个冷若冰霜的女性声音从门口传来。

"当然是打'三国杀'呀，我们人已经满了，不加了！"

背对着办公室大门的赵从理老师聚精会神地看着自己的手牌，头也不回地说。

"赵老师，你……你身后……"

温笃行颤巍巍地指着赵从理老师的背后，语气有些颤抖。

赵从理老师看了温笃行一眼，摆出一副遗憾的表情，不以为意地说：

"温笃行啊，老师可不是吓大的，想吓唬我？你还嫩了点儿。今儿个颜老师去梦悦城和朋友吃饭去了，所以就算是天王老子来了，我也不怕！"

"今天我朋友临时要处理一个学生的事故，所以我被鸽了。"

颜丽华老师一边皮笑肉不笑地回应着，一边举起了拳头。

"喂！你开老师的玩笑也该有个限度吧！"

赵从理老师有些生气地转过头去，才发现站在自己身后的的确是颜丽华老师。

"颜姐，你听我解释！"

赵从理老师脸色大变，捂着头祈求道，汗珠不断地从他的额头上滚落。

"听了有啥用！男人的嘴，骗人的鬼！"

颜丽华老师说着，慢慢地向赵从理老师靠近。

在体育馆里，迟到的董晓峰正绕着篮球场地一圈一圈地做蛙跳，汗水像瀑布一样从他的身上倾泻而下，浸透了他的衣服，疲劳不堪的他禁不住小声抱怨道：

"早知道还不如就待在办公室里继续打'三国杀'呢！"

考试的时候一定要冷静不然就考糊了

冬日清晨的秋阳，天雾蒙蒙的，作为与直隶省相邻的两个直辖市之一，秋阳市常年受到直隶省工业废气的困扰，每到冬天，遮天蔽日的雾霾让人们的心情都乱糟糟的，在最严重的时节里，即使是平常双眼裸视 5.0 的人也有机会切切实实地体验一把三十米外雌雄莫辨，五十米外人畜不分的梦幻视野，整个秋阳烟雾缭绕、恍若仙境。

作为学生寒假刚刚结束后遭遇的第一场考试，摸底考试的这几天自然也不例外。阴蒙蒙的天空预示着秋大附中考生即将面临的悲惨命运。

温笃行刚进教室的时候，映入眼帘的是一列列相隔甚远的桌椅和坐在椅子上眼神空洞的同学们。他们有的在垂死挣扎地复习，有的自暴自弃地玩儿着手机，温笃行在黑板上贴的座位表前研究了一会儿，自言自语道：

"我前面是沈梦溪，不太熟，没说过几句话。后面是柳依依，不惹她应该就没什么问题。左边是孟霖铃，我天，太尴尬了吧？昨天统计作业的时候都没叫我，抱作业都是我和徐远洋一起去的。右边是金泽明……这倒霉催的考试座位表是谁排的？！我要寄刀片过去！搞事情啊兄弟！看热闹不嫌事儿大……"

看完了座位表，温笃行深吸一口气，目视前方、气定神闲、昂首阔步地向着自己的座位走过去，仿佛将金泽明和孟霖铃与自己的尴尬现状忘得一干二净。

因为语文这种玄学科目实在是没啥可复习的，下午靠经验说话的数学考试更难抢救，所以温笃行掏出了历史教材听天由命地复习了起来。

就在温笃行坐下后不久，本次考试的监考老师抱着几摞卷子走了进来，高跟鞋与地面撞击的声音咚咚作响，将同学们的希望与颓废击得粉碎。

这时，广播里传来了年级主任的声音：

"请同学把水杯、书籍等与考试无关的东西放到教室外，手表有智能芯片的也放到教室外。"

"听见没有，与考试无关的东西都要到教室外边去，你还在等什么？"

朱龙治突然对不远处的温笃行道。

"我记得你好像是智能的吧？"

温笃行坏笑着回应道。

"你俩给我安静，不想考就出去！"

在制止了温笃行和朱龙治的斗嘴后，颜丽华老师清了清嗓子，以平稳的声音说道：

"本次考试的科目是语文，考试时间是 8∶00—10∶30 共 120 分钟，下面宣读考生须知：一、考生进入考场后，应保持安静，等待监考人员分发试卷，考生不得询问有关考试题目及内容的问题，如有字迹不清、分发错误等有关问题，可举手询问。二、考生在进入考场前，应将手机、快译通、字典、空白纸张等一切与考试无关的物品放在考场外，三、考试过程中不得传、借文具，如确有需要，需经由监考人员传递。四、考生在考试过程中不得夹带、旁窥、抄袭或有意让他人抄袭……"

念完了考生须知后，颜丽华老师开始发卷子，她边发边喊道：

"各位同学核对一下手里的试卷，应该是有六张十二页，缺卷子的话举手示意，如果有多余的卷子等我走到后边的时候再交上来。"

随着考试铃声的响起，语文科目的考试开始了。

温笃行在每页卷子的卷头认认真真地写下了自己的名字，边写边在心里抱怨道：

"每次就语文考试发的卷子最多，写个卷头跟签售会似的，最起码三遍起步，唉，脑壳痛。"

不过温笃行转念一想，自己除了能保证自己名字写不错以外，其他的填空就都没什么把握了，想到这里，温笃行便极不情愿地向命运低下了高傲的头颅。

试卷最开始的内容照例是了无新意的字形发音选择题，作为一个自幼说中文长大的孩子，温笃行神情凝重地看着眼前的题目，觉得自己满嘴"飘准"的"普通发"受到了生命不能承受的挑衅。一个声音从他的心底呼之欲出：虽然我还没怎么学明白，但我实在是不想学了！

熬过了字形发音的围追堵截，温笃行终于来到了素有笑点工厂之称的默写填空题型。可以说，义务教育史上那些诸如"但使龙城飞将在，六宫粉黛无颜色"，"朕与将军解战袍，芙蓉帐暖度春宵。但使龙城飞将在，从此君王不早朝"，"我命绝今日，魂去尸长留。生当作人杰，死亦为鬼雄。"，"李白斗酒诗百篇，江枫渔火对愁眠。"，"流光容易把人抛，如此甚好，甚好。"，"追往事，叹今吾，伤心秦汉经行处，宫阙万间都做了土。"和"冤冤相报何时了？往事知多少。但使龙城飞将在，汉皇中色从此不早朝。少小离家老大回，安能辨我是雄雌？洛阳亲友如相问，轻舟已过一览众山小。"等世代流传的经典填空段子几乎大半出于此。

温笃行盯着卷面上的默写填空，眼神中露出了一如既往的迷茫，他小声念叨着：

"'饭疏食，饮水，曲肱而枕之。'……后边儿接啥来着？'而后舞于庭，是可忍，孰不可忍。'？哈哈！彻底背串了！这个'红旗半卷出辕门。'的前一句又是啥来着……等等，《红楼梦》的《香菱学诗》里好像提到过'大漠孤烟直，长河落日圆。'……哎等等！好像有什么东西要出来了！那这个空应该就是'大漠风尘日色昏，'了！"

又写了一会儿之后，温笃行抬头确认时间，发现离考试结束只剩下四十分钟了，手快的同学此时已经写完了大作文的开头，而自己连小作文前边的现代文阅读都没写完，不由得心生绝望。

于是温笃行只好根据题目要求选择性地阅读文本，就这样连蒙带猜地写到了最后一道大题。温笃行定睛一看，这横亘在小作文前边的大题几乎是不可逾越的天堑，因为这道题要求结合全文分析。没办法，这时候只好相信语文老师曾经说过的"写一道就是对一道。"了。记得赵从理老师上个学期曾经说过："绕过拦路虎，再杀回马枪。"我估计到时候枪里也没子弹了，这回马枪是回不来了，只能一条道走到黑了。

焦虑的温笃行再次抬起头看了一眼表，此时离考试结束还有不到三十分钟，于是他匆忙选择了描写春运场景的小作文题目，胡乱写道：

"列车的门开了，一股令人窒息的热浪袭来，在满是人肉味儿的车厢里，人们像沙丁鱼罐头一样挤在一起，我几乎腾空而起，被硬生生地挤进了车厢……"

当温笃行将小作文的最后一个格纸填满后，时间只剩下最后二十分钟了。

温笃行快速浏览了一下两个大作文题目，记叙文的题目是《秋山的性格》，与往常一样，与大阅读的主题相关，议论文的题目是《国家宝藏的现实意义》，则是素来无法预测的实事讨论。

温笃行使劲挠挠头发，已经做了两个多小时卷子的他现在已经有点儿迷糊了。一般这种题目，没看过节目内容都不要紧，关键是想办法从一个商业化的电视节目里还要找出个论点来，这就有些强人所难了。温笃行想起维克多·雨果在一篇写给英法远征军军官的信里提到了民族的就是世界的，于是便将几乎已经忘得差不多的文章内容重新杜撰一遍，写在了开头。当讨论到要不要通过这种方式发扬文明时，温笃行想起了考前复习的历史，于是便从楚辞汉赋、唐诗元曲谈到两宋话本、明清小说，并在主要段落的结尾处加上了一句政治大题里常用的满足人民群众日益增长的精神文化需求。

就在温笃行打算尽快结束时，考试结束的铃声毫不留情地响了起来，温笃行十分懊恼地将手中的笔摔在了桌子上，深吸了几口气。

"你的卷子写完了吗？"

当老师数完卷子宣布考试结束后，温笃行转过头来看着柳依依，用颤抖的语气问。

"哼，那是当然的了。"

柳依依抬起头，用一副得意的神情回答。

"哎，连你都写完了。"

温笃行叹了口气，摇摇头，起身准备去食堂吃饭。

"壮壮，你这是什么意思！"

柳依依捶了一下温笃行的后背，气鼓鼓地问。

温笃行没回头，问道：

"你的作文写的是哪个？"

柳依依笑着说：

"我写的是《秋山的性格》，我和你不一样，是靠写记叙文起家的。故事的主人公名叫张秋山……"

"Are you kidding me？ What are you talking about！你逗我呢姐，说啥呢你这是！难道你真的是天才？"

温笃行赶紧打断柳依依，无奈地说：

"你没看出来吗？《秋山的性格》是个比喻……"

温笃行又想了想，解释道：

"原文是散文体，根本不具有客观实在性，具有人化的特点。"

柳依依白了温笃行一眼，道：

"你这话说得可不太像人话……"

随后，柳依依露出一副僵硬的笑容，嘴硬道：

"'秋山'是啥意思我当然知道了，it is just kidding！"

"一块儿去吃饭好吗？"

正在两人聊天之际，刚刚把下一科复习资料都整理好放在桌上的徐远洋来到两人的面前，问道。

温笃行笑着摇摇头，抬起手拍拍徐远洋的肩膀，坏坏地笑了一下，说道：

"我就不打扰你俩的二人世界了。兄弟，好好去安慰你'老婆'吧。"

说完，温笃行潇洒地转身离去，边走边在心中默念着：

"秋名山上行人稀，常有车手较高低。如今车道依旧在，不见当年老司机。"

在电光石火之间，温笃行忽然产生了一种不好的预感。

温笃行发疯一样赶忙跑回自己的位置上，扒开白花花的卷子，心中一凉，脱口而出道：

"坏了，我刚才听见的可能不是收卷铃声，是丧钟。"

温笃行捡起被试卷层层掩埋的答题卡，带着哭音对没走的徐远洋和柳依依道：

"最后一排同学忘收我的答题卡了！"

于是，在两人的笑声中，温笃行火急火燎地一路小跑到了阅卷室，在几位老师惊愕的表情中说明来意，并将答题卡塞到了一位就近老师的手里。

在食堂，温笃行和朱龙治刚坐下，董晓峰就端着盘子走了过来，笑着说道：

"有时候我觉得我讲的笑话比笃行讲的好笑。我现在就马上讲一个吧！"

"一般在这种开场白后边儿的笑话一点儿都不好笑！"

朱龙治苦笑着抱怨道。

"幸亏我们没聊唱歌的话题……来来来，麦给你，你来讲……喊麦也行！但我先说好，我不认识你！"

温笃行说着，将自己还没用的筷子递给了董晓峰。

朱龙治想了想，问董晓峰道：

"咱俩好像不是一个考场的吧？"

见董晓峰摇头，朱龙治拍拍他的肩膀，大声鼓励道：

"一会儿考试的时候可劲儿喊，别客气！您就是秋大附中考试喊麦第一人！"

饭后，温笃行回到教室，见徐远洋正拿着柳依依的手机不知道在研究些什么。

温笃行指着柳依依的手机，对柳依依道：

"你看，你的吸引力还不如你的手机。"

"连手机都比你有吸引力……"

柳依依说完，一歪头，感觉有些不对，于是纠正道：

"连我都比你有吸引力……哎？"

听两人说得有来有回，徐远洋忍不住捧着手机大笑起来。

然后，徐远洋突然问两人道：

"你们说我算是理性呢？还是算感性呢？"

温笃行用手托着下巴，说道：

"你等我想想……"

这时，柳依依猝不及防地来了一句：

"还是算女性呢？"

温笃行一听这话，顿时两眼放光，兴奋地手舞足蹈，喊道：

"对对，就是他了！去吧，皮卡丘！"

徐远洋幽怨地看了柳依依一眼，用不可思议的语气说：

"女同竟在我身边？"

下午两点四十，同学们都坐在了自己的位子上，一身笔挺西装的赵从理老师捧着卷子慢悠悠地走进教室，他饶有兴致地环顾了一下四周，坏笑着说：

"放心，很简单，所谓摸底考，就是没底的不考。这次考试我出的题，好多都是假期作业里的原题，不过，没写作业的同学就凉凉了。希望你们考试的时候多捡点儿分，不是加减的'减'哈，这最后一题是压轴题但是太简单了，轴都压不住！"

说完，赵从理老师就开始发卷子了。

考试开始的铃声响起，温笃行就埋头发起了对八道选择题的挑战。值得庆幸的是，这次的八道选择题都十分简单，他在里边看到了至少三道原题。

接下来是六道填空题和六道大题，一直做下来，其实温笃行心里也没什么把握，但俗话说："实力不够，运气来凑。"见填空题不会，温笃行打量了题目几眼，死马当活马医在答题纸上的几条横线上分别写了一个1，一个2。

紧接着到了大题部分，温笃行抓耳挠腮，眼看着剩下的考试时间越来越短，便赶紧在草稿纸上拿特殊值验了俩公式，写在了答题区域里。在此期间，温笃行还看见了一道请问围成的立体几何图形的面积是多少？结果他看漏了面积两个字，自信地在答题纸上写着：三棱锥！还在寻思这题怎么那么简单。还有一道题，温笃行没看见锐角的限定条件，还分类讨论写了锐角的情况，有时候觉得自己读完题，除了读后感也写不出其他东西了。

离考试结束还剩十分钟的时候，赵从理老师还殷切地鼓励众人：

"手里的笔别停啊，摸底考大题判得松，只要写就给分儿，不写就是零分儿。第二问不会那就写第一问的求周期啊！公式不会就拿特殊值来验！"

随着一声铃响，第一天的考试结束了。温笃行站了起来，如释重负地伸了个懒腰，叹息道：

"是福不是祸，是祸躲不过。尽人事，听天命吧！"

伸完懒腰，温笃行见赵从理老师和颜丽华老师正在核对试卷数目，温笃行坏笑了一下，走过去道：

"赵老师，我跟您说啊……"

"闭嘴！"

赵从理老师低头数着卷子，头也不抬地打断道：

"没看到我这儿正忙着吗？你小子真没眼力见儿！"

听了这句话，温笃行一拱手，明褒暗贬地说：

"您抬举了，都是您教得好。"

"你小子是不是欠收拾啊……"

刚数完卷子的颜丽华老师把卷子往桌子上一扔，皱起眉头看着温笃行，说道。

"哎，丽华，别激动嘛。"

赵从理老师此时也数完了卷子，他一边收拾卷子，一边对温笃行严肃地说：

"你是不是觉得这次数学考试太简单了？还有心情来找我开玩笑！"

"哈哈，别提了。"

温笃行干笑了两声，说道：

"最后一道题我已经拼了老命算了，还是没算出来。"

"唉。"

赵从理老师无奈地叹了口气，说道：

"这说明你还不够老，还需要再老一点儿。"

听到这里，颜丽华老师微微笑了一下，然后对赵从理老师说：

"你和你们班同学慢慢聊，我先把卷子送走了。"

"辛苦你了。"

赵从理老师冲颜丽华老师点点头，说道。

颜丽华老师走后，温笃行立刻凑到赵从理老师跟前，迫不及待地问：

"对了赵老师，这次的考试我感觉有几道选择题看着比较眼熟，咱这次选择题考了几道原题呀？"

赵从理老师相当怜悯地看了温笃行一眼，然后无奈地回答：

"都是原题……"

说话间，徐远洋从两人旁边经过，赵从理老师随口问道：

"徐远洋，这次考得怎么样？"

徐远洋停下脚步，皱着眉神色凝重地说：

"我感觉考得不太理想。"

赵从理老师摇了摇头，板起面孔说：

"你有时候就是喜欢钻牛角尖，对自己过于严苛了！"

"不过……"

赵从理老师的目光突然变得柔和起来，说道：

"一次考试说明不了什么，说不定休息好了下次就考好了呢？"

"就是的，要我说啊，真正的个性是考不出来的，只要还有自信在，人生处处是舞台！别泄气啊！"

温笃行说着，用力拍了一下徐远洋的后背。

"笃行什么时候都这么积极乐观！"

徐远洋笑道。

"得了吧你，人家徐远洋是对自己太过严格，你是对自己过分宽容，这能一样吗？对你而言，一次考试还不足以说明问题吗？自己多努力吧！"

赵从理老师毫不留情地调侃道。

"得嘞，那我就按《行行重行行》里说的那样，'努力加餐饭。'吧！"

温笃行阴阳怪气地回应道。

"你可真是干啥啥不行，吃饭第一名啊！"

不知何时来到三人身边的柳依依冷不丁插了一句话道。

温笃行打了个冷战，一边抚着胸口给自己顺气儿，一边抱怨道：

"哎哟我的姑奶奶，你走路怎么悄没声儿啊！吓死本宝宝了！"

柳依依一脸得意地说：

"就你这胡子拉碴的，也好意思言必称宝宝？本姑娘这叫踏雪无痕！怎么样，没见过吧？反正你这二百斤的孩子肯定是没这本事！"

"怎么了？巨婴不行吗？！"

温笃行不以为意地胡诌道。

赵从理老师打断了温笃行的话，说道：

"你们没事儿，我就先走了啊！"

"老师！"

见赵从理老师要走，柳依依急忙拦住了他。

"你这是唱的哪一出啊……拦驾告御状？"

"不是……我觉得我这次还挺有把握的。"

"快歇了吧！"

赵从理老师毫不客气地给柳依依浇了盆冷水，说道：

"你每次都说有把握，倒是给我来真的啊！"

"老师，我跟她就不一样，我心里一点儿把握都没有……但如果您判卷子的时候在边上放一瓶速效救心丸，您的生命就比较有把握了！"

"借老舍《茶馆》里的一句台词，改天过府你给我请安，再见！"

赵从理老师有些尴尬地丢下了这句话，就头也不回地走了。

望着赵从理老师渐行渐远的背影，温笃行颇为感慨地说：

"啧啧，咱这赵老师肚子里还有点儿墨水儿哈！有这么多艺术细菌，结果只当了个数学老师，真是屈才了！"

"那叫艺术细胞……哎，这段子好像在本山大叔的小品里听过。"

柳依依若有所思地说。

温笃行赞许道：

"嗯，不错，这些乱七八糟的东西我知道得还挺清楚。"

柳依依怒极反笑，语气阴森地说：

"将来如果我跟别人打起来了，我打算先把壮壮派上去消耗对手的体力，等对手揍累了之后，我和小洋再一拥而上把对手扶下来休息，然后继续打温笃行，直到对手不好意思了为止，这样的话我们不费一兵一卒就达到了化敌为友的目的！"

"好了好了，咱俩赶紧去吃晚饭吧！"

徐远洋见势不妙，赶紧趁柳依依发火前拉着她往楼下走。

温笃行也来到楼梯口，把下巴抵在楼梯扶手上，盯着徐远洋和柳依依下楼时的头顶，嘟着嘴抱怨道：

"我应该在车底，不应该在车里。"

行有余力则以学文，不行则学理

第二天一早儿，温笃行正在走廊里背书，他手里攥着一张纸，一边来回踱步，一边嘴里振振有词道：

"物质决定意识，意识是对物质的反映。这要求我们一切从实际出发，实事求是，尊重客观规律……"

"又是这句！"

柳依依拎着水瓶从饮水机的方向走过来，不耐烦地说：

"我去完洗手间过去打水，回来这都听你背了第四遍了！闹了半天敢情你就会这一句？不给力啊兄弟！"

"你懂什么？"

温笃行抖抖手上的纸，理直气壮地说：

"这就叫临阵磨枪，不快也光！我不知道这满篇都是重点吗？但俗话说贪多嚼不烂，咱这必须得抓大放小，区分主次矛盾，你说是不是这个理儿？"

"呵呵。这话你留着考完试跟政治老师说去吧！现在嘴皮子这么利索，还不如考试的时候多写点儿水词儿。"

柳依依带着笑丢下这么一句话，然后转身就准备往教室里走去。

"别走啊。"

温笃行一把拉住柳依依，然后挺起胸膛，非常自信地邀请道：

"考考我！"

柳依依单手叉着腰，十分无奈地闭上眼睛，随口说道：

"阿卡林省的简称是啥？"

温笃行微微一笑，脱口而出道：

"赣！"

柳依依闻言，一下来了精神，她一拍大腿，指着温笃行煞有介事地说：

"哎，你骂人！"

温笃行被噎得难受，反问道：

"那你知道吴越省的简称是啥吗？"

"赣！"

柳依依笑眯眯地回答道。

"……你这个才是骂人吧？"

温笃行哭笑不得地问。

这时，柳依依反问道：

"那你知道吴越省的省会是哪儿吗？"

"上洋？"

温笃行以不确定的语气答道。

"吴越省的省会是宁京……考试前不许传播这种危险思想啊！"

柳依依说着，把一只手搭在了温笃行的肩膀上，道：

"请认真复习地理，以便拯救自己。"

说完，柳依依便头也不回地进了教室。

温笃行清清嗓子，对着柳依依的背影就是一句：

"he tui！"

"怎么大清早儿就这么不文明啊。嗯♂？"

温笃行一转身，只见赵从理老师正笑眯眯地看着自己，于是他半开玩笑地问：

"这不是赵太爷吗，今儿个什么风把您给刮来了？"

"来看看，看看你这年轻小崽子，会学文综不会！"

赵从理老师强忍着笑意调侃道。

"哎！您怎么能套用《茶馆》里秦仲义的词儿骂人呢！"

温笃行有些不满地抱怨道。

"怎么说话呢？没大没小的！"

赵从理老师背起手来，佯怒道。

见温笃行瞪大了眼睛不敢言语，赵从理老师有些尴尬地咳嗽一声，做出一副和颜悦色的样子来，问道：

"你文综复习得怎么样了？"

温笃行偷偷看了赵从理老师一眼，微微一笑，接着便双手背后，抬头仰望天空，假装叹息道：

"唉，我这可真是书到用时方恨少，钱到月底不够花呀！"

赵从理老师听到这里，一时间脸色骤变，神情紧张地说：

"你可别起什么歪心思啊！我是你老师，不是你爸爸。要钱没有，要命不给！"

"一日为师，终身为父！"

温笃行将卷子往旁边桌上一放，笑着拱手说道。

"行了吧你，别贫了！"

赵从理老师一挥手，说道：

"那你继续复习吧，我回去了。"

"哎哎，别走啊赵老师！"

见赵从理老师要走，温笃行赶紧一伸手拦了下来。

"不舍得我走啊？"

赵从理老师饶有兴趣地看着温笃行，笑道。

"咱明人不说暗话，我也就开门见山了。我数学考了多少啊？"

温笃行有些着急地问。

看着温笃行满脸期待的表情，赵从理老师苦笑了一下，问道：

"你觉得自己考得不错？"

"嗨，我这不昨儿个放学之后和柳依依对了下答案吗，感觉自己考得还行。"

温笃行边说边露出一个自以为腼腆的笑容来。

"同学，有自信是好事儿。"

赵从理老师拍了拍温笃行的肩膀，继续说道：

"好好准备文综吧，兴许还有救。"

"赵老师，我这次真考得那么惨啊……"

温笃行一脸难过地看着赵从理老师，问道。

"哎呀，明天讲卷子的时候你不就知道了嘛！我这里先卖个关子，为的就是到时候给你个小惊喜！"

赵从理老师十分耐心地安慰道。

温笃行眼珠子一转，偷笑了一下，故作担忧地说：

"其实，每次您判卷子的时候我都特别担心您的身体健康……您一定要在我们高考之后再倒下。"

赵从理老师看着温笃行，露出了疑惑的神色，问：

"为什么啊？"

"因为我们就不用再学高中数学了……"

温笃行说到这里，突然瞪大了眼睛，缓慢地用右手捂住了自己张得很大的嘴巴，然后十分浮夸地放下右手，说道：

"我是说，这样到时候我们就有时间去看您了。"

赵从理老师冷笑了一声，幽幽说道：

"凭啥你高考之后我还得倒下啊？我要好好活着！你小子能不能盼我点儿好啊！知道我判你卷子折寿你就在学习上多努点儿力，下回自己的卷子自己判！"

温笃行眼前一亮，兴奋地问道：

"此话当真？！"

赵从理老师露出了一丝不易察觉的微笑，斩钉截铁地说：

"君无戏言……只可惜，我并不是什么好人！"

说完，赵从理老师转身往楼梯口走去。

温笃行朝楼梯口吐了吐舌头，随手拿起旁边桌上的卷子，念了起来：

"物质决定意识，意识是对物质的反映……眼睛瞪得像铜铃，折射出正义者的精明。耳朵竖得像天线，听得见一切工人的声音。你组建了大同国际到处巡行，你给我们带来了革命热情……"

"你说你，磨枪就磨枪，咋还唱起歌来了呢？"

在川流不息的人潮中，柳依依的小脑袋从教室后门探出来，看着温笃行调侃道：

"还有十五分钟就要考试了，你有啥唱不完的，还是去厕所唱吧，那儿苍蝇多，能给你捧个场。"

温笃行把手里的卷子往桌上一甩，皱起眉头，怒气冲冲地说：

"哎哟我这暴脾气！你这小妮子整天不学好，损人的话倒说得头头是道的，真是这狗嘴里，它吐不出象牙！"

"我好心好意提醒你快考试了你还不领情，真是狗咬吕洞宾，不识好人心！"

柳依依嘟着嘴，不满地反驳道。

温笃行重新拾起篇子，挥了挥手，不耐烦道：

"行行行，忍一时风平浪静，退一步海阔天空。我不和你争了！"

温笃行说完，便低下头继续复习起来，柳依依见状恼怒地瞪了温笃行一眼，气呼呼地走了。

见柳依依去洗手间了，徐远洋赶紧过来打圆场道：

"哈哈，不好意思啊笃行，我们家小依给你添麻烦啦。"

温笃行笑着摆摆手，有些无奈地说：

"她从小就这么个脾气，我早就习惯了，不碍事儿的。"

说到这里，温笃行话锋一转，提醒道：

"倒是你将来可得多担待着，比起我，你俩才算是真的朝夕相处。小依和我一样，喜欢嘴上占便宜，逞口舌之快，她要是说些什么气话浑话的，你可千万别往心里去啊。"

"哈哈。"

徐远洋干笑两声，调侃道：

"那是自然，这天大地大，娘子最大。说实在的，我当初就是喜欢她的伶牙俐齿，她愿意和我多说说话，我是高兴还来不及呢！"

"你这是难得糊涂啊，哈哈！高，实在是高！"

温笃行拍拍徐远洋的肩膀，赞许道。

回到考场，温笃行偶然路过柳依依的座位旁，忽然突发奇想，对她道：

"让我好好看看你……的书！"

柳依依先是脸一红，然后又大大咧咧地回应温笃行道：

"我本来就很帅！"

"姐你可拉倒吧。"

温笃行伸出食指摇了摇，然后道：

"我想看帅哥就直接照镜子了，还轮得到你？"

"我是不是该笑啊？"

柳依依愣了一会儿，然后小心地跟温笃行确认道。

温笃行双手一拍，一副理所当然的样子，说道：

"知道你倒是行动啊！"

于是，柳依依的脸冲着温笃行，然后用头发遮住半张脸，瞪大了眼睛，朝温笃行粲然一笑。

"是我不对，你以后不想笑千万别勉强……"

温笃行下意识地往后退了一步，然后用颤抖的语气和柳依依约法三章：

"我先说好，以后你笑的时候不要背对着我发出笑声，然后缓缓地转过来，更不要只把头转过来身子纹丝不动，因为我会怕的……"

上午第一场是文综考试，刚开始就是最头疼的地理科目的十一道选择题。地理作为文综里最偏向理科的学科，其思维难度常常令文科生们望而生畏，一直是文科生心头挥之不去的梦魇，班里甚至曾经出现过一位花了二十分钟都没有答完地理学科的头十一道选择题而在考场上泪流满面的同学。

温笃行仔细端详着上面画了一座高山的地图，他沉思良久，判断那是位于西藏的珠穆朗玛峰。直到之后讲卷子的时候，温笃行才意识到那幅图上所画的山峰是位于非洲的乞力马扎罗山……

紧接着是历史、政治选择题各十二道。温笃行看到一道历史选择题说《日本帝国宪法》里议会协赞天皇，这表明明治维新时期日本的政治体制：A. 君主专制；B. 军事独裁；C. 君主立宪；D. 民主共和。

"嗯，协赞应该不是说议会掌握立法权，那应该是什么呢……协助并赞美？"

考试之后，到了午饭时间，饥肠辘辘的温笃行在监考老师宣布可以离开考场后如离弦的箭一样飞奔出了教室。

徐远洋来到正在整理考卷的柳依依身边，低下头，笑眯眯地问：

"去吃饭吗？ It is time for us to have lunch."

"慢工出细活儿，我这儿还得再折腾一会儿，要不你和壮壮先去？"

柳依依一边说着，一边低头将几份卷子的四个角一一对齐，沿着卷子的中轴线小心翼翼地对折。

"我也想啊。"

徐远洋苦笑了一下，双手一摊，说道：

"可是以笃行的速度，现在应该都快到食堂了吧……"

"壮壮，你怎么还在这儿站着呢？"

徐远洋和柳依依来到楼下，发现温笃行一个人正站在楼门口望着天空发呆。

"哎呀，天公不作美啊！"

温笃行作顿足捶胸状哀叹道。

听了温笃行的话，两人抬头一看，楼外已下起了淅淅沥沥的小雨。

"兄弟们，带伞了吗？"

温笃行转过脸来，眼中闪过一丝期待。

"谁跟你是兄弟啊。"

柳依依说着，白了温笃行一眼。

温笃行也不生气，他露出了一个值得玩味的笑容，然后说道：

"嘿嘿，没想到你虽然脑子不太灵光，但眼球还挺灵活的！"

"其实我腿脚也很灵活！"

柳依依一边撸着袖子，一边不动声色地说。

"那当然，毕竟你也是头脑简单，四肢发达！"

温笃行带着一副诡计得逞的表情说道。

"哎对了，我听说今天好像有小依最爱吃的四喜丸子！我们赶紧去食堂吧！"

徐远洋见势不妙，赶紧推着柳依依往楼门外走。

"哎，别推我啊，外边下着雨呢……"

柳依依转过头来提醒徐远洋道。

"哈哈，没关系啊。"

徐远洋说着，把身上的外套脱下来，罩在自己和柳依依头上，说道：

"风里雨里，我护送你。"

两个人在外套底下四目相对，柳依依被羞得满脸通红，不自觉地闭上了眼睛，而徐远洋则坏坏地笑了一下。

"Wait a minute！"

正在两人情到深处的时候，温笃行突然钻进了外套底下，来到徐远洋的旁边，不识趣地打断了两人好不容易营造起来的二人世界。

温笃行捏着外套的衣角，将徐远洋往柳依依的方向挤了挤，说道：

"你们这对儿重色轻友的家伙，真是娶了媳妇儿忘了娘。"

徐远洋笑着抱怨道：

"你这嘴上占便宜还真不吝啊！这么不挑的吗？"

"占便宜不分男女！"

温笃行厚着脸皮坏笑道。

柳依依有些不高兴地说：

"您是多少瓦的电灯泡啊？简直亮瞎我的狗眼，导盲犬我要最贵的！"

"小依，话可不能这么说。我们两个人有着密不可分的关系，我们三个人的关系也是很紧密的团体。我们有我们的二人时光，也会有我们三个人的时光。"

徐远洋说着，脸上多了几分认真。

温笃行的嘴角在不经意间抽搐了一下。

温笃行有些吃醋地说道：

"你们干脆下次考试前一起去找老师答疑拖延一下时间好了。"

柳依依一听这话，头一歪，朝温笃行伸出了手掌，高傲地问道：

"报酬呢？"

"你放心，我一定会替你们报仇的！"

温笃行一脸认真地说。

"合着我这就快行将就木，变成植物人了是吧？"

柳依依苦笑着道。

徐远洋这时装作一副磕磕巴巴的样子，说道：

"小依你个智……智勇双全的家伙，你再说一些奇怪的言论我就要把你举……举高高了！"

下午的英语考试开始前，这两天除了做值日之外一直默默无闻地倚靠在教室前门儿墙角的扫把突然轰然倒地，扬起的尘土呛得前排的人直咳嗽。

"这是凶兆啊！"

温笃行脱口而出道。

"哎，别这么说！"

徐远洋摆摆手，说道：

"马上就要考试了，注意你的言辞！"

两人的对话引得班里哄堂大笑，为考试前沉闷的气氛增添了几分快活。

考试开始后，看着眼前堆满的密密麻麻的字母，温笃行一时间头昏脑涨。

根据可靠的小道儿消息，英语高考明年的语法选择题会变成语法填空，因此从这次考试开始，第一大题也由原来的选择题被替换成了填空。

温笃行双臂环抱于胸前，露出了一抹笑意。

"换汤不换药。"

温笃行嘀咕道：

"不论考试形式怎么变换，能考得好的人不是有实力，就是有视力，我还是在这儿默默地吃瓜看戏吧……"

"那边儿的同学！考试的时候不许吃东西！"

监考老师嗖地从椅子上站起来，一伸手，温笃行暗骂了一句，耷拉着脑袋乖乖上前把考试前买的西瓜面包放在了讲台上，并在老师的要求下登记了名字。

回到座位上，温笃行郁闷不已，看着犹如天书一样的英语试卷，温笃行便在上面胡乱地填上了选项。

"宝宝心里苦，宝宝也想说，但宝宝考试的时候不敢说。"

温笃行在心里默默想。

考到一半的时候，金泽明做倒数第二篇阅读的时候跟英语老师耳语了几句，然后监考老师说那篇阅读有一段的最后一句话是多余的。

"这已经不是做好题的水平了吧？"

温笃行翻到倒数第二篇阅读，划掉了最后的句子后，小声嘀咕道。

考完试，温笃行回绝了徐远洋提出的三个人一起回家的提议，一个人背着书包默默地离开了教室。

结果，温笃行前脚刚出教室，就听见身后传来了孟霖铃的声音：

"柳依依，生日快乐！"

"哇，谢谢小霖，我爱你！"

柳依依接过礼物，惊喜地回应道。

"其实这个礼物，我也参与准备了哦！"

徐远洋在一旁笑吟吟地附和道。

柳依依拍拍徐远洋的肩膀，笑道：

"我爱你们！"

温笃行听到这里，转身回到了教室，指了指自己，半开玩笑地说：

"我看徐远洋他们准备的！"

柳依依见状，叹息一声，道：

"没有爱了……"

虽然如此，但温笃行捉弄了柳依依一下之后，心情多少有些好转。

正在这时，温笃行看见电梯门开着。

于是，温笃行想也没想便和三人打了招呼，然后他就出了教室的门，往电梯的方向去了。

到了电梯口，温笃行遇到了同样在等电梯的董晓峰。

"我们一起坐电梯吧。"

还没等温笃行开口，董晓峰就主动关心道：

"你哪只脚受伤了？"

"啊？"

温笃行闻言先是一愣，然后才心领神会地指了一下自己的右脚，说道：

"哦哦，右脚！"

"好，右脚是吧？一直保持右脚啊！来，手搭我肩上……"

董晓峰说着，拍了拍温笃行的右腿，温笃行十分配合地弯下自己的右膝盖，然后把右胳膊搭在了董晓峰的肩上。

进了电梯，温笃行看见了一位有着薰衣草色秀发的少女，是沈梦溪。

"你好。"

温笃行主动微笑着打了个招呼。

沈梦溪惊讶地看了他一眼，然后有些紧张地点了一下头。

三人在电梯里沉默一阵，温笃行开玩笑道：

"你看这电梯还真挤哈。"

"原来你也有通灵的体质呀。你说说看这里有几个人？"

沈梦溪捂着嘴，笑着回应道。

"不如……你先告诉我旁边这位小哥儿穿的是什么颜色的衣服，好不好看？"

温笃行饶有兴趣地问道。

听了温笃行的话，沈梦溪抿着嘴轻轻笑了起来。

此时，在教室里，朱龙治正跟金泽明发着牢骚：

"哎呀，说起来，这次语法选择改填空，我都没分拿了。"

金泽明则摊开手，颇为自信地说：

"我从来不在乎英语考什么，怎么考，我只在乎我的成绩是多少。"

"那我比你厉害一点，我连成绩都不在乎。"

朱龙治挠挠头，大大咧咧地笑道。

"那说明你的发挥很稳定，继续保持！"

金泽明忍俊不禁道。

下了电梯后，董晓峰放下温笃行的胳膊，抬头望着天空，意味深长地说：

"有时候我想回到从前，咱们刚认识的时候。那时候我不熟悉你，你不熟悉我，我们还有机会擦肩而过。"

温笃行见状，十分自然地搂住董晓峰，语带钦佩地说：

"晓峰，我都听说了，你见到路边一条狗饿得奄奄一息，然后用自己的良心救活了它，动物保护协会很喜欢这个故事。"

董晓峰摇摇头，脸带笑意地拍拍温笃行的肩，说道：

"别客气，希望你以后少饿肚子，好好地生活下去。"

"你这吐槽水平的进步幅度真不怕闪到胯？"

温笃行歪着头，脸上写满了苦涩，说道。

接着，温笃行话锋一转，感慨道：

"不过说起来，今天下午的考试我能明显感受到老师开闸放水的良苦用心，如果老师能把水坝拆了就更好了……"

董晓峰郁闷地瞥了温笃行一眼，抱怨道：

"刚考完能不能给我一个好心情？最好是不带唱歌和讲段子的那种！"

活得越久越接近世间的真相

在食堂里，正中间码放着一个圆形的桌子，上面摆满了珍馐美味，清澈香醇的松茸汤、肉质紧实的战斧牛排、金黄香甜的波士顿龙虾、晶莹剔透的鱼子酱、纹路清晰的三文鱼刺身、饼薄料足的帝京烤鸭卷、辛辣刺激的泰式咖喱饭、甜美可口的黑森林蛋糕……各地美食一应俱全。随着大灯的开启，温笃行、徐远洋、柳依依、孟霖铃、金泽明五个人依次入席，彼此间开始了愉快的交谈，气氛十分热烈。

就在大家聊到半酣之际，金泽明举杯站起身来，环顾四周后，说道：

"我提议！"

待到众人的目光都被吸引到自己的身上之后，金泽明咳嗽一声，继续说道：

"为我们之中的幽默达人，大家的开心果，温笃行先生，干杯！"

"敬温笃行先生！"

金泽明话音刚落，众人起身，纷纷举杯向温笃行致意。

温笃行将杯中的饮料一饮而尽，随即将杯子倒过来示意自己已经一滴不剩了，然后赶忙摆摆手，笑道：

"哈哈哈，谢谢大家！大家快坐吧，快坐吧！"

于是众人落座，开始在觥筹交错间大快朵颐起来。

"对了。"

温笃行刚动筷子后，好像突然想起了什么似的，对柳依依说：

"我写了一首诗，打算送给你的。"

听了温笃行的话，柳依依马上来了兴致，急不可耐地说：

"快念快念！"

"我们朝夕相处，维持一米距离。你不喜我放纵不羁，我不爱你火暴脾气。你看不上我，我看不上你，敬我们纯洁的友谊！"

"你刚才说我脾气怎么样？我没听清，你再说一遍吧！"

柳依依前半句话用不疾不徐的语气说着，到了后半句骤然提高了音量，质问道。

"当然是说你人美声甜脾气好啦！"

见柳依依有点儿生气，温笃行急忙更正道。

"其实……"

就在这时，金泽明突然放下筷子，有些不好意思地挠挠头，说道：

"我觉得我也挺幽默的。"

说完这句话，金泽明也不待众人回应，便迫不及待地讲道：

"我希望结交一见如故的朋友翻译过来就是我想要拿铁，还有冰块儿掉进热咖啡里就再也没能活着上来……"

说完，金泽明便一脸期待地看向众人。

温笃行放下筷子，尴尬地咳嗽了一声，说道：

"大哥，我们不谈笑点，你的段子连高潮都没有，我想配合你笑几声都怕自己笑错了地方。说实话，把你的段子归类到冷笑话里连冷笑话都会让你忍不住哭泣的。"

"这位选手……你把段子当……什么了？不是说……除了悲伤的事情以外……其他都是段子好吗？"

柳依依一边啃着龙虾一边含混地说。

"你的段子成功颠覆了我对段子的传统认知，并对我的交友底线形成了空前的挑战。"

徐远洋边说着边拿着筷子在空中随意比画着。

听了众人的近乎调侃的评价，金泽明显得十分窘迫。

"还是我们的笃行讲的段子最深入人心了，你说是不是啊，笃行？"

孟霖铃一边说着，一边用柔情似水的目光望着温笃行。

温笃行挠挠头发，哈哈大笑道：

"哎呀，我也没那么好啦！"

就在此时，天空中突然传来了一个悠远而略显沧桑的声音：

"在温馨的校园里和亲密的朋友们享用美食，这就是你理想中的生活了，对吗？"

"是谁……谁在说话？"

温笃行格外紧张地望向天空，声音传来的地方。

霎时间，天崩地裂，温笃行周围的一切在一瞬间都如同玻璃一般破碎，逐渐地消失不见，形成了一片纯白的虚空。

"Welcome to my workplace, my friend！"

虚空里的声音用带着一种英伦风格的英语音调缓缓说道。

"鸟语听不懂，说中文，speak Chinese！"

飘在半空中的温笃行早已没了一开始的惊慌和恐惧，于是毫不留情地回击道。

"年轻人血气方刚，说话倒挺冲的。"

来自虚空里的声音随意调侃了一句后，便使用一种相当严肃的语气说道：

"这里是虚拟空间 1856327 号，温博士欢迎你的到来。"

就在温笃行还没反应过来的时候，一个门从虚空里突然出现，一个身着白色研究大褂的青年男性从门里飘了出来。

那名男性很快飘到温笃行身边，伸出了自己的右手，自我介绍道：

"我是时空管理局的技术测试人员，温笃行博士。很高兴遇见你，过去的我自己。"

尽管他已经刻意掩饰，但仍藏不住他发自内心的兴奋与喜悦。

看着温笃行的脸上满是震惊与疑惑的神情，温博士微微一笑，用稳重而略带沧桑的声音说：

"我知道，你心中一定有很多疑问，包括未来的世界究竟是怎样的，为什么未来的自己会成为时空管理局的一员，以及未来的自己为什么会回到这里来。"

两人沉默了一会儿，半晌，温笃行心怀崇敬地问：

"几十年后的世界真的会有这么发达的科学技术吗？"

温博士听后，笑着摇了摇头，解释道：

"其实我来自很久远之后的未来，只是选择保持青年期的身体状态而已。随着基因技术和太空技术的发展，人类最终实现了永生，新诞生的人类不断向太空移民，其足迹遍布了整个银河系，并持续向宇宙边缘前进，但是……"

温博士话锋一转，说道：

"在人类对宇宙逐步开发的过程中，外星文明与人类文明发生了无数次规模不一的冲突，人类被迫大量应用人工智能技术和改造人技术，虽然经过经年持久的战争，人类最终成了宇宙的霸主，但也为此付出了惨重的代价，一方面是外星残余势力的侵袭，一方面是人工智能和人类改造在各地掀起的叛乱，都令人类文明政府头痛不已。为了解决内忧外患，人类文明秘密成立时空委员会，负责研究时空旅行技术。在此过程中，我们逐渐揭开了时空的神秘面纱，终于掌握了控制时空的能力，经过几次时空调整，我们为人类争取到了更加光明的未来，而这个调整后的未来我不想描述给你听，我希望你日后用自己的感官去经历它。"

听了温博士的讲解，此时的温笃行已逐渐冷静下来，于是问道：

"那么你的意思是，我也是被调整的对象？"

温博士点点头，笑了一下，说：

"在未来，你会在时空旅行技术研发过程中发挥着相当重要的作用，因此时空管理局会密切关注你的成长。"

"怎么说呢……"

温笃行抓了抓头发，有些惊喜地说：

"感觉有一种被钦定的感觉。"

温博士抚掌大笑道：

"你可以这么理解，不过，好久没听人用 21 世纪早期的表达方式了，真令人怀念。"

"有一件发生在小学的事情，可能你都不太记得了。"

温博士顿了顿，悠悠地说道：

"当时你的朋友柳依依曾对你说，长大了想当演员，这样就可以在有限的人生里获得无限的体验，你还记得你的回答吗？"

"我长大了想当历史学家，这样就可以在短暂的生命中获得上千年的智慧。"

温笃行稍加思索，便颇为自信地回答道。

"原来我从小的记性就这么好啊！"

温博士赞叹了一句，然后继续说道：

"从结果上来说，你在大学期间并没有选择历史专业作为你的专业，原谅我因为这段历史离你太近不便细说。不过在太空争霸时代后期，你成了时空学理论的创始人之一，与负责推演时空系数的自然科学家不同，你开创了时空工作伦理学这一时空学理论的分支，在时空管理局成立后还收集了不同时空线上的各类著作，被称为人类心灵世界的宗师。"

"How gifted I can be！ What an unbelievable bright future at both the social and personal levels！"

温笃行不禁感叹道。

温博士听了温笃行的话愣了一下，随即便心领神会地一笑，说道：

"我遍览过往，穷尽未来，在无数的时代里生活和流浪，最后发现，人类一切的智慧可以浓缩在两个词里……"

"等待和希望？"

温笃行接话道。

温博士摇了摇头，认真地说：

"那是大仲马的智慧，对我而言，我从人生体验中领悟到的真谛是——证据和同情。"

说到这里，温博士慈祥地笑了笑，他看了看温笃行一知半解的表情，稍稍组织了一下语言，说道：

"面对生活中诸多冷漠、自私、攻击与欺骗，曾经的你寄希望于利用带有强制性的专制主义扫清一切乱象，用无差别的平均主义实现博爱理想，却在失败的打击下一度遁入充满怀疑的虚无主义的巢窠之中，后来又先后皈依了追求物欲的享乐主义、具有远大抱负的理想主义、探求真理的现实主义、认可自身的人文主义和勇于承担的自由主义，在漫长的时光中洗尽铅华始见金，褪去浮华回归本真，成就了现在的我……这一切都要归功于你的努力，谢谢。"

"曾经鲁莽而固执的少年死了，经过岁月洗礼的少年变得自信而随和，并留住了那份弥足珍贵的坦诚。"

温笃行露出了一副轻松的表情，以释然的语气说道。

出乎温笃行的意料，温博士再次摇了摇头，说道：

"过去的你其实从未离开过，他只不过是以另一种形式与你同在。当鲁莽变为勇敢，当单纯变为坦诚的时候，不要忘了，正是那一个个在不同的地方跌倒又以全新的面貌站立起来的你自己成就了你的今天。"

温笃行点点头，有些迷离地说：

"虽然被未来的自己感谢和教导有点儿迷茫，不过你的话我记下了。"

"我明明记得那个时候的我还是很倔强的，没想到这么简单就说通了？"

温博士看着温笃行，感到有些意外。

温笃行张开双臂，坦言道：

"我能感觉到，未来的我活得很通透，最关键的是，尽管我们理念不同，但你说话让人舒坦，很中听。"

温博士点点头，说道：

"在这苍凉的宇宙中，每个人都是生来孤独的，人与人的相遇相知，就像来自银河两端的星际物质组成一个恒星系那样奇妙。如果把人比作行星，那么他周围的有些人就像流星般稍纵即逝，义无反顾地飞向下一个世界，有些人就像卫星一般紧紧环绕在周围，有些人则像恒星一般引发人们的无限敬仰，在恒星系形成初期的混乱局面将很快被稳定的天体秩序所取代，届时，真正懂得自己坐拥恒星与卫星的行星就不会过度关注流星的存在，而是将精力投入孕育文明之中……这是宇宙世纪最广为流传的哲学隐喻，我把这个隐喻送给你。"

"我们应该把精力分给那些喜爱我们且有价值的人们，我们没时间陪不喜欢我们的人长大。"

温笃行满脸自信地回答道。

"以后你会不断完善你的想法的。"

温博士对温笃行的回答不置可否地评论了一句，然后说：

"能见到你，我真的很高兴。未来是一个充满灵性的时代，对社会的认识和贡献而非财富数量的多少才是衡量一个人社会声望的主要途径。未来有些类似马克思笔下描绘的乌托邦，只是因为认识水平的不同，阶级仍然存在，只不过，领导阶级的主要任务恰恰是为了引导被领导阶级的提高，并从被领导阶级的经验中获取灵感，促进人类整体认识水平的发展……再见了，愿你时时快乐，永葆安康。"

随着温博士的离去，温笃行的意识也逐渐清醒起来。他从床上坐起身来，揉了揉两侧的太阳穴，怅然若失道：

"原来只是黄粱一梦。"

温笃行用手撑了一下床打算起身，无意中摸到一张纸条，他拿起纸条仔细打量着，那张纸条是纯白色的，如果仔细闻一闻，还能闻到若有若无的玫瑰花香，只见上面写着：

"行胜于言，欲速不达。体验理解，包容守护。"

温笃行在心中将这句话反复念了几遍，不自觉地笑了。然后，温笃行站起身，走到桌边拿起一支黑色签字笔，在纸条的背面写下了李鸿章的诗句：

"一万年来谁著史，三千里外觅封侯。"

写完后，温笃行把纸条小心翼翼地放进笔袋里，把今天要用到的东西都放进了书包中，背起书包，离开了房间。

真正的朋友不仅是软肋也是铠甲

到了学校，温笃行大摇大摆地进了班，热情地跟大家打了个招呼，说道：

"欧哈呦（おはよう）！民那桑（皆さん）！早上好啊朋友们，我想死你们了！"

班里的目光齐刷刷地看向了温笃行，但却没人回应他的问好。

温笃行看着班里的同学，愣了一下，随即用调侃的语气开玩笑道：

"你们一个个这都是啥反应啊，见着鬼了？"

见众人还是没反应，温笃行瞭了一眼讲台，发现赵从理老师正阴沉着脸，双手交叉置于胸前，站在讲台上纹丝不动，如同一尊不怒自威的神像。一股泰山压顶般的气势朝温笃行袭来，压得他有些喘不过气来。

温笃行犹豫了一下，还是试探性地跟赵从理老师打了个招呼：

"赵……赵老师好。"

"我不好，我看见你就难受！"

赵从理老师瞪了温笃行一眼，厉声说道。

"您说我今天刚来，也没迟到，啥做错了惹您发这么大脾气？"

赵从理老师语气稍稍放缓，说道：

"你今天是没做错什么事儿，可你前天做错了不少题啊！"

说完，赵从理老师低头在手底下的公文包里把温笃行的卷子翻了出来，递给他，用调侃的语气说：

"你说你选择题错那么多还能及格，奇迹啊！"

"嘻嘻，你这么夸我我会不好意思的。一般一般，世界第三。"

温笃行挠挠头，装傻道。

赵从理老师抚摸着额头说：

"我没在夸奖你，相反，我看见你就头大……行了，回座位吧。"

温笃行讪笑了一下，就往自己的座位方向走。路过柳依依旁边时，柳依依还暗地里给他竖了个大拇指。

见温笃行回到了座位，赵从理老师深深叹了口气，双手撑着桌子，对全班说：

"我知道你们都很在意昨天考的卷子，但我不打算今天讲。"

温笃行一听这话，立刻欣喜地在讲台下接话道：

"太好了，老师，您赶紧讲新课吧！"

"嗯，你们的卷子我打算挨个儿面批。"

赵从理老师不动声色地说。

温笃行见势头不对，赶紧说道：

"估计大家考试都错了不少，要不咱还是讲讲吧！"

"你少说两句！"

赵从理老师一拍桌子，喝止了温笃行，然后他扫视了班里一圈，厉声道：

"考试前我让课代表收了作业，你们考试那两天我就忍着没说什么，我怕我再憋就憋出病了，因为你们实在是欺人太甚了！孟霖铃！"

听了赵从理老师的点名，孟霖铃慌忙站了起来，有些手足无措地看着赵从理老师。

"你把班里交了作业的同学都念一遍，包括考试前两天补交的也算，念吧。"

孟霖铃赶紧在书包里东翻西找，好不容易找到了统计名单，便打开了名单，念道：

"孟霖铃、金泽明、柳依依、徐远洋、温笃行、沈梦溪、朱龙治、夏林果、胡图图、刘梅、马丽。"

"这就念完了？"

赵从理老师瞪大了眼睛，有些不可置信地问。

孟霖铃有些无辜地点点头。

赵从理老师摆摆手，让孟霖铃坐下，随即说道：

"你们考试不行，是能力问题；作业不交，是态度问题！这节早读连着第一节数学课改上自习了！课后作业就是改刚发下来的摸底卷子，已经交了假期作业的就改卷子，没写完假期作业的就接着补。丑话我先说在前边儿，所有没补完作业的人明儿个数学课后排站着听，一直站到补完为止！"

赵从理老师稍微想了想，又用稍显缓和的语气补充道：

"我先声明啊，让你们站着听课是为了锻炼你们的意志，不是为了体罚你们。我每次都站着上课，总不能说是我自己在惩罚自己吧？"

说完，赵从理老师往椅子上一坐，从公文包里掏出练习册就做起了题。

温笃行探头探脑地看了一会儿，见赵从理老师没反应，便低头改起了自己的卷子。

改着改着，温笃行碰上一道不太简单的选择题，左思右想也不知道该怎么解答。就在他正因为没有思路而焦躁不已的时候，赵从理老师悄无声息地出现在他的身边。

被赵从理老师的视线紧紧锁定的温笃行感觉有些坐立不安，便抬起头，有些难为情地说：

"您多看几眼我也不会啊……"

赵从理老师看了温笃行一眼，笑着说道：

"这选择题你算不出来就把选项一个一个往里带不就算出来了吗？"

温笃行照着赵从理老师说的话试了一下，果然把前两个选项给排除了，他十分惊喜地说：

"啊！会了会了！"

"唉！"

赵从理老师叹息着摇了摇头，无奈地说：

"你呀你，就是不愿意多动脑子好好想一想。你这态度挺不错，行为太懒惰了！"

温笃行看着赵从理老师，不好意思地挠挠头，低着头继续改起了错。

过了一会儿，从温笃行座位的不远处突然传来了赵从理老师愤怒的吼声。

"你！给我出去！"

温笃行抬头一看，只见赵从理老师甩着柳依依的卷子，说：

"你觉得考了一百四十分就满足了吗？你要说你改完了错看课外书，那我也是睁只眼闭着眼就过去了，你自己看看你最后一道题的第二问才写了几笔？还好意思看课外书吗？给我出去楼道里改错去！"

柳依依眼里含着泪，站起身来，一把从赵从理老师的手里夺过卷子，把课外书往桌子上一扔，转身头也不回地走了。

面对柳依依的态度，赵从理老师心里气得不行，他转过身来对班里的同学说：

"你们知不知道？高中生活已经过半了，还有一年半就要高考了！一个个不说头悬梁、锥刺股吧，连作业都不写了，还想干什么？要是你们是这种学习态度，都能考上好大学，还有天理吗？！"

下课后，赵从理老师让孟霖铃和温笃行去催作业，很快就收上来一大摞作业。看着面前补交的作业，赵从理老师露出了满意的笑容，调侃道：

"看来 deadline 真的是第一生产力啊！其实按学校的规定是四十分钟写完一科作业，但你们也知道，大家的效率都不太一样，有的人可能半个小时就写完了，有的人可能一个小时也写不完。这样啊，以后你们写数学作业写够四十分钟就停，没写完就给我写张纸条：老师我做了四十分钟就做出这半道选择题来。我就知道你努力过了。"

说完，赵从理老师就在全班的瞩目中抱着作业离去了。

赵从理老师走后，柳依依顶着红肿的眼睛，垂头丧气地走进班里。

孟霖铃见柳依依状态不太好，赶紧迎上去，一边将着柳依依的头发，一边安慰道：

"不论如何，赵老师冲你发的火都太大了，没事儿，咱们做好自己的事儿，不和他一般见识。"

听了孟霖铃的话，柳依依一头扎进孟霖铃怀里，哭了起来。

温笃行用手肘戳了戳徐远洋，挑起眉毛，问：

"你不去安慰安慰你娘子？"

"不必了。"

徐远洋摇摇头，露出了一丝笑意：

"过度依赖某一个人会使人变得脆弱。虽然我希望自己能一直陪在她身边，但未来的事情，谁也无法预料。况且，即便是现在，很多时候我也会因为自己的事情而分身乏术，不能在第一时间赶到她的身边。现在有那么多人愿意倾听她、鼓励她、帮助她，这也是我希望看到的。"

"你这家伙……我都感动得不知道该说什么好了！"

温笃行用欣慰的语气说着，还颇为赞赏地用拳头捶了徐远洋一下。

徐远洋没接话，而是转过身来，问温笃行道：

"放学之后一起去外头走走好吗？我有些话想和你聊聊。"

看着徐远洋面沉似水，一副心事重重的样子，温笃行来不及细想，便答应下来。

放学后，两人下了楼，在一棵枫树下的长凳上坐下，风吹过干枯的树枝，平添了一丝忧伤的气氛。

"这儿也没什么人，你尽管畅所欲言，温某一定会洗耳恭听的。"

"你知道吗……"

徐远洋看着头顶的枯枝，幽幽地说道：

"其实……我还挺羡慕柳依依的。"

"因为她有一个善解人意的男朋友？"

温笃行看着一本正经的徐远洋，跟他开了个玩笑。

"别闹，我认真的！"

徐远洋有些不高兴地朝温笃行摆摆手，打断了温笃行的话。

"不好意思，你继续说。"

徐远洋点点头，说道：

"你看，今天小依不高兴的时候，孟霖铃想也没想就上去安慰她，其实就算孟霖铃不那样做，我作为小依的男朋友也不会坐视不管的，即使哪天我和她分手了，她还大可以放心地把后背托付给你……小依，就是这样的一个女生，热情、大方，在与人交往的过程中给人一种如沐春风的感觉，所以在她身边，总不缺乏各种各样的社会交往过程中所带来的社会支持，不知不觉间，那些羁绊成了她的软肋，但这也让她有了铠甲。"

说到这里，徐远洋突然换了一种略显悲伤的口气，说道：

"可我呢？不瞒你说，和小依在一起的日子，虽然快乐，但也会有吵架冷战，无所适从的时候。每到了这种时刻，我既不能给小依火上浇油，也不能向你诉苦，让你左右为难，家里倒是从小对我有求必应，但恋爱里的糟心事儿，父母也不知该如何是好啊。"

听了徐远洋的话，温笃行抿着嘴，理解地拍了拍他的肩膀，表态说：

"徐仔啊，你的难处，我今天算是听得真切啊。但你不必多虑，从今往后，如果有什么事情你自忖不好处理的，尽管来找我。我不敢自夸对天下的女人都颇有见解，但柳依依的事儿，我还算了解得透彻。"

说到这儿，温笃行又有些心疼地叹了口气，说道：

"你呀，优点就是人挺好，但美中不足就是人太好了。你总是生怕自己伤着别人，却从不想想自己心里的负担有多重。俗话说，"无知者无罪"。以前是我不知道你的这些内心独白，但自打今儿个起，你的事儿就是我的事儿，你有什么难处，就尽管对我说，我能帮忙的事儿，那肯定是知无不言、言无不尽，我心有余而力不足的事儿，咱们边想边做，共度时艰。我在年级里也认识一两个信得过的哥们儿，到时候你也可以听一听他们的意见。"

"谢谢你，笃行，真的。"

徐远洋说着，露出了一个灿烂的笑容。

温笃行一拍大腿，直起腰来，对徐远洋说：

"嗨！太见外啦，咱俩谁跟谁啊！每次我因为孟霖铃的事儿情绪消沉的时候，是你们"小两口儿"常常助我一臂之力，我的所作所为，最多不过算是知恩图报罢了。"

见徐远洋还要说些什么，温笃行一摆手，说道：

"既然我有幸成了你的软肋，那么，我希望有朝一日也能成为你的铠甲。"

第三卷　各自的道路

在最后的时间里，一个又一个
选择逐渐勾勒出了未来的模样。

一次举手的背后是一个月的坚持不懈

"有件事儿，想请你帮个忙。"

这天，温笃行屁颠儿屁颠儿地跑到柳依依的座位旁边，恳求道。

"你愿意屈尊过来求我，还挺少见的。说吧，什么事儿啊？我看看能不能帮上你的忙。"

柳依依的语气中显得有些意外。

"别担心，其实，也不是什么大事儿。"

温笃行拍着胸脯保证道。

说完，温笃行便低头在柳依依的耳边耳语了几句。

柳依依听完，马上抬头看了温笃行一眼，满脸不可思议地问：

"你是认真的吗？"

"君子一言既出，驷马难追。"

温笃行颇为自信地点点头，回答道。

"此话当真？"

柳依依依旧不敢相信自己的耳朵，再度确认道。

"当真。"

温笃行说着，露出了一个自信的笑容。

"你真的不再考虑考虑了？"

柳依依带着一脸的不放心第三次确认道。

"在我开始后悔之前，你能不能爽快点儿答应我啊！"

温笃行不耐烦地催促道。

"行吧，我答应你了。"

见温笃行的态度十分坚决，柳依依也不再多说什么，便答应了下来。

"小民温笃行，谢过柳大人！"

见柳依依答应，温笃行十分高兴，拱手致谢道。

柳依依听了这话，身子便往椅背上一靠，满足地说：

"好久没听你说话这么客气了，你别说，还真带劲儿。"

"你听舒坦了，可得帮我办点事儿啊！"

温笃行皱了皱眉，有些不放心地提醒道。

"得嘞，赔好儿吧您呐！"

柳依依做了个 OK 的手势，说。

隔天，柳依依来到正在写作业的金泽明旁边，用手指关节敲了敲金泽明的桌子。

"有什么事儿吗？"

金泽明停下了笔，抬起头，带着疑惑的语气问道。

"我听说你一直找不到愿意参加一千五百米比赛的选手。"

柳依依瞪着圆溜溜的大眼睛，有些期待地确认道。

"没错。"

金泽明说着，点了点头，然后继续说道：

"不过女生只能参加八百米比赛，而且应该去沈梦溪那里报名。"

柳依依摇了摇头，然后道：

"我这次给你带来的就是一千五百米的人选，而且……"

说到这里，柳依依露出了有些恐怖的笑容，说道：

"还是两个！"

"真的吗！"

金泽明腾地一下站起来，双手拉住柳依依的手，分外惊喜地问道。

"哎，注意影响啊！"

柳依依眼睛看了看金泽明的手，提醒道。

"失礼了！"

金泽明急忙放开自己的手，焦急地说：

"那就快告诉我他们的名字吧。"

"what are you 弄啥呢？"

温笃行一脸震惊地说道。

"你这人怎么过河拆桥呢？不是你让我报名参赛的吗？"

柳依依叉着腰，生气地说。

温笃行着急地脱口而出道：

"我是让你问问有没有一百米的比赛可以参加！跑一千五……你这不是站着说话不腰疼吗？！"

柳依依不慌不忙地拍拍温笃行的肩膀，说道：

"我觉得吧，如果你去跑一百米，到时候至少被那些体能变态落下二十米，多难看啊！但一千五就不一样了。"

"你的意思是……我还有希望吗？！"

温笃行满怀希望地看了柳依依一眼，带着试探的语气问。

"不，你没有。"

柳依依直言不讳道：

"但你可以输得好看一点儿。"

"你怎么能这么说？"

温笃行用看白痴的眼神看了柳依依一眼，问。

柳依依直接反问道：

"说到底，你毛遂自荐要参加项目的意义是什么呢？"

柳依依的话一下让温笃行陷入了沉思。

"难道你不是为了得到孟霖铃的认可吗？"

柳依依锲而不舍地追问道。

温笃行看着柳依依一时间不知该说些什么好，他明显迟疑了一下，才说道：

"我是希望自己从参加运动会开始，可以有一个积极向上的状态……"

"或许吧。"

柳依依对温笃行的话略表赞同，但马上问道：

"不过你真的就从没想过让孟霖铃重新正视你吗？"

"日思夜想，未敢忘怀。"

温笃行老实回答道。

听温笃行这么说，柳依依的神情马上就放松下来，她用手肘戳戳温笃行，坏笑道：

"It is a challenge for you, but is also an opportunity."

"你能不能别打马虎眼啊？"

温笃行没太听懂柳依依的话，抱怨道。

"你不觉得自己是小天才吗？自己悟。"

柳依依丢下这句话后，便心满意足地转身离去了。

温笃行顾虑重重地看了柳依依一眼，然后他便蹑手蹑脚地走到徐远洋身边，问：

"今儿放学之后，你有时间吗？"

"有啊。"

徐远洋一边写着作业，一边头也不抬地回答道。

温笃行心中暗喜，接着问道：

"那最近放学以后，你都有时间吗？"

"怎么突然问起这个问题来了？"

徐远洋停下笔，抬起头，疑惑不解地看着温笃行，问。

还没等温笃行回答，徐远洋便带着抱歉的眼神说：

"我最近放学之后都要练一千五百米跑，如果是比较简单的事情的话我可以挤出一点儿时间。"

温笃行一拍大腿，激动地说：

"就是这个事儿啊！哎呀你瞅瞅，咋整一块儿去了！"

两人简单一合计，马上就猜到了阴谋的真相。

"有内鬼，中止交易！"

想明白其中原因的温笃行扶着徐远洋的双肩，一字一句地说。

徐远洋有些嫌弃地扒开肩膀上温笃行的手，满不在乎地说：

"不过是一次常规的卖队友，不要大惊小怪的。"

"这可是人命关天的大事儿啊，徐仔！"

温笃行满脸惊恐地说：

"一千五百米，那就是三里地啊！这公交车都得开几分钟，人能跑得下来吗！"

"笃行，少安毋躁嘛。"

徐远洋在温笃行面前摆摆手，不慌不忙地说：

"其实，有件事儿我隐瞒了很久，也是时候让你知道了……"

"你是罗斯柴尔德家族的继承人吗？"

温笃行突然没头没脑地来了一句。

"这都哪儿跟哪儿啊！我姓罗吗？"

徐远洋白了他一眼，继续说道：

"其实我初中就参加过秋阳市马拉松比赛，还得过奖呢！"

温笃行双手交叉置于前胸，歪着头听完了徐远洋的话，斜眼看着徐远洋，不屑地说：

"这年头拿个安慰奖就这么拽了吗？"

"你是在对街窥探我的生活吗？这都被你发现了吗？！"

徐远洋有些惊讶地看着温笃行，道。

"咱俩认识两年，你有啥事儿我不知道啊？你要真得过大奖，我还能没听说过？"

"好了，咱们换个话题。"

徐远洋有些不自然地摆摆手，随后继续道：

"你觉得，如果一千五百米我没拿到名次，大家会对我有意见吗？"

温笃行呵呵一笑，阴阳怪气地说：

"哈？咱都报一千五了他们还好意思有意见！They can they up, no can no bb！"

"你就没一点儿不服输的个人荣誉感吗？"

徐远洋大义凛然地看着温笃行，正色道。

"当然有啦，兄弟，你拿不到名次我带头瞧不起你！"

徐远洋听到这儿忍不住笑了一下，他伸出手指，指着温笃行，说道：

"你小子啊，须知少小无大志，嘴上功夫第一流！"

温笃行笑了一下，拱手道：

"过奖过奖，这么好的词儿哪儿配得上我啊？只有您才能消受得起！"

徐远洋讪笑了一下，无奈地说：

"行了，我说是说不过你了。不过要论长跑，我倒是有一套好的训练方法。今儿个放学之后就瞧好吧！"

"行。"

温笃行双手插兜，把头微微向徐远洋的方向前倾，说道：

"那温某人就拭目以待了！"

放学后，两人相约来到操场，春末的寒风凛冽地滑过脸庞，冻得温笃行在棉袄里直哆嗦，与旁边身着一件单衣长袖做热身的徐远洋形成了颇为鲜明的对比。

"怎么样，站在这个操场上是不是心中就涌起了奔跑的欲望？！"

徐远洋说着，冲温笃行自信一笑，还露出了一口洁白的牙齿，在冬日的阳光下闪着光。

"嗯……想逃跑了。"

温笃行一边搓着发红的手，一边哆哆嗦嗦地说。

"不要老说这些丧气话了，既来之、则安之，咱可是拴在一条绳子上的蚂蚱。"

徐远洋说着，背对着温笃行撸起袖子，秀了一下胳膊上强健的肱二头肌。

"难不成……"

温笃行颇为惊讶地看了看徐远洋，小心问道：

"你真是个练家子？！"

徐远洋深沉一笑，缓缓说道：

"一会儿你看了就知道了。"

说完，徐远洋在兜里摸索了一番，掏出一个秒表，对温笃行说：

"在确定你的任务强度之前，我先看看你的水平怎么样。"

"不对啊？！"

温笃行马上打断了徐远洋，说：

"你怎么光让我冲，自己往后缩呢？"

"因为我昨天让小依测过了啊，我跑了四分五十六秒。"

徐远洋笑了一下，说道。

"没错，我可以作证！"

柳依依突然探头探脑地出现在两人面前，笑吟吟地说。

温笃行明显惊了一下，然后一边抚着自己的胸口顺气儿，一边说：

"你走路不声不响的，是要对我图谋不轨吗？！"

"大兄弟，你可拉倒吧！"

柳依依有些不屑地看着温笃行，说道：

"以你的条件，我是劫财还是劫色？"

温笃行下意识地将双手挡在了自己的胸前。

"好了，既然我的成绩已经告诉你了……"

徐远洋说着，举起秒表在温笃行面前晃了晃，说道：

"该让我看看你的表现了。"

"硬塞给我的狗粮，过一会儿我一定全都吐出来。"

温笃行幽怨地看了两人一眼，嘀咕道。

随着徐远洋高高举起的手臂从空中落下，温笃行如离弦的箭一般蹿了出去。

"这小子咋一上来就这么气势汹汹的？"

柳依依有些惊讶地看着温笃行绝尘而去的背影，有些意外地感叹道。

"看来，他心里其实也不愿意轻易服输啊。好，有劲头儿！"

徐远洋颇为赞赏地说。

"不行……让我缓缓！"

跑了七圈的温笃行跪在地上，双手撑地，大口喘着粗气，断断续续地说。

"你小子能不能爷们儿点儿！"

柳依依嘴上说得不留情面，但还是小心翼翼地扶着温笃行从地上缓缓站了起来。

"唉。"

徐远洋无奈地叹了口气，道：

"咱们的操场是二百米一圈，七圈也就是一千四百米，而且……"

徐远洋说到这里，一脸尴尬地举着秒表对温笃行道：

"你跑了七分十秒……平均一圈要跑一分多。"

"我又不是卖糖浆的白衣少女，背后有猎豹追着，这跑半天，肾上腺素也没反应啊！真的快不了了。"

已经有点儿缓过神儿的温笃行捂着肚子的右侧，有些吃力地说。

"你大夏天讲冷笑话我就忍了，天儿这么冷，你能不能少说两句？"

柳依依一把甩开温笃行，噘起嘴，无奈地抱怨道。

说完，柳依依从兜里掏出手纸巾，擤了一下鼻涕。

温笃行见状，半开玩笑地说：

"你看你，冻得跟我孙子似的。"

"真的好冷啊……你刚才说什么？"

柳依依说着，语气骤然变得凶狠起来，厉声质问道。

就在温笃行和柳依依打闹的时候，徐远洋却十分苦恼地挠挠头，说道：

"唉，你动作也太慢了……"

说到一半，徐远洋突然双手一拍，开心地提议道：

"明天我们加练吧！"

"饶了我吧！"

温笃行朝天伸出双手，仰天长叹道。

于是可以不回头地逆风飞翔

随着温笃行冲过了终点线，徐远洋同时按停了秒表，念道：

"六分三十秒。不错，很有进步！"

温笃行越过终点线后，又受惯性影响向前冲了几步，重重地在地上跺了几步，紧接着，便双手扶着膝盖，在跑道边上大口喘了起来。

徐远洋将秒表揣进兜里，赶紧来到温笃行身边，扶着温笃行沿着跑道慢慢走着。

"我……我跟你说……"

被徐远洋搀扶着的温笃行叉着腰，上气不接下气地说：

"这比别人多托着二十斤大米跑步真是酸爽……我觉得……我瘦下来之后可以参加'铁人三项'。"

徐远洋呵呵一笑，随即一脸玩味地看了温笃行一眼，说道：

"少年，你这是在玩火儿。"

温笃行转向徐远洋，一脸不可思议，说：

"我拿你当兄弟，你却想撩我？别再故意招惹……"

徐远洋听到这里，不禁脱口而出了一句带着节奏的歌词：

"那是你离开了帝京的生活……"

温笃行的表情更惊讶了，他的喉头上下滚动了一下，用颤抖的语气说：

"岁月如梭，难道，还有不灭的歌？"

"其实……"

徐远洋话说到一半，有些嫌弃地看了温笃行一眼，说道：

"我也听薛之谦的。"

温笃行并未表现出过多的惊讶，而是叹了口气，有气无力地说：

"我居然和你一个品味，人生最大的不幸，也不过如此了。"

徐远洋哈哈一笑，问道：

"明天就要比赛了，怎么样，紧张吗？"

温笃行摸了摸自己起伏不定的胸口，故作镇定地说：

"不紧张，不紧张……"

"得了吧你！"

徐远洋笑着拍了一下他的肩膀，笑道：

"明儿个尽力而为就行，丢脸有什么可怕的？又不是一次两次了。"

"神不是一次两次了！"

温笃行不满地看着徐远洋，说道。

"行啦，今天你也挺努力的，咱们去 6 - 12 吧，我请客！"

徐远洋兴致颇高地提议道。

"得嘞！爷，您这边儿请！"

温笃行说着，忙不迭做了个请的手势。

徐远洋笑了一下，径直走在了前面。

第二天，伴着凛冽的寒风，温笃行用棉袄把自己裹得严严实实，不出意外地迟到了。

温笃行在人山人海中四处询问，艰难前行，终于摸到了七班所在的位置。

"你小子怎么能迟到呢？！"

见温笃行气喘吁吁地出现在自己面前，柳依依的眼神由焦急转向愤怒，她冲上来捏住温笃行的耳朵，厉声质问道。

"哎呀哎呀，姑奶奶饶了我吧！"

一边抓着柳依依的胳膊一边大声求饶，引得周围同学不住侧目，柳依依羞红了脸，她冷不丁地松开手，巨大的惯性让温笃行打了个趔趄。

温笃行站稳之后，朝柳依依咧嘴一笑，没说什么。

"那您先忙着，我去看比赛去了哈。"

温笃行朝柳依依一摆手，转身就要走。

"哎，等等。"

柳依依突然叫住了他。

"咋了？我没往你边上偷放益达啊。"

温笃行故作惊讶地看着柳依依，说道：

"小朋友，你是否有很多问题？"

柳依依白了温笃行一眼，递给他一罐红牛，假装漫不经心地道：

"离比赛开始还有一段时间，喝点儿容易上火的东西，一会儿跑道上带劲儿。"

温笃行接过红牛，一脸坏笑地说：

"没想到你嘴上说着不要，身体却很诚实嘛！哎哎哎！别打脸！啊！"

一阵寒风吹过，站在跑道边上的温笃行伸出双手，朝手心里哈了一口气。边揉搓着两只手边抱怨道：

"夭寿啦，这鬼天也忒冷了吧！"

"你小子真是个卡点儿狂魔啊，每次都掐着点儿来。"

温笃行抬眼一看，董晓峰正朝他走过来，胸前贴着运动员的号码牌。

"哈哈哈，我也挺意外的，这是我第一次掐点儿成功，我很激动。"

温笃行笑着说道。

"哎！"

说话间，董晓峰注意到了温笃行脸上血红的手印子，阴阳怪气地说：

"哇不是吧兄弟，又被别人的老婆教训了？我还真有点儿心疼你……哈哈哈哈！"

"我不是，我没有，别乱说！"

温笃行噘着嘴，头摇得像拨浪鼓一样，拼命否认道。

董晓峰只是笑眯眯地看着温笃行，不置可否。

温笃行有些尴尬地把头转向别处，看到了在一旁正在压腿的徐远洋。

"你现在紧张吗？"

温笃行走过去，拍了拍徐远洋的肩膀，用听上去尽量关心的语气问道。

"我还 OK，适度紧张有利于肾上腺素分泌。"

徐远洋一边换了一条腿开始压腿，一边头也不抬地回答道。

"那我的肾上腺可能已经快被累死了吧。"

见徐远洋专心致志地扑在热身上无暇他顾，温笃行意兴阑珊地丢下这句话，便也做起了伸展运动。

"笃行兄。"

徐远洋突然叫住了温笃行。

"嗯？"

温笃行转过头来，看着徐远洋。

"你还记得，咱们最后几天的三二一强化训练吗？"

徐远洋问着，但仍没有停下热身活动。

"当然了。"

温笃行苦笑着说：

"我到现在还全身酸疼，想忘都忘不掉。"

"那就好。"

听了温笃行的话，徐远洋满意地点点头，说道：

"永远不要忘了，我们走过的路。"

温笃行闻言一愣，心中的疑问刚要说出口，裁判就拿着枪来到了跑道旁边，他只得将满腹疑惑暂时抛诸脑后。

随着一声枪响，密密麻麻的选手离开了起跑线，开始了勇气与耐力的艰苦角逐。

体育场的跑道是运动比赛所用的专用跑道，周长四百米，所以一千五百米就意味着要跑将近四圈。十分出人意料的是，在比赛开端的第一圈中，一向不善奔跑并对徐远洋严格的耐力训练叫苦不迭的温笃行竟然跑到了全组第四的领跑位置，令所有同学大吃一惊。

柳依依也挤过人群，来到了看台上的扶手边，一边拍着扶手一边着急地喊道：

"他脑子瓦特了？第一圈跑那么快后边儿可不仅仅是能不能完赛的问题了……"

"他是在试图缩小差距……"

此时，金泽明也正站在扶手边，神情严峻地注视着跑道上的温笃行。

"你的意思是……他的目的并不是名次？"

听了金泽明的话，柳依依脱口而出，问道。

金泽明点点头，算是对柳依依表示赞同。

"也对。"

柳依依若有所思地点点头，说道：

"实在不行，他弃赛就可以了。"

金泽明摇了摇头，双眼看向柳依依，说道：

"他是不会弃赛的。"

说完，他将目光重新投在了温笃行身上，留下了在旁边一脸错愕的柳依依。

"我感觉五脏俱焚，我自燃了。"

这时，跑道上的温笃行正沉浸在巨大的煎熬当中。

"我想起了初三那年的体育会考，那是我逝去的青春。"

汗水淌过温笃行的脸颊，温笃行的胸口起伏不定，脸也涨得通红。随着他的呼吸越发粗重，他疲惫和缺氧的现象也与时俱增。

比赛很快结束了第一个四百米，来到了第二圈。刚刚还在身后蓄力的运动员此时都铆足了劲儿奋力向前，自己的视线中先后出现了一些或熟悉或陌生的身影，当然也包括徐远洋和董晓峰，尽管温笃行从未停下他的脚步，但依然被人们一个接一个超越。到后来，温笃行的体力消耗越来越大，他已经无暇顾及其他人的进程，只能专注于脚下的跑道。

到了第三圈，温笃行已经来到了比较靠后的位置，甚至有些运动员在这一圈开始超过了温笃行，并在温笃行结束一千二百米之前完成了一千五百米的比赛。虽然这一切都在他的预料之中，但一旦预想中的失败变为现实，仍不免对他产生一些打击。这种打击突如其来，不禁让他的心跳加速，呼吸也在短时间内变得更为急促。

"糟了，开始觉得胃疼了。"

此时的温笃行一边捂着肚子一边艰难地前行，表情逐渐扭曲，比赛也来到了最后的三百米。

温笃行在跑道上跑着，他的意识也逐渐模糊起来，突然，他猛地想起了孟霖铃。

"我为什么会想起她呢……她已经名花有主了……我应该已经放弃她了才对……孟霖铃……你看见了吗！看见我努力的样子了吗……我想让你看看我……哪怕一眼也好……这一刻，你的目光属于我！"

温笃行的最后三百米刚刚开始，越来越多的人完成了比赛，身心俱疲的温笃行此时已经顾不上为此感到揪心，他的全部精神都集中到了完赛上，身体和心灵上的双重痛苦附着着他，最终迫使他选择了和两年多前一千米测验时一样的方法——背朝代表。

"三皇五帝始，尧舜禹相传。夏商与西周，东周分两段。春秋和战国，一统秦两汉。三分魏蜀吴，二晋前后延。南北朝并立，隋唐五代传。宋元明清后……不行……不能思考了……"

在最后的二百米，温笃行决定孤注一掷，他迈开步子，开始大口呼吸，奋不顾身地向前冲去。周围隐约响起了此起彼伏的加油声，更为温笃行增添了一份勇气。

他用尽最后一丝力气向观众席望去，然而，他好像并没有看见孟霖铃的身影。

终于，温笃行冲过了终点，如释重负的他扑通一声单膝跪在地上，开始大口喘着粗气。一股恶心的感觉涌了上来，温笃行开始干呕。

过了一会儿，温笃行停止了干呕，一双手来到了他的身边，将他扶了起来。那双手纤细无瑕，在温笃行迷离的眼神里又增添了些许朦胧之美。极度疲劳的温笃行直不起腰来，几乎是在那双手的搀扶下才走到了旁边的长椅。

当他在长椅上坐下后，那双手的主人便放开手，头也不回地离去了。他想抬头看一看那个人，却发现自己连抬起头的力气都没有了。

温笃行坐在长椅上休息，呼吸也渐渐均匀起来，但他的脑子里都是那双似曾相识，却又有些陌生的手。

"发什么呆啊！"

"哎呀妈呀！"

正沉浸在思考中的温笃行被后背突如其来的一巴掌吓了一跳，他转过头，董晓峰正笑吟吟地看着他。

"跑个一千五就不行了？是不是肾透支了？"

董晓峰拿胳膊肘顶了顶温笃行，坏笑着揶揄道。

温笃行一只手抓着椅子扶手，一只手扶着腰，勉强直起身来，眼神瞟向董晓峰，说道：

"行了吧，就你碎嘴！"

董晓峰咧嘴一笑，拍了拍温笃行，道：

"不错嘛，兄弟，这不就跑下来了！"

"先别说这个……"

温笃行摆摆手，扶着自己的腰一下子站起来，问董晓峰道：

"你看到……刚才是谁扶我起来的吗？"

"没有。"

董晓峰说着，挠挠头，有些不好意思地说：

"其实我刚才也累得半死不活的，嘿嘿。"

听了董晓峰的回答，温笃行又自顾自地陷入了沉思。

"不过呢……"

董晓峰突然不紧不慢地说道：

"你要记得她对你的好啊。"

笑着说再见才是最好的道别

"终于放学啦！"

柳依依舒舒服服地伸了个懒腰之后，凑到徐远洋身边，说道：

"咱们今天不要去食堂了，出去吃饭好不好！"

徐远洋明显犹豫了一下，但他还是摇摇头，用坚定的语气说：

"我想再去学校的食堂看一看。"

柳依依伸开双臂趴在桌子上，肉肉的脸颊贴在桌子上，被挤得变了形，发牢骚道：

"不要吧！已经连续两个礼拜都是这样了！一天三顿饭都和你在食堂吃，当你女朋友怎么能这么没口福啊！"

看着一脸委屈的柳依依，徐远洋只是笑了笑，没说什么。

"哟！小两口儿还没吃呢？"

两人正说着，温笃行不知不觉来到了两人旁边。

"没胃口！"

柳依依把脸深深埋在自己的臂弯里，含含混混地说。

温笃行迷惑地看了看柳依依，问道：

"你怎么了？是不是徐远洋欺负你了？跟我说，我打不过他也得吐他两口唾沫！"

听了温笃行的话，柳依依猛地抬起头，指着徐远洋，说道：

"这个家伙……"

柳依依眼泪汪汪地指着徐远洋，然后马上又把头埋进臂弯里，抱怨道：

"天天带我吃食堂，连早上的馄饨都要吃三碗，没见过他这么谈恋爱的！"

温笃行转向徐远洋，声音马上提高了一个八度，数落道：

"徐仔，这回我可得说你两句啊！我要是有小依这么可爱的女朋友，那肯定是捧在手里怕摔了，含在嘴里怕化了，你这就不太合适了……"

在说话间，温笃行一直在注意徐远洋的反应，却发现徐远洋一直低着头，什么也不说。温笃行语气稍微顿了顿，转而对柳依依道：

"小依，你等着，我现在把他揪出去，好好盘问盘问，看看他到底是中了哪门子邪，敢欺负你？"

说完，也不等两人回话，拉起徐远洋就往班外走。

"你最近怎么了？自从运动会之后就一直愁眉苦脸的，得了个第八名心里不服气啊？

我还没有名次呢！到最后只有给我加油的朋友，连裁判都收摊儿了，我这不也挺乐呵的吗？"

徐远洋看也不看温笃行，只是深吸一口气，摆摆手，否认道：

"不是这件事。"

"那我就纳了闷儿了，你是哪根筋不对啊？"

温笃行说着，一把搂住徐远洋，半开玩笑地问道。

"我要出国了。"

徐远洋说着，依旧没有看向温笃行。

"你说什么？"

温笃行一时间没反应过来，面露震惊地看向徐远洋。

"我家里人要去美国做生意……我们要搬到纽约皇后区……我其实早就想告诉你了，但一直没有找到合适的机会。"

温笃行双手扶住徐远洋的肩膀，摇晃了两下，问道：

"你是想让柳依依陪你玩异国恋的游戏吗！这对她不公平！不公平！"

徐远洋一把甩开温笃行的手，激怒道：

"那我能怎么办啊！"

徐远洋愤怒地看了温笃行一眼，随即便别过头去，温笃行则死死盯着徐远洋，好一会儿说不出话来。

半晌，温笃行从牙缝里问道：

"今天的晚自习……你……"

"我请假。"

徐远洋说着，看向了天空，说道：

"实在没那个心情。"

"也对，也对……"

温笃行垂下眼睛，抿起嘴，一边说着，一边点点头。

"笃行……"

徐远洋突然叫了温笃行一声，语气中显得有些迟疑。

温笃行抬起头，瞪大了眼睛看着徐远洋。

"……认识你们，我真的很开心。"

说这句话时，徐远洋的喉头哽咽了一下，声音也有些颤抖。

"怎么只有你自己回来了，小洋呢？"

看见温笃行一脸阴沉地走进班里，柳依依赶忙上前，焦急地问。

听见柳依依的声音后，温笃行慢慢抬起头，看向柳依依，眼中满是怜惜，接着，他叹了口气，说道：

"小洋从来不会无缘无故冷淡别人，关于这点，你、我，都很清楚，不是吗？"

听了温笃行的话，柳依依愣了一下，问道：

"这是……什么意思？"

"你今天上晚自习吗？"

温笃行突然没头没脑地问了一句。

"上啊。"

柳依依下意识地回答道，接着，她突然紧张起来，小心翼翼地问：

"小洋……是不是出什么事儿了？"

"晚上我请你吃饭吧。"

此时，温笃行却转过身去，说道：

"我们边吃边聊。"

晚上七点半，晚自习课间休息的时候，孟霖铃来到了金泽明的身边。

"你怎么了？"

金泽明一边问，一边用耳朵夹着笔，聚精会神地盯着眼前的数学大题。

"我感觉柳依依今天好像不太对劲……已经趴在那儿半个小时了。"

孟霖铃看向不远处趴着桌子上，把头埋在臂弯里的柳依依，语气中满是担心。

"可能是前几天期中考试的成绩出来了，考得不太理想吧。"

金泽明取下耳朵上的笔放在桌上，用漫不经心的语气说。

孟霖铃抿起嘴，不高兴地拿粉拳捶了一下金泽明的后背。

金泽明站起身来，伸了个懒腰，打了个哈欠，说道：

"正好我这道题一直想不出来，陪你去看看。"

说完，便双手交叉放在脑后，自顾自走在了前边。

看了金泽明的反应，孟霖铃甜甜一笑，赶紧跟在了后面。

两人在离柳依依还有几步远的时候，温笃行突然出现在柳依依身边。

金泽明瞪大眼睛，看了温笃行一眼，立刻说道：

"我回去了。"

孟霖铃想拦着金泽明，但金泽明不仅没有停住脚步，反而拉着孟霖铃一起往反方向走。

"你未免也太小气了吧！"

孟霖铃一边说着，一边试图挣脱金泽明的手。

金泽明转过头来，正色道：

"不管怎么说，除了徐远洋，这半年里就属温笃行和柳依依走得最近，既然温笃行去了，我们作为不了解情况的局外人，去也帮不上什么忙，这个道理你不懂吗？！"

听完金泽明的话，孟霖铃低下头，陷入了沉默。

"大姐头，你还好吗？"

温笃行蹲在地上，扒着桌子，探头探脑地看着柳依依，谨慎地问。

见柳依依没回应，温笃行便自讨没趣地站起来，他挠挠头，有些尴尬地伫立当场。

过了一会儿，温笃行叹息一声，随手拉开一把椅子，坐在柳依依身边。他闭上眼睛，也不说话，只是静静地等待着。

"有什么事儿吗？"

过了约莫五分钟，柳依依从臂弯里抬起头来，用沙哑的声音问。

温笃行苦笑一声，他摇了摇头，说道：

"我只是想在这里陪陪你……如果你需要的话。"

听了温笃行的话，柳依依抬眼看了温笃行一眼，一时间竟有些愣住了，但她马上又将头低下去，嘴唇不易被人察觉地动了动，好像欲言又止。

"你想说什么？"

温笃行将头低下来，侧着耳朵，问柳依依道。

"去帮我接水啦！"

柳依依猛地抬起头来，她涨红了脸，稍显局促地看着温笃行，嗔怪地说：

"非要我喊那么大声，要不怎么就你没有女朋友。"

"得嘞！"

温笃行闻言大喜，他蹲下身，轻车熟路地在柳依依的书包里找出了水杯，捧着水杯高高兴兴地接水去了。

在一旁悄悄观察两人的孟霖铃和金泽明看到这里，不禁相视一笑。

晚上八点半，后半个晚自习上到一半，温笃行稍稍沉吟了一下，接着，他咬了咬牙，背起书包来到了看晚自习的老师跟前，提出想要早退回家。老师把老花镜往下放放，上下打量了温笃行一番，便让他在纸上签了自己的名字。

温笃行签了字，连电梯都没坐，直接一路奔下楼梯，火急火燎地到了操场。黑夜中的操场被四周的大灯照得雪亮，此时温笃行双手扶着膝盖，站在那里上气不接下气，他往操场的方向看去，映入眼帘的，正是他今晚想要寻找的人。

"我……我就知道……你……你还没走……"

温笃行边说边用手擦擦脖子上的汗，脸上却露出了笑容。

听到了温笃行的声音，那人明显愣了一下，他缓缓转过身来，有些沮丧地对温笃行说：

"我刚才去了每一间办公室，但哪个老师都没找到。"

"这不是废话吗？"

温笃行走到徐远洋身边，用肘部顶了他一下，说道：

"你早干吗去了？这个点儿谁还在啊。"

听了温笃行的话，徐远洋哈哈大笑起来，他很自然地抹了抹眼角，问温笃行道：

"要去吃消夜吗？"

"就等着你这句话呢！"

温笃行也笑了起来，他拨通了家里的电话，说道：

"喂？妈，是我。对，我今天要在教室里继续上晚自习，晚点儿回家……大概十点钟之前到家吧？放心，一定，一定！"

温笃行挂了电话，对徐远洋笑道：

"有时候，善意的谎言是必不可少的。"

徐远洋苦笑了一下，径直走在了前面。

温笃行见状，赶忙跟上，边走边问道：

"哦对了，你什么时候的飞机？"

"四月一号。"

徐远洋回答。

"那不就是明天吗？你瞅瞅你，好不容易出趟国日子选得都跟闹着玩似的。"

温笃行毫不留情地调侃道：

"将来一定得常回来看看知道吗？别给老子死外头了！"

徐远洋笑了一下，点点头。

"还有啊……"

温笃行突然阴沉着脸，用严肃中带着一丝威胁的语气说道：

"糟糠之妻不可弃。你去那儿另觅新欢是人之常情，咱们大老爷们儿都懂，国外诱惑太多，真要是擦出点儿爱情的火花来我也无话可说。但你要吊着小依不放，那我可得买张机票专门儿去纽约抽你俩大嘴巴子，还得让你给我报销机票！"

"我觉得应该不会吧？"

徐远洋带着一丝不可置信的语气道。

温笃行摇摇头，半开玩笑地说：

"我是一个大老爷们儿，男人是个什么东西，我能不了解吗？这都不是吃没吃过猪肉或者见没见过猪跑的问题，咱自个儿就是根正苗红的大猪蹄子啊您说是不是？"

"你这一口本地腔听得可太顺溜了。"

徐远洋笑了笑，说道：

"那你将来想在哪儿上大学啊？留在秋阳吗？"

"嗨！"

温笃行摆摆手，颇为无奈地说：

"能考上哪儿算哪儿吧！"

"不过，自从20世纪中期为了推动制度改革和工业化而提高秋阳的地位以后，秋阳从明清两代的默默无闻的陪都港口一跃而为大型海港，虽然与首都帝京相比还略微逊色，不过留在这里，机会应该也会有很多吧？"

徐远洋想了想，说道。

"守着秋阳的户口过日子的确是个不错的选择，不过……"

温笃行说到这里，突然侧过头，怅然若失地说：

"未来的事情，谁又能说得清楚呢？"

情谊是相隔再远仍能传达的电波

清晨，从数学办公室的门口传来了一个如银铃般悦耳的声音：

"报告！"

"请进。"

赵从理老师此时正伏案做题，他头也不抬地示意门口的女生推门进来。

"是沈梦溪吧？收上来的作业放那边的桌子上就可以了。"

赵从理老师说着，指了指旁边空空的桌子。

沈梦溪放下怀里的作业后，站在那里，十分小心地问：

"赵老师，我能问您个问题吗？"

赵从理老师放下笔，转过身来看着沈梦溪，用试探的口吻确认道：

"你是想问孟霖铃他们的事儿，是吧？"

沈梦溪的动作明显停顿了一下，但还是点点头。

"他们啊，去做了一些只有年轻人才能做的事情。"

赵从理老师说着，拿起桌上的练习册，起身说道：

"时候不早了，我得去看看班里的早读。一起回去吧。"

沈梦溪稍稍愣了一下，然后点了点头。

在秋阳国际机场，徐远洋此时正站在安检口前，在他的身后，温笃行、柳依依、金泽明和孟霖铃正各自低着头，周围的空气仿佛都凝固了。

"到这里就可以了……"

徐远洋的一句话打破了寂静的空气，他转过身来，笑了一下，说道：

"再往前就该买票了。"

金泽明皱着眉头，走上前，扶着徐远洋的肩膀，说道：

"徐远洋，古诗有云：'西出阳关无故人。'前路再宽，别忘了回家的路。"

徐远洋笑着点点头，说道：

"你勇敢、可靠，我一直拿你当大哥一样对待。"

金泽明阴沉着脸拍了拍徐远洋的肩膀，便没再说什么。

接着，孟霖铃走了过来，她颤巍巍地拉起徐远洋的手，愣愣地看了徐远洋一会儿，然后说道：

"你是我的朋友，也是我最好的闺蜜的男朋友。其实，每次小依和你闹了矛盾，都会来找我诉苦，你们的事儿，不知不觉地成了我生活中的一部分……"

说到这里，孟霖铃稍稍哽咽了一下，她的嘴一张一合了两下，才继续道：

"虽然小依经常发你的牢骚，但我和她的心里都清楚，小依遇到了什么难题，第一个走到她身边的，永远是你……我……我能抱抱你吗？"

徐远洋露出了一个开心而纯粹的笑容，他点点头，张开了双臂。

两人拥抱之后，温笃行来到徐远洋面前，两人会心一笑，温笃行挠挠头，说道：

"我还是多留一点时间给小依吧……但不论如何，我真的很感谢你……在很多事情上。"

温笃行说着，语气中显得有些不知所措。

徐远洋听到这里，欣慰地笑了，他拍拍温笃行的肩膀，诚恳地说：

"我们是相互鼓励才一起走到今天的。"

徐远洋话音刚落，柳依依就冲到徐远洋面前，一下扑到徐远洋怀里，大声说道：

"我不要你走！"

见柳依依过来，温笃行难过地看了她一眼，然后便识趣地走开了。徐远洋紧紧搂住柳依依，摸摸她的头，什么也没说。

"说点儿什么……"

柳依依靠在徐远洋身上，小声说。

"什么？"

徐远洋没听清柳依依的话，于是问道。

"对我说句话啊！"

柳依依抬起头看着徐远洋，眼泪直在眼眶里打转。

徐远洋看着柳依依，不禁鼻头一酸，他咽了口唾沫，开口道：

"我不在的时候，你要照顾好自己……"

"我想听的不是这个！"

柳依依打断了他。

柳依依话音刚落，徐远洋失神地看着她，过了一会儿，徐远洋喃喃道：

"我爱你……对不起。"

听了徐远洋的话，柳依依抬起头看着徐远洋，两行清泪已经从柳依依的脸颊无声地淌下。

徐远洋伸出手，轻轻替柳依依擦干眼泪，接着，他深吸了一口气，将柳依依抱得更紧了。

当温笃行等人走进班里的时候，刚刚还寂静无声的班里突然响起了热烈的掌声。

等到掌声平息之后，赵从理老师站在讲台上，微笑地看着他们，说道：

"徐远洋要去美国的事情，之前没有和任何人说过，我也是前两天才刚刚得知他是今天上午的飞机。就在今天早上，你们不约而同地跟我请假，我就明白了你们的想法。是你们让我们有幸见证了一段伟大的友情。"

赵从理老师话音刚落，班里再度响起了掌声。四个人在全班热情的欢迎中回到了各自的座位上。

孟霖铃坐下后，马上向旁边的沈梦溪表示了感谢，沈梦溪笑着摆摆手，示意不必道谢。接着，孟霖铃问沈梦溪这节数学课讲到了哪里。

出人意料的是，听了孟霖铃的疑问，沈梦溪突然捂起嘴，扑哧一声，笑了出来。当沈梦溪意识到孟霖铃正满脸疑惑地看着她时，她收起了笑容，解释道：

"赵从理老师给你们批了假条之后，马上就联系了今天上午所有的任课老师，把所有的课都改成了相应学科的自习课让大家写作业。不瞒你说，我作业已经差不多写完了。"

听了沈梦溪的解释，孟霖铃看了赵从理老师一眼，眼中满是感激。

放学后，温笃行到食堂打饭，发现柳依依也在队伍里。

温笃行朝柳依依挥挥手，柳依依犹豫了一下，但还是回应了他。

两人先后打完了饭，温笃行找到了柳依依坐的地方，将餐盘放在柳依依面前，坐了下来。

温笃行坐下后，见柳依依没什么反应，于是开了个话头，说道：

"你上高中真的变了好多。"

柳依依有些茫然地盯着餐盘里的食物，没有理会温笃行。

温笃行见状，自嘲地笑了笑，说道：

"你还记得小学时候的事情吗？"

见柳依依还是没有反应，温笃行也不着急，自顾自地说道：

"说来也奇怪，随着时间的流逝，人们会渐渐忘记很多事情，但一些久远的片段却并不会被记忆的洪流淹没，反而在漫长的岁月中历久弥新……这其中，就包括七年前，我们心照不宣，一直不曾提起的点滴。"

温笃行说到这里，刚刚还神情呆滞的柳依依仿佛一瞬间惊醒过来似的，她猛然抬起头，眼睛直勾勾地看向温笃行，双颊很快就滚烫起来。

看了柳依依的反应，温笃行坏笑了一下，他假装无视了柳依依的变化，继续说道：

"记得当时，不论上课、午睡还是吃饭，我们不管做什么事情都要在一起，为此还偷偷和班里的同学换过位子，成了同桌。想来，你应该算是我的初恋吧……"

"不要再说了……"

柳依依的脸更红了，她窘迫地盯着温笃行，有些慌张地阻止道。

在柳依依出声制止之后，温笃行犹豫了，他留心观察了一下柳依依的表情，在几秒钟的纠结之后，他仍然继续道：

"我记得有一次，我又惹小学的班主任生气了，她为了不让我顶撞她，直接把我轰出教室，接着她又把你叫出来，劝我低头。那时候我真的太年轻了，把所谓的自尊心看得比你还重要，我算不上是一个有担当的男子汉……"

"够了！适可而止吧！"

此时，柳依依的眼中已经充满了愤怒，她厉声喝止了温笃行，以防他继续说下去。

面对柳依依的怒火，温笃行不仅面无惧色，反而直视着柳依依凌厉的目光，掷地有声地说：

"踏出教室的无助，分道扬镳的痛苦，再度重逢的尴尬，你克服了一次又一次困难，带着笑容走到了今天。与这些相比，你现在所感受到的压力又有什么不一样的呢？"

温笃行说完，有些心虚地瞄了柳依依一眼。

此时，柳依依的脸涨得通红，她的声音能让人明显地感觉到颤抖：

"刚才的话……你没跟别人提起吧？"

"当然没有。"

温笃行十分肯定地说：

"你也知道，我刚才说的其实没几句是真的。"

在得到温笃行肯定的答复后，柳依依脸上的怒气消失了，她盯着温笃行看了一会儿，嘴角禁不住微微上扬，接着，她将眼睛眯成缝，用难以捉摸的语气发问道：

"你还记得刚才最开始你说的话吗？"

"你说哪句？"

温笃行用手托着下巴，饶有兴趣地问道。

"你上高中真的变了好多。有时候，我真觉得自己有点儿认不出你来了。"

柳依依说着，有些出神地盯着温笃行看了一会儿。

见柳依依好一会儿都没有反应，温笃行伸出一只手，试探性地朝柳依依挥了挥，拉回了她缥缈的思绪。两人相互对视一眼，禁不住都笑了起来。

一反常态可能是求救的信号

下午 1：10，温笃行进了数学办公室，和颜丽华老师打了个招呼，在得知赵从理老师中午出去还没回来之后，温笃行就搬来角落里的板凳坐下，给赵从理老师发了条微信，然后就坐在那里安心等着他回来。

"不好意思……等很久了吧？"

过了五分钟，赵从理老师喘着粗气，匆忙推开数学办公室的门，对正在办公室里等待的温笃行表示了歉意。

"没事儿，我也是刚吃完饭。"

温笃行笑着摆摆手，说道。

"是不是没有了徐远洋还是不太习惯？"

赵从理老师一把拉过自己的椅子坐下，说道：

"感觉你最近有点儿心不在焉。"

"我表现得有那么明显吗？"

温笃行眼中流露出吃惊的神色，惊讶道。

"当然。"

赵从理老师的呼吸此时也逐渐平复，他笑道：

"心情都写在脸上了。"

听了赵从理老师说的话，温笃行下意识地摸了摸自己的脸。

"最近和徐远洋有联系吗？"

赵从理老师问道，语气中带着一丝好奇。

温笃行兴奋地点点头，他滔滔不绝地介绍道：

"他现在在纽约皇后区的圣约翰教会学校上学。虽然他英语成绩不错，但还不太适应英语的语言环境，不过，那里的老师和同学给他提供了很多帮助，听说他现在连《圣经》都看英文版的，甚至为了看原版《圣经》开始学习拉丁文了！"

赵从理老师微笑地听着，等到温笃行说完，他话锋一转，摊开手，说道：

"很多人都说国外是单纯的宽松教育，其实也不完全是这样，上进与否，不仅与环境相关，更取决于自身的努力，对吧？"

温笃行看着赵从理老师，没有说话，只是"嗯"了一声表示赞同。

赵从理老师紧接着问道：

"你最近晚自习上得怎么样，有收获吗？"

温笃行不好意思地挠挠头，说道：

"虽然有时候课间会和朋友出去闲逛一阵儿，但应该多少比在家里学习效率高一些吧，总之已经过上数学腻了写英语，英语腻了写数学的幸福生活了……"

赵从理老师听完之后，笑得合不拢嘴，赞许道：

"那就好啊。你看，这次你数学考了 102 分，在年级 73 个人里排 47 名，跟你自己比我觉得有很大进步。"

"不过您也说过，上下浮动十名左右都属于正常情况。"

温笃行说的时候，脸上带着笑，语气中却暗含一丝忧虑。

赵从理老师半开玩笑地宽慰道：

"就像人生有高峰和低谷，其实名次也不例外。每个人都会在自己成绩的平均水平前后十名左右浮动，有时候能否考上自己的理想院校，完全是运气使然。话是这样说没错，不过，你的运气不是一直很好吗？"

"有道理啊。"

听了赵从理老师的话，温笃行想了想，若有所思地说：

"我当初上咱们高中就是压着线进来的，少一分不行，多一分没有。"

"你这个人啊，就是典型的傻人有傻福。"

温笃行话音刚落，身后突然传来了一个熟悉的声音。温笃行还没来得及回头，柳依依就来到了他的面前，问道：

"我刚才看你拿数学练习册出班门，就猜到你跑来找赵老师答疑了。现在已经过了二十分钟了，你也差不多该问完了吧？"

"哎呀！"

只见温笃行一拍脑门，恍然大悟道：

"我说怎么感觉忘了什么似的，刚才和老师东拉西扯了半天，敢情我是来答疑的！"

"没关系，一起来听吧。"

柳依依说着，朝温笃行露出了一个温馨的笑容。温笃行见状，皱皱眉，心中突然涌起一种不好的预感。

答疑结束之后，柳依依和老师道了别，大步流星地走了出去，温笃行谨小慎微地跟了出来，他关上办公室的门，紧张地瞄了渐行渐远的柳依依一眼，心中的疑虑不禁又增加了一分。

就在此时，震耳欲聋的上课铃声打断了温笃行纷繁的思绪，他想起这节课是游泳课，而自己还要回班上拿泳具，于是便急匆匆地回去了。

在游泳馆里，温笃行光着脚坐在泳池旁边的椅子上，他穿着校服，右手肘戳在椅子扶手上，手托着腮帮子，左手的食指和中指上挂着自己的泳镜，一边转着泳镜一边百无聊赖地看着在池子里的同学们一圈又一圈地游着来回。

此时，泳池中的男生正在进行五百米蝶泳的耐力训练。

体能相当充沛的彼得一马当先，将位列第二的朱龙治远远甩在身后。紧随其后的朱龙治虽然已经拼尽全力，但他不仅无法缩小与彼得之间的距离，反而还因为离彼得身体打水的范围太近导致被打起的水花牢牢封锁住视线，时不时还会呛上一口水。温笃行想起之前在户外上体育课时彼得在引体向上的考前热身中一次性完成连续三十个高过下腹部的引体向上的壮举，禁不住浑身打了个冷战。

"一口气就是三十个引体到裆的家伙，这还是人吗？大牲口啊这是……"

目睹了这一幕的温笃行捂着脸，哭笑不得地感慨道。

一开始，温笃行还颇有兴致地观摩班里男生明争暗斗的耐力训练，可时间一长，温笃行渐渐觉得无聊起来，他忍不住用拳头重重地捶了一下椅子扶手，烦躁地说：

"我怎么就能忘了带泳裤呢！"

温笃行的感叹很快就被游泳馆内人声和水声交织起来的嘈杂声淹没，不过尽管如此，他的声音还是引来了体育老师的注意。

"你干吗呢你！五组俯卧撑，一组二十个，做完了没有？！"

体育老师走过来，站在温笃行面前，提醒道：

"你如果做不够数儿就得算旷课啊！"

"嗨！了该西马斯达（了解しました）！了解啦！"

温笃行嘴上忙不迭地答应之后，马上四肢着地，开始做起了俯卧撑。

体育老师抱着手在一旁看他做了一会儿俯卧撑之后，就回去继续上课了。

"……7……8……11……23……24……25！"

在假模假式地做了"二十五"个俯卧撑之后，温笃行满是成就感地站了起来，他擦了擦汗，心满意足地说：

"一口气做了二十五个俯卧撑，我超厉害的好不好！"

说着，他站起身，眼睛无意间往泳池中女生所在的方向望去，瞥见了正在水中游自由游的孟霖铃，她的身段在水中若隐若现，为岸上驻足的人平添了一分"犹抱琵琶半遮面"的遐想。

在一饱眼福之后，温笃行使劲儿拍拍自己的脸，强迫自己不要去想孟霖铃。于是，他开始环顾四周，一个一个地数着班里的同学，试图转移一下注意力。

奇怪的是，温笃行在游泳馆里环顾一周，似乎并没有发现柳依依的身影。

突然，温笃行感觉到自己的两个鼻孔同时涌起热流，他把食指放到鼻子下面，接着定睛一看，手指上多了两抹血点。

温笃行见此情形，赶紧一路小跑到了男更衣室，用卫生纸堵住了两个流血的鼻孔。就在这时，他隐约听到隔壁的女更衣室好像有什么动静。

在好奇心的驱使下，温笃行来到了女更衣室的门口，他竖起耳朵，似乎听到里面传出来时断时续的呻吟声，听上去十分痛苦。

温笃行在女更衣室外来回踱步了一阵，终于，他下定决心，一鼓作气地冲进更衣室里。

温笃行进了更衣室，眼前的一幕，惊得他目瞪口呆。

只见柳依依正气息奄奄地靠在长凳边，她双眼微闭，右手的小刀上沾着血，左手手腕上被划开的伤口在一点一点地往外渗血。

我们总是放弃身边的希望而追求远方

"我怎么……会在这里？"

在医务室里，躺在床上的柳依依缓缓睁开眼，语气中充满了疑惑。

"你醒了？"

趴在床边的孟霖铃感觉到柳依依的动静，她揉揉眼睛，迷迷糊糊地问道。

听到孟霖铃熟悉的声音，柳依依转向了她，眼神中满是疑惑。

"你哭了……"

柳依依气若游丝，她从被子里伸出手，摸了摸孟霖铃脸颊上的泪痕。

孟霖铃双手紧紧握住柳依依的手，心疼地说：

"徐远洋出国了，你一定很痛苦吧。"

柳依依听了孟霖铃的话，委屈地点了点头。

孟霖铃轻抚着柳依依的头发，接着，她叹了口气，无奈地说：

"我理解你……一切都发生得太突然了，如果哪天小明猝不及防地从我的生活中消失不见了，我想，我也会不太习惯的。"

"小霖！"

柳依依委屈巴巴地看着孟霖铃，眼泪在眼眶里止不住地打转。

"辛苦你了，之后就交给我吧……柳依依？"

就在孟霖铃安慰柳依依的时候，温笃行拎着一袋水果从外面走进来，当他与柳依依四目相对的时候，竟有些愣住了。

回过神来之后，温笃行的脸马上就阴沉下来，他将手里的一袋水果放在旁边的桌子上，走到柳依依的床前，双眼直视着她，劈头盖脸地质问道：

"为什么要做这种事儿，你知道我有多担心你吗？"

柳依依愣了一下，她在孟霖铃的帮助下双手撑着从床上坐了起来，然后才缓缓开口，问道：

"当时……是你？"

温笃行点点头，说道：

"我在隔壁听见情况不对，放心不下，就跑过去看了一眼。"

温笃行说着，上前用手指戳了一下柳依依的鼻子，抱怨道：

"你就庆幸我当时鼓足勇气进去了吧！而且也算我运气好，从我进去确认情况到我去游泳馆里叫你们女生的体育老师之前都没人进女更衣室，要不我可是百口莫辩，跳进黄河都洗不清了！"

"好了，笃行！"

孟霖铃朝温笃行一摆手，有些不高兴地阻止道：

"那你就少说两句吧。"

"好好好，你说是，那就是！"

温笃行双手交叉抱于胸前，将头撇向别处，没好气儿地说。

孟霖铃转过身笑着劝柳依依道：

"笃行这人你也知道，刀子嘴豆腐心，你别太往心里去哈！"

柳依依摇摇头，眼泪却止不住地往下淌。

孟霖铃见状，有些慌了手脚，她赶紧从书包里掏出一包纸巾，递给了柳依依。

"我……睡了多久？"

柳依依擦了擦眼泪，问孟霖铃说道。

"其实也没多长时间，大概一个多小时吧。"

孟霖铃伸出手抹了抹柳依依的眼角，宽慰道。

"真对不起，给你们添麻烦了……"

柳依依红着脸，一边摆弄着被角，一边小声地表达歉意。

"别这么说。"

孟霖铃笑着摇了摇头，说道：

"谁都会有脆弱的时候。"

说话间，孟霖铃瞟了温笃行一眼，见他仍然还在生气，于是孟霖铃在继续安慰了柳依依几句之后，朝温笃行使了个眼色，两人来到了医务室外。

"你今天怎么了？"

出了医务室，孟霖铃直截了当地问温笃行，说道：

"你为什么要在柳依依这么脆弱的时候责怪她？"

听完孟霖铃的责怪，温笃行的表情略微迟疑了一下，然后他深吸了一口气，目光直视着孟霖铃，问道：

"你还记得咱们给徐远洋送行的前一天晚自习发生了什么事情吗？"

"记得。"

孟霖铃不假思索地脱口而出道：

"虽然当时我并不知道发生了什么，不过第二天回学校的路上你就把大致的情况告诉我了。"

"我还有没告诉你的事儿。"

温笃行此话一出，孟霖铃的脸上顿时写满了疑惑，她看着温笃行，希望得到他的解释。

"其实，徐远洋出国前的最后一个晚上，我和他都没上后半节晚自习，而是一起去吃夜宵了。"

"你们……都聊了些什么？"

孟霖铃惴惴不安地问。

"只是一些陈年旧事罢了。"

温笃行问道：

"你还记得，一年前拍微电影的时候，你曾提醒过我的事儿吗？"

孟霖铃摇摇头，说道：

"那么久的事情，实在是记不住了。"

温笃行点点头表示理解，然后说道：

"当时你说，柳依依开朗的外表下，隐藏着一颗敏感的心，要我和她开玩笑的时候，有所节制。"

"虽然我不记得我说过什么，不过这像是我的语气。"

孟霖铃品味了一下这句话之后，说道。

"有些人和事儿，只有给一个人留下了深刻的印象，才有可能被一直记住。"

听了孟霖铃的回答，温笃行颇为伤感地感慨一句。

"你说什么？"

孟霖铃意识到温笃行似乎刚刚说了些什么，于是问道。

温笃行话锋一转，转移了一下话题：

"当时徐远洋的原话是这么说的，对于柳依依而言，他是难以割舍的现在，是沐浴阳光的枝叶；而我，是不愿遗忘的过去，是黑暗中的根。没有枝叶，根依然可以孕育新芽，但没有根，枝叶也就失去了繁盛的根基。"

看孟霖铃依旧是一头雾水，温笃行不等孟霖铃发问就解释道：

"在我理解看来，这个比喻说的其实是友情与爱情的关系。在感觉上，似乎爱情比友情更重要，两个人在一起的时候，情深意浓，朝夕相处，比友情的纠葛更深，但也正因如此，爱情才比友情不稳定。爱情在分手之后就烟消云散了，但友情却可以在岁月悠长中熠熠生辉。"

说到动情处，温笃行带着哽咽的语气，坦言道：

"直到现在我才懂了，为什么有的人喜欢别人很久，却迟迟不愿踏出那一步。这并不一定是胆怯，而是因为一旦这样做了，很可能，就再也无法回头了。"

温笃行说着说着，孟霖铃渐渐将头撇向别处，一时间不知该如何是好。

就在两人之间的气氛犹如一潭死水般沉寂的时候，赵从理老师的声音打破了僵局：

"你们怎么都在门口站着？"

"没……没什么。"

温笃行说着，有些不自然地摆了摆手。

"赵老师，您怎么回来了？"

孟霖铃问道，语气中流露出些许惊讶。

赵从理老师却没在意温笃行的尴尬，而是单刀直入地问两人道：

"现在情况怎么样了，柳依依醒了吗？"

"刚醒的。"

孟霖铃点点头，说道。

"太好啦！"

赵从理老师如释重负地说，他的表情明显松了一口气。

然后，赵从理老师径直走进了医务室，温笃行和孟霖铃互相看看，也跟着走了进去。

"赵老师……"

见赵从理老师来了，柳依依挣扎着想要起身，赵从理老师见状，赶紧走过去，一只手轻轻扶着柳依依的后脑勺，一只手扶着她的腹部让她躺下，口中连称使不得。

等到柳依依重新躺好，赵从理老师顺势坐在了孟霖铃刚才坐的椅子上，安抚柳依依道：

"事情的经过，我都听医务室老师和温笃行他们说过了，关于这件事，我觉得你不需要有什么心理负担。为情所伤、为情所困，这件事儿本身实在是太正常了。我也是从那个年纪过来的，所以我很清楚。"

说到这里，赵从理老师拍了拍柳依依的被子，继续说道：

"老师我年轻的时候啊，特别容易自卑，因为我从来没被女生追过，只被狗追过。别看我现在整天穿西服扎领带，一副道貌岸然的样子，其实我初中的时候也是个不起眼的小胖墩儿，姥姥不疼、舅舅不爱的那种。"

看着一脸不可思议的柳依依，赵从理老师理解地笑了笑，说道：

"当时，没人愿意和我做朋友，是你们的颜丽华老师，顶着被班里同学议论纷纷的舆论压力，陪我度过了那段黯淡无光的日子。但颜老师因为中考失利，没能和我上同一所高中，我得知这个消息时的心情就和你现在的心情一样，我感受到一种前所未有的迷茫，甚至是绝望。"

赵从理老师讲到这里，发现柳依依正全神贯注地听着，他暗自松了口气，继续说道：

"为了排遣寂寞，整个高一，我发了疯似的减肥、阅读，从林汉达的《中华上下五千年》到帕尔默的《现代世界史》，从贾得的《苏菲的世界》到弗兰克的《牛奶可乐经济学》，从大仲马的《基督山伯爵》到阿西莫夫的《机器人短篇全集》，我几乎遍览了我家书架上所有的藏书。随着身材的改善和知识的增长，我变得更加自信，朋友也就越来越多了。所以……"

赵从理老师说到这儿，笑了笑，感慨万千地说：

"只要你耐心地一直等下去，就肯定会有好事儿发生的！"

赵从理老师简单劝慰了柳依依几句后，便将温笃行和孟霖铃叫到门外，神色凝重地说：

"柳依依发生这样的事儿，说实话，我很意外……不过，这件事儿我已经压下来了，除了咱们班同学以外，没人知道发生了什么。咱们班的同学都是好同学，应该不会做背后指指点点，戳柳依依脊梁骨的事情……"

赵从理老师说到这里，接着话锋一转，郑重地对两人说：

"不过，我希望你们能对这件事儿绝口不提。我不知道咱们班会不会有同学把这件事说出去，但我最担心的还是你们俩。"

听到这里，温笃行忍不住笑了一下。

"你笑什么啊？我最担心的就是你！整天嘴上没个把门的，该说的不该说的都往外说。你以为我刚才的话是说给谁听的？"

赵从理老师说着，话里还带着怒气。

温笃行露出了抱歉的神色，他挠挠头，没说话。

赵从理老师接着转向孟霖铃，说道：

"孟霖铃，下个月咱们年级有'百灵之声合唱节'，你这两天抓紧时间准备一下，到时候在班里主持个会，商量一下曲目。我也会抽出一些数学课时间来留给大家排练。"

"可是赵老师，我不是班长……"

孟霖铃疑惑地开口道。

赵从理老师摆摆手，打断道：

"这是咱们上高三前的最后一个班级集体活动了，我希望你能带着大家，带着柳依依，留下一个难忘的回忆。"

孟霖铃激动地看着赵从理老师，她嘴唇微颤，一字一句认真地说：

"交给我吧！"

听到孟霖铃坚定的回答，赵从理老师把右手插到兜里，朝她露出了一个欣慰的笑容。

人生还是要有梦想的 万一见鬼了呢

这天，下数学课前，赵从理老师拍拍手，示意埋头做题的同学们将注意力集中到他的身上，接着轻咳一声，缓缓道：

"下个月就是年级的合唱节了，这是咱们高中阶段最后一个大型集体活动，希望大家踊跃参与。"

赵从理老师说完，就示意孟霖铃上讲台组织班里讨论合唱节的相关事宜。

下课后，温笃行迫不及待地来到柳依依身边，问：

"合唱节有什么想唱的歌儿吗？我去给你反映反映。"

"我都行，不过，如果是你的话，应该会选薛之谦的歌儿吧？"

柳依依说着，情不自禁地笑了一下。

"喂！老实交代，你把真正的柳依依藏到哪里去了？"

温笃行突然变脸，用十分严肃的语气说。

见柳依依一脸迷惑，温笃行有些尴尬地笑了一下，说道：

"感觉你跟以前相比，变化还挺大的。"

"有那么夸张吗？"

柳依依眨眨眼睛，不敢置信地说。

"瑟瑟发抖！"

温笃行用双手抱住自己，夸张地说。

"好好好，你说是，那就是！"

柳依依朝温笃行摆摆手，语气中有些不耐烦，接着很不客气地白了温笃行一眼。

"可以，有那味儿了！"

温笃行颇感欣慰地点头说道。

"刚才跟你开个小玩笑，不过……"

温笃行顿了顿，动容道：

"这两天，我一直很担心你。"

"我不会再折磨自己了。"

柳依依说着说着，表情也渐渐严肃起来：

"悲伤、愤怒、焦虑，人有各种各样的痛苦，但只要找到了缓解这些痛苦的方法，痛苦本身就显得没那么可怕了。我们最大的敌人向来不是艰难的处境，而是情感的痛苦。成长的过程，就是不断消解困境的表象，去发现那些真正值得我们去珍惜的东西，然后用尽全力去守护的过程。"

柳依依语气平淡地说完这番话后，温笃行一时间不知该如何回应。

"这些就是你现在的想法吗？"

温笃行问，语气中带着一丝不可思议。

温笃行话音刚落，柳依依几乎毫不迟疑地点了点头。

"我突然明白了一个道理。"

看着柳依依的反应，温笃行扶着下巴，若有所思地说：

"很多时候，别人做得再多，终究只能提供些许安慰，真正决定每个人未来的，只能是自己。"

温笃行接着自嘲地摇摇头，无奈地说：

"现在看来，我还是太自以为是了。"

温笃行说到这里，对柳依依抱歉地笑了一下，说道：

"合唱节你一定要参加啊，我知道你唱歌很好听。"

晚上回到家，温笃行躺在床上，刷着手机 b 站，突然发现班级群里多了很多发言，而且正在成几何倍数不停地增长。

温笃行点开一看，里边是同学们在讨论有关歌曲选择的事儿，一些大家耳熟能详的歌曲，诸如《老男孩》《放心去飞》《快乐的农夫》《光阴的故事》《外婆的澎湖湾》《夜空中最亮的星》等经典合唱曲目纷纷登场，看得温笃行眼花缭乱、应接不暇。

就在温笃行思考哪个歌曲适合合唱节的时候，突然收到了章凤仪的微信。

温笃行点开一看，只见章凤仪问道：

"最近学生会的媒体部有个学生演讲活动，因为是我朋友今年策划的一个新项目，她正愁找不到人呢，你要不要参加？"

看了章凤仪的消息，温笃行略一皱眉，疑惑地打字问道：

"为什么你会想起我来呢？"

"还不是因为你是全年级里最能说的吗！"

在温笃行发出微信后，章凤仪立刻回复道。

温笃行收到消息，心中还是有些许不解，不过，他仍继续问道：

"这个学生演讲，有规定什么主题吗？"

"类似于一个知识类自媒体，任何学科的知识都可以。"

温笃行扫了一眼章凤仪发来的消息，略微沉吟一番，回复道：

"我知道了，不过得等年级合唱节的事儿结束了再说。"

章凤仪发了个 OK 的表情包表示答应，接着，她突然神秘兮兮地对温笃行道：

"告诉你一个小道儿消息，想不想听？"

"不感兴趣，再见！"

见章凤仪卖起了关子，温笃行毫不留情地回绝道：

"别别别，这事儿我还谁都没告诉呢，憋在心里也难受。"

章凤仪见温笃行不买账，言语间有些慌乱，赶忙服软道：

"嘻嘻，其实董晓倩下学期就要转到你们班去了。"

温笃行不禁一愣，追问道：

"我记得她不是理科学得很好吗？为什么想转到我们班呢？"

章凤仪回复道：

"其实她高一的时候文科学得也不错，她没说为什么要转班，不过可能和高考有关吧。毕竟文科考试人数比理科少，所以应该会好考一些。"

就在温笃行还在猜测的时候，章凤仪紧接着又补充道：

"你可千万别去问她转班的事儿啊！就算去问了也别说是我告诉你的。"

"放心吧。"

温笃颇感无奈地打趣道：

"从来都是我把我自己的事儿全都抖搂出去，你看我啥时候卖过别人？"

温笃行发过去之后，章凤仪回复了一个装傻的表情包，接着回复道：

"可以，有内味儿了。"

"哎对了。"

温笃行好像突然想起什么似的，打字问道：

"你和董晓峰最近怎么样呀？"

几乎同一时间，董晓峰正站在董晓倩的房门口，他伸出的手悬在空中略微犹豫了一下，但最终，他还是沉下气，敲了两下房门。

"谁呀？"

房内传来了董晓倩的声音。

"是我，你哥！"

尽管董晓峰已经努力克制，但仍难掩语气中的焦急之情。

房内的董晓倩明显感受到了门外焦虑的情绪，董晓峰等了好一会儿，房门才缓缓打开，探出来一个气鼓鼓的脸蛋。

"我意已决，不必再劝，我是不会改变主意的！"

还没等董晓峰开口，董晓倩就先声夺人，给了董晓峰一个下马威。

董晓峰无奈地叹了口气，用商量的口气问道：

"那我能听听你要转到文科班的理由吗？"

董晓倩一听这话，顿时来了精神，她迫不及待地说：

"我想考秋大！明年理科的考生可能有五万人，但文科只有一万人，如果我不考文科的话可能最多也就考个上洋交通大学了……而且我也挺喜欢文科的！"

"你知道考秋大有多难吗？"

董晓峰说着，语气中满是无奈：

"你上高一那会儿托福考过 113 的成绩，我当时劝你转国际部你不干，其实你上个美国常青藤联盟的大学是没问题的。常春藤联盟里的哈佛大学在中国的录取率是 1% 左右，而秋阳大学在秋阳市的录取率也就 0.1%，然而这个数字比齐鲁省、中原省等高考大省高了十倍。你知道这意味着什么吗？"

"常青藤比秋大好考呗。"

董晓倩不耐烦地说：

"但我就想在国内念大学！"

"你去文科班，恐怕不是想上秋大这么简单吧？"

董晓峰直截了当地问。

董晓峰此言一出，董晓倩顿时被羞得满脸通红，她支支吾吾嘟囔了几句，接着咬紧牙关，一口咬定道：

"这就是我最主要的目的！"

董晓峰抱着手，又叹了口气，说道：

"如果你要去别的班还好，你去温笃行他们班，无论如何我不能放心。我知道你对温笃行的感情，但温笃行现在心里只有孟霖铃。以我对温笃行的了解，他是不会轻易放弃的。"

"即便只给我一年时间，我也能在文科班考上秋大。"

董晓倩说到这里，咽了一下吐沫，继续道：

"温笃行的事情也是一样。"

"我明白你的想法了。"

董晓峰点点头，释然地说：

"你是我妹妹，如果你已经下定了决心，作为哥哥，我会毫无保留地支持你。不过……"

董晓峰话锋一转，提议道：

"我觉得你在期末考试结束之后把文综的卷子拿来做做，评估一下自己的情况。"

"我推荐薛之谦的《演员》！"

在班级群里，温笃行毫不犹豫地推荐了心头所爱，甚至还即兴发语音唱了一段。

群里沉默了一会儿之后，柳依依率先打破了僵局，说道：

"什么歌儿笃行一唱，我就想踢出选项。"

温笃行不满地抱怨：

"你是在嫉妒我华夏小曲库吧！"

柳依依却继续毫不留情地调侃道：

"那我们策划一下男生声部、女生声部和笃行声部的相关事宜。"

温笃行却见招拆招，不动声色说道：

"那我估计咱们班的合唱节就办成卡赛风格了，还不如我在台上唱，你们在台下跟呢。"

留学路上多少事欲语泪先流

  课堂上，同学们都在奋笔疾书地写着卷子，而赵从理老师则不慌不忙地盯着左手的手表，时间一分一秒地流逝，随着班上越来越多的同学停下手中的笔，赵从理老师放下手，说道：

  "时间差不多了，最后一排同学，收卷。"

  等卷子收齐，赵从理老师将卷子放进公文包里，对众人说道：

  "小测的结果会在明天告诉大家，现在所有人马上去礼堂集合，动作要快，别磨磨蹭蹭的！"

  说完，不明所以的众人就在赵从理老师的催促下浩浩荡荡地向礼堂走去。

  "依我看，这应该是你的杰作吧？"

  路上，金泽明悄悄来到孟霖铃身边，笑眯眯地打趣道。

  "嘿嘿，一会儿你不就知道了吗？"

  孟霖铃冲金泽明做了个嘘的手势，用俏皮的语气回应道。

  看了孟霖铃的反应，金泽明露出一个早就猜到的表情，他点点头，说道：

  "最近一直在组织学生演讲的事儿，又要筹备班里的合唱节，别累坏了。"

  "我知道了。"

  孟霖铃答应着，双眼不自觉地看向金泽明，两人不约而同地相视一笑。

  到了礼堂，赵从理老师让众人都集中起来，围成一个圆圈，接着对众人说道：

  "这次占用数学课的时间到礼堂，想必各位也能猜到七八分，主要为了让大家能有多一点的时间练合唱，但实在是没办法跟其他课的老师要课时……好了，话不多说，下面我就把时间交给咱们班的孟霖铃了。"

  赵从理老师说完，伸出手掌指向了孟霖铃。

  孟霖铃朝赵从理老师点点头，接着走到众人面前，用温柔的声音解释道：

  "这次主要是想听听大家适合什么声部，大家不要有心理压力，简单唱两句就行。咱们先前确定了《夜空中最亮的星》作为咱们合唱节的曲目，所以一会儿大家只要唱开头就行了。"

  孟霖铃说完这段话后，清了清嗓子，说道：

  "那么，我先为大家演示一下男女生高声部的第一句歌词。"

  在接下来的时间里，孟霖铃在众人合唱的时候不断调换同学的位置，最终在下课前形成了男高音、男低音、女高音、女低音四个声部。

下课铃响了之后，孟霖铃一拍手，对众人道：

"今天辛苦各位啦！请大家回去熟悉一下歌词，多唱几遍。之后有可能会占用大家午休的时间排练，不过尽量不占用课后的时间。"

温笃行回到家，一把将书包扔在了沙发上，坐在书桌前，回忆起排练时孟霖铃的一颦一笑，一时间有些恍惚。

就在温笃行沉浸于对孟霖铃的幻想中时，一则消息提醒打断了温笃行缥缈的思绪。

温笃行打开手机一看，是徐远洋发来的消息，消息只有短短一行，上面写着：

"你现在没事儿吧，打个电话？"

温笃行看着这条消息，不禁会心一笑，回复道：

"可以啊。"

"我猜你刚才八成正惦记着孟霖铃呢吧？"

电话接通之后，徐远洋第一句话就阴阳怪气地调侃道。

"你小子啥时候学会顺着网线用读心术的？可以，有点东西。"

温笃行用十分夸张的语气和徐远洋开了句玩笑，接着话锋一转，反问道：

"'心中有佛，所见皆佛。'是你自己心中有难以割舍的人，所以才觉得我也惦记着某个姑娘吧？"

"这个角度可以说很刁钻了，你还是和以前一样。"

徐远洋感叹道。

温笃行能明显感受到电话那头因熟悉而产生的惬意感，这让他也不由得放松下来，笑着解释道：

"柳依依最近过得挺好的，说她不想你是假的，不过她现在已经习惯了没有你的生活……今天合唱排练的时候，就属她声音最响亮。"

电话那头轻笑了两声，语气轻松地说：

"小依是个报喜不报忧的姑娘，每天通话的时候，她都会把自己最积极的一面展现给我，所以我今天才特意来向你求证一下。"

"如果你不相信小依的话，又为什么会相信我呢？"

听了徐远洋的话，温笃行不解地问。

电话那头传来了徐远洋忍俊不禁的声音：

"在处理自己的问题上，你往往不是那么理性，可一旦涉及朋友的问题，你总会采取最合理的行为，所以我没理由不去相信你。你总是这样，燃烧自己，照亮他人，蜡炬成灰泪始干……"

"行了，别跟我在这儿臊皮了。"

温笃行没好气儿地打断了徐远洋的话，然后问道：

"倒是你，在纽约过得怎么样？"

"问到点子上了！"

徐远洋哭笑不得地说：

"我正有一肚子苦水要和你倒呢！"

一个月前，纽约国际学生公寓。

"我也太手残了吧！"

在房间内，徐远洋握着自己的手机来回踱步，带着哭腔自语说道：

"怎么手一滑就把和小依的聊天记录给弄没了呢！"

在接下来的十分钟里，徐远洋一边在房内兜圈子，一边沉浸在失去聊天记录的悲痛之中。他也思考过要不要去找柳依依老老实实承认错误，然后让对方再给自己发一份聊天记录，不过最终还是怕柳依依生气而打消了这个念头。

于是徐远洋一屁股坐在床上，开始老老实实地上网搜索纽约哪些地方可以恢复数据。很快，一家位于曼哈顿的数据恢复公司便映入了徐远洋的眼帘。

"很好！就是这家了！"

决定之后，徐远洋心满意足地进入了梦乡。

第二天，徐远洋放学后徒步从皇后区向曼哈顿区进发，天空中淅淅沥沥地下起了小雨，徐远洋撑起伞，在步行四十分钟后，终于在曼哈顿区高楼林立的闹市中找到了那家公司。徐远洋坐在大厅里等了一会儿，数据工程师到来后，他满怀期待地问了问数据恢复的价格，在得知一旦数据恢复成功，需要至少支付四百美元时，徐远洋因囊中羞涩，委婉地拒绝了。

"然而，这仅仅是悲剧的开始。"

听着电话里徐远洋抑扬顿挫的声音，温笃行强忍笑意，勉强从牙缝里挤出一句话道：

"我在听，你继续说。"

"当天晚上我躺进被窝里还没琢磨过味儿来，结果半夜我起来喝水的时候，突然意识到，我在大厅里等工程师那阵儿，把伞随手放在了旁边的椅子上，然后工程师拿着合同来找我聊完之后，我起来之后忘了把伞带走了！"

"没事儿，反正伞也没丢嘛，顶多就是自己再多跑一趟。"

温笃行安慰道。

"要真是这样就好了。"

徐远洋没好气儿地说：

"我第二天一下课就马不停蹄地又去了那家公司，结果伞是找回来了，可是把书包给弄丢了！"

"这都是什么梦幻操作啊？"

温笃行忍不住感叹道。

一个月前，纽约某辆 343 路公交车上。

虽然没能恢复数据，不过徐远洋终于找到了自己的雨伞，因此他的心情很不错，决定破费一次，坐公交回家。上了公交车之后，徐远洋将书包放在身边的空位上，开始以一个很好的心情欣赏窗外的景致。

就在这时，徐远洋口袋里的手机响了，他拿出来一看，是国内的朋友打过来的。

徐远洋十分开心地和朋友谈起了雨伞失而复得的事情，言语间充满了喜悦。两人不知不觉地聊了很久，等徐远洋挂了电话之后，才发现自己已经坐过站很久，甚至已经离家四公里了。

于是，徐远洋着急忙慌地从兜里掏出公交卡，赶紧在下一站刷卡下车。下车后，他开始往回走，走着走着，他忽然意识到自己的背上轻飘飘的，于是他狠狠拍了一下自己的后背，懊悔地蹲了下去。

"发觉不对之后，我赶紧坐了另一辆 343 路车去追，结果到了终点站，我才发现，国外很多城市跟国内不一样，他们是没有公交总站的……当时已经晚上八点多了，我在所谓的公交总站徘徊了约莫二十分钟，就坐公交车回公寓了。"

徐远洋说到这里，语气也愈发心酸起来。

"后来呢，书包找到了吗？"

温笃行此时也听得入了迷，他赶忙关切地问。

"找是找到了，不过中间隔了几天，因为我丢书包那天是周五，失物招领处周末不上班。而且那个地方离我也不算近，我礼拜一从学校走到那里再回家，花了三个小时左右，甚至还路过了一个有骑手的马场！"

徐远洋用不可思议的语气说道。

温笃行充满同情地说：

"你这个也太惨了……"

"我还没说完呢！"

徐远洋不等温笃行抒发完自己的同情之意，就毫不客气地打断了他的话，继续讲述道：

"就在我以为一切到此结束的时候，我才发觉，我最后一次见到我的钱包，还是我拿回雨伞后，为了坐公交从里面把公交卡掏出来的时候，不过好在钱包里也没有钱，就是几张可以补办的银行卡而已。这件事儿对我最大的影响一个是我用不了从国内带过来的 visa 信用卡了，最近美元贬值搞得我是真的难受，还有一个就是我通过邮件的方式联系了运营 343 公交车的各家公司，但却至今一无所获。这点和国内不一样，同一班公交的不同线路是由不同公司承包的，而且最讨厌的是他们永远都不接电话！"

"老实讲，这可真不像是你的风格。"

温笃行挠挠头，无奈地说。

"谁说不是呢！我也不知道我到底是中了什么邪，怎么就那么倒霉！不过……"

电话那头，徐远洋突然释怀道：

"我和你说完之后，就感觉舒服多了。"

"那就好。"

温笃行欣慰地笑了笑，说道：

"如果以后你有类似的事情不知道和谁说，只要我有时间，你随时找我。"

"谢谢你，笃行。说真的，你总是能让我感动。"

徐远洋说着，语气中满是感激之情。

"举手之劳，何足挂齿！"

温笃行一挥手，颇为豪爽地说。

"时候不早了，我差不多该去学校了，你也早点儿休息吧！"

徐远洋向温笃行道别道。

"那咱们下次再聊。"

温笃行说完后，一直静静地等到徐远洋挂断了电话。

没想到，徐远洋挂了电话后，又忽然给温笃行发来了一个视频。

"这是我在那边和朋友拍的一个期中作业，你感兴趣可以看看，哈哈。"

温笃行点开视频一看，上面写着一个大大的标题：

"初生牛犊（New Born Calf）"

然后，视频里忽然出现了一个篱笆小路，紧接着，一身笔挺西装，戴着墨镜的徐远洋便出现在了镜头里。紧接着，由徐远洋配音的旁白的声音响起：

"On the busy street of New York, there was an insurance salesman（在纽约繁忙的街道上，曾有一位保险推销员。）."

在旁白讲述的同时，徐远洋扮演的保险推销员便迈着自信的步伐大步流星地朝着镜头走来，途中，徐远洋还仰起头，伸出食指扶了扶墨镜的鼻托。

"When he get into the company at first, he use his theoretical knowledge to become the most famous people quickly（当他进入公司的时候，他很快就用他的专业知识成了最风云的人物。）."

旁白话音刚落，徐远洋忽然十分自然地在镜头前侧立站定，一只手甚至还随着惯性看似随意地晃了一晃。

紧接着，镜头又分别切换到徐远洋甩开西装的衣摆，系上西装扣子和戴正领带，以及用一只手掸去一侧肩头的灰。

"Charming in the way which is cool, cooler, coolest！ The name of the man who carried erudition and confidence to an extreme（举手投足间都充满了酷、很酷、酷毙了！这位将博学与自信贯彻到极致的人就是我！）！"

最后，镜头又拉到了可以看到徐远洋的全身的位置。

只见徐远洋先是扶了扶墨镜的鼻托，然后手心朝上向镜头伸出了一只手，说道：

"I'm Ollie, Nothing is impossible（我是奥利，我的字典里没有不可能！）！"

奥利来到一个公寓的房间门口，敲了敲门。

门开了，里面走出一位身材不高、头发稀疏的青年，他挺着滚圆的肚子，疑惑地看着奥利。

奥利则毫不怯场，彬彬有礼地向青年做起了自我介绍：

"Hello, this is Ollie Herrington from an insurance company, and now we are making a questionnaire. May I come in（你好，我是来自保险公司的奥利·海灵顿，我们现在在做一个调查问卷，我能进来吗？）？"

"OKay."

青年说着，朝房间里伸了伸手，然后他侧过身，让奥利进去。

奥利走进房间后，当即注意到一瓶名贵的酒和其他零食杂物一起，被面前的人放在了不起眼的角落里，他心想：

"To put such an expensive wine in such an inconspicuous place, I get it（将贵到离谱的酒随意地放在角落里，我拿捏了！）！"

想到这里，奥利露出了一个自信的微笑。

两人在沙发上落座后，奥利便从布袋子里抽出了一份问卷，双手递给了青年，道：

"Here is the questionnaire from our company. It will take you a few minutes to fill in it. And may I have your name（这是我们公司的调查问卷，需要你花几分钟填一下，请问你的名字是？）？"

"Johnson（强森。）."

强森的双眼扫着问卷，随口答道。

奥利一听，便故作惊讶地跟强森开了个玩笑：

"Oh, Johnson, cool！ Maybe your first name is Stone（哦，强森，好名字！或许你的姓是巨石？）？"

然而，强森先是抬头看了奥利一眼，然后又低下头去，冷笑一声，道：

"Interesting（呵呵。）."

奥利闻言，尴尬地看向了地面，然后，他局促地搓了搓手，双手交叉放在腿上，将话题拉了回来：

"Johnson, I'm so glad to introduce our insurance to you（强森，我非常荣幸地将我们的保险介绍给你。）."

说着，奥利又从布袋子里掏出了一张传单，双手递给强森，说道：

"Just take a look（先看看吧！）！"

在强森埋头看传单的时候，奥利大胆地向说出了自己的猜测：

"And I suggest the property insurance to you, that's because you are wealthy（我推荐财产险给您，因为您似乎很有钱。）."

"Why do you think so（为什么这么说？）？"

强森一听这话，立刻向奥利投去了好奇的目光，问道：

"Because when I knocked on the door outside, you just admit me to get in, and your body is slightly forward. That is the dynamic body language（因为当我在门外敲门时，你当即同意我进来，并且你的身体微微前倾，这是动态的肢体语言。）."

奥利说着，还用手向外划了两下：

"According to the symbolic interaction theory, that means you are willing to buy insurance（根据符号互动论，这表明你有购买保险的意愿。）."

说到这儿，奥利摊开手，笑道：

"Maybe the rich man is the man who most prefer to buy insurance all around world（或许有钱人是这个世界上最喜欢买保险的人吧！）."

"I don't think so（我觉得不是吧。）."

强森一只手肘抵着膝盖，用手托着下巴，一手扶着膝盖，说道：

"The reason why I let you in because I'm sad, and I want someone to talk with（我之所以让你进来是因为我很难过，我想和人说说话。）."

"Oh, I'm so sorry（哦，真是抱歉。）."

奥利说着，又重新双手交叉，关切地问：

"May I help you（有什么我能帮上忙的吗？）？"

"You can't help me（你帮不了我。）."

这次，轮到强森摊手了，他无奈地说：

"Because I have already lost my wallet for 3 day. I think the property insurance is useless for me right now（因为我的钱包已经丢了三天了。所以财产险现在已经没用了。）."

奥利却摆摆手，笑道：

"Don't say that, maybe you will lose it again（别这么说，说不定你下次就丢了呢。）."

强森一手扶额，一手指着门口，说道：

"Get out（滚）！"

奥利顺着强森手指的方向朝门看去，接着又看了看强森。

奥利一时间眉头紧皱，脸上写满了难以置信。

"太好笑了，我吃午饭的时候又看了一遍！"

当天下午，温笃行给徐远洋发微信道。

朋友是最适合吐露心事的人

中午，在教学楼一层的钢琴处，沈梦溪正在人群中间弹钢琴，而孟霖铃正作为指挥组织各个声部依次练习不同声调的歌词。

孟霖铃向高声部打了个手势，示意他们先开始。

"我祈祷拥有一颗透明的心灵，和会流泪的眼睛……"

"很好，高声部先唱到这里，低声部，进！"

高声部的声音戛然而止，低声部即刻开始了他们部分的表演。

低声部唱完一句后，赵从理老师马上伸手一指温笃行，提醒道：

"温笃行，你先别出声儿，听别人唱。"

赵从理老师话音刚落，钢琴处便回荡起众人的笑声。

温笃行见了众人的反应，不好意思地挠挠头，没说什么。

"什么歌儿只要温笃行一唱我觉得就差不多可以换了。"

温笃行的身边突然响起一个微弱的声音，他低头一看，只见柳依依正饶有兴致地看着他。

温笃行苦笑了一下，小声吐槽柳依依道：

"你是不是昨天晚上和徐仔聊嗨了，今天有点儿上头啊？"

"被你猜着了！"

柳依依说着，露出一个颇为得意的表情，尽力翘起自己的下巴，高傲地说：

"我们家徐远洋虽然跟我远隔万水千山，却不忘给我准备礼物，我好感动！"

温笃行敷衍地哦了一声，问道：

"那他有没有告诉你雨伞的故事？"

"没有，你在说什么？"

柳依依瞪大了好奇的双眼，问道。

"那没事儿了。"

温笃行朝柳依依摆摆手，下意识地嘀咕道：

"恋爱中的女人果然都是白痴。"

说完这句话，温笃行猛然抬头，看着一脸疑惑的柳依依，突然好奇地问：

"你听过季羡林先生的一句话叫做'假话全不说，真话不全说'吗？"

看着茫然的柳依依，温笃行扑哧一声笑了出来。

"喂！不要再闲聊了，好好听别人唱吧！"

赵从理老师轻咳一声，出言提醒道。

温笃行见状，赶忙转过头去，捧起手里的歌谱，装模作样地看了起来。

排练结束后，温笃行火急火燎地跑进了厕所，他进了隔间，刚解开裤带蹲好，就听见隔间外传来了一个熟悉的声音。

"呦呵，是什么风把您吹到厕所来了？"

温笃行听了那人的话，叹了口气，一边保持蹲姿一边说道：

"长屁短放。"

"哈哈，老板真是个爽快人！"

外面那人调侃了一句后，接着道：

"其实也不是什么要紧的事儿，我等你方便的时候再说吧。"

"我现在就在这里，请开始你的表演。"

温笃行说完这番话之后，外面的人明显沉默了一阵，过了一会儿，就听见那个声音道：

"你完事儿了吗？"

听了这话，温笃行激动道：

"大哥！人有三急，这不能催啊！"

外面的人哦了一声，接着，温笃行听见相邻隔间的门被打开了，应该是刚才说话的人走了进去。

"晓峰你在干啥呢？行为艺术？！"

温笃行此时仍保持蹲着的姿势，他下意识地把头偏向了声音传来的方向，不解地问。

"我在换位思考。"

董晓峰没好气儿地说。

"牛牛牛，你非常有傲气！"

温笃行调侃道。

"哎对了，你有纸吗？"

董晓峰忽然问道。

"我有，你没带？"

温笃行一边说，一边从兜里拿出一沓纸，往两个隔间之间的缝隙塞去。

"不是，我就问问你有没有纸。"

温笃行歪着头，迷茫地看向董晓峰的方向，问道：

"那和你有什么关系啊？"

"我就是好奇……"

董晓峰的气势一下就弱了下去。

温笃行哭笑不得地调侃道：

"祝你家附近温度增加20℃，你想去的学校分数线加20分，快说你是来我们学校坐牢的！"

"唉，我太难了！"

董晓峰没理会温笃行的调侃，他叹了口气，和温笃行抱怨道：

"你说说，啊，我前一段儿和章凤仪分了手，最近我妹还闹着要转你们文科班，这还有一年就要高考了，真不知道她是哪根筋搭错了，唉，树欲静而风不止呀！"

"你的意思是……让我去劝她回心转意？"

温笃行试探着问。

"那倒不用。"

董晓峰打消了温笃行的想法，继续说道：

"毕竟颜老师做了一个礼拜的思想工作都没效果，你去了，八成也于事无补……不过，有件事儿说不定还真需要你帮个忙。"

"我和晓倩认识五年了，她的事儿就是我的事儿，有什么我能做的，尽管说！"

温笃行一拍胸脯，信誓旦旦地说。

听了温笃行的话，董晓峰便放下心来，直截了当地说：

"等期末考试结束之后，你看能不能拿份文综卷子给我，我想让董晓倩试试难度。"

"这好说，其实我们考完试不收卷子，只收答题纸，不过我习惯在卷子上划一点儿重点什么的。文科老师手里肯定会有多的卷子，实在不行我找老师要一份过来。"

温笃行答应道。

在得到温笃行肯定的答复之后，董晓峰愉快地说：

"太好了，改天请你吃饭！"

"奥利给，干喽！"

温笃行此时已经站起身，提起了裤子。他将一只拳头举过头顶，掐着嗓子喊了一句。

隔壁的董晓峰却沉默了一阵儿，然后有些难为情地开口道：

"可能……还有一件事儿要拜托你。"

"你说。"

温笃行虽然有些疑惑，不过还是示意董晓峰说出来。

"你……有纸吗？"

董晓峰问道，语气中带着一丝羞涩。

"我一会儿出去帮你叫个外卖，让他们多放点纸。"

温笃行推开隔间的门，一边系裤带一边笑着说道：

"今天和你聊得很开心，不禁让我想起了初中时每天早读前去楼上唯一一个坐便雅座一边释放自己一边看历史公众号的往事。"

"敢情你初中每次早读迟到被老师抓的时候说自己迷路了都是骗人的啊？"

隔间里的董晓峰十分哭笑不得地感叹道。

温笃行却故作惊讶地问道：

"不会吧，那种理由都有人信的吗？"

温笃行出来后，发现还有一段时间才上课，于是，他站在洗手间门口的窗边，看着窗外一棵在风中飘摇凌乱的大树，回想着董晓峰刚才的话，陷入了沉思，不自觉地吟出了那首织田信长著名的绝命诗：

"人间五十年，如梦亦如幻。有生斯有死，壮士复何憾。"

就在温笃行正伤春悲秋之际，他突然感觉到背后有一股冷彻的眼神，他转身一看，只见柳依依正用一种关爱智障儿童的眼神看着他。

温笃行不知该摆出什么表情，于是他一咧嘴，决定先发制人：

"你就知道玩，就不知道看树！看啥看啊！没见过帅哥？"

"呕，吐了！"

柳依依说着，一捂胸口，身体前倾，张开嘴做出一个呕吐的姿势。

温笃行双手插着兜，指着窗外那棵随风摇曳的柳树，眼带笑意，对柳依依道：

"你再在这儿臊皮马上给老子爬出去哈！"

"好好好，你说是，那就是。"

柳依依毫不在乎地摆摆手，说道。

"你也看孙狗？"

听了柳依依的回答，温笃行一惊，不可思议地问。

"线上孙狗，线下孙哥，人人都是孙笑川！"

柳依依笑眯眯地看着温笃行，不动声色地说。

"你这抽象话说得，有点儿好啊。"

温笃行一边说，一边审视了柳依依一番。

柳依依颇有自信地点点头，道：

"没毛病，干就好了！"

"冬泳怪鸽的经典语录你都知道，有备而来啊，老铁！"

温笃行轻拍了一下柳依依的肩膀，颇为赞许地说。

"好了，不开玩笑了。"

柳依依收敛起笑容，一脸严肃地问：

"你是不是遇到什么不好解决的事儿了？"

"你又知道了……"

温笃行叹了口气，他靠在墙角上，抱着手，问：

"怎么看出来我有麻烦了？"

柳依依解释道：

"我刚看到董晓峰神色凝重地从男厕所走出去，我估计他是遇到了什么很棘手的事儿，而且连你这种鬼点子多的都没办法。"

温笃行直愣愣地看着柳依依，嘴唇稍稍动了动，过了一会儿，他才没有底气地说：

"我感觉……董晓情好像喜欢我。"

温笃行此言一出，柳依依的面部表情立刻发生了明显的变化，只见她瞪大了眼睛，一言不发地看着温笃行。

漫天飘零的花朵在盛开之前凋谢

柳依依一只手放在自己的额前，另一只手轻轻贴在温笃行的额头上，稍放了一会儿，接着，语气疑惑地说：

"这也没发烧啊……你今天是不是吃错药了吗？"

"我没有，我真没有！"

温笃行下意识倒退两步，一边摆手一边否认道。

柳依依仍旧双眉紧皱，一脸疑惑，她单手叉腰，用关心的语气调侃道：

"几个菜啊，喝成这样？但凡有一粒儿花生米，也不至于……"

"停，打住！"

温笃行伸出手掌，制止了柳依依肆无忌惮地调侃。

"那就说出来让我乐和乐和！"

柳依依睁大了眼睛，双手交叉垂放于身前，语气中带着些许期待。

温笃行没有理会柳依依的调侃，他抱起手，低头沉吟道：

"昨天，我在班里上晚自习的时候……"

昨天下午六点，高二七班教室里。

饭后，温笃行双手插兜，哼着小曲儿，回到了教室里，却发现董晓情正站在班后面的板报前，全神贯注地看着。

"晓情，你怎么来了？"

温笃行站在门口，看着班里的董晓情先是一愣，随后问道。

"先来熟悉一下环境。"

董晓情转过头来，冲温笃行笑了一下，说道。

接着，董晓情不等温笃行说话，便径直来到他面前，提议道：

"能一起背历史吗？"

"哦……好。"

温笃行被董晓情突如其来的热情弄得有些不知所措，他眼神儿飘忽不定，双腿微微发抖，一时间不知该摆出什么样的表情。

"你们学到哪儿了？"

董晓情侧着头问。

"我记得好像讲到商鞅和北魏孝文帝了吧？前两天上课的时候还在激情地找异同。"

此时，温笃行回过神来，他走到座位旁，拿起历史读本，转过头对董晓倩道：

"我们历史老师经常说，考试前先背读本，没背下来就别打教科书的主意了，反误了卿卿性命。"

董晓倩捂住嘴笑了一下，接着将两手背后，身体微微前倾，一双大眼睛忽闪忽闪的，很感兴趣地问道：

"我记得笃行初中的时候就很喜欢历史，是不是选了文科之后历史成绩很不错？"

"这恐怕就要让你失望了。I do not think so."

温笃行不好意思地挠挠头，朝董晓倩腼腆一笑，说道：

"我很喜欢历史不假，但其实我不太会考试。"

"真的吗？"

董晓倩一脸不可思议地问。

"这是真的，这不是梦。"

温笃行摊开手，语气中显得有些无奈。

"那我可得好好考考你啦！"

董晓倩说着，从温笃行手里拿过历史读本，随便翻开一页，说道：

"提问！"

"回答！"

温笃行下意识地接话道。

"国际货币基金组织的简称是什么！"

"IMF，妙趣挡不住！"

温笃行想也没想，脱口而出道。

"哈哈哈哈哈！"

听了温笃行的回答，董晓倩一把将读本放在桌上，大笑起来。

"你这么风趣，在文科班一定很招女孩子欢迎吧？"

董晓倩擦了擦眼角笑出来的眼泪，问。

"还行吧，我有很多女朋友，但没有女朋友。"

温笃行苦笑着说。

"第一个女朋友，是女性朋友的意思吗？"

温笃行点点头，突然一拍手，对董晓倩说道：

"你可能都不记得了，当初你说我是既幽默又博学，脾气也好，就是个标准好爸爸。"

温笃行说着说着，眼睛不知不觉已经笑得眯成了缝。

"是吗？我都记不清楚了。"

董晓倩跟着笑了一下，道。

"这也难怪。"

温笃行点点头，怅然若失地说：

"随着年龄的增长，有些事情就会渐渐忘却了。"

"自从上高中以后，咱们就很少联系了。"

董晓倩开始渐渐引导话题，道：

"我连你现在喜欢谁都不太了解了。"

温笃行张嘴刚要回答，他突然犹豫了一下，然后说道：

"……没了，我现在没有喜欢的人。"

"我觉得你人挺好的呀，没想过谈个恋爱吗？"

董晓倩的嘴角明显抽搐了一下，但还是进一步追问道。

温笃行叹了口气，随即故作轻松地说：

"嗨，咱这不马上就要高三了吗，我不能耽误人家姑娘。"

"不会的。我觉得虽然快高三了，但谈一个恋爱也没什么呀。"

董晓倩此时仍不死心，硬着头皮继续试探道。

"主要是我还年轻，而且听说大学诱惑更多，我怕自己坚持不住，就先不在高中找了。我跟你讲，有些事儿你可能不知道，男生都是大猪蹄子，但我要当最优秀的那个！"

温笃行的语气微微有些颤抖。

"那……祝你大学的时候能和喜欢的姑娘在一起！"

董晓倩说这句话的时候，脸上洋溢着灿烂的笑容。

"就这？"

听完温笃行的讲述，柳依依抱起手，她撇着嘴，一脸怀疑。

"之后我们又闲扯了两句，她就说要回去写作业，然后就走了。"

温笃行使劲回忆了一下，补充道。

"要我说，还是你想多了。"

柳依依摊开手，说道：

"虽然我和董晓倩没什么交情，但我觉得她在转班之前先来找你了解一下情况是很正常的。如果你因此觉得对方是对你有好感的话，那我只能说……"

柳依依晃了晃食指，以十分坚定的口吻道：

"你在想屁吃！在想桃子！你在无中生有，你在暗度陈仓，你在凭空想象，你在凭空捏造，无言无语，无可救药，你是眼里有泡，嘴里刘能，你是殃及无辜，祸害众生……"

"信不信由你。"

温笃行冷哼一声，有些尴尬地走了。

望着温笃行远去的背影，柳依依轻轻叹了口气，喃喃道：

"温笃行到底有哪点好啊？"

柳依依若有所思地站在原地，直到上课铃响了才匆匆忙忙地跑回教室。

进了教室，柳依依惊奇地发现班里几乎空无一人，只有温笃行在自己的座位上东翻西找，好像在搜寻着什么，汗水从温笃行的脸颊两侧慢慢滑过，但他却全然顾不上擦拭，而是将全部的注意力都集中在找东西上。

温笃行无意中抬眼看见了一脸茫然的柳依依，冲她喊道：

"愣着干吗？这节是游泳课！"

"不慌，心态不能崩。"

柳依依说着，从自己书桌旁的挂钩上一把拎起了装泳具的布袋，道：

"你麻利点儿的，我等你。"

"迟到十五分钟跟迟到半个小时没什么区别，就好像考零分和考五十九分没区别一样。"

温笃行一边找一边还不忘和柳依依开句玩笑。

"Let us go！"

不一会儿，温笃行找到了泳具，开心地对柳依依说道。

温笃行到了更衣室后，看见朱龙治正坐在长凳上翻自己的泳具袋。

"大哥，这都上课二十多分钟了，干啥呢你？"

温笃行将泳具袋放在长凳边缘，单手叉腰，好奇地问。

"我泳帽找不到了，做完热身活动老师不让我下水。"

朱龙治在回答温笃行问题的同时，也没停下找东西的手。

"今天是游泳课考试吧？"

温笃行一边脱上衣一边问道。

"谁知道你还来这么晚。"

朱龙治说着，戴上了泳帽，准备去泳池。

"哎，等我一会儿，一块儿去。"

"行吧。"

朱龙治答应下来，接着一屁股坐在长凳上，笑道：

"这儿还比泳池边上舒服点儿。"

温笃行系泳裤的裤带时，朱龙治盯着温笃行的腹部看了一会儿，突然来了一句：

"身材不错哦，蛮结实的啊！"

温笃行闻言赶紧用双手分别挡住自己的胸膛和下肢，装作一脸惊恐的样子，说：

"杰哥！不要啊……"

朱龙治眯起眼睛，上下打量了温笃行一阵，接着用色眯眯的语气道：

"在更衣室里，同学们坦诚相待的不止外在，还有内在。"

"你不要搞黄色啊兄弟！"

温笃行伸出手掌往前一推表示拒绝，苦笑着抱怨道。

"咱还是快回去吧，再晚一会儿咱体育老师真该生气了。"

朱龙治看温笃行差不多准备停当后，提醒道。

路上，朱龙治随口问道：

"我听说他好像教过你初中的班？"

"对啊。"

温笃行答道，随后便玩笑似的挥起一只拳头，道：

"且看我高奏凯歌，打倒冯家王朝！"

温笃行和朱龙治到了班级队伍里之后，刚刚还将全部精力集中在泳池里的体育老师此时突然转过身来，凌厉的目光直射到温笃行身上，瞪得温笃行禁不住打了个寒战。

"温笃行，你怎么又迟到了！"

体育老师，满脸怒气。

"冯老师，我……"

温笃行刚想开口解释，体育老师便毫不留情地打断了他，说道：

"四十个蹲起，现在做！"

温笃行吐吐舌头，乖乖出了队伍，开始做蹲起。

"我……我做完了。"

几分钟后，温笃行双手扶着膝盖，气喘吁吁地对体育老师道。

体育老师将视线从泳池里移过来，对温笃行点了一下头，示意他归队。

温笃行忙不迭地跨进班里的队伍，坐了下来。

温笃行刚坐下，他身边的朱龙治就小声问他，问道：

"你还挺怕咱体育老师的？"

"可不是吗！"

温笃行此时盘坐在地上，他皱着眉头，跟朱龙治抱怨道：

"初中体育会考之前，冯老师跟我们这些跑一千米比较费劲儿的同学说：周六下午的体育补课，我建议你们必须参加！当时我们分校周长一百八十米的跑道，砍了四个角还剩一百五，全年级二百多号人围着屁大点儿的地方在线自闭，冯老师还给我鼓劲儿让我跑快点儿……跑你个东方明珠塔跑！"

"关于这个，我还真不太懂。"

朱龙治挠挠头，有些面露难色，说道：

"因为我每次都能跑进三分二十。"

"给老子爬！"

温笃行白了朱龙治一眼，没好气儿地说。

"不过，冯老师也有值得敬佩的地方。"

温笃行说着，双眼望着前方，仿佛在回忆很久以前的事情一样，问道：

"你还记得咱们之前的武术操考试吗？"

"嗯，记得。"

朱龙治回应道。

"当时我因为自己做了两遍都没拿到好成绩，就去和老师抱怨说是因为自己太胖了，所以动作做得不标准，但我已经很努力地在做了。结果冯老师反问我一句：凭什么只要你努力了就一定会得到你想要的结果呢？"

温笃行不经意间露出了一个笑容后，继续说道：

"尽管当时我很不服气，但现在一想，其实我不过是在糖罐子里待久了，吃不惯苦的味道……"

"温笃行！你在干什么呢！"

体育老师的一声怒吼响彻游泳馆，打破了两人间的对话。

温笃行蹭一下站起来，接着灰溜溜地来到泳池边上，他弯下腰，双膝微屈，双臂紧贴耳朵两侧，作出准备入水的姿势。

随着体育老师的一声哨响，温笃行一个猛子扎进水里，他在水里双脚一蹬池壁，整个人就像离弦的箭一样冲了出去。

进了池子，温笃行便头脑放空，没命似的用手划水、双脚打腿，在身后溅起了朵朵水花。

当温笃行的手触到泳池的瓷砖墙壁时，考试结束了，他从旁边的梯子上了岸，回到了班级队伍的位置坐下。

此时，体育老师正在跟同学们指导游泳的动作：

"咱们有些同学动作太不标准了，自由泳一抬胳膊头就非要往天花板上看。"

"哈哈哈哈！"

听了体育老师的话，温笃行使劲儿拍了两次大腿，放肆地大笑起来。

"温笃行你笑什么？你以为我说谁呢！"

体育老师无奈地看了温笃行一眼，调侃道。

听了体育老师的话，温笃行抿起嘴努力憋了一下，忍不住再次笑了起来。

就在此时，旁边传来了朱龙治幽怨的声音：

"温笃行……"

"干吗？"

温笃行一回头，随口问道。

"你下回能不能别拍大腿？太疼了！"

朱龙治提议的时候，脸上挂着一个僵硬的笑容。

"嗯？没感觉啊！"

温笃行摸了摸大腿，疑惑地说。

"废话！"

朱龙治说着，赶紧收回了在温笃行手底下的大腿，只见他双手抱膝，皱起眉头，小心翼翼地看了温笃行一眼，满是嫌弃地说：

"那是我的大腿！"

接着，朱龙治的表情渐渐由嫌弃转为惊讶，他再度打量了温笃行几下，将信将疑地问道：

"等会儿，那你和女生聊天的时候，该不会……"

"够了。"

温笃行义正词严地打断了朱龙治的话，接着，温笃行趴在他的耳边小声道：

"我是不会让你饿着肚子离开泳池的。"

朱龙治听到这里，忽然感慨道：

"说起来，我最近上课特别困，但总是睡不着，不知道是不是饿的……"

"难道是泳池的水温太低了？"

温笃行假装一本正经地帮着朱龙治分析道。

"咱俩的关系已经被发现了！儿子你快走，这里交给爸爸来处理！"

朱龙治说着，轻推了温笃行一把。

温笃行则不服地说：

"爸爸我不要你了！"

朱龙治假装没听清，问温笃行，道：

"你说啥？爸爸，我不要你了？"

温笃行无语地看着朱龙治，然后大声重复道：

"你爸爸我不要你了！"

朱龙治坏笑了一下，接话道：

"你！爸爸，我不要你了？"

简单的想法也能铸就远大的征程

"你们看，老师连说带写，昨天的作业十分钟就做完了，太简单了吧？你们要是都玩儿得像老师这么溜，那还怕啥？"

数学课上，赵从理老师端着练习册，用粉笔指着黑板上的解题过程，半开玩笑地鼓励道。

"你们以为老师是照着答案讲的啊？"

赵从理老师说着突然反手将练习册的内页朝向众人，展示道：

"你们看，空白的……老师看得见你们看不见是不是？"

"归根到底是你们做的题太少，你不认识题目，题目就不认识你。"

赵从理老师慢慢把练习册合上，答道：

"好了，今天的课就上到这儿，剩下的时间交给孟霖铃继续排练吧。"

"最近赵老师咋回事儿啊？恨不得一个礼拜能给两节课专门练歌。"

下楼的时候，柳依依用不可思议的语气道。

"毕竟这是咱们高中阶段最后一次大型活动了嘛。"

温笃行双手抱着后脑勺，悠悠地说道：

"多年以后，留在头脑中的往往不是课堂上的知识，而是与同学的回忆啊。"

"你说话怎么像哲学家写散文一样。"

柳依依坏笑着调侃道。

"真的，我现在每次看见朱龙治、董晓倩和沈梦溪，就能想起我们初二那年一起准备《雷雨》话剧的日子。"

温笃行没有理会柳依依的调侃，而是沉浸在过去的时光中。

"你和董氏兄妹初中是一个班的这我知道……"

柳依依说着，脸上逐渐浮现出惊讶之色，不可思议道：

"没想到朱龙治和沈梦溪也是你们班的？"

温笃行摇摇头，道：

"当时年级里有话剧节的活动，在三班的朱龙治觉得为了能改变自己内向的性格就参加了，董晓峰为了鼓励晓倩多参加一些集体活动，就帮自己的妹妹报了名，作为董晓倩的朋友，我自然也就参加了……当然，可能和鲁贵儿的台词能骂人也有关系吧？嘿嘿。"

"所以，沈梦溪也是因为是董晓倩的朋友，才加入你们的？"

柳依依补充道：

"因为沈梦溪那种不苟言笑的冰雕美人肯定不会对你和董晓峰这种大老粗感兴趣吧？"

"你说对了一半儿，但不完全是。"

温笃行伸出三根手指，道：

"沈梦溪当年可是个话痨，不折不扣的沙雕美人，而且她和董晓峰从初二到高一，分分合合了至少三次呢。"

"不是吧？连董晓峰那种人都能有女朋友？！"

柳依依不可思议地瞪大了眼睛，语气中夹杂着惊讶与无奈：

"我可听说过董晓峰的不少故事。好像有一次，你们初中的班级外头有学弟大喊大叫，你们老师关起门来说初二好多人没素质，结果董晓峰就说想去打他们。在你们老师说了别和小屁孩儿一般见识之后，董晓峰急了，马上来一句'我是真想打架啊！'。这时候你好像还接了句：'说得好像初三的人就都有素质一样！'。"

"别看那家伙平常毛毛躁躁的，老喜欢惹是生非，其实对自己的女人可好着呢！而且董晓峰上了高中之后干过更抽象的事儿。比如有位同学稍微调侃了晓峰几句，董晓峰连续一个月下课拉着自己的兄弟自发护送那位同学去洗手间，并且组团在洗手间门口替那位同学站岗，给那位同学直接整凌乱了。"

温笃行笑得眼睛都眯成了缝隙，继续说道：

"说回来，当时负责我们话剧节排练的是我初中的班主任陈欣阳老师，老太太好像只教初中英语，所以我估计你可能都不认识。"

"女老师叫这个名字？"

柳依依疑惑地问。

"你发出了和我当年一模一样的感慨，其实是女老师，一个六十多岁的老太太。"

温笃行笑了一下，问道。

"当时你们几个都演什么角色呀？"

柳依依听着听着，也来了兴致，问道。

温笃行伸出手指，一边回忆一边掰着手指头数道：

"我演鲁贵儿，沈梦溪演鲁妈，朱龙治演鲁大海，董晓倩演四凤儿，董晓峰在旁边当场务员给我们订奶茶。"

三年前，秋大附中初中部，第一教学楼四层多媒体教室。

"呸！"

鲁贵儿安然地坐在摇椅上，用扇子对周围的几个人指指点点，发着牢骚：

"你们哪个人对得起我？你们哪一个不是我辛辛苦苦亲手养到大的！"

"停！"

陈欣阳老师打断了温笃行的表演，对他道：

"你这段的爆发力还有所欠缺，要表现出自己的气愤与不甘心。"

"哦，好。"

温笃行点点头，接着忍不住感慨道：

"不过没想到陈老师还对戏剧有研究，感觉好厉害的样子！"

"人还是要多学习一些东西，说不定什么时候就用上了呢。"

陈欣阳老师笑着道：

"而且你看现在社会发展多快啊，我小的时候讲的是楼上楼下，电灯电话，我们想都不敢想。当时一个小镇里能有一个黑白电视就不错了，现在想骑自行车一刷手机就走了……你们要学的东西还有很多。"

陈欣阳老师意识到自己说得有些多了，于是赶忙道：

"好了，过去的事情有机会多讲给你们听一听，现在我们继续排练。"

"我是一辈子犯小人，不走运！当初在周家，我孩子都安置好了，就叫你连累下去……你……回家一次就出一次事儿……"

鲁贵儿使劲儿拍了拍摇椅的扶手，对鲁妈吼道：

"没有你，我能倒这样的霉吗？！"

面对鲁贵儿一贯的骄横跋扈，鲁大海忍耐已久，鲁贵儿今天又一次在他面前无理取闹，他再也忍无可忍，暴喝道：

"你要骂就骂我，别指东说西的，欺负妈好说话！"

扮演鲁大海的朱龙治话音刚落，陈欣阳老师摆摆手，示意他们先停一下。

然后，陈欣阳老师提醒朱龙治道：

"我知道你是个温柔的孩子，平时不太会和别人吵架，不过这时候你一定要表达出自己内心的愤怒才行！"

说完，陈欣阳老师轻咳一声，深吸了一口气，提起嗓门，声若洪钟道：

"你要骂就骂我！别整天在这儿指东说西，欺负妈好说话！"

演示完以后，陈欣阳老师耐心地跟朱龙治解释道：

"有时候为了演出效果，在不改变大意的情况下，可以根据情感对台词进行微调。"

说到这里，陈欣阳老师突然一指温笃行，提醒道：

"但不是你这样一少就少一大段儿啊！先不说你前半句的台词不够熟练，后边明明还有半句：我叫完电灯匠回公馆，凤儿的事儿没有了，连我的老根子都拔了……你这已经是大改了，下回可不能这样啊！"

"这根本就是魔改吧？"

董晓峰在旁边幸灾乐祸地说。

"峰峰你给我闭嘴！"

温笃行恼羞成怒，对董晓峰道。

"我跟演员交流的时候你先安静一下。"

陈欣阳老师朝董晓峰摆摆手，答道。

董晓峰自知讨了个没趣儿，于是道：

"那我去外边儿给你们站会儿岗。"

说完，就打开了门，一溜烟儿跑了出去。

"这个傻瓜，每次都说些不合时宜的话。"

看着董晓峰的身影，沈梦溪情不自禁地甜甜一笑。

"烦人的家伙终于走了，那我们继续玩吧！"

温笃行的眉头逐渐舒展，他双手抱着后脑勺，摆出了一副轻松的表情。

董晓倩小心翼翼地瞄了一眼故作轻松的温笃行，也忍不住捂嘴偷笑起来。

"我记得这段还有个动作戏呢吧？先排一遍那个……感觉今天大家状态都不太好，先来段动作戏给你们活跃活跃气氛。"

陈欣阳老师往后翻了两页剧本，接着对董晓倩说道：

"晓倩啊，你平时来我这儿答疑的时候挺活跃的，怎么演个话剧就怯场呢？这等正式上了场可不行啊！"

"陈老师……我……我一定努力做！"

被突然点名的董晓倩有些不知所措，但还是打起精神回应道。

"连英语完型都能拿满分，演话剧一定也没问题。"

陈欣阳老师点点头，鼓励道。

鲁大海清清嗓子，带着一腔怒气对鲁妈道：

"他这样子我实在看不下去了，妈，我走了！"

"胡说，马上就要下雨了，你上哪儿去？"

见鲁大海推门要走，鲁妈伸出手，不自觉地走向鲁大海，并担心地问。

"我有点儿事儿，办不好，也许得到车厂拉车去。"

鲁大海心不在焉地回答道。

"大海，你……"

鲁妈又向鲁大海的方向走了两步，刚想再劝，一旁坐着的鲁贵儿很不乐意地喊道：

"走，让他走，这孩子就这点儿穷骨头！叫他滚，滚！"

"你小心点儿，少惹我的火！"

鲁大海与鲁贵儿怒目而视，他强压着火气，对鲁贵儿发出了最后通牒。

鲁贵儿却对鲁大海的警告视若无睹，继续大放厥词道：

"你妈在这儿，你敢把你的爹怎么样？你这杂种！"

"什么？！"

鲁大海怒目圆睁，燃着怒火的双眼直直瞪着鲁贵儿，厉声质问道：

"你骂谁！"

见鲁大海生了气，鲁贵儿反而更来劲了，他在躺椅上坐了起来，用扇子指着鲁大海，继续骂道：

"我骂你，你这……"

一旁的鲁妈此时也看不下去了，她握紧了手巾，出言制止鲁贵儿道：

"你别无耻，你少说话！"

"我无耻？！"

鲁贵儿用扇子指了一下自己，瞳孔微微收缩，摆出了一副不可思议的表情，接着回击道：

"至少我没有在家养私孩子，还带着他嫁人！"

"哦，我的天！"

被戳到痛处的鲁妈捂着胸口，难过得闭上眼，道。

听了鲁贵儿的话，鲁大海的脸上一阵儿红一阵儿白，末了，他一把从兜里掏出手枪，朝鲁贵儿喝道：

"我……我打死你这老东西！"

手枪在灯光下泛着冷峻的光，吓得鲁贵儿一下子从躺椅上跳了起来，他连滚带爬地绕到躺椅后，将战栗不止的身子拼命蜷缩在躺椅后面狭窄的空间里。

"哥哥！"

鲁四凤儿见势不妙，赶紧来到鲁大海身旁，死死抱住他的手。

"大海，你放下！"

鲁妈也伸出一只手，示意鲁大海不要冲动。

鲁大海先看了一眼鲁妈，又看了一眼四凤儿，然后怒气冲冲地对鲁贵儿道：

"你跟妈说，说自己错了，以后永远不要再乱说话，乱骂人！"

鲁大海说话的时候，手里始终端着枪。

见躲在躺椅后边的鲁贵儿没有反应，鲁大海提高了自己的音量，命令道：

"说啊！"

"你……你……你先放下！"

鲁贵儿从躺椅后伸出一只手来，颤颤巍巍地指着鲁大海手里的枪，说道。

"不行！"

鲁大海轻轻甩开四凤儿的手，端着枪，以不容置疑的口气道：

"你先说！"

"好。"

鲁贵儿不安地望了一眼鲁大海手里的枪，急忙跟鲁妈道歉道：

"我说错话了，我以后永远不乱说话，不骂人了。"

"还坐在那儿！"

鲁大海用枪口指了指躺椅，对鲁贵道。

听了鲁大海的话，鲁贵儿不得已地从躺椅后走出来，颓唐地坐在上面，一句话也不敢说了。

鲁大海冷哼了一声，将枪收到了兜里，不屑地说：

"你不值得我卖这么大力气！"

"不愧是我的好兄弟，装个孙子都跟真的一样。"

众人循声望去，才发现多媒体教室的门不知何时被打开了，只见董晓峰两只手各提着三杯奶茶，正笑眯眯地看着大家。董晓峰在众人身上扫视一圈，目光自然而然地落在了沈梦溪的身上。此时，沈梦溪也正用直勾勾的眼神看着董晓峰，两人的目光一经接触，双方就都情不自禁地笑了起来。

"不过真没想到，像你这种平常骚话连篇的人居然也能文艺一把。"

听完温笃行的讲述，柳依依禁不住揶揄了温笃行一下。

"是啊，我也没想到。"

出乎柳依依意料的是，温笃行居然认同了她的想法。

"你说你当年记性那么好……"

柳依依语气夸张地感叹道：

"怎么现在连英语单词和哲学原理都背不下来啊？你是不是失了智！"

接下来，觉得意犹未尽的柳依依又好奇地问道：

"哎，那你和沈梦溪又是什么时候认识的呀？"

温笃行笑着回答：

"那就是另外一个漫长的故事了。"

漫长的旅途中不乏不期而遇的友情

四年前，秋阳国际机场。

在距离机场内的太空咖啡不远的长椅上，身着校服，戴着印有校徽的棒球帽的温笃行正低头玩儿着手机，他正在享受作为中学生的第一个暑假。

这时，一个熟悉的声音突然萦绕在温笃行的耳畔。

"诺，给你喝。"

温笃行抬头望去，一位留着浅麦色丸子头的少女手里举着两杯温热的摩卡咖啡，一双百香果色的眼睛正笑眯眯地看着他。

"哎呀，这可怎么好意思呢！"

温笃行挠挠头，坏笑着从少女手中接过两杯摩卡。

"喂！你在逗我吗？！"

见温笃行得意扬扬地举着两杯摩卡在自己面前炫耀，那位少女气鼓鼓地抱怨道。

看着有了小情绪的少女，温笃行微微一笑，将其中一杯摩卡轻轻贴在了少女的脸上。

"体会到我的热情了吗？萧婧怡同学！"

"烫！"

萧婧怡赶紧闪到一边，委屈地揉着自己轻微发红的脸颊，另一只手接过了温笃行递过来的摩卡。

"来，让我看看这杯咖啡过没过期……"

温笃行说着，煞有其事地举起这杯咖啡仔细地端详起来。

"不喝拉倒！"

萧婧怡说着，伸手就要夺走温笃行手上的咖啡。

"别啊，不喝白不喝！"

温笃行笑吟吟地将那杯咖啡高高举过头顶，然后问萧婧怡道：

"不过，你怎么突然善心大发，想起来给我买咖啡了？"

萧婧怡见抢不到温笃行举着的咖啡，只好悻悻作罢，她单手叉腰，鼓起脸，没精打采地解释道：

"我太空咖啡的优惠券有很多，而且都快过期了。"

就在这时，温笃行突然觉得手上一空，他转过身去，另一位绿色瞳孔的少女正笑嘻嘻地看着他，手里举的正是刚从他手里拿走的咖啡。

"羊晓萌，不要搞偷袭好不好！"

温笃行懊恼地揉揉自己的头发，有些不悦地说。

"你的东西就是我的，我的东西，还是我的！"

羊晓萌朝温笃行吐了吐舌头，阳光从机场的巨型落地窗透进室内，为她一头乌黑的秀发增添了些许光影的点缀。

就在温笃行等人不远处，一位留着浅棕色中长披发的少年偶然瞟向他们，接着，他青色的眼睛便一直停留在几个人身上。

"肖寒，你看那边！"

少年拍了拍身边人的肩膀，示意他将目光移向温笃行等人所在的方向。

"你怎么了？"

肖寒顺着那位少年所指的方向望去，一双黄色的眼睛便自然而然地定格在温笃行的身上。

"王子婴……"

肖寒说着，语气中带着一丝颤抖，问道：

"咱今儿个不会是碰上个人生赢家吧？"

"看校服，还是咱学校的。"

王子婴打量着温笃行等人，以相当肯定的语气说道：

"我估计跟咱应该是一个游学团的。"

不出王子婴所料，带队老师很快开始召集游学团的人集合，温笃行等人也赫然在列。甚至上了飞机后，王子婴的座位还和温笃行的座位挨在一起。

从秋阳到华盛顿的行程长达十几个小时，因此，为了打发漫漫旅途中的寂寞，也为了缓解和陌生的校友肩并肩坐在一起的尴尬，王子婴从书包里掏出了事先备好的 iPad，他戴上耳机，打起了音乐节奏游戏。

"刚才我在安检的时候就注意到您了，请问您是几年级的？"

温笃行谨慎地看了王子婴一眼，然后用敬语询问道。

"我是高一七班的王子婴。"

王子婴按下暂停键之后，摘下耳机，回应道：

"你和我说话的时候大可以放松些，不用加敬语。"

"哦，好的。"

温笃行点点头，接着做了一个自我介绍：

"我是温笃行，现在在初一四班。"

"加油吧。"

王子婴拍拍他的肩膀，说道：

"你的路还很长。"

王子婴的话让温笃行有些云里雾里，不过他并未过多思考王子婴话中的深意，因为他对王子婴玩儿的游戏明显更有兴趣，于是问道：

"你玩什么游戏呢？你看上去很厉害的样子！"

"节奏大师。"

王子婴说着，把屏幕展示给温笃行，上面显示着王子婴截至刚才保持的高达 100% 的命中率。

"我已经玩儿了一年了，所以玩得比较好。"

王子婴介绍完之后，就重新戴起了耳机，继续刚才的游戏，而温笃行则从包里掏出一本埃米尔·路德维希创作的《拿破仑传》，津津有味地读了起来。

王子婴闲暇之余，看见温笃行手里的书上赫然印着一个戴着三角帽的男人勒马扬手，直指前方的画作，那正是名为《拿破仑翻越阿尔卑斯山》的由雅克路易大卫绘制的，拿破仑一生中最为著名的肖像画。

"你也喜欢拿破仑吗？"

王子婴感叹道，眉宇间尽是惊喜之色。

"辱法 biss！"

温笃行捧着书，半开玩笑地说。

于是，接下来的两个小时，两人从威尔·杜兰的历史著作《拿破仑时代》聊到司汤达的文学著作《红与黑》中喜欢拿破仑的于连，甚至还谈起了拿破仑蛋糕的做法和拿破仑证明的三角形定理，几乎聊遍了所有与拿破仑有关的话题，直到带队老师因为他们的声音过大而出声制止方才罢休。

"刚才看你和冯老师说话的样子，感觉你好像和他很熟？"

王子婴应付完冯老师之后，跟温笃行解释道：

"冯老师在我初中的时候曾经教过我体育，他一直带初中部……"

说到这里，王子婴突然笑了一下，说：

"他未来会教你也说不定。"

接着，王子婴捂起嘴打了个哈欠，他掏出手机确认了一下时间，然后说道：

"咱们是秋阳时间十二点左右登机的，现在已经快下午三点了，换算成华盛顿时间就是凌晨三点左右，先睡一会儿吧。"

听了王子婴的话，温笃行从前面椅背儿的兜子里掏出了毛毯，拆开外面的塑料包装后盖在身上，渐渐进入了梦乡。

下了飞机后，肖寒迫不及待地跑来找王子婴，问：

"结果怎么样？"

"什么怎么样？"

王子婴看着肖寒，眼神中充满了疑惑。

见王子婴无动于衷，肖寒有些着急，于是进一步提醒道：

"当然是那俩姑娘和那小伙子是什么关系啊！"

王子婴却没有正面回答肖寒的问题，他目光如炬，一脚踩在了道德的制高点上，道貌岸然地批判道：

"你该不会是对那两位姑娘有意思吧？醒醒吧这位朋友，你正在违法的边缘疯狂试探！"

面对王子婴快人一步的批判，肖寒也不甘示弱地回应道：

"坦白从宽，牢底坐穿。抗拒从严，回家过年！"

王子婴听到这里，摇摇头，有些惋惜地拍了拍肖寒的后背，一字一句地说：

"明年逮捕名单上就有你，三年起步，最高死刑！"

"电瓶车终结者窃格瓦拉曾经说过'在看守所里面的感觉比在家里面好多了！在家里面一个人很无聊，都没有友仔、友女玩。进了里面去个个都是人才，说话又好听，我超喜欢在里面！'"

肖寒执拗不过王子婴，只好退而求其次，问道：

"那他们是几年级的，这你总知道吧？"

"那个男生叫温笃行，初一四班的，那两个女生里，麦色头发的叫萧婧怡，黑色长发的叫羊晓萌，她们是同班同学。"

王子婴答道。

"你这情报工作做得有点儿硬核啊！"

肖寒不禁感叹道：

"除了重点，其他全涉及了。"

"毕竟我和人家才刚认识，最忌讳的就是交浅言深。"

王子婴有些不高兴地说：

"你行你上啊！不行别说话……"

"别别别，还是你行，不狡辩。"

肖寒赶紧摆摆手。

"哎对了，那另一个姑娘你有问到什么情况吗？"

肖寒突然意识到了什么，问道。

"你说的是哪个姑娘？"

王子婴疑惑地问。

"就是那个留着薰衣草颜色的披肩长发，眼睛的瞳孔是淡黄色的姑娘。"

"好像是有这么个人。"

王子婴捏着下巴，略微回忆了一下，接着道：

"不过我觉得她应该和温笃行不是一个班的，因为我刚才清楚地记得那个姑娘单独在一边看书，没和温笃行他们在一块儿玩儿。"

"所以……"

柳依依听到这儿，有些不耐烦地说：

"你花了一章的篇幅，才刚讲到柳依依出场是吗？"

面对柳依依的质疑，温笃行没有接话，他只是挠挠头朝柳依依尴尬地一笑，算是默认了柳依依的说法。

"而且……"

虽然温笃行没有说话，但柳依依仍然穷追不舍地问：

"你刚才提到的萧婧怡……该不会就是那个高一在咱们班待过一年，后来转到国际部，你还在初二那年喜欢过的萧婧怡吧？"

温笃行又一次烦躁地挠挠头，接着，他苦笑着点了点头。

"我感觉，你的很多初中同学都能把你从小到大喜欢过的人倒背如流了……"

柳依依带着一丝忧怨的情绪指了指自己，说道：

"而且打头阵的还是我！"

"关于这点，我很抱歉。"

温笃行双手合十，十分抱歉地说：

"我一直都是别人问啥我就说啥。五年前刚上初一的时候，我也没想到班里的女生会跑去找你认嫂子啊……"

友谊在不知不觉间生根发芽

出了机场，华盛顿已是下午两点多了，经过了路上的颠簸，饥肠辘辘的众人在冯老师的带领下到了一家当地华裔开设的自助餐厅，据说那家餐厅是曾与秋大附中的游学团开展过多年合作的美国餐厅之一。

就在温笃行和萧婧怡、羊晓萌找到位置坐下后，王子婴和肖寒走了过来。

"你们好，我叫王子婴，是高一七班的，这是我的朋友，高一二班的肖寒。"

做完自我介绍后，王子婴问：

"听温笃行说，你们都是初一四班的？

萧婧怡和羊晓萌疑惑地相互对视了一眼，然后一起点点头。

"不好意思。"

王子婴挠挠头，略带歉意道：

"刚才可能吓到你们啦，我和温笃行刚刚在飞机上挨在一起，所以就多聊了两句。"

温笃行也赶紧站起来，为王子婴帮腔道：

"这是我在飞机上认识的理科班的学长，一路上聊了很多，是个很不错的人。"

听到这里，萧婧怡和羊晓萌方才恍然大悟，两人不约而同地站起来，和两位学长问了好。

"我们能在这里坐下吗？"

王子婴伸手指了指他身前的两个座位，彬彬有礼地问。

在得到肯定的答复后，两人顺理成章地坐在了温笃行等人对面。

落座之后，王子婴和肖寒跟温笃行等人简单寒暄了几句，肖寒便装作若无其事地问：

"那位薰衣草发色的女生你们熟悉吗？看上去似乎不太喜欢和人接触。"

"我们也不太熟悉哎。"

羊晓萌抱歉地笑了笑，说道。

"我和她在飞机上聊了很多，感觉她是个很有意思的人！"

羊晓萌话音刚落，萧婧怡便急不可耐地插话道。

不等肖寒接话，萧婧怡就滔滔不绝道：

"那个姑娘叫沈梦溪，是初一六班的，我俩在飞机上正好坐一起，所以就聊了几句，没想到她对素描、摄影、剪辑和糕点都很有研究，好像还是个学霸！"

"所以，与其说她是不愿意与别人接触，倒不如说是不愿轻易与别人接触？"

肖寒若有所思地问。

"不知道呀，应该是吧。"

萧婧怡以不太确定的口气说道。

"这个可乐有点儿神奇……"

王子婴不知何时接了一杯可乐回来，拧着眉毛抱怨道：

"有一股牙膏味儿。"

"反正咱在飞机上也没刷牙。"

温笃行站起来，故作深沉地拍拍王子婴的肩膀，说道：

"四舍五入就当自己已经刷过了吧。"

"后生可畏啊……"

王子婴颇为欣赏地看了温笃行一眼，接着大喝一声：

"雷霆嘎巴！"

说罢，王子婴仰起脖子，将杯中的牙膏味儿可乐一饮而尽，感叹道：

"呼！真过瘾！"

午饭过后，众人再次上车，在飞机上睡得并不踏实的温笃行被颠簸的路面震荡得胃里翻江倒海，直难受。在经过了一系列凹凸不平的路面后，到达了即将在未来几天里下榻的酒店。

"哎呀！"

进了房间后，温笃行开心地把头陷进枕头里，发出了愉悦的叹息。

"老王啊，我有件事儿挺好奇的。"

把脸在枕头里埋了一阵儿的温笃行从床上坐起来，他怀里抱着枕头，一脸认真地看着自己的新舍友王子婴，问：

"你为什么不和肖寒住一间呢？"

"嗨，别提了。"

王子婴一边低头整理摊开的行李一边解释道：

"我初二那年游学的时候就跟肖寒一屋，他整夜整夜不睡觉，而且一倒头就打呼噜！"

王子婴抬起头，无奈地摊开手，说道：

"因为房间都是事先决定好的，所以游学前一天，肖寒特意过来问我打不打呼噜，我说我不打呀，你猜他说什么？哎哟，一提起来我就来气。"

"不知道。"

温笃行想了一会儿，老实地摇摇头。

"那正好，你不打我打。"

王子婴撇撇嘴，有些无奈地说。

"哈哈哈哈！"

温笃行抱着枕头，在床上笑得直打滚儿。

"那你呢？"

王子婴将所需要的东西全部放到自己的床上后，合上行李箱，问温笃行道：

"你为什么不和同年级的男生住一块儿？"

"嗨，这事儿不提也罢！"

温笃行摆摆手，没有正面回答王子婴的问题。

就在这时，门外响起了一阵敲门声。

"谁啊！"

温笃行和王子婴坐在各自的床上，几乎异口同声地朝门外喊道。

"是我。"

门外的声音略有些沙哑，一听就是肖寒那极具辨识度的嗓音。

王子婴一个翻身就下了地，两脚十分随意地踩进鞋里，接着便拖沓着两只脚去给肖寒开门。

王子婴刚开门，肖寒就开门见山地问：

"一起去便利店吗？"

"走吗？"

王子婴转头朝屋里问了一句。

"走起！"

温笃行兴冲冲地套上一件 T 恤，从房里走了出来。

进了便利店，三人转了一阵儿，就听温笃行先喊道：

"这边的巴根达斯比国内便宜哎！"

听到温笃行的声音，王子婴最先赶到温笃行的身边，他从温笃行手上接过一盒三件套的巴根达斯，仔细看了一会儿，接着笑道：

"三盒四美元，差不多是国内一盒的钱。"

"哦！"

温笃行仿佛明白了什么，他双手一拍手，开心地道：

"三个臭皮匠，顶个诸葛亮！"

"这成语好像……不是这么用的吧？"

王子婴擦了擦汗，朝温笃行无奈地笑了笑，说道。

"他们这儿的冰激淋都好便宜啊！"

远处突然传来了肖寒惊喜的声音。

"学长！"

温笃行对王子婴说道：

"你先走，我来断后！"

说着，温笃行还一本正经地冲王子婴比了一个大拇指，他咧嘴一笑，一口洁白的牙齿在便利店明亮的灯光下熠熠生辉。

"好兄弟！"

王子婴动情地拍拍温笃行，说道：

"多保重！"

王子婴前脚刚走，温笃行后脚就赶紧打开冰柜，又往怀里揣了两盒巴根达斯。

"你这是干啥呢？大呼小叫的！"

王子婴走过来朝肖寒的后背轻轻地打了一拳，提醒道：

"出门在外，要注意咱们本国人的形象，不要整天大惊小怪的。"

说完，王子婴马上朝柜台的收银员鞠了一躬，诚恳地说道：

"红豆泥狗没啦！歪哩歪哩骚哩！（very very sorry）"

不明所以的店员赶紧摆摆手，显得有些无所适从。

肖寒苦笑道：

"老哥，你这也太损了吧……"

"咱毕竟也是老宅男了，都是传统技能，小意思，小意思……"

王子婴摆摆手，语气中显得有些得意。

"也是哈。"

肖寒先是假意赞同了一声，接着，他坏笑道：

"毕竟和各位老师学习了那么久理论知识，蹦两句蹩脚日语还是绰绰有余的。"

听了肖寒的话，王子婴伸出大拇指朝自己指了指，骄傲地说：

"老流氓了！"

"刚才肖寒姐那么大动静，啥事儿啊？"

温笃行怀揣着三盒巴根达斯，幸福得鼻涕都快冒了泡儿，他哼着歌儿，大摇大摆地迈着六亲不认的步伐走过来，一下就挤进了两个人之间，问。

"这咋就叫上姐了？"

肖寒的语气意外中隐隐透露着一丝无奈。

"哎，不要在意这些细节哦！"

温笃行一挥手，十分大度地说。

肖寒看了温笃行一眼，接着，叹了口气。

结账的时候，尽管收银员已经耐心地重复了两遍，自告奋勇负责结账的温笃行依然没弄清楚自己到底要付多少钱。他烦躁地抓抓头发，对收银员露出了略带歉意的微笑。

就在温笃行窘迫不安的时候，之前一直在温笃行等人身后耐心排队的一位领着两个孩子的年轻的白人母亲走到温笃行旁边，她分别指了指温笃行手上的几枚硬币，温笃行马上心领神会地将那几枚硬币放到了柜台上，暂时缓解了危机。

就在收银员算账的功夫，那位年轻妈妈直视着温笃行，分外认真地说：

"You should practice more English if you living here."

"O……Ok，Thank you very much！"

温笃行迷迷糊糊地回应道。

出了便利店，刚刚一直云里雾里的温笃行便迫不及待地问王子婴：

"老王，你应该背过高考三千五吧？刚才那位阿姨在说啥呢？"

"她说如果你要在这里生活的话，应该多练练英语了。"

王子婴有些哭笑不得地说。

"不愧是老外，说话就是严谨。"

温笃行颇为欣赏地点点头。

回去的路上，温笃行突然想起肖寒到最后也没说他突然兴奋起来的原因，于是他就追问了肖寒一句。

"嗨，瞧我这记性！"

肖寒一拍脑门儿，然后解释道：

"刚才我问收银员这附近有没有什么好吃的地方，他说这附近有个冰激淋店，量大而且便宜，让我们明天有机会好去尝试一下。"

"你记性一直很好的。"

王子婴一把搂住肖寒的脖子，对他冷嘲热讽了起来。

"呀咩爹！"

肖寒突然将双拳放到下巴的位置，突然朝王子婴道。

接下来的几分钟里，王子婴和肖寒开始了高手对决。两人棋逢对手，将遇良才，骚话说得有来有回，"雅达！""奇摸鸡！""斯国以！"

"神仙打架，凡人害怕。"

温笃行见两人一直在说些自己听不懂的日语，摊摊手，无奈地说。

在经历了高强度的口嗨之后，很快，体力不支的两人就各自扶着膝盖，累得气喘吁吁。不过，就连两人站在街边的时候，也不忘要调侃对方几句。

肖寒举起手擦了擦额头上的汗，上气不接下气地说：

"我怀疑你在开车，但我没有证据。"

"还疑惑车无据呢？这车都开你脸上了！"

王子婴见缝插针地回击道。

虽然两人都累得快晕过去了，但温笃行分明能看到，两人的脸上都洋溢着笑容，一种只有在获得了属于男人的快乐之后才会出现的、满足的笑容。

"不如……我们休战吧。"

最先缓过劲儿来的王子婴率先提议道。

"好吧！"

肖寒自知继续和王子婴拌嘴也占不到什么便宜，此时也就顺水推舟地同意了。

接着，两人便不约而同地挽起彼此的胳膊，蹦蹦跳跳地往酒店的方向走。

"这俩学长……是不是坏掉了？"

温笃行看着他俩渐行渐远的背影，无奈地吐槽道。

温笃行等人回了酒店后，直奔温笃行和王子婴的房间而去，三人在房里一边开着电视放球赛，一边吃着巴根达斯，王子婴中途还因为过于激动被冰激淋卡住嗓子，被肖寒拍了好半天后背才终于吐了出来。

"哎哟我去！"

惊魂未定的王子婴捂着嗓子，喘着粗气，用沙哑的声音喊道：

"刚才差点儿被一波火带走了……"

一直无所事事地陪两位学长看球儿的温笃行此时看准时机，吹着口哨儿默默拿走了王子婴剩下的最后一个冰激淋，光明正大地吃起来了。

王子婴瞪了温笃行一眼，接着便没脾气地低下了头。

肖寒见此情景，只是一个劲儿地在旁边憋住笑。

一波未平，一波又起。就在三人为剩下的巴根达斯明争暗斗的时候，门外突然响起了急促的敲门声。

王子婴给肖寒使了个眼色，肖寒皱着眉头犹豫了一下，还是硬着头皮去开了门。

在肖寒去开门后，温笃行和王子婴小心翼翼地躲在房间里，竖起耳朵仔细听着肖寒和敲门者的对话声，却始终听不真切。

过了约莫十分钟，肖寒一脸凝重地走了过来，还没等温笃行和王子婴发问，他就先开口道：

"刚才敲门的人……不是老冯。"

听了肖寒的话，王子婴长呼一口气，整个人瘫进单人沙发里，安慰肖寒道：

"哎呀，那就不慌了，小场面！"

然而，面对王子婴的宽慰，肖寒却丝毫不为所动，他结结巴巴地说：

"刚……刚才敲门的……是个比利时人……"

肖寒说到这里，王子婴腾地从沙发上跳了起来，抄起茶几上的遥控器马上关掉了电视，然后心虚地问：

"那……咱们刚才骂比利时队的话，都被他听见了？"

"你才应该冷静一点儿吧？"

温笃行说着，不由得皱起了眉头，分析道：

"你们刚才喊了半天话全是中文，我脑仁儿都疼了也听不清你们喊的啥，那外国人难不成是汉语八级外加居家旅行必备的远程助听器？肯定是你们刚才音量太大，扰民了呗。"

"是这回事儿。"

王子婴点点头，然后再一次陷进沙发里，他摊摊手，说道：

"不过反正电视我也关了，问题不大。"

"我嘞个去，我真的在线自闭。"

仍旧心有余悸的肖寒拿起自己放在茶几上的手机，对两人说道：

"那我先回去了，我得缓缓。"

说完，肖寒就一瘸一拐地离开了房间。

肖寒走后，闲来无事的温笃行和王子婴便上了各自的床，一边玩儿手机一边有一搭没一搭地闲聊起来。

"其实我在飞机上总共也就睡了两个小时，时差一下子就倒过来了，现在真困得不行。"

温笃行趴在床上，用枕头垫着胳膊肘，一边迷迷瞪瞪地玩儿手机一边说道。

"那你这个"

"你有喜欢的人吗？"

靠坐在床头的王子婴不知何时放下了手机，有些好奇地问温笃行。

温笃行绞尽脑汁地想了想，回答：

"好像初一上学期刚开学那阵儿喜欢过一个身材高挑儿的女生，老师还因为我在生物的实验课上和她说话声儿太大不让我做实验。不过我发现人家只拿我当朋友，所以时间一长也就放下了。"

"我倒是喜欢我们班一个女生喜欢了一整年……你要看她的照片吗？"

"那必须的呀！"

温笃行说着，瞪大了眼睛，使劲儿伸长着自己的脖子，看了看王子婴保存在手机里的梦中情人。

"你认识陈欣阳老师吗？"

看完照片，温笃行突然没头没脑地问了一句。

"怎么突然说这个？"

王子婴露出了疑惑的神情，不解地问：

"我觉得……你的女神打扮得挺成熟的……"

温笃行有些尴尬地挠挠头，但最终还是直言道：

"神似我现在的英语老师。"

生活是一部充满爱与欲望的悲喜剧

第二天一早，吃过早饭，温笃行等人便坐大巴到达了华盛顿国家广场。

下了车，首先映入眼帘的便是华盛顿纪念碑和林肯纪念堂。

"大家可以在这里自由活动二十分钟，记得按时回来！"

冯老师话音刚落，温笃行等人就急不可耐地跑了出去，直奔眼前的林肯纪念堂。

伫立在纪念堂内，温笃行望着由白色大理石雕刻而成的亚伯拉罕·林肯坐像，和煦的夏风拂过他的耳畔，不禁令他感慨万千。

"美国第十六任总统，亚伯拉罕·林肯，带领北方工业州在南北战争中打败了南方蓄奴州，为美国的繁荣奠定基础的一代伟人。有人说，'华盛顿创建了美国，林肯拯救了美国'，虽然事实可能并非这么单纯，不过，可以肯定的是，华盛顿和林肯分别代表了不同时代美国人相同的理想，对自由的永恒渴望和对财富的热切追求。"

温笃行沉浸在对古人追忆的同时，耳边突然响起了这样的一番话。

温笃行循声望去，看到肖寒正一脸笑意地看着他。

"没想到，你对美国历史还有研究？"

"当然了。"

肖寒笑着点点头，语气中却流露出些许的失落：

"其实我去年上高中的时候本来想选文科的，结果家里人不同意，觉得读理科未来好就业。但比起跟数字和工具斤斤计较，我更喜欢了解过去发生的事情。"

说到这里，温笃行补充道：

"所以在两年之后，肖寒就不顾家人的反对，在考上孔孟书院的第二年转系到了历史系。"

柳依依抬起头想了想，接着说道：

"我记得，这所大学最大的校董是曲阜孔氏吧？一个从汉朝以来就一直是长盛不衰的家族。"

"没错，孔家虽然超然于世，从未官居一品，不过，他们世代承袭衍圣公的爵位，两千年以来一直是中国人的精神领袖。这就意味着，由他们所支持的孔孟书院在国际上可能并不是广为人知，但在国内社会科学界无疑是除了颐明大学和秋阳大学以外最为知名的院校。"

一提起历史悠久的国内院校，自幼熟读史书的温笃行便侃侃而谈起来。

"等一下！"

柳依依好像突然意识到了什么，插话道：

"你讲了这么多，好像都和沈梦溪没什么关系吧！"

"我们一开始在聊沈梦溪吗？"

温笃行露出一个格外惊讶的表情，语气中显得有些意外。

"你讲的这些人除了你、沈梦溪和萧婧怡之外我基本都不认识吧？"

柳依依微皱起眉头，一脸无奈地看着温笃行，道。

"沈梦溪后来和肖寒在一起了，不过好像第二个学期没几天就分手了。"

温笃行摊摊手，说道。

"哎，你一直都是这样……"

柳依依叹了口气，微微耸了耸肩，无奈地说道：

"抓不住重点。"

温笃行嬉皮笑脸地将柳依依的抱怨应付过去之后，话匣子一下就打开了：

"就在我和肖寒在林肯纪念堂里聊得正欢的时候……"

"嘿！"

温笃行听到身后响起来一个清脆的声音，接着就感觉自己的肩膀被拍了一下，他转过头一看，羊晓萌正举着手机，满怀期待地看着他。

"来，我给你照张相！"

羊晓萌热情地说。

"哇，不要吧！"

温笃行一边摆摆手，一边后退，说道：

"你怎么和我妈一样啊！"

"哎，就是那个位置！很好，不要动！1、2、3，茄子！"

在羊晓萌的引导下，温笃行在真香定律的支配下很自然地遗忘了自己绝不拍照的基本立场，在十九世纪伟人的雕塑前摆出了在二十一世纪烂大街的剪刀手。

"很好。"

拍完照后，羊晓萌满意地翻开着手机相册里的照片，然后解释道：

"你妈妈在咱们出国前特意叮嘱我，你不爱给自己照相，所以要我给你多照两张。"

"可以。"

温笃行露出一个释然的笑容，说道：

"没脾气。"

到了集合的时间，温笃行慌慌张张地向着大巴的方向跑去，眼睛偶然间一瞟，就看到了街边不起眼的地方有一个摊位，摊位上摆满了琳琅满目的建筑模型，从自由女神像、林肯纪念堂到联合国大厦一应俱全。

温笃行刚想挪步去那个摊位，就听见背后响起了冯老师冰冷的声音：

"还站在这儿干什么呢？快去集合！"

温笃行转过头来，看了一眼冯老师，又看了看不远处的摊位，一时间陷入了痛苦的抉择之中。

很快，温笃行抚着额头，露出了一丝不易觉察的笑容，他转过身，给那个摊位留下了一个美丽的背影：

"撒油那啦，say goodbye！"

下午两点，随着热量的累积，来到了一天中最热的时候。

"你们快看！"

肖寒激动地指向街边的冰激淋店，惊叫道：

"这是昨天收银员推荐给我的那家店，没想到这里也有分店！"

"那还愣着干吗？走着！"

王子婴朝前方一甩头，双手插进兜里，迈着魔鬼般的步伐，径直走在前面。

温笃行和肖寒相视一笑，忙不迭地跟了上去。

"幸亏刚才我没贪便宜买两个球。"

温笃行举着一个硕大的冰激淋，茫然地站在店外：

"这是致死量吧？！"

"嘿嘿，三刀这么大一坨，这波不亏！"

从冰激淋店里传来了肖寒满足而愉悦的声音。

"真是的，能不能换个量词啊！"

这时从里面又传来了沈梦溪的抱怨声。

不一会儿，肖寒和沈梦溪从店里走出来，肖寒同样举着一个分量很足的冰激淋，与温笃行不同的是，肖寒的冰激淋上面插了两个冰激淋店里常见的粉色塑料勺子。

温笃行在店门外张望了一阵儿，只见王子婴空着手，孤零零地走了出来。

"兄弟，你这就有点儿拉胯了……"

温笃行于心不忍地看着王子婴，不无尴尬地说。

王子婴捂着额头，语气中充满了悔恨：

"我是做梦都没想到，还有跟女生俩人吃一个冰激淋的神仙操作……这波发糖，甜到发慌。"

"未曾设想的道路！"

温笃行调侃了王子婴一句，接着，他洋洋得意地伸出舌头舔了一口冰激淋。

"老温，你的冰激淋化了！"

刚刚还在无情地嘲笑王子婴的温笃行很快就亲身体会到了乐极生悲这个词的含义。

"哎哟！"

温笃行低头一看，刚刚还岿然不动的冰激淋球转眼间就开始土崩瓦解，已经化成液体的冰激淋带着还有些凝固的冰激淋顺流而下，将温笃行脚下的一片地面渐渐染成了和他手中的冰激淋相同的颜色。

"今天的太阳，火辣辣的。"

温笃行欲哭无泪地举着还在融化的冰激淋，在风中独自徘徊。

在接下来的几分钟内，尽管温笃行已经夸张到用嘴包住冰激淋的程度，但却依然无法阻止冰激淋在盛夏的骄阳中渐渐消逝的命运。

"学长……"

温笃行害羞地将冰激淋伸到王子婴面前，含情脉脉地注视着他，红着脸说道：

"江湖救急！"

看着温笃行渴望的眼神和忽闪忽闪的睫毛，王子婴马上伸出双手的手掌，做出向外推的手势，接着，义正词严地拒绝道：

"我不认识你这种家伙。"

"那要不我去商场里吃？那里开空调，说不定可以逆风翻盘？"

温笃行提出了一个异想天开的想法。

"别啊！"

王子婴赶忙阻止道：

"你也不怕人家保安给你拎出来？"

"也是，毕竟老黑我也打不过啊。"

温笃行认命地点点头，随后，两人便一起蹲在路边，闲聊起来。

两人蹲了一会儿后，王子婴双肘顶着膝盖，双手托起自己的脸，有感而发道：

"不是我崇洋媚外啊，这国外的美女就是多！我这两天上街眼睛都不知道该往哪儿放了，感觉坏心情统统都被赶走了！"

"有一说一，确实。"

温笃行一边心急如焚地吮吸着冰激淋，一边接话道。

"街头巷尾的美女形形色色，中国的、日本的、印度的、俄罗斯的，不愧是号称民族熔炉的国家，真让人大开眼界……"

说到这儿，王子婴的眼神儿又被路过的几名美女勾走了，待到那些美女消失在视线中之后，才继续道：

"心向往之！"

"那你就争取将来出国……"

温笃行贪婪地往嘴里塞了一大口冰激淋，一边咀嚼一边说道。

"没那水平，申请不到好学校。"

王子婴颇有自知之明地摆摆手道。

"……多玩儿几趟。"

温笃行咽下了冰激淋，这才讲完了刚刚没讲完的话。

"你够了……"

会错意的王子婴十分尴尬地看着温笃行，而刚刚享用完冰激淋的温笃行并未注意到王子婴的局促。

经过温笃行的不懈努力和阳光下的自然损耗，温笃行基本解决了手里的冰激淋，他长嘘一口气，神情明显放松下来。

"差不多也该到集合时间了。"

见温笃行吃完了冰激淋，王子婴赶紧看了一眼手机上的时间，然后说道：

"走！"

"说走咱就走！"

温笃行说完就扶着膝盖站了起来。

在回去的路上，温笃行随口说道：

"我怎么感觉你在美国说的日语比英语还多？"

"哈哈，都是错觉。"

王子婴见状，赶紧打了个哈哈蒙混过去。

"老王在两年前考上了维新理工大学信息科学专业。"

温笃行补充道。

傍晚吃晚饭的时候，发生了一个不大不小的插曲，温笃行的喉咙被鱼刺卡住了。由于温笃行错误地试图咳出鱼刺，导致鱼刺在喉中划出了更深的伤口。这时，一直潜藏在暗处、每顿饭前都会提前踩点的司机师傅挺身而出，将温笃行和陪同的冯老师送到了医院。

"鱼刺取出来了吗？"

温笃行刚推开房门，王子婴就赶忙迎上去，关切地问。

温笃行下意识地咳了一声，回答：

"没有。医生说有可能已经顺着食道下去了，也有可能是扎进了更深的地方，如果之后还不舒服的话就需要做喉镜才能看出来。"

"我觉得大概率是咽下去了，应该没什么事儿。"

听了温笃行的话，王子婴不禁松了口气。

"这是老陈给你打包的饭。"

王子婴说着，指了指茶几上的几个饭盒，说道：

"浓缩的都是精华……比如，四盒鱼？"

"学长！别这样……"

温笃行挠挠头，叫苦不迭道。

"以后多吃鱼，将来别人惹你生气你就朝他吐鱼刺。"

王子婴一把揽住温笃行的脖子，不怀好意地调侃道。

温笃行竖起大拇指，故作大方地说：

"以后有我鱼吃，就有你的鱼刺；我吃火锅，你喝汤！"

"好啦，能平安回来也不容易……"

王子婴说着，松开了温笃行，到行李箱旁边开始翻找着什么。

"你找啥呢？"

温笃行在王子婴身后探头探脑，一知半解地问。

"我打算让你看部小电影压压惊……啊，找到了！"

王子婴转过身来，高兴地举着自己的 iPad。

"嗯……不感兴趣。"

温笃行接过王子婴的 iPad，将其毫不留情地摔到王子婴身上，一脸冷漠地说。

就在这时，王子婴的手机震动了一下，王子婴掏出手机一看，是肖寒自己买了点儿水果，邀请他们去自己的房间开茶话会。

王子婴毫不犹豫地点开语音，声若洪钟地用日语拒绝道：

"哒嘎，口头哇路（だが、断る）！"

"团里女生也在。"

肖寒言简意赅地补充道，似乎对王子婴的拒绝毫不在意。

"Yes, you are highness！"

王子婴双手颤抖地点开语音，激动地回复道。

"老温……"

王子婴放下手机，大义凛然地对温笃行道：

"时代在召唤！"

在电梯口，王子婴一脸生无可恋注视着电梯里的冯老师，说道：

"老师，我们是来吃水果的您信吗？"

"嗯……不信。"

冯老师稍稍迟疑了一下，但还是给出了否定的答复。

"好的，冯老师再见。"

王子婴心知不妙，他识趣地摆摆手，转身就要离开。

"你先别说这个，你们要去找谁吃水果？"

然而，冯老师的疑问还未得到解答，电梯门便十分应景地关上了。

王子婴和温笃行刚松了一口气，只见刚刚还向上运行的电梯突然戏剧性地开始往下走，吓得两人连滚带爬地逃回了房间。

"喂，你举一下手！"

听到这里，柳依依突然提出了一个奇怪的要求。

"不举。"

温笃行被柳依依的要求弄得有些猝不及防，下意识地回答。

"呀巴里（やっぱり）！果然是这样啊！"

柳依依说着，眼神中一瞬间满是同情。

"我举不举你又没试过，你怎么知道？"

温笃行自知中计，于是干脆将计就计道。

"就你这肾虚样儿，还用得着试？"

柳依依一脸嫌弃地上下打量温笃行一番，说道。

面对柳依依的刁难，温笃行早有准备，只见他深吸一口气，不慌不忙地说：

"众所周知，实践是检验真理性认识的唯一标准……"

温笃行话音未落，柳依依立马脸色大变。她挥起拳头，

"你敢给我搞颜色？！你个臭弟弟！"

最后，温笃行对接下来的事情做了大致的总结：

"接下来的两个礼拜，我和两位学长又经历了很多事情。我们一起在黄石公园的沼气旁漫步；一起大声地朝服务员小姐姐说 Thank you；一起在联合国大厦里迷路；一起在美国西部吃牦牛肉干，那个肉干真的特别香！有机会带你去尝尝；一起在迪斯尼公园门口和迪斯尼拉着米老鼠的雕像摆同样的姿势照相。当时我站在一个小台子上拉起戴着米老鼠耳朵的王子婴照相，现在想起来都觉得好羞耻啊我的天……"

"你俩搁操场上干什么呢？"

就在温笃行正沉浸在过去的回忆中时，朱龙治突然迎面走了过来，和两人打了招呼。

"你们该不会忘了这节课练歌儿吧？"

朱龙治苦笑着道：

"而且更尴尬的是，赵从理老师好像都没发现你们……"

"我不在赵老师还能落得个耳根清净，人家高兴还来不及呢。"

温笃行自我嘲解道。

"过两天就是合唱节了，你不会词儿还没背熟吧？"

朱龙治半真半假地调侃道。

"怎……怎么会呢？"

温笃行惊出一身冷汗，但还是故作轻松道。

朱龙治走后，温笃行全身一软，哭丧着脸道：

"这两天不用睡了……"

全班集体唱错歌时气氛一度十分融洽

合唱节当天的午休时间，同学们都早早回到了教室，开始做合唱节前的登台准备。

吃完午饭的温笃行慢悠悠地走回班里，在班里看见了一个熟悉的身影。

"妈？"

温笃行的语气中露出了明显的意外：

"你怎么来了？"

"给你们班同学化化妆呀。"

温妈妈一边用眉笔给柳依依画眉毛，一边头也不抬地说：

"女孩子现在正是爱美的年纪。"

画完眉毛之后，柳依依蹦蹦跳跳地来到温笃行面前，问：

"你看我的妆化得怎么样？"

温笃行使劲儿憋着笑，反问道：

"同学，你是怎么知道我的名字的？"

柳依依闻言，马上收敛起笑容，头也不回地走了。

"你特别像我认识一个朋友！"

温笃行见到朱龙治以后，立即迎了上去。

"谁呀？"

朱龙治问。

"朱龙治！"

温笃行的语气中充满了自信。

"能不能不要老玩儿这些陈年烂梗……"

朱龙治的脸上写满了无奈，苦笑道。

给班里同学化完妆后，温妈妈收拾起化妆盒，临走前还跟温笃行打了个招呼，说道：

"那我就先走了，晚上再来接你……今天的合唱节要加油啊！"

"好。"

温笃行笑着点点头。

下午，当赵从理老师夹着公文包踏进班门的时候，他一下子被眼前的景象震惊了。

只见班里男生清一色的上身白衬衫，下身黑西裤，女生无不是上黑下白的连体百褶裙，全班人此时都忍俊不禁地看着赵从理老师，十分期待赵从理老师的反应。

赵从理老师只是笑笑，然后从公文包里拿出练习册，苦口婆心地说道：

"区里好多学校函数都讲完了，我们还在耐心地等待。你们平时没事儿也要多做点儿题。上礼拜假期作业刚印出来，老师也没什么事儿就天天做，现在已经快做完半本了。你们平常作业错得多的我也会课前再做一遍，要不然万一上场不会做怎么办呀……"

下课铃响了之后，赵从理老师将粉笔甩进板槽里，他拍拍手上的粉笔灰，对同学们说道：

"……导数题列表的时候递增和递减区间一定要写汉字，千万不要像现在老师一样写箭头，阅卷老师可以硬说看不懂然后算错。刚才快下课了，我是为了节省时间……还有，有些同学作业里的字写得太差了，我看了都能少活好几天，一定要多练。好了，现在以最快的速度去礼堂集合！"

随着赵从理老师一声令下，班里的同学们就三三两两地向礼堂的方向涌去。

"过一会儿上台的时候别紧张，一定没问题的。"

路上，孟霖铃来到温笃行身边，简短地鼓励道。

"哦，好！"

温笃行被突然出现在身边的孟霖铃吓了一跳，一时间没反应过来，有些支支吾吾地答道。

到了礼堂，温笃行特意在孟霖铃身后一排比较近的位置坐下，他的左右两边则恰好是柳依依和隔壁八班的董晓峰。

"How are you？怎么是你？！"

柳依依看着温笃行，脸上露出了失望的表情。

"怎么老是你？！"

温笃行也毫不客气地回应道。

接着，温笃行又转向了另一边的董晓峰，眼中闪过一丝玩世不恭的笑意，他用深情的语气说：

"你知道吗？在遇见你之前，我从未喜欢过别人。"

"然后呢？"

董晓峰冷漠地看了温笃行一眼，不动声色地问。

"遇见你之后，我开始喜欢别人了……"

温笃行一字一句地说，空气中充满了暧昧的气息。

董晓峰耐心地听完温笃行的话，问道：

"你是说我长得丑吗？"

"……但是你很有悟性！"

说着说着，温笃行忽然小声笑了起来，说道：

"不知道是不是你身上故事太多了，我一看见你的脸就想笑！"

听了这话，董晓峰面带微笑地掏出手机，他颤巍巍地点进微信里我的头像，在删除和拉黑间上下翻动，来回纠结。

看董晓峰一副左右为难的样子，温笃行于心不忍，于是贴心地为他选择了星标朋友。

温笃行的即兴而为令董晓峰始料未及，一下就把他给气乐了。

董晓峰默默取消了温笃行的星标好友，十分挫败地将手机放进兜里，嫌弃地说：

"咱俩以后就漂流瓶联系吧，有啥急事儿可以再加我。"

温笃行则坏笑地看着董晓峰，悠悠道：

"我们华夏民族讲究的是含蓄……"

笑过之后，温笃行想起自己之前偶然和章凤仪聊起她和董晓峰的恋情进展，章凤仪却始终躲躲闪闪，到最后也没说出个所以然，于是问道：

"哎对了，好久没听说你和章凤仪的消息了，最近你俩怎么样？"

"嗨，早分了。"

董晓峰眼睛望向舞台上正在演出的班级，轻描淡写地说。

"没事儿，拜拜就拜拜，下一个更乖。"

满足了好奇心的温笃行此时释怀地拍拍董晓峰的肩膀，安慰道。

"马上就高三了，我也是有心无力呀，没时间想这些有的没的。"

董晓峰朝温笃行摊摊手，苦笑道。

"你让我这种没谈过恋爱的人情何以堪啊？我酸了。"

温笃行一把搂住董晓峰的脖子，半开玩笑地抱怨道。

"不过我是真没想到，像你这种超级妹控心里还真能装得下别的女人……我又想起初二那年沈梦溪爱你爱到想替你写完所有作业的故事了，哈哈！"

温笃行搂着董晓峰的脖子打趣道。

"哎，往事不堪回首啊。"

说到这里，董晓峰禁不住苦笑道：

"抽烟吐不完我的思念，喝酒醉不完她的容颜。"

"那祝你早日掌握反向抽烟被烫嘴的绝活儿。"

温笃行调侃道。

"不过，你可得少喝点儿啊。"

温笃行话锋一转，提醒道：

"要不再过个十年二十年，你这肝功能可就遭不住了。"

董晓峰指了指自己的胸口，说道：

"我还是先担心担心自己的肺……咳咳！"

董晓峰话说一半，突然被自己的一阵剧烈的咳嗽打断了。

"我被自己的口水呛到了！"

董晓峰掐着自己的脖子，用沙哑的声音说。

"高二十七班要上了。"

就在此时，柳依依指着舞台上方的屏幕，说道。

"你瞎啊？那是二十七班。"

温笃行抬头随意瞟了一眼屏幕，以夸张的语气纠正道。

"哈哈哈哈哈……我笑点是不是坏了？"

听了温笃行的话，柳依依忍不住大笑起来。

"哎对了。"

笑过之后，柳依依突发奇想地问温笃行，问道：

"你最早的记忆停留在什么时候？"

"怎么突然问起这个？"

温笃行不解地看着柳依依，问。

"前几天我发现你回忆过去的事情很有一套，所以就比较好奇。"

柳依依回答。

"我想想啊……"

温笃行绞尽脑汁地回忆了一阵儿，最后说道：

"印象里最早的事儿好像也是幼儿园大班的事儿了。当时我妈打麻将经常打到很晚，一直想让我住宿，但我每次在和同学们吃完点心喝完牛奶，在幼儿园阿姨的帮助下洗完澡之后，都会收拾好东西坐在门口等我妈。"

说到这儿，温笃行自我调侃道：

"这可能就是所谓的思乡吧。"

"缅怀着几公里之遥的家乡，可以，很有你的风格。"

柳依依笑了笑，说道。

"其实我现在的很多习惯当时就有了。比如当时为了能比欺负我的男生厉害，我就一直胡吃海塞的，后来就胖了。哦对，那时候我特别挑食，老师不惜违反校规给我喂汤泡饭也要让我多吃点儿。因为老师最后才喂我，所以每次我都是最后一个吃完饭的。还有那时候我每天必须熬夜看完凌晨一点才播的奥特曼广告之后才能上床睡觉……当年午睡的时候，我记得隔壁床是个姑娘，每次睡觉前我们都会聊聊天，玩儿互相把口水涂在对方手上治病的医生游戏，就类似于'过家家酒吧'？"

说到这里，温笃行禁不住笑了起来，说道：

"我记得临毕业前，她还把她的一缕头发给我，让我记住她。不过可惜的是，现在我连她的名字都记不清了。我依稀记得她叫杨雨婷，但说实话我不太确定。"

"像你这种花心大萝卜，记不住女生的名字，不是很正常吗？"

柳依依说着，露出了一个不怀好意的笑容。

"拉倒吧，我就是一个铁憨憨，别把我说成一个四处留情的情圣好不好？"

温笃行一挥手，语气中满是无奈。

"下一个就是咱们班上场，该去后台备场了。"

赵从理老师突然出现在全班面前，以适中的音量指挥道。

在赵从理老师的指挥下，班里同学很快来到了后台。

"你笑起来真好看，像春天的花儿一样。"

金泽明挤过拥挤的人潮，来到一身白色长裙及地的孟霖铃面前，用一句歌词表达了当下的心情。

听了金泽明的说法，孟霖铃莞尔一笑，她伸出手指，轻点了一下金泽明的鼻子，说道：

"你这是哪里学来的土味情话？"

金泽明开心地笑了起来，然后，他将话题一转，感慨道：

"不过我没想到你还有指挥方面的才华。说真的，我挺意外的。"

"其实……我也没学过指挥呀。我甚至都不识谱。"

孟霖铃有些不好意思地笑道：

"我只是分别记下了挥一下和两下指挥棒的时机而已。"

"每次排练的时候你都看上去那么专业，我真的没看出来！"

金泽明的语气中难掩惊讶之情。

"你呀，真是小嘴儿抹了蜜。"

孟霖铃抿嘴笑道，语气中不免有一丝得意。

"你对我化的妆真的就没有什么正经的感觉吗？"

柳依依站在温笃行身边，有些不满地抱怨道。

温笃行闭起眼，叹了口气，颇为遗憾地说：

"可惜了这好好的粉底……"

"滚！"

柳依依说着，脸上已经写满了不高兴：

"话说我这么爷们儿都穿女装了，你是不是也得表示一下？"

"我穿女装没你穿得像女生……"

温笃行强忍着笑回答。

临上场的时候，柳依依唱起了歪歌儿给大家往沟里带：

"夜空中最亮的星，感谢有你……"

"遥远的未来，昨日的梦啊，我的家啊乡……"

温笃行也在旁边开始附和柳依依。

"喂！上场前可不许传播这种危险思想啊！"

朱龙治哭笑不得地制止道。

在雷鸣般的掌声中，高二十七班完成了最后的谢幕。在主持人做完高二七班合唱曲目的介绍后，众人就按照事先安排好的顺序从后台鱼贯而出，合唱站架前的地面很快就被第一排同学站满，紧接着，后面的同学依次站上了合唱站架的不同阶梯，就在最后一个同学站上了站架的同时，孟霖铃盛装出现在大众的视野里，台下随即响起阵阵声浪，整个礼堂回荡着"哦呼"的声音。孟霖铃轻轻拈起两边裙角，朝台下深施一礼，紧接着，就在孟霖铃转身面向班里同学，举起指挥棒的一瞬间，钢琴的伴奏就适时地响了起来。

温笃行站在站架最上面的一排，大灯直射在他的头上，令他在感觉燥热的同时，不禁有些紧张。温笃行不禁想起三年前，他以鲁贵儿的身份登上这个舞台，表演《雷雨》话剧时的一桩轶事。当时，坐在摇椅上的温笃行由于过度紧张，头脑中陷入了一片空白。令人百思不得其解的是，轮到温笃行说话时，放映背景图的大荧幕突然黑屏了，观众席上的注意力很快就被突发的舞台事故所吸引，几乎没人关注到温笃行的窘境。而温笃行则借机紧紧抓住摇椅的扶手，在几秒之内稳定了心神，记起了自己要说的台词。

"神明在保佑我。"

想到这儿，温笃行顿时松了一口气，脸上也重新挂起了自信的笑容。

在演唱的过程中，温笃行因为嗓子太紧而出现了破音，但他不仅没有因为自己的失误而惊慌失措，反而还在舞台上自嘲地笑了笑，并很快将自己的声音汇入到了班级歌声的洪流中。

最后，在全班的共同努力下，高二七班的合唱节演出取得了圆满的成功。

当七班同学经后台退场的时候，发现八班早已在后台等候多时了。

温笃行经过董晓峰身边时，两人相视一笑，心有灵犀地伸出手击了个掌。随后，温笃行将手插进兜里，微闭双眼，露出了信任对方的笑。两人分别跟随着各自班级的队伍，渐行渐远。

回到座位上以后，温笃行指着舞台右侧，跟柳依依道：

"三年前，我扮演鲁贵儿的时候坐的摇椅就摆在那个位置，同一年的合唱节我也坐在那个地方表演了杯子舞，那一年还进行了我们初中唯一一次的篮球赛和生存岛校外合宿。所以，初二那一年被我们称为初中奇迹年。"

"我记得你好像说过，合唱节前萧婧怡还主动教你杯子舞，结果你非但不领情，还自暴自弃地原地摔杯子！"

"是啊。"

温笃行难以抑制地傻笑起来，说道：

"后来还摔碎了一只。"

合唱节闭幕之后，全年级同学开始在年级主任的统一指挥下顺次退场。

"唱歌的时候，你没发现吗？"

回去的路上，柳依依好奇地问温笃行道。

"你指什么？"

温笃行费解地问。

"咱们班整体把第三段的歌，唱成第一段的了……"

柳依依说话时生怕被周围人听见似的，有意无意地压低了音量跟温笃行说。

"麻吉带（マジかよ）？此话当真？！"

温笃行难以置信地惊呼道。

柳依依十分肯定地点点头。

就在这时，温笃行兜里的手机响了。

温笃行跟柳依依说了一声抱歉，让她先回去，随后就接起了电话。

"你是不是忘记了什么事儿？"

电话那头传来了章凤仪故弄玄虚的声音。

"给别人打电话的时候难道不应该自报家门吗？"

温笃行发出了微不足道的抗议。

"我不说你也应该知道。"

章凤仪十分霸道地说。

"哦……你是想说你们班这次比赛得分很高吗？那恭喜啊。"

温笃行并不清楚章凤仪葫芦里卖的是什么药，于是胡乱揣测道。

"什么跟什么呀！"

章凤仪的语气明显有些不满：

"我是说学生演讲！你当初说好合唱节之后就准备这个，结果你到现在连主题都没告诉我！"

"哦哦，不好意思。其实主题我已经想好了……"

温笃行举着手机，嘴角微微上扬，胸有成竹地说：

"《欧洲民族主义的兴起——从法国大革命到苏联解体》。"

"很好。"

章凤仪的声音听起来似乎很满意：

"我们要利用下周 2018 届高考期间的假期写推送，所以就麻烦你辛苦一下，这礼拜日来趟学校吧！稿子我礼拜五就要。"

"No problem！"

温笃行满口答应道。

挂了电话，温笃行仿佛一条突然失去梦想的咸鱼一样，垂头丧气地自言自语说道：

"刚才吹牛皮吹习惯了……"

到了班门口，温笃行发现班里男生都西装革履地沿墙根儿排成一排，蹲在班外闲聊。

"哥儿几个忙活一天都没找着工作啊？这干啥呢这是？"

"女生在里面儿换衣服，我们就只好在外边儿等着，顺便站个岗。"

朱龙治蹲在墙边，一边打游戏一边头也不抬地回答。

"好想……呸！好烦啊！"

温笃行一不留神差点儿说出心里话，于是赶紧纠正了一下。

旧事重提别是一番滋味在心头

礼拜日上午十点，背着书包的温笃行走到教学楼一层初一四班的教室门口，这是他和章凤仪事先约好的见面地点。

温笃行透过前门的窗户往教室里看去，发现讲台前多了一架被三脚架立起来的摄像机，章凤仪正坐在一个课桌上，她双手撑着桌沿，晃着双腿，此刻正在悠闲地哼着小曲儿。

"姑娘可真有雅兴。"

温笃行把书包随手往讲台上一放，调侃道：

"刚才我在门外犹豫了好久不敢进来，还以为你要跳'书记舞'呢。"

"我像《辉夜大小姐想让我告白》里的藤原千花一样可爱，这没得说。"

章凤仪双手一撑，从桌上跳下来，继续道：

"不过你呢？打球不如樱木花道好，炒菜不如幸平创真香，论努力比不过上杉风太郎秀，谈恋爱还不及梓川咲太骚，最可惜的是，你帅不过坂本大佬！"

"《灌篮高手》《食戟之灵》《五等分的花嫁》《青春猪头少年》《在下坂本》……"

温笃行掰着手指头数了数之后，笑道：

"老二次元了。"

"不过，如果硬要说你像哪部动漫里的女生的话……"

温笃行单手托着下巴，认真地思考了一下，说道：

"你可能像《荒川爆笑团》里的接二连珊一样不着边际，但论活泼开朗这点还是像《凉宫春日的忧郁》里的凉宫春日吧。"

说完，温笃行还自我认可地点点头，他似乎对自己的见解很满意。

温笃行显然对刚才的话题意犹未尽，于是又补充道：

"像幸平创真一样乐观，像播磨拳儿一样忠诚，像梓川咲太一样温柔，像漩涡鸣人一样坚韧……言出必行，勇往直前，永不言弃！这就是我的忍道！"

章凤仪听得有些发愣，一知半解地问：

"播磨拳儿……是谁？"

"连《校园迷糊大王》都没看过？你学习学习吧！"

温笃行总算触及了章凤仪的知识盲区，忍不住得意起来。

"对了，咱为什么不去我们班教室？这要是初一的学弟学妹来了，咱俩这孤男寡女的，岂不是连个解释的机会都没有……"

温笃行有些担心地说。

"一看你就不是勤奋上进的好学生。"

章凤仪虽然毫不留情地将温笃行调侃了一番，但还是耐心地解释道：

"你们文科班的教室周末一般都会用作数学自招或者语数英补习班的场地，我们教室周末一般会有化学自招和物化生补习班。"

温笃行哦了一声，然后问道：

"不过，你知道这间教室，对我而言，意味着什么吗？"

"……是你初中上课的教室？"

章凤仪瞪起自己的大眼睛想了想，说道。

"这儿不仅是我初一的教室，同时，这儿也是我中考的考场。"

说到这儿，温笃行不由得佩服道：

"你还挺会挑地方的。"

温笃行温情地盯着黑板，初一开学第一天陈欣阳老师在黑板正中央写下"Wonder 4"这几个字，以及中考时在物理试卷上写下那早已烂熟于心的匀速直线运动的情景还历历在目。

"关于中考的事情，我已经记不大清了。只记得那几天是我自初一习惯熬夜以来精力最充沛的三天，因为我不论晚上还是午休都睡得很好，第二天午饭时家里做的鸡翅很香，第三天考完最后一科英语的午后在家躺着看《暗杀教室》很舒服，和朋友们一起去唱卡拉OK很悠哉……这里是梦开始的地方，也是梦延续的地方。"

温笃行在教室里踱步几圈，以怀念的口吻说道。

"弟弟你可往后捎捎吧。"

章凤仪打断温笃行，提醒道：

"你再不开始演讲，我就只能吃晚饭啦！"

温笃行闻言，赶紧从书包里掏出写好的大纲。他走上讲台，拿起粉笔，在黑板上写下了本次演讲的主题。

"摄像机可能会有延迟，所以一会儿你看我的手势行动。"

章凤仪站在摄像机后，提醒温笃行，说道。

等温笃行准备就绪后，他朝章凤仪点点头，章凤仪伸出三根手指，开始为温笃行倒数。

在章凤仪的最后一根手指落下的同时，温笃行开始了他的演讲：

"大家好，我是高二七班的温笃行……要了解从公元 1789—1991 年欧洲民族主义漫长的发展脉络，我们首先要关注启蒙运动这一近代欧洲的背景。之后的内容我们会分为革命与战争，新旧秩序的较量，世界大战与'冷战'三个部分。第一部分以法国大革命和拿破仑战争为主线，分析民族主义在德意志地区和沙皇俄国的兴起；第二部分以奥地利梅特涅时代国际秩序的重建到 19 世纪末两大军事集团形成的过程为主线，分析欧洲革命对德、意统一民族国家建立的作用；第三部分以欧洲的衰落和美苏的对峙为主线，分析世界大战和经济危机推动民族主义在欧洲殖民地的广泛传播以及对当地民族独立运动的影响……"

"我摄像机的内存快满了，你尽量讲快一点儿……不然我就要换内存卡了。"

温笃行讲了一段时间后，章凤仪突然按下暂停键，提示道。

"大概还能再录几分钟？"

温笃行问。

"一个内存卡最多能录四十五分钟，现在还剩下三分钟吧。"

章凤仪盯着摄像机上显示的内存条，确认道。

温笃行若有所思地点点头，以不太确定的语气说：

"我试试吧。"

在接下来的两分钟里，温笃行明显加快了语速。在演讲的最后，他还不忘做个结尾：

"……以上就是我做的从法国大革命到苏联解体期间欧洲民族主义的兴起的内容。最后，我想以一段话作为本次演讲的总结：纵观历史，当某一文明形成较为稳定的社会道德和文化传统时，任何试图以武力同化该民族的做法都是徒劳，这也是民族国家崛起的原因。只有在市场制度下自由竞争，公平地合作，文明间的最终融合才是有可能实现的。谢谢各位！"

"怎么样，赶上了吗？"

在看到章凤仪结束的手势后，温笃行颠儿颠儿地跑过来，一脸期待地凑到章凤仪旁边，问道。

"还剩十秒钟，真有你的。"

章凤仪哭笑不得地给温笃行指了指内存卡的卡条，感叹道。接着，章凤仪还给温笃行腾出地方，好让温笃行看个清楚。

"今天就先这样吧。"

章凤仪说着，就开始收拾起东西来。

温笃行见状，问道：

"你要回去了吗？"

"录视频只是第一步。回去还要剪片段、配字幕、调色差……有很多事儿等着我做呢。"

章凤仪挎着摄影包，露出一个苦涩的笑。

临走前，章凤仪还不忘调侃温笃行一句：

"现在，你可以安安静静地在这里缅怀青春了！"

章凤仪走后，温笃行来到窗边，他看向窗外飘落的树叶，感叹道：

"年年岁岁花相似，岁岁年年人不同啊。"

就在这时，温笃行的肚子咕噜咕噜地叫了起来，他伸手揉揉肚子，自语道：

"机会难得，不如去吃碗拉面犒劳一下自己。"

出发之前，温笃行还不忘把自己在黑板上写的字擦掉。

温笃行擦黑板的时候，一双碧绿的眼睛正在温笃行背后悄悄注视着他，可温笃行却浑然不觉。

"今天自习课的作业那么多，你还有闲心在那儿东瞧西看的……快走吧！"

不远处，传来了一个少年洪亮的声音。

绿瞳少女没有回话，她只是将视线从教室里移开，放轻脚步朝少年走去。红色的马尾辫随风摇曳，阳光透过楼门洒进楼道里，映照着她旖旎的背影。

四天后的放学时间，在高二七班教室。

"因为你们的一些学长学姐这周末要在这里高考，所以学校从明天开始放假三天，值日生别忘了做值日。记住，要严格按照考场标准做好卫生清洁工作。"

赵从理老师刚吩咐完，就一头扎进了围在讲台周围的人群里，开始给翘首以盼的同学们讲解题目。

"今天又是咱们组做值日啊！"

温笃行愁眉苦脸地抱怨道：

"怎么每次大考前的大扫除都正好轮到咱们组啊？这里面一定有黑幕！"

"你这家伙怎么傻乎乎的？"

柳依依嫌弃地看了温笃行一眼，说道。

"本来就是这样嘛。咱们组除了我都是女生，而且文科班素来是女生当男生用，男生当畜生用……这简直出大问题！唉，要是徐远洋在就好了，我说不定还能连哄带骗拉个垫背的……"

温笃行双手抱着后脑勺，骂骂咧咧地嘟囔道。

"说起徐远洋……"

温笃行扬起头想了想，问柳依依道：

"我也有段时间没跟他联系了，他最近过得怎么样？"

"听说小洋在那边参加了学校的唱诗班，认识了不少新朋友。他好像也挺喜欢感受文化差异的，比如给他的韩国朋友讲讲朝鲜半岛在英语里和汉语里的不同叫法什么的。"

柳依依拿起扫把和簸箕，随口回答道。

"这小子学费交得倒是不亏。"

温笃行以肯定的态度调侃道：

"在别人的地盘儿上还能反向文化输出，爱了爱了！"

闲谈至此，温笃行突发奇想道：

"如果换成是我去美国留学的话……说不定我也会参加教堂活动，然后让外国友人了解一下我们民间信仰的祖先崇拜。毕竟当年罗马帝国统治了诸多迥异的民族，需要一个超然的上帝将其团结起来，而华夏先民们很早以前就相信自己是血浓于水的炎黄子孙，所以才建立起宗庙祭祀祖宗。"

"你这反向传教玩儿得可比小洋大多了……"

柳依依擦了擦汗，一时竟不知该说些什么好。

和柳依依说完了话，温笃行又将魔爪伸向了无辜的朱龙治。

温笃行来到朱龙治跟前，坏笑着伸出一只手，说道：

"你能给我只左手牵你到马路那头吗？"

"不用。"

朱龙治后退了两步，义正词严地拒绝道。

"我会像以前一样看着来往的车子啊。"

面对朱龙治的拒绝，倔强的温笃行一意孤行道。

朱龙治颤颤巍巍地举起喷壶指着温笃行，同时，他还因为过度紧张不由自主地露出了笑容。

温笃行轻叹了一口气，继续说道：

"我们的距离在眉间皱了下……"

朱龙治听到这里，不自觉地产生了共鸣，他随着温笃行的叙述，也皱了一下眉头。

"迅速还原成路人的样子啊。"

说到这里，温笃行慢慢转过身去，而朱龙治则继续举着喷壶，丝毫不敢放松警惕。

温笃行双手插兜，抬头四十五度角仰望天空，说道：

"越有礼貌我越害怕……"

此时，朱龙治差不多也举累了，于是将举壶的手放了下来。

温笃行猛然转过身来，嘴角带着笑意，说道：

"绅士要放得下！"

"你行你行，太套路了！"

朱龙治不得不佩服温笃行活学活用的语言艺术。

"温笃行……"

刚涮完墩布回来的金泽明看见温笃行闲聊的这一幕，气不打一处来。

没想到，温笃行却走到金泽明面前，口无遮拦地调侃道：

"行，我不和你闹了……我让你点一首好不好？"

"你能不能先做值日！"

面对温笃行不合时宜的玩笑，金泽明怒火中烧地指责他，说道。

"嗨，了该西马斯（了解しました）！"

温笃行说着，还玩笑似地朝金泽明敬个礼。

金泽明瞪了温笃行一眼，唰地一下将头别了过去。

面对金泽明的反应，温笃行轻蔑地一撇嘴，他冷哼一声，低下头，眼睛瞄着地面上的瓷砖线摆起了桌椅。

"你还记得于俊元吗？"

柳依依扫地路过温笃行身边时，温笃行问。

"怎么会不记得。"

柳依依停下手里的活儿，直起腰来，笑道：

"小学的时候，你当了六年体育委员，结果头三个月就喊哑了嗓子，他当了五年劳动委员，每天都是走得最晚的一个。而且每次上课窃窃私语的准有你们，所以你们这对儿难兄难弟连挨骂都是形影不离的。"

"他现在在你初中的母校维新理工大学附属中学念书呢，前两天还约我暑假见一面。"

温笃行高兴地说。

"毕了业还能想起来聚一聚，不是很好吗……"

柳依依说，语气中有些许的羡慕。

"其实我们初一、初二和高一的暑假都见过面，一直在定期保持联系确认对方还活着。"

温笃行调侃道。

金泽明见温笃行又开始闲聊起来，便忍不住要再次上前制止，却被孟霖铃拦了下来。

孟霖铃将两只手掌向下，示意金泽明少安毋躁。

然后，孟霖铃来到温笃行身边，温柔地提醒道：

"从今天开始就放假啦，回去再和小依慢慢聊，不是更好吗？"

"嗯嗯，我知道啦！"

温笃行点头如捣蒜，赞同道。

"那小子怎么那么听你的话？"

孟霖铃回到金泽明身边后，金泽明一把搂过她，耳语道。

"我把自己的想法心平气和地说出来，我相信他会理解的。"

孟霖铃笑眯眯地说。

"不愧是我的女朋友，连那么难缠的家伙都能治得服服帖帖的！"

金泽明由衷地钦佩道。

孟霖铃脸红地将抹布丢到金泽明身上，说道：

"那还不赶紧去把窗台和柜子擦一擦？"

金泽明愉快地应和着，哼着小曲儿去洗手间投抹布去了。

"温笃行……"

沈梦溪突然来到温笃行身边，请求道：

"黑板顶上太高了，我够不到，你能帮我擦一下吗？"

温笃行闻言，放下手里的活儿，爽快地答应了沈梦溪的求助。

"嘻嘻，你真好。"

见温笃行十分干脆地答应了自己的请求，沈梦溪不禁喜上眉梢。

"对了，有件事儿我有点儿好奇，想问问你。"

温笃行一边努力地够着黑板高处，一边随口问道：

"我记得初一暑假在美国黄石团第一次见到你的时候，你看上去比现在更开朗一些，你是从什么时候开始更喜欢一个人待着地了？因为之后两年咱们除了互送贺卡以外，交往一直不多，所以我并不清楚你后来经历了什么。"

说者无意，听者有心。面对这个问题，沈梦溪罕见地沉默了好一阵子。直到温笃行擦完黑板之后，她才语焉不详道：

"初二上学期我和肖寒分手以后，又交了一个新男朋友，我和他发生了一些不愉快的事情……"

说完，沈梦溪拿过了温笃行手中的抹布，一言不发地向他鞠了一躬，然后，就头也不回地走出了教室，留下不明所以的温笃行呆立在原地。

大扫除结束后，温笃行和柳依依一起下楼。

走着走着，温笃行突然打开个话头：

"我有一种感觉……"

"你又觉得谁喜欢你了？"

还没等温笃行说完，柳依依就不耐烦地打断了他。

"你怎么知道我要说这个？"

被突然打断的温笃行在惊讶之余，仍不忘调侃柳依依一番：

"你是不是偷看剧本了？！"

"我不觉得你是对学习相关的话题感兴趣的人……"

柳依依叹了口气，直言道：

"有句东北俗语就说的是：'天晴了，雨停了，你又觉得你行了'。"

听了柳依依的这番话，温笃行心中不服，强辩道：

"可是，孟霖铃最近对我说话很温柔，而且还专门让章凤仪邀请我参加了学生演讲的活动！"

"你又来了！前段时间还说董晓倩对你有意思，结果到现在也没下文，现在又说人家孟霖铃看上你了……你咋就那么招人喜欢呢？！还是这世上的其他男人都死光了？！"

柳依依狠狠地调侃了一下温笃行，然后开始分析道：

"而且所谓孟霖铃让章凤仪邀请你，目前还只是你的猜测不是吗？"

见温笃一副不愿接受现实的样子，柳依依明白他还不死心，于是继续说道：

"退一步讲，就算这件事儿真是孟霖铃提出来的，那也有可能只是出于对朋友才华的欣赏，结合孟霖铃自己的道德观，我觉得她不会做出精神出轨甚至脚踏两条船的行为。"

"是吗……"

温笃行挠挠头，有些不情愿地说：

"那也有可能是我想多了吧。"

这时，柳依依忽然突发奇想地问温笃行：

"先不说那些了，我突然很好奇，你会怎么问女生的体重啊？"

"这种事儿直接问不就好了？"

温笃行想也不想地回答。

柳依依一听，直竖大拇指，明褒暗贬道：

"那你就比较厉害！"

这时，温笃行注意到朱龙治也刚下楼，就仰着脖子随口问道：

"朱龙治，你体重多少？"

朱龙治脸色一沉，道：

"你要接的是上一个对话我就打死你……"

温笃行轻咳一声，道：

"你知道我最喜欢你哪一点吗？"

朱龙治眼前一亮，惊喜地说：

"你喜欢我离你远一点？没问题！"

温笃行微微一笑，饶有兴致地看着朱龙治，说道：

"我喜欢你骚话说得好。"

朱龙治愣了一下，然后

"我好像不小心把你的话提前接上了……"

许久未见的朋友也能相谈甚欢

"我跟你们说，上课要认真听讲，不要开小差。我上课偶尔开小差数就写错了，你们一定要引以为戒啊。"

讲台上，赵从理老师一边告诫众人要小心谨慎，一边努力地抹除黑板上自己不谨慎的证据。

在重新修改了板书之后，赵从理老师随口问了一句：

"不过今天咱们班听课状态不错，是不是上午都是轻松的课？"

"前边的历史课已经睡够了……"

朱龙治在讲台下下意识地接了一句，引得全班哄堂大笑起来。

"老师每次都默默擦掉写错的数字，还要批评我们算错的小错误……可以，老'双标'了。"

温笃行靠在椅背儿上，坐在座位上，小声地调侃道。

临下课前，赵从理老师开始布置作业了：

"这块儿的题型比较灵活，一定要多做点儿题。所以这次我们布置一下学案和书上的一些例题，考前再做一个巩固。"

"哇……光是看学案上的题我就有点儿发怵了。"

温笃行无意中发了个牢骚，但却被赵从理老师敏锐地捕捉到了。

于是，赵从理老师放下手上的教科书，改口道：

"这样吧，书上的例题我先不留了，大家把学案上的题做一做，再改改前边的错儿，行吧？"

温笃行听罢，惊喜中带着些惶恐，他忙不迭地说：

"赵老师太够意思了！谢谢赵老师！"

温笃行的这句话刚说出口，班里的气氛一下就活跃起来。

"没关系。"

赵从理老师笑道：

"学生交不上作业很不好办呀，而且温故知新和量力而行也是很重要的技能。"

"今天真是我学生时代最感动的一天了！"

温笃行毫不在意旁人的眼光，有感而发说道。

"真羡慕你这么没心没肺的……"

下课后，柳依依来到温笃行的座位旁，她抱着手，用难以置信的语气说：

"作业那么多你还笑得出来？"

"没办法啊，我也尽力了。"

温笃行摊摊手，无奈地说。

"要说你也真是不简单，敢在上课的时候当着全班面儿发作业的牢骚，也算是开天辟地独一份儿了。"

"我很牛，我很强！"

温笃行左手向内，右手伸直，摆出一个自以为帅气但其实很中二的姿势。

"主要是我周日要连着参加两场聚会，实在没那么多时间搞学习。"

温笃行随意地抓抓后脑勺，面露难色道。

"建议改为：'理由充分。'"

柳依依调皮地一笑，问道。

"哦对了，今天是不是该搬教室了？"

温笃行问柳依依道。

柳依依回答道：

"对，下节课是咱们在信毅楼的最后一节课，中午咱们就要搬到勤肃楼去了。新教室应该在四楼吧。"

"咱们终于要去各届学长口耳相传的'大熊猫保护基地'了。"

温笃行笑道。

柳依依不解地问：

"勤肃楼是只有高三的人没错，不过为什么叫'大熊猫保护基地呀'？"

温笃行笑道：

"你不知道这世界上最不好惹的两类人就是高三的学生和家长吗？都给放隔离区了还不是国宝级防护？"

在确认了换教室的消息之后，温笃行在上课时主动请缨要帮董晓情搬东西，结果被人家尴尬而不失礼貌地拒绝了。

周日上午十点半，床头手机预设的闹铃刚响了一下，温笃行就一骨碌从床上下来，早就睡到自然醒的他今天神清气爽。温笃行伸个懒腰之后，就迫不及待地推开了房门，从衣帽柜上取下自己那一身标配的校服，准备出门。

"面包你拿着，路上别饿着了。"

温笃行衣着齐整后，温妈妈递给温笃行一个紫糯米面包，不厌其烦地叮嘱道：

"你一直不吃早饭，身体还不毁了？"

"不会的妈，我身子骨硬朗着呢，一年都不生一次病！"

温笃行接过面包，然后拍拍胸脯，以显示自己的身体健壮如牛。

"你可别这么说。一旦你开始想自己是不是太久没生病了，病就来找你了。"

"行了吧，妈。"

温笃行将裤带系好，毫不在乎地说：

"大清都亡了，别搁这儿整封建迷信那一套了。"

"晚上不回来吃饭了？"

温笃行出门前，温爸爸一边站在冰箱前收拾冷藏格，一边确认道。

温笃行推开家门，回答道：

"今天都和朋友在外面吃。"

"手机和公交卡都带了吗？"

温爸爸还不放心，继续询问道。

"放心吧！都带了！"

门外传来温笃行回应的声音。

"下一站是紫薇公园站，The next station is Crape myrtle Park."

到站前，地铁上响起了报站的女声，温笃行意识到自己马上就要到达目的地了，他赶紧站到了门口，准备下车。

"失策了，白虎区这边儿我不太熟啊……"

下了车，温笃行看着人流涌动，不禁有些茫然无措，于是，他拨通了朋友的电话：

"喂？我现在已经到紫薇公园站了，从哪个口出啊！"

"你从 D 口出走出二百米就到紫薇公园了，别走 C 口，那边是慈善赌怪广场，在反方向。"

朋友在电话中特别提醒道。

在紫薇公园东门的门口，温笃行将面包的包装袋随手扔进手旁的垃圾桶，接着，他开始东张西望地寻找朋友。突然，温笃行感觉背后被人拍了一下。

"好久不见了兄弟，别来无恙？"

温笃行转过身去，只见一位穿着黑色简约风衣、内衬白色 T 恤，下穿棕色裤子，留着枣红色侧分的紫瞳少年正面露微笑地看着他。

温笃行抚着胸口，抱怨道：

"于俊元，你走路怎么悄没声啊！吓死我了。"

于俊元双手插兜，笑道：

"你是不是在东边儿待久了很少来西边儿呀？"

温笃行用玩笑的语气道：

"青龙区寸土寸金的地方，除了公园基本上啥都有。"

"一年不见，你是不是变瘦了？"

于俊元上下打量温笃行一番，惊讶地问。

"这不马上也快要体育会考了吗，所以体育课都有认真上。"

温笃行笑道。

"我们找个地方吃点儿东西吧，到时候边吃边聊。"

于俊元说着，侧过身去，做了一个邀请的手势。

"你有什么好地方可以推荐吗？"

"慈善赌怪广场有家自助餐不错。"

于俊元建议道。

"那你特意让我来紫薇公园干吗？"

温笃行有些不满地说。

"你路痴的属性我还不清楚吗？不给你约个大地方怕你找到晚上。我都想去地铁口接你来着。"

温笃行露出一个礼貌的假笑，朝于俊元摆摆手，说道：

"友尽了。"

到了自助餐厅，两人点完了两人份的牛排、羊排、大虾、鳕鱼、刺身、鹅肝、布丁等食物后，就开始继续刚才的闲聊。

"高中期间有谈过恋爱吗？"

于俊元主动问温笃行，说道。

"一言难尽啊。"

温笃行叹了口气，将自己和孟霖铃、董晓倩的事情简单和于俊元复述一遍，最后总结道：

"简单来说，就是我喜欢的人不喜欢我，喜欢我的人我不喜欢。"

"人生总是那么阴差阳错。当年中考我也是差一点儿就能考上秋大附中了。唉……"

于俊元遗憾地说。

"那你呢？"

温笃行好奇地问：

"你高中谈恋爱了吗？"

"没有。"

于俊元给出了否定的答复，然后解释道：

"之前有个学姐对我很好，经常关心我考试成绩还有带我单独出去玩儿什么的，我认识她的两年里也给过我不少暗示。上个月她的毕业典礼还特意邀请我过去，一起照了张照片，晚上的时候，我们好好地吃了顿饭，我表达了自己对她没感觉的想法，最后还送她回家了……那是我第一次送女生回家。"

"能有学姐喜欢你很不错啊。"

说起这个话题，温笃行不禁想起了一些伤心的往事：

"我跟你讲，千万不要靠班内解决终身大事，自给自足、闭关锁国没什么好下场。一个问题没处理好，俩人低头不见抬头见的，毁的是自己的朋友圈子。"

"你说话怎么有一股中年男人醉醺醺的感觉，酒后吐真言吗？"

于俊元哭笑不得地说。

温笃行忽略了于俊元的调侃，继续说道：

"我给你讲讲我高一开局有多尴尬。你还记得我小学喜欢柳依依的事儿吗？我初中的时候还喜欢过一个叫萧婧怡的女生，她也是我班里的。结果，我是做梦都没想到，我高中的时候居然跟这俩人同班……我当年可就是因为喜欢萧婧怡才和柳依依提分手的啊。感觉自己被命运安排得明明白白。"

"'天作孽犹可违，自作孽不可活'。你这一顿操作猛如虎，硬生生整出个'复仇者联盟'来……当然，也可以叫'受害者联盟'。"

于俊元半开玩笑地调侃道。

"我的高中生涯简单来讲就是被动解决历史遗留问题和创造新问题的过程……所以你见识到啥叫连锁反应了吧？我说出去我都怕别人不信！从小学开始自己挖坑自己跳也是没谁了。"

温笃行脸上写满了悔恨与无奈，接着，他好像又想起了什么，说道：

"我现在和柳依依关系还挺好的，但其实刚上高一那会儿，我俩一句话都不说。后来在我的不懈努力下……当然，也可能是人家姑娘想开了，我们开始有交流了。结果她跟我说的第一句话是：我觉得你优点也不多，而且总是一副大男子主义的样子，不会照顾女生感受，老喜欢自以为是，但你眼光还是很好的。我当时真的……无话可说。"

"你还记得咱们小学经常在一块儿玩儿的'英雄杀'和'蛋神奇踪'吗？"

于俊元在不经意间转换了话题，问道。

"哈哈，我记得当时你喜欢用朱元璋秀操作，我用刘邦捡装备比较顺手。朱元璋和刘邦的技能在'三国杀'里分别对应陆逊和孙权……"

两人在自助餐厅相谈甚欢，从中午开餐一直聊到下午闭餐，双方仍没有要结束的意思。

到了晚上，窗外天色已暗。

温笃行抽空看了一眼时间，接着抱歉地对于俊元说道：

"兄弟，真不好意思。我晚上在这边儿还有约会。"

"没关系，今天聊得也还算尽兴。"

于俊元笑道。

温笃行和于俊元道别的时候，于俊元突然问道：

"你还记得咱们高一暑假见面的时候，曾打过的一个赌吗？"

见温笃行一脸茫然，于俊元提醒道：

"当时咱们就高中应该专攻学业还是潜心兴趣的问题发生了一些分歧。正好你我都学文科，明年的高考，就是决定胜负的关键了。"

"可以，我很期待。"

温笃行露出了一个颇为自信的笑容。

十分钟后，温笃行如约到达了慈善赌怪广场一家专卖小龙虾的店，那是他和朋友事先约定好的地点。

温笃行站在店门口，见四下无人，于是他用日常说话的音量喊了一句：

"卢本伟流弊！"

"老温，你搁这儿整什么行为艺术呢？"

温笃行的身边传来了一声调侃，是他的老朋友肖寒。

"肖寒姐，好久不见?！"

温笃行戏谑地和肖寒打了个招呼。

"咱们这么久没见了，你一上来就吓唬我啊！"

肖寒苦笑着抱怨道。

"自从你上了高中以后，咱们就没聚过了吧，这几年过得怎么样？"

肖寒跟温笃行寒暄道。

"我前两天刚学到一首诗，我念给你听吧。"

温笃行在不经意间坏笑了一下，悠悠念道：

"从前有座山，山上有个庙，庙里有个老和尚，长得十分俊俏。俏也不争春，只把春来报，待到山花烂漫时，他在丛中笑。"

"天呐老温，你这几年都经历了些什么！"

肖寒用夸张的语气惊讶道。

"身边总有一些绅士教我转大人、登 dua 郎，读作绅士，写作 hentai。"

温笃行说着，还故意瞪起纯洁无邪的大眼睛凝视着肖寒，显得十分做作。

"做个人吧老温，我们老年人经不起吓的。"

肖寒赶紧一脸嫌弃地摆摆手。

"你们来得真早。"

温笃行和肖寒正聊到兴起，羊晓萌的声音忽然出现在两人身后。

两人一转身，就看见羊晓萌和萧婧怡正笑眯眯地和他们打招呼。

"咱们人是不是差不多到齐了？"

肖寒扫了一眼周围，问道。

听肖寒这么说，温笃行觉得有些奇怪，于是问道：

"老王这次不来吗？他应该还蛮喜欢参加类似的活动的。"

"王子婴最近有几门课要考期末了，暂时脱不开身。"

说到这儿，肖寒笑着对温笃行说：

"上了大学之后，大家的课表就都不一样了，指不定什么时候上课和考试呢。"

温笃行的脸上明显露出了失望的神色。

"沈梦溪说她还在路上，马上就到，让咱们先进去坐。"

萧婧怡看了一眼微信里的消息后，便开始招呼大家进店。

众人在店内闲谈了一会儿，沈梦溪就如约而至。

"真的非常抱歉，我路上堵车了。"

沈梦溪抱歉地朝众人笑了笑，接着随意地坐在了肖寒旁边的空位上。

在随后的交谈中，温笃行惊奇地发现肖寒和沈梦溪尽管三年前分过手，但彼此间的关系还十分不错。

"敢情都是情场老手，怕了怕了。"

温笃行小声嘀咕道。

不一会儿，菜上齐了，一大盘小龙虾摆在桌子的最中间，周围是一圈小菜。

和沈梦溪聊了好一会儿的肖寒又转向羊晓萌，问道：

"哎对了，我记得你们国际部高二应该是最忙的时候吧，现在是不是已经接近尾声了？"

"没错，我们申请季已经结束了，我拿到的最好的一个 offer 是麻省理工学院建筑学系的。婧怡可能会去纽约大学经济学系。"

正好肖寒问到了这个问题，羊晓萌就也顺便分享了自己和萧婧怡的录取结果。

肖寒惊喜地问：

"哦嚯，厉害啊。我记得麻省理工是常春藤？"

"好像不是吧……"

羊晓萌苦笑道：

"虽然咱们学校的招生宣传上说 99% 的学生都能考上美国前五十的名校，但其实真正考上哈佛、耶鲁、普林斯顿这些顶尖常春藤学校的学生也没几个。国际部毕竟和高考部不一样，老师只管讲课，不会真的在乎你每次的托福和 SAT 的成绩。不过去年哈佛在大陆录取了四个人，其中有两个是咱学校的，也算是秋大附中百年一遇的盛况了。"

"那也很好啊，语言和学术考试还有学校申请费贵是贵了点儿，但可选的余地比较大，总比一考定终身强啊。"

沈梦溪颇为羡慕地说。

"因为大家即便留在国内，考上颐秋这种国内顶尖大学还是太难了。去外面还可以搏一搏，单车变摩托；赌一赌，摩托变路虎。"

说到这里，温笃行突然话锋一转，说道：

"不过我对麻省理工还真没什么概念，就知道以前有个段子说我就考了个普通的理工类大学，麻省的。"

"好冷的段子。"

萧婧怡苦笑道，一时间不知道该如何回应。

"哎，老温，你怎么不吃小龙虾呀？"

肖寒戴着手套大快朵颐了半天，才发现温笃行除了吃小菜以外，几乎没怎么动筷子。

"我一般不吃小龙虾，感觉剥起来很麻烦。"

温笃行不好意思地笑了笑。

"那你们高三应该也没什么课了吧，最后一年有什么打算吗？"

肖寒转过头来巧妙地接上了刚才的话题，问。

羊晓萌信心十足地说：

"现在的绝大部分的学生会成员明年要准备高考，所以马上就要卸任了。我打算在这学期参加学生会竞选。因为我高中一开学就忙着把成绩考出来为申请季做准备，所以一直没时间丰富自己的履历。我打算用课外经历再努把力冲一冲，看看能不能申请到更好的学校。"

"那萧婧怡有什么想法吗！"

沈梦溪好奇地问。

"我没有晓萌那么远大的志向。"

萧婧怡腼腆一笑，答道：

"对我来说，只要能在学校自营的咖啡厅和朋友们一边聊天一边冲咖啡就满足了。"

"哦我知道了，是时缘咖啡厅对吧？哪天去给你捧个场！"

温笃行笑道。

众人在小龙虾店不知不觉聊到了晚上九点多，肖寒怕姑娘们的家里人担心，于是提议今天的聚会先告一段落，大家下次再聚。

温笃行和肖寒是最后走的。

临别前，温笃行问肖寒：

"我前两天和沈梦溪聊天的时候，偶然听说她和她初二谈的那个男朋友发生了一些不好的事情，这件事儿，你知道详情吗？"

"我听说那个男的好像是外校的，平时就很喜欢打架，有时候还会动手，可能和这个有关吧？至于具体的事情我就不太清楚了。"

肖寒说到这儿，一把搂住温笃行的肩膀，半开玩笑地叮嘱道：

"你呀你，最好不要对女人的过去刨根问底，这样会被人家讨厌的。"

来到店外，天已完全黑了，温笃行看着夜幕下行人如织的慈善赌怪广场，不禁百感交集。他想到了赌怪卢本伟的丰功伟绩：

"出身香港的卢本伟师承赌神周润发，年纪轻轻就在东南沿海声名远扬，其声威一时无两。从东方的澳门到西方的拉斯维加斯，到处都留下过他的足迹。早年卢本伟屡战屡败，曾经一晚上将五百万挥霍到只剩二十万还自封赌怪，甚至放出自己经常单杀师兄陈刀仔，德州扑克胜率基本五五开的豪言，因此被粉丝戏称为开哥。甚至有些黑粉后来还叫他散豆童子、慈善赌王，但卢本伟都一笑了之。后来卢本伟深入虎穴，用二十块钱在渡轮'希望之船'上击败当时如日中天的陈刀仔狂赚三千七百万，被无数赌徒奉为孤胆英雄。因为卢本伟每次登场都是一副英国绅士做派，随手拿着一把伞，因此还被民间称为'伞兵一号'。民间同行为了求得卢本伟的保佑，既拜关二爷，也拜卢姥爷，留下了'一声开哥，一生开哥'的动人宣言……"

　　走到广场尽头，温笃行抬眼望了望仅与慈善赌怪广场一街之隔的、以这片地域的名字命名的花生屯大厦，其通体玻璃的结构在夜色中更显冷峻。他不知道的是，仅仅一年之后，他将成为这里的常客。

游戏来源于现实但可以逃避现实

期末考试结束后，温笃行迎来了高考前的最后一个暑假。

这天，温笃行正像条咸鱼一样躺在床上玩手机，突然从微信里收到了初中同学发来的消息。

温笃行打开消息一看，是自己初中时期的死党陈昊发来的，问自己要不要过两天去他的别墅玩儿两天。

正宅在家里闲得发慌的温笃行自然是没有拒绝的道理。

几天后，温笃行提着行李箱来到了陈昊位于秋阳近郊的别墅，在门前看到了一位苍髯白发的老者，正在门前打着太极。

"爷爷好。"

温笃行礼貌地跟老者打了个招呼，然后问道：

"请问这是陈昊家吗？"

"你是来做什么的？"

老者皱眉看着温笃行，眉宇间显得十分警惕。

"忘记自我介绍了。"

温笃行不好意思地挠挠头，接着，他立正站好，一脸认真地说：

"爷爷好，我叫温笃行，是陈昊的初中同学。这次受邀前来陈昊家里做客。"

"哦，原来是昊的同学呀！"

老者的面色明显有所缓和，赶忙接过温笃行的行李箱，说道：

"我是陈昊的爷爷，刚才有失远迎，还说了些失礼的话，真是抱歉。昊也没提前和我说，搞得我刚才还怪紧张的。"

"哪里哪里。"

温笃行受宠若惊地摆摆手，赶紧说道：

"家附近来了陌生人，难免会有些疑惑，更何况还是住这么大的房子。"

"小温同学快请进吧！"

老者显然对温笃行的应答十分满意，赶紧乐呵呵地招呼温笃行进屋。

进了别墅，温笃行左看看，右看看，像是刘姥姥进了大观园，看什么都新鲜。

"你终于来了，笃行！"

从楼梯上传来一声感叹，温笃行抬头一看，一位留着褐色刺刘海的少年此时正开心地望着他。少年身着黑色卫衣与黄色坎肩，下身一条深蓝色牛仔裤，灰紫色的眼睛目不转睛地盯着初来乍到的温笃行。

"好久不见啦，杨威龙。"

温笃行和楼梯上的少年打了个招呼，接着问道：

"陈昊怎么还没下来呀？"

杨威龙随手一指楼上的某个房间，说道：

"他现在正找'三国杀'的牌呢，说一会儿等你来了就开一把。"

杨威龙话音刚落，一位身材不高，穿着浅蓝色开襟衬衣和黑色薄长裤的碧蓝瞳少年就满脸歉意地从房间里走出来，他挠挠头，道：

"不好意思，可能是太久没玩儿'三国杀'了，一时半会儿还真找不到……呀，笃行你来啦？"

"嘿陈昊，好久不见啦！"

温笃行跟陈昊打了个招呼，然后从随身带的书包里掏出一盒'三国杀'，提议道：

"我只有基本包和风包、火包，不如我们先用这个将就打一盘国战？"

陈昊和杨威龙毫不犹豫地赞同了温笃行的想法。

"我记得国战是只能选魏、蜀、吴或者群雄阵营这种同一阵营的英雄，然后把他们的技能组合起来用，对吧？"

杨威龙两只手各举着一个备选英雄，问道。

陈昊此时正忙于挑选英雄，于是头也不抬地回答道：

"没错。然后如果你选了一个三血英雄和一个四血英雄，你的组合英雄就是七血，如果两个都是三血或者四血的话，同理。"

温笃行一边阅读手里英雄的技能，一边说：

"在线上的话，同一阵营的英雄只要击杀不同阵营的英雄就算赢，但反正咱们玩儿的是线下实体卡牌，所以完全可以各自为战，这样也比较有意思，你们说呢？"

"可以，就按笃行说的来吧。"

陈昊说着，将两个已经选定的英雄牌全部背面朝上扣在桌子上，说道：

"方便起见，咱们就自己在牌堆儿里摸四张手牌当最初的手牌吧，之后每回合的两张牌也自己摸就 OK。"

几个人通过掷骰子的点数大小确定温笃行作为先手出牌，之后按经典的逆时针方向沿座位依次是杨威龙和陈昊出牌。

温笃行先摸了四张牌，等杨威龙和陈昊各自都摸完牌之后，自己再摸两张。出完牌后，温笃行随口问道：

"你们还记得初三上学期的每周六下午没课的时候，咱仨和董晓峰、董晓倩在顶楼的垃圾桶旁边一块儿打'英雄杀'的事儿吗？"

"当然记得啦。"

陈昊笑道：

"有一次班主任还顺藤摸瓜突袭了咱们的秘密据点，给咱抓了个现行，还把我从家里带去的那套英雄杀典藏版的作案工具给没收了。"

"要不怎么说陈昊也是艺高人胆大呢。"

杨威龙回忆道：

"当时咱都以为第二个礼拜六没牌可打了，结果人家陈昊愣是自己在家用打印机印了一整套'英雄杀'，礼拜六带过去接着打。"

两年前的某个礼拜六下午，秋大附中分校四楼的初三四班教室内。

杨威龙身着高领风衣，头戴鸭舌帽，一双阴冷的墨镜反射着教室的灯光，他来到陈昊的座位旁，居高临下地问陈昊，道：

"东西带来了吗？"

陈昊闻言，不动声色地笑了一下，回答：

"前两天刚进了一批新货，一定对你的胃口。"

杨威龙点点头，显得很是满意，他以不容置疑的口吻说道：

"那就还是去老地点吧，你知道我说的是哪儿！"

说完，杨威龙就头也不回地消失在了教室门口。

"这家伙，还是像以前一样谨慎啊。"

陈昊望着杨威龙远去的背影，不禁笑了起来。

不一会儿，陈昊就抱着一个铁盒子步履匆匆地爬到了顶楼五层，发现众人早已在垃圾桶旁边恭候多时了。

于是，陈昊轻车熟路地开始分发身份牌和英雄牌，众人开始根据各自的身份选英雄。

温笃行看了一眼自己的身份，是内奸。因为他们有五个人，所以正好凑齐了一场五人身份局，有一个主公，一个忠臣，一个内奸，两个反贼；如果是八人局的话，身份分配将会是一个主公，两个忠臣，一个内奸，四个反贼。

虽然还有六人局一个主公，一个忠臣，一个内奸，三个反贼和十人局一个主公，两个忠臣，两个内奸，五个反贼等玩法，但因为难以兼顾力量平衡，因此在身份局里，除了五人局和八人局之外，其他的玩法只存在于线下。

线上除了两种身份局以外，还有两种 3v3 模式，一种是身份全部明确，只有一队杀死另一队所有人才算获胜；另一种是身份全部明确，但分为主将和副将，只要一队杀死另一队主将就算获胜。

主公的获胜条件是场上只剩下自己或者除了自己只剩下忠臣，杀死忠臣会失去所有手牌。

忠臣的获胜条件与主公一致，因此他需要尽量保护主公。

内奸的获胜条件最为苛刻，他必须存活到场上只剩主公时杀死主公，如果主公阵亡时场上还有其他角色存活则算反贼胜利，如果是八人局有两个内奸存在也必须先杀死另一个内奸再最后杀死主公才算胜利。

反贼的获胜条件非常直接，杀死主公即可，但即便场上反贼全部阵亡，只要忠臣或者内奸在场上还有主公之外的其他身份存活时杀死主公，也算反贼获胜。任何身份杀死反贼都能摸三张手牌。也正因五人局的两个反贼和八人局的四个反贼很可能直接杀主公，导致防守压力太大，主公会在满血的基础上再加一点血量上限，譬如董晓倩这次选的武松的满血本来是四点血，但因为她是主公，因此还要再加一点血量上限变成满血为五点血。

游戏开始后，除了主公的身份是公开的，其他三个人的身份全部未知，玩家需要根据他们的行为进行猜测。

"我是主公哎！那我就选武松吧。"

董晓倩亮出了自己的身份牌和选择的英雄，有些兴奋地说。

"我还以为你把规则搞忘了，打算自曝身份呢！"

杨威龙拿着手里选好的英雄，傻笑道。

"切，我才没那么傻呢！"

董晓倩嘟着嘴，有些不高兴地说。

"就是的，你别随便污蔑我们晓倩啊！"

温笃行假装过来主持公道：

"我们晓倩除了上次打'三国杀'的时候选黄盖结果苦肉给自己苦死了，当张角因为没牌被闪电劈死了，哪儿还干过什么傻事儿呀？"

看着董晓倩嘟着嘴，一脸委屈的表情，董晓峰试图为董晓倩挣回点面子，于是对温笃行道：

"这你就外行了吧？这叫'富贵险中求'！"

"好了，反正这次都改玩儿'英雄杀'了，还提'三国杀'的事儿干吗！"

陈昊也赶紧过来打圆场，还有些责怪地瞥了温笃行一眼。

"哈哈，是我口无遮拦了，不好意思啊，晓倩。"

温笃行见状，也赔笑着跟董晓倩道歉道。

董晓倩摇摇头，冲温笃行莞尔一笑，善解人意地说：

"没事儿，原谅你了。"

温笃行也傻呵呵地笑了一下，道：

"还是你好。"

温笃行刚说完，董晓倩的脸噌地一下就红了，她支支吾吾地，半天说不出话来。

不一会儿，众人纷纷亮出了自己的英雄，温笃行选的是陈胜，满血是四点，董晓峰选的是花木兰，满血是三点；杨威龙选的是刘邦，满血是四点；陈昊选的是赵匡胤，满血是四点。众人各从牌堆里摸了四张手牌作为初始手牌，之后每一回合前的摸牌阶段都要先摸两张，然后出牌。

温笃行看了一眼董晓峰选的英雄，惊讶地对他道：

"花木兰……你选的英雄还挺强啊！"

这时，陈昊坏笑着揶揄董晓峰，调侃道：

"牌强不等于你强，不等于秒了，公式做题就是快！"

董晓倩举着手里的六张手牌，先装了一把玉如意，然后又装了个进攻距离为2的进攻马。接着，董晓倩看了看左右的温笃行和董晓峰，朝董晓峰出了一张杀。

"四选一都这么准，你咋不去买彩票儿呢！"

董晓峰抱怨了一句后，出了张'闪'。

轮到温笃行出牌的时候，他在回合开始前发动陈胜的技能起义，放弃摸牌，从董晓峰和陈昊的手上各抽了一张手牌。温笃行先装了一个进攻距离为3的盘龙棍，二话不说，就开始杀董晓峰，董晓峰依旧用'闪'抵消。

"再杀！"

温笃行发挥盘龙棍的技能，可以一直出杀直到对方掉血为止。

董晓峰愤愤地看了温笃行一眼，用英雄牌遮挡了一点血量牌上的血量，现在他只剩两点血了。

到杨威龙的时候，他装上一个距离为3的芦叶枪，把两张手牌当杀，也给了董晓峰一刀。董晓峰又把英雄牌往旁边挪了挪，现在他只剩一点血量了。

陈昊出牌的时候，朝董晓峰腼腆一笑，也落井下石地补了一刀。董晓峰赶紧出了药保住了一点血量。

终于到了董晓峰出牌的时候了，他先把一个画地为牢放到陈昊的判定区里，除非在判定画地为牢时判定牌为红桃，否则陈昊在摸完牌后，只能跳过出牌阶段，直接进入弃牌阶段。而弃牌量是由陈昊当时的血量所决定的，留在手中的牌数不能超过当前的血量。接着，董晓峰给了陈昊一刀，陈昊当场掉血。然后董晓峰用探囊取物拿走了董晓倩装备区里的进攻马自己装上，并在回合结束时发动花木兰的技能易装，弃置了进攻马，然后又发动技能迷离，摸了两张手牌。

再次轮到董晓倩出牌时，她皱着眉，怀疑地看了董晓峰一眼，在短暂的犹豫之后，给了董晓峰一刀。董晓峰的花木兰阵亡，身份是忠臣，董晓倩作为主公被惩罚弃置所有手牌和装备区的牌。

"我大意了啊，没有'闪'！"

董晓峰把手里的一张写着"闪"的牌摔到几人中间的弃牌堆儿里，朝董晓倩吐了吐舌头，幸灾乐祸地说。

随后，董晓峰又多补充了一句，道：

"不过还是感觉身份局的平衡机制做得不好，毕竟我们阵营可是有晓倩呀！"

见董晓倩看自己的眼神中满是怒火，董晓峰调皮地继续道：

"我是说晓倩可是本大爷的妹妹啊，你们给我个面子，别让她输那么快！"

董晓倩朝董晓峰翻了个白眼，气鼓鼓地说：

"你人还怪好的哈……你有良心，但不多！"

到温笃行出牌的时候，他在回合开始前发动陈胜的技能起义，放弃摸牌，从董晓倩和陈昊的手上各抽了一张手牌。温笃行朝陈昊出了一张"杀"，陈昊出"闪"加以抵消。

到了杨威龙出牌的时候，他也毫不犹豫地朝陈昊出了一张"杀"，陈昊掉了一点血。接着，杨威龙发动刘邦的技能驭人，弃置四张手牌，重新摸了四张，然后他打出一张"烽火狼烟"，所有人按逆时针方向必须依次出一张杀，否则掉一点血。陈昊愤愤地看了杨威龙一眼，又用"英雄牌"挡上了一点血量。

这次轮到陈昊出牌的时候，陈昊判定画地为牢的牌为红桃，因此陈昊可以出牌。陈昊发动赵匡胤的技能释权，将一张黑色的牌当作釜底抽薪，对杨威龙使用，拆掉了他的芦叶枪。由于芦叶枪是梅花花色的牌，因此陈昊又发动赵匡胤的技能礼贤，获得了那张梅花牌。在陈昊连续发动了几次赵匡胤的技能释权之后，杨威龙的牌基本被拆光了。陈昊看准时机，毫不犹豫地给了杨威龙一刀，杨威龙掉了一点血。

此时，陈昊忽然眉头紧锁，伸出手阻止了董晓倩进行自己的回合，他若有所思地说：

"等一下，我刚才好像忘发动一次礼贤，少拿了张牌。"

杨威龙却朝陈昊摆了摆手，反驳道：

"你别整那事儿，忘了就忘了！"

陈昊却不依不饶地争辩道：

"不是哥，这是被动技，电脑上都是自动的！"

杨威龙直言道：

"我不喜欢被动！"

陈昊白了杨威龙一眼，道：

"……谁问你了？ who cares？ 我只在乎我的牌！"

陈昊说着，从弃牌堆里拿起了那张牌。

又到了董晓倩出牌的环节，她意识到温笃行现在还是满血的状态，所以对他出了一张"杀"，温笃行掉了一点血。董晓倩接着又出了一张"万箭齐发"，所有人按逆时针方向必须依次出一张"闪"，否则掉一点血。结果温笃行、杨威龙、陈昊纷纷掉血。此时，董晓倩还是满血状态，温笃行还剩两点血，杨威龙还剩三点血，陈昊还剩一点血。

轮到温笃行出牌时，他在回合开始前发动陈胜的技能起义，放弃摸牌，从董晓倩和杨威龙的手上各抽了一张手牌。温笃行杀了陈昊一下，陈昊的赵匡胤阵亡，身份是反贼，温笃行摸三张手牌。温笃行摸牌后先用两张药补了两点血，然后对董晓倩使用决斗，从董晓倩开始，两人依次出"杀"，董晓倩先放弃出"杀"，掉一点血。目前的情况是，温笃行还剩三点血，杨威龙还剩三点血，董晓倩还剩四点血。

到杨威龙出牌时，杨威龙发动刘邦的技能驭人，弃置六张手牌，重新摸了六张，在用药回了一点血之后，给了温笃行一刀，温笃行赶紧出"闪"。然后杨威龙转移目标，对董晓倩使用"探囊取物"，拿走了她的"玉如意"并装到了自己的装备区。

尽管不知道温笃行和杨威龙谁是执意要取主公性命的反贼，但董晓倩逐渐意识到如果不重点打压杨威龙，他将很快尾大不掉，于是，董晓倩朝杨威龙出了一张"杀"，杨威龙发动玉如意判定，判定结果为红色，视为打出一张"闪"。董晓倩这才想起来自己还有一张釜底抽薪没有用，于是她用"釜底抽薪"拆掉了杨威龙的"玉如意"。

温笃行此时也学聪明了，虽然率先进攻董晓倩会被当作反贼，但如果先杀杨威龙就容易陷入互相装内奸的大型内耗当中，从而让主公董晓倩坐收渔利。所以温笃行干脆做个顺水人情，鼓励反贼进攻主公，只要保证主公在自己下一轮出牌前存活，那么自己的胜率将大大提高，于是，温笃行对董晓倩出"杀"，董晓倩掉一血。

果不其然，受到温笃行的鼓舞，杨威龙先是一张"釜底抽薪"拆掉了董晓倩的一张"闪"，然后又杀了董晓倩一刀，董晓倩又掉一血。

在接下来的几个回合，虽然局面已经演变成了温笃行和杨威龙的大型斗法现场，但身处在漩涡中心的董晓倩却并不轻松，她不仅要在两虎相争中猥琐应对，同时还要时刻提防来自温笃行的威胁。在杨威龙的刘邦被温笃行的陈胜击杀后，场上的局面演变为温笃行两点血的陈胜和董晓倩三点血的武松之间的对决。

董晓倩在回合开始前发动武松的技能醉酒，在摸牌阶段少摸了一张牌，杀和决斗的伤害 +1，董晓倩朝温笃行出了一张"杀"，被温笃行闪过。董晓倩在回合结束时因为只有两张手牌，所以发动武松的技能行者，多摸一张牌。

轮到温笃行出牌时，他在回合开始前发动陈胜的技能起义，放弃摸牌，从董晓倩手上抽了一张手牌。

"不到最后一刻，绝不轻言放弃。"

温笃行举着刚从董晓倩手里抽走的手牌，说道：

"下面是见证奇迹的时刻！"

温笃行仔细打量着手里的三张牌，一张"杀"、一张"闪"和一张"无懈可击"，他只能先对董晓倩出一张"杀"，董晓倩掉一血。

董晓倩出完牌后，温笃行没再使用陈胜的技能起义，而是直接摸了两张牌，他恰好摸到了一张"探囊取物"，意外从董晓倩手里摸到了一张"药"，八成是董晓倩在回合结束时发动武松的技能行者碰巧摸到的。于是，温笃行回了一点血，接着用一张"杀"和一张"决斗"结束了游戏。

"这不能吧！"

董晓峰大跌眼镜道：

"陈胜就一个抽手牌的技能，单挑还能赢？"

"主要是这把牌运比较好，而且对面的武松单挑也占不了太大便宜。"

温笃行谦逊地一笑，说道：

"不过如果碰上刘邦、杨玉环或者朱元璋那种单挑王就不好说了。因为刘邦的驭人可以通过刷牌的方式获得药和玉如意等等好东西，三血的杨玉环的丰艳在一血或者两血的时候可以分别摸到满两张牌和一张牌，朱元璋的强运每当失去最后一张手牌就能再摸一张，一个个的都是'药王'，除非用西施的魅惑每次都扔张方片当画地为牢锁住对面，不然大概率还是会输的。"

两年后的今天，当温笃行低头看着手里的卡牌时，不禁想起初三那年，大家聚集在垃圾桶旁的那一个个周六补课后的下午，阳光从窗户洒进楼道，映照在每一个洋溢着快乐的脸上，他百感交集地说：

"其实英雄杀就像人生一样，英雄技能是禀赋，身份是出身，手牌是机遇，我们无法选择过去，也无法预知未来，我们唯一能做的，就是妥善利用自己的禀赋，抓住机会，承担身份赋予的责任，团结利益一致的人们，才能获得属于我们的成功，否则，便是替他人做了嫁衣。"

杨威龙随手拿起一张武将牌，笑道：

"不过有时候，天赋和运气比努力更重要。毕竟陈胜单挑的时候很难打过刘邦嘛！所有资源的加持就好像装备区的武器、防具和马一样，帮得了一时，帮不了一世，资源本身没有意义，只有当资源对实现最终目标有所帮助时，资源本身才有价值。当大潮退去的时候，才知道谁在裸泳……但当上帝关上一扇门的时候，就会打开一扇窗，英雄在拥有更强的技能的同时，也不得不接受更少的血量。比如花木兰失去装备还能摸两张牌的代价就是只有三点血量上限。"

陈昊摸了摸下巴，也有感而发道：

"既然上帝是公平的，那有没有选将卡和选身份卡其实也没什么本质区别，钱可以买到喜欢的一切，但买不到获胜的喜悦。我倒觉得，一切天赋和运气都建立在选择之上，虽然人的出身在诞生的那一刻起就决定了，但人的命运并非早已注定。在身份场里，主公要明察秋毫，明确主要的敌人，反贼要当机立断，选择跳反的时机，内奸要左右逢源，平衡多方的力量，忠臣要因势利导，默默守护着别人。号称战无不胜的刘邦、杨玉环、朱元璋，如果一上来就成为众矢之的，即便本领通天也不能逆天改命，何况还有那么多因为判断失误或一时激愤而自相鱼肉的例子，也正是无常命运的忠实写照。纵使重如主公、忠臣，主昏臣暗则江山易主，即便轻若反贼、内奸，厚积薄发可登顶九五。我们玩儿的不是游戏，而是人生啊。"

"但我感觉，游戏与现实，似乎又有诸多不同之处。"

杨威龙皱着眉，若有所思地嘀咕道。

温笃行接过杨威龙的话，说道：

"在我看来，'英雄杀'的身份场里充满了欺骗、利用、背叛、愚昧，却唯独缺少了同情的情绪与淡泊的心态……在那里，人人都想取得胜利，赢的人愈加贪婪，输的人渴望翻身，在一次次重新来过的过程中，时光如潮水般飞逝，空虚如山崩般袭来，终将埋葬一个又一个本充满无限希望的人。"

"我也有类似的感觉。"

杨威龙点了点头，赞同道：

"所以我初中毕业之后都不怎么玩儿'三国杀'和'英雄杀'了。"

"玩儿个游戏都能整成哲学研讨会，也是没谁了。"

陈昊搂着温笃行和杨威龙的肩膀，提议道：

"现在到饭点儿了，你们也都饿了吧？爸爸带你们去我家后花园烧烤！"

"儿子大了，知道孝敬爸爸了！真乖！"

温笃行也搂起陈昊的肩膀，同时露出一个灿烂的笑容。

悠长的暑假中不乏难忘的回忆

在陈昊家的后花园里，陈昊和爷爷正招呼温笃行和杨威龙吃烧烤。

"来，大家尽管吃，别客气！"

陈昊说着，将一大把羊肉串塞到温笃行手里，笑着说：

"我爷爷做烧烤是一绝，你不多吃点儿就算白来了。"

此时，温笃行的嘴里因为塞满了肉而说不了话，于是他擦擦嘴边的油，不住地点着头。

杨威龙一口气撸了两串鸡心，脸上洋溢着满满的幸福，问道：

"陈昊，你爷爷烤的串儿真好吃！是不是经常烤呀？"

"那当然了。"

陈昊挺起胸膛，颇为得意地说：

"我们家非常注重食材的品质，小时候我爷爷还带我去阿拉斯加抓过鳕鱼呢！"

"这是直奔着原产地就去了，很可以！"

温笃行一边说着，一边眉飞色舞地挥舞着一串烤鱿鱼。

杨威龙随手拿起一串鸡肉串，痴痴地盯了一会儿，然后叹了口气，说道：

"不过我听说，其实人体每天只需要一个巴掌那么大的肉摄入量就够了。我现在心里充满了罪恶感。"

"与其害怕肉摄入过量，你不如担心胆固醇超标吧。"

温笃行把吃完串的竹签子往垃圾桶里一扔，调侃道：

"你今天吃的鸡心和鸡胗加一块儿都快十串儿了，为了你的健康着想，剩下的交给我来处理掉！"

"对了。"

陈昊好像突然想起什么似的，提议道：

"这边的别墅区离海不远，附近有几个海滩不错，之前不是也叫你们带泳衣过来了吗？咱们吃饱休息一会儿，可以出去看看。"

"I agree！"

温笃行又举起一串五花肉，开心地答应道。

"你们去玩吧。"

陈昊的爷爷一手端着一盒菲力牛排，笑道：

"晚上给你们煎牛排吃！"

"谢谢爷爷！"

三人笑眯眯地齐声道。

"要说夏天，怎么能少了海边呢！"

在沙滩上，温笃行在遮阳伞下的躺椅上枕着手臂，悠然自得地说。

但不幸的是，温笃行短暂的快乐时光很快就被粗暴地打断了。

"你小子哪儿来的水枪啊！"

浑身湿漉漉的温笃行甩了甩身上的水，一脸不可思议地看着杨威龙，头发也因为沾水而软趴趴地粘在一起。

"那边买的呀。"

杨威龙指了指不远处的玩具销售点，答道。

温笃行顺着杨威龙手指的方向望去，只见陈昊端着一把滋水枪，正一步步向他逼近。

"咱能不能玩儿点儿友善的沙滩项目，比如捡贝壳、堆沙堡、打沙滩排球、骑水上摩托、给美女涂防晒油助人为乐啥的……"

温笃行从躺椅上站起来，一边后退一边对两人喊道：

"两位大哥，咱有话好好说，打打杀杀的多不好啊，是不是？容易教坏小朋友！暴力是解决不了问题的。"

"暴力的确解决不了问题……"

陈昊低下头怜惜地抚摸着水枪的枪管，说道。

突然，陈昊抬起头，眼神也变得犀利起来，他用枪指着温笃行，露出了一丝可怖的笑：

"但可以解决你啊！"

"扑哧。"

温笃行一边微笑一边道：

"这画面让我想起中考之后的那次真人 CS 了。"

两年前，秋阳郊区，真人 CS 营地。

"咱分组的时候得考虑战力平衡啊。"

众人围坐在休息区的时候，董晓峰提醒道。

杨威龙想了想，跟董晓峰建议道：

"那就这样吧，我、萧婧怡、温笃行一队，你和羊晓萌、董晓倩、陈昊一队，行不行？"

"我和陈昊明显比较能打，这么分组就没法玩儿了。"

董晓峰瞄了一眼手机，皱着眉，有些为难地说：

"主要是咱现在的人数是单数，不太好分组。刘博阳不是说要来吗，他怎么还没到啊？"

"不好意思，我来晚了！"

董晓峰话音未落，一位留着一头蓬松褐发的黄瞳少年出现在众人的视线里。

"刘博阳，你来得也太晚了吧！你咋不等我们回去了再来呢！"

董晓峰依旧眉头紧锁，说道。

"不，你来得正好，我们正等着你结账呢！"

温笃行走过去，一把搂住刘博阳，爽朗地笑道。

杨威龙也走到刘博阳身边，扶着他的肩膀，说道：

"那正好，就让刘博阳来我们队吧，这样两边实力就差不多了。"

"咱们队都有谁啊？"

刘博阳侧过头问杨威龙道。

杨威龙回答：

"你、我、萧婧怡和温笃行。"

"那咱输了。"

刘博阳的脸耷拉下来，撇着嘴，悲观地说：

"有温笃行在，那不就是三打五吗？"

"废什么话呀，一句话，打不打？"

温笃行不高兴地推了一下刘博阳的肩膀，有些不耐烦地问。

"这样分组才有挑战嘛！打！"

刘博阳露出一口洁白的牙齿，笑道：

"是兄弟就来砍我！"

双方商议已定后，杨威龙的小队和董晓峰的小队就分别换上了绿色和黑色的军服，正式开始了较量。

在己方的掩体后，杨威龙、刘博阳、温笃行和萧婧怡三人蹲在地上，合计道：

"听好，一会儿我和刘博阳直接在正面战场拖住对面，然后你们就从背后去骗，去偷袭，他们十五岁的小同志，这好吗？这很好！"

温笃行不由得担心道：

"正面硬刚……有点猛啊，兄弟！"

刘博阳一手举着彩弹枪，一手扶着温笃行的肩膀，语气沉重地说：

"说实话，要不是你实在是太难带了，咱几个举着萧婧怡平推过去都能赢。"

温笃行听了这话，皮笑肉不笑地说：

"我在此预祝您马革裹尸，战死疆场。"

刘博阳用枪口抵住温笃行的左胸，淡淡地说了一句：

"Take care of yourself."

然后，刘博阳就转身前往了战场，只给温笃行留下一个阳光下耀眼的背影。

温笃行在刘博阳离去的背影中愤愤不平地说道：

"I his mother thank you a lot！"

"西历2016年，漂亮国远征军对中南半岛展开军事行动，在密林深处与游击队发生交火。"

温笃行举着拳头放到嘴边假装话筒，一本正经地解说道。

"你发什么魔症呢！"

萧婧怡用枪托轻敲了一下温笃行的脑袋，将他拉回现实。

"我这不寻思着生活得有点儿仪式感吗！"

温笃行捂着脑袋，忍着疼痛，委屈地说。

"你再不冲上去，杨威龙和刘博阳就快被献祭了！"

萧婧怡握住枪管，用枪托指着正趴在地上匍匐前进的两人，道。

在萧婧怡的提醒下，温笃行这才注意到杨威龙和刘博阳两人此时正冒着枪林弹雨在阵地中艰难前行。

见此情形，温笃行一手举着彩弹枪，一手将萧婧怡小心地护在身后，借助掩体的帮助，悄悄越过了战场，到达了敌人的大后方。

温笃行从掩体上方探出头来，悄无声息地观察着战场上的局势，很快露出一丝笑意，大笑道：

"从今往后，攻守易形了！寇可往，我亦可往！"

说着，温笃行抱着枪跑出掩体，奔向离自己最近的正背对自己的董晓倩。

就在此时，冲锋在前的董晓峰好像突然明白了什么，他转过身，扯着嗓子对董晓倩喊道：

"晓倩！小心背后！"

在说话的同时，董晓峰举起枪，在瞄准镜中捕捉到了温笃行的身影。

温笃行看着远处董晓峰黑洞洞的枪口，释然地笑了一下，毫不犹豫地扣下扳机。

一声枪响过后，董晓倩应声而倒，董晓峰却因为距离过远而射偏。

温笃行看准时机，一个滚翻转入就近掩体，暂时躲过一劫，不过却已经暴露了位置。

"晓倩！等我，我一定会为你报仇的！"

距董晓倩仅有几步之遥的羊晓萌俯身抱起身上因为被彩弹枪击中而五颜六色的董晓倩，悲痛地说道。

董晓倩躺在羊晓萌怀里，瞪大了眼睛，中气十足地说：

"晓萌，你要一直傻愣在这儿，是真的……真的会被打中的！"

这时，羊晓萌的身后似乎响起了歌声：

"我怕来不及，我要抱着你……"

"温笃行！你有枪不开，开什么嗓子啊！"

杨威龙从远处的掩体里探出头来，一脸费解地问。

"这好像还是首林忆莲2000年时候的歌。"

在离杨威龙所在掩体不远的另一个掩体后传来了刘博阳有些哭笑不得的声音。

"不许动，举起手来！"

就在这时，三个枪口齐刷刷地对准了温笃行，为首的董晓峰喊话道：

"不要再做无谓的抵抗了，你已经被包围了！"

"不，是你们被我一个人包围了！"

温笃行举起枪，对准董晓峰胸口的位置，一副要英勇就义的样子，道。

说完，温笃行果断地扣下了扳机，却并没有发生他预料中的场景。

"你是一名合格的战士。"

董晓峰用自己的彩弹枪挑起温笃行的枪，眯起眼，注视着温笃行，接着，他遗憾地说：

"但这并不是一把合格的枪。"

中弹后，温笃行倒在地上，他丢掉手里的枪，捂着被彩弹枪打得一片模糊的部位，咬着牙，不甘心地从喉咙里传出一声低吼：

"弹匣空了……因为一颗子弹，我与胜利失之交臂。"

"温笃行out了，但是咱们的视野里只有杨威龙和刘博阳，萧婧怡直到现在都没出现，说明她始终躲在暗处，我们要不惜一切代价把她揪出来！"

在某个掩体后，董晓峰抱着彩弹枪，开始跟羊晓萌和陈昊分配任务：

"一会儿我负责吸引杨威龙和刘博阳的火力，尽量拖住他们，你们马上返回大本营，沿途仔细搜寻，不要放过每一个细节，萧婧怡很可能已经布置好了天罗地网，像密林深处的野兽一样时刻虎视眈眈地盯着我们。"

"明白！"

羊晓萌和陈昊简短而有力地回答道。

安排妥当后，董晓峰一个箭步蹿出掩体，沉寂不久的场地上立刻响起了一阵枪声。

"我的背后就交给你了。"

在阵地深处，陈昊用大拇指指着自己的后背，对羊晓萌道。

陈昊话音刚落，羊晓萌敏锐地察觉到，不远处的草地上传来一阵窸窣的声音，她转过头去，看到了彩弹枪那黑色的枪口。

"小心！"

尽管羊晓萌第一时间提醒了陈昊，并马上对着枪声的来源处开了一枪，但却为时已晚，她终究没能阻止陈昊出局的命运。

此时，远处也响起一阵枪声，但很快又归于平静。

羊晓萌躲在掩体后，她双手抓着头发，瞪大了眼睛，呼吸因紧张变得急促，瞳孔也因为极度的恐惧而收缩。

最终，羊晓萌再也无法承受这种压力，她放下枪，举起双手走出掩体，向萧婧怡投降。

在另一边，刘博阳从地上站起来，他拍拍身上的尘土，提起彩弹枪，打着哈欠走向了休息区的方向，而杨威龙和董晓峰则分别躲在不同的掩体里，他们神经紧绷，精神高度集中，暗中观察着对方的一举一动，盘算着发起进攻的时机，气氛一时间十分胶着。

就在两人僵持不下的时候，一声凄厉的哨声从瞭望台响彻了整个场地，杨威龙和董晓峰不约而同地看向塔台，眼中流露出一丝失望。

不论是杨威龙和董晓峰，还是此时正坐在休息区里谈天说地的众人，所有人都意识到，比赛结束了。

到了夕阳西下的时候，不久前还暖洋洋的沙滩此时已经有些微凉。

不远处，杨威龙正赤脚踩在绵密的细沙上，海水没过他的脚踝，一阵又一阵的海浪轻拂过他的皮肤，丝丝凉意驱散了夏日的酷热。

陈昊坐在沙滩上，望着海平面上的夕阳，叹了口气，有些惆怅地感慨道：

"大家转眼间就已经高三了。下次再见面，就不知是什么时候了。"

坐在陈昊旁边的温笃行有些惊讶地看了陈昊一眼，然后他笑着把手搭在陈昊肩上，突然没头没脑地问：

"咱俩今天一起坐水上摩托的时候，开心吗？"

"怎么突然说起这个？"

陈昊的目光落在温笃行身上，疑惑地问。

温笃行并没有直接解答陈昊的疑问，他轻轻晃了晃陈昊，又重复了一遍刚才的问题：

"你先回答我，玩得开不开心？"

"开心，当然开心了！"

陈昊吐了吐舌头，说道：

"我都好久没体会过风驰电掣的感觉……和海水的咸味儿了。"

"那就对了啊！"

温笃行笑了一下，把陈昊搂得更紧了，说道：

"你看，两年前的 6 月 26 号，咱们中考结束的当晚，我们就一起去唱 K，几天之后又去打了场真人 CS，我们每一个快乐的瞬间都愿意跟彼此分享。虽然快乐总是短暂的，但回忆却一直存在于我们的脑海中，不是吗？"

"说得对。"

陈昊也把手搭在温笃行的肩头，满是憧憬地说：

"等明年这时候高考结束了，咱们一定要再好好疯一次！"

温笃行笑着拍拍陈昊的肩膀，表示赞同。

直到太阳几乎完全落山的时候，杨威龙才意犹未尽地回到沙滩上，坐到温笃行和陈昊的身边，笑问道：

"你俩聊什么呢？都不带我一个！"

温笃行抢先说道：

"陈昊说啊，也就只有你这种大闲人，才会在每次聚会的时候都随叫随到，只可能会迟到，但从来不会缺席，"

"你还好意思说我呢！"

杨威龙用他的大手一推温笃行的肩膀，不服气地调侃道：

"你自己不也一样吗！咱俩是半斤八两！"

温笃行赶紧摇摇头，纠正道：

"不不，我最近瘦了，我半斤五两，你半斤八两。"

温笃行说完，三人就在夜晚的海风中笑作一团。

名花有主的人总会面对道德的考验

八月十五日，其他年级还沉浸在暑假的欢愉中，九月一日的开学日对他们而言似乎还是遥不可及的事情，而属于七班的最后一个学年就在这样的背景下，悄然开始了。

7：15，温笃行早早来到教室里，他愉快地摘下书包，环顾四周，又默默地将书包背了起来。

"你该不会是忘了自己上学期坐哪儿了吧？"

在温笃行身后，冷不丁传来了朱龙治的声音。

温笃行被朱龙治戳到痛处，显得有些心慌意乱，于是他随手一指最靠近前门的一个座位，说道：

"哈哈哈哈，怎么会呢！我应该是……坐这儿！对，就是这儿！"

"还真让你小子蒙对了！"

朱龙治咂咂嘴，不无遗憾地说。

"壮壮！"

温笃行刚缓解了尴尬气氛，就听到了那个一如既往元气满满的声音。

"你看我晒黑了吗？"

还不等温笃行转过身去，柳依依主动跳到温笃行面前，一脸期待地问。

"没感觉啊。"

温笃行随口回应道，语气中显得很不耐烦。

"太好了！"

柳依依高兴地说。

"主要是你基础比较好！"

温笃行身体微微前倾，坏笑着补充道。

被温笃行揶揄一番后，柳依依气鼓鼓地走了。

温笃行在自己的位置上坐下后，开始成摞地往外拿各科的暑假作业。

"宝贝儿！"

温笃行跷起椅子的前腿，晃悠着自己的英语作业，朝朱龙治的方向喊道。

几乎同时，跟温笃行只隔了一个过道儿的彼得抬起头看向他，两人四目相对，教室里的空气顿时暧昧起来。

"帮我传给朱龙治，今儿个只有他一个英语课代表。"

温笃行最先回过神来，哭笑不得地说。

朱龙治镇定地接过作业，发现第一页上没写名字，于是朱龙治指着温笃行，跟彼得确认道：

"是那位宝贝的吧？"

在得到肯定的答复后，朱龙治在递过来的练习册上补上了温笃行的名字。

"怎么又是这个座位啊！"

交完作业的温笃行双手抱着后脑勺，不满地嘟囔道：

"黑板经常反光，终年不见太阳。吐槽容易忽略，右手边没有同窗。同学开门风凉，老师突击躺枪。兄弟相视而笑，欣赏女神被挡……我这不整个一看门老大爷吗！还是得跟同学们一个个挥手致意的那种！"

温笃行刚抱怨完，附近突然传出一股异味儿。

"等会儿，你手里拿着啥生化武器呢？"

温笃行叫住鬼鬼祟祟地从他面前经过的柳依依，问道。

"暑假前买的早饭，放位斗里忘吃了……"

柳依依小脸一红，说道。

"啊这……太邋遢了吧！"

温笃行捏着鼻子，皱起眉头，跟柳依依抱怨道：

"你下回再拿这么奇怪的东西麻烦你走后门……"

随后，温笃行绕到朱龙治的背后，用两只手罩住了他的双眼。

还没等朱龙治出声，温笃行就自言自语地说：

"搞错了，再来！"

接着，温笃行把两只手移到了朱龙治的胸前，然后暧昧地问道：

"猜猜我是谁？"

朱龙治哭笑不得地对身后的温笃行抱怨道：

"咱刚见面一个小时啊……这学期没法儿过了！"

7：40，赵从理老师夹着公文包，出现在高三七班的教室门口，他身后，还跟着一位白发飘飘的红瞳少女，那是温笃行十分熟悉的老朋友。

"大家好。"

少女朝众人鞠了一躬，自我介绍道：

"我是董晓倩，之前是八班的。接下来的一年里，还请大家多多指教！"

赵从理老师微笑地点点头，然后指着温笃行旁边的空位，对董晓倩说道：

"今天温笃行上学期的同桌沈梦溪生病了没来，你就坐那儿吧。"

董晓倩站在讲台上，脸瞬间就红了。

下了数学课，孟霖铃和朋友们一起去了趟洗手间，回来之后，她发现自己桌上多了一张叠起来的纸条。

在好奇心的驱使下，孟霖铃打开了纸条，上面写道：

三年前军训的时候，你是我第一个搭上话的女孩儿，虽然我们聊得不多，但总觉得戴帽子的你特别可爱。从那之后，一股神秘的力量驱使着我去注视你。是你，让我见识到了一个阳光、开朗，不被世俗所左右的女孩儿。我喜好历史、涉猎政治、偶读哲学，却参不透你的想法。世间万物皆美，美的天气、美的故事、美的笑容、美的人。

一种无法抑制的情感引导着我对你进行神化，你的外貌如同古希腊雕塑一般精致，经得住千载风雨，依然可以绽放光彩。在我看来，你的美初见平凡，细观却难掩惊艳。你的微笑像意大利油画中的少女，足以流传到几十个世纪后的未来。你很好学，不完全是为了考试，更多的是对知识的热爱，单纯的热爱。将来，如果你能将这种热爱延伸到更广泛的领域里，你会变得更博学而富有魅力。愿人类历史上所有善良与智慧的诸神与你同在。愿知识与自信成为你的力量，乐观成为你的力量的源泉。

孟霖铃手里握着这个她心知肚明的崇拜者写给她的信，脸上一阵红一阵白。

"小霖。"

金泽明突然从孟霖铃身后拍了拍她的肩膀，把她吓得一激灵。

"你怎么了？"

孟霖铃一边笑着，一边不动声色地将温笃行的信压在课本底下。

"一起去吃午饭吧！"

金泽明提议道。

"在班里如果有什么困难，尽管找我，爷好歹也算是班级里的灵魂人物！"

在食堂里，温笃行正兴致勃勃地跟坐在自己身边的董晓倩吹牛。

"那……以后有事儿就麻烦你啦！"

看着温笃行信心满满的样子，董晓倩不禁莞尔一笑，说道。

"你就放一百个心吧！"

温笃行拍着胸脯，信誓旦旦道。

"是呀是呀！有这么大的混世魔王在，你怕什么呢？！"

柳依依假意附和温笃行道。

"哦对了，其实我还一直有个事儿想问你呢！"

柳依依好像想起什么似的，说道。

"你最好是问我些正经问题。"

温笃行看了柳依依一眼，没好气儿地说。

"你觉得我帅吗？"

不出温笃行所料，柳依依问出了一个傻到家的问题。

于是，温笃行半开玩笑地回答道：

"如果我说你帅，我的良心就会过意不去。我不能让你的快乐建立在我的痛苦上。"

"切！"

柳依依不开心地一撇嘴，嘟囔道：

"我的画风在你之上。"

"你今天怎么了？"

金泽明在和孟霖铃吃午饭的时候，隐隐察觉到了她的异样，于是关切地问：

"总感觉你心不在焉的。"

"没……没什么。不是什么大不了的事儿。"

孟霖铃嘴上说着，眼神有些躲闪。

"如果是我不方便知道的事儿，那么不说也罢……"

金泽明笑了一下，宽慰道：

"不过，如果是我能帮上忙的，我一定竭尽所能。"

面对金泽明的理解与包容，孟霖铃所有的担忧全都一扫而空，露出了发自内心的笑容。

当天下午，孟霖铃又收到了一张纸条，这次，上面写的是一首诗：

湖潋半开晴，微风细雨柔。

皓月一弯笑，清瀑千丈流。

云里依稀辨，雾中人影倩。

空谷闻低吟，千年白驹惊。

孟霖铃拿着这首打油诗，终于意识到了问题的严重性。

第二天放学后，就在温笃行刚收拾完东西，准备去上晚自习的时候，孟霖铃突然叫住了他，提议道：

"我们去一趟体育馆吧，我有话要和你说。"

温笃行怀着忐忑不安的心情答应了。

两人到了空无一人的体育馆后，孟霖铃叹了口气，开门见山地问：

"今天我收到了两份纸条，应该都是你的笔迹，对吗？"

"没错，是我写的。"

温笃行毫不避讳地承认道。

"你能喜欢我，我很高兴……"

孟霖铃说到这里，深吸了一口气，似乎有些哽咽，过了一会儿，她才继续道：

"但你已经影响到我的正常生活了，我希望你不要再来打扰我。"

"那你当初为什么不能对我冷漠一点儿呢！"

温笃行不顾一切地质问道：

"我一直不明白，对你而言，我到底是什么呢？如果是朋友，为什么要躲着我，如果是路人，为什么要对我这么好！我喜欢你，正因为有这样的情愫在，所以我不能忍受你对我的喜怒无常，我不想再继续这样下去了！"

末了，温笃行补充一句：

"我是个情绪来了就容易上头的人，如果有所冒犯，我真的不好意思。"

"你能不能别激动，这样下去真的就不好了……"

孟霖铃有些不知所措地回应道。

"你永远不会明白，我经历了怎样的痛苦和绝望！"

在两人的对话中，温笃行逐渐丧失了理智，他一直以来埋藏在心底的所思所想，在此刻止不住地喷涌而出：

"过去我追你追得太紧，这我知道，但我们的关系不是一直很好吗？拍微电影的时候，你协调我和柳依依的矛盾；在洛安旅行的时候，你劝说金泽明接纳了我；百年校庆的时候，你主动邀请我当记者；就连学生演讲，都是你让章凤仪去找我做的，无穷无尽的回忆，一点一点地叠加在一起……我……我一直以为你喜欢我！"

"够了，温笃行！"

一直隐忍不发的孟霖铃此时终于忍耐到了极限，她怒火中烧地说：

"你不要胡乱揣测我，更不要胡说八道，说些子虚乌有的事情！"

孟霖铃在盛怒之下头也不回地离开了。

当孟霖铃的背影最终消失在体育馆门口时，温笃行痛苦地抬起头，他望向天花板，喃喃道：

"这个地方……如果用来表白，该有多好啊！"

晚上，温笃行回到家中，第一时间就翻出新年舞会之前写给孟霖铃的信，信中写道：

"值此新年将至之际，我想用写信这种古典含蓄的方式与你聊聊我过去一年的收获。

过去一年我觉得自己成长了许多，比如上个学期我没事儿就找你尬聊，而最近咱们已经可以探讨一些比较深刻的问题了。我能完成这种转变的一个很重要的原因是因为你宽容友善的个性，你的友善以及乐观都是很难得的品质。你的这些个性一方面增加了我们彼此间的信任，为我们的关系打下了坚实的基础，一方面也令我更加觉得你是一个照顾他人感受的、很可爱的姑娘。我不很喜欢表现得很精明强干或者是和我一样健谈的女性，前者会挫伤我的自信，后者会消磨我的耐心。而你，是一位处事得体但又不很外露的女性，也善于倾听别人的言谈，所以我和你聊天感觉很愉快。

在与你接触的过程中，我也逐渐剥开了我对你的狂热，开始相对冷静地看待你。就像我最近跟你说的一样，虽然有些时候朋友间产生误会后可能不需要过多的解释，只要通过一些行动表明态度，误会就会消除。但是一旦双方对彼此的意图分析产生了偏差，那么误会不仅不会消除，反而还有加深的隐患。所以一旦你发现某个误会随着时间的流逝逐渐放大了，如果你认为修复关系是必要的，那么我建议你主动进行一些必要的解释，这在任何情况下都是尤为重要的。这也是我经常问一些听上去很尴尬的问题的原因，因为当我根据自己为数不多的经验分析咱俩的关系无法得出令自己足够信服的结论的时候，我会厚着脸皮向你请教。

在遇到你之前，我也喜欢过其他的女生。我从中得出的一条非常重要的教训是：在没学会如何与喜欢的人正常相处的情况下去追求自己喜欢的人，是很难成功的。比起试图去改变他人以适合自己，不如在真正意识到自己的个性中有需要改变的内容时改变自己。这是我初中付出过很多实践得到的认识，在我们的关系的发展中起到了很大的作用。希望对你也能有一些启发。

我高中的前一半时间里学到的教训是，有些人其实本来性格还不错，但是那些不喜欢他们的处事风格的人会始终与他们保持一定的距离。这其实提醒了我为什么感情是不可强求的。所以比起一年前我非你不娶的少年热血，我现在更愿意尊重你的想法。这就是我之前跟你说的我从你那里学到的很多书本上学不到的知识。你是我十六年遇到过的最可爱的姑娘，虽然我们不一定能走到一起，但是我想我会一直记得你。青少年的价值观是在不断变化的，一年后的你还会不会对未来的我具有很大的吸引力，我无法预测。而且我还在想，我真的有所谓恋爱的需求吗？关注欣赏的人，并希望得到自己欣赏的人的回应和肯定，这是不是恋爱的本质？有可能是。但我在前面说过，你很会照顾别人的感受，我和你在一起聊天时蛮开心的，由此我觉得，谈恋爱就显得不是很有必要了。

当你快乐时，我不一定也会快乐，因为我可能会嫉妒带给你快乐的人。但是当你难过时，我一定也会难过。因为我一直都想让你快乐。所以在新的一年里，你还是要快快乐乐的比较好，这样比较保险。

其实我动笔写这封信的目的，一方面是为了向我欣赏的人表达我的欣赏，另一方面是我觉得我对你的欣赏还存在很大的盲目性，因为咱们的爱好并没有很多交集，而你的价值观如何，我也不甚了解。希望我能有幸听你聊聊你对我的看法以及你对各种事情的看法。

来自：你永远的笃行"

温笃行写完信之后，本想在新年舞会的时候交给孟霖铃的，但因为当时金泽明和孟霖铃没有参加舞会，所以这封信并未送出，现在读起来，顿时觉得十分讽刺。

温笃行举着这封信，手里不住地颤抖着，他不舍地将信从头到尾读了足足三遍，最后，温笃行深吸一口气，将这封信撕得粉碎。

信纸的碎片从半空缓缓飘落，连同字里行间的理性与激情，一起消散了。

寒冷的夜晚连心都会坠入冰窟里

"这是我补交的作业。"

一大清早儿，董晓倩进了教室，她第一件事儿就是将自己的历史作业放在了温笃行桌上。董晓倩单手托着下巴，眼睛盯着温笃行，意味深长地说：

"老师不收就送你了！"

"你刚转班过来就写完了作业吗？"

温笃行拿着董晓倩的作业，惊讶道。

董晓倩只是冲他笑了笑，没再额外说些什么。

这时，柳依依跑来找温笃行诉苦道：

"历史作业能不能明天收啊？"

温笃行叹了口气，摆出一副为难的样子，说道：

"其实俺们也懒得收啊，大家直接交上来就好了！"

柳依依恶狠狠地瞪了温笃行一眼，然后幽怨地说：

"可以，这没毛病！"

政治课前，温笃行双手交叉放在胸前，头一会儿上一会儿下地打着瞌睡。

董晓倩见状，偷偷笑了一下，接着，她悄咪咪地趴在温笃行耳边，仅用气息说道：

"你很清醒，你很喜欢政治！"

在董晓倩的耳语下，温笃行从第 N 层梦境中悠悠转醒，十分幽怨地看了董晓倩一眼。

"我听说，咱们高三会换新的政治老师呢。"

"你消息还……还挺灵通的。"

温笃行打了个哈欠，笑道：

"不过对你来说，所有的老师都是新老师吧。"

就在这时，上课的铃声响了起来，同学们探头探脑地望向门的方向，却扑了个空。

"上课第一天就迟到，是个狠角色。"

温笃行抚着额头感叹道。

"不好意思，我来晚了。"

三分钟后，一位身着格子红衬衫，戴着眼镜的男老师火急火燎地进了班，尽管老师看上去已经人近中年，不过他灰褐色的头发却昭示着他仍旧旺盛的活力。

"我叫孙建国，是你们接下来一年的政治老师。"

孙建国老师用一句话做完了自我介绍，然后，他在黑板上写下了一串数字，对众人说：

"这是我的微信号，想加的人就加一下。至于朋友圈的问题嘛，你给我开朋友圈我就给你开，你给我屏蔽我也给你屏蔽，我对待这个问题一直都是相互的。以前某市考过一道政治大题叫'交换能给我们带来什么？'，我想，这就是我的答案了。有些同学我可能下学期才能记住，有些同学可能毕业了我都记不住，你们要想办法让我记住你们。"

温笃行一听这话，立刻在底下接了一句：

"再来一年。"

孙建国老师笑了一下，打破了温笃行的如意算盘，说道：

"下一届你可不一定能赶得上我。"

在开始讲授今天的教学内容之前，孙建国老师跟大家语重心长地说：

"我带过不少届高三，跟高考打了很多年的交道，高考说白了就是'人为刀俎，我为鱼肉'的这么一个过程……"

听到孙建国老师的这个奇妙比喻之后，全班同学禁不住哄堂大笑起来。

"你们别笑了，真是这样。"

孙建国老师并不在意同学们的反应，仍旧严肃地说：

"别的科我不敢说，但我们史、地、政三个组的老师经常聚在一起研究怎么出文综卷子，所以这三科我是最清楚的。在文综考试里，从审题到逻辑到知识的使用，全都有套路可循，可以说满满的都是套路。咱这届是最后一届传统高考，用的是旧教材，也不会分科考试，所以你们当案板上的鱼是毫无疑问的。考试的时候，你要是想怎么写就怎么写在那儿挣扎，你就多痛苦一会儿，到最后还是活不了；你要是老老实实按着规范写，我就给你来个痛快的，因为人家顺着刺就会快一点儿。上了高三就要有相应的觉悟，一定要有做鱼的自觉性。哈哈，开个玩笑。"

下课后，温笃行随手整理好自己的笔记，问董晓倩道：

"怎么样，这两天在文科班还习惯吗？"

"啊……还……还好。同学们帮了我很多的忙，我还蛮适应这里的。"

董晓倩说话的时候，略微有些慌乱，不过她很快就恢复了正常。

温笃行瞄了一眼董晓倩上课记得密密麻麻的笔记，顿时像泄了气的皮球一样，自嘲道：

"虽然我比你多学了两年文科，但我感觉你要达到我的水平，最多俩礼拜。十个月之后，你就可以拿着秋大的录取通知书走人了……"

"……如果你有什么不会的，我可以给你讲。"

董晓倩一时不知该接什么话，只好释放了一下自己的善意。

"不用说了。"

温笃行含泪说道：

"祝你幸福。"

"咱们好久没像这样坐下来好好聊天了呢。"

在数学办公室里，赵从理老师抱着手，跟坐在自己对面的温笃行感慨道。

"赵老师……咱们……一定要在办公室里聊情感话题吗？"

温笃行坐在椅子上，他不断摩擦着双手，显得很是局促。

"这个点儿是组里老师一起去分校吃饭的时间，我们每天的时间都特别固定，一般一个小时之内是不可能有老师回来的。这个你大可放心。"

赵从理老师解释道。

听了赵从理老师的话，温笃行深吸一口气，将自己的心事和盘托出：

"上课的时候，我觉得董晓倩似乎有意无意地往我的方向看，而且……她还会时不时拿手肘顶我，但我每次看向她的时候，她都会把头偏向黑板……您觉得她有没有可能喜欢我？"

赵从理老师挠挠头，似乎有些为难，他没有急于回答温笃行的问题，而是继续问道：

"你还有别的发现吗？"

温笃行想了想，将自己上个学期期末前董晓倩经常在放学后到班里的事情告诉了赵从理老师，他还补充了一个不久前刚发生的事儿：

"有一次朱龙治磨叽半天也不去英语办公室，于是董晓倩自己去办公室拿回了自己的作业，顺便也带上了我的作业。她回来的时候，我正和朋友吹我虽然是母胎 solo，但我理论经验丰富，董晓倩重复了一下我的话，我当时也不知道该说什么，所以就冲她笑了笑。"

"我觉得她应该是喜欢你的。"

赵从理老师略微思索一番，说出了自己的判断：

"因为如果是一般的异性朋友关系，其实是不会故意去引起对方注意的。比如说，你去找柳依依的时候一定会有事说事，没事就直接开始聊天，柳依依对你应该也是这样。你们不会只是单纯地吸引对方的注意，更不会特意为对方做些事情来博取对方的好感。尽管依附型人格可能会存在为了获得关注而逆来顺受的情况，但在我看来，董晓倩应该不属于这种人。"

"其实……我也有点儿喜欢她，但我还没放下孟霖铃，我怕这样会伤害董晓倩，我很纠结，所以您说我最近应该对董晓倩主动一些吗？"

温笃行说出了自己的顾虑。

赵从理老师微微一笑，很自然地换了个坐姿，他将两只手肘分别放在两侧的椅子扶手上，两只手交叉在一起垫在下巴底下，示意道：

"你再纠结一下吧，不用着急。"

"您的意思是这种二选一的情况不需要太多的建议和开导，自己想清楚就可以了？"

温笃行试探着说出了自己的理解。

"对，就是这个意思。"

赵从理老师肯定地说。

一个礼拜后的某天，温笃行在放学时间来到6-12便利店买晚饭，当他随手拿了两个饭团准备结账的时候，他看到那个留着白色长发的熟悉身影。

在确定自己没有认错人后，温笃行几乎毫不犹豫地上前搭话，说道：

"你也来这里买晚饭吗？"

董晓倩听到温笃行的问询声后，转过身来，她看着温笃行，红色的瞳孔微微收缩，有些拘束地点点头。

"这儿的三文鱼和金枪鱼的饭团挺好吃的，有时间你可以尝尝。"

温笃行晃着手里的两个饭团，跟董晓倩推荐道。

"你一般晚上都只吃饭团吗？"

董晓倩自然而然地接上了温笃行的话，问道。

"虽然我看上去挺胖的，但其实吃得不多。"

说着，温笃行将食指和拇指伸得笔直，从缝隙中露出一只眼睛，笑道：

"只吃一点点。"

两人结完账走出便利店后，温笃行主动问道：

"那你呢？一般晚饭吃什么？"

"我一般会吃三明治或者巧克力派吧……现在不是流行极简主义风格吗？"

董晓倩笑道。

两人有一搭没一搭地闲聊着，说话间就来到了教学楼的电梯前。

两人等电梯的时候，身边偶然经过了两名初一的同学，脱口问道：

"学生不是不能坐电梯吗？"

温笃行见状，也不着急，慢条斯理地说：

"我们是学长，不是学生。"

初一的同学听完之后，幼小的心灵受到了极大的震撼，他不禁对给予这一完美回答的温笃行肃然起敬，随即拱手说道：

"大师，我悟了！"

在电梯里，温笃行看见电梯镜子上贴着一张宣传单，上面写着某个初中班级在即将到来的文化节里将举行什么样的活动，以及活动的具体时间和地点。

"你还记得咱们初二的时候，贴小广告的事儿吗？"

温笃行指着镜子上的传单，笑道。

"记得啊……"

董晓倩看着传单，盈盈笑道：

"当时连贴在门框上辟邪的都有。"

两人刚聊到这儿，电梯门就开了，他们和赵从理老师大眼瞪小眼，气氛一度十分尴尬。

"你们怎么能坐电梯呢？"

赵从理老师率先打破了尴尬，问出了一个更尴尬的问题。

"...Surprise！"

温笃行憋了半天，才来了这么一句，从而将气氛推上了尴尬的高潮。

赵从理老师撇着嘴，显然对温笃行的回答不太满意。

"我们为了阻止别人坐电梯一路追到电梯里，结果电梯门不小心关上了。"

温笃行又试探着抛出了第二个借口。

赵从理老师却摇摇头，说道：

"我只抓坐电梯的，不会管你是主动上去的，还是被动上去的。"

"我这不先把电梯给您焐热了吗？"

情急之下，温笃行灵机一动，回答道。

"不错，反应很快。"

赵从理老师颇为赞许地说。

温笃行目送赵从理老师进了电梯，紧绷的神经才终于放松下来。

温笃行和董晓倩回到班里时，已经是晚上五点多了，班里的同学们或回家，或吃饭，或去上晚自习，全都不在班里。

温笃行抬起头，环顾四周，接着又看了看身边正叼着三明治准备写题的董晓倩，他的内心突然感受到一股莫名的悸动。

温笃行竭力克制着这没有来由的冲动，他拎起书包，从座位上站起来，问董晓倩道：

"一……一起去上晚自习吗？"

董晓倩抬起头，冲温笃行笑了一下，眼中饱含歉意，道：

"不好意思，我想先写完今天的语文作业再去，你先过去吧。"

听了董晓倩的话，温笃行的悸动虽然被暂时压制，但却隐隐产生了一种遗憾的感觉，他背起书包，离开了教室。

到楼下以后，温笃行发现自己的那股冲动愈发难以抑制，他在楼梯口来回踱步，试图让自己冷静下来，结果却适得其反。期间，路过的一对情侣压垮了温笃行最后的理性防线。就在温笃行转身准备回班表达自己奔涌的情感时，一个声音突然在他的脑海中响起：

"现在可能不是表达情感的最佳时刻。未曾体验过恋爱的人比熟谙此道的人更盲目，冲动是魔鬼。"

温笃行的直觉预感到自己应该即刻停止这场以欲望为筹码的恋爱赌博，否则迎接自己的将是暗礁涌动的未来，这令他陷入了新一轮的纠结。

"你怎么还在这儿？"

董晓倩的一声询问，打断了温笃行的全部思绪，温笃行理性的堤坝最终溃败了，他直截了当地开口问道：

"晓倩……我对你有好感，这件事儿，你怎么看？"

董晓倩并不急于作出回应，反而问道：

"你现在和孟霖铃的关系怎么样？"

"我曾经很喜欢孟霖铃，为了让她也喜欢我，我努力过。可是，她却像我手里的沙子一样，攥得越紧，流得越快。过去的事情已经过去了。她有她的幸福，我也有我的幸福……以我对孟霖铃的了解，她做事情比较瞻前顾后，相比之下，你给人的感觉更加果断干练一些，这点她不如你。"

再说话的时候，温笃行尽量保持语气的平和，但话里仍不免有一丝伤感。

董晓倩没有接温笃行的话，只是一直耐心地听着，直到确定温笃行说完以后，董晓倩才继续问道：

"那你放下孟霖铃了吗？"

董晓倩的这个问题，将温笃行惊出一身冷汗，他明显犹豫了一下，随后，老老实实地说：

"没有……但我想我应该是可以做到的。"

"挺好的。"

董晓倩不置可否地回答道，脸上依旧挂着笑容。

"我想听听你的答复。"

温笃行鬼使神差地问出了这句话后，隐隐有种不好的预感，于是他随后又补充道：

"如果觉得现在不太方便也没关系，可以过两天再说。"

董晓倩瞪大了眼睛，表情显然有些意外，不过她还是回答道：

"我不喜欢你，不过……"

董晓倩说到这里，把两只手背到身后，略带俏皮地说：

"你喜不喜欢我，随便。"

说完这番话后，董晓倩就径直往自习室的方向去了，留下温笃行一个人，在原地反复揣摩董晓倩话里的意味。

当天晚上，温笃行没有再次出现在晚自习教室，直到结束时间，才匆忙赶到教室，收拾起东西回家了。到家后，越想越觉得自己铸下大错的温笃行试图拨通董晓倩的电话，不过并没有接通，百般无奈下，温笃行只好给董晓倩发微信道：

"你现在方便通个电话吗？"

"不太方便，有什么事儿打字说吧。"

过了一会儿，温笃行收到了董晓倩的回复。

"请问你是因为我放不下孟霖铃才拒绝我的吗？"

发完消息之后，温笃行捧着手机，双眼一直盯着他和董晓倩的聊天界面，焦急地等待着。

在屏幕的另一边，董晓倩皱紧了眉头，她举着手机，一股夹杂着挫败与委屈的感觉涌上心头，眼泪也禁不住在眼眶里打转。在经历了短暂的纠结以后，她发消息给温笃行，写道：

"不是，我是因为不喜欢你才拒绝你的。"

乍一看董晓倩的回复，温笃行不禁有些难过，不过当温笃行反复阅读董晓倩的回复以后，他好像突然明白了什么，于是，他打字写道：

"哦，那没事儿了。我想开了，谢谢你。"

温笃行犹豫了一会儿，又进一步补充道：

"如果我给你造成了困扰我很抱歉，我会努力让我们的关系不变成我和孟霖铃那样的。"

发完这条消息后，温笃行将手机放在了一边，努力试图让自己不去想今天发生的事情。

临睡前，温笃行实在有些按捺不住，他急不可耐地打开手机，看到了董晓倩在自己发完消息后不久留下的回复：

"不会的，反正咱俩本来也不是什么会聊天的关系。"

温笃行仰卧在床上，举着手机想了想，随后回复道：

"我觉得之前我可能做得有些太过火了，所以一方面我考虑放缓我的脚步可以降低对你的压力，另一方面我觉得我们彼此还有进一步了解的空间，所以之后我想慢慢了解一下你，同时我希望你也能够选择一种你认为舒服的方式。"

贪念是比流言更加可畏的东西

距离温笃行"告白"事件已经过去了一个礼拜。这天中午，温笃行试图缓和一下和董晓倩紧张的关系，他看着董晓倩，喉头上下滚动了一下，犹豫地问：

"我能……借一下你的笔记吗？"

"你去借别人的吧。"

董晓倩回答温笃行的时候，依旧没有停下手里写题的笔。

"不好意思，打搅了。"

温笃行随口应了一下之后，狼狈地从座位逃离。

在路过柳依依的座位时，温笃行低声问道：

"我有点儿事儿想和你说，你现在方便跟我出一趟教室吗？"

虽然柳依依不知道发生了什么，不过她很容易就察觉到了温笃行眼中的急切，于是，她同意了温笃行的请求。

两人在教室外找了个相对僻静的地方，温笃行将上个礼拜"表白"事件的前因后果大致跟柳依依描述了一遍，然后不解地问：

"我觉得就算是我言辞不当，但也罪不至死吧？"

"是呀，我也觉得不至于。就算她觉得尴尬，也没必要跟你摆脸色……等会儿！"

柳依依的语气中同样流露着疑惑，突然，她若有所悟地说：

"这件事儿你应该没有跟别人说过吧？"

"前几天章凤仪来和我聊学生演讲的事儿，我当时因为这事儿正郁闷着呢，觉得章凤仪和董晓倩也挺熟的，说不定能给我点儿建议，结果她把我骂了一顿……"

"你当时怎么和章凤仪说的？"

柳依依耐着性子问。

"我就说董晓倩可能会喜欢我……"

温笃行一边回忆一边说道。

"那你没了，兄弟。"

柳依依先稍微调侃了温笃行一下，继而责怪道：

"你不能病急乱投医呀！而且你上来第一句就会出大问题。"

一听柳依依的话，温笃行也有些急了，问：

"那我现在该怎么办呀！"

"我也不知道。"

柳依依挠挠头，说道：

"我和小洋的关系一直很单纯，我也没碰上过这么复杂的情况。"

见温笃行一副孤立无助的样子，柳依依叹了口气，说道：

"不过，我可以帮你分析分析你遇到的问题，说不定会对你接下来的行动有帮助……"

温笃行听了柳依依的话，眼睛顿时放出光来。

于是，柳依依分析道：

"第一，当人家女生很认真地问你有没有放下另一个女生的时候，这时候我不管你怎么想的，答案只能有一个，那就是放下了。这很大程度上都不是一个事实问题，而是一个态度问题。"

"她难道不是想知道我内心的真实想法吗？而且如果我被她发现是骗她的，那岂不是更难收场了？"

温笃行顾虑重重地说。

"你能不能稍微动动脑子啊！"

柳依依一副怒其不争的样子，说道：

"你直到开学初的时候还和孟霖铃一直藕断丝连，没事儿就去找她聊天，明眼人谁不知道你还没完全放下她？女生明知一个问题的答案，还要故意问你，她的目的很显然只有一个……"

"她想听我跟她表个态。"

温笃行有所顿悟道。

"可以啊你，都学会抢答了！"

柳依依颇为赞许地说。

"可是……我当时真的在认真思考这个问题，可能有十秒钟都没给出回应，可信度是不是太低了……"

温笃行试着回忆自己当时的想法，说道。

柳依依不以为然地摇摇头，说道：

"还是那句话，只要你有只喜欢她一个人的态度，不管她事后相不相信，至少你俩表面上都能互相给个面子，不至于尴尬。你一定听过一句话叫"恋爱中的女生智商都为负"这句话吧？所以只要你表态自己已经放下了，虽然她当时可能会拒绝你，但从长远来看，她是很愿意相信你的。因为你已经放下了这个表态非常符合她的想法，只要你后续确实减少和孟霖铃的接触，她从感性上就会越来越倾向于你是真的放下了。

女生不在第一时间拒绝你而是先问出这个表态类的问题，本身就证明她对你至少是有好感的，那么一旦事实符合她的预期，她就不太可能动用理性逻辑去分析你究竟是不是真的放下了孟霖铃，因为人心隔肚皮，你最真实的想法她永远不会知道，而且如果她疑心病太重被你发现了，这种缺乏信任的态度是很容易被你讨厌的，所以她也没必要冒险。"

"我完全没想到，一个简单的问题背后会涉及这么多考量！"

温笃行啧啧感叹道。

"所有人的行动逻辑不都是这样吗？除非某件事的收益大于风险，否则没有人会去做的。博彩行业就是利用了人们对风险的误判，将一夜暴富的小概率事件放大，让人们少量多次地投入成本，最终血本无归。"

柳依依轻描淡写地说。

"老心理学家了，牛皮啊这个人，有操作的呀！"

温笃行夸奖道。

柳依依拍拍温笃行的肩膀，颇感欣慰地说：

"其实你没当着董晓倩的面说孟霖铃坏话就很不错了。如果你那么做了，那么它就会自动触发董晓倩的理性思维，她会想：如果我俩将来有了情感纠纷，温笃行会怎么和别人贬低我呢？所以你要有信心啊少年，事情还没到不可挽回的境地。"

"嗯嗯，你继续说！"

温笃行的语气明显自信了许多。

柳依依却依旧眉头紧锁，说道：

"你可别高兴太早。第二，你把这件事儿告诉别人了，而且还是她很亲近的朋友，这就要引入第二个变量，也就是舆论压力。可以说，是你的这个行为让事情复杂化了起来。"

"你也知道，我神经比较大条，没脸没皮的，所以这方面我还真没怎么在意过……"

温笃行挠挠头，颇为尴尬地笑了笑。

"你还真笑得出来！"

柳依依一脸严肃地说：

"青春期的女孩子把脸面问题看得可是比生命还要重要呢！对你的那点儿好感和自己的面子比起来，基本上可以靠边儿站了。"

温笃行立马摆出了一副生无可恋的表情。

柳依依白了温笃行一眼，解释道：

"章凤仪知道了这件事儿，以她跟董晓倩在八班的交情，毫无疑问是会站在董晓倩那边的，所以她骂你也在情理之中……不过不太熟的人对你骂骂咧咧我估计你也不会往心里去，但最可怕的是如果这件事儿只是你们两个人心知肚明，那不过是你们两个人的内部矛盾，但这件事儿既然被其他人知道了，那矛盾就公开化了。换句话说，现在董晓倩不仅要考虑是否与你接触，在接触的同时还要考虑怎么给章凤仪一个合理的解释让她放心，在董晓倩和章凤仪达成一致以前，董晓倩有可能会故意疏远你，因为这已经不完全是她能控制的了。

再加上还有第三点，你说董晓倩喜欢你相当于在和她争夺主导权，如果说将矛盾暴露出来已经让你们开始共同承担舆论压力，那么争抢主导权的方式实际上会使董晓倩进一步处于被动的地步。所以假如我是董晓倩，就算我再怎么喜欢你，为了重新掌握主导权，我也不会理你了。"

柳依依说到这儿，看着愁眉不展的温笃行，她稍稍顿了顿，问道：

"这件事儿最坏的结果，你想听吗？"

"你说吧。"

温笃行强颜欢笑，说道：

"我顶得住！"

见温笃行的态度如此坚决，柳依依也就将自己的想法毫无保留地讲给温笃行，道：

"接下来的一段时间，董晓倩别说不会给你机会，只要她理你就算不错的了。你们现在虽然没有情侣之名，但却希望有情侣之实，所以她的目的也就从让你对她有好感变为了考察你是否有好感了，所以在面对未来出现的舆论压力时，她会毫无负担地牺牲你的名誉。如果把班里那些跟你不熟的人称为中立派，那么随着你的名誉被逐渐诋毁，你在班里的评价将会越来越低，由此给董晓倩带来更大的舆论压力，最终形成一种恶性循环。"

"行吧，我服了。"

温笃行摊摊手，说道：

"我算是理解了什么叫'一招不慎，满盘皆输'。"

"我也不明白你是怎么把一手好牌打得稀烂的。"

柳依依撇撇嘴，说道：

"有了恋爱战争中的三座大山，你的胜算其实微乎其微。"

柳依依拍了拍温笃行的后背，建议道：

"我建议你利用这段空档好好想想自己对董晓倩到底是什么样的看法，不要何撩呢？如果没那么喜欢，你就放弃吧。"

柳依依不知道的是，自从徐远洋前往美国之后，班里就开始有一些女生开始密切注意她和温笃行的动向，在两人的这次谈话之后不久，一则有关两人的绯闻开始在班里不胫而走。

倔强的思念在舆论的压力下土崩瓦解

"今天是非毕业年级文化节的日子，一起去看看好吗？"

这天中午，朱龙治来到金泽明的座位旁，双手撑着桌子，邀请道。

"上午留的作业我还没写完呢。不好意思啊，龙治，你先去吧。"

金泽明朝朱龙治抱歉地笑了笑，说道。

"你说说你……"

朱龙治抱着手，颇为不满地抱怨道：

"有空陪女朋友，但是和朋友联络感情的时间都抽不出来，真不知道该说你什么好……"

"当初我和小霖刚在一起那会儿，哪儿能想那么多呀。要是换成现在，我不管多喜欢她都不会轻易开始一段恋情的，毕竟高三真不是谈恋爱的时候，好饭不怕晚嘛。至于现在，就只能走一步看一步喽。"

"你这家伙，做事情一向都有最正当的理由。"

朱龙治以略带嘲讽的语气说：

"你真是一点儿都不可爱。"

于是，朱龙治跑到了温笃行身边，邀请他一起去逛逛。

"上个月咱们补课的时候有的班就把文化节的传单贴上了，真该给他们颁个敬业福。"

温笃行笑了笑，然后确认道：

"而且好像社团招新也是在今天吧？"

朱龙治点点头，接着笑道：

"还在两年前刚上高一那阵儿，我加了一个故事社团，后来一次活动都没参加过。"

"我也一样，两年前初来乍到，和动漫社社长有一面之缘，前两天人家还在微信里问我是谁来着……"

说到这儿，温笃行颇有信心地自嘲道：

"我敢保证，如果我今天去礼堂参加动漫社的社团展示，绝对没人能认出我来！"

"听上去好心酸啊。"

朱龙治苦笑了一下，随即提议道：

"要不要一起去礼堂凑个热闹？"

"可以，意思一下。"

温笃行同意道。

到礼堂之后，由于现场太过火爆，所以两人只能找了一个位于前排但相当偏僻的地方坐了下来。

"前排的朋友们！"

温笃行和朱龙治刚找到位置坐下，就听见动漫社社长声嘶力竭地对众人喊道：

"一会儿咱们社的小哥哥和小姐姐就要出来跳宅舞了！请大家要像给粉丝应援的死宅一样为他们疯狂打 call！打爆电话！"

动漫社社长的话在前排引起了相当热烈的回应，他擦擦汗津津的额头，显得十分满意。

"哇，这就是肥宅的力量吗？这也太可怕了……"

朱龙治的语气中显得十分意外。

"继 Revolutionary 前辈、Founding 模范、Reform 先锋之后，现在终于是复兴肥宅的天下了，还是人均家里蹲大学，The university of Calidon 毕业的那种。"

温笃行一边说，一边还自顾自地点点头。

"话说回来……"

温笃行突然充满理解地看了朱龙治一眼，问：

"你女朋友是不是今天也要在动漫社跳宅舞啊？嗯？"

"我也不知道啊……"

朱龙治咽了口唾沫，有些紧张地说：

"黄小丫只是说她有可能会出场。"

"嗨！"

见朱龙治一副扭扭捏捏的样子，温笃行狠狠拍了一下朱龙治的后背，不以为意地说：

"大家都是男人，给自己的女人捧个场，有什么可害羞的！"

"不是有句话叫小别胜新婚吗？"

朱龙治有些难为情地说：

"我跟小丫暑假的时候都忙着上课外班，就刚放假那会儿见了一面，好久不见了，真挺想她的。"

温笃行笑道：

"你俩是真正实现了从拍拖到网恋的反向操作。"

"嗯……希望有朝一日我的脸也能逆生长就好了。"

朱龙治说完，还颇为怜惜地摸了摸自己的脸。

"不过你说，怎么现在班里都没有下课的气氛了，他们都不休息吗？"

见展示活动迟迟没有开始，温笃行就又找了个话头，说道。

听了温笃行的感叹，朱龙治坏笑道：

"高考结束后到你去工地报到前你有好长时间可以休息呢！你去工地一问，你们这儿对高考成绩有要求吗？人说没要求，然后你就想啊，那我考这三百多分不就浪费了吗？"

"你是敦煌来的吗，壁画咋这么多？"

温笃行话音刚落，礼堂的灯光突然就暗了下来。

在短暂的沉寂之后，舞台上的灯稍微亮了一些，刚刚还空无一人的舞台此时已经站满了形形色色的 Coser，他们的手里无一例外地都拿着荧光棒。随着动漫音乐《极乐净土》响起，礼堂的气氛瞬间陷入了狂热。

"坂田银时！宇智波佐助！流川枫！有点儿意思啊！"

温笃行历数着舞台上那些耳熟能详的动漫人物，不禁心潮澎湃起来。

"怎么看了半天都是男的啊？黄小丫呢！"

与温笃行不同的是，对动漫兴趣寥寥的朱龙治此时更关心的是自己的女朋友有没有出现在舞台上。在没有找到黄小丫的身影之后，朱龙治随即露出了失望的神色。

舞台上，气氛渐入佳境，台上和台下鼎沸的声音汇集到一处，奏响了文化节的最强音。

当动漫社的 Coser 们跳完这首歌后，一个小小的惊喜出现了。

Coser 们十分慷慨地将刚刚还拿在手里挥舞的荧光棒洒向观众席，本来抱着吃瓜群众的心态前来围观的温笃行此时早已被这活跃的现场气氛所打动，他一个箭步冲向了舞台正前方的观众席，在第二首歌响起之前一屁股坐在第一排靠中间的位置，翘首以待。

与此同时，董晓倩、孟霖铃和章凤仪此时正聚在一起，分享着章凤仪刚从高一某班买来的桂花糕。

"这温笃行是怎么回事儿？"

章凤仪将一块桂花糕送进嘴里之后，把牙签狠狠扎进盘子里的另一块桂花糕上，气愤地说：

"一个月里接连得罪我两个姐妹，真是反了他！"

孟霖铃咽下一口桂花糕后，连忙劝章凤仪道：

"你先别激动，温笃行这个人，憨是憨了点儿，但心眼儿还是不坏的。"

"不行！他这是在太岁头上动土，我不管他是考古还是盗墓，都可气！"

章凤仪又扎起一块桂花糕放进嘴里，用力地嚼了嚼吞进肚里，然后说道：

"我实在咽不下这口气！"

章凤仪的态度相当强硬，孟霖铃见执拗不过，问道：

"那你想怎么办呢？咱总不能真去报复人家吧？况且他也没做什么伤天害理的事儿……"

"姐姐，我看你是还没弄明白！"

章凤仪用恶狠狠的语气说：

"男人这种东西，你越对他百依百顺，他就越变本加厉地欺负你。咱们现在越纵容温笃行，他就会越嚣张！所以，我们必须得让他吃点儿苦头才行！一定得让他知道自己是几斤几两！"

见孟霖铃还是一副举棋不定的样子，章凤仪转而询问起董晓情的态度：

"晓情，说到底，温笃行践踏了你的一片真心，咱们应该给他点儿颜色看看，让他知道恣意妄为的后果是什么！"

然后，章凤仪也不等董晓情表态，直接说出了自己的想法：

"我们也没必要做得太过分，让晓情先把温笃行删了就行了，如果他表现好的话，我们晓情再加回来不迟。"

"可是，既然晓情对温笃行多少还有些好感，咱们这么做，恐怕不太好吧……"

孟霖铃踟蹰着说出自己的担忧。

"小霖，你今天怎么了？怎么老是向着温笃行说话！"

章凤仪大为不满地说：

"你可不能胳膊肘往外拐啊！"

章凤仪说完，就转向董晓情，满脸期待。

董晓情愣愣地盯着手里的那盘桂花糕看了一会儿，终于点了点头。

孟霖铃还想再劝，但最后没有说出口。

在礼堂内，随着第二首歌《恋爱循环》一曲终了，第二波荧光棒飞洒在空中，温笃行热情地张开双臂，准备迎接从天而降的礼物，却眼睁睁地看着那些荧光棒一个个全都向后飞去，心里拔凉拔凉的。

"怎么着，心里凉了半截儿？"

朱龙治摸索着来到温笃行身边，调侃着问。

"没了……都没了！"

温笃行的语气中很是绝望。

"嘿嘿，你看这是什么！"

朱龙治说着，从背后掏出两个荧光棒，说道：

"刚才多亏我眼疾手快，浑水摸鱼捡了两个。你喜欢就都拿去吧。"

温笃行兴奋不已地从朱龙治手里接过其中一个荧光棒，笑道：

"可真有你的啊！这手速，一看就是好久没见女朋友了。"

"爪巴！拿着荧光棒，啪！"

朱龙治假装生气地说，然后趁温笃行不注意揉了揉自己的头。

两人赶在第三首歌儿之前回到座位上坐好，音乐响起之后，温笃行兴致高涨地挥舞着荧光棒，挥到动情处，一不留神把壳挥飞出去了。

于是，温笃行满脸尴尬地将剩下的电线和小灯泡放在了两人面前的桌子上，朱龙治瞄了一眼桌子上荧光棒的残骸，毫不介意地拿起来，和自己手里完好的荧光棒一块儿挥了几下之后，把荧光棒的残骸往桌上一扔，惊恐地说：

"算了吧，我怕触电。"

看着朱龙治的反应，温笃行忍俊不禁地问道：

"你听说了吗？这次活动新东亚好像还给赞助了。难道这种校园活动还需要花钱吗？"

"不知道啊。不过新东亚烹饪学校如果能管顿饭也是很好的。以前咱们初中部的剩饭直接喂猪，现在是猪的剩饭直接喂我们……哎等会儿，说不定咱的剩饭加工一下就直接给初中那边儿送过去了。哎呀，舒服极了！"

思虑至此，朱龙治一下就释然了。

温笃行突然想起了一段陈年旧事：

"说实话，新东亚应该确实挺有钱的，你别看我这样，我也算是从四岁开始学英语，七年多花了十几万的人。"

听了温笃行的话，朱龙治调侃道：

"怪不得新东亚这么有钱，闹了半天是个骗钱的玩意儿，教你英语那不比传销来钱还快啊？"

温笃行咧开嘴，粲然一笑，说道：

"无论发生什么都要保持微笑哦，小香香。"

除了动漫社之外，跆拳道社的表演也同样令人印象深刻。

在跆拳道社长和一众社员站上舞台后，先在社长带领下集体向观众席致意，随后，他们便分列两队，一队人从舞台边缘各自取过一个事先准备好的木板，包括社长在内的另一队人则站在一边作进攻预备状。随着社长一声令下，社长那队的人几乎同时大喝一声，飞起一脚，直奔对面举起的木板而去。

就在这时，尴尬的情况出现了。

跆拳道社长一脚直奔拿板子的姑娘而去，吓得对方下意识地一歪头，板子跟着偏离了既定轨道，导致社长踢了个趔趄。

社长还不死心，又叫了另外一个姑娘过来举木板，结果他一脚下去，正好踢到了两个板子之间的缝隙，场面一度相当尴尬。最后，在万般无奈下，社长只好用手将两个板子一一劈碎。

观摩了整场滑稽剧的温笃行手舞足蹈地跟身边的朱龙治比画道：

"我估计现在跆拳道社长的心理活动是这样的：这批货谁进的？材质竟然这么好！开除出社！我们社不需要这么缺心眼儿的！"

台上社长的心理活动，朱龙治并不知道，不过他唯一可以确定的是，跆拳道社的同学们，由此迈出了喜剧演员的第一步。

在回班路上，温笃行突然想到一个很有意思的话题，于是问朱龙治道：

"你觉得这次社团展示的核心是什么？我觉得按男生的观点没有漂亮妹子或者至少是认识的妹子根本坚持不下来。"

朱龙治稍作思考后，回答：

"可能女生来了很多也不是为了看妹子的吧？尽管那些音乐我也叫不上名字，不过我觉得还挺好听的，至于那个舞蹈，真的是一言难尽，没有 BGM 根本就没眼看……但没我女朋友就更离谱！"

温笃行苦笑着看朱龙治抱怨了一会儿，随手打开了手机，看到了董晓情给他发的未读消息。

温笃行满怀欣喜地打开微信，却看到了这样一番话：

"我真的不喜欢你，你心里有点儿数好吗？人再自恋也得有个限度吧！别再纠缠我了。"

温笃行刚刚收获的好心情被一扫而空，情绪瞬间跌落谷底。

温笃行还想再解释什么，却在消息发出后得到这样的回应：

"董小姐开启了朋友验证，你还不是他（她）的好友，请先发送朋友验证请求，对方验证通过后，才能聊天。"

独在异乡的生活难免喜忧参半

课间的时候，柳依依来到温笃行的座位边，笑盈盈地把一个信封塞到温笃行手里，说道：

"有你的信，徐远洋从美国寄来的。"

"哦豁，还有火漆封泥呢。这喝过洋墨水儿的就是不一样哈！"

温笃行说着，小心翼翼地拆开了信封，将里面的信取了出来，开始仔细地阅读：

"给笃行兄：

见字如面。上次我走的时候实在仓促，有好多想和你说的话都没说出口，所以借着这个机会，我想跟你说说心里话，算作是对没有临别赠言的补偿吧。

你开学自我介绍的时候说你喜欢讲冷笑话，后来我发现果然如此。不过我知道，其实你不只是外表怪异，说话极多那么简单，你有很多深层次的思想，关于这一点，我一直由衷地钦佩你。谢谢你这两年给我、给大家带来的欢乐，少了你这个话最多的人，高中生活都不算完整。希望你以后能菲言厚行，要开心、幸福！

其实你是个温暖的人，就是个别时候可能会在不知不觉中对别人索取太多，而在关心他人的时候不太能意识到对方最看重的东西，所以往往会适得其反。你和孟霖铃后来关系不好的原因，其实就是这么简单。希望在最后一年里，你能多珍惜孟霖铃的善良和你们之间的缘分。只要你能设身处地地体会她的不易，她也一定不会辜负你。

至于柳依依，她其实是一个很敏感的人，她和你一样开朗，但不像你那么乐观。每当柳依依心情低落的时候，远在大洋彼岸的我都显得力不从心，很多时候我只能在言语上稍加宽慰，而不能给她一个可以哭泣的臂膀。虽然你从来不说，但我知道，在我看不到的地方，你一定帮了我很多忙。谢谢！

自邀，人在美国，没上飞机，比较想家，不匿。这里风好大，我好害怕。

你的徐仔。"

"徐仔……"

温笃行叹了口气，将信随手放在桌上，满怀遗憾地说：

"你的忠告来得也太晚了……"

回到家，温笃行突然想到自己已经快两个礼拜没怎么和柳依依说话了，于是就给柳依依发了条消息，道：

"你上高三之后咋那么忙呢，感觉咱俩好久没聊天了。"

隔了好久，柳依依才回复道：

"这也不是忙不忙的问题……"

随后，柳依依问道：

"你最近有没有听说什么传言？"

屏幕那边的温笃行愣了一下，他冥思苦想了很长时间，却依然没有任何头绪，于是，他回复道：

"是不是谁欺负你了？那我一定让对方没好果子吃！"

"也不用那么夸张啦。"

柳依依回复的语气明显有所缓和，然后解释道：

"因为咱们一直走得比较近，所以班里难免会有一些不实的谣言，对我造成了一些困扰。尽管咱们和徐远洋的私交甚密，但我还是觉得跟异性保持一定距离比较好。我们聊得有点儿过于频繁了，对我和徐远洋的关系不太好。其实这件事儿也不能完全怪你，但我也有我的苦衷，希望你能理解。"

温笃行看了一眼自己刚放到桌上的徐远洋的信，释怀地笑了笑，随后打字回复道：

"不好意思，我这个人一聊天就停不下来，我以后注意。"

和柳依依沟通完后，温笃行心中实在郁闷，于是拨通了徐远洋的电话。

"是谁呀……"

电话那头传来一个迷迷瞪瞪的声音，问。

听到徐远洋有气无力的声音，温笃行心生奇怪，问道：

"嗯？怎么感觉你听上去好像没睡醒的样子？"

"现在美国这边才刚凌晨五点啊，笃行。"

此时，睡眼惺忪的徐远洋正用手肘支撑着身体，双手抱着手机将其贴在耳朵上，哭笑不得地说。

"啊，不好意思，那你继续睡，咱们改天再聊！"

温笃行赶忙说道。

徐远洋也赞同道：

"好。其实咱们也有段时间没联系了，我还挺想和你聊聊的。咱们挑一个双方都有时间的日子再说。"

两天后的礼拜日上午，温笃行正迷迷糊糊地在洗手间刷牙，一阵电话铃响驱散了温笃行蒙眬的睡意。

温笃行接起电话，里面传来了徐远洋爽朗的声音：

"古德猫宁。你现在已经是高三的狗了吧！感觉怎么样？"

温笃行吐完牙膏沫之后，有的放矢地说：

"我基本上已经习惯高三生活的强度了，倒是你小子，该不会又弄出什么天秀操作了吧？"

徐远洋把自己的下半身完全埋进被子里，他靠在床头，笑道：

"我是什么人你还不清楚吗？那必须是不鸣则已，一鸣惊人啊！"

"净给自己脸上贴金，整出了幺蛾子你还挺骄傲哈？"

温笃行回到卧室，随手将椅子拉过来坐下，接着他翘起二郎腿，调侃道：

"有什么不开心的就说出来让我开心一下！"

"哎呀，我的悲惨遭遇只不过是一些不值一提的小事儿而已。"

徐远洋轻描淡写地说：

"也就是上个学期有三次把钥匙落在房间里，一共交了三十刀的智商税。不过，其中有一次我倒霉到钱包落在家里，手机还没电了，而且那时候前台值班的正好去了洗手间，所以不在，更尴尬的是，我连家里人在纽约的电话号儿都没记住。当时我刚参加完辩论社活动，回到公寓门口已经晚上十点了，所以我连等着别人开门的希望都破灭了……说实话，有一瞬间，我真的想过去睡大街，体验一把纽约贫民窟寒风习习的夜生活。"

"对不起……"

温笃行强忍着笑意，说道：

"你先让我笑一分钟……哈哈哈哈！"

"笑完了再拉出去枪毙十分钟！"

徐远洋在手机那头都不禁有些脸红，于是随便说了句俏皮话打算蒙混过去。

一分钟后，电话那头传来了徐远洋无奈的声音：

"你怎么笑得像拖拉机一样……你就不怕笑断气吗？"

温笃行伸手抹了抹笑出来的眼泪，说道：

"我是受过专业训练的，不管多好笑都不会笑，除非忍不住。"

徐远洋略带尴尬地无视了温笃行的揶揄，继续说道：

"我当时首先想到的办法就是给警察或者领事馆打电话，但我怕直接给领事馆打电话会演变成外交问题，就跟旁边的美国姑娘借了个手机打算报警。姑娘是白人，长得还挺好看的，后来一问人家有男朋友了，不过我也有女朋友，那就没事儿了。我问了她一些关于纽约警察的情况，但她觉得警察来了也没权限闯私家公寓，所以我就拿着她的手机捣鼓，看看能不能安个微信联系上我们班的中国同学，让人家下来直接给我开个门。"

"我记得现在登录微信都需要短信验证吧？这个方法应该行不通。"

在徐远洋讲述的过程中，温笃行也逐渐将自己代入到徐远洋的角色中，一本正经地思考起来。

徐远洋无奈地说：

"其实找微信里的好友帮忙验证也可以。问题是，我要是能跟好友列表里的人联系上我还拿着洋妞儿的手机瞎折腾什么劲儿啊！"

"真相了啊兄弟。"

温笃行笑道。

徐远洋饶有兴致地问：

"结果你猜我后来咋进去的？"

温笃行以夸张的语气道：

"你该不会是扯着脖子把值班儿的给喊出来了吧？"

"这有点儿过分了。"

徐远洋啼笑皆非地说：

"我们公寓旁边有家中国超市二十四小时营业，而且里面的员工基本上全是中国人。我直接跑到那儿跟柜台小哥借了手机给国内的叔叔打电话，联系上了我爸，然后就直接回家住了。"

"你可真是妙蛙王子吃着妙脆角进了米奇妙妙屋，妙到家了！"

温笃行调侃了一下，然后问道：

"你在纽约也待了挺长时间的，就没发生点儿好事儿吗？"

"我在纽约除了英语进步挺快的，主要就是交了一些朋友吧。"

徐远洋想了想，说道：

"上个学期我们学校的迎新周活动有社团招新，我一高兴，就参加了好多社团。国外社团文化的一大特色就是充斥着形形色色的政治社团，各种有关自由主义、保守主义、民主社会主义、环保主义、女权主义、性少数群体、种族平等议题的社团应有尽有，我估计你会喜欢。当然，也有一些和国内大同小异的社团，比如动漫社、辩论社、经济学社、心理学社、模拟联合国还有学生会等等，我在那里认识了来自各地的朋友，不过玩儿得最好的还是一个辽宁大妹子、一个广州小伙儿和一个汉语贼溜的新加坡姑娘。"

"我猜会汉语才是重点吧？"

温笃行一针见血地调侃道。

"华生，你发现了盲点。"

徐远洋直呼内行。

"不过新加坡人都会说汉语吗？"

温笃行好奇地问。

面对这个问题，徐远洋显得颇有见地，他侃侃而谈道：

"很多新加坡人其实都是下南洋的中国人后裔，所以会说汉语是很正常的，比如那个新加坡姑娘就是台湾居民的后裔。尽管他们的行政和教育系统是全英的，但民间在日常生活中对汉语的应用非常广泛。即便主体民族是马来族的马来西亚，也有不少人能说汉语，不过马来西亚的年轻人会汉语的倒是越来越少了。"

"刚上高中就知道这么多，你这学费真是够本儿啊。"

温笃行虽然以诙谐的语气调侃了徐远洋一句，但却难掩艳羡。

徐远洋纠正道：

"其实现在我上的是预科，不是高中。你可以简单粗暴地理解为国内的高三，或者毛坦厂中学、衡水中学什么的都可以。毕竟我有很多同学是参加了国内高考以后还过来上预科的，和复读也差不多。我一开始的确上的是美国高中，但我来这儿开学需要蹲班上高二，美国虽然也有行政班，但基本都实行走班制，所有学生的每一科都会根据自己的水平被分到不同进度的授课班里。我的英语、数学水平都能上高三，也就经济和美国历史差了一点儿，所以我就拿着会考成绩直接去纽约大学旁边上预科。"

"可以，赢在起跑线上的种子选手。"

温笃行夸奖道。

"兄弟，你这个就是尬吹，就 eng 吹。"

徐远洋不好意思地说：

"这个预科只是说和纽约大学有合作而已，提供预科的机构跟全美很多大学都有合作关系的。"

"对了，你寄给我的信前两天我收到了，没想到你还能记得'爸爸'我，为'父'甚是欣慰。"

温笃行半开玩笑地表达了自己的感谢之情。

"你是我什么？"

被占了便宜的徐远洋不仅表现得云淡风轻，还四平八稳地主动接下了温笃行的话。

"我是你'爸爸'。"

温笃行颇具挑衅意味地重复道。

"我是你什么？"

徐远洋却对温笃行的挑衅充耳不闻，继续追问道。

温笃行连脑子都没过就脱口说道：

"你是我'爸爸'。"

"好的，乖。"

徐远洋得意地应道。

"行了行了，说正事儿啊。"

温笃行没闲心再和徐远洋扯闲淡，而是开启了一个相对严肃的话题：

"最近班里一些关于我和柳依依的八卦消息给柳依依造成了不小的压力，搞得她心神不宁的，最近都不理我了。你有什么办法吗？"

徐远洋想了想，说道：

"这件事儿我倒没听柳依依说过，所以应该也不是什么很严重的事情。但我之前在信里和你说过，柳依依远比你想象的要敏感，所以既然她选择保持距离，你不妨也顺水推舟尊重一下对方。不过你也无须担心，我觉得只要过段时间，这种谣言就会不攻自破的。"

"这封信你是什么时候寄出来的？"

温笃行问道。

徐远洋大值计算了一下，道：

"两个月前吧，因为我刚过来没多久，暑假回不去，所以暑假的时候找时间写的。"

"怪不得好多事儿你都不知道。"

温笃行明白了那封信在当时的意义的确远大于现在。

徐远洋一本正经地说：

"你是说孟霖铃和董晓倩的事儿吧？董晓倩我不太了解，所以我不能给你什么建议。至于孟霖铃，即便你们已经和对方说了很重的话，你俩还是有机会缓和的，这是她的性格使然。孟霖铃的性格说好听点儿是好说话，说难听点儿就是好欺负……但我还是希望你不要去打扰她的幸福。"

"人生有三次成长，一是发现自己不是世界中心的时候；二是发现再怎么努力也无能为力的时候；三是接受自己的平凡并学会享受平凡的时候。"

温笃行说到这里，不自觉地露出了笑容：

"尽管此生平凡，尽管有做不到的事情，但我就是世界的中心、故事的主角以及命运的主人。"

"莎士比亚曾在《哈姆雷特》中写道：'人类是一件多么了不起的杰作。'进而肯定了人类作为'宇宙的精华，万物的灵长'的地位。"

徐远洋毫无保留地称赞道：

"我从你的话中体会到了这样的气魄。"

午后的阳光一如她的笑容那样温暖

礼拜日，是大多数秋阳高中生为数不多可以自由支配的时间。

然而，对于高考重压下的家庭而言，自由往往是家庭矛盾的根源。

在岁月静好的礼拜日，学生的怠惰与家长的焦虑形成鲜明对比。家长毕竟不是学生，理解不了学生的多愁善感，而学生也不是家长，体会不到家长的良苦用心。

理念的冲突必然带来关系的对立，而在这残酷的对抗中，和平的共识总是屈指可数的，动荡与不安才是永恒的常态。

而温笃行的应对之策是：惹不起我还躲不起吗？

"妈，我出门了！"

礼拜日一早，背好书包的温笃行推开家门，对屋里喊道。

"怎么又出门啊，一天天的也不着家！"

屋里传来了温妈妈的抱怨声，同时，她的脚步声由远及近，温笃行的面前很快就出现了一张写满责怪的脸。

温笃行眼珠一转，回应道：

"这不是比在学校里学习效率高吗……至少能看进去书。那我先走啦！"

到了学校，温笃行直奔教室而去，他最好奇的还是有没有哪个勤奋努力而且同病相怜的可怜人也会在礼拜日出现在学校。

温笃行推开教室的门后，谜底很快就揭晓了。

原本正低头写作业的沈梦溪听到教室前门的响动声，下意识地抬起头，正好和温笃行四目相对，两人一时间相顾无言。

温笃行率先打破了沉寂，他乐呵呵地跟沈梦溪打了个招呼，沈梦溪也对他微笑致意，算是回应。

"你觉得我鼻子不好看吗？"

沈梦溪突然问温笃行。

面对突如其来的问题，温笃行显得有些不知所措，不过他还是仔细地求证道：

"有别人这么说过吗？"

沈梦溪摇了摇头，回答：

"没有，只是我自己这么觉得。"

"我觉得还是站在你的侧面才能看清楚吧？"

温笃行说着，便走到了沈梦溪旁边，两眼全神贯注地注视着她的鼻尖。

"你别离我太近啦！"

沈梦溪虽然在抱怨，但语气中却并没有责怪，反而还透露着些许欣喜。

"我觉得你鼻子挺好看的……对了！"

温笃行好像突然想起什么似的，问沈梦溪道：

"有人说过你的眼睛很好看吗？"

"嗯，有人说过。"

沈梦溪回应的语气显得有些意外，其中还夹杂着一些喜悦。

"我觉得你的眼睛长得很好看，特别有气质。"

温笃行以相当坦诚的语气道。

"太好啦！谢谢。"

沈梦溪喜不自胜地感谢道。

看着沈梦溪的脸上绽放的笑容，温笃行也不禁嘴角上扬，淡淡地一笑，下意识地说：

"曾经的董晓倩也是这样一副笑容呀。"

"你说什么？"

还沉浸在被赞美的快乐中的沈梦溪没听清温笃行刚才的自言自语，于是问道。

"没什么……"

温笃行云淡风轻地说：

"只是碰巧想起了一些往事。"

中午，温笃行在教室外来回踱步背政治的时候，沈梦溪从教室出来，抱怨道：

"你背东西时候的声音好大呀。"

温笃行挠挠头，抱歉地说：

"不好意思……那我上楼去背，楼上是美术教室，现在应该没人。"

沈梦溪不置可否地笑了一下，然后问道：

"要一起点外卖吗？我点不了太多，不能省外送费。"

"可以啊。"

温笃行答应道。

约莫二十分钟以后，沈梦溪接到了外卖小哥的电话，挂电话后，她问温笃行：

"能不能麻烦你下楼去取一下？"

"要不一起去？"

温笃行提议道。

"不要啊！我懒得下去……"

沈梦溪撒娇道。

"你小时候有没有听过'懒人吃饼'的故事？就是那个他老婆把饼挂在他脖子上，结果他只吃完了面前的饼，最后硬是被活活饿死的故事。"

温笃行半开玩笑地说：

"历史总是惊人的相似。真是懒死你算了。"

"你再这样说我可要生气了啊！"

沈梦溪嘟起嘴，气鼓鼓地说。

"哈哈，开个玩笑，别介意啦。"

温笃行一边往门外走去，一边头也不回地说。

到了楼下，温笃行来到了东门的大铁门前，尽管非早上上学期间东门都是不开的，但铁门与栏杆之间的宽度要想塞进外卖还是绰绰有余的。

"是来取沈女士的外卖吗？"

温笃行刚到铁门边上，还没开口，小哥就迫不及待地问。

温笃行肯定地点点头，和外卖小哥表达了谢意后，提着外卖回到了教室里。

"我来给你送饭啦！我不在的时候，有没有好好改造、重新做人？"

温笃行一手举着外卖，笑眯眯地说。

"你怎么那么贫呀！"

沈梦溪没好气儿地说。

"好啦好啦，我不整你了，快吃饭吧。"

温笃行说着，解开了绑好的塑料袋。

两人取出各自的外卖后，拿到楼道里，找了个课桌面对面坐下，开始吃了起来。在秋大附中，高三的同学可以享受到各种优厚待遇，比如最靠近办公楼的独栋教学楼，楼道内专供老师批改作业和休息时间答疑的桌椅，全校最大的晚自习教室，以及在年级主任的安排下今年新增的不用和其他年级排队抢饭的独立食堂。一切都是为了保证高三考生能将最多的时间用在学习上。然而，对于像温笃行这种玩世不恭的同学来说，楼道里的桌椅当然也可以用来享用美食。

"哎对了，我听说你喜欢董晓倩，是这样吗？"

吃饭的时候，沈梦溪有意无意地抛出这个话题。

"这件事儿现在不已经是公开的秘密了吗？"

温笃行苦笑道，接着，他好奇地问：

"那你觉得她喜欢我吗？"

"当然是不喜欢了，她那么高冷，怎么会看上你这种凡夫俗子呢。而且说实话你俩性格什么的差太多了，根本就不合适。"

沈梦溪毫不犹豫地说。

"怎么整得跟人妖殊途似的？我不是法海，她也不是小青。真不至于。"

温笃行连忙摆摆手道。

沈梦溪听完温笃行的话，又鼓起了脸，像一只河豚似的，过了一会儿，她才说道：

"你不知道董晓情在八班的时候就追求者众多吗？比如顾元武和程蒙，哪个不是德智体美劳全面发展的佼佼者？但董晓情一个都没答应。你为什么会觉得人家就能钟情于你呢？"

"因为喜欢一个人从来都只是看来不来电，而不是对方优不优秀呀。"

温笃行淡然一笑，继续说道：

"而且像我这种长得不丑、自信、有主见、坦诚、乐观的人，当然值得被别人喜欢。"

沈梦溪见状，暗自撇了撇嘴，没再说什么。

吃完午饭，温笃行美美地在楼道的课桌上睡了一觉，起来后，忍不住苦笑着自嘲道：

"世界上最惨的家伙就是睡眠，不管放假还是开学，每次最先牺牲的都是他。曾经睡不够八个小时就满脑子想着挠墙的我现在已经能在只睡七个小时的情况下靠喝水、吃零食、提问题、干洗脸、掐手臂、变换听课姿势来保持清醒了。"

这时，柳依依突然出现温笃行的面前，笑着问道：

"你醒啦？你还记得你那篇英语作文写得连机器都读不进去，最开始给了一个惨不忍睹的分数，然后整个英语组联手平反昭雪的冤假错案吧？我前两天听说，当时几个老师凑在一块儿琢磨半天，都没猜出来你'二月'这个词到底拼对了没有，毕竟他们也看不清楚，所以不知道。你还在传统文化主题的作文里开创性地加入了'gong xi fa cai'和'hong bao'等汉语词汇的拼音写法，在之后还花一定篇幅介绍了这些词在中国传统文化里的意义，堪称中西合璧的典范。'begain'一词巧妙融合了'开始'一词的现在时和过去时两种时态的写法'begin'和'began'，足论古今贯通的标杆。总而言之，言而总之，那是一篇很可爱的文章，就只有一点小错误。只不过你的那种字体啊，啧啧，令人过目难忘，像是醉酒之后的李白诗兴大发的时候狂放不羁的挥毫泼墨……"

温笃行有些愕然，问道：

"你啥时候来的啊？"

柳依依背过手，忍俊不禁地说：

"我当然是在你呼呼大睡的时候来的啊，本来想拿完东西就走的，但我一看见你就想起你在英语界的精彩表现了，一定要当面跟你说，观察一下你的表情才行！"

"班里同学那段时间都管我叫潦草书大师……"

温笃行打趣道。

这时，柳依依似乎又想起了温笃行的另外一个英语经典错误，忍不住笑道：

"我还听说，你有一次写一个人物描写作文的时候，把smile写成了smell，结果就变成了'her smells very good.'。咱先不管这人称代词用得对不对吧，单说句子意思能从'她的笑容非常好'变成'她闻起来非常好'就已经很有创意了。"

温笃行捂起自己的眼睛，吞吞吐吐地说：

"别提了，那篇作文我到现在一想起来就能尴尬到用脚趾头在地上挖出我的三室一厅……当时老师把我的作文给我翻译了一遍，我听着自己全程在作文里描写一个女生有多好闻，就觉得整篇作文都挺变态的，心里害怕极了！"

"你这个英语是真不太行啊，要不我先帮你从对话开始练练？反正现在高考也要考口语，有的外语类或者国际关系和政治类院校和专业会参考这个成绩。"

说着，柳依依就给温笃行开了个话头：

"When did you begin to study（你是从什么时候开始学习的）？"

温笃行想了想，回答：

"I begin to study at eight o'clock every day（我每天早上八点开始学习）."

柳依依一听，不禁皱起了眉头，她提醒温笃行，说道：

"There is did not do（这是一般过去时，不是一般现在时）."

温笃行露出一副恍然大悟的样子，赶紧改口道：

"I began to studied at eight o'clock today（我今天是从八点开始学习的）."

"I mean the whole life（我的意思是你是从哪个人生阶段开始学习的）."

柳依依苦笑了一下，补充道。

温笃行点点头，又改口道：

"Oh, when I was six years old（哦，我是从六岁开始学习的）."

"You have never study before you six（你六岁之前没学习过吗）？"

柳依依用十分惊讶的语气问。

"Ok, I began to study since I was burn? brown? born（好吧，我从出生？畜生？出生后就开始学习了）！"

在连续嘴瓢了几次后，温笃行终于找对了这里该用的词汇的读音。

柳依依被气走之后，温笃行这才注意到，沈梦溪仍旧一个人孤零零地坐在教室里，午后的阳光洒在她身上，更显出一份别样的落寞。

温笃行刚要开口说点儿什么，突然注意到沈梦溪似乎在偷吃什么好吃的。

"嘿！吃什么呢？"

温笃行来到沈梦溪旁边，小小的眼睛里写满了大大的疑惑。

沈梦溪抬头看了温笃行一眼，没等温笃行说话，沈梦溪就把手伸到薯片的袋子里，给温笃行抓了一大把。

"哎！懂我！生我者父母，知我者沈梦溪也！果然是多一位朋友，多一份零食。"

温笃行高兴地捧起这一大把薯片，边吃边含混地说：

"可惜你无福消受，只好一直胖下去了。"

沈梦溪有些不满地抗议道：

"你这家伙，怎么能端起碗吃肉，放下筷子骂娘呢！"

"这便宜占得，还用典了你说说！"

温笃行用惊讶的语气问道。

沈梦溪一边吃薯片，一边面露得意之色，说道：

"这年头儿，没点儿文化发牢骚都不出彩儿。"

"记得哦，吃了我的薯片就要报答我！"

温笃行吃薯片的时候，沈梦溪直视着温笃行，瞳孔有些许收缩，说道。

"我大概能做到一半儿……"

温笃行咽下薯片后，坏笑着道。

沈梦溪做出一个惊恐的表情，带着不可思议的语气问：

"你要打我吗？"

"你想到哪儿去了……"

温笃行说着，脸上依旧带着坏坏的笑：

"我可以抱你。"

"那我不就亏大了吗？"

沈梦溪嘟着嘴，说道。

"话说，你们女生不都很注意身材吗？"

温笃行看着正在享用美味的沈梦溪，一脸好奇地问。

"当然啦！"

沈梦溪说着，又往嘴里送了一把薯片。

"朋友，说服力呢？"

温笃行白了沈梦溪一眼，问道。

沈梦溪拍拍胸脯，说道：

"我是在用'心'修行哦！"

温笃行叹了口气，眼睛滴溜一转，接着就给沈梦溪计算起每袋薯片的热量。

"不吃了！"

被温笃行连蒙带唬整晕乎了的沈梦溪吓得把薯片袋子往桌子上一摔，指着那个薯片袋子，问温笃行道：

"你还吃不吃？最好多吃点儿！"

温笃行拿起薯片袋子，在沈梦溪面前晃了晃，在确定沈梦溪是真心不想吃了之后，温笃行便心安理得地享用起来。

"哦对了，你知道'Spring Water'是什么吗？"

温笃行突然想起前几天学到的新单词，于是决定考一考沈梦溪。

"是泉水吧，对吗？"

沈梦溪谨慎地回答。

温笃行摇摇头，说道：

"我一开始以为是一江春水……"

接着，两人便热火朝天地聊了起来。

期间，沈梦溪站起身来和温笃行聊天，扬言要通过这种方式瘦身。

温笃行抿起嘴笑了笑，然后道：

"这种运动消耗……是假的！"

沈梦溪赶紧把一根竖起的食指放在唇边，示意温笃行不要说了。

等温笃行回过神的时候，已经下午五点多了。

温笃行从椅子上站起身来，准备回家，收拾书包的时候，他无意中问沈梦溪道：

"我记得你家就住学校隔壁的王畿道吧？"

沈梦溪不知从哪里又掏出了一盒蛋糕，在拆包装的时候回答道：

"对呀，我和赵从理老师是一个小区的，所以平时经常能碰到咱们的王畿道一哥。"

"那为什么之前没见过你在学校自习呢？"

温笃行有些费解地问。

沈梦溪叹了口气，幽怨地说：

"因为从这学期开始，家里人越来越唠叨了……"

对于沈梦溪的困扰，感同身受的温笃行拼命地点头表示赞同。

就在温笃行背起书包准备回家的时候，沈梦溪吃了一口蛋糕，不禁感叹道：

"好甜啊。"

温笃行在门口停住了脚步，他微微一笑，说道：

"能在一天的疲惫后吃到甜食，也是件幸福的事儿呀。"

听了温笃行的话，沈梦溪抿起嘴轻笑了一下，开心地和温笃行挥手道了别。

那一刻，午后的阳光透过教室的窗户映在她的笑容上，为温笃行那颗冰冷的避世之心镀上了一层暖色。

在回家的路上，温笃行会想起今天在班里和沈梦溪的对话，忍不住想入非非起来：

"沈梦溪会不会是喜欢自己呢？"

尽管温笃行有这样的猜测，但他很快打消了这个念头，通过之前和董晓倩相处的经过，他已经深刻认识到了惹恼一位青春期少女的下场。

第四卷 烂漫的青春

青春的意义，就在于从不完美的经历中重新认识自己，为继续前行增添勇气。

值周最怕遇到的就是老熟人

"辛苦了兄弟！"

八班值周的最后一天下午，放学后，在高三（7）班的教室外。

金泽明从顾元武手里接过几本记录本和值周名牌后，伸手拍拍他的肩膀，寒暄道：

"天天和稀奇古怪的同学们斗智斗勇，一定很累吧？"

"嗨，累不累也就这一周的事儿……"

顾元武不以为意地摆摆手，接着，开始劝金泽明道：

"倒是你，看见那些个偶尔迟到一两次的，能放一马是一马，同学们都不容易。而且我听说，年级主任私底下都要找被记录学生的班主任核实情况，咱做班干部的，最好还是别给老师们添麻烦。你说呢？"

金泽明淡然一笑，双手相交放在身前，说道：

"我的为人，你是知道的。站在我的立场上，即便再麻烦，我也要将学校的纪律毫无保留地贯彻执行。"

但紧接着，金泽明话锋一转，说道：

"不过我不可能对值周的所有工作都亲力亲为，在涉及具体的执行层面时，我也不能强求大家都依照我个人的标准行事。所以，只要同学们不是太过分的话，我觉得也可以睁一只眼闭一只眼。宽严相济在于张弛有度，未必就不可取。"

"高一在年级班长会第一次见你的时候，我觉得你是个铁面无私的规则执行者。"

顾元武说到这里，反过来拍了金泽明一下，笑道：

"现在看来，铁树也有开花的时候嘛。"

"哦对了，我听说你们班温笃行喜欢董晓倩，有这回事儿吗？"

顾元武装作无意地问道。

"是有这档子事儿。"

金泽明聊到这个话题时，露出一副嫌恶的表情，说道：

"而且温笃行还说是董晓倩先喜欢的他呢！他怕不是想要女朋友想疯了才发这种癔症，也太不自量力了。"

七班值周的第一天早上 7：30，温笃行风风火火地跑进教室，掐着点儿踏入班级。

几乎同一时间，赵从理老师夹着公文包走进教室，他看了温笃行一眼，一副拿他没有办法的样子，道：

"今天我是看你快迟到了才让你坐的电梯，下不为例啊！"

"我知道啦！谢谢老师！"

温笃行松了一口气，他庆幸地朝赵从理老师拍拍胸脯，表示今天的事情纯属意外。

赵从理老师把公文包放下后，双手撑着桌子，第一时间提醒道：

"从今天开始就是咱们班值周了吧？早上要去门口站岗的同学可以先到岗了。"

赵从理老师话音刚落，他突然注意到在教室的角落，一个手机正放在那里，底部的数据线连接着教室的插头。

赵从理老师三步并作两步来到手机跟前，看了一眼，怒气冲冲地问全班，问道。

"这谁的手机啊？谁一早上就搁这儿充电呢！"

这时，不知谁说了一句手机是柳依依昨天晚上离开教室前忘带回去的。

赵从理老师听后，立刻吹胡子瞪眼，带着怒气问：

"柳依依的啊？她人呢！"

"没来？！"

在得到这个答复后，赵从理老师勃然大怒道：

"她被缺席判处死刑！"

赵从理老师火急火燎地把插头拔下来，摸了摸手机，继续埋怨道：

"手机搁这充了一晚上，都烫了！"

"这是你的值周名牌。"

朱龙治将一个值周名牌别在温笃行的校服上，接着提醒道：

"这个礼拜一直别在衣服上就行了，反正你一个礼拜都不换衣服……注意别弄丢了啊！"

听了朱龙治的话，温笃行一皱眉，振振有词地说：

"笑话！你看我像那种冒冒失失的人吗？！"

朱龙治也没接话，只是以一种关爱智障儿童的眼神望着温笃行。

"你脖子下边儿都是腿，脖子上边儿都是水……你太水了，所以咱们友情淡了。"

温笃行的嘴像机枪一样突突了一大串回击的话。

"行了，闲话少说，咱去站岗吧！"

朱龙治戴好值周名牌后，对温笃行道。

温笃行和朱龙治来到了教学楼门口以后，一左一右地在楼门口站好，随时准备欢迎每一位不期而遇的同学，顺便在他们迟到时记录他们的详细信息。

两人刚在楼门口站好，就看见鲁知行着急忙慌地往楼里跑，从他脸上细密的汗珠可以看出，他显然刚经历了一场与时间较量的生死时速。

朱龙治坏笑着将鲁知行拦下来，调侃道：

"第一天就遇上老朋友了，'开门红'呀！"

鲁知行看着朱龙治，表情明显有些意外，接着，他的眉宇稍稍舒展，双手合十，对朱龙治求饶道：

"看在咱们学校篮球队里同队为友的份儿上，饶了我吧。"

朱龙治低着头装模作样地沉思了一番，然后说道：

"……那行吧，这次我就网开一面了。"

接着，朱龙治还煞有其事地对鲁知行说：

"没有下次了啊！"

"下次一定！"

鲁知行听了朱龙治的话，如蒙大赦，赶紧一个箭步蹿上了楼梯。

鲁知行前脚刚走，一个熟悉的身影后脚就进了教学楼。

"迟到了啊迟到了！"

一个爽朗的声音从那个身影的方向传来。只见一位女老师健步如飞地从楼外走来，还伸手跟朱龙治打了个招呼。

温笃行看了一眼那人，有些愣住了，他脱口而出叫出了那个人的名字：

"张梦老师？！"

温笃行的惊讶声并未引起张梦老师的注意，反而令一旁的朱龙治出乎所料，问：

"张老师高一教过咱们化学，你忘了吗？"

"我当然记得……"

温笃行说到这里，语气明显有些迟疑：

"不过，张老师后来不是一直留在高一吗？"

"听说是又在高一待了一年，不过上学期颜老师走了以后，就回来当八班的班主任了。"

朱龙治想了想，回答道。

温笃行有些疑惑地说：

"那个高一的时候一直让咱们默写化学方程式的老师真的能胜任理科班高三的教学吗……"

朱龙治将一根手指放在嘴边，朝温笃行比了一个示意他安静的手势，然后说道：

"我们还是莫谈国事吧。"

温笃行如梦初醒地点点头，打算聊点儿轻松的话题：

"你还记得咱高二值周时候的事儿吗？"

朱龙治托着下巴想了一会儿，恍然大悟道：

"哦，我想起来了！当时咱俩好像是结伴儿去各班查眼操的吧？"

"你还真记得……"

温笃行的语气显得有些无奈，继续问道：

"那你自己当初有过什么虎狼之词，你还有印象吗？"

见朱龙治的表情十分茫然，温笃行耸耸肩，苦笑道：

"上操的时候，你让我去检查全年级的人按揉耳垂眼穴的时候有没有脚趾抓地……"

"做眼保健操不脱鞋？扣分！"

朱龙治突然双眼圆睁，以夸张的语气说道。

就在温笃行和朱龙治闲聊之际，张梦老师快步从电梯的方向走来，临走还没忘跟朱龙治打个招呼，说道：

"早退了啊早退了！"

朱龙治眼看着张梦老师还没走远，故意提高音量对温笃行道：

"高三（8）班张梦老师，赶紧给她记上！"

温笃行假模假式地在记录本上画了两下之后，问朱龙治道：

"你说……咱不会要一直站到八点钟上课吧？"

"其实7：50就差不多可以回去了。"

朱龙治掏出手机，看了一眼表后，说道：

"现在是7：45，再等两分钟吧。"

听了朱龙治的话，温笃行垂头丧气地将脑袋耷拉下去。

一个礼拜后的周一上午，在升旗仪式上，金泽明站上领操台，代表高三（7）班为过去一周的值周情况进行总结。这本是一次平平无奇的例行公事，可在金泽明的口中，原本寡淡无味的总结性陈述顿时变得妙趣横生起来。

金泽明双手背后，笔直地挺立在班级队伍中的第一个，耐心等待着升旗仪式、唱国歌、唱校歌等环节结束。之后，金泽明缓步走上领操台，从体育老师手中接过话筒，说道：

"由于这次本班同学值周十分认真负责，所以上周满分班级较多……"

金泽明清新脱俗的发言惹得操场上的同学们笑得东倒西歪，大家的笑声震天动地，将整个秋大附中变成了欢乐的海洋。

回到班里，温笃行急不可耐地坐在自己的位子上，调侃道：

"刚才笑得好累啊，我可得好好缓缓。"

这时，朱龙治走了过来，向温笃行求证道：

"我前两天和几个朋友去国际部东小院踢球儿的时候，偶然看到了学生会竞选的海报，我记得这个人好像是你的初中同学吧？"

朱龙治说着，指着自己手机上的一张照片，给温笃行看。

温笃行伸长脖子看了一眼，惊讶地说：

"啊！这不是羊晓萌吗，她从初中起就是我们班的班长啦，没想到啊没想到，她终于还是对学生会下手了。"

"投票在网上搞的，好像已经开始三天了。"

朱龙治又打开了秋大附中公众号的一个推送，确认道：

"而且再过十二天就截止了。"

"那我得赶紧去投老同学一票。"

温笃行说着，也打开了公众号。

"哦对了，朱龙治，我还有件事儿想跟你说。"

温笃行突然神秘兮兮地凑到朱龙治耳边，轻声道。

"你说。"

朱龙治此时正专注地盯着手机，于是便随口说道。

于是，温笃行跷起二郎腿，双臂伸展开放在椅子后，身体靠在椅背儿上，以十分嚣张的姿势坐在座位上，振振有词道：

"我不是针对谁，我是说，在座的各位都是垃圾！"

朱龙治马上被温笃行的话吸引过去，两人对视一眼，朱龙治不受控制地大笑道：

"你怕不是长在了我的笑点上！"

"笑什么笑啊？站直了！"

温笃行假装一脸严肃地对朱龙治道。

"啥子哦？"

此时，朱龙治也收敛起疯癫的笑容，指着温笃行道：

"你吼那么大声干吗！"

温笃行见状，开始以猛男般的语气示弱道：

"皓首匹夫，苍髯老贼！也不哄哄洒家，洒家超想哭的！拿小拳拳捶你胸口！"

朱龙治狠狠拍了一下温笃行的桌子，伸手指着温笃行的鼻子，警告道：

"哎，你的态度能不能好一点哦！"

温笃行张开自己的双臂，默默抱紧胖胖的自己，继续说道：

"嘤嘤嘤，要抱抱！"

"那你去找物管啊！"

朱龙治一挥手，语气激动地说。

温笃行则站起身，挥舞着拳头，说道：

"大坏蛋，打死你！你即将命归九泉之下，届时，有何面目去见汉朝二十四代先帝！"

"你再骂！"

朱龙治揪着温笃行的衣服，说道。

"敢不敢跟我比画比画！"

温笃行也揪着朱龙治的衣服，不甘示弱道。

接着，温笃行以夸张的语气问道：

"您就是人称天皇和网恋教父的带带大师兄孙笑川吗？"

朱龙治也抱拳回应：

"那您肯定是神鹰法师黑手哥吧！"

温笃行叹息着摇摇头，以颇为遗憾的语气说道：

"王司徒，我原以为你身为汉朝老臣，在两军阵前，必有高论。没想到竟说出如此粗鄙之语！"

"诸葛村夫，你敢……"

朱龙治手指着温笃行，语气因激动而微微有些颤抖。

温笃行却毫不犹豫地打断朱龙治，继续乘胜追击道：

"住口！无耻老贼！岂不知天下之人，皆愿生啖你肉，安敢在此饶舌！一条断脊之犬，还敢在我军阵前猖猖狂吠，我从未见过有如此厚颜无耻之人！"

"你，你！啊……"

朱龙治捂着胸口作痛苦状，嘶吼道。

当天放学后，朱龙治背起书包正准备回家，忽然瞥见在一个课桌的桌脚下有一个闪闪发亮的圆片。

"哎呀，地上有五毛钱。"

朱龙治说着，将五毛钱捡起来，笑道：

"我要留着打五毛钱的赌。"

"我还以为你想问是谁吐痰吐得这么圆呢！"

单肩挎着书包的温笃行先是调侃了一句，然后朝朱龙治伸出了手，眼皮也不抬地说：

"那好，我赌一毛钱你不会给我五毛钱，把钱还给我吧？"

"搞得跟这五毛谁稀得要似的！"

朱龙治说着，十分嫌弃地将这五毛钱丢到了温笃行的手里。

温笃行洋洋得意地将钱揣进了口袋里。

然后，朱龙治趁温笃行不注意，将手插到了温笃行放五毛硬币的兜里。

温笃行见状，也有样学样地将自己的手插进了朱龙治的裤兜里。

两人就这样把手插在彼此的兜里一路下了楼。

到了楼下，两人还维持着一只手互相插着对方裤兜的状态。

朱龙治忍不住苦笑着道：

"你好基啊！"

温笃行哈哈大笑了起来，然后说道：

"再不基就老了！"

往事与前程是久别重逢时最好的话题

早上，温笃行来到学校，坐在自己的座位上，像往常一样跟董晓倩打了个招呼。董晓倩看了温笃行一眼，无动于衷，甚至连手底下写字的笔都没有停下来，这让温笃行的心里很不是滋味儿。

"那个……"

温笃行看着董晓倩冷若冰霜的表情，一时有些语塞。不过，温笃行最终还是鼓足勇气，问：

"你能……你能帮我讲讲这道题吗？"

"我现在不想讲题，你去问别人吧。"

面对温笃行的试探，董晓倩的态度依旧是冷冰冰的。

"不好意思，打搅了。"

温笃行挠挠头，有些委屈地跟董晓倩说了声抱歉。

课间，温笃行买了瓶伯爵奶茶，放在董晓倩面前，他双眼盯着董晓倩的眼睛，问道：

"我们的关系能不能别那么僵？"

董晓倩从温笃行手里接过奶茶，她将奶茶捧在手里，默默地点点头。

"那太好啦！"

温笃行显得很开心。

放学的时候，温笃行伸手和董晓倩道别，董晓倩迟疑了一下，回应了他。

董晓倩的回应明显出乎温笃行的意料，于是，他带着很好的心情下楼往便利店走去了。

温笃行刚走进便利店，迎面碰上了一位少女。

温笃行定睛一看，是自己初中和高一的同学，萧婧怡。

于是，温笃行上前拍了一下萧婧怡的肩膀，打招呼道：

"hello，好久不见了！你最近过得还好吗？"

"温笃行？！你怎么在这儿？"

萧婧怡转过身来看见温笃行，显得很意外。

温笃行半开玩笑地说：

"我每天都会来这儿买晚饭呀。不过前两天收到年级的消息，下礼拜开始，学校会专门给我们高三年级开辟一个食堂吃晚饭，所以以后你来估计就见不到我了。"

萧婧怡解释道：

"我们国际部高三基本上没课了，今天只是因为时缘咖啡厅需要我看店，所以下午才过来一趟。你最近过得怎么样？"

温笃行挠挠头，不好意思地说：

"高考部的高三党就天天学习呗，每天的故事乏善可陈，不足为外人道。"

"咱们也好久没见了，能一起去咖啡厅聊聊吗？我请你喝咖啡！"

萧婧怡主动邀请道。

"免费的咖啡最好喝了！"

温笃行笑道。

两人来到了时缘咖啡厅，萧婧怡招呼温笃行坐下，然后她问温笃行，说道：

"你想喝点什么？"

温笃行伸出一根手指，对萧婧怡说道：

"一杯卡布奇诺，谢谢。"

萧婧怡点点头，随后走到咖啡机操作台前，对店员道：

"给这位朋友倒一杯卡布奇诺好吧？"

咖啡做好后，温笃行端起咖啡，放到温笃行面前的桌子上。

温笃行端起咖啡，品了一小口。

"味道怎么样？"

萧婧怡颇为期待地问起了温笃行的评价。

"很好喝。"

温笃行放下咖啡杯，赞许道。

接着，温笃行随口问道：

"你现在是在这里当店员吗？"

"不，我是店长。"

萧婧怡说着用手指了一圈店里的几位店员，笑道：

"这几位低年级的小美女都是归我负责的。"

萧婧怡双手交叉托着下巴，满怀憧憬地说：

"成为一间咖啡厅的店长是我的梦想。"

"那从现在起，品尝你亲手冲泡的咖啡就是我的梦想。"

温笃行举起咖啡杯，朝萧婧怡致意道。

萧婧怡捂嘴一笑，羞赧地说：

"你呀，嘴跟抹了蜜似的。"

"你和孟霖铃现在怎么样了？我记得高一那时候，你似乎很喜欢她。"

萧婧怡的睫毛忽闪忽闪地，问道。

"当时我还是太年少轻狂了……"

温笃行显得毫不在意地摆摆手，但语气中却难掩失落：

"这都是过去的事儿了。"

"现在……关系不好吗？"

萧婧怡反复揣摩着温笃行的语气，惴惴不安地问。

"实际情况可能比你想象的还要更糟一些……"

温笃行说完这句话后，看看左右，难为情地说：

"咱们在这儿说，是不是不太好？"

萧婧怡自然知道温笃行的心思，笑道：

"没事儿，她们都是高一的学妹，而且马上就要下班了，没人会关注咱们的。"

于是，温笃行一口气将杯中的咖啡一饮而尽，将这学期初跟孟霖铃表白的事儿，以及跟董晓倩发生的事情的来龙去脉原原本本地跟萧婧怡叙述一遍。而且事情竟然像萧婧怡说的那样，温笃行刚开始讲事情经过没多久，几位学妹就先后离开了。

"你这么说，人家姑娘当然不会答应跟你在一起了……"

萧婧怡有些无奈地说：

"而且根据你描述的情况，我感觉董晓倩应该是不喜欢你的。"

"为什么？"

温笃行盯着萧婧怡，神情有些凝重。

"站在我的角度上，假如我喜欢你的话，不论你做了什么，我都会给你机会的。但我觉得，她好像没怎么给过你改过自新的机会。"

温笃行直起身来，不情愿地点点头。

紧接着，温笃行突然没头没脑地来了一句：

"那你当年有喜欢过我吗？"

"怎么突然说起这个？！"

萧婧怡的语气中充满了震惊与疑惑。

"没什么，只是随便问问。"

温笃行有些不自然地将眼神往旁边一瞟，搪塞道。

"你不觉得这个问题很尴尬吗！"

萧婧怡红着脸抱怨道。

"倒也是。"

温笃行也有些不好意思地低下头，诚恳地说：

"不好意思，是我失言了。"

"没事儿，我只是有点儿被你吓到了。"

萧婧怡下意识地擦擦额头，略微显得有些不知所措。

"你在时缘当了多久店长？"

温笃行见状，只好转移一下话题缓和气氛。

"这学期刚上任的。"

萧婧怡也心领神会地接过温笃行的话头，回答道。

温笃行端起桌上的咖啡杯，他指着手里的杯子，笑道：

"今天是我第二次来时缘，但我还是第一次尝到时缘的饮品。"

"之前那么久都没来过时缘吗？"

萧婧怡皱着眉，显得有些失望。

温笃行说到这儿，顿时来了精神，开始眉飞色舞地跟萧婧怡描述起当时的情况：

"高一我第一次进时缘的时候，小小的一方天地挤满了人，环境承载力已经到了一个很危险的界限。于是我准备走了，临走前我还标新立异地朝里边儿大喊一声'祝你们生意兴隆！'当我们准备离开时，就听见里面传来一句'谢谢！'"

"这儿的店员都很可爱。"

萧婧怡说着，露出了欣慰的笑容。

"今天在你这儿打扰了这么长时间，我也该告辞了，别耽误你回家。"

温笃行说着，从椅子上站了起来。

温笃行稍稍犹豫一下，最后说道：

"那个……今天真的很谢谢你。"

"没事儿。毕竟咱们是这么多年的朋友了，这些话，你也就对我说才最合适。"

萧婧怡笑着对温笃行道。

温笃行回到教室的时候，天色已完全黑了，教室里，只有柳依依、朱龙治、沈梦溪等几个同学稀稀拉拉地坐在教室里的不同地方。温笃行简单地收拾了一下书包，就背起包儿直接往政治办公室的方向去了。

推开门，眼前的一切大大出乎了温笃行的预料。

只见金泽明、孟霖铃、董晓倩几个人围在孙建国老师周围，正在热火朝天地答疑。

温笃行握着政治卷子，踉跄地挤进几个人中间，满是歉意地对孙建国老师道：

"不好意思，我来晚了。"

"温笃行，你今天又迟到了！你看咱约的几点啊？"

孙建国老师从繁忙的答疑中探出头来，指着墙上的钟，问。

"嗯……七点半。"

温笃行看了一眼钟，十分窘迫地说。

"对啊，现在都快八点了！"

孙建国老师一边读着金泽明卷子上的错题，一边接过温笃行的话题说道。

"哎呀，不都是七点多吗，差不多啦……"

温笃行跟孙建国老师避重就轻地狡辩道。

"那可不行。"

孙建国老师哭笑不得地说：

"二十多分钟都够我给大家讲三道题的了，你先在旁边找个地方学习，感兴趣也可以过来听听。"

在温笃行和孙建国老师一来一回地对话时，温笃行注意到，董晓倩正在偷偷看着他，不明所以的温笃行朝董晓倩挤出一个僵硬的微笑，董晓倩明显吓了一跳，马上将视线从他身上移开了。

温笃行先是站在旁边听了一会儿众人的问题，然后很快意识到自己的问题与他们的似乎有所不同。于是，温笃行找了个空位老老实实地坐着看起了卷子，不过，他并没有看进去多少，因为他满脑子都是刚才董晓倩那意味深长的眼神。

约莫半个小时以后，温笃行实在有点儿沉不住气了，于是他知会了孙建国老师一声，道：

"我去外边转转，一会儿就回来。"

"我这儿还有十分钟就差不多结束了，记得按点儿回来！"

还在几位同学之间脱不开身的孙建国老师忙里偷闲地回答道。

温笃行应了一声，便来到了办公室外，他在办公室外的走廊里捧着卷子来回踱了几圈，突然听到了一阵脚步声。

那脚步声沉重而从容，在四下无人的走廊里清晰可闻。

温笃行好奇地朝楼梯口的方向张望过去。脚步声停下了，一位熟悉的青年出现在走廊尽头。

"王子婴？！"

温笃行的声音充满了不可思议，接着，他的心中马上产生了一个疑惑：

"你怎么在这儿？"

"老温？！"

王子婴和温笃行对视了一眼，惊喜地说：

"你也在啊！"

"这么晚了，你回秋大附干吗？"

温笃行上下打量了王子婴一番，好奇地问。

"我回来看赵从理，还特意给他备了条儿烟。"

王子婴说着，还提起手中的塑料袋晃了晃。

"一看你就不是赵从理的亲学生！"

温笃行逮着这个机会好好数落了王子婴一顿，然后说道：

"赵从理老师向来是神龙见首不见尾，非上课时间不约他基本找不见，而且只要他没事儿，一到五点钟放学时段一准儿失踪到第二天，在十里八乡那可是出了名儿的准时。你这晚上八点钟才来，肯定堵不着他。"

"亏我今天还特地给他拿了条儿好烟，可惜咱老赵没这福气。"

王子婴不无惋惜地说：

"那这烟我还是留着自个儿抽吧。"

温笃行对王子婴看望赵从理老师的愿望落空表示十分同情，于是他提议道：

"你难得来一趟，要不要去看看其他老师？"

王子婴也对这个提议来了兴趣，问道：

"你现在的任课老师都谁啊？"

温笃行和王子婴合计一圈，发现除了赵从理老师之外，貌似只有孙建国老师是两人共同的老师。

温笃行便引着王子婴来到政治办公室门口。

温笃行敲了敲办公室的门，在得到许可后，温笃行推门走了进去，笑道：

"孙老师，您看谁来了？"

"王子婴？！"

孙建国老师抬头望向门的方向，看见王子婴正站在那儿跟他打招呼，颇为意外地问：

"你俩怎么认识的？"

王子婴把手搭在温笃行肩上，一本正经地说：

"这是我的老朋友。"

温笃行也把一只手搭在王子婴的肩上，解释道：

"我初一的时候参加了学校的一个去美国的游学团，当时王子婴高一，也在团里，我俩就认识了。"

王子婴此时上前一步，用手指着自己，问道：

"老师，您还记得我经常上课趁您转过身儿写板书的时候扔纸飞机的事儿吗？"

孙建国老师一拍桌子，两眼放光地说：

"当然记得啊。那时候你们班还有一个男生也喜欢上课扔纸飞机，当时我叫他空军二号，你是空军一号！"

"哎呀，不过我真没想到，你俩居然认识……"

孙建国老师带着责怪的语气对王子婴说道：

"你这是典型的交友不慎啊！"

"这次怎么突然想起回秋大附中？"

孙建国老师调侃完以后，顺势问道。

王子婴老实回答道：

"我这次回来本来想给赵从理老师一个惊喜的，后来正好撞上温笃行了，听说您也在，就特地来看看您。"

"哎哟，真会说话。"

孙建国老师双手合在一起，显得十分受用。

"老王，那我先答个疑，你去外边儿等我会儿。"

温笃行指着门口，有些不好意思地对王子婴道。

"没关系，那我去门口等你。"

王子婴说完，就和孙建国老师道了别，到门外去了。

"你的问题多吗？"

温笃行刚坐下，孙建国老师就问道。

"啊？不多。"

温笃行愣了一下，回答说道。

"那就好。"

孙建国老师拿起温笃行的卷子，然后笑着说道：

"别让你学长等太久啦。"

二十分钟后，温笃行出了办公室的门，他将卷子夹在腋下，笑着问王子婴，道：

"你现在已经大三了吧？感觉大学生活怎么样啊？"

"大学生——"

王子婴故意拖了个长音儿，说道：

"活可好啦！"

"开车拒绝！"

温笃行双手交叉摆出一个叉的形状，说道。

"不过我还挺怀念高中生活的。"

王子婴忍不住开始跟温笃行抱怨道：

"大学里到处都是为了保研、实习和选干事这些乱七八糟的事情勾心斗角，说实话，挺没意思的。虽然高三的竞赛和自招也有不少明争暗斗吧，但如果学习够好或者心态不错，其实也能做到置身事外。"

"看来老王你这几年……过得不容易啊。"

温笃行拍拍王子婴的后背，一时竟不知该如何安慰他：

"不过我都不知道，咱们高中这么险恶呢？"

"所以我才说，你过得太单纯了。"

王子婴话锋一转，说道：

"不过你也不用太消极，大学生活里，学习只占一半，剩下的一半是社会实践，你可以选择打工、创业、谈恋爱或者是打游戏。高中不管上学的目的还是恋爱的原因，都是比较纯粹的……你还有很多事情都没经历过呢。"

"你懂事懂得让人心疼。"

温笃行再次拍了拍王子婴的后背，调侃道。

"自己有多伤心，歌单知道，枕头知道，你……不知道。有的人，十八岁就死了，直到八十岁才埋，我真的，不被这个世界所需要啊！我认识的人很多，但我的朋友却很少。生而为人，我很抱歉！人间不值得！呜呜呜……"

王子婴说到动情处，实在挤不出眼泪，只好掩面而泣。

"行了行了，这都没到零点你咋就开始网抑云了？俗话说：'生而为人，我很流弊！'鲁迅也说过这样一句话：'何必在这里抑郁呢？和我一起嗨翻不就好了！'生而为人，爽得一批！"

温笃行说着，露出了两排白到反光的牙齿。

"你说……教堂的白鸽，会不会亲吻田野的乌鸦？"

王子婴带着哭腔问温笃行，道。

"我觉得吧，这就跟你在维新理工大学，然后喜欢上一个秋阳外国语大学的女生一样，一个在南一个在东，不出意外应该没什么结果。"

"你把在我身上装的摄像头给拆喽！"

王子婴以不可思议的语气说道：

"我大一有一次去秋外附近的酒吧喝酒，遇到了个长得不错的女生，一问是秋外的，当时她刚失恋，我俩彻夜长谈，结果最后人家说要加我微信的时候，我可能也喝高了，硬是给拒绝了。大二那年我和同寝室的一个好兄弟还一起去找了一圈，最后却无功而返，只好不了了之了。我真是后悔莫及……打火机也没了，号儿封一个月，钱扣七百多，有啥用啊？"

"那个女生该不会是你喝多了出现的幻觉吧？"

温笃行带着怀疑的眼光审视着王子婴，说道。

"那不能够啊！"

王子婴斩钉截铁地说：

"我酒醒之后留心了一下，旁边的杯子和晚上那姑娘手里拿着的一模一样。"

"没事儿，如果那天你要了她的微信，说不定现在你俩早分手了……估计已经互相在对方的通讯录里躺尸了。"

"也对。"

王子婴的心情忽然又开朗起来，说道：

"除了前程以外，其他事儿都是小事儿。拿不到毕业证事儿大，少认识一个姑娘事儿小……虽然认识自己未来的老婆也算是前程的一部分吧。但只要路走宽了，可选的姑娘还是有很多的。"

"所以说，兄弟……"

王子婴拍着温笃行的肩膀，鼓励道：

"高考加油！"

"谢谢。"

温笃行笑着说。

"你千万别学我，高考完报志愿的时候两眼一抹黑，稀里糊涂地挑个不喜欢的专业，这才叫误了大事儿。"

王子婴摆摆手，一副往事不堪回首的样子。

温笃行不禁产生了新的疑问，说道：

"那你当初只能去维理吗？"

"其实也不是。我那个分数，秋外和洋交都能上。"

王子婴回忆了一下，说道。

"我的天呐兄弟，上洋交通大学都看不上？！"

温笃行的语气中充满了不可思议。

王子婴局促地解释道：

"当时我爸说，只要我能考到维新理工大学的最低分数线，不管报哪个专业，他都能帮我找关系。我开学就上计算机，全国第一，比颐明都牛。后来我才明白，只要我不愿意，全国第一，和我有什么关系？"

"你可真是个押韵狂魔，单押鬼才！"

温笃行略微调侃了王子婴一句，接着，他不太确定地说：

"可是我觉得，大学应该能转专业吧？"

"把'我觉得'仨字儿去了，就是能转。"

说到这里，王子婴显得有些尴尬：

"当时我想转经济学，正好同寝室也有俩哥们儿想转，我们就说到时候一块儿参加经济学系的转系考试，结果那天我们都睡过了……"

"廉颇一饭三遗矢是假，老王一觉一上午是真。"

温笃行调侃道。

王子婴不好意思地挠挠头，说道：

"嗨呀，其实我中间醒了一次，我一看表，考试已经开始了，我心说那就算了，接着睡吧。"

"你看见没有？我连街边儿摔倒的老太太都不扶，就服你。"

温笃行忍不住给王子婴竖起了大拇指，然后用拳头轻捶了一下王子婴的胸口，道：

"我明年就毕业了，过两年我也和你回来一起堵老师！"

"好啊！"

王子婴露出了爽朗的笑容，然后好像突然想起来什么似的，道：

"说起来，好像你初三中考前我也在学校里见过你……但我忘了当时我是去学校要办什么事儿了。"

温笃行一听这话，也笑道：

"哈哈，我记得你当时为了不暴露身份，随手拿了我们班同学的一件儿校服外套儿，坐我后边儿就等着考英语了，然后我还回头看了你三次。"

王子婴微微点头，道：

"好像是有这么回事儿。"

接着，温笃行便绘声绘色地讲起王子婴当年做过的事儿：

"第一次是考听力的时候，我看着你认真答题的样子我就想啊，原来老王也有这么正经的时候。第二次是写完型的时候，我看着你认真玩手机的样子我就想，原来老王还是那个熟悉的老王。第三次是写阅读的时候，我看着你认真睡觉的样子我就发觉你高考完还是那么累，于是我心疼地摸摸你的头，结果你起来伸了个懒腰就走了……"

说着，温笃行还指了指王子婴的眼睛，笑眯眯地说：

"这么多年了，你的小眼睛一直是那么随和。"

"我都忘了我还有这样的青春呢。"

王子婴听了温笃行声情并茂的讲述，淡然一笑，感慨道。

"温笃行……你也在？"

走廊的尽头传来柳依依怯生生地的声音。

温笃行'啊'了一声，好像想起了什么似的，他将手指向政治办公室的方向，对柳依依道：

"我才刚答疑完，孙建国老师正好有空。"

接着，温笃行自然地拍拍王子婴的肩膀，介绍道：

"这位是王子婴，我学长。"

柳依'哦'了一声，向温笃行道了谢，就进政治办公室了。

"等会儿！"

没过一会儿，柳依依从办公室里探出头来，问温笃行道：

"咱们今年高三了，你哪儿还有学长啊？！"

"是大我三届的学长，我初中就认识了。"

见一直因避嫌不愿与自己过多接触的柳依依愿意跟自己搭话了，温笃行十分高兴地回应道。

在目送柳依依的背影离去后，温笃行笑着跟一旁的王子婴说：

"在美国游学的时候，咱俩当时住一个屋儿，还捎带手聊了聊各自的理想。那时候我对高中生活充满了向往……"

温笃行说着，不禁抬起头来，这三年经历的点点滴滴，仿佛走马灯一般出现在眼前，他的眼中饱含着对过去岁月的怀念：

"转眼都高三了，这三年来，我倒也没太对不起初一的自己。"

"须知少时凌云志，曾许人间第一流。这是我当年高考倒计时的时候经常能在网上看到的一句话。当你迷茫的时候，别忘了是什么信念支持着你，一路走到了今天。这种信念可以是对知识的渴望，对潜能的好奇，当然，也可以是对所爱之人的责任。"

王子婴说完这番话后，伸手跟他道别说道：

"时候不早了，我也该回去了。祝你所求皆如愿，所行化坦途。"

"谢谢你，老王。"

温笃行把手搭在王子婴的背上，感激地说。

即便长大成人也不要忘记来时的路

"我跟你说件事儿，我昨晚做梦梦见你了。"

年底某个周日的下午，温笃行午觉睡得正香，突然，手机的一阵新消息搅了他的好梦了。温笃行迷迷糊糊地从床上坐起来，就看到了王子婴的消息。

温笃行点开微信，回复道：

"你还别说，被你这么个大老爷们儿在梦里惦记着……我还真高兴不起来。"

不过，温笃行还是不禁好奇道：

"那你都梦到啥了？"

王子婴回忆道：

"我梦见咱大晚上一块儿翻墙去秋外看漂亮姑娘，结果被保安发现了，咱们一起逃到了某栋教学楼的一间阶梯教室，等保安走了以后，咱又趁着夜色翻出了学校。"

温笃行忍不住调侃道：

"你当咱俩是特工啊？！在这儿执行任务呢？真就是采花大盗呗？"

王子婴毫不在乎温笃行的调侃，继续说道：

"不过，我跟秋外的缘分还是挺深的。从初中开始，我就和秋大附的朋友们在那儿踢球儿，高中接着踢。"

"也是，毕竟也只有秋外在秋大附这边儿了，别的大学好多都在花生屯那边儿。"

温笃行赞同道。

王子婴主动邀请说道：

"我有几个文科班的朋友当年都考到秋外去了，有空带你去见见老乡。"

"现在高三忙啊，等我毕了业再说。"

温笃行发完这条消息，好像突然想起了什么，于是继续问道：

"对了老王，明天秋大附中要给我们举办成人礼了，来凑个热闹吗？顺便见见赵从理。"

"我明天有个论文要交，等你毕业典礼的时候我再去吧。你放心，明天我去了你也没功夫搭理我。"

王子婴的回答倒显得相当豁达。

"哈哈，好。"

温笃行轻快地打字道：

"大丈夫一言既出，驷马难追！"

第二天一早，温笃行一身西装革履出现在了教室，引得班里一阵侧目。

温笃行看见班里同学全都穿着校服，顿时有些不知所措。

就在这时，朱龙治一身西服，出现在了教室门口。

温笃行眼泪汪汪地刚准备迎上去，却赫然发现上礼拜还健健康康的朱龙治，今天却挂起了拐杖，正一瘸一拐地往教室里走。

"兄弟，你这……咋弄的啊？"

温笃行打量着朱龙治右脚的石膏，颇为意外地问。

"打球摔的……周末区里有比赛。"

朱龙治拄着拐，站在温笃行面前，有些尴尬地说：

"你在这儿挡着，我过不去啊……"

"哦哦，不好意思！"

温笃行赶紧侧身给朱龙治让出了道儿。

午饭时，温笃行像往常一样，端着餐盘孤零零地坐在了每天固定的位置上，与以往不同的是，他的手里多了一个饭盒。

此时，刚盛完饭的柳依依看了温笃行一眼，叹了口气。

温笃行埋头吃饭的时候，突然感觉到餐桌震了一下，他抬起头，看见柳依依坐到了对面。

"你怎么来了？"

温笃行放下筷子，语气中显得十分惊讶。

"你不欢迎我，我可要走了啊！"

柳依依说着，端起餐盘准备起身。

温笃行赶紧拦住柳依依，笑道：

"今天朱龙治不来食堂，也没人陪我说话。你来得正好，咱们也好久没在一个桌上吃饭了。"

"怎么搞得我像朱龙治的替代品一样？"

柳依依嘟着嘴，不满地喃喃道。

"那哪儿能啊！"

温笃行急忙表忠心道：

"你是我无可替代的朋友。"

"不过你这人缘儿混得也挺惨的。"

柳依依无奈地说：

"毫不夸张地说，简直到了众叛亲离的地步。"

"没关系，不是还有你在吗。"

温笃行鼻头一酸，但还是打起精神来，坚强地说。

柳依依放下筷子，用手撑着下巴，抱怨道：

"不过说句实话，咱们班这些人，好多我也不太喜欢……除了孟霖铃之外，其他的都太事儿了。"

"隔墙有耳。"

温笃行低头吃着饭，他并未正面回应柳依依的话，只是从牙缝里挤出了这几个字。

"我都不怕，你有什么可害怕的？"

柳依依将手放下来，正色道：

"你没发觉，他们一个个的全都瞧不起你吗？"

"金泽明和孟霖铃的为人，你我最清楚不过了，他们不是那样的人。"

温笃行此时也十分烦躁地放下筷子，心烦意乱地反驳道。

"他们以前不是那样的人。"

柳依依将手微微向外一伸，纠正道：

"但人是会变的。"

接着，柳依依不顾温笃行的感受，滔滔不绝地说：

"自从你跟孟霖铃表达了心意之后，金泽明逢人便说你的坏话，在背后用尽了见不得人的小手段。本来孟霖铃也没太拿这件事儿当回事儿，可架不住金泽明潜移默化的影响，时间一长，连她也怨起你来了，她坚信你破坏了她的面子，让她在金泽明面前难堪。"

"孟霖铃这样想，其实也没错。"

温笃行说话的时候，还是一直在低头吃着饭，他始终没有直视柳依依的眼睛。

"你不要把所有的罪责都揽到自己身上！"

柳依依不禁开始为温笃行打抱不平道：

"孟霖铃和金泽明的关系是他们自己的事儿，不是你能轻易影响的。"

"你今天过来……究竟想跟我说些什么？"

温笃行总觉得柳依依话里有话，于是径直问道。

柳依依叹了口气，幽幽说道：

"今天是成人礼。我希望你，从今天开始，不要再对那些人抱有不切实际的幻想了。"

"我情愿相信他们，正如他们当初相信我一样。"

温笃行此时早已将筷子放在了一边，他直视着柳依依的目光，义正词严地说。

"你知道吗？因为你这样天真幼稚的想法，班里有多少人在说你的坏话吗？"

柳依依说着说着，拍了一下自己的胸脯，道：

"每次那些人说你坏话的时候，都是我和徐远洋帮你说话。现在徐远洋也不在学校了，所以他们就变本加厉地在背后议论你……在我看来，他们不仅在欺负你，也是在欺负我！"

柳依依说着，眼角有些发红。

温笃行却反驳道：

"我和那些人的关系只是我们自己的事儿，这和你刚才举的例子，不是一回事儿吗？"

"你的意思是让我不要多管闲事儿是吗？！"

柳依依压抑着怒火，问道。

温笃行稍微梳理了一下措辞，说道：

"这是你的选择，我想我是无权干涉的。"

柳依依深吸一口气，忍住眼泪，说道：

"老实说，我对你很失望。"

"我并不觉得你说的是错的。"

温笃行从脸上挤出一丝苦笑：

"但我们并不是什么时候都有勇气面对那些难以接受的现实，所以我们才会不断为其他人的冒犯之举寻找理由开脱，不是吗？"

听了温笃行的话，柳依依不禁低下头，陷入了沉默。

温笃行在一旁安慰道：

"你对我而言，就像伊尹、姜尚之于汤、武，百里奚之于秦穆，管仲之于齐桓，吴起之于魏文，商鞅之于秦孝，张良之于刘邦，诸葛亮之于刘备，郭嘉之于曹操，王猛之于苻坚，魏征之于李世民，赵普之于赵匡胤，耶律楚材之于铁木真是那么重要，是我难得的诤友啊。"

"总之，该说的话我都说了。"

柳依依端着餐盘站起身来，说道：

"你好自为之吧。"

"你说……"

温笃行叫住正准备走的柳依依，问道：

"我和他们……就没有缓和关系的可能吗？"

"关系缓和了又怎么样呢？"

柳依依转过身来看着温笃行，无奈地看着温笃行，说道：

"有那么多时间，不如去多认识几个新朋友。"

中午，众人都换好了西服和裙子，开始成人礼之前的拍照环节。

"今天中午，谢谢你给我带饭。"

朱龙治慢吞吞地来到温笃行面前，感激之前溢于言表。

温笃行将手搭在朱龙治的肩上，大大咧咧地说：

"不客气啦，都是朋友嘛！"

朱龙治颇有感触地说：

"所谓'耳听为虚，眼见为实。'今天我算是深刻理解了这句话。"

温笃行用手指轻点了一下自己的脑门，挑着眉，略显俏皮地说：

"要有勇气运用你自己的智慧。"

"我们一起照张相吧。"

朱龙治举着手机，提议道。

"当然。"

温笃行愉快地应允了。

"你真是个重色轻友的家伙。"

顾元武不知从哪里窜出来，一把搂住朱龙治，笑道：

"可不能有了新欢就忘了旧爱啊。"

"我早就不搞基了。"

朱龙治挣开顾元武的手臂，十分嫌弃地掸掸肩膀上的灰，强调道：

"我已经金盆洗手很多年了！"

"我还不当大哥很多年了呢！"

说到这儿，顾元武也不理会朱龙治，坏笑着跟温笃行说起朱龙治的糗事来：

"我跟你说，有一次篮球队训练引体向上的时候，朱龙治前一天晚上睡晚了，第二天下午刚做了一个引体向上，就从杠上掉了下来，整个人都摔蒙了！他思绪混沌地问我们他自己是谁，自己刚才在干什么。"

顾元武指着自己，继续说道：

"作为朱龙治的铁哥们儿，我自然是当仁不让地冲过去扶他起来，还不失时机地提醒他：你还记得我吗？我才是你最爱戴的大哥呀！"

"Silly！"

朱龙治喊了一嘴，接着用拐杖怼了一下顾元武的腿，想让他少说两句。

"对！"

顾元武笑眯眯地按住朱龙治颤动的拐杖，笑道：

"朱龙治当时就是这么说的！"

朱龙治伸手拍拍顾元武的后背，半开玩笑地说：

"老顾！介于你在我这几天腿脚不太灵便的时候嘲讽我，我决定等你腿脚不灵便的时候拼命地嘲讽你！"

一旁的温笃行闻言，忍不住自我调侃道：

"幸亏我没得罪你，要不像我这种天天瘫在沙发上最多落枕的人，会给你嘲讽我腿脚不灵便的机会吗？"

"死肥宅，希望你不要哪天戴着颈椎矫正器来让我嘲讽你啊！"

说着，朱龙治伸手弹了温笃行一个清脆的脑锛儿。

"正好，咱仨来一张。"

温笃行提议后，将手机调成了自拍模式，举起来，留下了今天的第一张合影。

"你还在生我的气吗？"

温笃行找到柳依依，小心翼翼地问。

柳依依先是叹了口气，继而露出一个宠溺的笑容：

"今天是成人礼，以后，我们就要自己选择未来的路了。"

柳依依说着，把手伸到温笃行面前，温笃行也将手伸了出来。

两只手握在一起的同时，柳依依笑道：

"恭贺成年。"

在获得了第二张合照以后，温笃行的心情还不错，他颠儿颠儿地跑回自己的座位，问董晓倩，道：

"我能和你照张相吗？"

"不行。"

董晓倩拒绝道。

即便是在人心浮躁的成人礼前夕，董晓倩依旧气定神闲地在座位上做题，在拒绝温笃行的时候，她连眼皮都没抬一下。

即便思维活跃如温笃行，也猜不透董晓倩的心里到底在想些什么。温笃行唯一清楚的是，此时此刻，不打扰，是他对董晓倩最后的尊重，也是他最后的体面。于是，温笃行只好转过身去，默默走开了。

之后，温笃行在教室外偶遇了金泽明，就在他刚抬起手，准备和金泽明打个招呼的时候，金泽明明显地加快了脚步，逃也似的离开了他。

在孟霖铃那里，温笃行同样碰了一鼻子灰。

温笃行沮丧地坐在座位上，陷入了沉默。

下午，在赵从理老师的带领下，七班和高三的其他班一样被带到了距学校不远的市政府礼堂。

各班在按照事先规划好的区域分别落座以后，礼堂的灯一下就暗了下来。

但即使是在这种昏暗的环境下，依然有不少同学认出了坐在其他区域的人，正是他们各自的父母。

毫不意外，温笃行环视一周，也在某个地方看见了温爸爸和温妈妈。

"今天还挺热闹的。"

温笃行笑着跟身边的朱龙治打趣道：

"你看到自己的父母了吗？"

"看到了。"

朱龙治握着手，饶有兴致地说：

"前两天我还和赵老师聊成人礼的事儿呢，听说每年都是父母煽情，孩子动容，亲子抱头痛哭……稀里哗啦的那种，实在是太没意思了。"

"我啊，其实不是那种动不动就流泪的人。"

温笃行挠挠头，一副很为难的样子。

"拉倒吧。你真以为我不知道吗？"

朱龙治的语气略带嘲讽：

"为了几个女人哭哭啼啼的，这事儿你可没少干。"

"毕竟你和黄小丫感情稳定，是不会明白我们这种纯情少男的苦衷的。"

温笃行的脸像发烧一样红得发烫，但还是坚持反驳道。

"这就是多情的种子吗……"

朱龙治笑道。

在经过了教师代表的诗朗诵环节和家长代表的寄语环节以后，终于到了最为瞩目的发放成长手册的环节。

温笃行左右的同学都先后拿到了成长手册，读到了家长来信，然而，属于温笃行的那份手册却迟迟未来，令温笃行的心里好生奇怪。

就在这时，温笃行的目光一下就被吸引到前面的舞台上，此时正走上舞台的家长代表的队伍中，赫然出现了自己的父亲。

"这是什么状况？！"

温笃行站起身来，不可思议地看着眼前发生的这一幕。

"到舞台上去吧。"

不知何时，赵从理老师出现在温笃行的身边，以肯定的语气说：

"你会记住这一天的。"

温笃行稍稍犹豫了一下，最终还是朝舞台迈出了笃定的步伐。

来到舞台边缘，温笃行见到了满面春风的爸爸，他发现，今天的爸爸有着完全不同于以往的昂扬状态。虽然不愿承认，但温笃行的心里其实知道，爸爸是真的在为他能航向一个崭新的未来而由衷地高兴。

想到这里，温笃行的心情相当复杂，他苦涩地笑了一下，向爸爸伸出了手，说道：

"一直以来，辛苦你了。"

温爸爸握起温笃行的手，温笃行能感受到爸爸的手掌传来的力度。

"祝你成功。"

温爸爸发自内心地说。

回到座位上以后，温笃行展开了成长手册，好奇地阅读起来。

虽然字里行间都溢满了父母的拳拳之心，但不免有些老调重弹。

然而，温笃行身边的同学们似乎并不这样想。

当温笃行的眼光偶然瞥向一旁的柳依依时，他发现柳依依早已哭成了泪人，连刚才对成人礼的形式主义嗤之以鼻的朱龙治，此时都红了眼眶。

"果然，有些事情不经历过，还是很难懂的。"

温笃行说完，还自我认可地点点头。

成人礼结束后，温笃行来到礼堂外，凛冬的寒风吹过温笃行外露的脖子，令他下意识地将身上的棉袄裹得更紧了。

心里的秘密都会忍不住分享给朋友

"真是的。"

清晨，温妈妈推开温笃行的房门，抱怨道：

"起床了也不说一声儿，而且你居然连厕所都不上，年轻人就是肾好！"

"现在还不到六点，我这不是怕影响你们休息嘛！"

温笃行的身体有些僵硬，他头也不抬地回答道。

"哎哟，还知道照顾我们，今儿个太阳真是打西边儿出来了！"

听了温笃行的说法，温妈妈轻轻撇撇嘴，然后走到温笃行的身后，问：

"你在干什么呢？"

"学……学习。"

温笃行这才转过身来，支支吾吾地解释道，眼神也显得十分躲闪。

"别装了。"

温妈妈指着数学卷子底下的一张纸的一角，笑道：

"什么东西能瞒得过你妈妈我的眼睛啊？"

温笃行从卷子底下把那张白纸抽出来，头耷拉着像个蔫儿了的茄子一样，递给了温妈妈。

"繁梦漫天的季节。"

温妈妈念完标题后，笑着问道：

"这是新小说的名字吗？"

温笃行点点头，然后一把从妈妈手里把纸抽回来。

温妈妈看了温笃行的反应，也不生气，只是对温笃行说道：

"反正再过一个月就要元旦了，这两天稍微放松一点儿也无伤大雅。"

温妈妈还非常贴心地给温笃行吃了一颗定心丸：

"这件事儿就当作咱俩之间的秘密吧，别和你爸说，不然他又该着急上火了！"

温笃行瞪大了眼睛，有些不可思议地看了温妈妈一眼，然后答应道：

"知道了。"

"下个月就是你们高中最后一次新年联欢会了吧，你不准备个节目？"

温妈妈试探着问道。

"我还没想好呢。"

温笃行愁眉苦脸地说：

"我高一唱《天路》，高二换成了《青藏高原》，那帮人录像也就算了，还给我发网上去是真的离谱！现在学校里是个人都认识我了，甚至不当场讲出一两段我的奇闻逸事都没法混，出门都不好意思见人。我的黑历史都是他们的鬼畜素材，可以说是'吾之砒霜，彼之蜜糖'的经典案例了。"

"哎呀没事儿，闲话终日有，不听自然无！何必拿别人的过错去惩罚自己呢！"
温妈妈豁达地劝温笃行道。

温笃行却皱起了眉头，他放下笔，盯着面前的白纸，疑惑地自语道：

"这话我怎么听着就那么耳熟呢！但一时半会儿又想不起来……"

"对了。"

温笃行好像突然意识到什么似的，问温妈妈道：

"现在还不到六点，你怎么起这么早啊？"

温妈妈幽怨地看了温笃行一眼，接着打了个哈欠，装作不以为意道：

"等你到了我这个年纪，你也起得早。"

走到房门口的时候，温妈妈握着门把手，还不忘提醒温笃行道：

"一会儿记得出来吃早饭，还要上学呢，别写入迷了。"

到学校后，温笃行突然没头没脑地提到自己昨夜做了一个和柳依依的感情不断升温，并最终相爱的梦。

尽管一开始觉得莫名其妙，不过在听完温笃行的叙述之后，柳依依憋着笑，撕开手里饼干的包装，故作轻快地问：

"你不会真喜欢我吧？"

"贪恋他人之妻，我与那曹贼何异！"

温笃行说着说着，还配合着自己的话，激动地挥起手来。

柳依依这才满意地点点头，说道：

"如果你是地球上最后一个男性的话，我或许会考虑一下，然后马上打消这罪恶的念头，反手就把我闺蜜掰弯成我的女友，一起过上没羞没臊的幸福生活。"

"哪个闺蜜？"

温笃行不仅不生气，反而还兴趣盎然地问。

"哪个都行，保命要紧。"

柳依依吐了吐舌头，而且故意把每个字都咬得异常清晰。

温笃行却迎难而上，学着影视剧中的深情人设，相当造作地说：

"多年之后，我若未娶，你若未嫁，我们不如……"

"就继续单着吧！"

柳依依说着，抽出包装里的一片饼干，一把塞到了温笃行的嘴里。

温笃行嚼着饼干，嘴巴一张一合，似乎还想说些什么。

"你不说话没人会拿你当哑巴，你一说话别人会拿你当傻子……"

柳依依也不管温笃行吃没吃完，又往他嘴里塞进一片饼干，不满地说：

"零食也堵不住你的嘴！"

温笃行囫囵吞枣地将饼干咽下去之后，挠挠头，不好意思地说：

"其实我就想说，你这个变相鼓励我跟你说骚话，我是没想到的，爱了爱了。"

柳依依听了温笃行的话，脸色骤变，她毫不迟疑地抓起温笃行的衣领，吼道：

"把饼干给老娘吐出来！快点儿！"

在一番逼迫无果后，柳依依忽然抱起手，坏笑道：

"不过你吃东西居然看都不看就往肚里咽，我知道怎么让耳根子清净了！"

温笃行则洋洋得意地伸手指了指自己，吹嘘道：

"我走过南，闯过北，火车道儿上轧过腿，厕所里还喝过水，什么玩意儿都药不死我！"

"你最好有事儿。"

柳依依双手叉腰，给温笃行送去一个白眼，道。

由于温笃行和柳依依的动作太大，自然引来了班里同学的注意，不过看着这两个活宝在这儿毫不避讳地耍宝，前段时间甚嚣尘上的关于两人的流言也就逐渐在众人的心中瓦解了。

放学后，温笃行收拾好书包，在座位上伸了个懒腰，自我嘲解道：

"又是和董晓情沉默无言的一天呢！"

听了温笃行的牢骚，一旁的柳依依苦笑了一下，然后便走过来，说道：

"别在这儿顾影自怜了，我问你个事儿。"

"问。"

尽管柳依依打扰了温笃行伤春悲秋的雅兴，温笃行还是耐着性子听着柳依依的话。

柳依依也不遮掩，单刀直入道：

"今天早上，你是故意当着全班人的面跟我开玩笑的吧？"

"何以见得？"

温笃行将目光移向柳依依，立马来了兴致。

柳依依坐到温笃行旁边的位置上，双手交叉放在胸前，自顾自地分析道：

"今早关于谈恋爱的那个玩笑，看似有些暧昧不清，但其实当事人如果将那些话主动暴露在大庭广众之下，会给人一种身正不怕影子斜的感觉，反而比讳莫如深来得更好。"

"这就是逆向思维的艺术，对此地无银三百两的反向利用。"

温笃行微微翘起眉毛，眯起眼睛，不无得意地说：

"小伙子，你，只看到了第二层，而你把我，只想成了第一层，实际上，我是第五层……啊不，这波我在大气层！"

"可以，老千层饼了。"

柳依依说着，不知何时拿出了一袋饼干，放到温笃行的桌子上，她不理会温笃行惊讶的眼光，只是笑眯眯地说：

"这是谢礼。"

温笃行撕开包装袋，从里面取出一片饼干，边吃边说道：

"我感觉你今天怪怪的。"

"你为什么会这么觉得？"

这时轮到柳依依按捺不住自己的好奇心，问道。

"你这姑娘平时神经大条得很，今天又是研究我早上的行为动机又是给我零食的，可不像是你的风格。"

温笃行说着，手上仍旧没停下吃饼干的动作。

"我和徐远洋分手了。"

温笃行能感觉到，柳依依的语气中有着些许的遗憾，但却并没有过多地悲伤。

"是不是那小子在外边儿有相好的了！"

温笃行紧紧地攥着手里的包装袋，咬着牙道：

"你看我今天晚上不把他骂到自闭！"

"你先别激动……"

柳依依见状，赶紧拦住温笃行，然后说道：

"是我先跟他提分手的。"

温笃行看着失落的柳依依，一脸的不可思议。

"高三学习压力大，这个时候如果男朋友不能给自己一个可以依靠的肩膀，那跟有没有男朋友也差不多。"

柳依依说完，朝温笃行露出一个苦涩的笑容，气氛一时间降到了冰点。

"董晓倩的事儿，你准备怎么办？"

柳依依本打算随便找个话题暖场，但话刚一出口，就不禁后悔自己的决定。

"我太累了，所以我打算先把这件事儿放一放。"

令柳依依颇感意外的是，温笃行在回答这个问题的时候，神情却泰然自若。

"发生了什么？"

柳依依关切地问。

"我今天给她写了一首诗……"

温笃行说着，从书包里翻出一张皱巴巴的纸，边缘还有明显从本上撕下的痕迹。

"这是我誊抄之前的草稿，反正我也打算带回家雪藏，你说不定是这首诗最后的读者了。"

柳依依从温笃行的手里接过那张纸，只见上面写道：

来自东方的问候
心中的分歧，
铸成两极之间的铁幕，
使波罗的海波涛汹涌。
柏林墙边的冷漠，
三八线上的猜度，
一场场筋疲力尽的赌博，

从地球到太空无法摆脱。
从朝鲜到东欧，
从越南到蒙古国，
即使全世界遍布我的朋友，
我也忘不掉来自你的帮助。
如今我已放下斧头和镰刀，
三色旗飘扬在克里姆林宫。
带着真诚的和解前往美洲，
期盼自由女神灿烂的笑容。

"是什么样的缘分，让你俩的关系都变成美苏冷战了？"
柳依依跟温笃行开了个玩笑，接着又浏览了一遍，然后还给温笃行，说道：
"你别说啊，还真有那种老学究的味道，我觉得 duck 不必。"
"拿到这首诗的时候，董晓倩的表情管理可到位了，什么反应都没有。"
温笃行回想起董晓倩冷漠的脸庞，心中一紧，说道：
"我现在一见到她就特别紧张，这种紧张不是喜欢……是一种生怕自己做错事儿的惶恐。"
"或许董晓倩需要一点时间来适应你们的新关系吧。"
柳依依一时间也不知该如何安慰才好。
温笃行点点头，他叹了口气，说道：
"我应该给她一点儿自己的空间，现在就走一步看一步吧。"
"不过，你为什么突然想起给她写诗了？"
柳依依突然好奇地问。
温笃行凑近柳依依，神秘兮兮地说：

"其实是昨天中午，我和朱龙治在食堂吃饭的时候，我总觉得董晓倩在暗示我什么，朱龙治说他也感觉到了。"

"这是又疯了一个？"

柳依依看着温笃行，眼神中充满怜悯。

温笃行却不理会柳依依话里的讽刺，而是继续不厌其烦地描述道：

"昨天吃午饭的时候，董晓倩特意背对着我，坐在了离我的桌子最近的位于我正前方的位置上。那天晚上上晚自习的时候，董晓倩也没坐在平时的地儿，而是坐在了她可以看到我，我也可以看到她的地方。"

"确实有点儿奇怪啊，这到底是疯了多少个……"

听到这里，柳依依也禁不住开始揣度董晓倩的想法，但始终没有头绪，于是她问温笃行道：

"那你昨天是怎么回应董晓倩的？"

"你聊这个我可就不困了啊！"

温笃行一听，顿时来了兴致，他挺起胸膛，眼神中闪着金光，自信满满地说：

"下了晚自习之后，我相当 gentleman 地路过董晓倩身边，对她说：坐风口旁边小心着凉！"

"你这才是硬生生地凭实力单身啊！我真是醉了。"

柳依依捂着眼睛，嘴角不受控制地微微抽搐，苦笑道：

"我真想一巴掌把你拍到墙上，抠都抠不下来！"

"老铁，我做得对吗？！"

温笃行说着，一双无辜的大眼睛在柳依依面前一闪一闪的。

柳依依一边给温笃行稀稀拉拉地鼓掌，一边唱道：

"正道的光，照在了大地上，把每个黑暗的地方都照亮！"

"种豆得豆，照在了大腚上……"

温笃行忍俊不禁地纠正道。

看着温笃行阴阳怪气地纠正，柳依依一阵捧腹后，放心地说：

"不过，我感觉你这也不是为情所困该有的样子呀。"

"我俩的事儿都拖了那么久了，基本已经凉了，最多也就是热热还能吃……"

温笃行抱着手，眯起眼睛，颇为无奈地自嘲道。

"我感觉你似乎一夜之间就成熟起来了。"

柳依依在钦佩的同时仍不忘调侃道：

"这简直就是医学奇迹！"

"主要是最近一段时间，我经历的事情太多了。"

温笃行腼腆一笑，略带憧憬地说：

"我最近时常觉得，我的高中生活挺神奇的……所以我打算把我身边发生过的故事都写下来，书名我都想好了，就叫《繁梦漫天的季节》吧。这样多年之后，我还能回忆起我当时的做法和感受，时刻审视自己有没有重蹈当年的覆辙。"

"我很好奇，哪些人会是你故事里的主角呢？"

听了温笃行的想法，柳依依被成功地勾起了好奇心，忙不迭地追问道。

温笃行摸了摸下巴，若有所思地说：

"你这么一问，我突然想起初二我追萧婧怡的时候，我曾经问过我们共同的朋友羊晓萌的一个问题……"

"什么问题？"

柳依依好奇地问。

"我当时问羊晓萌：你说谁才是我们生活中的主角呢？羊晓萌说：生活里哪有什么主角啊？或者说每个人都是自己生活里的主角。"

回忆起过去的温笃行暖暖地笑了一下，继续解释道：

"所以，这部小说的主人公自然是我了，我打算取我的姓温字作为主人公的最后一个字。不过比起'温'字来说，'文'字在名字中更为常见，同时考虑到'凯文'这个组合也算是时代特色了，所以我打算把主人公的名字设定成'凯文'。至于姓嘛，我打算用'齐'，因为这个姓虽然在《百家姓》里，但历史上姓这个姓的人其实并不多，除了近代的画家齐白石比较有名之外，可能就是西晋末年在今天陕西境内发动起义的氐族首领齐万年了，我觉得至少不会太容易和别的小说里的人物重名吧。"

"你看你说了这么半天你自己，那其他人呢？"

柳依依听得失去了耐心，开始不满地催促温笃行赶紧继续说下去。

温笃行一边掰着手指头，一边盘算道：

"你、徐远洋、孟霖铃、金泽明，你们都是对我最重要的人。虽然现在孟霖铃和金泽明暂时还不太理解我，不过假以时日，我相信他们会重新回到我身边……就像他们当初出现在我身边的时候一样。董晓倩和董晓峰是我一直以来的朋友，我和他们虽然有过一些不愉快的经历，但失败的教训有时候甚至比成功的经验更重要，所以我想把我和他们的故事写下来。赵从理老师不仅是我的数学老师，还是我的精神导师。尽管赵老师有时候很严厉，但他总会关注到我一丝一毫的情绪波动和一点一滴的精神成长，这种忘年交的友谊实在是不可多得。至于其他的人……我暂时还没有想好。"

听了温笃行的一番感人至深的自白后，柳依依问出了她最关心的问题：

"那在你的小说里，你想给自己和孟霖铃、董晓倩安排一个什么样的结局呢？"

"曾经，我很喜欢孟霖铃，为此我也付出过很多努力，但她却像我手里的沙子一样，攥得越紧，流得越快。孟霖铃是我注定要失去的人，她会有她的幸福，我也会有我的幸福。"

温笃行说到这里，顿了顿，略带心酸地说：

"至于我和董晓倩……至少在小说里，希望我们能有一个美好的结局吧。"

有趣的游戏环节会让人更加印象深刻

"……作为高中的学生，你们应该都知道，前边带负号的未知数不一定是负数，就像有些人看起来是女孩子，其实他是男孩子……"

数学课上，赵从理老师话音刚落，全班就哄堂大笑起来。

"我听说你们最近流行这个。"

赵从理老师努力装出一副人畜无害的样子，说道。

之后，赵从理老师便又转过身去继续写板书。

就在这时，赵从理老师的身后突然传来一阵巨响。

赵从理老师马上转过身来，只见朱龙治一脸尴尬地趴在桌子上看着老师，地上则躺着朱龙治已经粉碎的玻璃水杯残骸。

"你又睡着了吗？"

赵从理老师故作惊讶地问道。

此言一出，再度引发了班里的一阵大笑。

"我们再来看看这道题啊。我们拿到函数题先不要慌，老老实实地在草稿纸或者黑板上先把函数图像画出来……"

赵从理老师一边说，一边根据题目要求在黑板上做出了函数图像，随后解释道：

"有两个或以上极值点的函数我们一般叫做闪电图，因为它的形状就像闪电一样……"

说到这儿，赵从理老师伸出手臂，往前滑了一下，生动形象地跟众人模拟了函数的形状，还十分贴心地配上了专属音效：

"chua！"

末了，赵从理老师还不忘敲打一下众人，说道：

"有些同学做题总想快，一着急就瞎带公式，结果就做错了。有句古话叫'欲速则不达'。所以，要想成为达人，一定要慢才行。"

温笃行在讲台下有感而发说道：

"我突然感觉自己是当贵族的好苗子！"

赵从理老师把粉笔往板槽里一扔，拍了拍手上的粉笔灰，调侃温笃行道：

"还没下课就敢这么嚣张了？你怕不是头孢配酒，越喝越有，然后说走就走？"

赵从理老师话音未落，下课的铃声便不识趣地响了起来。

临下课前，赵从理老师叹了口气，叮嘱道：

"还有件事儿，你们以后设方程的时候别设 b 了，有的同学算着算着 6 和 b 越写越像，九分不清了……让 b 滚出数学界！"

下了课，朱龙治来到温笃行的身边，他拍拍温笃行的肩膀，以惋惜的语气说道：

"但凡有一粒儿头孢，你也不至于……"

温笃行一听朱龙治这么说，啪的一下就站起来了，很快说道：

"传统调侃，以点到为止。小伙子，你不讲侃德！"

朱龙治见状，轻车熟路地装出一副惶恐的样子，顺着温笃行的思路说道：

"温老师，对不起，对不起，我不懂规矩，我是乱说的。"

"你可不是乱说的啊！刚才我就在问我自己，温老师，发生什么事了？我一看，哦，原来是这位年轻人，嘴臭、抽象、玩儿老梗，训练有素，有备而来，来逗，来调侃，我十八岁的小同志，这好吗？这很不好。"

说到这儿，温笃行稍微顿了顿，但明显还不过瘾，于是干脆将马保国的经典台词一股脑儿地和盘托出：

"我劝，这位年轻人，好自为之，好好反思，以后，不要再犯类似的聪明，小聪明啊！朋友，要以和为贵，要讲侃德，不要搞，窝里斗！谢谢朋友们！"

说完后，温笃行还补充了一句：

"这都是刻在 DNA 里的台词……WDNMD，我 DNA 动了，不玩儿了！"

"不要什么东西都往 DNA 里刻啊喂！"

朱龙治白了温笃行一眼，调侃道：

"而且浑元形意太极拳掌门人马保国还能跟柜子动了的茄子梦幻联动，这我是没想到的。"

"行了，跟你聊个正事儿。"

温笃行拉过朱龙治，低声问道：

"下个月新年联欢会，要不要一起上个节目？"

"你也知道，我这个人瞎聊两句还行，但一般不太喜欢出风头。"

朱龙治想了想，补充道：

"不过如果有我能帮忙的事儿，你尽管跟我说。"

温笃行有些感动地点点头。

之后，温笃行又先后去找了沈梦溪、孟霖铃和彼得，却都被婉拒。没拉拢到人的温笃行还不死心，于是就打算拉柳依依入伙儿。

一番软磨硬泡之后，柳依依却仍旧毫不留情地拒绝道：

"不是我不想帮你，实在是高三的时间太紧张了。咱们还有一个半月就要期末考试了，我劝你也收收心。"

屡屡碰壁的温笃行虽不甘心，但也只好作罢。

半个月后，就在温笃行自己都快忘了筹备新年联欢会这件事儿的时候，朱龙治突然主动找上门来，神神秘秘地说：

"我这次给你带来了个好消息。"

温笃行却相当沮丧地说：

"下个月的期末考试取消了吗？"

朱龙治有些尴尬地挠挠头，问温笃行，说道：

"你还记得半个月前咱聊过的筹备新年联欢会的事儿吗？"

"你们打算出节目了吗？"

温笃行眼前一亮，语气中夹杂着欣喜与不可思议。

"虽然我们不是要出节目，不过也差不太多。"

朱龙治跟温笃行介绍了一下目前的进展，说道：

"我和彼得已经找赵从理老师商量过了，这次联欢会我们打算组织点儿小游戏什么的，主要是活跃一下气氛。至于出节目的事儿，还是跟往年一样由金泽明负责。"

"那关于游戏安排的事儿，你们有什么计划吗？"

温笃行追问道。

朱龙治侃侃而谈道：

"我们参考了时下热门的综艺节目和以前幼儿园的回忆，给出了这么几个方案：你画我猜、我喝你猜、谁是卧底、抢椅子和踩气球。"

"嗯，但我感觉这里边儿好像没几个适合幼儿园孩子玩儿的游戏吧？"

温笃行想了想，有些无奈地笑道：

"不过也的确没什么其他占地小、道具少的游戏可以玩儿了，总不能像日本动漫里的海边剧情那样蒙上眼睛劈西瓜吧……不过，好像也没什么我能帮上忙的吧？"

"当然有了。"

朱龙治赶紧说道：

"虽然游戏环节我们已经大概有了眉目，不过我们希望能给游戏起一些别开生面的名字，希望能达到锦上添花的效果。"

"嗨呀，小意思。"

温笃行不以为意地摆摆手，接着他一拍胸脯，信心满满地说：

"我当场随便就能说出几个！"

"您真有这本事？"

朱龙治故意瞪大了眼睛，语气中带着一丝质疑。

"瞧您说的，我是张口就来！"

温笃行也来了劲儿，他用大拇指指了指自己，微眯起眼睛，说话的时候脸上始终挂着自信的笑。

朱龙治心中窃喜，于是便顺势说道：

"您要这么说，那我可就得考考您了。"

温笃行心安理得地戴上朱龙治递过来的高帽，飘飘然道：

"您尽管考，今天要是有一个我答不上来……"

"您就怎么着？"

朱龙治装作一副好奇的样子，十分期待地看着温笃行。

温笃行的眼中闪过一丝不易察觉的犀利，悄然道：

"将来我孩子随我姓！"

"好嘛，这不跟没说一样吗！"

朱龙治一听这话，瞬间就像泄了气的皮球一样失去了兴致。

温笃行却也不含糊，只见他大手一挥，颇为豪迈地说：

"闲话少说，你就开始考吧！"

朱龙治把身体微微往温笃行身边凑了凑，伸出手指指了指温笃行，确认道：

"那我可要开始了啊！"

"说来就来！"

温笃行很快就恢复了之前自信的神态，傲然地说。

朱龙治也不客气，直接问道：

"我和你猜，怎么改？"

温笃行用两只手一上一下比画出一个杯子的形状来，询问道：

"我和你猜？就是你在朋友们面前放好几个杯子，里面放上颜色相同的不同饮料，比如葡萄汁、格瓦斯、可乐、酱油、醋……反正来上那么几种，然后去迫害他们，让他们喝的那种游戏，对吧？"

"虽然后面几种不是饮料，但我确实是想把它们加入豪华午餐。怎么改啊？说吧。"

朱龙治在肯定温笃行想法的同时，还顺便抖了个包袱。

在得到朱龙治的回应之后，温笃行咧嘴一笑：

"嘿嘿，太简单了！"

"你说啊。"

朱龙治继续不动声色地刺激着温笃行。

温笃行挥舞着右手，配合着自己说话的节奏，一字一顿地说：

"你听着啊……班里醋意正浓！"

朱龙治听了之后，击节赞叹道：

"好嘛，班里醋意正浓。行，有东西！"

"下一个是什么？"

在得到朱龙治的赞美后，温笃行显得很得意，于是乘兴追问道。

见此情形，朱龙治继续问道：

"那这个你画我猜，又该怎么说呢？"

"你画我猜？"

温笃行继续伸出手，两只手一左一右，比画着描述道：

"就是一位朋友站在讲台上，一位朋友站在教室当间儿，哎，正对着讲台，看台上的朋友画着三岁儿童的想象画，一边儿看一边儿琢磨这是什么东西？是人能画出来的吗？还得靠着丰富的联想把名字原封不动地说出来，对吧？"

"哎，差不多是那么个意思。"

朱龙治抿着嘴，赞同地点点头。

温笃行假意敲了两下脑袋，然后他便打了个响指，作豁然开朗状，说道：

"有主意了，就叫'灵魂画手的自我修养'！"

朱龙治情不自禁地朝温笃行竖起一个大拇指，但却仍没有放松考验的步伐，继续追问道：

"嗬！'一个灵魂画手的自我修养'。不错，有想法了。那谁是卧底，应该怎么说呢？"

"不就是大家都拿到一样的词儿，只有那一两个不合群儿的拿着另外一个词义相近的词儿，每个人用三两句话描述自己的词儿，然后把不合群儿的那几个倒霉蛋儿投票投出去的游戏吗？这个更简单！"

温笃行非常形象地把双手朝前一甩，举手投足间仍表现出满满的自信。

"呦，那您给大伙儿说说！"

朱龙治说着，把手往前一伸，邀请温笃行往前迈一步。

几乎在朱龙治话音刚落的同时，温笃行便不假思索地脱口道：

"我们中出了一个叛徒。"

"嗬！你喷了我一脸唾沫。"

朱龙治颇为嫌弃地用手抹了一把脸，摆摆手，说道：

"这车都开到我脸上了，咱也不用疑车无据了，没那个！"

"哦，你没有我开车的证据。"

温笃行说着，毫不客气地向前迈了一步，朝朱龙治瞪起了自己无辜的大眼睛，说完还十分肯定地点了点头。

朱龙治皱紧了眉头，瞪圆了眼睛，愤怒道：

"什么叫没你开车的证据啊？车轱辘都碾着我脸了，现在还疼呢！"

"你甭管我开没开车，说说我起这名儿切不切题吧！"

温笃行跳过朱龙治发的牢骚，直奔主题道。

"嘿你别说啊，还真是那么回事儿。"

朱龙治心悦诚服地点点头，刚刚还紧绷的眉头也逐渐舒展，却依然穷追不舍道：

"您再教教我，抢椅子有法儿改吗？"

"龙治儿，您这就瞧不起我了，怎么净给我出这么简单的问题啊？"

温笃行有些责怪地看了朱龙治一眼，接着他摇头晃脑地缓缓道：

"这可有点儿长，你听仔细了啊……只有底盘稳的人才能活到最后的修罗挑战。"

说完之后，温笃行还贴心地为朱龙治解释了一番：

"抢椅子嘛，顾名思义，就是有椅子总比人少一把。主持人在台上叽里呱啦放了一大堆音乐，然后音乐一停大家就腿软，站不住了，得找把椅子缓缓。但前边儿说了啊，没那么多椅子坐，大家一个萝卜一个坑儿，就得有人剩下，然后撤把椅子游戏继续。直到最后，两人抢一把椅子，谁抢上了谁就赢了比赛，顺便失去一个朋友。"

"您先等会儿吧。"

朱龙治一伸胳膊，挡在温笃行身前，有些哭笑不得地说：

"您这椅子总比人少一把像话吗？人按把算呀？这都是什么量词啊！"

"细节你甭管，大面儿我没问题。"

温笃行说的时候，低头摆了摆手，接着他又抬头拍了拍胸脯，情不自禁地吹嘘道：

"这要是轮着我去玩儿这游戏，我上来就是一个滑铲！保管让他们哭爹的哭爹，喊娘的喊娘！"

"合着您当初也是靠一个滑铲三拳两脚将猛虎打死？"

朱龙治说到这儿，忍不住又给温笃行竖了个大拇指，并以夸张的语气说道：

"武松直呼内行！"

温笃行试图转移朱龙治的注意力，说道：

"好汉不提当年勇！还有吗？"

朱龙治一甩右手，考核道：

"最后一个啊，踩气球，您给改改？"

"要不怎么说龙哥对我好呢，一看我上来，就给我放水……"

温笃行一手抚着朱龙治的背，一手虚指一下朱龙治，改口说道。

"都不是放水了，是放海。"

朱龙治连忙往旁边躲了躲，挣脱开温笃行的怀抱，说道：

"行行行，你别废话了，就说这怎么改吧！"

温笃行咧嘴一笑，道：

"这就叫'地雷区的生死追逐'啊，不就完了吗？"

"地雷区的生死追逐？"

朱龙治一时间被温笃行的创意雷得外焦里嫩，不禁感叹道：

"好家伙，我直接'好家伙'！"

"您看啊。"

温笃行开始试图反客为主。

"怎么着？"

朱龙治试探道。

"虽然今天我所有的问题都答上来了，但孩子还是要随爸爸姓的。"

不等朱龙治反应过来，温笃行便一副打算做主的样子，说道：

"你也别跟我闹别扭了，有个学富五车的爸爸不好吗？咱今儿个下了台，就直奔着派出所去，把你这姓给改回来，随父姓！"

"去你的吧！"

朱龙治白了温笃行一眼，并不是很礼貌地拒绝了他。

新年联欢会当天，赵从理老师七点半就出现在了教室里，却发现有人来得比他更早。

"难得啊，温笃行。"

赵从理老师笑着感叹道：

"你居然没迟到！"

温笃行笑了笑，说道：

"毕竟今天不上课嘛，当然就来得早喽！"

"你也就这时候最积极了。"

赵从理老师有些无奈地看了温笃行一眼，然后环顾了一下四周，满意地说：

"可以啊，笃行。昨天布置到很晚吧？"

"我们不到八点钟就收工了。"

温笃行满不在乎地摆摆手，说道：

"嗨，其实昨天除了我、朱龙治和彼得之外，柳依依、沈梦溪、夏林果、刘梅、马丽，好多人都来帮忙了，所以也没忙到太晚。那些人嘴上说着不要，身体还是很诚实的！"

"不错，众人拾柴火焰高。"

赵从理老师颇为赞许地点了点头，然后问道：

"对了，我听说你一月中旬的时候就要去参加秋阳大学的冬令营了？"

温笃行不好意思地挠挠头，语气中却带着掩饰不住的兴奋：

"嘿嘿，还是老师您消息灵通。"

看着满脸期待的温笃行，赵从理老师却担忧地提醒道：

"这事儿你可放低调点儿啊，现在好多双眼睛盯着你呢。你要切记，所谓树大招风、枪打出头鸟，你读了那么多历史书，这些事儿你应该也很清楚。"

温笃行止不住地点头，然后问道：

"赵老师，您知道这次董晓倩会去秋大的冬令营吗？"

赵从理老师摇了摇头，回答道：

"没有，董晓倩后来去颐明大学的冬令营了，应该是坐下个礼拜的高铁去帝京。"

"不过你和董晓倩一直坐同桌，结果你连她去哪个冬令营都不知道，这可不是什么好现象。"

赵从理老师拍拍温笃行的肩膀，说道：

"如果你真的很喜欢她的话，不妨等她上了一段时间大学之后才重新去追她，那个时候她说不定就会怀念高中的时光，也更容易接受你。"

听了赵从理老师的建议，温笃行一言不发地点点头。

原本烦琐的工作在谈笑间妙趣横生

新年联欢会前一天，高三（7）班教室里。

柳依依光着脚站在椅子上，用手把春联在墙上按住，对站在一旁的温笃行说道：

"把透明胶带递给我！"

"好嘞！"

在旁边待命的温笃行听到柳依依的指示之后，赶紧将透明胶带和剪刀双手奉上。

柳依依贴好春联的上半部分后，就把透明胶带和剪刀递给了温笃行，并指着春联的底部，笑道：

"来，搭把手。"

温笃行马上从柳依依手里接过透明胶带和剪刀把下面的部分也严丝合缝地在墙上贴好。

柳依依从椅子上跳下来，用脚勾住地上的鞋，一边欣赏着自己的劳动成果，一边由衷感慨道：

"不过话说回来，我真没想到你还会写软笔书法。"

温笃行微微抬起下巴，显得十分得意，他半开玩笑地解释道：

"这些都是我年轻时和柯南一起在夏威夷拜师学习的。当时我对远程射击和开直升机不感兴趣，所以就学了毛笔字和水墨画。"

"说你胖你还喘上粗气了。"

柳依依白了温笃行一眼，用手指狠狠戳了一下温笃行的脑门，皱着眉调侃道：

"你这字儿写得这么寒碜，还好意思说？而且你咋还一言不合就突破次元壁呢……"

"笃行，如果你贴完春联儿了就来帮我挂一下彩带吧！"

朱龙治双手捧着天花板彩带走到门口，对温笃行说道。

还没等温笃行回应，朱龙治就看到了门框两边春联上的字。

上联：

"百园春风皆巾帼"

下联：

"万里江山是英雄"

横批：

"超级七班"

朱龙治盯着春联，细细琢磨了一番，然后才说道：

"这春联儿对得倒是不错，就是字写得像狗爬的一样，实在是有碍观瞻。你们该不会是被人骗了吧？"

温笃行颤巍巍地伸出手指，指着那副春联，毫无底气地提醒朱龙治道。

"今年的春联儿是我写的……"

"这就难怪了。"

朱龙治方才紧皱的眉头逐渐舒展开来，十分理解地点了点头。

"别骂了，别骂了。"

温笃行的脸色一阵青一阵白，他低下眼皮，声若细蚁地阻止道：

"无意冒犯，不喜勿喷！"

"哈哈，没事儿。"

朱龙治捧着手里的彩带，转身往教室里走，临走前还不忘留下一句：

"春联儿这种东西，聊胜于无嘛……"

望着朱龙治离去的背影，温笃行一撇嘴，泄气道：

"累了，感觉不会再爱了。"

"好了，人家也不过是实话实说而已，何必跟自己过不去呢。"

温笃行朝柳依依恶狠狠地瞪了一眼，气愤地说：

"你够了！That's enough！"

"反正春联儿已经贴完了，咱也没必要在外头干站着了。"

柳依依说着，朝温笃行一挥手，道：

"走，跟我进屋！"

"吾疑汝驱车且飙之，奈何吾无据以示众，任其车轱辘轧于吾脸之上，甚痛！"

温笃行说着，用两手小心翼翼地护住胸部，一脸警惕地盯着柳依依，那眼神好像生怕柳依依要对他进行非礼。

"光天化日，朗朗乾坤，世风日下，耗子味汁！"

"你才好自为之呢！你脑子里整天装的都是些什么乱七八糟的……"

柳依依马上回击道。

温笃行被柳依依的声音吓得一哆嗦，态度马上就软了下来：

"不，我指定是不行了……"

温笃行虽然嘴上骂骂咧咧的，不过他还是老老实实地跟柳依依回了教室。

见温笃行进了教室，朱龙治立刻笑呵呵地迎了上来，以惊喜的语气道：

"你复活啦！我等到花儿都谢了！"

"别这样……"

温笃行皱起眉头苦笑了一下，问道：

"咱们开始布置天花板彩带吧。"

"刚才我和彼得已经布置完了。"

朱龙治说着，指了指讲台桌上七八只干瘪的气球，说道：

"刚才彼得还有几只气球没来得及吹，我看你平时也挺能吹的，就交给你了。"

"你还真是人尽其才，物尽其用啊……"

温笃行拿起桌上的气球，环顾了一圈，问道：

"咱们班的打气筒在哪儿啊？"

"啊？咱们没有打气筒啊。"

彼得苦笑着挠挠头，说道：

"地上的那十几个气球是我刚才一个一个吹起来的……"

温笃行两只手紧捏着气球，哭笑不得地说：

"都说你们俄国人能徒手斗熊，今儿个我算是长见识了。"

过了好一会儿，温笃行才吹起来第一个气球，他拿着气球，来到柳依依身边，恳求道：

"我不太会系气球，你帮我一下好不好。"

柳依依叹了口气，伸手接过气球，不到二十秒，柳依依就将一个系得结结实实的气球还给了温笃行。温笃行接过气球的时候，柳依依还顺便开了个玩笑，道：

"给我二十秒，还你一个奇迹般的大气球。"

"这话听着怎么有种似曾相识的感觉？"

来自俄罗斯的彼得挠挠头，不大的脸上写满了大大的疑惑。

"这句话是沙俄时代后期的改革家斯托雷平的话，原话应该是'给我二十年的时间，俄罗斯会变得让人认不出来'，不过他在说完这句话的两年后就遇刺身亡了。"

温笃行扭头用自己丰富的知识储备和彼得解释了几句后，他转过身来，朝柳依依露出一个由衷的笑容，说道：

"谢谢你，乘风破浪的姐姐！"

"不客气！一败涂地的弟弟啊！"

柳依依说着，还开玩笑地伸出手，假意要摸温笃行的头，被温笃行很轻易地闪了过去。

温笃行在躲闪的时候，肚子上的赘肉随着温笃行晃动的腰部而一起摇摆，场面十分滑稽。尽管如此，温笃行还是像个拿到新玩具的孩子一样，跟柳依依得意地炫耀道：

"这就是我的秘技——反复横跳！哼哼，知道我的厉害了吧！"

"好家伙，我感觉你这速度能灭火！ Why are you so diao？ 秀、天秀、陈独秀、蒂花之秀、造化钟神秀、版本都没你秀……"

柳依依捂着嘴，全身微微颤抖地开玩笑道。

然而，乐天派的温笃行一如往常，对柳依依的调侃毫不在意，反而继续乐此不疲地展示着自己不露肚皮的肚皮舞。

过了一会儿，柳依依突然失控般地大笑起来：

"哈哈哈哈哈！不行了，这画面太美了，我没眼看了！我要洗眼睛！"

此举惹得在场的众人都不由自主地停下手头的任务，并齐刷刷地将目光投向了柳依依。

"洗洗更健康！"

还没意识到柳依依有多丢人的温笃行适时地在柳依依的话后面接了一个广告梗。

玩笑过后，温笃行话锋一转，夸赞道：

"但我还真没想到，你居然会系气球这么高难度的工艺！"

柳依依轻轻擦拭了眼角笑出的眼泪，说道：

"如果你将来有机会连扎几年辫子，比如脏辫什么的，你就会知道了，系气球对于一个已经自力更生扎了五年辫子的人来说，真不是什么难事儿。"

"学到了，学到了！"

温笃行举着气球，笑眯眯地说。

过了没一会儿，温笃行又拿着一个刚吹起来的气球，任性地举到柳依依面前，对她道：

"送佛送到西，帮人帮到底。咱索性搞个流水线生产得了！"

"拉倒吧……"

柳依依一边低头系气球一边抱怨道：

"有你跑来跑去这功夫，我孩子都会打酱油了……而且还比他温笃行叔叔更能打。"

两句话的功夫，柳依依就将系好的气球放到温笃行的手中，问他道：

"学会了吗？"

"学废了！"

温笃行还沉浸在开玩笑的快乐当中。

后来，因为温笃行的气球吹得太慢了，朱龙治和彼得只好在做完手头的工作之后，围在一起加班加点地帮温笃行系气球。

温笃行系了几个气球之后，便按捺不住躁动的心，问朱龙治和彼得：

"哎，你们说，我今年要不要再出个节目？"

彼得停下手里的动作，皱着眉，委婉地劝道：

"我有时候觉得，比起华夏人，你更像是一个日本人，生得光荣，死得伟大，热衷于在短暂的绚烂后凋零，把美好的东西毁灭给我们看……"

朱龙治则没有停下手里的任务，他有些失去了耐心，便直截了当地问：

"您今年又想毁哪首曲子？"

温笃行也不客气，直接用歌声回答了朱龙治的疑问：

"'当所有的人，离开我的时候。'……"

朱龙治赶紧拦下来，哭笑不得地问：

"我说停停，什么歌儿啊这都是？"

温笃行一脸茫然地挠挠头，回答道：

"赵传的《我终于失去了你》啊。"

朱龙治拍拍脑袋，无奈地指出来道：

"您听这歌儿新年唱靠谱儿吗？"

"哦，您的意思是这歌太老了，怕大家听不惯。那咱换一首朴树的《平凡之路》吧！'我曾经拥有着的一切，转眼都飘散如烟。'……"

温笃行一言不合就又唱了起来。

朱龙治叹了口气，有些无可奈何地说：

"好嘛，大过年的您这是光脚的不怕穿鞋的！"

"还不喜欢？行，咱来个刘欢的《从头再来》！'谈成败，人生豪迈，只不过是从头再来！'新年新气象嘛，对不对！"

温笃行唱着唱着，唱出了一丝得意。

朱龙治将声音提高了一个八度，指责温笃行道：

"对什么啊对！高三联欢会你唱这个，这不相当于在高考第一天考点儿外发复读传单吗？你看看你这干的都是人事儿吗！"

思考片刻之后，温笃行很快又灵光乍现道：

"你等会儿，我捋捋思路……啊，这个好，听上去就很幸福，听着啊！'死神也望而却步，幸福之花处处开遍。'……"

"哇！这不是《爱的奉献》吗！韦唯的歌儿，这都一竿子杵到 20 世纪 80 年代去了！"

朱龙治将手臂往前一伸，连语气都变得夸张起来。

"没想到你还挺清楚的！"

温笃行颇为赞赏地点点头，说道。

朱龙治被噎得一下子不知道该说什么，只好回道：

"是，您谬赞了。"

见朱龙治没有调侃自己，温笃行的语气变得更加嚣张起来：

"这首歌儿 1989 年春节联欢晚会唱过，就问你合不合适！啊？合不合适？！"

朱龙治见苗头不对，赶紧摆摆手，说道：

"您这怀的是谁的旧啊？三十多年前，咱老师都还没断奶呢！不行，换一个！"

温笃行大手一挥，明目张胆地打起了擦边球：

"那咱怀个更好的啊，现在这个不要了！"

"我怎么听着那么别扭呢，这都哪儿跟哪儿啊？"

朱龙治总觉得哪里不对，但又说不出个所以然来。

温笃行突然一拍手，笑道：

"哎，我有了！"

"呦，几个月了？"

朱龙治顺着温笃行的思路，调侃道。

"你别打岔！我是说我想起来一首歌，大家一准都听过！"

说着，温笃行干脆直接唱了出来：

"'炽热的心在跳动，祈祷和平降临。'！"

朱龙治开玩笑道：

"赵传、朴树、刘欢他们已经报警了啊！伏拉伏和迪迦奥特曼马上就到你家门口了！"

温笃行这次不仅没有接住朱龙治的玩笑，反而调侃道：

"哎，你似乎混进了什么奇怪的东西！"

朱龙治见状，继续抱怨道：

"你就不能整点儿人民群众喜闻乐见的新潮歌曲吗？"

一听这话，温笃行瞬间来了精神：

"新潮歌曲？有啊！'辣妹儿！辣妹儿！法克儿！法克儿！我已迷杀门口的老头，hop。一起上帮老爷拔毛，hop。一缸奶我通通吸干，比利的妈妈老壁灯！'hop 很喜庆啊，我觉得合适。"

就在温笃行陶醉在自己的歌声中的时候，朱龙治死死地抓住温笃行的肩膀，以桀骜不驯的语气挑衅道：

"You like that ha？ Like embarrass me ha？"

面对朱龙治突如其来的刁难，温笃行却用销魂的语气回应道：

"That's good！ Don't stop！ I am coming！"

朱龙治见状，态度一下就软了下来，连忙说道：

"这段儿掐了别播啊！要不都过不了审了！"

然后，朱龙治仍坚持不懈地调侃温笃行道：

"您把美国 Gay 片演员比利海灵顿和保加利亚妖王硬是给窜弄到一块儿去，还真应了那副对联'看美国比利摔跤，赏资本主义大雕。听保加利亚妖王，做大同主义基佬。'这也太新潮了吧？有点儿潮过了，都泡烂了快！"

温笃行用朗诵般抑扬顿挫的语气恳求道：

"哦，我的老 baby，看在 JOJO 的份儿上，请您再给我一次机会！"

朱龙治伸出一根手指，煞有其事地威胁道：

"再给您一次机会，最后一次啊！你要是敢唱印度神曲《多冷的隆冬，我在东北玩儿泥巴》，我可马上给你轰到边疆报效祖国去啊！"

"那不会的，我这次挑的是一首粤语歌儿。"

说完，温笃行还自信地拍了一下胸脯，接着又连着咳嗽了几声。

朱龙治抱着胸，强打精神说：

"行，唱着听听吧。"

温笃行见朱龙治松口了，便眯起眼睛，沉醉其中：

"'可否不分肤色的界限。愿这土地里，不分你我高低。'……"

朱龙治一下打断了温笃行的歌声，毫不留情地调侃道：

"Beyond 的《光辉岁月》都出来了……你是要去给南非人民开联欢会吗？"

"你俩要是再不干活儿，我就该给你们开追悼会了！"

柳依依带着皮笑肉不笑的表情出现在温笃行和朱龙治面前，不禁令两人寒毛倒竖，赶紧加快了手底下干活的速度。

"不愧是如迪奥般的柳姐，轻易就做到了我们做不到的事情！"

大部分时间都在作壁上观的彼得此时忍不住赞叹道。

柳依依闻言，毫不客气地朝彼得瞪了一眼，吓得他赶紧低头干自己的事情去了。

最后一次新年联欢会一定要办得热闹

第二天上午7: 20，随着黑洞洞的天越来越亮，原本寂静的教室也被人群弄得熙熙攘攘了起来。因为学校规定新年联欢会这天可以穿自己的衣服到校，所以这天，众人都穿上了各自最喜爱的衣服来到学校，让号称'校服狂魔'的温笃行着实有些眼花缭乱。

那天早上，柳依依身着苏格兰格纹短裙早早地来到了学校，当时班里的同学不多，这使得她特色鲜明的短裙格外地引人注目。

温笃行自然也注意到了这点，他来到柳依依面前，毫不吝惜自己的赞美，道：

"你今天穿的苏格兰小裙子不错，很符合你清新的气质。"

"看不出来，你还挺识货的！"

柳依依看着温笃行，眼神中显得很意外。

之后，温笃行和柳依依闲来无事，就有一搭没一搭地闲聊起来。但随着之后到校的刘梅和马丽加入了聊天，话题逐渐朝着苏格兰的男生也经常穿短裙的方向越聊越歪，温笃行觉得事情并不简单，便借故离开了。

到了上午8: 00，闭路电视里播放着由各类学生社团和学生艺术团队自编自演的歌舞类节目，男生们已经三三两两地聚集在教室的各个角落里打起了"王者"或者"守望屁股"等联机游戏，女生们则举着UNO，和班里不喜欢打游戏的男生们有说有笑地打着牌，以班主任身份坚守岗位的赵从理老师则抱着一本书，坐在前门旁边笑吟吟地看着联欢会的众生相。气氛好不热闹。

这其中，朱龙治和金泽明不仅学业优异，在电子游戏方面也是一把好手。沈梦溪、董晓倩和孟霖铃作为传统温婉小女人的典型代表，自然更偏爱相对安静的游戏，而与电子游戏无缘。于是，一种名为UNO的简单易学的卡牌游戏就在高一那年的新年联欢会上顺理成章地进入了她们的视线。柳依依虽然平时疯疯癫癫，像个假小子似的在班里横行霸道，但却意外地颇受女生欢迎，因此每年都会被邀请玩女生们经常玩的UNO。而一直对电子游戏兴趣寥寥的温笃行也很自然地成了UNO的忠实拥趸。

"今年董晓倩和孟霖铃都不来玩儿，我还挺不适应的。"

沈梦溪发牌的时候，温笃行悄悄把脑袋凑到柳依依身边，小声地感慨道。

柳依依没说话，只是白了温笃行一眼以示回应。

最先出牌的是刘梅，她果断打出了一张绿色的4。

"跟！"

在刘梅下手的马丽几乎毫不犹豫地打出了一张红色的 4。

刚准备出牌的夏林果见此情景，很幽怨地看了马丽一眼，默默地从牌堆里摸了一张牌。

轮到沈梦溪出牌的时候，只见她坏笑了一下，出了一张彩色 +4 的功能牌。

柳依依随即满怀歉意地看了温笃行一眼，一张黄色 +2 的功能牌从天而降。

伴随着两张功能牌的落地，温笃行满面愁容地从牌堆里喜提六张手牌。

这时，温笃行大致扫了一眼自己手里的十三张牌，发现里面大概有八张都是蓝色的牌，其余五张牌里有三张是红色的牌，两张是绿色的牌，但一张黄色的牌都没有。于是，温笃行打出了一张画着类似调色盘图案的功能牌，指定下一家出牌时必须出蓝色的。

于是轮到刘梅出牌时，她出了一张蓝色的 9，马丽紧接着跟了一张画着禁止标志的蓝色牌，夏林果准备出牌的手突然停在半空，脸上的笑容也凝固了。

之后，沈梦溪出了一张蓝色的 0，到目前为止，温笃行的计划并没出什么差错。

"那个……"

温笃行擦擦额头上因紧张而渗出的细密汗珠，以恳求的语气跟柳依依商量道：

"你能不能别禁止我出牌……"

"我说可以。"

出乎温笃行意料的是，柳依依居然十分爽快地答应了温笃行的请求。

"那就太好了！"

温笃行脸上的笑容足以表达他内心的喜悦。

柳依依二话没说，就出了一张蓝色的功能牌，上面画了两个背道而驰的蓝色箭头。

柳依依宣布道：

"从现在起，出牌顺序调转，我出完牌之后是夏林果的回合！"

夏林果分外感激地朝柳依依看了一眼，然后出了一张黄色的 6……

"开局七张牌，结局翻三倍，这也真是没谁了！"

一局游戏结束之后，柳依依同情地看着手里砸了十几张牌的温笃行，哭笑不得地说：

"我见过一局游戏下来每次还剩最后一张牌的时候都想不起来喊 UNO 被罚多摸一张牌的阿尔兹海默症患者，也见过被一张 +4 和三张 +2 的功能牌逼得一口气摸了十张牌的水逆非酉，但像你这种又老年痴呆又非的，恕我才疏学浅，鄙人纵横 UNO 界多年，是真没见过……这不完全是你的问题，我感觉是这游戏不太适合你。"

温笃行把手里的牌全部扔在桌子上，紧抿着嘴唇，眼泪汪汪地看着柳依依，半天说不出话来。

之后，温笃行等人又接连玩了几盘 UNO，直到闭路电视里的校级新年联欢会全部结束，主持人宣布各班可以开始自行组织班内的联欢会活动为止。

班内活动开始前，温笃行突然问柳依依道：

"你听说过乌诺牌和优诺牌之争吗？"

"哈哈，当然有啊。"

柳依依笑道：

"之前在网页版 UNO 上和网友们打牌的时候，我发现北方一般喜欢叫乌诺牌，而南方更多是叫优诺牌。"

为了稍稍挽回刚才在游戏中丧失的尊严，温笃行主动介绍道：

"但其实字母 U 在英语里的发音是'优'没错，不过在西班牙语和意大利语里发'乌'的音。'乌诺'这个词表示的就是数字 1 的意思，这也是 UNO 牌还剩最后一张时要喊 UNO 的原因。"

柳依依则颇不以为意地摊摊手，甚至还有些自豪地说：

"虽然我并不了解 UNO 相关的背景知识，但不妨碍我 UNO 打得好啊！"

"……燕雀安知鸿鹄之志哉！"

温笃行被柳依依噎得哑口无言，只好悻悻地丢下这句话。

在玩我和你猜的时候，朱龙治坏笑着把酱油、醋和可乐摆在孟霖铃面前，却被孟霖铃利用气味一举识破，朱龙治故技重施，来祸害金泽明，金泽明看了看，有些尴尬地在朱龙治的旁边耳语道：

"可乐还冒着气泡儿呢……"

到谁是卧底的环节时，温笃行、朱龙治、柳依依、沈梦溪、孟霖铃站上讲台，开始游戏。

彼得拿着自己的手机，分别给每个人都看了一眼他们领到的词汇。

温笃行拿到'火腿'这个词后，不禁皱起了眉头

其他人在看完各自的词汇之后，都露出了和温笃行一样的表情，他们似乎都意识到与自己不一样的那个词应该是什么。

游戏就在这种微妙的气氛中悄然开始了。

"这是一种小时候很常见的淀粉类肉制品。"

温笃行作为一号玩家第一个发言道。

朱龙治狐疑地看了温笃行一眼，然后才说道：

"一般各种景点的小卖铺里都有卖的。"

"有专门的机器可以烤。"

柳依依显然早就想好了要说的话，于是想也不想地脱口而出。

沈梦溪稍加思索后，道：

"这是一种条状的小零食。"

"这种小零食有很多知名的牌子。"

孟霖铃抬起头，回忆道。

在众人都说了一圈之后，众人开始投票决定谁是最可疑的人。

后来，温笃行和沈梦溪平票，因此彼得示意温笃行和沈梦溪分别再说一次。

"这种淀粉肉制品方便携带，甚至可以直接喂狗。"

温笃行有些着急地说。

而沈梦溪则想了将近半分钟后，才无可奈何地对众人道：

"我实在不知道该怎么描述了，就当我放弃了吧。"

很快，第二次投票的结果出来了，温笃行被投票出局，游戏结束。

彼得随即公布了答案：

"温笃行拿到的词是'火腿'，其他人拿到的都是'香肠'。"

"这次的词其实很好猜。"

"但温笃行在两次发言中的描述都比较笼统，没有将这两个词区分开，十分可疑。"

朱龙治在事后解释道：

"而沈梦溪虽然很明显在暗示自己拿到的词是'香肠'，但由于她发言的位置比较靠后，存在误导别人的可能性，而且两次发言之前都有明显的停顿，还放弃了第二次发言的机会，所以假如温笃行出局后游戏没有结束的话，卧底很可能就是沈梦溪。"

"这俩好像没啥本质区别？"

温笃行直到游戏结束之后的复盘阶段仍旧对香肠和火腿的区别一头雾水。

柳依依随意搪塞了一句，说道：

"谁知道呢？可能是因为味道不太一样吧。"

这局谁是卧底结束后，意犹未尽的孟霖铃表示还想继续下去，但朱龙治鉴于这个游戏对台下观众的吸引力不高，在和彼得商议后，决定开始进行下一个项目。

两人商议定之后，彼得便在讲台上宣布道：

"下面要进行的，是联欢会的倒数第二个节目：只有底盘稳的人才能活到最后的修罗挑战——抢椅子！请对此感兴趣的朋友在围成一圈的椅子面前站好。"

很快，温笃行、柳依依、孟霖铃、沈梦溪、朱龙治、金泽明六个人就将五把椅子围在了中间。

伴随着音乐响起，六个人绕着椅子开始慢慢地兜着圈子。

"喂！你不能始终死抓着手边的椅子不放啊！"

跟在柳依依身后绕圈子的温笃行不满地抗议道。

柳依依小嘴一撇，松开了手。

几秒钟后，刚刚还震耳欲聋的音乐戛然而止。

众人争先恐后地找到椅子坐下，只剩下孟霖铃一个人局促地站在原地。

接下来的几个回合，先是朱龙治一个侧躺抢在金泽明之前落座，然后是温笃行靠着膀大腰圆的体形硬是把朱龙治挤到了地上，但在之后的一个回合里却因为没好意思和沈梦溪抢椅子而不幸出局。温笃行出局后，场上只剩下了柳依依和沈梦溪，整场游戏也迎来了决战"紫禁之巅"的最终环节。

随着音乐再度响起，柳依依和沈梦溪也重新绕着场上仅存的椅子转了起来。

当音乐声悄然终止时，柳依依坐在椅子上，笑吟吟地搂住几乎倒在她身上的沈梦溪。

温笃行来到柳依依的旁边，将手伸到柳依依面前，浮夸地给柳依依鼓起掌来，边拍边道：

"社会你柳姐，生活不苟且！"

柳依依不客气地白了温笃行一眼，然后安抚地摸摸沈梦溪的头。

彼得趁机从讲台上下来，来到柳依依的旁边，将她的手高高举起，宣布道：

"我宣布，获胜的人是——柳依依！这是你的奖品！"

彼得说着，将一只气球塞到了柳依依的手上。

柳依依接过气球，然后她皱起眉头，指着沈梦溪坐着的那条腿，狼狈地对她说：

"这条腿，没反应了……你能不能坐得均匀一点儿？"

"这就是爱你爱到失去知觉？"

温笃行在一旁笑道。

接着，彼得又从讲台桌下捧出了更多的气球，尽数散在教室的各个角落。

"欢迎大家来到我们的最后一个活动，'地雷区的生死追逐'！"

彼得话音一落，班里的气氛一下热烈起来，众人纷纷来到教室中央的空地上，各自在彼得的指导下将就近的气球绑在了自己的腿上。

见好多人都跃跃欲试，彼得也不卖关子，开始讲起了规则：

"现在每个人的腿上都有一只气球，大家要在保护好自己的气球的同时尽量去弄破别人的气球，不论是踩爆、挤爆还是戳爆都 OK 的。Ladies and 乡亲们！男女老少爷们儿们！Enjoy yourself！"

彼得话音刚落，教室里就陷入了一片混战之中，很快，气球爆炸的声音就在教室的各个角落里此起彼伏地响起，不绝于耳。

为了防止别人可以轻易踩到他的气球，温笃行在人群中旋转、跳跃、闭着眼，试图通过不断移动的方式对别人形成视觉干扰，但只听得啪的一声，温笃行自己用腿把脚上绑着的气球给挤爆了。

温笃行懊悔地捂着眼睛，只得黯然离场。

温笃行离场后不久，柳依依、沈梦溪、董晓倩等人也纷纷落败，很快，场上就只剩下金泽明和朱龙治两人还在做殊死搏斗。

"你……你这也太……太灵活了吧？"

金泽明停下了进攻的步伐，双手叉着腰，上气不接下气地问朱龙治道。

"我……我刚才……刚才一个气球都没踩爆，就……就一直在场上苟着。"

朱龙治也双手扶着膝盖，一边喘着粗气，一边死死盯着金泽明。

"我……我撑不下去了……你……你踩吧！"

金泽明痛苦地眯起眼睛，把绑着气球的腿往前一伸，气喘吁吁地说。

朱龙治看着金泽明腿上自己触手可及的胜利，脸上泛起一抹笑意，他一伸脚，几乎没有犹豫，狠狠地踩了下去。

随着金泽明腿上的气球在众目睽睽之下爆裂，属于七班的最后一场联欢会，结束了。

"You did it！"

金泽明的气球爆裂后，温笃行第一时间跑到场上，开心地搂住汗津津的朱龙治，向他道贺。

以前读过的书都会铺成未来可选的路

晚上6：30，秋阳大学西门，校外招待所。

温笃行告别了送自己过来的温妈妈，走到大堂的角落里，站在秋大的学生志愿者面前，自报家门道：

"您好，我叫温笃行，是来参加秋大中文系冬令营的。"

听了温笃行的话，志愿者很快露出职业性的微笑，从旁边的椅子上拿起一个印有秋大校徽和中文系系徽图案的布袋子和一件印有'秋大中文'字样的帽衫，双手递给了温笃行。

温笃行拿好袋子和帽衫，跟志愿者道了谢，随后，他就依据房门钥匙上写的门牌号找到了自己的房间。

刚推开房门，温笃行就看到了一位戴着黑框眼镜、留着淡蓝色寸头的少年，正坐在靠窗的床上摆弄着手机。

蓝发少年似乎也注意到了温笃行的存在，他抬起头，面无表情地对温笃行说：

"你好，我叫刘梓轩，我是你的破壁人。"

"可以，老三体迷了。"

温笃行附和地笑了一下，他把手上的东西放在靠门的床上，主动和刘梓轩攀谈道：

"我叫温笃行，秋阳本地人。兄弟来自哪里？"

刘梓轩见状，这才露出了一个笑容，他放下手机，从容不迫地走到温笃行面前，伸出手，自我介绍道：

"我来自祖国的大西北，瀚海省的西虹市。"

"前首富王多鱼的老家？"

温笃行和刘梓轩握握手，笑着问道。

刘梓轩点点头，补充道：

"我们市的前任市长袁华好像也挺有名的。"

"从那么远的地方过来，实在不容易。"

温笃行脱了鞋，把脑袋靠在床头，枕着胳膊，问道：

"对了，兄弟，咱今天晚上有活动吗？"

刘梓轩此时已经捡起了手机，重新坐在床上，一边看一边回答道：

"一个小时后会有开营仪式和各班的'破冰'活动。明天上午是作文比赛，下午是校园参观，后天上午是辩论赛，下午是自由活动，晚上就是结营仪式了。袋子里有一本冬令营手册，上面有详细的时间表，你可以看一下。"

"哇，你这一心二用的技能也太厉害了吧？"

温笃行跳下床，把头探到刘梓轩的手机前，问道：

"李在赣神魔（你在干什么）？"

"背历史啊，回去就是期末考试了。"

面对凑过来的温笃行，刘梓轩却表现得十分淡定，眼睛始终盯着屏幕上的历史复习资料，脸上不起一丝波澜。

温笃行见状，自觉可能会打扰刘梓轩复习，便回到自己的床上，拿起手机独自刷起了微信。

此后，直到晚上开营仪式结束时，温笃行和刘梓轩都没有更进一步的交流。

两人回到房间后，刘梓轩笑眯眯地来到温笃行的身边，主动开口道：

"刚才我发现你似乎和那个叫周思琦的姑娘很聊得来，你们才刚认识不到一个小时，就能聊一路了。可以啊兄弟。苟富贵，勿相忘！"

温笃行挠挠头，眼睛笑成一条缝，陶醉地说道：

"主要是我发现我们都很喜欢田中芳树的《银河英雄传说》。我比较喜欢自由行星同盟的杨威利，因为杨不仅在战场上是不败的魔术师，占领了屡攻不下的帝国堡垒伊谢尔伦要塞，而且在思想上还是民主的守护神，前有拒绝部下向寇布提议的政变夺权，后有在巴米利恩会战中服从同盟军命令而停战。但她则更青睐银河帝国的莱因哈特·冯·罗严克拉姆，因为莱皇在推翻宇宙中的君主专制和贵族特权方面更有建树，并做出了清剿地球教教徒，定都前商业自治领地首都行星费沙，保留巴拉特星域自治权等颇有远见的决策，为实行宪政铺平了道路，无愧于王座上的革命家的称号……"

"说起银河帝国……"

刘梓轩突然笑着问道：

"你有听过俄裔美籍作家艾萨克·阿西莫夫的《银河帝国》吗？"

"当然了！"

温笃行眼前一亮，显得更兴奋了：

"如果说《银河英雄传说》是软科幻中的精品，那《银河帝国》就是硬科幻里的'圣经'了！哈里·谢顿利用心理史学推演出立国一万两千年之久的银河帝国即将灭亡，于是在身后留下了以科学家为核心的第一基地和以超能力者为核心的第二基地，试图运用科学的手段建立起近乎永恒的银河第二帝国。"

刘梓轩点点头，随即也满怀敬仰地说：

"不过随着具有精神控制力的骡的出现打乱了谢顿的计划，最终导致人类文明放弃了曾经科学昌明的银河帝国，转而成了万物一体的盖亚星系。《银河帝国》这个系列虽然写于 20 世纪 50 年代，但很多有关自然科学和人类社会的构想直到今天仍不觉得过时，不得不说是一种极为瑰丽的想象。"

"没想到你不仅学习好，对科幻小说还这么有研究！"

温笃行拍拍刘梓轩的肩膀，语气中流露出由衷的钦佩。

面对温笃行的赞赏，刘梓轩却摆摆手，谦逊地说：

"毕竟是来参加大佬云集的中文系冬令营，即便是班门弄斧也得能过两招啊。"

温笃行笑了一下，随口问道：

"像你这么有才气的人，在那边一定有很多女孩儿惦记着吧？"

"才气谈不上，自然也没有女生注意喽。"

刘梓轩双眼微闭着摇了摇头，然后问道：

"那你有女朋友吗？"

听到这个问题，温笃行刚才还明亮的眸子很快暗淡下去，他轻咬着自己的下唇，像是回忆起了什么不堪回首的往事。

"曾经有一份真诚的爱情放在我面前，我没有珍惜。等我失去的时候，我才后悔莫及。人世间最痛苦的事，莫过于此。"

温笃行说到这儿，还刻意抽噎了几声，才继续说道：

"如果上天能够给我一个再来一次的机会，我会对那个女孩子说三个字：我爱你。如果非要在这份爱上加个期限，我希望是……一万年。"

观摩完温笃行的即兴表演，刘梓轩努力克制自己，确保不要笑出声来，他用因为憋笑而略微颤抖的声音说道：

"虽然你的语气给人一种在鱼池里养鱼的海王的感觉，不过《大话西游》那味儿太冲了！"

"一张嘴就是老拳师了。"

温笃行瞬间换了一副委屈的面孔，不满地鼓起嘴，但还是老实地说道：

"不过我喜欢的人不喜欢我，喜欢我的人我不喜欢，这倒是真的。"

"我不是拳师，更不是萝莉控，我是女权主义者！"

刘梓轩以夸张的语气试图纠正温笃行对他的偏见。

"也没人说你是萝莉控啊！"

温笃行皱着眉，佯怒道：

"不过你的确抄袭了《银魂》里武士变平太的台词啊喂，浑蛋！"

刘梓轩也假装反唇相讥道：

"我今年都十七岁了，我是不是萝莉控我会不知道吗？"

第二天，温笃行和刘梓轩早早到达了考场外，却发现周思琦早已拿着备考资料，在考场外等候多时。

"早上好！"

温笃行热情地跟周思琦打了个招呼。

但出人意料的是，周思琦却对温笃行表现出不同昨日的冷淡，她只是简短地回应道："嗯，早。"

温笃行挠挠头，对周思琦判若两人的态度百思不得其解。不过，因为马上就要进场考试了，所以温笃行只好暂时把满腹疑问埋藏在心里。

考场是一个偌大的阶梯教室，温笃行在学生志愿者的引导下找到了贴着自己姓名贴的座位，坐了下来。

教室里的考生尽数落座之后，志愿者开始分发作文纸和草稿纸。

温笃行拿到作文纸后，发现作文纸是沿中线对折好的，并且站在讲台上的志愿者还特意叮嘱考生们不得在铃声响起前打开作文纸。

随着开考的铃声响起，阶梯教室里顿时充满了翻开作文纸的哗啦声。

温笃行拿起作文纸一看，上面是一道要求围绕闪电展开想象和描写，并不得少于两千字的自由命题作文。

在仔细阅读完题目后，温笃行拿起手边的草稿纸，开始列起提纲：

"怎么才能把主题和自己的历史知识关联起来呢？"

这是温笃行几乎每次写作文时都孜孜不倦关心的问题。

当看到"闪电"这个题目时，温笃行第一时间想到的就是历史上那一个个充满变革与进取的时代。无论是从茹毛饮血的蛮荒岁月里绽放的认知革命和农业革命，还是从等级森严的封建时代中孕育的资产阶级革命和工业革命，无不昭示着人类追求幸福未来的美好愿景。在漫长的时光里，人类文明催生出一批又一批杰出的人物。从占领地中海的恺撒和屋大维到统一中国的秦始皇，从改良蒸汽机的瓦特到确立民主的华盛顿，无数人杰的丰功伟绩化作一道道闪电，出没于人类历史的乌云中，时隐时现。

思虑至此，温笃行仿佛看到，一幅波澜壮阔的历史画卷在自己面前徐徐展开。

于是，没有过多地推敲琢磨，温笃行几乎是一气呵成地完成了提纲。

提纲是文章的骨架，对整篇文章起到提纲挈领的作用。在提纲完成之后，下一步就是往坚实的骨架中填充血肉，来完成一篇文章。

在通过提纲整合了需要用到的素材后，温笃行的文章已经轮廓初现，于是，胸有成竹的他毫不犹豫地动笔写道：

"闪电作为一种奇特但又常见的自然现象，经常毫无征兆地伴随着乌云出现在空中。闪电是迅猛的，它在满天乌云中突然出现又突然消失，让惊讶的人来不及惊讶，让赞叹的人来不及赞叹。如果说闪电是乌云的附属，那么雷声就是闪电的附属。光最先闯入人们的感官当中，随后而来的就是轰轰巨响的雷声。直击人们的灵魂，震撼着所有人的心。人们还没有从转瞬即逝又在黑暗中耀眼的闪电中回过神来，就在电光石火之间，转而去为雷声所惊诧。雷声之所以可怕，不仅仅是因为那一声声的平地惊雷。雷声，更是预兆大雨将至的信号。除了久旱逢甘霖的人们可以仰望天空手舞足蹈外，其他人都要为雷声做出反应，并做好准备。因为只有想好了应对之策，才会免于变成落汤鸡的困扰。如果把历史比作天空，前人的兴衰成败比作满天乌云，那么在黑暗中划过的一道道闪电，就是改变历史的一个个楔子，随之而来的巨雷轰鸣就是那些楔子留给时代的回响……"

在接下来的写作过程中，温笃行不禁暗自庆幸自己从小学三年级开始就养成了时常阅读的习惯，因为自己在作文中提到的概念和知识几乎都源于书本。自己有关认知革命和农业革命的历史学概念源于尤瓦尔·赫拉利的畅销历史科普著作《人类简史：从动物到上帝》，有关古代欧洲和近代欧洲的史实则分别来自菲利普·李·拉尔夫的《世界文明史》，盐野七生的《罗马人的故事》和艾瑞克·霍布斯鲍姆的"年代四部曲"，有关古代中国史的史实则来自钱穆的《国史大纲》和周德钧的《二十五史快读》。

"……虽然历史还在继续，然而，我们已经可以从历史中得到一些启示了，每一个天才的出世，都在将世界朝自己希望的或完全相反的方向改变，这取决于对手的强大与否。然而，在这种决定一个时代的走向的历史性选择面前，各派势力都在进行着博弈，这其中也包括我们，因为闪电虽然微小，但藏在乌云中的闪电不是一道，而是千万道，这些闪电汇聚在一起，就是可以超越星星的光辉，而这些明亮绚丽的闪电，都会划破历史的天空，创造奇迹和传说。"

写完结尾之后，温笃行放下笔，禁不住松了一口气，他相当满意地看着自己的劳动成果，思考着该给文章起一个什么标题。

"改变世界的闪电"

这个标题毫无预兆地闯入温笃行的脑海中，他在心中反复默念几遍，觉得相当切题，于是，温笃行提笔将这几个字工工整整地写在了文章标题的位置。

把标题补上之后，温笃行舒舒服服地伸了个懒腰。就在温笃行准备打个哈欠的时候，考试结束的铃声猝不及防地在阶梯教室内响起，吓得温笃行生生把那个哈欠憋了回去。

尽管结束的铃声已经响彻了阶梯教室，却仍有几位不认命的考生在做最后的挣扎，但他们很快就在学生志愿者几声严厉的要求停笔的声音中偃旗息鼓。

出了考场，温笃行本想和刘梓轩一起去吃午饭，但他在熙熙攘攘的人潮里左顾右盼地找了半天，都没有发现刘梓轩的身影。在遍寻不得的情况下，温笃行只好就近到了秋阳大学的某个食堂独自用餐。

大学是最有趣的灵魂聚集的地方

"哇！这也太丰盛了吧！"

进了食堂，温笃行一下就被眼前的景象震惊得瞠目结舌。

只见食堂光区域就分了北方餐区、西南餐区、江南餐区、日韩餐区……琳琅满目，异彩纷呈。

温笃行在食堂里挑得眼花缭乱，最后挑了一份新疆餐区的大盘鸡面和江南餐区的瓦罐汤。就在温笃行等餐的时候，一个头发稍鬈，扎着淡粉色马尾的娇小身影出现在他的面前，那个身影皮肤白皙，一双蓝瞳杏眼此时正凝视着瓦罐汤铺子上挂着的汤名牌子。

那个身影似乎感觉到有什么人在看着她，当她转过身来时，看到了在不远处和她招手的温笃行，于是便也微笑着朝温笃行招了一下手。

就在这时，另一个熟悉的身影闯入了温笃行的视线，那个身影身形修长，有着一头深褐色的明丽秀发，只听那个身影说道：

"周思琦，你还没好吗？"

由于食堂过于嘈杂，而且温笃行离两人的距离不算太远，所以温笃行直接朝对方挥挥手，并很快引起了对方的注意。

褐发少女笑盈盈地来到温笃行面前，笑道：

"哈哈，秋大里这么多食堂，想不到能在这儿碰到你。"

温笃行指着自己身后汹涌的人潮，开玩笑道：

"要是食堂不够的话，堂堂秋大学子岂不是要挨到晚上才能吃上午饭？秋大怕是要饿殍遍地了。"

正好这时，周思琦端着汤也走了过来，问温笃行道：

"你也是来买瓦罐汤的吗？"

温笃行点点头，笑道：

"是呀。我听咱们辅导员说，这儿的瓦罐汤很有名，基本每一个来过秋大的人有机会都要尝尝，而且来晚了就喝不上了。"

听了温笃行的话，周思琦捂嘴笑了一下，然后说道：

"我和葛淑雯正好找到了四个人的位置，一会儿可以过来找我们。"

"好。"

温笃行笑得十分灿烂，答应道。

在拿到瓦罐汤之后，温笃行就颠儿颠儿地跑到了周思琦和葛淑雯所在的地方。

"我记得周思琦来自吴越的宁京，而葛淑雯是辽金盛阳来的，对吧？"

两人相视一笑，共同朝温笃行点点头。

"昨天晚上，大家做自我介绍的时候，我发现咱们人文课堂 P 班不仅有来自上洋、荆楚文唐、直隶邯郸、秦川洛安、齐鲁临淄、南粤番禺这些人口大省的同学，甚至我舍友还是不远万里从瀚海西虹过来的。感觉除了西域和乌思藏以外，都能凑出一幅华夏地图了。"

温笃行通过一句感慨开启了话题。

"而且咱的辅导员就是从高考大省齐鲁考过来的，我第一眼就感觉辅导员挺有趣的，后来觉得他相当和蔼可亲，一副人畜无害的样子，本以为是个青铜，没想到是个王者。"

葛淑雯说的时候，黑瞳丹凤眼一眨一眨的。

温笃行也忍俊不禁道：

"这也就是在齐鲁考上了秋大，这要在秋阳还不得直接考哈佛？"

"难道秋阳上秋大这么容易？"

葛淑雯有些惊讶地问。

"听说有人预测今年秋大在秋阳会招七八十人左右，今年秋阳文科考生大概一万多一点儿，而且最近几年一直在扩招。"

温笃行皱眉苦笑道：

"四百分上秋阳大学是不可能，但应该比你们简单很多。"

葛淑雯放下筷子，胳膊肘放在桌上，用双手托着挤出了三层下巴，忧伤地说：

"难过，虽然我们考生少，考的也是比全国一卷简单些的全国二卷，但录取率实在是太低，哦，一言难尽……"

"那你要这么说的话，我们吴越不就更难了吗，所以你就别难过了。"

周思琦在旁边拍拍葛淑雯的肩膀，安慰道，语气也颇为心酸。

"来，咱聊点儿下饭的话题。"

温笃行见气氛不对，赶忙换了个话题，说道：

"咱辅导员第一次见面就自爆自己去年结营仪式的时候唱《痒》，被中文系冬令营里八个月后考上秋大中文系的学弟学妹们亲切地称为'痒学长'，也是没谁了。"

"哈哈哈哈，绝了！"

葛淑雯好像想起了什么，她双手一拍，笑着说。

昨天晚上 8：00，在第二教学楼某个阶梯教室的开营仪式上。

此时，温笃行他们班的辅导员正站在大家面前，试图炒热气氛。

"……咳咳，希望今年下半年大家宁可去参演即将开机的中美合拍的《西游记》，用美猴王艺术形象努力创造一个正能量的形象，文体两开花，弘扬中华文化，也不要见面的时候和我造作了……年轻人快活都来不及，哪有大把时光来找学长造作呀！"

温笃行他们的辅导员说到这儿，轻咳了一声，然后道：

"我姓高，相信耳朵尖的朋友们已经意识到了，我就是那个中文男足的传说级人物。由于自我研一入队后中文男足就再也没有取得过胜利，因此被大家称为'球场上跃动的老高，是我此生不灭的信仰'。没错，我就是原名高原的足球赛黄金替补——高香兰。"

"您该不会是像死神小学生一样，自带输球体质吧？"

温笃行忍俊不禁道。

"其实这都是误会。"

高原苦笑着挠挠头，道：

"其实中文男足二十年前刚成立那会儿，连十一个球员都凑不齐，所以我们是创立两年后才参加了第一场和英语系的比赛，上半场不到四十分钟就送了对面 7 个球。这种情况直到七年前出了一个美国籍的归化球员之后才有好转，但人家去年研三要赶毕业论文，所以退队了。我是那一年入队的，所以当然没赢过了。"

温笃行不解道：

"不过，为何总感觉美国人似乎更喜欢玩儿橄榄球？"

高原略微有些尴尬地说道：

"那个学长虽然国籍是美国的，但从小在华夏长大，汉语说得比英语溜。"

"小伙子问了我那么多问题，一会儿自我介绍就你先来了啊！"

高原露出了一个憨厚的笑容，对温笃行道。

接着，高原突然换上一副严肃的表情，开始自我介绍道：

"我是，研二学生高原学长，是来帮助你们的！我们研二的学生，是你们最好的辅导员！你们有不懂的事，可以问我们，我们会亲切地告诉你们！现在，请大家做一下自我介绍，每人把自己现在的老家、姓名，介绍一下！从你那儿，开始！"

温笃行啪地一下站起来，抬起下巴，提气收腹，说道：

"是！秋阳直辖市……"

温笃行还没说完，高原就粗暴地打断了他，声若洪钟地说：

"没有劲儿！根本听不见！这么小声儿还想拿加分！重来！"

温笃行扯着嗓子喊道：

"是！秋阳直辖市！温笃行！"

这次，高原才满意地点点头，以不小的音量道：

"好！很有精神！下一个 r ！"

刘梓轩努力收敛起笑容，语气明显因强忍着笑意而有些颤抖：

"我是刘梓轩，来自瀚海省西虹市。"

"你就是这样马马虎虎来上人文课堂的吗！我要好好教教你什么是秋阳大学的

精神！”

高原说着，便继续扯开嗓子，喝道：

"声音太小，听不见！在人文课堂上，研二辅导员说听不见就是听不见！重来！”

刘梓轩此时也彻底收起了笑容，吼道：

"瀚海省西虹市！刘梓轩！”

晚上7:30，吃过晚饭后，温笃行和刘梓轩先后回到了房间。

"你之前有打过辩论吗？”

刘梓轩一进屋，就径直走到温笃行的旁边，问道。

温笃行盘腿在床上坐好，然后摇摇头，直言道：

"没有，可以说是辩论小白本白了。”

"我也没什么经验。”

刘梓轩说到这儿，话锋一转，说道：

"不过我今天问过咱们班的几个同学，大家其实都没什么辩论经验。”

"嗨，那我就放心了。”

温笃行一只脚踩在床上，把手搭在膝盖上，笑道：

"本以为是一边倒的屠杀，没想到是菜鸡互啄。”

刘梓轩也放松地坐在自己的床沿，以颇为诙谐的语气道：

"说不定裁判到时候还得在旁边喊：'你们不要再打了！这样是打不死人的！要打去练舞房打！'”

温笃行看着刘梓轩的表情，也忍不住咧嘴一笑。

笑过之后，温笃行问：

"今天咱也去看了秋大的未名湖、博雅塔、邱德拔体育馆和赛克勒博物馆，感觉怎么样？”

"你不提这茬我还忘了。”

刘梓轩好像想起了什么似的，笑道：

"你今天参观校园的时候，愣是把赛克勒博物馆叫成赛克斯博物馆，真的秀了我一脸，简直秀到家了！”

"啊这……”

温笃行一时间不知该如何接话，只好打哈哈道：

"谁还没有个年少轻狂的时候呢？”

"你这车开得都快起飞了，还年少轻狂呢！”

刘梓轩不以为意地说。

第二天一早，温笃行和刘梓轩结伴早早来到了进行辩论赛的地点，打算提前熟悉一下场地，忽然听到了一个浑厚的男性声音，十分耳熟。

"呦！起这么早啊！"

温笃行和刘梓轩循声望去，只见一位身材微胖，鼻梁不高，小小的眼睛在褐色眼镜的映衬下才稍显明亮的青年人出现在两人的视线内，此时正笑眯眯地看着他们。

两人赶忙立正站好，异口同声道：

"高原学长好！"

高原朝两人摆摆手，以放松的语气说道：

"我前天在阶梯教室做自我介绍的时候，是在模仿日本电影《啊！海军》里的经典镜头，感觉会很有意思。不过，这里毕竟不是什么海军学校，所以你们见我的面也不用拘束，叫我老高就行。"

温笃行憋着笑，从牙缝里吐出两个字：

"明白。"

对于温笃行的反应，高原也不在意，他笑了一下，然后说道：

"正好你俩在，我就顺便提醒你们一下，别忘了按时参加今天晚上的结营仪式。"

"放心吧。"

温笃行上去拍拍高原的肩膀，以坚定的语气道：

"老高的笑容，由我来守护！"

"挺好。"

高原笑道：

"你别让我女朋友知道就行。"

进了辩论赛的赛场，温笃行和刘梓轩进行了抽签，惊奇地发现两人在同一组。

经过了一个小时的准备，当两人出现在辩论赛场的时候，温笃行赫然发现，对面的两人正是昨天中午刚刚一起吃过饭的周思琦和葛淑雯。

菜鸡互啄的辩论赛打得就是气势

"没想到，今天我们会以这样的方式相见。"

温笃行缓缓地靠在椅背上，做了一个战术后仰，颇为感慨地说：

"让你们见识一下什么是国际巨星啊？"

看着在对面大发感慨的温笃行，周思琦和葛淑雯只是一笑了之。

见双方都已经做好了准备，裁判宣布道：

"这次辩论的题目是'音乐能否表现人的感情'。下面请正方一辩先发言。"

"裁判好，对方辩友好。"

周思琦站起身来，十分礼貌地跟在场的所有人问了好，然后开始陈述本方的观点：

"我方认为，音乐可以表现人的情感。人们听到舒缓的音乐会放松，听到激烈的音乐会紧张。法国大革命时期，作曲家鲁热·德·利尔一夜无眠，写出了传唱至今的《马赛曲》，并激动地高呼自己找到了属于法国人的歌曲。关于鲁热的心理状态，在一本名为《人类群星闪耀时》的书中有详尽地描写了。我们有理由相信，让听众产生这样的感觉，正是作曲者的目的。"

刘梓轩不动声色地等周思琦说完，然后站起来，抿着嘴，煞有其事地整了整衣领，这才开口道：

"感谢对方辩友的发言，不过我方观点认为，音乐不能表现人的情感，而只会引起人们的情感变化，歌词才能真正表现人的情感。最著名的例子就是我们童年耳熟能详的儿歌《两只老虎》，其实用的是《国民革命歌》的调子，就是纪录片里常有的'打倒列强，铲除军阀，国民革命成功，齐欢唱'，每句各唱两遍。仅仅过了不到一百年，生活在同一片土地上的人们对同一个曲调却产生了截然不同的认识，其中真正起到作用的，无疑是歌词的普及而非曲调的表现。"

葛淑雯听到一半，嘴角便挂起了一抹笑，等到刘梓轩落座之后，她不慌不忙地站起来，还用手卷了两下头发，接着笑吟吟地说：

"对方辩友刚才看似在强调己方观点，但其实却在变相论证我方观点。

首先，歌词的确会在很大程度上影响人们对歌曲的理解，但这只是一种先入为主的逻辑谬误，并不能证明音乐本身就不能表达出独有的情感。一百年前的人们之所以不认为《国民革命歌》的曲调是一首儿歌，是因为《两只老虎》的歌词还未问世，所以这至多证明了歌词的重要性，但我必须提醒对方辩友，今天我们讨论的主题是音乐而非歌词。

其次，不论《国民革命军军歌》这种革命歌曲还是《两只老虎》这种儿歌，其曲调都必须是正面积极、鼓舞人心的，因而具有曲调相通的基础。正因为这首曲调表达了这种积极热烈的情感，所以才能被共用。类似的例子还有即便语言不通也能理解歌曲的含义，比如，《泰坦尼克号》的伴奏《我心永恒》的曲调十分绵长婉转，即便不通英文的人听了也会为之落泪，难道对方辩友不这么认为吗？"

"这招踩一捧一用得好，看似部分认同对方观点，实际是将对方观点为我所用。这难道就是传说中的捧杀吗？高，实在是高！"

温笃行不禁暗自感叹。

接着，温笃行清了清嗓子，随即拍案而起，厉声道：

"你放p……我觉得对方辩友说得很有道理，但我就是不同意你们的观点！"

温笃行语出惊人，大大出乎了周围人的意料，不过比起他接下来要说的话，这不过是小巫见大巫。

"有件事儿咱可得说清楚了啊，这次的辩题所讨论的音乐能否表达情感的判定标准一定是听众而不是作曲者。《伊索寓言》里曾有这样一个故事，讲的是普罗米修斯创造了人，又在每个人的脖子上挂了两只口袋，一只装别人的缺点，另一只装自己的。但因为装自己缺点的口袋在后，装别人缺点的口袋在胸前，因此人们总能看到别人的缺点，却对自己的缺点视而不见。每个人都有那种觉得自己的作文写得相当完美，但只要和同桌交换着读一读就知道这是在互相倾倒学术垃圾的经历，所以《马赛曲》的例子并不合适。"

"日常辱法，这也是没谁了！"

刘梓轩在旁边嘀咕了一句，强忍着没笑出声。

在解构了对方立论的一个重要论据后，温笃行向葛淑雯伸手示意，继续有条不紊地说：

"下面回应对方辩友的第二个论点。即便没有歌词，不同人对同一段曲调也会产生不同的看法。加拿大加利敦大学的心理学教授门修斯曾做过这样一个实验，他将刚失恋的人和正处于爱河中的人分为两组，让他们分别听了同样一段曲调，并询问他们的感受，结果74%刚失恋的人都给予了负面评价，69%恋爱中的人都给予了正面评价。这说明人们有可能在不同的状态下对同一件事情做出不同的解释。'初识不知曲中意，再听已是曲中人'说的就是这个道理。对方辩友提到了《我心永恒》，我也很喜欢这首歌儿，但我还是要强调，只要世界上有一个人对同一个曲子产生了不同的看法，那就可以说音乐不能直接表达情感。这个辩题对你们不公平的地方在于，你们必须不断证明你们观点的正确性，而我只要举出一个反例就够了。换句话说，你们从一开始就没有胜算！"

温笃行落座后，半闭着双眼，得意地抬起下巴，露出一副小人得志的嘴脸。

葛淑雯被温笃行的话呛得脸上青一阵白一阵，她不服气地争辩道：

"对方辩友别以为我不知道门修斯是谁，那不是在翻译英国社会学家吉登斯的《民族——国家与暴力》中对孟子的错译吗？"

温笃行的脸上闪过一丝惊诧，但很快，他的脸上便又浮现出一副笑眯眯的神情。

温笃行故意拉长了音，明褒暗贬道：

"对方辩友似乎对威妥玛拼音颇有见解，但很可惜，加利敦大学是加拿大渥太华的一所真实存在的大学，有时候还被翻译成卡尔顿大学，而门修斯的确在世界上有很大的影响力，当时参与实验的还有国际关系学院桑卒，他写过一本叫《战争艺术》的书，你有空可以看一下，多长长知识。技多不压身嘛，您说是不是？"

裁判也出言阻止道：

"现在还没到正方发言的时间，请正方辩手不要随便发言！"

葛淑雯一跺脚，愤愤地坐下了。

"下面，请双方辩手开始答辩，从正方先开始。"

裁判再次宣布道。

周思琦起身，向裁判微微鞠躬，然后对温笃行道：

"对方辩友，我想请问你一个问题，你觉得音乐一开始产生的原因是什么呢？我的看法是，远古先民需要一种不同于一般对话的音调来表达自己的生活和对生活的感受，所以才创造了音乐。正如人类的知识在文字出现前通过口耳相传一代代传承下来一样，音乐也一定承担了某种传承经验与情感的使命，而这种使命是与单纯的对话或文字不同的，具有无可替代的意义。随着时间的流逝，人们因为记忆能力和认知水平的差异，导致音乐中的情感不能完整甚至准确了传之后世，有些音乐甚至在漫长的历史中消失了，但我相信，任何一种艺术不会试图表达一些没有意义的内容。所以，请允许我再次强调我方观点，音乐可以表现人的情感。"

听了周思琦的陈述，温笃行刚准备起身，却被刘梓轩伸手拦下了。

只见刘梓轩站起身来，一板一眼地说道：

"人们对客观事物的认识具有主观条件的限制，因此认识具有反复性，要从实践到认识，再从认识到实践多次反复，才能不断加深对客观事物的认识，这是我们都学过认识论的相关内容。在史前时代，即便人们主观上认为音乐可以表现人的情感，也不代表音乐确实可以表现人的情感。不论音乐也好，抑或是出现在史前洞穴里的壁画，任何艺术的出现都必须建立在剩余财富出现的前提下，而剩余财富的出现必然会导致贫富分化的出现，我们由此可以推断，进行艺术创作的应该属于掌握一定财富的人。文化是政治和经济的反映，教育是文化传播的重要途径之一，而教育是继续社会化的重要前提，因此，很多人在受教育阶段就有可能被灌输了音乐可以表达情感的 stereotype，一种刻板印象，而后续在实践过程中产生的主客观不相符的情况又被人们的认知失调所调整，从而被不断进行合理化，因此音乐可以表达情感并不一定符合真理的范畴，所以，我依然坚持我方观点，音乐不能表现人的情感。"

裁判笑了一下，随后道：

"好的，比赛结束。感谢大家的参与，下面我来为大家做些点评……"

我们红尘作伴活得潇潇洒洒

在辩论赛结束后，温笃行吃过午饭，就直接去参加了下午的面试环节。

出了考场之后，温笃行看到刘梓轩正和他打招呼，还没等温笃行反应过来，刘梓轩便迎了上去，主动问道：

"你这次面试抽到的是什么题目？"

温笃行回答：

"如何看待一些夫妻通过离婚的方式获得政府优惠贷款。"

刘梓轩继续追问道：

"那你是怎么答的？"

温笃行笑道：

"我就利用政治大题的常规思路，怎么看？怎么办？先说原因，再说影响，再说改进和解决方案。在此特别鸣谢我们班孙建国老师的共有产权房专题。"

刘梓轩啧啧称奇道：

"你这迁移能力也是绝了，秋大这次不要你都是他们的损失。"

温笃行一听这话，一把搂过刘梓轩，用额头顶着他的额头，眯起眼，皮笑肉不笑地问：

"是我多虑了吗？我怎么感觉你在讽刺我！"

刘梓轩一把推开了温笃行，接着嫌弃地掸了掸衣服，幽幽地说：

"我觉得你这么理解，也不是不可以……"

温笃行白了刘梓轩一眼，然后问：

"那你这次的题目是什么？"

刘梓轩不好意思地挠挠头，说道：

"我的题目是对比高考和科举的异同。我说科举不封卷头、可以通过字迹认人，皇帝有私心等等，结果同场的人毫不留情地用封卷头的封弥、专人抄写考卷的誊录和皇帝亲自考试的殿试给怼回去了。"

温笃行有些疑惑地问：

"常言道'以己之长，攻彼之短'，你拿的这个题目明显就是为历史爱好者准备的。我记得咱不是有一次换题的机会吗，你咋没想着换一个题目呢？"

"我换完的题目就是这个啊！之前的题目我也记不得是什么了，反正感觉不太好说。"

刘梓轩带着哭腔道。

温笃行拍拍刘梓轩的肩膀，安慰道：

"没事儿，你不是说你作文写得还不错吗？那个占大头，其他的都是浮云。"

刘梓轩似有所悟地点点头，然后话锋一转，感叹道：

"话说你今天打辩论的时候，真是绝了！"

"哈哈，是不是秀到飞起？"

温笃行的眼睛笑成一条缝，得意地问道。

刘梓轩却好奇地问：

"不过门修斯和桑卒都是谁啊？"

温笃行强忍着笑意，解释道：

"门修斯的确是对孟子的错译，桑卒是对孙武的错译，所谓《战争艺术》，其实就是《孙子兵法》。"

"你可真是 9 倒过来，6 翻了！"

刘梓轩扑哧一声笑了出来，朝温笃行竖了个大拇指。

温笃行笑了笑，关心地问：

"对了，今天是冬令营的最后一天了，你打算什么时候回西虹？"

说起这个，刘梓轩的脸上浮现出一抹淡淡的笑，说道：

"明天早上五点，我想在秋大的校园里看一次升旗，然后我就回家了。"

温笃行抿着嘴，拍拍刘梓轩的肩膀，略显伤感地说：

"不管你最后在哪儿上大学，有空常来玩儿。"

两人说话间，葛淑雯从两人身边经过。温笃行走到葛淑雯面前，略带歉意道：

"那个……今天上午打辩论的时候，我可能太凶了一点儿，我这个人一和别人辩论起来就容易忘乎所以，还请你别往心里去。"

葛淑雯却以轻松的语气十分理解地说：

"没关系，都是生活所迫嘛，大家都希望能拿到一个好成绩。"

两人正聊着，温笃行又看到了不远处的周思琦，便赶紧招呼她过来。

"什……什么事？"

周思琦半低着头，小心翼翼地躲在葛淑雯身后，望着温笃行，怯生生地问。

温笃行见状，赶忙摆摆手，说道：

"没事儿，没事儿，我就是正好看见你了，跟你打个招呼。"

听了温笃行的话，周思琦稍稍松了口气，和三人打了个招呼后，就离开了。

周思琦走后，温笃行让刘梓轩先去吃饭，然后趁机问葛淑雯道：

"我从认识周思琦的第二天起就感觉她有些怪怪的，她好像每次和我说话的时候都特别紧张，你知道这是为什么吗？"

葛淑雯谨慎地观察了一下左右，然后神秘兮兮地对温笃行道：

"这事儿我告诉你，你可不许跟别人说啊！"

温笃行笑着拍拍胸脯，保证道：

"你放心，从来只有我卖自己，我不卖朋友的。"

葛淑雯抿抿嘴唇，然后说道：

"其实……周思琦有恐男症。"

"你是指，周思琦和任何男生接触……都会不自在？"

温笃行试探着问。

葛淑雯点点头，老实地回答道：

"差不多是这样。详情我也不是很清楚。"

吃完晚饭，温笃行来到了结营仪式的阶梯教室，坐在了刘梓轩的身边。

温笃行屁股还没坐热，一旁的刘梓轩就迫不及待地凑过来，眯着眼睛，笑着问道：

"哎，你小子是不是对葛淑雯有意思啊？"

温笃行莫名其妙地看了刘梓轩一眼，摇摇头，反问道：

"你这都听谁说的啊？没这回事儿。"

"那你今天特意把我支开，都和葛淑雯聊什么了？"

温笃行隐去了前半部分和葛淑雯聊到的有关周思琦的话题，只是将两人后续谈论的内容和盘托出：

"我就问了问葛淑雯拿的题目是什么，她拿的题目是大学应更重视通识教育还是专业教育。葛淑雯觉得通识教育有助于发掘兴趣，拓宽知识，但我觉得现代社会很难出现类似达·芬奇那样的博物学家，因为知识的总量在增加，获取知识的门槛在降低，因此大家都处于一种不求甚解的状态，人人都是博物学家，人人又都不是博物学家。所以与其让大家花很多精力去各个学院凑学分，倒不如让他们把必修的专业课分都拿到，在此基础上辅以少量的通识课，我觉得才更有利于大家的发展。与其考虑增加通识课的负担，不如提高专业课的质量，降低转专业的门槛，增加院系资源的流动，来得更实在。"

结营仪式结束后，众人三三两两地走出了阶梯教室，在空旷漆黑的校园里游荡，温笃行和刘梓轩身在其中，安享着夜幕下这份难得的宁静。

一排排路灯在温笃行和刘梓轩的身后飞驰而过，令温笃行有感而发道：

"大雨里百鬼夜行，我们混在其中，比鬼还高兴。"

旁边的刘梓轩却打趣道：

"我的天，你这一句话把整个学校的人都给得罪了……我连墙都不服，就服你！"

温笃行朝刘梓轩撇撇嘴，不以为然地说：

"你懂什么？人间不值得！"

刘梓轩哭笑不得地点点头，赞同道：

"行，今夜我们都是李诞。"

接着，刘梓轩忽然露出一副浮夸的笑容，问道：

"不过你刚才在阶梯教室的那句话可太强了，一句'高原老师的笑容由我来守护！'，好好的送别会整得跟当场出柜似的……当时嫂子也在现场，就问你尴不尴尬？"

就在温笃行苦笑着思考该如何回答时，一个熟悉的身影从他的身边一闪而过。

"董晓峰？"

温笃行看着那个不远处的背影，不太确定地喊了一声。

听到温笃行的声音，那个背影定住了。

那个背影转过身来，果然就是董晓峰。

"没想到能在这里遇见你。"

董晓峰大方地和温笃行打了个招呼，仿佛温笃行和他的妹妹董晓倩的过去种种全都未曾发生过一样。

刘梓轩指着董晓峰，有些惊讶地问温笃行：

"你朋友？"

"对。"

温笃行简短地回答了刘梓轩，一时不知该作何表情。

刘梓轩看看一脸窘迫的温笃行，又注意到对面的董晓峰眼神有些慌张，感觉气氛不太对。于是，刘梓轩主动说道：

"那你们先聊着，我先回去了。"

刘梓轩走后，温笃行也不含糊，马上开了个话头：

"董晓峰，好久不见了，我听说你换了新班主任，还习惯吗？"

"都已经换了一个学期了，怎么样也习惯了吧。"

董晓峰笑着说道：

"我听说张梦老师以前教过你们文科班，你还有印象吗？"

"那可真是不可磨灭的印象，那老师上的化学课，啧啧，真是一绝。可惜她只带了我们高一上一个学期就去教理科班了。"

见董晓峰神态自若，温笃行的语气也轻松不少。

董晓峰双手插兜，踮下脚，抿了抿嘴，然后说道：

"那……没什么事儿，我就先走了，咱回学校了再聊。"

"那个……关于董晓倩的事儿……我……我很抱歉……"

温笃行深吸了一口气，支支吾吾地说。

董晓峰无言地盯着温笃行看了一会儿之后，才叹了口气，无奈地说：

"咱们三个从初中玩儿到大，晓倩是我的亲妹妹，你是我的好哥们儿，手心手背都是肉，说实话，我也不知道该怎么做才好。"

董晓峰盯着温笃行又看了一阵儿，继续补充道：

"我认识你快六年了，我和你打过球儿，也打过架，你是什么人，我最清楚。在情感问题上优柔寡断是你一贯的作风，不过，你不是那种会玩弄别人感情的人，就算你想做这种人，你也狠不下心来这么做。"

听了董晓峰的话，温笃行相当动容，他右手拍住自己的胸脯，激动地说：

"晓峰，还是你最了解我，我……"

"但是！"

董晓峰话锋一转，语气也变得比之前严肃起来：

"我还是希望你能离我妹妹远一点儿。因为很多时候，态度远比动机更重要。我相信董晓倩并不喜欢你现在的态度，所以如果你不能改变的话，那最好不要靠近她。作为董晓倩的老哥，我必须说这番话；作为你的兄弟，我也应该说同样的话。我希望你能理解我。"

"我理解。"

见董晓峰把话说到这个份上，温笃行也郑重地回应道。

听了温笃行的回答，董晓峰的神情明显有所缓和，他一把搂过温笃行，提议道：

"今天咱哥儿俩把话都说开了，也算了却了我的一桩心事。你我兄弟一场，不必那么见外，趁着夜色如许，我们不如找个地方小酌一杯，权当为解开咱们彼此的心结庆祝一下！"

"大金链子小手表，一天三顿小烧烤！走着！"

温笃行也搂着董晓峰的肩膀，喜笑颜开地赞成道。

总有一种力量让我们泪流满面

秋阳大学的冬令营结束之后，温笃行隔天便回到了秋大附中，准备即将到来的期末考试。

这天，温笃行刚踏进班门，第一个看到的就是柳依依的脸。

"欢迎回来！"

柳依依热情地跟温笃行打了个招呼，问道：

"在秋大这几天怎么样呀，没给我丢脸吧？"

温笃行用手指了指自己，一脸不可思议的神情，反问道：

"你温哥我混迹江湖多年，什么大风大浪没见过，还会怕一个小小的冬令营？"

柳依依嫌弃地撇撇嘴，然后问道：

"我听说这次咱们班好多人都去秋大冬令营了，不知道你看见了没有。"

温笃行回忆了一番后，说道：

"我去那儿第二天中午看见了沈梦溪，还和她一块儿吃了碗麻辣烫。最后一天晚上见到了朱龙治，我俩出去喝了一杯，不过他俩应该都是参加那个全科冬令营的，应该是没有那些辩论、面试和讲座，只有语数英和综合考试的那种营。"

柳依依用手托着下巴，嘟起嘴，艳羡地说：

"真好啊，我也想去秋阳大学里看看！"

听了柳依依的感慨，温笃行咧嘴笑了一下，拍着胸脯保证道：

"没关系，等我考上了秋大，带你看个够！"

"就你？我才不信呢！"

柳依依白了温笃行一眼，还故意将音调调高了一个八度，略带讽刺地说。

"不信拉倒！"

温笃行有些不服气地争辩道：

"你不知秋大每年都能给六十分降分吗？最多的时候能到一本线呢！"

"但也有可能是四十分、二十分或者十分呀，而且我听说，只有打竞赛的人才能拿到一本线的降分吧？"

柳依依却毫不留情地说：

"就算给你降六十分，好像也不够吧？"

温笃行咬着后槽牙，死死地盯着柳依依，从牙缝里挤出一句话，说道：

"你说得好有道理，我竟无言以对。"

柳依依看着温笃行，露出一个得意的笑容。

温笃行和柳依依不知道的是，他们的这番对话，全被旁边的金泽明一字不差地听了进去。

金泽明斜眼瞟着温笃行的方向，嘴角露出一丝不易察觉的笑容。

金泽明对身边的朱龙治说：

"对了，龙治，我刚去答疑的时候从孙老师那儿拿回一叠政治默写篇子，我先去收拾收拾，一会儿课前咱俩给发了吧。"

"哦，好。"

此时，朱龙治也被温笃行和柳依依两人的对话所吸引，于是随口应了一声。

"打死我也想不到，一个普普通通的中学，能够同时培养出你们二位卧龙凤雏。"

朱龙治来到温笃行和柳依依身边，笑着说道。

柳依依看了一眼朱龙治，脸顿时涨红了起来，埋怨温笃行道：

"你看看，都怪你刚才那么大声，搞得大家都对我有误解了，觉得我是那种随便的女孩儿。"

"大姐头，随便的女孩子和男人婆，它不是一个意思……"

温笃行说着，露出一个值得玩味的笑容，调侃道：

"还有，如果你抽烟、喝酒、文身、烫头，那你就不是好女孩儿……你是好于谦儿。"

柳依依慢慢靠近温笃行，举起拳头，露出一个皮笑肉不笑的表情，在温笃行的耳边铿锵有力地威胁道：

"小伙子，如果你一直在我的底线上左右横跳，在危险的边缘反复试探，那我祝你，十八年以后，又是一条好汉！"

"曾经高三的温笃行，十八年后，上到了高二。"

朱龙治举着双手调侃了温笃行一句后，便识趣地离开了。

就在柳依依要教训温笃行的时候，上课铃仿佛救星般响起，孙建国老师提着公文包，步履匆匆地进了班，对金泽明道：

"刚才让你带过来的默写卷子给大家发一下。"

在金泽明发卷子的时候，孙建国老师继续解释道：

"这张卷子总共二十道题，错五个以上说明你该找我背书去了。从今天开始，每天下午五点，我在办公室。如果有人不来，那我就找别人了，因为你还缺乏做鱼的自觉性。"

众人拿到卷子之后，教室里响起一片叫苦之声。

十分钟后，孙建国老师让每列最后一位同学站起来收了卷子。

"哎哎！我还没写完呢！"

温笃行死死攥着手里的卷子，不让同学收走。

"这次考试就是看你们的背诵情况，不会的话给你再多时间也没用。"

孙建国老师说着，从温笃行手里抽走了卷子。

温笃行马上就像泄了气的皮球一样趴在桌子上，一动不动。

然而，孙建国老师似乎并不打算放过温笃行，他从包里掏出统计名单，稍稍看了看，然后走到温笃行旁边，敲敲温笃行的桌子。

当温笃行不情愿地抬起头时，孙建国老师伸出手，毫无感情地问道：

"作业，什么时候交给我。"

"没……没写完。"

"就留一道大题，没写完，那就出问题了。"

孙建国老师说话的时候，语气依旧平淡无奇。

温笃行露出了一个尴尬的笑容，硬着头皮说：

"我明天一定补上。"

孙建国老师笑眯眯地摇摇头，说道：

"No way，今天下午五点，准时带着作业去我那儿报道。"

在温笃行表示同意之后，孙建国老师又根据名单走到了下一个同学的座位边上，问出了同样一个问题：

"作业，什么时候给我。"

下午五点，温笃行抱着作业来到政治办公室门口，发现柳依依正抱着政治复习提纲，在办公室门口来回踱步。

"咋了，你也没写作业？"

温笃行凑到柳依依身边，好奇地问。

柳依依嘟着嘴，不满地说：

"别把我跟你混为一谈啊，我作业还是写的……就是这次默写没过。"

"没……没关系，胜败乃兵家常事。"

温笃行捂着嘴，强忍着笑意说道。

柳依依挽起袖子，瞪着温笃行，恶狠狠地说：

"你是不是又皮痒了！"

"饶了我吧，柳姐！"

温笃行赶紧用双手护住头部，向柳依依求饶。

就在这时，一个熟悉又陌生的声音从两人的不远处传来：

"是人是鬼都在秀，只有笃行在挨揍。"

听到那个声音时，温笃行和柳依依几乎同时愣住了，两人循声望去，看到了一张写满了无奈的脸。只见徐远洋身着纯蓝色帽衫，内衬浅褐色格子衫，下面配了一条普普通通的牛仔裤，脚蹬一双阿迪达斯跑鞋，此时正双手插兜，满是怀念地看着他们两个。

"你回来了……"

柳依依呆呆地看着徐远洋，语气显得有些茫然。

"嗯，回来了。"

徐远洋的声音在欣慰中带着一丝笃定。

"你小子可真行，那么久了才想着回来！"

温笃行说着，给了徐远洋一个熊抱。

就在温笃行抱住徐远洋的功夫，柳依依有些尴尬地跟徐远洋摆摆手，转身就进了政治办公室。

徐远洋目送着柳依依的身影消失在门里，眼中闪过一丝转瞬即逝的不舍。

等温笃行松手以后，徐远洋才苦笑着解释道：

"我也没办法啊，父母都在纽约，我回一趟国实在不方便，现在都得借宿在亲戚家里。"

"这次回来能待多久？"

温笃行欣喜地扶着徐远洋的肩膀，问道。

徐远洋皱起眉头，为难地说：

"我二月中旬开学，但得提前一点儿回去，应该也就待个十几天吧。"

温笃行看着眼前的徐远洋，笑得合不拢嘴，连忙问道：

"好，好……到时候给你摆一桌接风宴！"

徐远洋笑着拍拍温笃行的肩膀，答应道：

"既然是笃行请客，这顿饭我是一定要蹭的！"

温笃行松开徐远洋的肩膀，啧啧称赞道：

"你还是跟以前一样，说话严谨又有风度。"

温笃行说到这里，突然毫无预兆地单膝跪地，他拱起手，语气也骤然严肃起来：

"家主有令，三年之期已到，恭迎龙王归位！"

"你是在说我毁婚书的事情吗……"

徐远洋挠挠头，话语中显得有些底气不足，但依旧是笑眯眯的。

温笃行先是愣了一下，随即颇为满意地点点头，赞许道：

"行，没想到你洋装虽然穿在身，但玩梗依然是中国梗。"

徐远洋却皱起了眉头，反问道：

"你在教我做事吗？"

温笃行看着徐远洋故意摆出的那副挑衅的表情，禁不住傻笑起来，语气也软了下来：

"好久没见了，我和我家的猫都很想你。哈哈，骗你的啦。我没有猫，也就没有你。"

徐远洋伸手抱住自己，浑身发抖，调侃道：

"咦！鸡皮疙瘩掉一地！"

就在这时，政治办公室的门突然开了，柳依依从里面探出她的小脑袋，说道：

"笃行，孙老师叫你进来。"

"哦，好！"

温笃行应了一声，然后略带歉意地对徐远洋道：

"不好意思啊徐仔，难得你回来一趟，但我们马上就要期末考试了，实在是抽不开身。你等我考完了，我一定去找你！"

"好，我等你。"

徐远洋笑着答应道。

温笃行进办公室后，冷清的走廊里就只剩下徐远洋和柳依依两个人。

"你……最近过得好吗？"

柳依依迟疑了一下后，先开口道。

徐远洋苦涩地笑了一下，说道：

"我刚去纽约读书的时候，看教材才发现自己很多单词都不认识，所以我几乎把书上所有的单词都标上了中文意思。别人一个小时能做完的作业可能我要花三个小时，直到前两个月才有些起色。"

柳依依"哦"了一声之后，两人间的气氛再度降了下来。

徐远洋也开口询问道：

"那你呢？最近怎么样，我不在的时候，有没有被人欺负？"

柳依依暖暖地笑了一下，语气中有些委屈地说道：

"欺负倒谈不上，就是经常迟到，但最近赵从理老师老是说我，都高三了还迟到啊什么的，感觉挺没面子的。"

徐远洋拍拍柳依依的肩膀，安慰道：

"你也别太难过，赵从理老师一直是那样，钢铁直男一枚，要是哪天知道怜香惜玉了，那才是铁树开花呢！"

柳依依抬起头看着徐远洋，扑哧一声笑了出来。

"你刚才在外边儿和谁说话呢？那么热闹。"

温笃行进来之后，孙建国老师把椅子转过来，问道。

"是我的一个老朋友，高二下学期就转学了。"

温笃行盯着手上的政治大题，随口回答道。

"那你不出去多和你朋友说两句话？"

孙建国老师挑起眉毛，看着温笃行，提议道。

"没事儿，那家伙现在正和他前女友在一块儿呢。"

温笃行放下政治大题，笑着道：

"他们需要一点时间告别，我过去也插不上话。"

听温笃行这样说，孙建国老师只是笑笑，便也没再提起这件事。

徐远洋搓搓手，谨小慎微地试探道：

"咱俩分手以后……你又找别人了吗？"

柳依依则大大方方地说道：

"你觉得咱俩分手之后，还有谁能受得了我的脾气呀？我现在也就没事儿欺负欺负笃行，但也就只是欺负而已，我们俩是没可能的。"

徐远洋点点头，又搓了一下手，问道：

"那你现在……有心上人了吗？"

听了徐远洋的话，柳依依愣了一下，接着淡然一笑，云淡风轻地说：

"我的意中人是个盖世英雄，有一天，他会踩着七色云彩来娶我。我猜中了前头，可是，我猜不出这结局。"

徐远洋听到这句话时，眼神明显暗淡下去，他以小到几乎难以辨识的声音回答道：

"我明白了……明白了……"

"我能最后抱你一下吗？"

徐远洋一改往日的沉稳，略显唐突地请求道。

柳依依看着徐远洋，眼睛不知不觉有些湿润了，她点点头，闭上了眼睛。

徐远洋一把将柳依依揽入怀中，肆意感受着柳依依的触感和芬芳。这熟悉又陌生的感觉，在过去的一年中，曾无数次装点了他的梦，成为他梦回故国的一盏明灯。

过了很久，徐远洋才从这深沉的拥抱中回过神来，在柳依依的耳边轻声说道：

"前尘往事，一笔勾销。"

此时，在政治办公室里，温笃行正坐在孙建国老师身边答疑。

"你说说你，是基础知识不牢？是知识运用不对？问题出在哪儿呢？你这儿有漏洞啊！"

孙建国老师指着温笃行的作业，不解地问。

"老师，您不当 rapper 真是太可惜了，当老师多浪费啊……"

温笃行哭笑不得地说。

"别废话，跟你说正事儿呢。"

孙建国老师将温笃行的作业放到一边，道：

"这样吧，作业上的题你回去再看，我问你几个我之前课上讲过的例子。听着啊！如果一个韩国偶像组合里有人退出又有人加入，从哲学角度看该组合会发生什么变化？"

"没有变化。毕竟不开发布会谁也不会发现他们换人了是不是？"

温笃行一拍胸脯，自信地说。

"这是政治题，不是脑筋急转弯！这不就是量变引起质变吗？回去再看一遍发展的观点。"

孙建国老师用手掌重重地拍了温笃行的后背一下，继续问道：

"每个同学都有一个账号和密码可以连上校园 Wifi，但外校的人就连不了，这个例子属于竞争性还是非竞争性？说明原因。"

"非竞争性，虽然大家都有使用校园网的需求，但每个人都有一个对应的账号和密码。"

温笃行的回答依旧充满了自信。

"这道题答得不错。"

孙建国老师满意地点点头，赞许道。

温笃行坏笑了一下，故意问道：

"不过……学校也没规定不能把账号和密码告诉外校的人呀。"

孙建国老师拿起温笃行的作业，随口回道：

"你想告诉就告诉呗！"

温笃行一脸期待地问：

"孙老师，我答对了，是不是可以走啦？"

"才刚答对一道题，走什么走啊，再来一道。"

孙建国老师指着作业本上的一道题，边看边念道：

"象粪咖啡昂贵的根本原因是：

A. 企业使用了创新的技术

B. 凝结了更多的人类劳动成果

C. 市场上相同产品供应较少

D. 有益于消费者身体健康"

温笃行歪着头想了一下，回答道：

"物以稀为贵，选 C。"

孙建国老师笑道：

"嗯，很好，这道题选 B。根据劳动价值论，只有人才能劳动，只有劳动才能创造价值，题目问根本原因，所以跟供求关系没关系。"

"这不是大象辛辛苦苦拉出来的吗？"

温笃行茫然地问。

"很遗憾。"

孙建国老师扶着温笃行的肩膀，无奈地说：

"按教科书体系就是这个套路，你连马克思他老人家说的话都挑三拣四的？"

"哦对了，你今天默写的也不行啊，得给我背哲学原理。"

孙建国老师从桌上的一沓篇子里抽出温笃行的篇子，递给温笃行，说道：

"不过看在你今天答了半天疑的份儿上，我放你一马，你回去改改错。明天背哲学原理要过啊！"

温笃行从孙建国老师手里接过卷子，笑着说：

"我已经做好了您请我吃晚饭的准备。"

"我已经做好了你请我吃早饭的准备。"

孙建国老师抬起头看着温笃行，嘴角止不住地微微上扬。

温笃行出了办公室的门，却看到徐远洋低着头，无言地靠在墙边。

发觉有人出来的时候，徐远洋抬起头，露出了一个疲惫的笑容，说道：

"笃行，我失去她了。"

温笃行走上前，拍拍徐远洋的肩膀，说道：

"You are not alone, for I am here with you."

徐远洋看着面前的温笃行，笑了，眼角流出两行清泪。

漫展遇故知会有双倍的快乐

这天早上，温笃行正侧卧在床上浏览着手机上的网页，突然，他看到了有关秋阳漫展的消息。于是，温笃行跑到客厅，跟温妈妈恳求道：

"妈，最近有漫展，我想去看看。"

"漫展是什么？"

温妈妈起身将手里刚削好的苹果递给温笃行，问道。

温笃行接过苹果，啃了一口，想了想，解释道：

"漫展就是一种可以让动漫爱好者聚在一起的平台。在漫展里，会有很多人扮成自己喜欢的动漫角色……我们一般叫 cosplay，也会有很多人专门去漫展摆摊卖一些动漫周边产品，比如漫画、贴纸、卡牌、海报、手办、折扇、等身抱枕……总之，只有你想不到的，没有他们做不到的。"

"离咱家远不远？"

温妈妈问道。

"在秋阳展览馆那里，就在白虎区的紫薇公园外面。"

温笃行在手机上确认了一下之后，回答。

"那我送你过去吧。"

温妈妈笑了一下，提议道。

温笃行和温妈妈到达展览馆后，发现门前已经排起了长龙。

"这就有点儿离谱了。"

温笃行苦恼地挠挠头，不知该如何是好。

温妈妈张望着前方望不到尽头的队伍，便转过来嘱咐温笃行道：

"你就在此地不要走动，我去买几个橘子。"

"这是啥行业的黑话啊？听都没听过！"

温妈妈说完，就头也不回地消失在人群中，只留下温笃行一头雾水。

不一会儿，温妈妈便重新出现在温笃行的视野中，并不住地向他招手。

"发生什么事了？我说怎么回事？"

温笃行皱着眉，迷迷糊糊地看着温妈妈，表情显得更加疑惑了。

直到温笃行来到温妈妈跟前，他这才知道，就在刚才，温妈妈已经说通了工作人员，获得了提前进入场地的许可。

"我蒙了，你是怎么做到的？"

往会场里走的时候，温笃行瞪大了眼睛，不可思议地问温妈妈，说道。

"你太实诚了，这个你可学不来，没我在还真不行。"

温妈妈摆摆手，语气显得有些得意。

在温妈妈的暗示下，温笃行恍然大悟，他指着温妈妈，惊呼道：

"你该不会是假冒……"

温妈妈则赶紧捂住温笃行的嘴，环顾四周，小声道：

"不敢高声语，恐惊天上人。"

"你这操作属实秀到我了……话说，这句诗是这么用的吗！"

温笃行毫不留情地调侃道。

温笃行和温妈妈说话间，漫展的门就开了，大量的人潮涌入场馆，两人被人潮裹挟着向前，迈入了虚拟与现实交汇的动漫世界。

温笃行先是走到一个摊前，指着摊位上五彩斑斓的堆成小山的盒子，跟温妈妈介绍道：

"这些盒子里装的玩具叫手办，和一般玩具最大的区别可能就是做工比较精细，而且因为每年发行的手办都不太一样，所以有些手办还具有升值潜力，因此也可以作为收藏品。手办一般分为日产手办、国产手办和祖国版手办，前两者都是有正版授权的，在材质和做工上差别不大，毕竟都是国内工厂做的，但因为日产手办会销往日本，买回来需要付出额外的运费和关税，所以价格比国产手办高。祖国版手办属于盗版，不需要付出建模费和授权费，所以价格会比前两者更低，但很多时候无法保障质量。"

"想不到，小小的一个手办里还有这么多讲究。"

温妈妈俯下身，盯着一排排手办，若有所思地说。

"世事洞明皆学问，人情练达即文章。"

温笃行说完，斜着眼，意味深长地看了温妈妈一眼。

两人继续向漫展深处走去，一路上，温笃行一直兴奋地跟温妈妈介绍着周围商铺销售的商品。

忽然，温笃行在一件商品面前停住了脚步。

"这是《我们仍未知道那天所看见的花的名字》里的面码吧？"

温笃行指着那位一头白发，身着白色中长裙的女生的手办，问卖家。

"是的，这是《未闻花名》的中古货，日本千秋屋商店正版。"

在得到肯定的答复后，温笃行又伸手摸了摸，然后苦笑道：

"有些出油了。"

就在这时，一个熟悉的身影映入了温笃行的眼帘。

只见那位少女留着淡黄色的披肩鬈发，浅青色的瞳孔正注视着来来往往的人们，寻找着可能的买家。

"许雨涵？"

温笃行有些诧异地脱口而出道。

少女听到自己的名字，下意识地转过头来，并很快注意到了温笃行，她惊喜地笑问道：

"哎！你怎么在这儿？"

"我听说今天这里有漫展，就过来随便看看。"

温笃行和温妈妈打了声招呼，便走到许雨涵的摊位前，笑道：

"不过能在这里遇到小学同学摆摊儿，也算是意外之喜……话说，你怎么想起在这儿出摊儿了？"

许雨涵挺胸抬头，言语中难掩骄傲之情：

"这次漫展，我们玛利亚学院动漫社是代表学校集体参与的，所以你看到的这些人，其实都是我们社团的成员。"

温笃行有些惊讶地挑挑眉毛，接着随手拿起桌上的一张卷起来的巨幅海报，问道：

"这也是你们画的吗？"

许雨涵双手打开一份巨幅海报，展示给温笃行看，兴致勃勃地介绍道：

"这是动画《我的妹妹不可能这么可爱》，简称《俺妹》里的高坂桐乃，现在在漫友圈子里很有人气哦！"

"那好，就来一份吧。"

温笃行朝许雨涵露出一个久别重逢的欣慰笑容，补充道：

"麻烦你再给我在上面签个名吧，好久没看到你的字了。"

许雨涵闻言抬起头，愣愣地看了看温笃行，旋即笑了一下，点点头。

"感谢惠顾！"

许雨涵将海报在塑料袋里装好，递给温笃行。

"自从去年暑假的同学聚会之后，我都好久没见过许雨涵了。"

温笃行提起手里的塑料袋，对温妈妈说道：

"你还记得我小学的时候咱们去她家做客的事儿吗？当时她房间里有鲜花饼，咱俩和她聊天的时候，一不留神全给吃了。"

温妈妈笑着点点头，表示记得。

"其实那天咱可不光是吃了鲜花饼哦。"

温笃行的目光飘向不远处许雨涵的摊位，思绪似乎回到了很久远的小学时光。

"那天下午，我偶然和许雨涵提到我当时在画小说里的人物，她听说之后，显得很兴奋，从柜子上取下了一个本子，放到了我的手里。"

温笃行露出一个痴痴的笑，解释道：

"那个本子虽然平平无奇，说实话，我家里也有很多，但本子背后所蕴含的支持是那么纯粹，以至于多年之后回想起来，我还觉得心头发热。"

"所以，这次轮到你来支持她的梦想了？"

温妈妈似乎明白了温笃行话里的意思，饶有兴致地向温笃行求证道。

"正是如此。"

温笃行将目光落回到自己手上的海报上，有些伤感地说：

"只是不知道她还会不会记得那么早以前的事情……"

"记忆这种东西，虽然不会时时想起，但一定会留存在人们的脑海中。"

温妈妈拍拍温笃行的肩膀，语气肯定地说道。

温笃行两人不断向场地的深处走去，两边的商家逐渐减少。相应的，周围身着奇装异服的人却越来越多，温妈妈看得眼花缭乱，不禁发出了疑问：

"刚才那些路过的人穿的都是什么衣服啊？花花绿绿的，看得人眼晕。"

"那些都是 cos 服，也就是动漫同款服饰的意思，穿 cos 服参加演出的人或者单纯的爱好者我们称为 coser，这种活动叫 cosplay，也被称作角色扮演……你可以把 cos 圈理解为一种文化现象，但这与汉服圈、水手服圈、JK 圈和洛丽塔圈等各种制服圈还是有明显区别的，因为 cos 圈出的每一个 cos，也就是 cosplay，都一定会有一个明确的动漫人物作为载体。举例来说，在日本，女高中生被称为 JK，因此只要穿了日式校服就可以被称为JK 爱好者，但只有穿了和动漫中的女高中生一样的衣服才会被称作 coser。"

尽管温笃行耐心而细致地将自己了解的信息倾囊相授，但望着温妈妈一知半解的神情，温笃行最终放弃了继续努力的尝试。

这时，一位身披橘黄色仓鼠型睡衣，风姿绰约的女性从温笃行的身旁走过，一身穿着一下便吸引住了温笃行的目光，他二话不说走到那位女性面前，不失风度地问道：

"你好，请问你扮演的是《干物妹小埋》里的土间埋居家形态吗？"

那位女性转过身，用手将头发拢到耳后，朝温笃行笑了一下，点点头。

温笃行见状，呼吸不由得因激动而有些急促，他努力平稳了一下情绪，继续问道：

"我能有幸和你照张相吗？"

或许是这样的场景见过很多，那位女性想也没想便答应下来。

于是，温笃行就和那位女性一起比出一个胜利的 V 字手势，温妈妈不失时机地用镜头记录下了这一刻。

和那位女性道别后，望着她翩然而去的窈窕背影，温笃行有感而发地和温妈妈说：

"刚才的那位女性，和我素昧平生，我们彼此并不了解对方的过去，连对方的名字都无从知晓，但却可以因共同的兴趣爱好在这里相逢、合照，如果我们再多聊几句，我们甚至有可能成为朋友。一切就像薛之谦在歌里对生活的定义一样：'重复相遇、停靠、离开。'共同的趣缘让两个没有任何关系的人联系在一起，或许这就是文化的力量吧。"

当天夜里，温笃行做了个梦。

在梦中，温笃行来到学校，发现不知何时，纷纷扬扬的大雪已经将大地变成了一片银白色的世界。几名保洁阿姨正在清扫操场上多余的积雪，一条仅供一人通过的小径出现在皑皑积雪中。

昔日校园内的各色风景此时都被隐藏在一片苍茫空旷的白色中，温笃行呼吸着清冽的空气，积攒了许久的压力与疲惫此刻全都一扫而空，头脑也愈发清醒。

进了教室，温笃行发现众人的话题似乎都围绕着今天的积雪进行，甚至还商量着要不要课间一块儿去打雪仗。

课间，董晓倩欣喜若狂地拉起温笃行，温笃行在还没反应过来的时候，就被董晓倩带到了操场上。

雪在温笃行的脚下发出嘎吱嘎吱的声响，令许久未见到雪的他也相当激动。

就在此时，温笃行突然感到自己脖子里一凉。

温笃行转过身去，只见徐远洋冲自己咧开嘴笑着，两只手被雪冻得通红。

温笃行见状，露出了一个猥琐的笑容，赶忙上前嘘寒问暖道：

"哐哐哐，社区送温暖！"

徐远洋的表情变得十分惊恐，他一下子跳出八丈远，一脸警惕地拒绝道：

"家里有暖气了！"

听了徐远洋妙趣横生的回答，温笃行眼珠一转，继续隔空喊话道：

"开门送快递！"

徐远洋右脚支撑，左脚离地，两只手抬起来向下，来了个金鸡独立的造型，说道：

"我没订东西！"

温笃行还不死心，说道：

"你好查水表！"

徐远洋见招拆招，说道：

"读数不好找！"

徐远洋随后又加了一句：

"你按上次记的！"

"你真的不需要温暖吗？"

温笃行用可怜兮兮的语气问徐远洋。

"不需要，谢谢。"

徐远洋露出了一个招牌式的假笑，十分礼貌地拒绝道。

"那我需要温暖！"

温笃行说着，出其不意地朝徐远洋扑了过去。

徐远洋慌张地闪到一边，温笃行扑了个空，一头栽进雪里。

温笃行手撑着地面从雪地里坐起来，和徐远洋对视一眼，两人几乎同时大笑起来。

就在温笃行旁若无人地咧嘴大笑时，他突然感觉到嘴里一凉。温笃行定睛一看，董晓倩手里正举着两个雪球，她的脸红扑扑的，秀发上都是雪，脸上也挂着恶作剧得逞般的笑。

"你看看你，头上都是雪。"

还没等董晓倩反应过来，温笃行就伸出手，拍掉了董晓倩头上的雪。

注意到温笃行的动作以后，董晓倩没说话，她只是静静站在原地，一动不动。

之后，温笃行用一只手指轻轻抬起董晓倩的下巴，他炯炯有神的双眸怜惜地看着董晓倩，一字一句地说：

"别人都只关心你飞得高不高，而我会关心你飞得累不累。"

"笃行……"

面对温笃行突如其来的温柔，董晓倩似乎有些无所适从。

就在温笃行自以为得计的时候，董晓倩突然将一把雪拍了温笃行脸上，空中回荡着董晓倩开心的笑声，而温笃行只感觉到刺骨的寒冷。

一波未平，一波又起。就在温笃行跟董晓倩抱怨她下手没轻没重的时候，温笃行的余光注意到，就在不远处，柳依依正背着双手往自己的方向不停张望。

当柳依依的眼神偶然与温笃行的眼神四目交汇时，她不自觉地露出了一个值得玩味的微笑。

看着柳依依逐渐靠近的脚步，温笃行只觉得不寒而栗，于是他一咬牙，一跺脚，竟主动迎上去。

"没想到，你居然敢主动 a 了上来！"

柳依依不禁为温笃行的勇气表示赞叹：

"好小子，有你的。"

"呀！"

只听柳依依大喊一声，然后猛然张开双手，手里的雪和冰如雨点般打在了温笃行的棉袄上。

温笃行一边拍掉身上的雪，一边苦笑着问：

"我应该感谢你没照着我的脸扔冰碴子吗？"

"你……你生我气了？"

柳依依微挑起眉毛，歪着头，好奇地打量着温笃行的表情，问。

"没有没有，怎么会呢！"

温笃行摆摆手，否认了柳依依的说法。

说时迟，那时快，就在柳依依放松警惕的时候，温笃行从棉袄外侧的兜里掏出藏了好久的一团雪球，趁柳依依毫无防备的时候，砸在了她的头发上。

"好你个温笃行，竟敢偷袭我！"

柳依依狠狠地拍了一下温笃行厚厚的棉袄，抱怨道。

"这不是偷袭，这叫暗算。"

温笃行爽朗地笑道：

"请不要忽略我费尽心机的过程。"

就在温笃行和柳依依正拌嘴吵闹的时候，空旷的操场上响起了上课铃的声音。

意犹未尽的温笃行等人只得恋恋不舍地丢下手上的雪球，踏上了返回教学楼的路。

放学后，董晓倩早早收拾好东西，在温笃行的座位前一脸期待地看着他。

不明就里的温笃行挠挠头，语气中带着歉意：

"我是不是答应过要请你吃点儿什么？我一时半会儿想不起来了……"

"哎呀不是呀！真是的，怎么能连这种事儿都忘了呢！"

董晓倩稍显不满地嘟起嘴道：

"今天不是咱们恋爱一周年的纪念日嘛！"

温笃行看了一眼手机上的时间，十一月二十三日。

于是，温笃行挠挠头，尴尬地笑道：

"瞧我这记性，咱俩不是高二上学期就在一起了嘛。"

温笃行拍拍胸脯，以相当自信的口吻保证道：

"那你今天有什么想去的地方吗？我请客！"

"请客倒不必了……"

董晓倩灿然一笑，提议道：

"我想去牛仔屋，听说你和徐远洋、柳依依、孟霖铃他们几个以前去过，貌似很好吃！"

"我记得那是高一暑假的事儿。"

温笃行努力在脑中搜索着那久远的记忆，然后笑着说道：

"你能把我吃穷算我输！"

"不过……"

董晓倩用余光瞟了温笃行一眼，然后小心翼翼地说：

"有件事儿我还是想和你说一下，希望你不要介意。"

"就凭咱俩的关系，你尽管说！"

温笃行笑着拍了拍自己的胸脯，显得毫不在意。

"我一直觉得，你和柳依依……是不是走得太近了？"

董晓倩犹豫再三，还是说出了自己的顾虑。

"柳依依啊？"

温笃行明显还没有意识到问题的严重性，只是想当然地说：

"我和她六岁那年就认识了，我俩也没什么男女之情，最多就是拿她当我妹妹。"

"这就是我担心的事情。"

董晓倩忧心忡忡地说：

"就算你们现在暂时对彼此没有特殊的感情，但假以时日，你们这种因为知根知底而胜似亲情的关系是最容易突破友情界限的。"

"但这需要很长的时间吧？而且……"

温笃行不怀好意地笑了笑，在董晓倩的耳边说道：

"我是颜控啊。柳依依怎么比得上你呢？"

听了温笃行的话，董晓倩笑了一下，她踮起脚，也有样学样地凑到温笃行的耳边，用气说道：

"你好骚啊……"

温笃行笑着念了一句歌词，道：

"我已分不清爱与恨，是否就这样……"

梦醒之后，温笃行怔怔地环顾自己的卧室，在不觉间流下了悔恨的泪水。

在有限的时间里成为最好的自己

"赵老师，您怎么来了？"

新学期伊始，轮到温笃行的组做值日，他低头刚检查完自己扫过的地，抬头就看到了不知何时出现在门口的赵从理老师。

"我来看看你们值日做得怎么样了，你们办事我怎么能放心呢？"

赵从理老师说着，俯下身子从前门后拿起一把扫把。

温笃行不满地翻了个白眼，没说什么。

原本埋头苦干的其他几个人听到两人的对话，也纷纷抬起头来和赵从理老师打招呼，对此，赵从理老师一一回以微笑。

扫完一列座位后，赵从理老师直起腰，一边用拳头捶捶自己的背，一边提醒温笃行道：

"你扫地的时候重点检查一下地上有没有很多头发。"

温笃行双手握着扫把，撑起自己的大部分体重，煞有其事地分析道：

"根据我的观察，班里目前掉发情况不多，说明班里同学压力不大，生活还算可以。"

"这就说明同学们学习还不够努力。等什么时候地上都是大把大把的头发，咱们的学习氛围就算建立起来了！"

赵从理老师低头扫着地，头也不抬地说。

听了赵从理老师的话，温笃行停下手里的活儿，哭笑不得地说：

"高考结束之后大家就可以都去报名哈尔滨佛学院，连头都不用剃就可以直接去哈佛出家了……"

这时，柳依依悄咪咪地来到温笃行身边，小声提议道：

"你能不能试试用温暖的胸膛蒙住班主任清澈的双眼，然后让我逃个值日？"

温笃行白了柳依依一眼，反问道：

"你倒是跑了，让我一个人留下独自面对是吧？撒旦背上文你都不敢文睁眼的，你比那睁眼关公气场都强！"

做完值日后，包括赵从理老师在内的其他人都稀稀拉拉地离开了教室，只留下温笃行和柳依依在教室里。

"你怎么还不走啊？"

柳依依抱着书包，看了看不远处的温笃行，开了个话头，问道。

"说得好像我哪天走得早一样。"

温笃行从书包里掏出一个被压扁的三明治，剥开包装，囫囵地咬了一口，突然问道：

"你和徐远洋还有联系吗？后来我就没再跟进了。"

"用词还挺专业的，你是想采访我吗？"

柳依依把书包放在一边，语气显得有些谨慎。

"没有，我就随便问问。"

温笃行见气氛不对，心虚地又咬了一口三明治，回答。

"我们的关系无疾而终了……或许也可以说是寿终正寝。毕竟，谁的青春还没些遗憾呢？"

"明天就是百日誓师，百日誓师……"

温笃行嘴里反复念叨着，有些感慨地说：

"再过一百天，有些人可能这辈子都不会再见到了。"

"人生不就是这样聚少离多吗？"

柳依依坐到温笃行旁边属于董晓倩的座位上，安慰道：

"况且咱们班小团体这么多，几乎都是各玩各的……这种班，实在没什么可留恋的。"

温笃行刚想反驳，柳依依就继续道：

"我知道你要说什么……你想说自己在哪个圈子里都吃得开，对吗？但你觉得事情真的像你看到的这么简单吗？"

"什么意思？"

温笃行感觉柳依依话里有话，于是追问道。

"曾经你以为，你和金泽明的关系坚不可摧，可结果呢？因为一点点小事儿，你们就从此分道扬镳了。失去的友谊往往很难恢复，但却可以被填补。在接连失去金泽明和徐远洋以后，朱龙治闯入了你的生活，但你没发现他和你最不对付的金泽明走得更近吗？虽然你们的确很谈得来，他也拿你当一个朋友，但他并不像你重视他那样重视你。我甚至觉得这些事情你都能察觉到，但你却有意无意地忽略掉了。"

柳依依把头转向温笃行，眼神流露出怜悯：

"还记得你总以为孟霖铃喜欢你的那段日子吗？很不好受吧？其实在旁观者的角度看来，自从你表露出喜欢她的想法之后，你俩的关系就开始走下坡路了。至于我所坐的这个位置的主人，董晓倩，她或许从很早以前就喜欢你了，但从她很久都没有和你说话这点来看，她其实也没那么喜欢你。"

"但我们还有眼神接触啊！比如前些日子，我问董晓倩问题的时候，她很生气地让我去找别人。但下午放学之后，我们都在教室里写作业，我感觉她一直在偷偷看我……"

温笃行的目光离开了柳依依，完全沉浸在自己的世界里，甚至在回忆的时候，他的嘴角还带着笑：

"董晓倩的表情就像一个做错事的孩子一样，眼中有一丝惶恐，又有一丝期待。于是在碰巧和她一块儿答疑的时候我说了几个笑话让她笑了笑。但作为男生，有错没错总要先自我批判一番，于是我就主动去找董晓倩，跟她道歉说自己惹她不高兴了。董晓倩当时跟我说没关系，还让我别想太多……虽然她的语气依旧冷冷的，但我感觉她好像在关心我。"

"你觉得这能说明问题吗？"

柳依依耐心地听完温笃行深情的叙述，问道。

"难道不能吗？"

温笃行不甘地反问道。

"这最多只能证明董晓倩在试探你，她还没打算给你任何承诺呢。"

柳依依摇摇头，一副深表遗憾的表情，继续说道：

"况且，我总感觉你似乎没有那么喜欢董晓倩，毕竟你当初移情别恋的速度真是快到让人猝不及防的程度，堪称突如其来的骚，闪到我的腰。"

"这个问题……非常的复杂！"

温笃行眉头紧皱，似乎陷入了沉思。

半响，温笃行抬起头，直愣愣地看着柳依依，挠挠头，用傻乎乎的语气道：

"有一说一，确实。"

"你就是馋她身子，你下贱！"

柳依依先是义愤填膺地指责了温笃行一句，接着，她把手戳在桌子上，扶着脑袋，苦笑地看着温笃行，问道：

"所以，你当初到底为什么要接近董晓倩呢？"

温笃行苦着一张脸，解释道：

"我追了孟霖铃整整两年，可什么结果都没有，当时心态有点儿崩了，就在这时，一个机会摆在我的面前，一时没忍住这才铸下大错……其实我也挺后悔的。"

"当你喜欢一个人却一直得不到回应时，可能你会悲伤、焦虑乃至愤怒，但在你直面这一状况的过程中，你会逐渐理解对方的想法并更加坚强，而这份理解和坚强将给予你更多的勇气去面对接下来的挑战。所以，如果你不能让对方喜欢上你，你可以试着去处理你的感情。不同的人会选择不同的方法来处理这个问题，但我相信，只要你愿意直面这个问题并加以解决，你一定会找到适合自己的方法。"

柳依依直视着温笃行，一丝不苟地说：

"但把女生当替代品可不算是合适的方法哦！"

温笃行也跟着笑了笑，然后有些心虚地问：

"在这三年以来，在很多人都离开我的时候，你为什么依然选择留在我身边呢？"

柳依依重重地拍了两下温笃行的后背，语气却相当严肃地说：

"不要苛责过去无知的自己，因为正是过去无知的自己通过努力使自己摆脱了过去的无知。当你通过努力摆脱了过去的无知，你也就拓展了经验的边界，突破了过去的局限，而人的成长，就是向自身的无知一次次发起挑战并不断拓展经验、突破局限的过程。所以，自身无知并不可耻，可以拓展经验的失败也不可耻。凡是通过努力可以取得的成就，天赋在其中都不起决定性作用。"

"谢谢你。"

温笃行极力朝柳依依露出一个笑容，继而问道：

"我还是不太明白，为什么我那么努力地想和孟霖铃、董晓倩她们离得更近一些，她们却最终离我而去了？"

柳依依把手掌放到温笃行头上，像母亲一样轻轻揉了揉他的头，徐徐说道：

"你和喜欢的人在交往过程中缺乏一些距离感。所谓距离产生美，近则怨，远则疏。当你在和孟霖铃或者董晓倩互动时身体距离或者心灵距离太近，就会给人一种被侵犯的感觉。你信奉及时行乐，平常随性而为，在情感方面也毫无经验，所以对彼此之间应有的距离感一直没有重视起来，所以我认为你改变的第一步应该先从建立距离感做起，这样即使你们最后没有在一起，我相信不论是孟霖铃还是董晓倩，她们都会因为你对她们的尊重而高兴。需要时互相帮助，不被对方的情绪所左右，这是我对普通朋友的定义。想要突破心上人的心理防线可没有你想的那么容易哦。"

温笃行看着柳依依，有些发愣，但他还是似懂非懂地点点头。

一时间，空气中充满了粉红色的气息。柳依依被温笃行盯得双颊绯红，有些不自在地别过脸去。

"你脸怎么红得跟猴儿屁股似的！发烧把脑子烧坏了？"

很快，温笃行三言两语就打破了这宁静而暧昧的氛围：

"而且你知道得也太多了吧！大家都是腰椎间盘，为什么就你这么突出啊！"

"温笃行！真有你的！"

午后空荡荡的教学楼走廊上回荡着柳依依尖锐的声音，将温笃行的耳膜震得生疼。

第二天下午最后一节的政治课上下课前，孙建国老师把粉笔放进板槽儿里，转过身来，一边拍着手上的粉笔灰，一边对众人殷切嘱托道：

"最近我听各科老师反映，大家不管是写语文大作文还是做历史简答题，甚至是人文地理的一些题目都用到了政治课上学的知识，我很感动，但我还是希望人家考哪科的题，大家就选择用什么样的学科语言。不要一提语文的新时代新青年就坚持正确价值观的导向，外加将个人价值与社会贡献结合起来，一提历史的大同主义华夏化就看到矛盾具有特殊性，开始具体问题具体分析，一提地理的桑基鱼塘就用发展的眼光看问题，与时俱进还要促进新事物的成长。"

"不要天天整些阴间玩意儿，偶尔也整点儿阳间的东西吧！"

听完孙建国老师发自肺腑的劝诫后，柳依依煞有其事地呼吁道。

温笃行侧着头望向柳依依，故意针锋相对地说：

"火必舍，稀必厕，轨必抓，刑必缓，癌早期，墓宝地。阴间祝福，快点搞，加大力度搞快点！"

"这都是啥玩意儿啊？"

柳依依朝温笃行露出一个大惑不解的表情，皱着眉头，抱怨道。

温笃行热情洋溢地跟柳依依解释道：

"我祝你火化必出舍利子，拉稀必有厕所，被绿必能抓到，判刑必是缓刑，癌症必是早期，墓地必是宝地！"

"二营长！你的意大利炮呢？给我拉来！"

柳依依朝无辜的同桌沈梦溪喊道，气氛一度相当尴尬。

"别别，柳姐，柳爷！我不皮了，不皮了……"

温笃行赶紧抱着头，有意无意往董晓倩身上靠，弄得董晓倩好不尴尬。

孙建国老师用指关节敲敲黑板，不耐烦地提醒道：

"有完没完啊？还没下课……"

孙建国老师话音未落，下课的铃声就很不配合地响了起来。

"……下课！"

孙建国老师说完，夹起公文包，顶着一张铁青的脸走出了教室。

温笃行舒舒服服地伸个懒腰，揉揉眼睛，问身边的董晓倩道：

"一会儿百日誓师，咱说什么时候集合了吗？"

"不知道。"

董晓倩回答的时候，眼睛正盯着手上的政治提纲，眼皮抬都不抬一下，平静的脸上看不出一丝涟漪。

温笃行叹了口气，摇摇头，接着又跑到柳依依身边，提议道：

"能一起去礼堂吗？"

柳依依看看正埋头苦读的董晓倩，又看看眼前的温笃行，怜悯地点点头。

三十分钟后，百日誓师大会如期开始了，年级主任照例发表了一通自以为振奋人心的演讲，当他声嘶力竭地吼道"下一届已经扩招了，我们是最后的贵族！"时，温笃行在台下颇为不屑地嘟囔道：

"人是平等的。"

这句抱怨声音虽然不大，但却刚好传到了旁边柳依依的耳朵里，令她禁不住莞尔一笑。

经过刚才冗长的演讲后，年级主任明显因头脑兴奋而面色红润起来，他紧握着话筒，意犹未尽地喊道：

"下面，请全体起立！"

几秒钟后，礼堂里的人全都哗啦啦地站了起来。

年级主任高举话筒，以十二分的热情振臂高呼道：

"请大家跟我一起喊：高考加油！秋附必胜！"

"高考加油！秋附必胜！"

温笃行略带不情愿的声音混杂在情绪高涨的人群中，被众人汹涌的声浪所淹没。

"哈哈哈哈，真是太妙了！"

回去的路上，柳依依放肆地笑着，丝毫不顾及身边温笃行的感受，她边笑边道：

"你那句'人是平等的'，真是堪称经典，这还真不怪咱年级主任耳朵好使，主要是咱班坐前两排的位置，人家想不听见都难啊！不过年级主任批评你的时候，赵从理老师带头鼓掌才是最骚的。"

"赵老师那是给我打圆场呢，这说明我和赵老师的革命友谊是能经得住考验的！你懂什么？！"

羞愧难当的温笃行试图为自己挽回一丝颜面，他一本正经地说：

"而且我给咱们班想的那个'给希望以未来，荣耀归于七班'的横幅，出自刘慈欣的长篇科幻小说《三体》里的'给岁月以文明，而不是给文明以岁月'，比什么这加油、那必胜的高到不知哪里去！"

"吹，就硬吹！"

柳依依的笑声仍旧没有停下的意思，她上气不接下气地说：

"你是脱险了，赵老师可把自己搭进去了，现在还搁年级主任那儿训话呢！这个小温就是逊啦！"

"要说咱年级主任那问题也挺逗的。"

柳依依说着，还有模有样地学起了刚才年级主任说话时的语气：

"我训人的时候哪个班在下边儿鼓掌呢？哦，是赵老师带头儿鼓的掌……赵老师一会儿散会来找我一趟！"

"太羞耻了，你快别说了。"

温笃行罕见地被柳依依调侃地无地自容，他红着脸，不知所措地朝柳依依摆摆手。

柳依依凑近温笃行的身边，双手死死环住温笃行的右胳膊，略带挑衅地说：

"都几岁了，还那么害羞？我看你，完全是不懂哦！"

"懂……懂什么啊？"

见柳依依离自己那么近，温笃行下意识地往旁边一躲，随口问道。

柳依依却不依不饶，她抱着温笃行的胳膊晃了两下，眯起眼睛，用色眯眯的语气说：

"你想懂？我这里有一些好看的，比你的浏览记录还刺激，还可以教你登 dua 郎哦！来啦，来看就知道了！"

柳依依说到这儿，回过味儿来的温笃行终于忍不住扑哧一声笑出来，直呼道：

"杰哥竟在我身边！"

"你别笑了！严肃点儿！"

柳依依此时却板起面孔，以不容置疑的口吻命令道。

温笃行不知柳依依的发火是真是假，只好噤若寒蝉。

柳依依得意地一哼，马上又恢复了方才色气满满的语气，她的手慢慢滑到温笃行的裤子边上，继续说道：

"哎哟，你脸红啦？来，让我康康！"

"不要啦！柳哥，你干吗啊！"

温笃行几下便轻易挣脱了柳依依的束缚，一脸紧张地捂住自己的臀部。

"让我看看现在几点啊！我没带手机！"

柳依依瞬间恢复到往日的神态，有些哭笑不得地说。

然而，温笃行并没有听到柳依依的这句话，他早就瞅准机会，头也不回地往教学楼的方向跑去，边跑边喊道：

"柳哥，不要啦！"

"听话……让我康康！"

柳依依笑着喊出这句话后，也在温笃行身后紧追不舍。

两人就这样一前一后地回到班里。

刚进班，两人就看见沈梦溪正踩着一张椅子，用粉笔在教室后面画板报的黑板上一笔一画地在"距离高考还有"和"天"之间的横线上写下了"99"。

"留给咱们的时间，不多了。"

温笃行看着黑板上的数字，无限唏嘘地感慨道。

柳依依却低下头，陷入了长久的沉默。

良久，柳依依重新抬起头来，泪花在眼眶里打转，她心有不甘地说：

"这三年，我们失去了太多……"

"所以之后，我们不能再失去更多了。"

温笃行轻抚着柳依依的肩膀，勉励道。

就在温笃行和柳依依二人说话之际，只听嘎嘣一声，沈梦溪捏在手里的粉笔，断了。

在难过的日子里笑出声来

"哎，笃行，给我签个到。"

某天晚自习，朱龙治一边专心致志地刷着手机，一边头也不抬地跟温笃行道。

温笃行停下正在起身的动作，重新坐回到座位上，两个手肘放在桌子上，身子微微前倾，皱起眉，撇嘴问道：

"你觉得你有那么大面子能请得动我？"

"对！"

说完，朱龙治还补上一个香吻，声音在偌大的晚自习教室里清晰可闻：

"mua！"

"这瓜好恶心……"

温笃行一听这话忍不住调侃道，他的臀部好像钉在椅子上一样，更不想动了。

"要不这样吧，咱们'猜丁壳'，谁输了谁去！"

朱龙治眼珠一转，提议道。

在温笃行同意后，俩人猜了一局，结果以温笃行的胜利而告终。

"所以你到底图啥？"

温笃行看着朱龙治逐渐失去笑容的神情，歪着头，不解地问。

"对了，明天政治上课默写，你复习得怎么样了？"

签到后，朱龙治回到温笃行对面的座位上，问。

"啥都不说了兄弟，《火影忍者》真好看！"

温笃行把手里的笔往桌子上一摔，感慨道。

朱龙治见状，哭笑不得地问：

"那你作业写完了吗？"

"作业多，不想写，一拖拖到十二点。"

温笃行慢慢将身子后仰，靠在椅背上，接着跷起二郎腿，补充道：

"而且我跟你说，这睡觉还有讲究呢，睡少了不行，睡多了也不行。总结起来就是：七个半小时困成老狗，六个半小时精神抖擞！"

"好活儿！就是有点儿烂。"

朱龙治面带微笑地鼓掌道。

"我问你！"

温笃行用手肘撑着桌子，脸凑到朱龙治跟前，神秘分兮地问：

"你最近每次政治默写都得九十分，那你晚上花多长时间背？"

朱龙治想了想，回答：

"至少一个小时吧。"

听了朱龙治的话，温笃行露出一个意味深长的笑容，他洋洋得意地解释道：

"你看啊，你每天背政治一个小时得九十分，我每天背政治二十分钟得六十分，我花的时间是你的三分之一，但成果是你的三分之二。"

"秀儿，是你吗！"

朱龙治一时语塞，只好无力地调侃了温笃行一下。

"而且我最近放学后也是很忙的！因为我每天都要挑战高三生活中的三大时间杀手：语文作业、数学作业以及和可爱的同学们友好对话。每天晚自习我都靠坚持写着不用往脑子里记的数学作业打起精神来，等待着新的风暴出现呢！如果孔子泉下有知，再看到宰予昼寝时说的话就应该是：课上劳、课下困，孺子可教也！"

温笃行还不打算放过朱龙治，拉着朱龙治继续讲着他的那些似是而非的歪理。

"好像混进了一些奇怪的东西？最后一条完全就是多余的吧！"

朱龙治用手扶着额头，哭笑不得地说：

"而且你那是友好亲切的交流吗？你那叫找打……不可圬也！"

"嘴遁奥义·皮完就跑之术！"

温笃行双手交叉在一起，做了一个结印状的手势，笑道。

这时，董晓峰路过两人的座位时，忽然来了一句：

"我不用背政治。"

温笃行和朱龙治一听这话，互相使了个眼色，然后同时分别抓住董晓峰的两个胳膊，笑着道：

"我们可以把我们的一位希望文理全面发展的优秀朋友给老师推荐一下！"

晚自习课间，温笃行放下笔，伸了个懒腰，顺手从书包里掏出两个中午没吃的橘子，问朱龙治要不要来一个，得到了否定的答复。温笃行便自顾自地剥开了一个橘子，喷薄而出的汁水打湿了温笃行的拇指，他情不自禁地"啊！"了一声，引得对面朱龙治的一阵侧目。

"咋了？"

温笃行抬起头，看见朱龙治明显瞪大了眼睛，嘴巴一张一合，一副欲言又止的样子，于是问道。

朱龙治抚着额头，不敢直视温笃行的眼睛，失声笑道：

"我以为是橘子在叫……"

温笃行笑着将剥好的橘子整个吞了进去，然后就开始纠结该怎么嚼。

于是，温笃行尴尬地朝朱龙治笑了笑。

朱龙治则神情紧张地举起卷子，并小心翼翼地躲在卷子后面，对温笃行说道：

"你可别冲我笑啊，我怕你吐到我脸上！"

温笃行好容易把完整的橘子咽下去之后，第一句话就是告诉朱龙治：

"我刚才想说的话是，你想喝橘子汁吗？"

"谢谢你为我着想。"

朱龙治撇撇嘴，然后继续道：

"我还记得高一物理课讲'力的作用是相互的'的时候，你还想为了科学扇我一巴掌看看手掌疼不疼呢，但其实，你把脸伸过来让我扇才是为了科学哈哈哈。"

温笃行笑着说道：

"我对物理的回忆就只剩下摸电门的时候我直接来一句'这就是恋爱的感觉吗？'可能那是我目前离恋爱最近的一次了吧？"

在吃完了两个橘子之后，温笃行又从兜里掏出一张餐巾纸。

朱龙治见状，面带笑意，用关心的语气阻止道：

"笃行，那个不能吃！"

温笃行一时竟不知作何回答，一脸茫然地开始擤鼻涕。

"你还嫌味道淡吗？"

朱龙治以不可思议的语气，故作惊讶道。

温笃行不慌不忙地擦完鼻涕，将纸巾叠好放到朱龙治跟前，煞有其事地忽悠道：

"万一我将来要是成名了，我用过的鼻涕纸说不定都能卖个好价钱呢！这样吧，我也不多要你的，我说一个数……二十！一沓子全部带走！"

一听这话，朱龙治立马开始低头翻腾自己的裤兜，边翻还边问：

"我的鼻涕纸凑两沓子给你，你能找我二十吗？"

"我能找你一沓子……"

温笃行白了朱龙治一眼，不客气地说。

朱龙治笑了一下后，目光突然移到温笃行面前的两张数学卷子上，不解地问：

"对了，我看你从晚自习开始就一直在写数学卷子，但我看着也不像是今天的作业啊？"

温笃行随手拿起其中一张卷子，解释道：

"这是集和三十八套的练习卷子，里面有各区上学期的期末卷子和刚考完的一模卷子。"

朱龙治半开玩笑地感慨道：

"曾经意气风发的风流才子温笃行如今也沦落到老老实实做题的田地了吗？"

"别提了，人在屋檐下，不得不低头。"

温笃行苦笑道：

"不过说来也巧，这套卷子还真不是我买的，是我之前整理自己桌上那一座小山似的笔记本和练习册时发现的，可能是谁落在我这儿的吧？但我等了一个礼拜也没人来问我，所以我就自己拿来做了。说不定这是老天爷赐的卷子，敦促我要好好学数学。天意难违，罢了！"

"哈哈哈哈，这可真是世间之大，无奇不有啊！"

朱龙治在开怀大笑之余，也不禁有所感慨。

"不过这里面麒麟、青龙、白虎、朱雀这几个区的卷子都被原主人做完了，主城区里就剩玄武区的卷子还没动过，其他的像是武崇、文宣这些郊区的题倒是基本都在。"

温笃行说的时候，语气不免有些遗憾。

紧接着，温笃行又话锋一转，笑道：

"但少几套卷子也不影响我现在可以熟练解决含参不等式！我现在倒背如流的是'先把除 X 外的所有东西都移到不等号的一边，然后一顿骚操作，答案就出来了！'。"

"确实，话骚理不骚。"

朱龙治点点头，赞同道。

"你俩聊什么呢？"

柳依依不知突然从哪里冒出来，插话道。

"没什么，咋了？"

温笃行问道。

"我有道历史选择题不太会，所以过来问问朱龙治，才不是来找你的！"

柳依依将历史练习册放到朱龙治面前，然后朝温笃行吐吐舌头，说道。

"再怎么说我在班里也是有着历史学家的美誉好不好？而且初中三年我都是历史课代表，当年还在公开课上别人没翻完书我就把老师问的时间年份背出来了。要不是高一的时候被赵老师委以重任，说不定我现在也是历史课代表呢！"

温笃行托着下巴，嘟着嘴抱怨道。

"是是是，我知道你从小学三年级就开始看华夏历史，初中看世界历史，初一历史课上说得比历史老师都起劲儿，然而并没有什么用，大家都没你懂得多，但都比你考得高……"

"可以，已经在生气了。"

温笃行气鼓鼓地从书包里掏出一小袋饼干，问：

"这个能不能堵上你的嘴？"

出人意料的是，柳依依却显得特别有骨气，只见她站到温笃行面前，努力地伸长脖子，双眼瞪着温笃行，不卑不亢地说：

"我柳依依就是饿死，死在外面，从这儿跳下去，不会吃你一点儿东西！"

温笃行也不废话，把手里的那袋饼干撕开，直接递到柳依依面前。

柳依依狠狠瞪了温笃行一眼，接过饼干，咬了一小口，顿时笑容满面，开心道：

"真香！哎呀！"

"我长这么大，还没见过谁能逃得过王境泽的真香定律。"

看着笑靥如花的柳依依，温笃行用手洒脱地撩起刘海儿，他的嘴角微微上扬，语气中流露出十足的自信。

柳依依先是愣了一下，旋即满脸通红，回避道：

"去去去，走开走开！"

柳依依和温笃行说话的时候，不小心碰到了温笃行桌上的卷子，她无意中瞥了一眼，双眼顿时睁得浑圆，惊呼道：

"这不是我前段时间弄丢的地和三十八套吗！怎么在你这儿？"

听到这话，温笃行和朱龙治互相对视一眼，都忍不住笑了起来。

温笃行抿起嘴，稍稍收敛笑容，重新来到柳依依的跟前，向她解释道：

"关于此问题，我确信已发现了一种美妙的证法，可惜这里空白的地方太小，写不下。"

柳依依站起身来，单手扶着桌子，另一只手叉着腰，哭笑不得地问道：

"宁就是费马本马？宁配吗！"

"反正我也快写完了，要不都还给你？"

温笃行假意妥协道。

见生米煮成熟饭，柳依依只好无奈地说：

"你都快写完了我还要个毛线啊！干脆送你得了。"

"哈哈谢啦，有机会请你吃饭。当然，你还可以要个鸟儿，要个卵，要个球，要个鬼，要个锤子，要个寂寞……"

温笃行拍拍胸脯，爽快地跟柳依依保证道。

柳依依接着温笃行的话，确认道：

"我又不是收废品的，那些乱七八糟的我可不要……不过吃饭可是你说的啊！不许反悔！"

"那必须的啊！"

说到这儿，温笃行突然话锋一转，用谨慎的语气询问道：

"就是……你能把后面附的答案给我吗？反正你也用不上了……"

听温笃行这么说，柳依依刚才还相当舒展的眉头逐渐变得紧皱，她不由得哀嚎道：

"求求你做个人吧！咱多少也干点儿人事儿好不好！"

"杀人诛心，这也太顶了吧？"

本来在一旁瞧热闹的朱龙治都有些看不下去了，忍不住插话道。

"虾仁猪心？建议包成饺子！"

在心情如同过山车般大起大落的柳依依面前，温笃行依旧开着他那风格独特的玩笑。

在柳依依问完问题走后，朱龙治凑到温笃行身边，言语间洋溢着钦佩之情：

"你这心态真好，我应该向你学习。而且我看你走路天天哼歌儿，连走路的气场都不一样，举手投足都充满 cool, cooler, coolest！将帅气与潇洒贯彻到极致！最贴心的是还自带 BGM。"

温笃行听了，禁不住扬起了嘴角，他抱着手，昂起头，不无骄傲地自夸道：

"那可不，我可是走路带风的男人！不是坂本我也吊！"

"龙卷风吧？"

朱龙治笑眯眯地在一旁揶揄了一句，然后打开了一盒早上买的酸奶，结果被溅了一手。

"完事儿赶紧洗手，这种事儿最后不要发生太多次了，影响不好。"

温笃行使劲儿憋住了笑，然后一本正经地说。

柳依依白了温笃行一眼，道：

"好快的车车……你要是喝多了，那八成就是酒驾了。"

"哦对了，这道题正好我会，选 B 吧？"

温笃行说着，拿过了柳依依手里的题。

柳依依一把从温笃行手里夺过试题，跟一旁的朱龙治调侃道：

"我也算给了笃行一个机会，让瞎猫碰了回死耗子。"

朱龙治拿过柳依依的题，坏笑着指着历史题下面的一道地理题，问道：

"你看图里画的西部高原的主要燃料是什么？"

温笃行拿过题目，仔细端详了一阵儿，喃喃自语道：

"煤炭吗？"

"这个是牛粪。"

柳依依忍俊不禁地指着上面的图，说道。

"你看见牛粪为啥笑得那么开心？看饿了？"

温笃行嘟着嘴，不满地问。

柳依依揉揉自己的小肚子，傻乎乎地说：

"我还真饿了……"

"我怀疑你小子就是挟私报复成心让我出糗。"

温笃行指着朱龙治跟柳依依说：

"你不知道，上次做前滚翻的时候，我想让朱龙治先跪到垫子上……"

"跪下！"

朱龙治忽然大喊一声，然后摊摊手，跟柳依依解释道：

"笃行当时就是这么冲我喊的。"

温笃行有些不服气地辩驳道：

"那你做前滚翻的时候我还给你加油来着！"

"'快滚呀！'，笃行当时就是这么给我加油的。"

朱龙治又调侃了温笃行一句，然后继续向柳依依爆料道：

"而且因为笃行太膀大腰圆了，导致我在旁边保护的时候刚一伸手抱住他的腰，就直接卡上了……于是就出现了在温笃行做前滚翻的同时我也一起摔出去的一幕……"

一阵大笑过后，柳依依又掏出一张语文卷子，问道：

"你们看这首古诗哪里表现出朝廷重视学子了？"

温笃行瞟了一眼卷子，指着卷子上的那句诗，解答道：

"你看这句'朝廷列爵待公卿。'啊，考得好国家赐给你爵位，这不就恰好表达了国家对学子的重视吗？"

柳依依白了温笃行一眼，嘟着嘴抱怨道：

"你明明只答对了这一道题却给人一种好了不起的感觉……"

朱龙治忽然忍俊不禁地插话道：

"现在笃行说话的时候已经带着一股政治老师的风格了。"

温笃行苦笑着抱怨道：

"答对一道题多不容易啊……"

然后，温笃行挤眉弄眼地传授起了自己的做题经验：

"你们看到一首古诗一定要试图产生一些非分之想，这样有利于更好地理解古诗！"

晚上9:30，温笃行下了晚自习，捧着写完的作业走到教学楼下，抬眼看见教室里还亮着灯，心里不禁好奇起来，于是，他蹑手蹑脚地走到教室后门，透过后门的玻璃窗向内张望，试图一探究竟。

只见偌大的教室内，只有讲台上的灯亮着，一个窈窕的身影背对着温笃行，一袭薰衣草色的长发披散下来，宛如童话中的仙子一般。那个身影似乎全然没有注意到背后的目光，手里正不停地写着些什么。

温笃行的喉头一动，他小心翼翼地推开门，缓步走到那个身影的旁边，低下头，笑着问道：

"沈梦溪，你在写什么呢？"

沈梦溪明显被突如其来的问话惊了一下，她抬起头，发现是温笃行后，顿时松了口气，回答道：

"我正在抄明天政治默写范围里的原理……"

"我是回来放晚自习写完的作业的，话说你为啥从晚自习教室回来了？"

温笃行稍做解释后，便好奇地问道。

"自习室太冷了。"

提起这个话题，沈梦溪不禁面露难色，然后她想了想，又继续补充道：

"而且其实今天柳依依本来也想留在这儿的，但她觉得你可能会在班里，所以就去上晚自习去了。"

沈梦溪突然没头没脑地这么一说，搅得温笃行一头雾水。温笃行一边在座位上收拾书本，一边反复琢磨沈梦溪话里的意思，直到背好书包准备回家时，温笃行才隐约猜到了沈梦溪的想法，于是，温笃行又回到沈梦溪身边，笑着道：

"今天谢谢你啊！"

"咋了？"

沈梦溪抬起头，疑惑的眼睛一动不动地看着温笃行，问。

温笃行不好意思地挠挠头，苦笑道：

"我有的时候说话声音比较大，自己意识不到，谢谢你今天提醒我。"

听了温笃行的话，沈梦溪赶紧摆摆手，她尴尬地笑了笑，说道：

"是我说得太直接了，对不起。"

温笃行却感激地说：

"没关系，我觉得你以后可以经常提醒我。"

"这个你放心。"

沈梦溪见温笃行这么说，顿时松了口气，以轻快的语气答应道。

温笃行余光瞥见沈梦溪桌上的数学错题本，便脱口问道：

"我感觉你最近数学也进步得很快呀，你一般是怎么复习数学的？"

沈梦溪先是一惊，用手抚着一边脸颊，她不敢直视温笃行的脸，害羞地说：

"啊？我数学也不太好呀！"

温笃行见状，半开玩笑道：

"那我觉得我们还挺有共鸣的。"

"谁和你有共鸣啊……"

沈梦溪嘟着嘴道，幽怨的小眼神显得不太服气。

温笃行微微一笑，重新拉回话题，答道：

"其实我就是想问你一些经验。"

"我就是把错过的题再看看。"

沈梦溪拿起手边的数学错题本，回答道。

"那你觉得有效果吗？"

温笃行饶有兴致地问。

"完全没有。"

沈梦溪红着脸，有些沮丧地说。

温笃行笑眯眯地鼓励道：

"没关系，只要你持之以恒地努力下去，你就会越来越乐观了。"

沈梦溪的脸上也绽开了笑容，回应道：

"嘿嘿，像你一样。"

"嘿嘿。"

温笃行朝沈梦溪傻傻地笑了笑，然后跟她道别：

"那我先走啦，拜拜。"

温笃行走出教室后，沈梦溪跑到前门的窗户前，目送着温笃行的身影消失在楼道的尽头，接着，她又拿起一根粉笔，走到教室后黑板前，将上面倒计时的数字"30"擦掉，换成了"29"。

沈梦溪看着黑板上冷冰冰的数字，皱着眉叹了口气。

第二天政治课上，孙建国老师在黑板上写下了这次的默写题目后，直言道：

"有觉得自己背得比较好的同学就直接找我背吧，别浪费时间了。"

说完，孙建国老师就径直走出了教室。

孙建国老师离开后，教室里陷入了诡异的静谧。坐在温笃行不远处的沈梦溪望向孙建国老师离去的方向，犹豫再三，最终，她像是下定了什么决心似的，拿起政治提纲，义无反顾地从温笃行的身边走过，离开了教室。

沈梦溪刚出去没一会儿，教室外就隐约响起了她和孙建国老师的声音。

温笃行竖起耳朵，聚精会神地听着教室外两人一来一往的对话，但却始终听不真切。于是，温笃行把一只脚伸到课桌之间的过道上，身体尽力朝门外的方向倾斜，朝门外小声说道：

"哎！大点儿声儿……你没吃饭吗？这么小声儿还想开军舰！"

温笃行这一夸张的动作再配上他滑稽的语言，弄得留在班里的同学们一个个都忍俊不禁，方才紧张的气氛霎时间便不复存在了。

默写结束后，孙建国老师抬眼看了看讲台上方的表，对众人道：

"这礼拜刚讲评完的一模卷子大家回去自我总结一下，这周末的作业是把武崇的文综政治部分写完，白虎的题先不要动，下礼拜放学之后年级要找个时间考一下。我还得提醒你们一下啊，做文综的时候不要边玩儿，边吃东西，边上厕所。有的同学喜欢在上厕所的时候做文综题，我都怕他把题做臭了！"

温笃行在底下随口开玩笑道：

"上洗手间的时候没事儿干，心说做套文综吧，结果一坐就是两个半小时，觉得腿都麻了。文综卷子成厕所读物了……"

温笃行话音刚落，孙建国老师的眼珠一转，笑道：

"我们笃行要是能每次去厕所都带上文综卷子，那我可太高兴了！"

在孙建国老师的一番调侃之下，温笃行像打蔫儿的茄子一样抬不起头来。

下课后，就在温笃行伸了个懒腰，准备去梦里会周公的时候，沈梦溪不知何时来到了温笃行的身边，以关心的语气问道：

"我咋感觉你从高一开始就一直吊儿郎当地学，好像就没怎么认真过……"

"我从小就这样啊，习惯成自然嘛。"

温笃行打着哈欠，一副满不在乎的样子，接着，他似乎想起了什么，对沈梦溪道：

"不过我初中的时候有一次发高烧还坚持抄单词，那是十八年来唯一一次我妈劝我别学了，结果我还是接着学。不过后来我没有坚持发扬发烧精神，顽强拼搏，自强不息，坚持理想信念和正确的价值观引导……可惜了我这秋大的好苗子！"

听了温笃行的回答，沈梦溪眼中熊熊燃烧的希望之火无情地熄灭了。

你要是不体面我就帮你体面

午休时，温笃行揉揉惺忪的睡眼，端着水杯迷迷瞪瞪地往饮水机的方向走去。

当温笃行拧开饮水机的水龙头接水时，他的余光瞥见一个熟悉的水杯。温笃行将目光上移，朱龙治那张熟悉到不能再熟悉的脸赫然映入了他的眼帘。

温笃行看了看自己水龙头的水流，又看了看朱龙治的水龙头的水流，慢条斯理地说：

"听说如果两个水龙头一块儿出水的话流量会变小。"

温笃行的话刚说到一半，两人便不约而同地拧上了对方的水龙头。

"……这倒好，直接给整断流了！"

温笃行以无奈的语气道。

就在温笃行和朱龙治接完水准备回教室的时候，赵从理老师的身影闯入了温笃行的视线，温笃行吓得一激灵，立马就精神了，他赶紧迎上去，问道：

"赵老师，现在不是午休吗，您怎么来了？"

"你这一天天的，就知道午休。"

赵从理老师用指关节轻轻敲了一下温笃行的头，提醒道：

"我早上让你抱的作业，你到现在也没给我啊！"

温笃行一听，顿时冷汗直冒，脱口而出道：

"坏了！我上午跑操的时候顺手给放到小花园里，然后就给忘了！"

"嘿，真有你的！"

赵从理老师哭笑不得地指着楼梯口，对温笃行道：

"你快下去找找！"

温笃行临走前，提醒赵从理老师，说道：

"哦对了老师，这次董晓情又没交作业。"

赵从理老师摆摆手，颇有些无奈地说：

"董晓情前两天已经给我写过保证书了，她的考试结果由她自行负责，以后不用收她的作业了。"

"这就是赵老师没判作业的理由吗？"

数学课后，柳依依听了温笃行对事情的描述后，闷头想了一阵儿，随即十分笃定地说：

"虽然听上去不太靠谱，但的确像是你能干出来的事儿。"

"虽然我很不想承认，不过你说得对。"

温笃行狠狠地瞪了柳依依一眼，然后叹了口气，无奈地说。

"笃行，你过来一下。"

温笃行循声望去，赵从理老师正坐在讲台前，伸手招呼他过去。

"你这回二模上一百二了，不错啊。"

赵从理老师笑眯眯地夸奖温笃行，说道。

"啊？真的？您没开玩笑吧？"

温笃行惊讶地睁大了眼睛，嘴巴也张得很大，一副不敢相信的样子。

"没有。"

赵从理老师摇摇头，以十分肯定的语气说。

温笃行十分认真地确认道：

"我立体几何都是伪证的，最后一题方法对了都没算出来还能上一百二？"

"……滚！"

赵从理老师接不上温笃行的话，忍不住骂了他一句，不过，他话锋一转，勉励道：

"之前一模总结会的时候年级里也表扬你了，说你进步了二十多名，前进幅度特别大。高考是一锤子买卖，咱争取卖个好价钱，先定一个小目标，比方说我先考他个六百来分！"

被赵从理老师一顿猛夸之后，温笃行的面色都因兴奋而红润起来，于是，他红光满面地一口答应下来，表示绝不辜负赵从理老师的殷殷期盼。

温笃行回到柳依依身边后，柳依依马上拍拍温笃行的肩膀，赞叹道：

"我看赵老师刚才夸了你半天，行啊你笃行！出息了！"

温笃行得意地笑了一下，飘飘然地说：

"你想啊，高三之前每次班里第一不是金泽明，就是孟霖铃，这俩名字我都快看吐了。但是高三第一学期期中的第一名是朱龙治，期末的第一名是沈梦溪，高三第二学期一模的第一名是你，二模的第一名虽然是孟霖铃，但朱龙治在语文出分之前一直压着孟霖铃一头，不过听说语文出分的时候，朱龙治正在酒吧里喝酒庆祝呢。你说那么多高一和高二都比较低调的同学后来都考好了，高考怎么着也该轮到我了吧？"

"你牛逼，这想法很有创意！"

柳依依笑着朝温笃行竖起了大拇指，调侃道。

温笃行话锋一转，说道：

"咱们孙老师也挺关心我成绩的。一模刚考完的时候，孙老师把我叫到办公室，问我考得怎么样，然后孙老师来一句：你这分数上一本问题不大。二模考完之后，孙老师又把我叫过去，问完之后跟我说：小子，上一本很有希望啊！还跟我说太难的题就别管了，去研究一下听懂的题目就可以了。孙老师之前教过一个体育生，人家难题都不会，最后高考五百多分上秋大了。我当时还开玩笑说您是夸我体育好吗？孙老师说'不，我是说人要有自知之明'。虽然赵老师经常鼓励我，但我觉得，其实孙老师的话更务实一些。"

柳依依听完温笃行的话，不禁满意地点点头，含笑道：

"看来你还没我想象中的那么憨批。"

听柳依依这么说，温笃行笑吟吟地暂时没有发作，只见他不慌不忙地掏出手机，翻到了备忘录里写下的之前逛嘀哩嘀哩时学到的骚话，无所顾忌地大声念道：

"你啥牌子的塑料袋儿啊，咋这么能装呢？你这口气比人家脚气都大！我看你是蒙娜丽莎的妹妹，珍妮玛莎！亚里士多德他二姨，珍妮玛士多！你是不是左脸皮撕下来贴右脸上了，一边儿二皮脸，一边儿脸皮厚？有缸粗，没缸高，除了屁股都是腰！女娲捏你的时候是不是没土了？臭泥鳅沾点儿海水，真把自个儿当海鲜了？你的学历是胎教吧？出校门你可要小心点儿，别让收破烂儿的捡走了！"

柳依依听得脸上一阵青一阵白，等温笃行说完之后，她便立刻发作道：

"我看你是先天属黄瓜，欠拍！"

说着，柳依依踮着脚拍了一下温笃行的脑袋。

"后天属核桃，欠锤！"

然后，柳依依抡圆了拳头朝温笃行的肚子来了一记重拳。

"你还是大米饭煮不熟，欠焖！"

柳依依最后抄起手边的练习册，又照着温笃行的面门来了一下子。

这一系列操作下来，让周围人看得目瞪口呆，就连原本在一旁专心学习的董晓倩都被吓得直发抖。

"失策了，没想到你也看姚姚不是p30。"

温笃行摘下被拍到脸上的练习册，咬着牙苦笑道。

"咱俩嘀哩嘀哩都互关那么久了，你关注的宝藏up主，哪个我不知道……"

说到这里，柳依依突然想起了什么很重要的事儿，于是，她小跑回到自己的座位上，取出了一双红色手套，笑着朝温笃行挥挥手，道：

"给你这个，友谊手套！有了它，你就能和胖虎成为最好的朋友了！天天更新绅士哆啦的一只猪也是你推荐给我的……"

"我想起开心麻花里沈腾的口头语儿……造孽啊！"

温笃行眯起眼睛，把眉毛也皱成一团，形成一张痛苦面具，跟柳依依求饶道：

"收手吧，阿祖，再打我就该破了相了！"

柳依依趾高气扬地上下打量了温笃行一番，不屑地说：

"你又不是颜如宋玉，貌比潘安，我这一拳下去，你可能会死，但帮你把整容的钱省下来了，岂不美哉？"

温笃行一听这话，面部肌肉微微抽搐，他的瞳孔因恐惧而有些收缩，颤巍巍地说：

"我江湖人称兆亿村彭于晏，齐家口吴彦祖，青龙区薛之谦，露泽园金城武的温笃行，难道今天就要交代在这里了吗！"

"你这就着实有些秀到我了……多少带点儿幽默了。"

柳依依轻抚胸口，躬身做呕吐状，调侃道。

温笃行却反而放松下来，神气十足地指了指自己，说道：

"那可不，现在幽默的帅哥不好找！"

说完温笃行就要上前拍柳依依的肩膀。

柳依依则条件反射地跳到一边，警惕地看着温笃行，喊道：

"你别轻举妄动啊！我全身长满了刺！"

"好了好了，你俩不要天天搁这儿发疯了，都是发疯文学大师是吧？"

朱龙治走到两人中间，扶着他们的肩膀，笑道：

"你们有这插科打诨、你争我吵的精神头儿，不如下午高考体检的时候多吹点儿肺活量来得实在！"

温笃行苦哈哈地跟朱龙治抱怨道：

"我曾幻想用武力解决问题，后来我发现每次被武力解决的都是我……"

朱龙治则双手扶住温笃行的肩膀，语重心长地说：

"有些人一遇到困难就放弃了，但有些人却坚持到底。结果呢？往往是前者更快乐一些……"

温笃行朝柳依依吐了吐舌头，来了一句：

"魔改《泰坦尼克号》的一句话送给你，You jump, I push！"

柳依依捏了温笃行的腰一把，回敬道：

"还是你跳我推比较好！"

下午两点，全班同学在赵从理老师的带领下到达了体育馆的临时体检处准备体检。

"我为了体检特意没吃早饭，午饭也没吃……"

沈梦溪被柳依依搀扶着，她眼神迷离，双腿发软，摇摇晃晃地自语道。

"哎呀，你何必这么折磨自己呢！"

柳依依把沈梦溪的两只胳膊都搭了上来，尽量分担她的重量，然后对温笃行道：

"你去问问谁有吃的。我怕再这么下去，沈梦溪就该低血糖了。"

在询问了一圈无果之后，温笃行道：

"我今天带到学校的水果还没吃呢，我这就去班里取。"

赵从理老师此时也带着医务室老师来到沈梦溪身边，医务室老师简单观察一阵后，建议把沈梦溪先送到医务室去。见情况紧急，温笃行和柳依依自告奋勇，一左一右搀扶着沈梦溪跟着老师们去了医务室。

输液之后，沈梦溪逐渐脱离了神志不清的状态，悠悠转醒来，她四处张望了一下，在发现温笃行和柳依依之后，朝两人露出了一个倦怠的笑容，问道：

"我睡了多久？"

"在秦朝之后，又经过了汉、魏两代，现在已经是晋朝了。"

温笃行一本正经地解释道。

医务室老师为沈梦溪做了简单的检查，在发现她并无大碍之后，叮嘱温笃行、柳依依和赵从理老师再多观察沈梦溪一会儿。

听了医务室老师的话，柳依依如释重负地瘫倒在椅子上，嘴里不住地念叨着太好了。

赵从理老师见沈梦溪并无大碍，便也放下心来，对三人道：

"我现在出去和沈梦溪家长说明一下情况，你们先照顾一下她。"

说完，赵从理老师就接起电话，离开了医务室。

"来，吃个梨。"

说着，温笃行将一个大大的鸭梨捧到了沈梦溪的面前。

沈梦溪咬了一口梨之后，笑着对温笃行道：

"这鸭梨不是本地梨，我刚才咬的一瞬间听了听这个梨发出的声音，感觉有口音。"

"你至少还能看出是梨。"

温笃行说着，斜眼看了柳依依一眼，继续道：

"之前我送给某人这种梨的时候，她觉得挺少见，问我是什么牌子的手机……"

"你有毒吧？我很好奇咱们班的人是怎么忍你到今天的……"

柳依依说着，白了温笃行一眼。

温笃行故作神秘地将一根食指放在嘴上，示意柳依依安静，然后幽幽说道：

"他们都被我同化了！"

"难道毕业的时候我们都会变成温笃行吗？"

柳依依的语气中充满了惊慌。

"不对啊！"

沈梦溪吃梨的时候，温笃行斜眼看了一眼柳依依，坏笑了一下，以奇怪的语气问：

"为什么没有掌声啊？"

"你要掌声是吧！"

柳依依说着，动作利索地挽起两只袖子，照着温笃行的双颊狠狠拍了几下，拍得温笃行两颊通红，甚至微微有些发肿。

柳依依双手捧着温笃行红肿的脸，露出一个凄然的笑容，轻声细语地问道：

"你还需要掌声吗？"

"不！我要保持谦虚和低调！"

温笃行脸上的肉都被柳依依的手挤到了一起，于是温笃行只好含混不清地回答。

柳依依这才放开温笃行，她双手抱在胸前，闭起眼睛，满意地点点头，说：

"这就对了嘛，我是你爸爸。"

"我是你什么？"

温笃行仿佛没听清似的，追问道。

柳依依凑到温笃行的耳边，扯着嗓子大喊道：

"我是你爸爸！"

"你是我什么？"

温笃行强忍着耳膜处传来的疼痛，把刚才的问题稍作改动，又问了一遍。

柳依依毫不犹豫地回答道：

"你是我爸爸！"

柳依依脱口而出之后，温笃行便拍拍柳依依的肩膀，得意地说：

"好的，乖。咱俩以后各论各的，我叫你哥，你叫我爸！"

柳依依的眼中顿时燃起熊熊怒火，她举起拳头，咬牙切齿地说：

"我看你是敬酒不吃吃罚酒，不见棺材不落泪！"

柳依依话音未落，医务室内便传来一声响亮的惨叫。

"沈梦溪现在情况怎么样？"

体检区内，朱龙治一边把两份体检表分别递到温笃行和柳依依手里，一边问道。

"沈梦溪没啥大事儿，我办事儿你放心！"

温笃行一手叉着腰，另一只手搓搓鼻子下面，颇为自信地说。

朱龙治这时才注意到，温笃行的脸上布满了鲜红的手印子，他惊讶地问：

"你脸上怎么都是手印子啊？"

温笃行挠挠头，嘴角有些僵硬，尴尬地说：

"这就有些说来话长了……"

朱龙治看了看温笃行，又看了看旁边低头不语的柳依依，笑道：

"你是不是又欺负人家柳依依了？"

"算是吧……"

温笃行看看旁边的柳依依，有些无奈地说：

"主要是柳依依反击我的时候声音太大，搞得我俩一起被赵从理老师骂了一顿。"

朱龙治叹了口气，宽慰了柳依依几句，便带着温笃行去旁边的一个小房间里和班里男生一起排队测体重。

温笃行指着不远处测量肺活量的机器，无奈地对旁边的朱龙治说道：

"反正我的身高、体重已经没救了，一会儿就看谁更能吹了！"

温笃行上秤之前，朱龙治在一旁轻拍温笃行的肩膀，笑着揶揄道：

"笃行一看就体积大。"

温笃行迟疑了一下，然后闪着纯洁无辜的大眼睛，不解地重复道：

"……鸡大？"

"啊？真要查这个啊？"

一旁的董晓峰听了，顿时慌张起来，手里的体检表也随着他手的抖动而沙沙作响。

"哈哈哈哈哈……闪着腰了……哈哈哈哈哈！你这是要报啥专业啊？是在学校上课的那种专业吗？我怕你专业受限！"

看着脸上写满担心的董晓峰，温笃行笑得前仰后合，嘴都咧到耳朵去了，他甚至忍不住拍起了自己的大腿：

"没有二十年脑血栓问不出这样的问题，少一天都不行！"

众人全都测完体重后，温笃行看到体检表的下一项是拍 X 光片，于是，他摊开手掌，结实地拍了一下董晓峰的臀部，脸上挂着笑道：

"走，拍片去……别怕，脱衣服的时候都紧张，多来几次就习惯了。"

"你们文科班的学生不会都这样吧？"

去拍 X 光片的路上，顾元武悄悄拉过朱龙治，眼神不住地往温笃行的方向上瞟，问道：

朱龙治把脸凑到顾元武旁边，哭笑不得地说：

"这个你放心，他如果学理也这样……他上不上高中情况应该也差不多；但他如果学理那真是文科班的一大幸事……我是说会考的时候可以互帮互助嘛！总之，笃行的情况在我们这里不具有普遍性，所以在看待笃行的时候请用整体和部分原理而不是普特关系原理。还有，关于你刚才调侃笃行这件事儿……你调侃他你不怕掉价儿吗！"

由于朱龙治说话时的声音实在太大，因而被不远处的温笃行听了个一清二楚，于是，他把脸凑过来，一脸严肃地对着朱龙治道：

"因为你戴了黄色眼镜看到的才是黄色的。"

说到这里，温笃行扬起下巴，十分高傲地继续道：

"而且学理科有什么了不起的？咱要学就学文科，将来上个不赚钱的专业赤裸裸地炫富！"

朱龙治则拍了拍温笃行的肩膀，然后说道：

"如果这个世界上只剩下最后一个针对你的人，那我希望那个人是我！"

温笃行则抬起眼皮，不慌不忙地对朱龙治道：

"也就只有你能'针'对我了。"

见朱龙治一时语塞，温笃行有些紧张地拉了拉他的衣角，恳求道：

"好尴尬啊！龙治快讲个段子活跃下气氛，黄段子也行！"

朱龙治则在手机上搜了个黄豆芽的图片，放到温笃行面前，说道：

"来，你的黄段子。"

"够了，你这是冷段子啊！"

温笃行捶了一下朱龙治的后背，调侃道。

拍完 X 光片后，众人又浩浩荡荡地走到视力检查区的门口。

温笃行先是好奇地往里探探脑袋，发现里面排队的都是班里的女生，然后，他又把头缩回来，跟朱龙治调侃道：

"我感觉只要还有视力的人基本上都能看个两三行。"

随后，温笃行又和朱龙治闲聊两句，就靠着墙根儿独自一人哼起歌儿来。

不一会儿，柳依依从里面哭丧着脸出来，朝着温笃行绝望地控诉道：

"笃行，你不要再唱歌了！"

"咋着？影响你耳朵和视力了？"

温笃行倚靠在墙边，抱着手，似笑非笑地看着柳依依，调侃了一句。然后，温笃行又问道：

"你有近视吗，多少度？"

"250。"

毫无防备的柳依依随口答道。

温笃行坏笑着纠正道：

"我没问你对自己的评价，我是问你的眼镜度数。"

柳依依这才反应过来温笃行话中的意思，气得连跺了好几脚。

到了测肺活量的环节，温笃行信心满满地站到了肺活量检测仪跟前，他把嘴紧贴在吹嘴上，双手死死握住吹嘴，拼命把肺部的空气往仪器里灌。随着时间的流逝，温笃行憋得脸都紫了，甚至中途还变了好几种颜色。

终于，当温笃行挤光了肺部的最后一丝空气之后，他猛地把嘴从吹嘴里拔出来，开始大口大口地呼吸着新鲜空气。

然而，这种尽情呼吸的舒畅感只持续了短短数秒，一股温热的液体就很快填满了温笃行的鼻腔。

"流鼻血了，流鼻血了……"

温笃行赶忙抬起头，用手捂住了口鼻。

众人这才注意到，由于温笃行用力过猛，他硬是吹崩了鼻子里的一条血管，鼻血顺着他的手指往下流了一手。

温笃行赶紧起身往洗手间的方向跑去，路过抽血大夫旁边时，大夫惊讶地问：

"你抽完血没止住血是吗？"

此时大量的血已经涌进温笃行的嘴里，他口齿不清地解释道：

"不是，我吹肺活量的时候越吹心里越凉，然后鼻子里突然涌过一阵暖流……"

大夫听完，赶紧从手边的抽纸盒里抽出些纸巾给温笃行堵住了鼻子。

温笃行堵上鼻子之后，柳依依幸灾乐祸地跑到他面前，装作无知少女的样子眨眨眼，用十分天真的语气问：

"你这是受啥刺激了，搞成这样？抽血的时候扎的是哪儿啊？"

"反正不是鼻孔！"

温笃行皱起眉头，狠狠瞪了柳依依一眼，恼羞成怒地说。

接着，温笃行后知后觉地意识到柳依依话里有话，十分惊讶地问：

"你想啥呢？"

柳依依憋着笑，反问道：

"你想啥呢？我说的是血管！"

检查完全部的项目后，温笃行捧着手里的体检表，十分细致地挨个儿读了读上面的数字，愁眉苦脸地抱怨道：

"我咋感觉啥指标都往低了压，就体重这一项往上涨呢？"

"毕竟咱这儿庙小，多少年也出不来一个你这样的重量级人物啊！"

朱龙治笑着拍了一下温笃行的臀部，说道。

温笃行苦笑道：

"你小子不会是因为之前开盲盒的时候，你略带遗憾地说上次抽出来的角色不喜欢，这次的盲盒听声音和上次那个还挺像的，结果真就是同一个被我嘲笑了，就来报复我吧？"

"当时我把抽出来的角色放在绿化带上拍照的时候，它往下掉了，你第一反应是上前扶，我第一反应是往后退，我跟你说的是我以为它动了。你因为这事儿笑了我三天我都没生气，所以我怎么会因为运气不好那种区区小事儿就生你的气呢？"

朱龙治伸手搂住温笃行，皮笑肉不笑地说。

温笃行赔笑了一下，然后提议道：

"要不要一起去个洗手间？"

朱龙治白了温笃行一眼，说道：

"我刚陪董晓峰去了一趟，除非我一看见你就想再去一趟，不然别给我来这套。"

温笃行连忙摆摆手，说道：

"是我长得太搞笑了，还是你胆子太小了？没必要，没必要……"

一千米是让中学生男默女泪的痛

清晨，七班和八班男生在操场上排好队列之后，冯老师背起手，清了清嗓子，宣布道：

"你们还有五节体育课，昨天上了一节，今天还剩两……三节！"

冯老师发话后，众人忍不住在队列中暗自窃笑起来。

"这样吧，考虑到大家刚过完五一假期，还在体能恢复，而且天气也挺热的，昨天咱跑了八圈，今天咱稍微加加量，随便跑个十圈吧。"

冯老师此言一出，众人不禁连连叫苦。

董晓峰更是问出了"那天不热的时候得跑多少蹄啊？"的问题。

"那可能得跑到天气热的时候为止吧。"

温笃行摊摊手，无奈地说。

冯老师见状，皱眉苦笑了一下，不以为然地解释道：

"咱学校地处商业中心，寸土寸金的地方，所以也就供得起两百米的跑道，说实话我都嫌小，这小跑道，跑十圈也才两千米，一点儿都不多啊……"

"如果操场太大的话，我岂不是为了去食堂吃饭又要多走一段路？"

听了冯老师的话，温笃行忍不住在队列里小声抱怨道。

"总之，不考坐位体前屈就行。"

董晓峰抱着后脑勺，幽幽地说道：

"毕竟那玩意儿能推到两位数的都是怪物。"

温笃行也颇有共鸣地说：

"岂止啊！我觉得能推到正数的就都是怪物。"

董晓峰苦笑道：

"那这里真是怪兽学院了……"

温笃行挠挠头，不好意思地解释道：

"我裸眼视力 4.7，上次推了 4.6 厘米……"

董晓峰却意外地十分理解温笃行，说道：

"那我有点儿理解你为什么近视眼还不戴眼镜了，5 厘米的难度确实有点儿大。"

随着冯老师一声哨响，众人像被牧羊人驱赶的羊群一样不情愿地踏上跑道，开始了漫长而艰辛的跋涉。

最开始的两圈，温笃行在跑道上意气风发，大有勇夺第一的架势，甚至还和进教学楼的孙建国老师打了个招呼。但从第三圈开始，温笃行逐渐呈现出疲态，体力的极速消耗，让他感觉自己的双肺都燃起来了。

当温笃行步履蹒跚地连跑带走进入第七圈时，孙建国老师已经从教学楼里出来了。其他同学也差不多都跑完了全程，开始给温笃行加油。

就在温笃行进入第八圈，又一次经过朱龙治身边时，朱龙治疑惑地看了温笃行一眼，来一句：

"笃行咋还没跑完呢？"

温笃行路过冯老师身边时，冯老师指了指跑道的一个角落，对他道：

"你跑完这圈就和大家一起去那边集合吧。"

于是，温笃行跑完这一圈之后，就呼哧带喘地到了集合地点。

温笃行弯下腰，扶着膝盖，不住地喘着粗气，看世界都是不一样的酷暑炼狱，肺在嗓子眼儿里咳不出来。

这时，朱龙治过来拍拍温笃行的背，在几声剧烈的咳嗽之后，温笃行才缓过劲儿来，他接过朱龙治递来的矿泉水，仰起脖子一饮而尽。

"好家伙，生产队的驴都不敢这么喝。"

朱龙治站在一旁，看着矿泉水瓶里的水位以惊人的速度下降，语气微微有些惊讶。

温笃行将喝干的瓶子捏瘪，忍不住对朱龙治抱怨道：

"跑完一千米感觉好累啊，万一我一会儿吃不下饭怎么办啊，龙治！"

"看你这么能吃，你可能会吃得比我多……"

朱龙治捂着眼睛，哭笑不得地说。

温笃行却不管这些，他捏着矿泉水瓶子，笑眯眯地凑到朱龙治身边，一脸期待地说：

"你现在是不是没有力气拒绝我了？"

朱龙治先是板起脸，冷眼直视了温笃行一会儿，然后低下头，泄气道：

"……是的。"

旁边的董晓峰也把手搭在温笃行身上，调侃道：

"你根本就没认真跑吧？你话也太多了，一看就没使上劲儿……"

"别人跑完一千米都是胸疼、嗓子不舒服，我跑完之后第一感觉是缺觉到头疼……"

董晓峰还想再多调侃温笃行几句，但却被冯老师吹哨儿制止了。

冯老师等到众人全都安静下来时，才继续宣布道：

"锻炼身体首先练爆发力，再练耐力。现在咱们去练短跑吧……"

听了冯老师的话，温笃行瞪大了眼睛，绝望地说：

"刚才那还不是练耐力？难道是热身吗？！"

董晓峰又拍了一下温笃行的后背，笑眯眯地调侃道：

"震惊笃行一整年！"

"这圈儿跑得我透心凉，都快感冒了……"

温笃行下意识地抽抽鼻子，不满地嘟囔道。

"我也是……"

朱龙治用手指擦了擦鼻子下面，深有同感地说。

在众人冲完两个二百米和一个四百米后，操场上响起了下课的铃声。

听见铃声的冯老师便把两个班的男生都集合起来，然后宣布下课。

冯老师刚一宣布完，众人就争先恐后地向食堂的方向狂奔而去，只有温笃行留在原地，他朝冯老师害羞地笑了笑，以俏皮而不失温馨的语气道：

"冯老师，您用与生俱来的笑脸，不厌其烦地鼓励我们，鞭策我们，和我们谈人生、谈理想、谈未来，让我们不好意思地向前进。我到现在都还记得，高一的时候我因为体重大双杠上不去，是您硬拉着隔壁班的老师一起扶着我的两条胳膊把我扶上去的。每次回忆起这件事儿的时候，我的胳膊上都仿佛能感受到您的力量。现在我们马上就要毕业了，我们非常怀念您当体育老师的日子，老师，谢谢您！"

说完，温笃行满怀感激地朝冯老师鞠了一躬。

"不用谢。尽管有的学生天资聪颖，有的学生可能更适合从事其他领域，但不管怎么说，努力地教导学生是老师应当履行的神圣天职。"

说到这儿，冯老师淡淡一笑，拍拍温笃行的肩膀，鼓励道：

"下礼拜就是高三体质测试了，虽然不算高考总分，但也要认真对待！加油啊！"

听了冯老师的鼓励，温笃行满怀信心地点点头。

到了食堂，温笃行端着盛得满满的餐盘，来到了朱龙治身边。

两人眼神交汇之际，朱龙治头摇得像拨浪鼓一样，他指着身旁空荡荡的位置，一本正经地对温笃行说：

"这里有人了，你跟他打个招呼，然后去别的地方坐吧。"

温笃行微微一笑，朝座位上的空气一捞，将那位不敢现身的同学提溜起来，扔到了天花板上，然后心安理得地坐了下来。

"哦不！你压死了痞老板！"

坐在朱龙治对面的顾元武捧着双颊，惊呼道。

温笃行朝着天花板微微一笑，然后便低头吃起饭来。

董晓峰则神情复杂地看着埋头吃饭的温笃行，问道：

"已经连着三天了，为什么每次都是你坐在我对面？我造了什么孽啊！"

温笃行微微抬起头，一边咀嚼一边含混地回答：

"可能你上辈子拯救了银河系吧。"

这时，稍微晚到了一点的柳依依和她的朋友们也陆陆续续地坐在了温笃行等人的附近。

已经风卷残云基本将餐盘内的食物一扫而空的温笃行赶紧起来招呼道:

"我要让全年级都知道,这片地方被我的儿子们承包了!来,各位快坐!"

柳依依见状,指了指身后的沈梦溪和董晓倩,说道:

"我们随便一个人冲上去就能给你一顿胖揍!"

"大兄弟……"

温笃行见势不妙,赶紧上去跟柳依依打圆场道:

"我这个人平时也没什么爱好和特长,就喜欢瞎带节奏,还是越带越 6 的那种……"

"一会儿埋够了就下来啊,今天提前上课。"

这时,董晓峰也吃完了饭,他抬头看了看天花板上不存在的同学,笑着说道。

饭吃到一半,温笃行忽然感慨道:

"我的女朋友长得特别好看。"

旁边的柳依依差点儿一口菜呛到自己,她吃力地将菜咽了下去,然后问温笃行:

"你这种有空气女朋友的幻觉持续多久了?"

温笃行白了柳依依一眼,继续憧憬地说:

"……虽然我不知道她在哪里,出生了没有,但我能感觉到她很漂亮。"

柳依依见状,也撂下筷子,双手交叉,开始和温笃行攀比起来:

"我的男朋友温柔、体贴、大方……"

温笃行却拍拍柳依依的肩膀,奇怪地问:

"打住,我啥时候和你在一起了?"

第二天放学后,刚吃完晚饭的董晓峰哼着小曲儿偶然路过了高三(7)班的教室,他往里一探头,看见了正在收拾书包的温笃行,于是,心血来潮的董晓峰走到温笃行的位置前,和他打了个招呼,好奇地问:

"你昨天跑完十圈,今天有没有一种腰酸腿疼的感觉?"

温笃行停下手中的动作,脸红地挠挠头,惭愧地说:

"没有啊,因为我没跑下来……有那么累吗?"

"哈哈,废话!"

董晓峰简短而不失犀利地调侃了温笃行一下,然后用手撑着温笃行的课桌桌沿,继续闲聊道:

"马上就体育中考了,你紧张吗?"

温笃行故作严肃地说:

"我不禁为我未来的女朋友捏了把汗……惊不惊喜,意不意外?"

"那我就为我丈母娘捏把汗吧。"

董晓峰接过温笃行的话,开玩笑道。

温笃行白了董晓峰一眼，口中念念有词道：

"《论语》有云：'损者三友，友便辟，友善柔，友便佞。'"

"你看着我干啥？"

董晓峰瞪起无辜的大眼睛看着温笃行，装作一脸疑惑地问道。

听了董晓峰的话，体育中考时的一幕幕往事渐渐浮现在温笃行地眼前。

"你想回忆回忆过去的事儿转换一下心情吗？"

温笃行忽然笑弯了眉毛，提议道。

三年前，玛丽亚学院操场的考点。

"我感觉考场的篮球硬到反作用力可以脱离地球，你说这都不给我加分儿？差评！"

温笃行坐在考场中央的足球草坪上，跟盘腿坐在旁边的董晓峰抱怨道。

董晓峰一拍大腿，把头凑到温笃行旁边，单刀直入地问道：

"闲言碎语不要讲，就问考得怎么样？"

"嘿嘿。"

温笃行腼腆一笑，他挠挠头，语气显得有些骄傲：

"我刚才篮球绕杆跑出十一秒八，超满分零点一秒。"

"那你相当不错啊！"

董晓峰瘫倒在草坪上，将四肢舒展开来。夏日柔和的微风轻拂过董晓峰的脸庞，但却仍挡不住他想找人抱怨一番的心情：

"我垫球三十九个，最后一球脚越线无缘满分，作死的人生不需要解释……不过我前边那位大哥测试的时候，因为垫球高度一直不够，所以旁边一米九的体育老师自带鬼畜音效，一直在那儿6、6、6、6……那哥们儿好像最后只垫了个位数。"

温笃行也将自己放倒在草坪上，他枕着自己的双臂，打了个哈欠，用十分慵懒的口吻说：

"我投实心球的时候倒是撞上不少名场面，什么投三次都是九米九，老师多给一次机会还是九米九，差零点一米满分的，前两次投到十米都有犯规嫌疑，最后一次还是越线了的……话说咱俩在这儿大声密谋是不是很容易被人往死里打？"

董晓峰一骨碌从地上爬起来，将双手背在头后，一边往引体向上考试地点走一边做贼心虚地喊道：

"三十六计走为上，溜了溜了！"

温笃行见状，故意跟在董晓峰屁股后面，喋喋不休地调侃道：

"一会儿你要去考引体向上了吧？引体向上我号称三秒绝杀，不过我还是得嘱咐你几句，希望你能做到以下三点：第一，不耽误同学时间；第二，不浪费考场镁粉；第三，不放过任何聊天机会。即使老师不给你分，你也可以在心里为自己点个赞，毕竟对抗万有引力的感觉应该很痛苦……"

一直在草坪上休息的温笃行见董晓峰考完试回到自己身边坐下，便扭过头去，问道：

"满分了吗？"

"必须满分啊！"

董晓峰用力拍了自己的胸脯几下，仰起下巴，一副颇为神气的样子，回答。

温笃行开心地点点头，也兴致勃勃地谈论起自己的情况：

"反正我现在光实心球和篮球绕杆两项加起来就已经比团体的及格分儿高了，稳得一批，现在可以说是丝毫不慌。我的内心毫无波动，甚至有点儿想笑。"

"你这家伙现在牛皮吹得有多响，一会儿哭得就有多惨。"

董晓峰说着，将手边的一整瓶宝格利特水尽数灌下肚去，然后他一边晃着空饮料瓶，一边振振有词地跟温笃行道：

"你有这吹牛皮的时间，还不如学我养精蓄锐一番。"

在听董晓峰分享心得之余，温笃行的眼神不经意瞟向远处一千米的起始点，发现那里已经人头攒动了，于是，他赶紧将董晓峰从他自己的世界里拉回现实，指着起始点，说道：

"晓峰你看，咱们组的考生好像已经开始集合了！"

"我才刚灌完一肚子水！"

董晓峰捂着自己的小腹，鼓着腮帮子，充满绝望地望向集合地点，说道：

"我快吐了……"

"就算是夫人有喜了也得给老子跑，你就当整瓶饮料全用来漱口了吧。"

温笃行说完，笑嘻嘻地推着董晓峰向一千米的起始点跑去。

随着一千米考试的枪声响起，众人争先恐后地越过起跑线，向着终点进发。

四百米跑道的第一圈还没跑完，温笃行一上跑道就想睡觉的毛病就很不凑巧地发作了，从他的脑海里突然涌起一股致命的困意，脚下的跑道仿佛一路延伸到世界的尽头，跑道上的时间似乎经过了一个千禧年的跨度。在这危急时刻，温笃行不住地告诫自己：绝不能就这样倒下，一定要挺住！如果实在忍不住栽地上了，一定要用胳膊护住面部，胳膊擦伤了倒不要紧，这张帅脸一定不能出半点差池。令温笃行感到意外的是，这句乍看玩笑似的话语竟起到了稳定心神的作用，激励着他顺利跑完了前八百米。每当温笃行快要晕过去的时候，一想起刚才脑海中冒出的那段话，就再也睡不着了。他始终坚信，自己的命是够硬的。

期间，一些体能较强的考生已经套了温笃行一圈儿，其中有些人会发出诸如"Oh no！"等奇怪的声响，并且他们或腰部微曲，或挺直身子，以各种各样奇妙的姿势从温笃行的耳边呼啸而过。在最后二百米中，温笃行呼吸道内的烧灼感越来越强，他以比较高的频率迈着跟散步差不多大小的步伐龟速前进。尽管温笃行的内心始终充满了希望，但身体似乎有点儿跟不上了。来到最后一百米的时候，温笃行开始不要钱似的疯狂冲刺，超越在他前方不远处的一位考生成了温笃行接下来十几秒的人生目标，结果……那位考生加速了……

当温笃行一个侧身摔过终点时，他有史以来内心戏最足的一千米结束了。

温笃行挣扎着从地上爬起来，晕晕乎乎地独自一人走到草坪上。在脱下自己身上的测试背心递给负责老师的那一刹那，温笃行的思维之海在一瞬间陷入了诡异的静谧，失手将测试背心丢在了地上。

"你这是什么态度！"

负责老师看着地上的测试背心，厉声质问道。

"对……对不起……我实在是……喘不过气来了……"

温笃行单膝跪在地上，上气不接下气地跟负责老师道歉道。

负责老师见状，一下便心软了下来，他走上前，关切地问：

"这次跑得怎么样？"

"还可以。"

温笃行咬着牙，勉强抬起头，朝负责老师吃力地一笑，说道。

负责老师蹲下身，认真地点了点头，然后继续问道：

"成绩有提高吗？"

"这是我成绩最好的一次！"

虽然温笃行回答的时候顶着一个分外疲倦的笑容，但却依然难掩他眼神中的喜悦。

"嗯，那就好。"

负责老师说着，捡起了地上的测试背心，给温笃行留下一个在下午四点钟的夕阳下熠熠生辉的背影。虽然那位负责老师和温笃行只有短暂的交集，甚至可能此生不复相见，但即使多年以后，温笃行早已记不清那位负责老师的脸，他也会始终记得那种被人关心的美好。

"姐，你这个违反空气动力学啊……"

回到看台，温笃行一脸震惊地盯着萧婧怡胸前那两团随着她身体的摇动而一晃一晃的脂肪块儿，不由得发起了感慨道：

"这就是优胜劣汰的自然法则吗？是人性的泯灭还是道德的沦丧？可能长跑不太适合你，但没关系啊，转变生存方式就能获得成功！无情哈拉少！"

温笃行话音未落，突然就遭到了一杯白水的偷袭。

萧婧怡恼怒地将空纸杯子揉成一团，扔进旁边的垃圾桶里，她比画出一定的距离，皮笑肉不笑地对温笃行道：

"这次泼的是白水，下次说不定就是新二独家秘制的小鸟儿伏特加了，来这么高儿！"

温笃行瞪大了眼睛，下意识地咽了口唾沫，随便打了个哈哈便赶紧逃离了这是非之地。

"几分儿啊？"

温笃行出考场后，迎面而来的冯老师抬手跟他打了个招呼，笑着问道。

温笃行比出一个胜利的剪刀手，笑嘻嘻地回答：

"25！"

冯老师先是一愣，然后有些哭笑不得地问：

"别人都30到你这儿咋25了？"

温笃行听了这话，不仅毫不在意，而且依旧喜笑颜开地说：

"那些清一色的30分没有震撼人心的效果！而且我一千米不仅及格了，还多了半分呢！"

"跑个一千愣是被你描述得绘声绘色的，这不比《博人传》燃？以后起点没你我不看！"

听了温笃行的描述，董晓峰似乎也明白了什么，说道：

"我说怎么高一第一学期每次看见你和萧婧怡在楼道撞见的时候都那么尴尬呢，敢情不光是因为你初一喜欢过她啊。"

"谁知道呢？女人心如天书，天机不可泄露。"

温笃行说着，摊了摊手，一双无辜的大眼睛一眨一眨地看着董晓峰。

考前的学习热情是拦都拦不住的

这天清晨，温笃行正在教室后面举着一本高考单词书来回踱步，他的嘴里念念有词，拼命地将上面的单词释义往脑子里灌，背后的黑板上赫然写着"距离高考还有 7 天"的字样。

"竟然连笃行都开始好好学习了。大人，时代变了！而且高考单词不是初中就该背完了吗？"

柳依依提着水杯进来看到这一幕，忍不住和往常一样说起风凉话来。

温笃行却放下单词书，真诚的目光直视着柳依依戏谑的眼神，严肃而不失幽默地请求道：

"最后这段时间我努力念书的动力在于，这是我最后一次靠手艺吃饭的机会，以后就只能靠脸吃饭了，我不想年纪轻轻就过上那种无所事事的生活。所以希望你也不要只关注我华丽的外表，还要看到我深刻的内涵以及由内而外的自信。感谢 TV！感谢所有 TV！"

"改革春风都吹满地了，我看你也不争气啊……真以为会背两句小品台词就能上本山大舞台了？"

柳依依绕着温笃行周围转了一圈，仔细打量了温笃行一番，突然捂嘴笑道：

"我看你是每天去大街上溜达一圈儿，西红柿、鸡蛋、白菜，应有尽有，不愁饿着吧？你这估计连菜钱都省了……"

出人意料的是，这次温笃行却没和柳依依多费口舌，而是重新抄起单词书，大喊一声：

"我不做人啦，JOJO！话说你是说我太帅了，像西晋美男子潘安一样掷果盈车吗？"

接着，便好像什么事都没发生似的跑到教室的角落里继续埋头苦读去了。

或许是受到了温笃行学习热情的感染，柳依依也情不自禁地抱起单词书开始背。

柳依依刚背了没一会儿，沈梦溪就蹑手蹑脚地凑到柳依依旁边，笑着说道：

"光是一个人背多没意思，我考考你呀？"

于是，柳依依把单词书塞进沈梦溪怀里，让她随便出题。

沈梦溪翻开书，随机问了一个单词的意思，柳依依稍作思考后，正要回答，却被温笃行抢了先。

"你看连笃行都答上来了！"

沈梦溪瞟了一眼旁边志得意满的温笃行，哭笑不得地跟柳依依调侃道。

接着，沈梦溪又问了柳依依一个单词，期间还特地用目光征求温笃行的答案。

看着沈梦溪殷切的目光，温笃行皱起眉头，冥思苦想了好一阵，最后还是不得不承认自己的无知与浅薄。

沈梦溪见状，半开玩笑地说：

"你看连笃行都答不上来……那你可不能答不上来啊！"

"看给孩子吓得，都学起习来了。"

抱着书刚从班外回来的朱龙治看到沈梦溪考温笃行和柳依依单词的这一幕，禁不住在班门口调侃了一句，然后，他走到温笃行身边，一把抢过单词书，笑着提醒道：

"喂，笃行，先别学英语了，你忘了今天是你跟孙老师约好去背书的日子吗？"

"糟了，我一点儿都不记得了！"

温笃行慌忙将单词书丢在课桌上，从位斗里翻出政治提纲和政治练习册，急急忙忙往政治办公室赶。

"有不会的题情有可原，但经常迟到就是你的问题了。"

在政治办公室里，孙建国老师皱眉看着温笃行，批评道：

"而且最近我没留作业你们就都不来找我答疑，是不是我不给你们留作业你们就不知道怎么学政治了？"

"别别别，我学，我学。这不今天就带着问题过来了嘛！"

温笃行赶紧摊开自己的练习册，试图为自己之前疏于学习的行为进行辩解。

孙建国老师见状，眉头微微舒展，显得十分欣慰，连说话的语气都比刚才柔和了不少：

"这还差不多！说吧，哪儿有问题？"

"这道题书上有原文，只要看了书你自己就能做出来。"

孙建国老师说着，用桌上的红笔把温笃行的几道错题都圈了起来，不厌其烦地解释道：

"社会实践是文化创新的源泉和动力，这点书上写得很清楚，咋到你这儿教育、外国文化、大众传媒都成文化创新的源泉和动力了？你说你就算搞错一个还能选对俩，可你咋还老变呢？"

温笃行接过练习册一看，咧嘴笑了笑，惭愧地说：

"哎呀，出了点儿小小的意外，我再回去看看。"

"你昨天上课思维很活跃，说得都很到位，再看看书就没问题了。"

孙建国老师坐直了身子，语气诚恳地说：

"学得不好也不要灰心，努力不会很快就见效的。"

"我还以为您说不要灰心的原因是差得太多了，所以进一寸有一寸的欢喜。"

温笃行一手抱着练习册，一手指着自己，露出一个自信的笑容，回应道：

"吃饭有食量，人生有希望。我最近的食欲可好了呢！俗话说'心宽才能体胖'，我高考肯定没问题！"

听温笃行这么说，孙建国老师便放下心来，他安逸地靠在椅背上，闭起眼睛，悠悠说道：

"本来今天早上你应该给我背书的，但现在马上就该上第一节课了，你有时间记得再过来找我一趟。"

"这次一定！"

已经走到门口的温笃行应了孙建国老师一声，顺手带上了办公室的门。

在下午的政治课上，孙建国老师讲完了前一天默写的错题后，继续苦口婆心地说：

"明天的默写考试范围很小，所以你们一定要看，不看就考不好。"

听着孙建国老师日复一日如出一辙地规劝，温笃行忍不住笑出声来。

孙建国老师见状，适时地调侃道：

"谁笑谁知道。"

说完这番话后，孙建国老师的眼神却没有离开温笃行，他用和全班说话的语气继续说道：

"还有啊，每次默写卷子发下来之后一定要及时改错，有些同学考完试不订正错误，这可不太好……温笃行我说得对不对？"

"……对，我觉得您说得特别好。"

一听这话，温笃行顿时觉得如坐针毡，他双手局促地放在膝盖上，低下头，硬着头皮接下了孙建国老师的话。

"哦对了，我再问问你今天交作业的情况。"

孙建国老师拿起手边的统计名单扫了一眼，然后又放回桌上，他环顾了一周，直接说道：

"来，没交作业的同学都站一下。"

教室里一阵躁动，接着，便稀稀拉拉地站起了好几个人，平时鲜少不交作业的彼得和沈梦溪也赫然在列。

孙建国老师先是走到彼得面前，神情凝重地问：

"你为什么没交作业啊？"

彼得不好意思地搓了搓手，赶紧赔笑道：

"我来晚了，课代表已经抱走了。"

孙建国老师不耐烦地摇了摇头，厉声批评道：

"都高三了天天还上学迟到，干吗呢这是？"

接着，孙建国老师又走到沈梦溪面前，问了同样的问题，沈梦溪红着脸回答：

"忘交了。"

"哦，下回记得交啊。"

孙建国老师轻描淡写地留下这句话后，就回到讲台上，低头把统计名单仔细地放回了公文包里。

尽管孙建国老师低着头，但他能明显感受到全班的目光此时正热切地注视着他。

"看什么看啊？对你们这帮男生必须要严格要求……"

孙建国老师先是一脸严肃地表达了自己决不妥协的坚定立场，但面对众人幽怨的眼神，态度又突然软下来，自我嘲解道：

"算了，到时候男生和女生两边儿都该数落我差别对待了。"

在经历了催作业风波后，孙建国老师若无其事地给大家发了新的选择题卷子，然后就在教室里来回巡视，边看还边进行实况解说：

"嗯，有的同学已经写到六十多题了……最快的同学已经写到七十多题了……"

走到温笃行那儿的时候，孙建国老师因惊讶而停下脚步，他盯着温笃行篇子上的题号看了一阵儿，忽然笑道：

"有的同学是倒着写的，已经写完最后一题了！"

由于当时已经五月份了，因此教室内十分燥热，在孙建国老师讲解大家刚写完的选择题篇子时，众人纷纷拿起手边练习册或笔记本扇着风，而温笃行和柳依依则拿出从家里带来的扇子，很惬意地扇起凉风。

"喂，扇风的时候小心别走神把扇子糊到脸上。"

温笃行斜眼看着柳依依，先是假装关心了她一番，然后十分挑衅地说：

"你手里拿折扇也太装文化人了吧，我拿着会显得比你谦虚，来给我吧！"

柳依依赶紧缩手从温笃行面前抽走折扇，一脸惊恐地骂道：

"你放屁！"

"你……"

温笃行用团扇怒指柳依依，但却又马上收了回来，说道：

"算了，我今天先放了你。"

柳依依拿着扇子在温笃行身体的各个部位扇起了风，边扇边说：

"我先给你扇出个肩周炎！再给你扇出个老寒腿！"

这时，孙建国老师看看温笃行，又看了一眼离他不远的柳依依，不禁笑着打断两人，然后对温笃行道：

"人家扇扇子像林黛玉，你扇扇子像薛蟠。"

温笃行朝孙建国老师苦笑一下，又趁着这个空档把当天的政治作业也和之前堆起来的其他作业放到一起，一座绝望的小山赫然出现在他的眼前，温笃行在心中暗自祈祷：

"希望高三的我，生命像这堆作业一样厚重，骨气像这堆作业一样坚硬，用这堆作业的知识武装头脑，用这堆作业武装身体。"

放学后，温笃行早早来到政治办公室等着给孙建国老师背书，可是等了半天也没等到。就在温笃行到了楼梯口准备打道回府的时候，正好迎面碰上了刚从楼下上来的孙建国老师。

"你来找我的？"

孙建国老师抬头看见温笃行，语气有些意外地问。

温笃行指着自己手上的政治提纲，笑着说：

"对啊，我正准备找您背书呢！"

"这届孩子太积极了！"

孙建国老师从兜里掏出办公室钥匙，边开门边忍不住夸奖温笃行道。

温笃行挠挠头，半开玩笑地说：

"要不是在这儿碰上您了，我就直接回去了。"

孙建国老师打开门，笑着指了指和来的方向相反的地方，对温笃行道：

"这楼有两个楼梯，你要想碰不上我就走那边那个。"

"好嘞。"

温笃行半开玩笑地答应一声，就忙不迭地跟着孙建国老师进了办公室。

虽然温笃行很早就到了政治办公室，然而接下来的背书却并不顺利。

温笃行磕磕巴巴地背了没一会儿，孙建国老师就扶着额头，跟身边的另一位老师说道：

"来，您给这孩子随便出个题吧，我得缓缓。"

那位老师也不推辞，直接出题道：

"考你个简单的吧。你说说为什么实践是检验真理性认识的唯一标准？让你旁边的小师弟给你起个头儿。"

小师弟背诵道：

"真理是主观与客观相符合的哲学范畴……"

听了这句内容，温笃行一时愣住了，他窘迫地指着手里的政治提纲，又指了指门外的走廊，说道：

"……我再去看看哈。"

温笃行刚要出去，孙建国老师却拦住他，询问道：

"我今天也叫柳依依过来了，她人呢？"

"柳依依在历史组。"

温笃行转过来，回答。

孙建国老师以不容置疑的口吻，严肃要求道：

"马上召唤过来。看看历史组和政治组她更愿得罪哪个。"

"欧克，希望她能在历史组和政治组之间作出有利于政治学习的选择……"

温笃行说着，朝孙建国老师比了个 OK 的手势，就赶紧一溜烟儿逃出了办公室。

晚上，在数学办公室里，赵从理老师将一壶红茶放到桌上，然后给温笃行也倒了一杯，这才问道：

"前段时间第二次英语听力的成绩是不是出来了，这次考得怎么样呀？"

"屈原在《离骚》中的那句：'长太息以掩涕兮，哀生民之多艰。'我今日算是明白了个真切。"

温笃行悲伤地看了赵从理老师一眼，接着长叹一声，语气中满是惆怅：

"真应了《红楼梦》里的那句话：'满纸荒唐言，一把辛酸泪。'我有好多苦水儿要倒呢！话说今天孙老师好像也提到《红楼梦》里的人物了，哈哈。"

温笃行很快开始发牢骚道：

"我上次被分到的考场从家走路过去十分钟左右，属于家门口主场作战。其实我这个人从来无惧艰险，却还是在阴沟儿里翻了船。不过这次也好不到哪儿去，我依旧受到了极大的伤害。"

赵从理老师气定神闲地端起茶壶，把茶水轻轻倒进自己面前的茶杯里，他端起茶杯，在茶杯上沿轻轻吹了口气，不紧不慢地问：

"什么情况啊？说来听听。"

温笃行闭上眼睛，一口气灌下大半杯红茶，这才解释道：

"按道理讲前五道题都是无脑题。有一道题是男人给女人带饭，女人说那我吃炒饭吧，然后我就把炒饭选上了。女人接着说：且慢！我还是吃芝士三明治吧！等我反应过来的时候离提交答案还剩四秒钟，我赶紧把选项改了……我算是看明白了，这分析主旨题就得按常识来做，男人约女人出去不管去哪儿干啥，主旨就是把人约出去。更直接一点儿的话就是听到三个选项的其中两个挨得很近不知道选哪个，直接选第三个就对了嘛！"

赵从理老师捧着茶杯，喝了一口，笑道：

"这确实有点儿恶心。不过你还真行啊小子，挺机灵的。"

温笃行皱眉苦笑了一下，继续说下去道：

"还有一个介绍博物馆的情景，题目问我说话的人是什么身份。我现在都不知道答案是啥，因为他前边儿的自我介绍我基本都没听懂，但他说了一句欢迎来到我的 class，这我可听得真切，于是就选了老师。"

"行啊你，你就是二十一世纪的夏洛克·福尔摩斯！"

赵从理老师放下茶杯，嘴里不住地赞叹道。

"……是个真正的侦探……的男人！"

温笃行接了一下赵从理老师的话之后，继续道：

"信息还原题我一开始没听见 field 那个 d，后来我算准了这个词出现的时间把音量调到最大，才听见了那个若有若无的 d，不标准发音害人不浅！我现在是被泪水淹没，不知所措……"

赵从理老师手里握着茶杯，疑惑地说：

"我听你讲了半天，不都是有惊无险吗？其实你做得已经很好了。"

温笃行双手握紧杯子，头偏向一侧。不敢看向赵从理老师，一副悔不当初的样子，说道：

"经历了大风大浪的我，不出所料在阴沟里翻了船，一个'August'断送了光荣与梦想……我和'August'一生之敌了属于。"

赵从理老师苦笑道：

"这确实错得不太应该。我听说星期、月份和国家的名称基本上是每次英语听力必考一个。第一次参加听力考试的 grammar 确实是个意外，不过你能拼成 grandma 也有点儿离谱了。"

"后来我还问了那些写对的同学，他们有人之前做练习时碰上了这个词，有人考听力之前听别人提了一耳朵，真气死我了。将来学弟学妹考试前最好把星期、月份和国家名称看他个三五遍的，谁错谁是弟弟！说起来，我当初就不该寄希望于第二次考得比第一次简单，真可谓是'一失足成千古恨'呐！"

温笃行说着，很不服气地拍了一下桌子。

"如果你一直保持这样的革命乐观主义精神，说不定对以后也有好处。不过你错了也没啥大事儿，我听说欧洲的考题都只有完全确定的才会涂黑，空着就是零分，写错还要倒扣分。"

赵从理老师无奈地笑了笑，接着问道：

"我记得你第一次考了 25.5 吧，咱们是两次听力考试取最高分计入高考总分，所以你最后考了多少分？"

温笃行又端起杯子，将里面的红茶喝了个一干二净，然后噘着嘴，愁眉苦脸道：

"27 分，我现在特担心自己会不会因为听力少考了三分上不了一本线。"

赵从理老师笑着摆摆手，安慰道：

"不会的，高考 750 分呢，怎么会因为区区三分就考不上一本线呢！"

赵从理老师眼睛笑成了缝，他鼓励温笃行道：

"你已经做得很不错。有了这 27 分，高考英语上个一百应该没什么问题。咱就照着这个劲头，继续保持！"

听完赵从理老师的话，温笃行把身子往后一仰，靠着椅背，摆摆手，不以为意地说：

"我英语中考那会儿都没背过单词，光靠做题就考了 110，当时满分还是 120 呢，这150 分满考个一百一十多还不是轻轻松松滴？"

等温笃行晚上九点回学校的时候，教室内只剩下柳依依和沈梦溪两个人还在有说有笑地收拾书包，整栋楼早已在不知何时人去楼空。

就在温笃行下了楼，盘算着回家先写哪科作业的时候，他的耳朵敏锐地捕捉到了身后传来的急匆匆的脚步声，说时迟那时快，两声大喊几乎同时传入温笃行的耳中，他先是一愣，然后"啊！"的一声叫了出来。

"哈，吓你太好玩儿啦！"

柳依依喜笑颜开地看着温笃行，语气中还流露出一丝骄傲。

温笃行抚摸着自己的胸口，心有余悸地说：

"那一瞬间，我还在想原来城市里也有老鼠。"

柳依依听了这话，大大的眼睛里充满了更大的疑惑。

沈梦溪一拍柳依依，摆出一副胸有成竹的样子，解释道：

"别想了，笃行说你矮呢！"

"你这解释好啊，我都没想到。"

温笃行一指沈梦溪，语气中充满了惊喜。

几天后的某个晚自习结束后，温笃行和往常一样，走在漆黑却因高三的晚自习学生而热闹非凡的操场上，偶然撞见了董晓倩。温笃行试着和董晓倩打了个招呼，董晓倩停下脚步，看了温笃行一眼，但她的动作迟缓，明显有些犹豫。很快，董晓倩就仿佛没看到温笃行一样快步往校门的方向走去。

就在温笃行为董晓倩的视而不见而黯然神伤的时候，他的背后突然又响起了那两人熟悉的脚步声。

"哼哼，你们的脚步声很大哦！"

不等身后的两人足够靠近，温笃行就转过身去，一脸云淡风轻地看着她们。

被看破计划的柳依依嘟起嘴，扫兴地抱怨道：

"哼，真没意思！"

"我就说咱俩的脚步声太大了！"

沈梦溪说着，懊悔地看向身旁的柳依依。

柳依依倒是很机灵地跟沈梦溪提议道：

"没关系，我们就告诉笃行明天要吓唬他，但却在后天吓唬他。"

沈梦溪一听，顿时眼前一亮，于是，她俏皮地向温笃行发起了整蛊预告，说道：

"我们明天要吓唬你！"

"……我很期待？！"

温笃行以哄人的语气鼓励两人道。

沈梦溪朝温笃行傻傻一笑，接着安慰起身边的柳依依，说道：

"没事儿，下次还有机会。"

说着，还将一只握起拳头的手肘向下一顶，给柳依依加油打气。

温笃行将这有趣的一幕尽收眼底，忍不住跟两人打趣道：

"这个鼓励教育我喜欢。"

沈梦溪眼珠一转，脸上再度绽开一个笑容，她十分宠溺地摸着柳依依的头，对温笃行道：

"对，我和我家傻儿子都是用鼓励教育出来的。"

"可以，这把高端局。"

温笃行把一个大拇指伸到沈梦溪面前，说道。

我们唯一可以恐惧的是恐惧本身

"夜深忽梦少年事，梦啼妆泪红阑干。"

这天，温笃行经过柳依依的座位时，突然吟了一首诗，然后，他便目光如炬地看着柳依依，似乎有话要说。

柳依依看着温笃行，突然扑哧笑了出来，回了一句：

"但使龙城飞将在，八嘎 hentai 无路赛！"

"别闹，我认真的。"

温笃行嘟着嘴，有些不满地说。

柳依依却依旧笑眯眯地看着温笃行，一边洋洋得意地跟他炫耀道：

"怎么样，你的气质这块儿我是不是拿捏得死死的？"

温笃行冷哼一声，突然两手合十，指尖朝上，喝道：

"蛇妖，我要你助我修行！如果你可以打乱我的定力，那我就放了你。"

"好啊，试试啊。不过我可没什么定力，我怕你还没乱，我自己就先乱了。"

说着，柳依依一把抓住温笃行的腰，狠狠捏了一把，一双纯净如水的大眼睛一眨一眨地望着他，继而坏笑道：

"试试就逝世。"

"不知天高地厚还站在这儿，根本没把我放在眼里！"

温笃行说着，一手向前一指，口中念念有词：

"大威天龙！大罗法咒！世尊地藏！般若诸佛！金山法寺！妖孽禁地！般若巴嘛哄！淦！"

柳依依从座位上一下子跳了起来，唱起来道：

"艳阳天那么风光好，红的花儿是绿的草。我乐乐呵呵向前跑，踏遍青山人未老！"

"住嘴！"

温笃行厉声喝止道。

柳依依一边往教室外跑，一边念叨着：

"春眠不觉晓……"

"我看你往哪儿跑！"

温笃行说着，也跟着追了出去。

柳依依继续念叨着：

"夜来风雨声……"

温笃行又是一声冷哼，在后面喊道：

"这样的法术还死撑！"

"春城花飞飞，蛇虫四处追。不怕妖孽来，我道显神威！"

温笃行依旧在柳依依身后紧追不舍，两只手一起指着柳依依，说道：

"你家中必有千年的蛇精，一条白，一条青。"

柳依依转过头来，朝温笃行竖了个中指，右手拉下眼皮，做了个鬼脸，满不在乎地说：

"沉溺女色我愿意！"

"执迷不悟说什么都没用。"

温笃行叹息一声，双手再度合十，口中念道：

"善哉，我要你原形毕露！天灾人祸乃凡人必经，妖怪跟人不该有凡俗之情。大胆妖孽！神人鬼妖四界等级有序！哪里跑？准备捉妖！大威天龙！飞龙在天！逆天而行！死路一条！诱惑众生！应得惩罚！般若巴嘛哄！"

柳依依在前面突然刹住脚步，她转过身来，双掌在身前转了一圈，厉声喝道：

"翻江倒海！巨浪滔天！"

温笃行用冷彻的双眼看着柳依依的动作，嘴角微微上扬，接着，又发出一声凌厉的怒吼：

"雕虫小技竟敢班门弄斧？我一眼就看出你不是人！妖就是妖，还敢口舌招摇！"

柳依依伸出手，一把拦住了温笃行，苦笑着提醒道：

"你过来找我该不会就是为了跟我玩儿《白蛇传》吧？你要再跟我这儿扮法海和白素贞可就该上课了啊！"

"我看你这像《武林外传》里的乾坤大挪移……"

温笃行嘴里调侃着柳依依，但眼神却有些飘忽，明显是在想着其他事情。

柳依依抱着手，轻叹了口气，主动问道：

"咋了？你又想起什么前尘往事了？"

温笃行也和柳依依一样抱起手，百思不得其解地说道：

"我是感觉……沈梦溪可能有点儿喜欢我。昨天她借我的手机说是要查点儿东西，结果还回来的时候就说给我留了一个惊喜，我一看，她给孟霖铃发了一句：你好儿子。吓得我赶紧跟孟霖铃解释不是我干的，弄得我俩都是一头雾水。"

"高考前三天咱就不能想点儿跟学习有关的事儿吗？"

柳依依责怪了温笃行一句，接着半开玩笑地分析道：

"这不就是开了个不太好笑的玩笑吗？一个恶作剧就搞得你春心萌动了？春天过去了，连赵忠祥老师都不在了……"

"我知道你喜欢看《动物世界》怀旧……"

尽管温笃行调侃了柳依依一下，但依旧难掩他脸上的尴尬。

就在温笃行不知道说些什么来缓解气氛的时候，上课铃适时地响了起来，于是，两人连跑带颠儿，总算赶在老师进班之前回到了各自的座位上。

不一会儿，孙建国老师便阴着一张脸走上讲台，他把默写卷子从公文包里掏出来在众人面前晃了晃，烦躁地说：

"你们昨天的政治默写考得很不好。"

然而，讲台下的众人却在一阵窃窃私语后，一起笑着向孙建国老师说道：

"老师，我们想知道数学分。"

"政治课聊什么数学分啊？"

孙建国老师挑起眉头，一头雾水地看着众人，问道。

"孙老师，这节应该是我的课……"

此时，赵从理老师一脸窘迫地出现在班门口，小声提醒道。

孙建国老师看看有些不知所措的赵从理老师，又看看忍俊不禁的众人，缺乏底气地说：

"这个……'人有失手，马有失蹄'。你们躲得过从理，躲不过下午。一会儿再收拾你们！"

孙建国老师走后，赵从理老师一扫刚才教室内的阴霾气氛，对众人赞不绝口道：

"这次看了一下各位的考试成绩，跟往届相比，你们是进步最快的一届。"

"就是三年都不学，学了半年效果还挺好的呗。"

温笃行抱着后脑勺，说了句十分煞风景的话。

"从某种程度上说，你也算是'不鸣则已，一鸣惊人'的典范了。当代楚庄王非你莫属！"

赵从理老师笑着对温笃行说，然后问众人道：

"这套卷子你们觉得难不难？"

"还行吧，不是太难。"

柳依依展开手里的卷子，回答道。

"这就对了，我出的卷子能难到哪儿去？"

赵从理老师摆出一副理所当然的样子，激励众人道：

"这次三模卷子里的题都是改编自秋阳历年高考真题，难度和真实的高考差不多，连温笃行都考了一百一十多分，你们有什么可害怕的？"

"这话我听着怎么就那么别扭！"

温笃行侧身坐在位置上，皱着眉挖了挖耳朵，抱怨道。

赵从理老师看着温笃行，淡定一笑，对众人说道：

"离高考就剩两三天了，你们不要怕麻烦我，你们越麻烦我，我越高兴。你们看笃行之前找我答疑，一问就是两个小时，现在考得也挺不错的。在你们最后冲刺的时刻能帮上你们的忙，我觉得是挺荣幸的事情。"

温笃行也在讲台下配合地点点头，道：

"本来我之前真不明白有啥可答疑的，但真的去答疑了一次之后，我甚至想给家里打个电话送一床被子来住下……"

赵从理老师笑着点点头，接着又从公文包里拿出六个崭新的笔记本和一份名单。

"好家伙，枪毙名单！"

温笃行话一出口，顿时引来了班里的一阵侧目。

赵从理老师脸上一僵，他干咳了一声，开口念道：

"孟霖铃、金泽明、董晓倩、沈梦溪、柳依依……还有温笃行，你们几个上来一下。"

六人在讲台上站定后，赵从理老师将六个本子垒成一摞，一起放到温笃行手上，隆重地宣布道：

"下面有请温笃行给念到名字的几个同学颁奖！"

"嗨，敢情没我事儿啊！"

温笃行一听这话，当即就笑了场，说道。

虽然清楚了自己的工具人定位，温笃行依旧配合着当时的气氛，将手上的本子放到讲台桌上，他先是在众人惊诧的视线中跟讲台上下的同学们都热情地招了招手，然后还伸出双手和赵从理老师热情洋溢地握了半天。一套程序走下来，温笃行这才开始给台上的五个人一个一个地颁奖。

"你这家伙，能耐不大，架子还不小！"

当温笃行把本子递到柳依依的手里时，柳依依憋着笑揶揄他道。

温笃行却振振有词地为自己辩驳道：

"做戏要做全套嘛！人家赵老师这么重视我，我也得摆个谱儿不是？我就算没有当领导的命，也要有当领导的心。人最重要的就是要有自信，这样当你不是大佬的时候，大家会觉得你乐观里带着点儿幽默；当你是大佬的时候，大家会觉得你的实力配得上你的自信。"

赵从理老师见温笃行和柳依依的斗嘴可能还要持续好长一阵儿，便在一旁不动声色地提醒道：

"我让你颁奖可真是找对人了，再聊一会儿咱就直接下课了。"

温笃行和柳依依同时红着脸看向赵从理老师，温笃行也赶紧加快了进度。

颁奖结束后，赵从理老师就开始讲起了卷子来：

"来看这道统计题。题我就不念了。你们告诉我，如果你估算的时候把没病的算成有病的了，这在统计学意义上叫什么？"

班里沉寂了一会儿后，响起了温笃行的声音：

"忽悠。"

赵从理老师瞪了温笃行一眼，继续说道：

"……这叫误差。那如果出现把有病的算成没病的呢？"

"接着忽悠！"

温笃行以十分确定的语气道。

赵从理老师直接把卷子摔到讲台桌上，让温笃行到后面站着听讲，然后才继续讲课。

"去年高考有同学出来跟我说没考好，我可难过了，当时我就买了张机票去哈瓦伊，搁沙滩上躺了一礼拜才缓过来……"

说到这儿，赵从理老师话锋一转，继续说道：

"不过其实你们的学长学姐当年均分儿很高，还是挺厉害的，虽然文科班学籍在这儿算高考成绩的只有五个人……"

玩笑过后，赵从理老师双手插兜站在讲台上，对众人进行最后的嘱托：

"高考碰上什么人都有可能，什么清嗓子的，翻卷子的，还有男生穿得特别拉风，长发飘飘的；女生穿得比较风尘的，都是正常现象，要沉着冷静。

监考老师如果是咱们老师，看你是秋大附的就会觉得很亲切，就想多看你两眼，别想太多。当然，也可能是提醒你有题错了，但人家就抛一个眼色你真别想太多。

考试对不同人而言有不同的含义。对有些人而言就是全写完还剩半个小时；对另一些人而言就是把会写的写完还剩半个小时；对某些人而言就是睡醒后还剩半个小时，人家可能已经被提前录取了，去高考就是体验个生活，顺便搞一下你们的心态。"

说到这儿，赵从理老师话锋一转，对站在教室后面的温笃行说道：

"尤其是你呀，那么黑还不好好学习？"

"老师，您不能歧视黑人……"

温笃行在教室后面色厉内荏地大声抗议道。

"黑人抬棺，专业接单。"

柳依依伸长了脖子，在温笃行的不远处调侃他道。

"在喧嚣中反抗，在沉默中躺枪。"

金泽明跟一旁的朱龙治小声嘀咕了一句，并伴随一阵窃笑，不承想被柳依依耳朵尖听到了。

柳依依白了金泽明一眼，没好气儿地说：

"押韵的就是真理，你说啥都对。"

"行了，你回来坐吧。"

赵从理老师朝温笃行招招手，温笃行咧嘴一笑，如蒙大赦地回到了座位上。

见此情形，赵从理老师不禁笑道：

"以后我也没机会再罚你站了，虽然之前也没罚过你，但你临毕业给了我这个机会，也算是了却了老师的一桩心愿。"

临下课前，赵从理老师留下了一句堪称经典的话：

"不管你们高考考了多少分，去了哪所学校，都没关系。因为你们有秋阳户口，在秋阳有房。"

"哈哈哈哈，我还以为您要说，'老师永远欢迎你们回学校坐坐呢'！"

温笃行在最后一课结束前也不忘调侃赵从理老师一番。

中午，孙建国老师来班里转了一圈，看到温笃行桌子上堆了满满一摞全班的数学作业，不禁有些羡慕地说：

"你这作业收上来得挺多啊，我这几天一直不太敢收作业。"

温笃行拍拍桌上的作业，调侃道：

"是呀，您要是将来生活不太顺利想给自己添点儿堵也可以收一次作业呀是不是。"

"我怎么那么贱啊……"

孙建国老师说话的时候，明显有些底气不足。

下午，孙建国老师抱着政治篇子走进班里，哭笑不得地对众人道：

"高考前给你们摸个底，发现你们一个个都是无底洞！"

"对，我们心里可没底了。"

温笃行赞同地点点头，说道。

"喂，别睡了！"

孙建国老师话刚说一半，就快步走到朱龙治座位前，用手上的卷子敲了一下正用手托着下巴打瞌睡的朱龙治，批评道：

"跟你们说平时不要开夜车，十二点之前一定要睡觉，你们一个个的都当耳旁风一样。"

朱龙治擦了擦口水，顶着浓重的黑眼圈跟孙建国老师辩解道：

"没有啊老师，我就是闭会儿眼，一直听着呢。"

"那就出问题了，你听课得闭着眼睛听就说明你的精力已经不能让你撑着睁眼听课了。"

孙建国老师颇为严厉地斥责朱龙治道。

众人见状，忍不住哄堂大笑起来，其中就属柳依依笑得最欢。

孙建国老师半开玩笑地点名道：

"柳依依你还笑呐！你是早睡了，全班就你睡得最早。快高考了，你每天能不能晚点儿睡啊？十点之后还是可以复习一会儿的！"

孙建国老师话一出口，柳依依算是笑不出来了，可班里其他人的笑声则愈加放肆起来。

孙建国老师清了清嗓子，以稍稍轻松的语气跟众人继续刚才的话题：

"不过名次这种东西，大家也不用太放在心上。偶尔进步十几名，退步十几名，都太正常了。波浪式前进，螺旋式上升，就看你高考的时候正好赶上什么了。"

孙建国老师坐在讲台的椅子上，朝众人摊手道：

"高考大家不用紧张，你们三年做了这么多题，应该比我走的路都多了。"

"那您可得多走走道儿啊。"

温笃行在讲台底下又给孙建国老师捧了一句哏。

孙建国老师一拍桌子，佯怒着抱怨道：

"我天天坐那儿答疑哪儿走得了道儿！"

讲完默写卷子后，孙建国老师让众人把篇子收好，接着，他握紧双手，语重心长地对众人说：

"我们史、地、政的和语文还不一样，也不太会煽情，都是有什么就说什么。选择写一道就是对一道，政治和经济的题别写哲学原理，当啥别当跑男……还有啊，如果光写大白话，没用上学过的知识，那就不是政治题，但也比不写强，因为空着就是零分，只要写字了而且和政治有关就有三分辛苦分。况且区里教研员开会的时候说了，这次文综的难度和 19 年差不多，别紧张，just relax！

还有一点我得特别提醒你们，考试结束的铃声一响就要停笔。前几年你们有个学姐，文综那场考试铃响之后多写了两笔，监考老师看见了都没管，结果被她隔壁的同学举报了。考点调监控一看，确有其事，该科成绩直接取消，最后姑娘没办法，出国念书了。其实姑娘多写那两笔都不一定能得分儿，但架不住别自己考不好还心理阴暗的反手就给你举报喽，希望各位能引以为戒。最后，祝大家都能获得自由而全面的发展！"

孙建国老师话音刚落，四周便响起了热烈的掌声。

放学后，沈梦溪举着政治提纲走到温笃行身边，悄悄看了一下温笃行手上的复习资料，笑道：

"好巧，你也在看政治？"

温笃行翻开政治提纲，皱眉苦笑了一下，说道：

"我翻开政治书一看，这书上没有知识，歪歪斜斜的每页上都写着'唯物辩证'几个字。我横竖睡不着，仔细看了半夜，才从字缝里看出来，满本上都写着两个字'支配'。"

"你已经站起来学了？"

温笃行站起身来活动了一下，他看着沈梦溪，有些惊讶地问。

"坐太久了，屁股疼。"

沈梦溪苦笑着说。

温笃行站到沈梦溪身边，看向她高举着双手背书的同桌柳依依，笑着说道：

"你还算好的呢，你的同桌已经学疯了！"

"你才知道啊？"

沈梦溪盈盈一笑，然后瞪大了眼睛，好奇地问：

"话说你考试的时候总是那么爱睡觉，万一高考睡着了怎么办？"

"你放心，就是我们考场那栋楼着了，我都不会着。"

温笃行把政治提纲往桌上一甩，指了指自己，十分拉风地说。

"还跟小姑娘聊天呢？你过来吧，我有话跟你说。"

柳依依似乎背完了书，她过来一把把温笃行拉到教室的角落里，小声提醒他道：

"金泽明这个人以后你最好少搭理。"

"本来我们也不怎么说话呀。"

温笃行苦笑着道。

柳依依却严肃地跟温笃行说：

"你知道前两天金泽明跟朱龙治说什么吗？他说他高考至少比你高一百分，虽然这话没当着你的面儿说，但这不是恶心人吗？"

"金泽明的原话真是这么说的吗？"

温笃行以一副难以置信的表情看着柳依依，五味杂陈地问。

柳依依点点头，继续抱怨道：

"那个人一直是一副牛皮烘烘的德行，言必称'头顶秋大，脚踩秋外'，像他这种人，多行不义必自毙，早晚保底变梦校！"

"好家伙，你俩幸亏没打起来，要不然这神仙斗法，谁顶得住啊？"

温笃行笑了笑，然后也十分郑重地说：

"不过你说的话我都谨记在心里了。"

两人聊完之后，温笃行便回到了自己的座位上，埋头苦读起来。

不一会儿，沈梦溪抱着政治提纲突然凑到温笃行面前，问道：

"你有没有什么题要问的？我现在好兴奋呀！"

温笃行先是愣了一下，随即把地和三十八套的数学卷子从位斗里翻出来，笑道：

"你来得可真是时候，《水浒传》里的及时雨宋江都没你及时！"

讲完卷子后，沈梦溪深情款款地看着温笃行，兴奋地说：

"我总感觉你和班里其他男生不一样，我真的特别看好你，觉得你挺厉害的，我特别希望你能碾压他们！"

"谢谢你。"

温笃行懵懂地挠挠头，然后朝沈梦溪笑了一下，坦诚地鼓励道：

"我一直觉得你是个自信乐观的姑娘，一年来的成绩已经证明了你的潜力，即使还有一些不够完美的地方也不必着急，每个人都有不同的道路，而且你在各方面的潜力都是很大的，你会过得很幸福的，要对自己有信心哦！"

"谢谢你，高考加油！"

沈梦溪回应的语气中满是惊喜。

回到家，温笃行到房间里放下书包，正巧这时温妈妈洗了一盘樱桃端了进来，于是，温笃行随口问道：

"妈，我咋觉得我最近学习稍微一努力就直接给我整秃了呢？咱家里有人谢顶吗？"

"你才多大就开始叫我妈？以后还得叫妈妈……不过咱家确实没有脱发的基因。"

温妈妈把樱桃放到温笃行桌上，认真地想了想，然后道。

温笃行还不放心，他谨慎地继续问道：

"那你说我是你亲生的吗？"

温妈妈皮笑肉不笑地反问道：

"你都学成这样了我还供你读书，你说你是不是我亲生的？"

"你这话乍一听挺气人的，不过仔细想想还有点儿小感动。"

温笃行脸上的神情十分复杂，他皱着眉头，抿起嘴，若有所思地点点头，说道。

温妈妈一手摊开，一手叉着腰，问道：

"马上就高考了，你对未来有什么期望吗？"

"我整个高三生涯的梦想，总结起来就是追求更高、更快、更强。我想去一个图书馆很高、网速很快、食堂很强的大学。"

温笃行说着，把一颗樱桃放进了嘴里：

"不过现在回想起高三这一年，我的幸福指数节节攀升，因为每天闲的时候就可以学习，困的时候就可以休息，生活从未如此单纯……不过每天是真的晚上缺觉，白天缺氧，已经很久没跟周公秉烛畅谈了。"

温笃行随后吐掉樱桃核儿，自嘲道：

"不过没关系。正所谓'生时何必多睡，死后自会长眠'。我也真该庆幸，如果不睡觉也能正常生活的话，我就彻底学不过那帮家伙了！"

听了温笃行的话，温妈妈忍不住微皱起了眉头，有些心疼地说：

"本来我也没指望你能学得过你们班那些人……而且我也觉得你高三过得挺可怜的。"

"都已经超越辛苦的程度，直接迈向可怜了？"

温笃行却淡然一笑，不疾不徐地开玩笑道：

"其实我这一年选择还是很多的，经常是挑得眼花缭乱不知道该先写哪科作业好，经过与懒癌和选择恐惧症的殊死较量，我最后一般都先挑看得懂的写。"

"但据说人要想进步就得先写恶心的事。"

温妈妈倚在温笃行书桌前的椅子上，半开玩笑地说着自己的见解。

"一科恶心一晚上，其他科只剩半个小时，这么搞确实进步比较快……"

温笃行又从盘子里拿起一颗樱桃，哭笑不得地说。

几个小时后，到了睡觉的时间，温笃行用手机发了一条朋友圈后，就睡觉去了。

同一时间，董晓峰和董晓倩的家中。

董晓峰轻轻敲了敲董晓倩的房门，在得到董晓倩的允许后，董晓峰走进她的卧室，并小心翼翼地关上房门。

董晓峰踮着脚一点点向董晓倩的方向挪动，生怕触动了董晓倩那根敏感的神经。

董晓峰来到董晓倩的书桌边，犹豫许久，直到董晓倩茫然地抬起头来，他才鼓足勇气，询问道：

"你现在怎么看温笃行？"

见董晓倩只是一言不发地看着自己，董晓峰神情有些慌乱地解释道：

"哥哥知道现在不是谈这个事儿的时候，但哥哥真的很在意，怕这事儿影响你高考……"

出乎董晓峰的意料，董晓倩没有表现出太大的情绪起伏，反而问了他这样一个问题：

"你知道为啥初三和高三分手快，高一和大一易脱单吗？"

董晓峰看着董晓倩，一脸茫然地摇摇头。

"因为喜悦要共同分享，而悲伤要独自承受。"

说完，董晓倩面无表情地转过身去，低着头继续默写起政治提纲来。

"他们的缘分，还未开始就已经结束了。"

董晓峰走到房门口时，忍不住回望一眼台灯灯影下，妹妹那瘦小而坚毅的背影，心中如是想到。

董晓峰回到屋里，偶然看到温笃行刚刚发的那一条朋友圈：

高考生，
夜晚世界的精灵。
以台灯为权杖，
以意志为力量，
为藕断丝连的眼睑铺就璀璨银河，
将太阳未曾实现的理想赋予了月亮。
在群星注目下，
睡眠之神蛰居，
智慧之火闪闪发光。
直到万籁俱静，
直到众神酣睡，
当东半球的太阳陨落，
西部也就重获了光明，
我也沉浸在了这漫长的夜，

思绪如潮水般退却，
静若雕塑。

翻译：不学了，晚安。
"静若雕塑……"
董晓峰小声念着这句话，似乎读出了诗中对过去每一天的不舍。

四张高考试卷承载了"繁梦漫天"的三年

2019 年 6 月 7 日清晨，秋阳大学附属中学考点。

温笃行在各校学生云集的人群中抱着一本作文选看了一会儿，忍不住打了个哈欠，十分疲倦地说：

"困死我了。"

"是不是昨天晚上太紧张了，所以没睡着？"

赵从理老师提着布袋子巡视了一圈，正巧经过温笃行身边，于是关切地问。

"要是连笃行考前都紧张，那其他人还不得直接心律失常？"

不远处的柳依依听到赵从理老师的话，从一本必背古诗词后探出头来，调侃道。

温笃行单手叉腰，满怀希冀地说：

"我希望出分之后你们问我成绩的时候，我可以骄傲地告诉你们，大家都是六百多分儿，就别问了。"

"您看，我说什么来着，这小子紧张是不可能紧张的，永远都不可能紧张。"

柳依依指着温笃行，跟赵从理老师抱怨道。

赵从理老师白了柳依依一眼，接着把手搭在温笃行的肩上，给他讲了个故事：

"考前没睡好也别害怕。之前你们有个学长，高考第一天顶着黑眼圈儿就过来了，我们赶紧问怎么回事儿啊？人家说太紧张了，高考前一晚上都没睡。结果他全靠肾上腺素飙着最后照样考了六百多分儿。在高压的考场环境下你是根本想不起来困的。"

温笃行投桃报李，也给赵从理老师讲了个故事：

"我倒突然想起个故事来，曾经有人高考第一天考完语文和数学后，和同学一对答案感觉自己秋大基本稳了，兴奋得一晚上没睡，凌晨的时候灌了他爸的半瓶儿白酒，结果第二天直接被担架抬到考场，综合考试结束之后都没醒。"

"我觉得你还没傻到那个分儿上。"

赵从理老师说着，一拍温笃行的肩膀，就继续巡视考点去了。

赵从理老师走后，温笃行抱着《作文选》左看右看，始终静不下心来。

"温笃行？！"

就在这时，一个熟悉的声音在温笃行身后响起，他一转身，只见一位有着淡黄色披肩卷发的少女出现在自己面前。

"许雨涵？你也在这个考点儿！"

温笃行的情绪先是惊讶，继而转变为由衷的高兴。

"前两天我来看考点儿的时候就在想会不会遇到你，没想到你真的在这儿！"

许雨涵和温笃行寒暄几句后，又问温笃行道：

"柳依依也在这儿吗？"

"许雨涵！"

柳依依看到许久未见的许雨涵时，兴奋得连书都不要了，她跑到许雨涵身边上下打量了一圈儿，然后说出了那句无论男女都喜闻乐见的一句评价：

"你瘦了！"

就在两人喜不自胜地十指相扣，手挽手互诉衷肠的时候，朱龙治把书卷成卷儿敲着背，走到目瞪口呆的温笃行旁边，低声问道：

"这高考怎么整得跟认亲大会似的……还有啊，你怎么穿着校服就来了，万一有别的学校的同学威胁让你帮助作弊怎么办！赵老师之前不是提醒过你吗？"

温笃行挠挠头，不以为然地笑道：

"我这不是穿校服穿习惯了吗，穿别的衣服我还真不适应，容易走神儿。过去中考前我戴了个手表去上学，打算提前适应适应，结果那表太好看了，我在化学课上时不时就把眼神儿往那儿瞟，结果被老师批了一顿……而且谁要是让我帮着作弊，那可有他们哭的时候。"

"认识你这么久，没想到你还是个粗中有细的人。"

朱龙治的语气颇感意外。

朱龙治和温笃行没聊几句，就被金泽明拉去复习了，温笃行这时也正好注意到了在不远处独自复习的董晓倩，于是，他一鼓作气地走到董晓倩面前，叫了一声她的名字。

听到温笃行的声音，董晓倩抬起头，面无表情地看着他。

不等董晓倩开口询问，温笃行率先说道：

"祝你语文考试顺利！"

董晓倩的嘴角稍微有些上扬，似乎是受到了温笃行的触动，不过最终，她依旧选择阴沉着脸，低声回了温笃行一句：

"谢谢。"

不远处的章凤仪耳朵尖，听到了两人的对话，只见她抿嘴轻笑一下，赶紧跑开了。

进了考场，温笃行坐在自己的考位上，他趁着发卷子之前的空当环顾四周，赫然发现柳依依就坐在他斜后方的不远处。

于是，语文考试结束后，温笃行第一时间跑到柳依依的考位上，像做贼一样左顾右盼了一会儿，低声问道：

"一块儿对个答案？"

柳依依将桌上的笔尽数收进笔袋里，哭笑不得地说：

"语文有什么可对的啊！"

温笃行扶着柳依依的桌子，他睁大眼睛，一副恍然大悟的样子，然后问道：

"也是……你作文写的是哪篇？"

两人混进人流里往楼下走的时候，柳依依答道：

"《文明的韧性》，你呢？"

温笃行顿了一下，坏笑着回答：

"我选的是《神奇的实验室》。因为我之前看过路德维希的《拿破仑传》，老师让写周记的时候我从'拿皇降生科西嘉'，'土伦战役显锋芒'一直写到'雄狮痛失滑铁卢'，'英雄长逝大西洋'，所以拿到这个题目的时候，我不免想起自己写过的法国皇帝拿破仑远征俄国时，在克里姆林宫凭栏遥望燃烧的莫斯科，抱憾而还的场景。"

"我怎么听着有点儿耳熟……"

柳依依盯着温笃行想了一下，突然扑哧一声笑了出来，她轻轻推了温笃行一把，说道：

"去你的，那不是咱中考时候的作文题吗！"

"哈哈，我写的也是《文明的韧性》，毕竟记叙文我一直不太擅长，我一看《2019 的色彩》就觉得无从下手，所以只能写议论文了。"

温笃行扶着柳依依的肩膀，苦笑了一下，然后问道：

"你感觉这次考得怎么样，能上 650 吗？"

柳依依一听，仰起头，颇为自得地吹嘘道：

"650？那不是闭着眼睛就能考的吗？！"

下午进考场前，温笃行一直在原地来回踱步，口中念念有词地背着数学公式，在赵从理老师的提醒下才着急忙慌地抓起小台子上的笔袋往考场所在的教学楼跑。

温笃行临走前，赵从理老师斜靠在墙边，半开玩笑地鼓励道：

"考试加把劲儿，只要你这次能上一百三，考多少给你多少钱！"

温笃行转过身来，在倒着走的同时举起一个大拇指，向赵从理老师致意道：

"这可是您说的啊，我一定不负重托，给您一次大出血的机会。"

看着温笃行脸上洋溢的笑容，赵从理老师微笑着点点头。

数学考试结束后，温笃行又忙不迭地到柳依依的考位上报到，再次怂恿柳依依和他对答案。

对答案前，柳依依带着哭腔老老实实地承认道：

"我收回我上午说的话，这 650 有点儿费劲儿啊，数学最后一道压轴题我会做都没写完……"

温笃行根据记忆对完答案后，惊喜地发现，两人选择题和填空题的答案几乎没有出入。

"你的数学水平我还是信得过的。"

温笃行激动得伸手扶住柳依依的肩膀，连说话的声调都高了一个八度：

"照这架势，我感觉选填的七十分我能拿满！"

"咱俩的答案基本一致，我也希望你能全对啊！"

柳依依笑了一下，然后有些迷惑地问：

"不过我感觉最后一道选择还挺绕的，我自己都想了小五分钟，你是咋选出来的？"

"蒙的。"

温笃行嘴角疯狂上扬，笑逐颜开地解释道：

"选择题第八题我最开始读了两遍都没读明白，结果我一看，我前七道题的答案是两个 A，两个 C，两个 D，一个 B，所以最后一题直接选 B。"

听了温笃行的解释，柳依依突然抿嘴笑道：

"我记得你以前好像蒙对过数学填空题，那次你时间不够随手写了个 1，没想到还真让你捡着了！"

温笃行一听，干笑了一声，有些悲凉地说：

"不过去年期末那次英语考试我就比较惨了，到最后实在没时间写 D 篇了，我就直接随机生成四个答案，顺手倒着涂到答题卡上，那次要是正着涂就全对了……"

出了考点，温笃行坐上家里的车。一路上，温笃行把手搭在汽车扶手上，心旷神怡地欣赏着窗外的飞驰而过的街景，还随口问温妈妈道：

"你说等出分了，秋大我该选什么专业呢？"

温妈妈开着车，听了温笃行的话，心下一喜，激动地问：

"你中了什么？"

"对啊，我和范进还不太一样，我这还没中呢。"

温笃行把手放下来，朝温妈妈摆摆手，自嘲地一笑。

第二天，经过了一晚较为充足的睡眠后，温笃行单肩背着书包，神清气爽地早早走进了考点。

因为离考试开始还有一个多小时，所以各个由一套或几套课桌椅组建的临时休息点除了各校负责老师外门可罗雀。

即便时间尚早，但温笃行依旧看见了柳依依在小台子前聚精会神地看着历史教科书。温笃行知道，再过一会儿，那个小台子前就会堆满大家的书包。

温笃行先在朋友圈里转了一张"转发文宗盛，一定文综胜"的表情包，然后他走到小台子前，把书包往边儿上一放，跟柳依依确认道：

"小依，历史解读题和论证题的几个要素都分别是什么来着？"

"解读题的四要素是现象、原因、影响、本质，论证题是观点、史实、论述、认识。"

柳依依一边低头看着书上的知识点，一边不假思索地背给温笃行听。

又看了一会儿之后，柳依依把教科书一合，啪的一声拍在温笃行身上，说道：

"反正你闲着也是闲着，来考考我。"

温笃行打开教科书，随手翻了几页，接着眼珠一转，坏笑着刁难道：

"华夏恢复联合国合法席位后，非洲代表干什么？明太祖废黜丞相后，最多连续几天，批阅奏章多少件，处理国事多少件？吏部的选官标准是哪四条？"

柳依依伸出拳头，在温笃行的头上敲了一下，嘟起嘴不满地说：

"是不是特地来消遣我？"

温笃行吓得双眼圆睁，他连忙摆摆手，用无辜的语气道：

"哪儿敢啊，我可没有'鲁提辖拳打镇关西'那本事！"

柳依依微微一笑，她抬起眼皮，锐利的双眼直视着温笃行，问道：

"那我问你，有一个落后发展中国家是高出生率、高死亡率、低自然增长率，你觉得这个国家是阿根廷还是肯尼亚？"

温笃行在稍作思考后，以不太确定的语气说道：

"我觉得是肯尼亚吧？因为那是个非洲国家……"

柳依依把手里的书卷起来敲了一下温笃行的头，训斥道：

"你居然瞧不起非洲国家！你忘了是谁把华夏文明抬进联合国的吗？又是谁当时开心地拍起了欧洲代表的白肚皮，唱起了家乡的歌曲？"

温笃行振臂一呼，对柳依依道：

"准备好了吗？孩子们！"

"是的船长！"

柳依依下意识地应和。

温笃行把手放到耳后做倾听状，道：

"I can't hear you."

柳依依也不知不觉将同样的话替换成英语喊道：

"Aye Aye Captain！"

温笃行开始了吟唱：

"OHHHHHH！是谁住在深海的大菠萝里？"

柳依依也配合地喊道：

"海绵宝宝！"

"Absorbent and yellow and porous is he！"

温笃行又偷偷将台词替换成英语。

柳依依也如法炮制：

"SpongeBob Squarepants！"

温笃行继续中英混杂着唱道：

"如果四处探险是你的愿望……Then drop on the deck and flop like fish！"

"桥豆麻袋。"

柳依依踮起脚尖，他扶着温笃行的肩膀，靠在他耳边低声威胁道：

"是我胖虎提不动刀了，还是你小夫最近飘了？"

"是我静香不够骚了，还是你大雄眼光高了？"

温笃行轻轻推开柳依依，嫌弃地掸掸衣上的灰，反唇相讥道。

"呦呵，你们俩一大早上就这么热闹啊？"

孙建国老师拎着喝过一口的矿泉水，出现在温笃行和柳依依的视野中。

"孙老师，您怎么今天才来呀？"

温笃行在不远处伸手跟孙建国老师打了个招呼，接着又马上走到他跟前，好奇地问。

孙建国老师笑道：

"昨天不考历史，今天第一科就是文综，所以我得过来看看大家。"

"之前你文综写不完的时候不写政治写历史，结果总分就带不起来吧？"

孙建国老师凑到温笃行身边，一把将他搂住，十分感动地跟柳依依解释道：

"我现在对温笃行特别好，因为 6 月 2 号三模考文综的时候，人家时间不够先写政治。"

"孙老师您来了！"

这时，赵从理老师也背着布袋子出现在考点。

孙建国老师也马上迎上去，问候道：

"哎，赵老师好，今天是第二天来这儿盯着了吧？辛苦了。"

文综考试结束后，温笃行还没出教学楼就跟身边并排下楼的柳依依一顿抱怨：

"赵老师说虽然解三角形一直都在高考数学的考纲上，但是新课标十年就没出过解三角形的大题，然后今年还真考了一道。历史的高考题一直都是一年解读一年论证，今年最多考历史研究方法，结果今年考历史教学设计。往年都是换汤不换药，今年口服改注射了。"

"这都不是重点，重点是你这没写完可太惨了。"

柳依依拍拍温笃行的肩膀，苦笑着安慰道。

"文综就是个坑啊……"

温笃行欲哭无泪，发出了一声绝望的感叹，接着说道：

"主要是我写到后边儿 39、40、41 这几道题的时候离考试结束就剩半个小时了，我就凑凑合合地每道题都写了那么两三行，希望阅卷老师能行行好多少能给我点儿分儿吧……"

两人走到秋大附老师的临时休息点时，发现众人都已经散去吃饭，准备下午的英语考试，唯独金泽明单膝跪在赵从理老师和孙建国老师面前，低着头，默默无语。

赵从理老师蹲在金泽明面前，双手扶着他的肩膀，低声细语地宽慰道：

"没事儿，都考完了。下午不还有科英语呢吗？好好发挥就行……你要中午不愿意回家，一会儿我带你去吃点儿东西。"

温笃行见状，走过去小声问站在一旁愁眉不展的孙建国老师：

"孙老师，金泽明这是咋了？"

孙建国老师看看温笃行和柳依依，摇了摇头，他将两人带到一边，悄声解释道：

"听说是刚才考文综的时候拉肚子了，卷子没答完。"

温笃行却摆摆手，不以为意地说：

"金泽明就算没答完也差不了几分吧，反正秋阳985和211的学校那么多，总有一款适合他。我们中考的时候有人物理没填答题卡，最后照样儿上了市重点。"

柳依依埋怨地瞪了温笃行一眼，毫不客气地制止道：

"你快少说两句吧！"

"柳依依说得对啊，我看你就是欠收拾。"

孙建国老师也皱眉看着温笃行，说道。

温笃行自知失言，便也识趣地闭上了嘴。

下午，自我感觉良好的温笃行在考点的复习大军中和赵从理老师谈笑风生，丝毫不愿再多看英语复习资料一眼。

离考试开始还有十五分钟的时候，温笃行和其他人照例在赵从理老师催促下收拾东西准备进场，这时，温笃行才如梦初醒地发现，自己忘带手表进考点了。

在得知这一紧急情况后，赵从理老师焦急地询问温笃行：

"你家长现在在外面等着呢吗？"

在得到肯定的答复后，赵从理老师第一时间提出了解决方案：

"我们老师身上一般只带一两套备用的笔袋，不带多余的手表。你现在赶紧联系一下你家长，让你家长在外面管其他家长借一下。"

温笃行从书包里翻出手机，一边等着开机，一边心乱如麻地不住跺着脚。

此时，柳依依却拎着一只手表来到温笃行面前，不等温笃行开口，柳依依就带着不可思议的语气解释道：

"这是金泽明借给你的，他正好多出来一只。"

温笃行颇为感激地望向金泽明，而金泽明只是面无表情地点点头，算作回应。

借到手表的温笃行乘兴来到董晓倩身边，祝她英语考试顺利。然而，董晓倩却并没有像温笃行预想的那样报以热情的回应，只是冷若冰霜地看了他一眼。董晓倩的这一举动令温笃行有些耿耿于怀，甚至在英语考试刚开始的时候影响了他阅读文章的速度。

2019年6月8日下午4∶55，离高考最后一科考试英语的结束还剩五分钟，温笃行刚写完最后一篇英语作文。在此前的二十五分钟里，温笃行不惜放弃了英语D篇阅读，将两篇英语作文顶格写满。此时，本来已经打定主意，准备破釜沉舟花几十秒随便蒙上阅读D篇的四个选项交卷了事的温笃行惊喜地发现，自己在困境中被激发出的惊人的爆发力促使他提前超额完成了本该需要至少四十分钟才能写完的英语作文。在此等锦鲤好运的加持下，温笃行有如神助地花三分钟就解决了往常令他头疼无比的 D 篇阅读，甚至有余力抽出两分钟反过头来检查前面的完形填空。温笃行先花不到一分钟的时间重读了完形填空的文章，然后在百般纠结下修改了两个问题的选项。

当温笃行在网上得出答案后得知自己在改对了一个选项后又改错了一个选项时，他不禁感叹起身为凡人，在命运之神面前的渺小与无助。

当然，这已经是另一个故事了。

对当时的温笃行而言，随着考试结束的铃声响起，温笃行脑海中有关学姐不停笔被举报的故事仿佛《三体》里的思想钢印一样，迫使他条件反射地将手里的圆珠笔如烫手山芋般丢到了桌上。从那一刻起，属于温笃行的繁梦漫天的季节，就暂时告一段落了。

出了考场，温笃行和柳依依看见秋大附的临时休息点附近围满了班里的同学，两人挤进去一看，发现原来是赵从理老师和孙建国老师正一起抱着一个大箱子，在给众人发小盒装的巴根达斯冰激淋。

温笃行在混乱中勉强拿到了一盒冰激淋后，还跟柳依依抱怨说：

"当年我们中考的时候，第一天考完了有冰镇的冰红茶喝，第二天是冰冰凉凉的冰绿茶，第三天还有矿泉水，结果到了高考的时候，就剩最后一天能吃上巴根达斯了。"

柳依依却显然没和温笃行产生丝毫共鸣，她叼起塑料勺子，嘴里含混不清地说：

"有就不错了，还搁这儿挑三拣四的，不稀罕给我！"

温笃行却将冰激淋拿得远远的，昂起头，桀骜地说：

"煮熟的鸭子怎么能让它飞了呢！化用《老友记》的一句话就是，Kevin doesn't share food！"

后来，由于箱子里的冰激淋比班里的人数还多，所以在众人合照过后，温笃行通过积极响应赵从理老师勤俭节约的号召，顺利地多拿了一盒冰激淋。

就在温笃行捧着两盒冰激淋准备上车大快朵颐一番时，他在考点门口撞见了高考第一天就打过照面的小学同学许雨涵。

温笃行看了看许雨涵，又看了看自己怀里的两盒冰激淋，他毫不吝惜地将其中一盒递给许雨涵，并送上了自己的祝福：

"祝你能考上理想的大学。"

在温笃行身后，柳依依的妈妈将一大捧鲜花亲手放到了自己女儿的怀里。

温笃行看着身后的柳依依，不禁扬了扬嘴角。

在见到温妈妈前，温笃行戴好耳机，打开了手机里的音乐播放器，挑选了《数码宝贝大冒险》的插曲《Brave heart》播放出来：

逃げたりあきらめるコトは 谁も

不论是谁 都会有时想要逃避 想逃离

一瞬あればできるから 歩き続けよう

一瞬间唤醒沉睡中的潜力 就可以披荆斩棘

君にしかできないコトがある 青い星に

总有些事情选择了你无人能代替 让这蓝色行星

光がなくせぬように

持续闪耀 焕发生机 开创奇迹

つかめ！ 描いた梦を

抓紧了！ 心中最初的憧憬

まもれ！ 大事な友を

守护着！ 心底珍藏的情谊

たくましい自分になれるさ

进化不息 超越自己 所向披靡

知らないパワーが宿る ハートに火がついたら

领悟吧 终极无敌的奥义 燃烧吧 一往无前的勇气

どんな愿いも 嘘じゃない

许下所有愿望 用尽自己全力

きっとかなうから ...show me your brave heart

一定会实现期许……展现勇敢的心

晴れの日ばかりじゃないから たまに

东边日出 西边却是狂风暴雨 道无情

冷たい雨も振るけれど 伞ひろげよう

冷冷冰雨 无声无息敲打我心 执伞默默前行

生き方に地図なんかないけど だから自由

生命的意义 迷途追寻 无人能指引 自由何从何去

どこへだって行ける、君も

随性而行 走遍天地 造化神奇

はしれ！ 风より速く

冲刺吧！ 如风一般地疾行

めざせ！ 空より远く

展翅吧！ 似鹰一样地翔翔

新しい自分に逢えるさ

发现了全新的自己 无可言喻

记忆中的你们在毕业典礼后各奔东西

"三年实有幸，六载情更深。春秋能几度，回首有故人。"

2019 年 7 月 1 日下午，身着学士服的温笃行漫步在熙攘如往日的校园中，看着学弟学妹们无忧无虑的笑脸，不禁感慨万千：

"今日一别，不知何时相见。追忆往事，匆匆似水流年。"

"虽然今天是咱们以在校生身份在学校的最后一天了，不过也要开心一点儿哦！"

柳依依迎面走到温笃行面前，仰头看着他，笑道。

温笃行抹抹眼角，也努力撑起一张笑脸，赞同道：

"你说得对。"

"我前两天看你的朋友圈，听说你高考数学考了 133 分，赵老师还给你发了个 133 块的微信红包，可以啊，老兄！"

柳依依拍了一下温笃行的后背，羡慕地说：

"而且这次数学大家考得都不理想，我也就考个 134。"

"那不能够啊，不过我这次反正是稳定发挥了，数学是人品大爆发，毫无保留，已经用了洪荒之力！咱这辈子做梦都不敢想自己数学能上一百三啊！我基本上就数学这一科儿可以拿出来吹一吹，别的都吃瘪，吹不起来了。既然考都考完了，剩下的就看缘分吧。"

说到这儿，温笃行咧嘴一笑，道：

"而且经你这么一说，我突然想起十几年前南方有一次考题泄露事件，当时被迫启用备用卷，出现了数学满分 150，均分 49 的空前盛况。"

"我这次考了 653 分，和秋大是没缘分了，不过上洋交通大学冲一冲还是有把握的。其实考前几天赵老师还跟我说就算我不学习也能考上洋交，高三这一年就是冲着考秋大去的，结果我也没咋努力，估计现在上个洋交都困难。"

柳依依略带遗憾地自嘲了一番，然后问道：

"对了，你这次总分多少？"

温笃行以十分幽默的方式聊起了自己的情况：

"我高考语文 100，数学 133，英语 111，文综 215，加一块儿不多不少正好压着今年 559 的一本线，这个成绩比起高一英语满分 150 我考 40 多分，其中还有 19 分是听力贡献的来说，我已经很满意了。之前羊晓萌和萧婧怡俩人给我摆庆功宴的时候，都是以恭喜考入秋阳市前 30% 的名义给我庆祝的，因为今年全市一本上线率就是 30% 左右。"

"你这不学习都能上一本，真就站在风口，猪都能起飞呗！"

柳依依眯起眼睛，坏笑着调侃了温笃行一句。

温笃行却面无愧色地吹嘘道：

"不是我吹，这次一本线就是照着我的分儿划的，考这分儿的全秋阳也就四五十人，这难度仅次于压线上秋大啊对不对！一本线从来都是按一本院校招生计划的 110% 划线，我是多一分儿都没有……主要是我一分儿都不愿意多考，不然怎么体现我精准控分儿的实力呢！当时我还特别谦虚地跟羊晓萌说'当年我们羊班长中考全班第一，满分 580 考了 564，我这高考 750 的满分，都没人家中考考得多……'。"

说到这儿，柳依依突然睁大了眼睛，好像想起什么似的，她问温笃行道：

"话说，之前我听说你拿了秋大六十分的降分，后来又听说了个降到一本线的版本，考前班里都传得沸沸扬扬的……"

温笃行打断了柳依依，接着哭笑不得地回应道：

"这都是些子虚乌有的事儿。你觉得以我的成绩，秋大不给我降到一本线录取有用吗？六十分降分给你是上了，给我那不是杯水车薪吗？说句暴殄天物的话，我从一开始就没指望过。虽然今年秋大的最低分数线是 660，但往年可都是六百七八呢！就算我运气爆棚考到六百分以上也没戏啊……"

"当时班里的气氛确实太紧张了。有次我挎了个秋大学姐送的布袋子来上学，就因为上面印了个秋大校徽，结果好几个人围上来问我这东西是哪儿来的。"

柳依依感同身受地分享了自己的经历，然后继续试探性地问：

"所以实际上秋大没给你降到一本线，而只给了六十分？"

"嗨，根本没那回事儿，这都是街头巷尾搁那儿以讹传讹，纯粹是空穴来风。借郭小四的一句话来说就是'完全捏造，已交律师处理'。"

温笃行叹了口气，语气中流露出些许的心酸：

"我寒假参加了冬令营之后，秋大的确考虑过给我降分，但因为我作文考试后附加的文言文测试成绩不太理想，所以与降分失之交臂，不过这些都是我妈前两天才告诉我的。当时知道我没降分后，我妈和赵老师商量了一下，决定统一口径，借机鼓励我多考两分，所以有天放学后，赵老师把我叫到讲台上，说我有六十分降分，还叮嘱我不要告诉别人。

但我还是告诉朱龙治了，估计就是他告诉金泽明那拨人的，所以高考前连董晓倩那种八百年不理我的主儿都来问我这事儿，还说那不是瞎考都能上吗，我也懒得解释，就反问她是不是对我俩的成绩差距有什么误解……至于说我降到一本线，那就纯属扯淡了。据我所知，只有隔壁班的顾元武靠国家级数学竞赛二等奖拿了个一本线的降分，最后去秋大了。"

"难道就不能是'完全处理，已交律师捏造'吗？"

柳依依将小脑袋伸到温笃行面前，似笑非笑地揶揄道。

温笃行却不在意柳依依言语中的俏皮，他凑到柳依依耳边，悄声道：

"你别说，我无意中钓了个鱼，居然还有这么多人信。有一说一，这件事儿大家懂的都懂，不懂的，说了你也不明白，不如不说。你也别问我怎么了，利益牵扯太大，说了对你们也没什么好处，当不知道就行了。其余的我只能说这里面水很深，牵扯到很多大人物，详细资料你们自己找是很难找的，网上大部分已经删干净了，所以我只能说懂的都懂，不懂的也没办法。"

"你最后去哪个学校了啊？"

朱龙治的声音冷不丁地出现在温笃行和柳依依身后，道。

温笃行先是一惊，回过神来后，他扶着下巴想了一阵子，推测道：

"我去齐鲁省的稷下师范大学的可能性比较大，当时第一志愿填的是秋阳师范大学，但我觉得悬，第二志愿就是这个。去年稷下师大的最低分数线是 576，就是那年文科的一本线。稷师每年给秋阳的专业都是历史学、世界史和汉语言国际教育，虽然我报的是历史学和世界史，并且服从调剂，但汉语言国际教育是真学不动，我高中最不喜欢的两科就是语文和英语，希望别给我整出什么幺蛾子。"

"你就宛如戏台上的老将军，身上插满了 flag。"

柳依依调侃了温笃行一句后，转而又关心起了朱龙治，道：

"对了，你在朋友圈里说考了 660，我记得这是秋大今年的预估分数线吧，祝贺你啊！"

"别提了，我因为正好压着秋大线，所以只能报提前批的小语种，像希伯来语、巴利语什么的。我可能考虑去香埠大学读经济学。"

一谈起这个问题，朱龙治不由得一阵苦笑。

"没关系，你可以去秋大学希伯来语，毕业后去以色列，让犹太人教你学经济。"

温笃行拍拍朱龙治的肩膀，半开玩笑地宽慰道。

柳依依颇为赞同地说：

"笃行说得在理，一般犹太人还真对会说希伯来语的外国人比较信任。"

柳依依说完，三人同时大笑起来。

"咱们班这次有谁考上颐秋了？"

笑过之后，温笃行问朱龙治道。

朱龙治回忆了一下最近得到的消息，回答：

"我听说孟霖铃去了秋大梦麟学院，她当时参加冬令营降了四十分。董晓情只拿到了颐明大学的十分降分，好像跟这次的预估分数线差两分，虽然她也能考上，不过专业选择上应该会有限制。董晓情的目标是启超书院，就看这次她和颐明谈得怎么样了。"

柳依依听完，马上用手肘顶了顶温笃行的腰，挤眉弄眼地揶揄他道：

"哎哟哟，你高中喜欢过的俩女生，一个去了秋大，一个去了颐明，我发现虽然你水平不行，但是你眼光好呀！刚才我还纳闷儿为什么大家众口一词叫你颐秋招生办，现在一看，这诨号实至名归呀！"

温笃行捂起被羞红的脸，有些不知所措地对柳依依道：

"求你别说了！我不是人，但你是真的狗！"

朱龙治看着自以为得计的柳依依，明知故问道：

"等等，笃行以前不也喜欢过你吗？"

柳依依先是一愣，随即满脸通红地用粉拳不住敲打着朱龙治宽阔的后背，娇声抗议道：

"耶斯莫拉！夺笋呐！方圆八百里的笋都让你夺完了！"

温笃行也背起手，眉头紧皱地板起脸来，然后轻咳一声，一手指着柳依依跟朱龙治开玩笑道：

"高跟鞋、紧身裤，她叫柳姐你记住；玩归玩，闹归闹，别拿柳姐开玩笑！"

"终于找到你了！"

就在三人嬉笑之际，羊晓萌举着手机气喘吁吁地出现在温笃行面前，她把手放在自己的胸口，平复了一下自己急促的呼吸，然后问道：

"一起照张相吗？"

见初中同学羊晓萌出现在自己面前，温笃行自然没有拒绝。这时，朱龙治主动提出帮两人合照，羊晓萌欣然接受了。

合照过后，温笃行和羊晓萌都收到了萧婧怡发来的一起合照的微信消息，于是温笃行在跟柳依依、朱龙治二人别过之后，就和羊晓萌匆匆赶往了消息中提到的合照地点。

"你和萧婧怡最后申得怎么样呀？"

路上，温笃行问起羊晓萌和萧婧怡的录取结果时，羊晓萌回答：

"我被麻省理工学院建筑学系录取了，婧怡去了纽约大学攻读经济学和统计学双学位，你考上了国内的高校，我们都有光明的前途。"

温笃行哭笑不得地道：

"你这是从字典上直接套了个经典例句下来吗……"

温笃行走后，朱龙治在和柳依依才想起来要照张合影。

合照过后，朱龙治也辞别道：

"那我也走了，我得趁着这个机会多找几个美女照相了，毕竟有些小美女可能以后都见不着喽。"

说完，朱龙治就直奔教学楼而去。

"虽然已经不是一路人了，不过我也该去给孟霖铃道个喜才是。"

独自伫立在原地的柳依依自语一句，便满世界找孟霖铃去了。

没走两步，柳依依就迎面撞上了已经换回常服的金泽明，她正要和金泽明打声招呼，只见金泽明抬头瞥了她一眼，然后就又低下头，仿佛和她素不相识一样擦肩而过，快步朝校门的方向走去。

看着金泽明的背影，柳依依不禁恼怒道：

"什么嘛！最后一天都不理人，还装出一副多了不起的样子，又不是当市状元上秋大了，有什么可豪横的！"

"金泽明被宁京大学哲学系录取了，他努力了三年都没考上秋大，所以他觉得是时候沉下心来思考一下人生的意义了。我不知道金泽明最终会得出什么样的结果，但我知道，那个结果注定和我再无瓜葛。"

柳依依蓦然回首，发现孟霖铃此时就站在她身后，正痴痴地望着金泽明渐渐消失在校门外的身影。

虽然孟霖铃的目光始终没有落在柳依依身上，但她却依然继续着和柳依依的对话：

"我去了秋阳大学梦麟学院的社会心理学系，我想更深入地了解金泽明的想法……你呢？"

柳依依先是一愣，随即露出一个平淡的笑容，无比认真地回答道：

"我报考了上洋交通大学的创意写作专业，因为我想让更多的人感受到文字的力量。"

风吹过柳依依和孟霖铃的身旁，带走了两人过去的恩怨纠葛，也带走了两人未来的肝胆相照。

"哎哟，晓峰，好久不见！"

温笃行到了和董晓峰、萧婧怡两人约好的校门口集合后，迫不及待地上前跟董晓峰来了个热情的拥抱，道。

"咱俩班就在隔壁，高考前不是天天见吗？"

温笃行松开怀抱后，董晓峰白了温笃行一眼，有些尴尬地说。

温笃行往董晓峰身后看了看，然后用胳膊肘顶顶他的肩膀，坏笑着揶揄道：

"怎么章凤仪没和你一起来呀？"

董晓峰摊摊手，一挑眉，无奈地解释道：

"我俩高考前就分手了，章凤仪说她妈找人算过，我俩八字不合。你说说，这种女人我不分手，还留着过年吗？"

温笃行一把搂过董晓峰，大大咧咧地跟他打起了保票：

"哈哈，要是找不着下家儿你就跟着哥混吧！以后有我一口饭吃，就有你一个碗刷，行不行？"

董晓峰一把推开温笃行，微挑起下巴，一脸怀疑地反问道：

"没下家儿你养我啊？"

"我养你啊！"

温笃行双手插着兜，身子微微前倾，他满脸笑意地看着董晓峰，以肯定的语气道。

董晓峰却冷哼一声，用手指戳戳温笃行的脑门儿，不屑地说：

"你先养好你自己吧，傻瓜。没才华还学人家星爷撩妹？你这连我都感动不了！"

玩笑过后，羊晓萌随便拉过一个路人来帮忙拍了一张合照，然后羊晓萌和萧婧怡便在国际部朋友们的簇拥下离开了。

两位女生走后，温笃行随口打听起董晓峰的归宿来：

"对了，你最后被哪个学校录了？"

温笃行的问题刚一出口，董晓峰的眼神便暗淡下去，方才眼眸中的神采奕奕顷刻间荡然无存。

"巴蜀大学法学系。不过我老家就是巴蜀的，虽然不是天府的吧，但我实在不想把四年的大好青春浪费在老家。"

董晓峰解释的时候，脸上始终挂着一副平和的笑容。

"你的意思是……"

温笃行直视着董晓峰的眼睛，嘴唇动了动，想说些什么，但却欲言又止。

"明年，我的目标是全国最好的法律系院校，华北政法大学法学系。"

董晓峰毫不避讳地直接挑明了自己的想法。

温笃行连忙扶住董晓峰的双肩，忧心忡忡地劝解道：

"明年是教改第一年，现在复读，到时候风险很大呀……要不你再考虑考虑？"

董晓峰却摇摇头，以无可置疑的语气道：

"我考虑了整整一个月，现在留给我的时间只剩十一个月了。"

尽管温笃行还想再劝，然而此时，董晓峰的视线已经飘到了他的身后。

"颜老师……"

当颜丽华老师领着女儿出现在董晓峰面前时，他说话的语气都不由地颤抖起来，脸上更是写满了久别重逢的喜悦。

颜丽华老师朝董晓峰嫣然一笑，接着便俯下身去，指着董晓峰和温笃行两人，对女儿道：

"来小宝儿，跟哥哥们问声好。"

"哥哥们好……"

在妈妈的搀扶下，刚学会走路的小姑娘步履蹒跚地走到董晓峰和温笃行面前，抬起头，怯生生地跟两人打了个招呼。

"大点儿声儿。"

颜丽华老师蹲下身子，双手搭在小姑娘的肩膀上，露出一个慈爱的笑容，鼓励道。

小姑娘摆弄了一下衣角，然后再度抬起头，一双水汪汪的眼睛注视了两人一会儿。

突然，小姑娘咧嘴一笑，很有朝气地打招呼道：

"哥哥们好！"

"哎哟！师母的孩子真可爱！"

温笃行说着，也蹲下身子，小心地戳了一下小姑娘的脸，吹弹可破的肌肤触感顺着温笃行的指尖流进他的心间，温笃行感觉自己快要融化在蓝天里了。

董晓峰想和小姑娘亲近，但又有些抹不开面儿，只好在一旁酸溜溜地道：

"真不知道你这种怪叔叔有什么好！"

温笃行逗弄孩子的时候，偶然一抬头，看见董晓倩正在不远处和孟霖铃说着什么。孟霖铃显得心情十分低落，而董晓倩似乎正努力想让她高兴起来。

"晓倩……"

温笃行鼓足勇气，憋着一股劲儿走到董晓倩身边，语气诚恳地邀请道：

"我……我能和你照张相吗？"

董晓倩稍稍犹豫了一下，然后点点头，算是默许。

于是，孟霖铃主动将拍照的任务揽了过来，温笃行则赶紧递上自己的手机。

照完之后，温笃行兴奋地捧起手机，翻看着相册里的照片，仿佛在欣赏一件价值连城的艺术品一样爱不释手，并对董晓倩道：

"回去之后，我发给你呀。"

"不用了。"

董晓倩有些僵硬地笑了笑，一口回绝道。

听到这儿，温笃行抬起头，双眼直勾勾地盯着董晓倩的双眸，他很快就从她的眼眸中读出了话中之意。

"那……再见了。"

温笃行说完，便失望地离开了。

后来，温笃行在校园中又先后和章凤仪、彼得罗切夫斯基合了影，并得知章凤仪通过自主招生考试拿到了维新理工大学的二十分降分，去了该校的生物系，在二十一世纪这个生物的世纪中投身于探索生命本质的事业，尽管她本人开玩笑说自己天天肝实验，都不知道能不能活到二十一世纪变成生物世纪的那一天。而彼得则通过外国人申请制顺利入读颐明大学汉语言文学系，离他希望深入了解自己第二故乡的梦想又更近了一步。

在校园中闲庭信步了一圈后，温笃行兜兜转转，最终还是走到了高三（7）班的门口，他进去一看，发现柳依依和孟霖铃都在班里。

温笃行走到孟霖铃面前，强撑起一张笑容，故作大度地恭喜道：

"听说你考上秋大了，祝贺你。"

"谢谢。"

孟霖铃的语气平淡而客套。

然后，两人便相顾无言，不知该说些什么。

或许是难以忍受这尴尬的气氛，孟霖铃指了指自己的身后，率先破冰道：

"柳依依和沈梦溪也在班里，你跟她们合照过了吗？"

温笃行顺着孟霖铃手指的方向看了看，却并没有看到沈梦溪的身影，柳依依倒是和他对视了一眼，然后用两只手比了一个框，示意他和孟霖铃拍个照。于是他顺势接话道：

"沈梦溪好像出去了，不如我们先照一张，如何？"

"我来帮你们照吧。"

孟霖铃表示同意后，柳依依正要主动揽下照相的活儿，温笃行的背后突然响起一个男生雄浑有力的声音。

温笃行一听到这个声音，便兴奋不已地转过身去，一双眉毛挑得老高，惊呼道：

"老王？！"

照完相后，温笃行和孟霖铃寒暄几句，就和王子婴一起出了教室往楼下走。

下楼时，王子婴随口说出了自己对孟霖铃的评价：

"刚才那姑娘看着挺清纯的，如果放到当年我们班上，估计会是全班男生的梦中情人。"

说到这儿，王子婴还特意看了温笃行一眼，笑道：

"我猜你一定喜欢她。"

"嗯，我曾经喜欢到非她不娶的地步。"

温笃行这样说着，但语气中已不再有半分欣喜，只剩下涩涩的酸楚。

王子婴听出了温笃行话中的情绪，于是他转移话题道：

"你之前说今天下午要去花生屯大厦上雅思对吧？"

温笃行满腹心事地点点头。

见温笃行不愿多说话，王子婴也不强求，只是提议道：

"正好，我晚上要去那边儿学 GMAT，国内考研我一个人实在是坚持不下来，所以我考虑了一下留学费用，最后决定去荷兰读研了……一会儿咱一块儿走吧！"

说完，他还表演了几句最近学到的荷兰语句子。

听完王子婴杂糅了许多大卷舌和小卷舌的奇怪发音后，温笃行刚刚还充斥在心中的阴霾顿时一扫而空，他甚至忍不住笑了起来，道：

"你嗓子里那口陈年老痰到底卡了多少年啊？咳出来说话。"

温笃行在换好常服，并归还了学士服后，便和王子婴一起来到校门口，坐上了去往花生屯大厦的出租车。

在车上，温笃行戴好耳机，从歌单里挑出一首颇为应景的《老男孩》，接着，他闭上眼，靠在后座的窗户边儿上，独自欣赏起来：

青春如同奔流的江河，

一去不回来不及道别，

只剩下麻木的我没有了当年的热血。

看那满天飘零的花朵，

在最美丽的时刻凋谢，

有谁会记得这世界他来过。

一曲终了，温笃行的情绪被完全调动起来了，他打开手机里的备忘录，在上面即兴写下了自己此刻的感想：

"你们认识了福将老温会好运常伴，我认识了可爱的你们是三生有缘。有欢笑的地方就有郁闷，有辉煌的地方就有遗憾，但那些都属于过去了。带着高中三年的成长与回忆出发吧！未来的路上有激烈的风浪和美丽的彩虹在等着你们呢！"

温笃行坐在车上，突然感受到手机的震动，他低头一看，是柳依依发来的消息：

"你没和我照！"

温笃行扑哧一笑，在回复中安抚道：

"没事儿，我有空可以去洋交看你。"

"好啊，请你吃食堂。"

柳依依文字中的语气变得稍稍愉悦起来。

温笃行忍不住在微信上调侃着夸奖道：

"我就喜欢你这样的主观能动性。"

这时，坐在前座的王子婴突然问了温笃行一个问题，将他从自己的小世界中拉回了现实：

"你现在已经正式脱离高中生身份了，未来有什么打算吗？"

温笃行拿下一边的耳机，把手肘靠在窗户边儿上，抬头看着橙黄色的天空，恬静地说：

"打算暂时没有，我之前考虑过做学术研究，不过后来想想，现在决定还为时尚早，但我突然想起北宋人张载的一句话，或许可以回答你的问题。"

"说来听听。"

王子婴从前座转过身来，好奇地注视着温笃行。

温笃行对王子婴的目光报以坦然，他一字一句地说道：

"为天地立心，为生民立命，为往圣继绝学，为万世开太平。"

这时，温笃行的耳机里传来了《数码宝贝大冒险》的主题曲《Butter-Fly》：

无限大な梦のあとの 何もない世の中じゃ

在无限延伸的梦想后面 穿越冷酷的世界

そうさ愛しい 想いも負けそうになるけど
不愿意输给自己 有你的爱会让我更加地努力
Stay しがちなイメージだらけの 頼りない翼でも
相信爱永远不会止息 即使偶尔会遇上难题
きっと飞べるさ Oh My Love
一定能化险为夷 oh my love

出租车载着温笃行，在夏日午后的夕阳中，驶向了崭新的生活。

同学聚会的常客都有胜似亲人的情谊

2019 年 8 月 10 日下午，当温笃行出现在初中同学的聚会上时，发现预定要来的同学们已经基本到齐了。

温笃行赶忙上前跟众人表示歉意：

"不好意思，我来晚了。我刚才考完雅思的听力、阅读和写作之后，就马不停蹄地往这边赶了。"

董晓峰原本正端着盘子盛菜，一看温笃行来了，他把盘子随手往餐台上一放，上前拍了两下温笃行的脸，挑衅道：

"呦呦呦，这不摇摆齐吗，几天不见，这么拉了？"

温笃行也有样学样地模仿了一遍董晓峰的动作，道：

"Yoyoyo, Isn't this shaking dong？ A few days no see, you turn to this shit！"

董晓峰佯怒着走上前，推了温笃行一把，忍俊不禁道：

"鬼！"

随后温笃行取了些食物，坐到了羊晓萌和萧婧怡所在的那桌。

"人生在世，吃喝二字。"

温笃行垂涎欲滴地看着桌上琳琅满目的美食，先是感叹一番，然后他拾起筷子，双手合十，喜笑颜开地说：

"いただきます (i ta da ki ma s)！我开动了！"

董晓峰路过温笃行旁边时，拍拍他的肩膀，接着伸手指了指自己那桌，问道：

"你小子就爱天天往女人堆儿里扎，真就瞧不起兄弟呗。你该不会是那种为兄弟两肋插刀，为女人插兄弟两刀的人吧？"

"爱看异性，这是人的天性。"

温笃行来回挥舞着筷子，认真而严肃地说：

"我每天都要看妞儿，没有别的想法儿，只是为了我的心情愉悦。"

董晓峰一撇嘴，不屑地调侃道：

"我问大爷您高寿，大爷张口二十六。"

"要想健康又长寿，抽烟喝酒吃肥肉。晚睡晚起不锻炼，多与异性交朋友。"

说到不锻炼的时候，温笃行一本正经地摆摆手，而谈到多和异性交朋友，素来被称为"妇女之友"的温笃行更是伸手依次扫过了面前的羊晓萌和萧婧怡。

"心中无女人，拔剑自然神。"

董晓峰两手扶住温笃行的肩膀，脸贴脸地嘲讽道：

"这边儿建议您上快音，让我们看见每一种生物。"

接着，董晓峰背起手来，背过身幽幽地说道：

"好看的皮囊千篇一律，有趣的灵魂万里挑一。"

温笃行不慌不忙地端起面前的苹果汁小酌一口，和身后背对着自己的董晓峰说：

"好看的皮囊三千一晚，经不起扫黄打非；有趣的灵魂两百多斤，又涉嫌账号违规。"

由于两人的对话已经逐渐超出了羊晓萌和萧婧怡的理解范围，而且看上去火药味儿十足，所以羊晓萌赶紧插进来打圆场，主动换了个话题：

"好啦好啦……话说笃行现在有女朋友了吗？"

"很多女生吧，我妈都同意了，但人家姑娘不同意，就让我不太好说话……"

一聊到这个话题，刚才还神气活现的温笃行立刻拘谨起来，他挠挠头，言语间难掩心中的羞涩：

"而且我妈经常在一些奇奇怪怪的领域鼓励我，比如十八岁给她抱个大孙子回来，将来生个足球队多没意思呀，直接生个联合国！咱先不说我需要娶多少种肤色的老婆，联合国算上观察国有将近二百个国家和地区……"

见大家都目不转睛地仔细听着自己的发言，温笃行不禁有些飘飘然，先前的拘谨一扫而空，他干脆撂下筷子，专心地吹嘘起来：

"其实我择偶标准还挺高的，作为一名深度颜控患者，就超喜欢那种漂亮的小姐姐，能考上颐明秋大的最好，毕竟有两个我分别在高一和高三一见钟情的姑娘最后考上了秋大和颐明。我喜欢过的姑娘混得最不好的去了上洋交通大学。"

陈昊路过温笃行旁边正好听到这段儿，他突然把盘子放到桌上，一把拉起温笃行的手，一双不大的眼睛含情脉脉地直视着温笃行，道：

"你能不能喜欢喜欢我啊？我研究生想上秋大！"

温笃行却皱着眉，嫌弃地甩开陈昊的手，甚至还把自己的手在衣服上抹了抹，道：

"想上秋大关我什么事儿啊？去学习！"

陈昊也不发作，他只是随和地笑笑，接着把手搭在温笃行的肩头，道：

"你说话这股子劲儿，和初中还真没什么变化。"

"小学同学说我和小学时候一样，高中同学说我和高中时候一样，而且以我的长相，再过个十年二十年和现在估计也差不多，什么叫不老男神啊，嗯？"

温笃行说着，把后背往椅背儿上一靠，双手交叉放在身前，斜视着众人。

"好一个战术后仰！"

董晓峰伸出两只手，朝温笃行的双颊上一拍，笑道：

"这小眼神儿里都是戏啊，您今年那部中外合拍的电影《西游记》下半年啥时候开机呀，章承恩老师？"

"戏说不是胡说，改编不是乱编！"

温笃行赶忙摆摆手，义正词严地说。

杨威龙也被众人的对话吸引过来，他拽拽陈昊的外衣下摆，调侃道：

"和你比起来，陈昊高中这三年变化可就大了，看看这开领夹克和限量球鞋，这都开始走潮男路线了。"

温笃行一把搂住陈昊，揶揄道：

"你小子这是背叛组织啊！明明说好一起当单身贵族的，结果你小子高中的时候又减肥又装高冷，还穿名牌，谈朋友，简直壕无人性，让我等好生羡慕！"

陈昊见温笃行没有松手的意思，也不勉强，只是以怀念的语气道：

"说起来，其实我也特别怀念当时无忧无虑的生活，尤其是初二那年在摩西岛度假村十四岁生日会上那疯狂的一夜，那时候我真的是很单纯地在做我自己。"

四年前，阿布勒斯瓦布勒斯瓦卡瓦卡摩西岛度假村的某间男生宿舍内。

"天空一声巨响，老子闪亮登场！"

最先端开房门，拎着自己的书包大摇大摆地往房里走的就是四天王之首的"狒狒之王"董晓峰，他笑起来的时候，发出的叫声很像狒狒，因此得名。

"对面的女孩看过来～看过来～看过来～"

进门后，第一时间跑到洗手间的通风口，冲对面的女生宿舍肆无忌惮地大声唱着情歌的，就是被称为"御用史官"的温笃行，他素来以秉笔直书著称，在他笔下，四班无论男女老少，均或多或少地在他的朋友圈中留下了属于自己的足迹，几乎无一幸免。

"是谁在耳边，说，爱我永不变～"

见温笃行开始放飞自我，也忍不住跟在他身后趁乱随声附和的，就是被众人叫作"躺枪达人"的杨威龙，只因为他平时经常调皮捣蛋，所以大家总是有意无意地把很多不是他做的事儿都扣到他头上。

"饮尿！饮尿！"

一进屋就坐在床上，从书包里掏出饮料自斟自饮起来的，就是社死冠军陈昊，他得此名主要是因为他总是在闯祸后甩锅给杨威龙，在丰富了大众娱乐生活的同时害杨威龙吃了不少苦头。但正所谓，常在河边走，哪有不湿鞋，即使身边再多背锅侠，却依旧挡不住他社会性死亡的脚步。

陈昊喝光了一瓶饮料后，还觉得不过瘾，他举起已经空空如也的瓶子，继续唱道：

"咱滴酒让乖蛋妹妹大胆饮尿……"

"Nice shoot！"

见三人都各自忙着自己的事儿，陈昊举起胳膊，成功把空瓶子投进对床边上的垃圾桶，然后他又从书包里掏出一瓶新饮料，高举过头顶，豪迈地对屋里的众人道：

"喝！今儿算哥们儿的！"

温笃行从陈昊手中接过饮料，拧开瓶盖一饮而尽，禁不住大呼过瘾。随后，温笃行又拎起两瓶饮料嘻嘻瑟瑟地递给已经唱累了，正趴在窗边看风景的杨威龙和正低头玩儿着手机的董晓峰，嘴里还念念有词地说：

"干！哥儿几个不醉不归！只要今天喝到位，老子就是王法！你们可别出恭不出力啊！"

见董晓峰和杨威龙都拧开了饮料，温笃行和陈昊两人也各自开了一瓶新的饮料，众人在瓶罐碰撞中尽享饮料的甘甜。

"感情深，一口闷；感情浅，舔一舔……"

温笃行在又喝光了一瓶饮料后，看着董晓峰手里还剩半瓶的饮料，忍不住推了他一把，抱怨道：

"嚯！你搁这儿养鱼呢！"

董晓峰赶紧放下饮料，朝温笃行摆摆手，然后指了指耳边的手机，示意他安静，接着就开始和他妈妈说话了：

"喂，妈。哎，我在这儿挺好的……"

温笃行看了看董晓峰手上的手机，立刻展露出一个邪魅的笑容，他深吸一口气，然后对着董晓峰的手机大声喊道：

"Mountain and Water Hotel 502 三男两女退房！"

杨威龙也抓着饮料来到董晓峰边上，先喝了一口润润嗓子，然后也放开了叫道：

"网管！3号机子续费！"

"这打得什么玩意儿啊？小学生吧这是！这波啊，这波是肉蛋葱鸡，崩撤卖溜！要学就学大司马，网管结账！"

温笃行说着，还做了一个逃跑的动作。

这时候，还没过足戏瘾的陈昊又开了个新情景：

"呦，是你啊？什么时候还钱！"

温笃行也扯着脖子在董晓峰的耳边喊：

"新来的鸦片是甜的，一斤只要十块钱……"

就在这时，杨威龙憋了一记绝杀，他把饮料放在四张上下铺中间的桌子上，朝董晓峰的耳边喊道：

"董晓峰今天考了59分，诚邀全宇宙人民保守秘密！"

一直隐忍不发的董晓峰在听到这句话后直接破防，他狠狠地瞪了三人一眼，往门外走去，一边走还一边跟他妈妈解释：

"妈，你别听他们瞎说，及格了，真及格了！您儿子您还信不过吗……"

董晓峰带上门之后，温笃行突然有感而发道：

"说起来，人家长得好看的可以叫诱人犯罪，咱晓峰倒是一步到位，长得就跟脏话似的，像罪犯一样。"

"毙月休花……我是指毙命的毙和万事休矣的休。"

陈昊看着被董晓峰带上的房门，用笑得发颤的声调接话道：

这时，杨威龙好像突然想起什么似的，他冲上去打开房门，朝门外喊道：

"晓峰，你让你妈查岗查快点儿，马上到饭点儿了，咱还得集合去吃饭！"

"知道啦！"

门外的董晓峰故意拖着长音回复道，引得屋内的三人又是一阵窃笑。

在去饭厅集合的路上，温笃行还用手肘顶了顶董晓峰，坏笑着揶揄道：

"别看搁平常有人说我们像女的我们都不高兴，但只要你家长给你来电话了，你放心，哥儿几个都是女的，还是贼喜欢你的那种！"

董晓峰无奈地反问温笃行，道：

"这运气给你，你要不要啊？"

晚饭时，四人和班里其他同学会合，一起到了饭厅。进了饭厅后众人才发现，偌大的饭厅里竟密密麻麻地挤满了全年级的人。

在用餐开始后不久，不知谁振臂一呼，大声喊出了本班绯闻满天飞的一对儿人的名字，这一举动瞬间点燃了全场的气氛，引起了全年级同学热烈的回响。

温笃行自然也按捺不住自己蠢蠢欲动的内心，加入集体八卦的行列中：

"董晓峰！萧婧怡！在！一！起！"

晚餐结束后，天色已逐渐暗了下来，众人在老师们的带领下来到了岛上的一个小广场。在广场的正中央，竖立着一个灯光璀璨的舞台。

接下来的两个小时里，在这个舞台上，秋大附舞蹈团的姑娘们献上了一支热情洋溢的现代舞，各班的音乐巨佬也纷纷抛头露面，在舞台上吹拉弹唱，大显身手，气氛好不热闹。

一贯喜欢引人注目的温笃行自然不会放过这样的机会，尽管他在音乐方面没什么特长，但他还是在杨威龙和陈昊上台合作表演弹唱的时候在舞台上即兴起舞，不放过舞台的每一个角落。这一标新立异的大胆举动果然激发了全年级同学的极大热情，大有喧宾夺主之势。

直到曲终人散，意犹未尽的众人又在悲情的音乐声中读到父母写给自己的信件，无数人借着月色，在漆黑的广场上潸然泪下，任凭涕泗横流。

那一夜的酸楚，如同那一夜的兴奋般令人难忘。

"你小子刚才也太损了吧？就当着大家的面儿卖兄弟啊！"

回到宿舍，董晓峰质问着温笃行，语气中显得有些不满。

"哎呀，真不好意思，刚才一激动就没忍住。"

温笃行苦笑着挠挠头，跟董晓峰道歉道。

"虽然笃行做得有点儿过火儿，但他肯定不是刻意要刁难你的，你就原谅他吧。"

陈昊说着，拿出一个塑料盒，鲜嫩欲滴的小西红柿在里面满满当当地挤了一整盒：

"来，吃个小西红柿。"

董晓峰笑了一下，拾起一枚小西红柿，道：

"谅他也不敢。"

"西湖的水！我的泪！啊啊啊啊哦～"

没过一会儿，温笃行和董晓峰就将刚才的不愉快抛之脑后，和另外两个人再度围在一起唱起歌儿来：

"……悄悄问圣僧，女儿（酒家）美不美……说什么王权富贵……谈什么戒律清规……但愿天长地久……与我意中人儿紧相随……"

"好嘛，咱今儿个是和《西游记》杠上了。"

大家唱累了之后，杨威龙后知后觉地调侃道：

"谢罪警告！FBI warning！"

陈昊一拍杨威龙的肩膀，半开玩笑地抱怨道：

"天天就知道 FBI 警告，就不能 FBI open the door 吗？"

"刚才谁夹带私货，把女儿魔改成酒家来着？破坏气氛！"

董晓峰挥起拳头，对着另外三人训斥道。

不等董晓峰有进一步的动作，杨威龙立刻将温笃行供了出来：

"是他，就是他，是他。"

"少年英雄小哪吒？"

陈昊歪着脑袋看了杨威龙一眼，笑道。

董晓峰眼珠一转，拿起桌上装小西红柿的盒子，问温笃行道：

"吃个小西红柿？"

温笃行不知是计，伸手就要拿一颗。

董晓峰却突然将盒子抽回来，朝温笃行吐吐舌头，调侃道：

"胖成这样了吃什么吃？你还是人吗？！"

温笃行吃了个哑巴亏，他只好苦笑着摆摆手，拒绝了董晓峰。

"这么好吃你都不吃，你还是人吗！"

董晓峰得意地把一颗小西红柿放进嘴里，道。

就在这时，只听咣当一声，宿舍的门被猛地推开了，体育冯老师踏进宿舍内，用力一捶上下铺的梯子，怒吼着训斥道：

"大晚上的吵什么吵！关灯睡觉！"

温笃行等人迫于形势，马上像霜打的茄子一样对冯老师唯唯诺诺，大气都不敢出。

陈昊更是当着冯老师的面识趣地乖乖关上了灯。

可冯老师一走，温笃行、董晓峰和杨威龙就在陈昊的指示下摸黑儿用四床棉被把宿舍上下共计四个窗户全部堵死。

众人花一个小时的功夫完成了这一防御工事后，久违的光明重回宿舍，众人沐浴在这一工业文明所带来的曙光之中，心情再次躁动起来。

当时是午夜十二点半左右，杨威龙去里面的隔间洗了个澡，期间温笃行跟董晓峰开玩笑说要不要趁杨威龙洗澡的时候偷拍几张照片，董晓峰赶紧摆摆手，回绝道：

"别人我倒无所谓，但龙哥那儿我劝你最好收起你大胆的想法，咱俩一块儿上都不是人家的对手。"

陈昊却鄙夷地看了董晓峰一眼，站在隔间门口，开始大放厥词：

"俗话说，撑死胆儿大的，饿死胆儿小的。人有多大胆，地有多大产。借老八的一句话说就是，不管是腥还是臭，到我嘴里是块儿肉！奥利给，干了兄弟们！"

董晓峰也不多言，只是惋惜地走过去，拍拍陈昊的肩膀，意味深长地道：

"阎王叫你三更死，谁敢留人到五更？"

"好啊，你小子内涵我！"

就在陈昊跟董晓峰抱怨的时候，穿好衣服的杨威龙走出了隔间。

那一夜，除了杨威龙以外，其他人本着"今天去洗澡，明天上头条"的共识，在看似其乐融融的宿舍环境里始终小心提防着彼此，使杨威龙成为那天晚上第一位，也是唯一一位在没有锁的隔间里洗澡的勇士。

"刘慈欣笔下的'黑暗森林法则'，我算是体会到了。"

在回程的大巴上，温笃行跟坐在自己旁边的萧婧怡如是说道。

此前，萧婧怡刚跟温笃行抱怨完同宿舍的羊晓萌在凌晨两点时，用一句"别睡了，起来嗨"，把昏昏欲睡的大家都弄精神之后，不一会儿就倒在床上呼呼大睡的事儿。

有些事情注定只能在年少轻狂时经历

夜里两点半左右，四人隐约听到门外传来震天动地的巨大声响，仿佛在野性的非洲大草原上，成百上千头野象组成的象群呼啸而过的脚步声。

董晓峰推开房门一看，整个院子里灯火通明，从一楼到二楼，几乎全年级所有男生都来到了宿舍外，他们肆意呐喊，抒发着心中的情感，挥洒着青春的激情。

受到这种氛围的感染，董晓峰也把着二楼的护栏，声嘶力竭地朝楼下喊道：

"睡啥，起来嗨！"

"艾瑞巴蒂跟我一起嗨！嗨！嗨！"

温笃行也站在护栏边，兴奋地挥起拳头，喊道：

"我是要当上海贼王的男人！"

陈昊也靠着栏杆，冲楼下喊道：

"阿布拉基达！哈！哈！哈！哈！"

温笃行等人的几句话成功使全年级男生的喊楼行动进一步升级，院子里此起彼伏地响起了各种乱七八糟的喊叫声，什么"我在仰望，你个智障！"，"慢羊羊比美羊羊漂亮！"，"巴拉拉能量，呜呼啦呼，小魔仙全身变！"，"铠甲勇士刘博阳变身！"，不一而足，一应俱全。

温笃行陈昊仗着自己身在高处，他大手一挥，向全年级男生送去了深夜的问候：

"楼上楼下的朋友们你们好吗？我想死你们了！"

在得到肯定的答复后，陈昊还决定在全年级面前稍微露两手，表现表现：

"给大家背个绕口令：屎是苦的，尿是酸的，鼻屎是咸的，脚皮没有味儿，但是有嚼劲儿！"

温笃行则更进一步，站在二楼为大家献唱一曲：

"一首《水手，do you hear the people sing？》送给不眠之夜里的大家！"

苦涩的沙 do you hear the people sing？

（苦涩的沙是否听到人民的歌声）

像父亲的责骂母亲的 song of an angry man.

（像父亲的责骂母亲的义愤之歌）

年少的我 will not be slaves again.

（年少的我永不会再做奴隶）

卷起裤管光着脚丫 when tomorrow comes.

（当明天到来时卷起裤管光着脚丫）

他说风雨中 there are a world do you see？

（他说风雨中的世界你是否看见）

擦干泪，不要怕，至少 join in the fight.

（擦干泪，不要怕，至少加入斗争）

他说风雨中 there are a world do you see？

（他说风雨中的世界你是否看见）

擦干泪，不要问，get to be free！

（擦干泪，不要问，实现自由）"

然而短短五分钟后，这种欢乐的气氛就随着冯老师的一声怒吼而被打破了：

"都干什么呢你们！给我回去睡觉！"

冯老师的怒吼仿佛有魔力一般，众人听到冯老师愤怒的声音后，都不禁一阵胆寒，无不乖乖回到宿舍里去了。

"我有一诗，请诸位静听。"

见回到宿舍的三人开始哈欠连天，温笃行打算振奋一下大家的精神：

破宵禁有感

烟笼寒水月笼沙，浪淘风簸自天涯。

仰天大笑出门去，一日看尽长安花。

李白斗酒诗百篇，江枫渔火对愁眠。

天子呼来不上船，添酒回灯重开宴。

然而，大家听完温笃行吟诗后，变得更困了。

"嗨啥，躺下睡！"

杨威龙留下这句话后，成为最先抵挡不住睡意侵袭的人，为了自己的好梦不被打扰，他爬上了一个上铺，往床上一躺，连衣服都没脱，不一会儿就进入了梦乡。

就在陈昊正琢磨着一会儿该怎么折磨一下杨威龙的时候，宿舍的门突然凭空打开了，把三人着实吓了一跳。

十分钟后，当宿舍的门第三次被打开时，早已埋伏在房门两侧的董晓峰和陈昊立刻扑到门外将嫌疑人制服。

等嫌疑人被拉进宿舍之后，众人定睛一看，这才发现，原来所谓的"宿舍魅影"真面目竟是隔壁宿舍的同班同学刘博阳。

温笃行、董晓峰和陈昊互相递个眼色，同时如饿狼扑食一样扑到刘博阳身上，三人上下其手，几乎挠遍了他全身的每一处痒痒肉。

"哈哈哈哈哈！我要笑断气了！"

沉浸在"惩罚游戏"中的四人闹得忘乎所以，丝毫没有注意到门外传来的脚步声。

直到脚步声在门外停住时，眼疾手快的董晓峰才拼命伸长胳膊，关掉了屋里的灯。所以当冯老师推开门时，宿舍内一片死寂，几乎所有人都挤在离门最近的其中一张床上假寐，只有刘博阳因为没能在床上抢占一席之地，所以他只好就地躺倒，双手交叉放在胸前，双目微闭，面带微笑，气息均匀，十分安详。

冯老师从地上一把拎起刘博阳，语气中显得十分困惑：

"你小子不是这屋的吧？回你宿舍！"

刘博阳在被冯老师放下来之后，垂头丧气地跟冯老师走了。

送走了刘博阳之后，大家又把灯打开，继续享受着深夜的狂欢。

半个小时后的夜里四点钟，陈昊指着还在上铺熟睡的杨威龙，对温笃行和董晓峰道：

"看我上去搞搞他！"

说着，陈昊就蹑手蹑脚地爬上梯子，悄咪咪地躺到杨威龙旁边。

然而，当他正准备发难时，杨威龙突然睁开了眼睛，朝陈昊露出一个邪笑，问道：

"What are you 弄啥嘞？"

陈昊近距离凝望着悠悠转醒的杨威龙，不禁冷汗直流，但他仍强装镇定，试图转移他的注意力：

"什么问题都可以用'是是是是'来回答。"

"我是你爹！可爱的你爹！"

杨威龙大吼一声，开始了对陈昊的"瘙痒酷刑"。

"我好酥……"

陈昊一开始还没太当回事儿，反而乐在其中，但随着杨威龙的步步紧逼，陈昊逐渐龟缩到了床的外沿，表情也转为痛苦，他痛不欲生地喊道：

"哎哟！我硌着小伙伴儿了！"

董晓峰捧着肚子，笑飞到床上；温笃行更是笑到跪在地上，他一手捶地，一手还举着手机录像，连说话时都打着颤音。

闻声赶来的冯老师再次破门而入，不幸撞见了这不忍直视的一幕，他厉声喝问道：

"干什么呢你们！"

杨威龙和陈昊见状，也不敢多说什么，两人老老实实地从上铺下来，站到宿舍的墙角等候发落。

"你俩一会儿给我去楼下写检查！"

冯老师给两人训话时，偶然看到了被被子堵得死死的其中两面窗户，于是，他对温笃行和董晓峰道：

"还有，这窗户前边儿怎么堆了一床被子啊？收起来！"

冯老师监督着董晓峰和温笃行把上下铺的两个窗户前的被子全都拿下来之后才离开，临走前，他还要求杨威龙和陈昊十分钟内去楼下找自己报到，否则明天全年级通报批评。

"腰子疼……"

冯老师走后，陈昊揉着自己的腰，委屈巴巴地说。

杨威龙一把揪住陈昊的衣领，半胁迫地说：

"今儿个你可别想溜！你不经常吹自己夜袭寡妇村儿吗？虽然今晚没有寡妇，但你夜袭一个冯老师给我看看！"

"你贪恋我的美色！"

陈昊挣扎的时候，嘴里仍旧不停地往外迸骚话：

"你蛾几在偶叟丧（你儿子在我手上）！"

杨威龙一边拖着陈昊往外走，一边哭笑不得地回应道：

"我，秦始皇，打钱！"

在离开宿舍前，尽管陈昊的一只手被杨威龙死死攥住，但他还是用另一只手朝杨威龙敬个礼，并一本正经地道：

"你好，杨威龙！"

直到宿舍的门被关上之后，温笃行这才如梦方醒地跟董晓峰感叹道：

"刘慈欣《三体》里的话是这么用的？开眼界了！"

"那俩人儿真就既锻炼了身体，又考验了友谊呗。"

董晓峰摊摊手，无奈地说。

温笃行也不禁感慨道：

"冥场面，冥界的冥。"

第二天早上 5：40，温笃行和董晓峰只睡了不到两个小时便起床开始整理内务，然后就被冯老师叫到楼下集合，一起去附近爬山。

上山的时候，全年级包括温笃行在内的很多男生都因为昨晚几乎彻夜未眠而神情恍惚，唯有温笃行虽然脖子上顶着一颗昏昏沉沉的脑袋，但依旧试图通过大声唱歌来提神：

"我在仰望，月亮之上，玉兔嫦娥还有阿姆斯特朗，坐环形山上，看潮流潮涨，我有个愿望是把地球点亮……难忘今宵，难忘今宵，不论天涯与海角……"

就在温笃行正陶醉在自己的歌声中时，身后的杨威龙绝望地拉住他的衣角，劝阻道：

"大哥，算我求你，别唱了！我俩写检查写到凌晨六点，现在整个人都不好了……别人唱歌要钱，你唱歌要命啊！"

"这就是传说中的熬夜不好，直接通宵吗？"

温笃行拍拍董晓峰的肩膀，笑道。

"从那天起，我第一次产生了想把我的中学生涯写成书的想法，因为当时和班里的男生还有你俩经常在一块儿玩儿，咱们还煞有其事地成立了个基唯爱王立基佬师主义百合国联盟，所以我最初草拟的题目就叫《青春，我的基联》，不过因为我在中考后的那个暑假忙着写那本《星际战国列传》，所以这个计划就暂时被搁置了。但在高考后的第二天，也就是 6 月 9 号，我就开始动笔写有关我高中生活的校园恋爱轻喜剧，目前已经完成了'篮赛篇'和'微电影篇'的十章，之后马上开始游学篇的内容，初中的故事也会以回忆的形式穿插其中。"

温笃行和众人侃侃而谈地聊起了目前正在创作的新作。

"哈哈，温作家厉害啊！我已加入粉丝行列！"

萧婧怡看着手机上温笃行发来的阅读链接，跃跃欲试地说。

羊晓萌瞪大了好奇的眼睛，指着那个链接，问道：

"这里面的人物会有我们的原型吗？"

"当然会有啦！我设计了一个叫竹子的女生，就是从晓萌的绰号来的，她不是有一次穿了件绿色的外套，之后一直被大家叫竹子吗？董晓峰和陈昊在我的书里也分别有对应的风风和日天，而里面的主人公老齐就完全以我自己为原型，毕竟别人经历的事儿我不清楚，但作者本人经历的那些事儿还是值得大书特书一番的，而且我朋友圈里有大量我当年保留下来的小日记，第一手史料那是相当丰富，我总感觉我能写到四十万字以上。"

温笃行兴致勃勃地介绍着自己在书中的小心思：

"不过也不算严格对应，因为其实书中的每一个人设都是我杂糅了很多朋友的特点组合而成的，但书中的情节是我把朋友们身上发生的故事根据不同角色的性格特点分摊到了不同人身上。"

"对了，我记得你前段时间还和陈昊、杨威龙一起去了趟天府吧，感觉如何？"

羊晓萌眼睛瞟到身边坐着的陈昊和杨威龙时，突然想起来道。

温笃行一听这个话题，神色顿时一变，他摆摆手，显得有些心有余悸：

"别提了，我也是长这么大才见识到，什么叫因果律武器。"

两个月前的六月底，天府某情侣民宿内。

温笃行靠在单人木板床上，陈昊和杨威龙则趴在灌满了水的水床上，三人正在房间内各自玩儿着手机。

"笃行，今儿个晚上我要和你睡！"

陈昊手机玩儿到一半，突然抬起头，跟温笃行道。

温笃行低头看着屏幕，头也不抬地回应道：

"没门儿，我老外貌协会了，丑拒！"

过了一会儿，温笃行有些玩儿累了，他伸了个懒腰，跟两人抱怨起前几天的遭遇：

"咱这几天能不能找不辣的吃？这两天我不吃辣了。借周董的歌词来形容一下就是我现在已经菊花残，满地伤了……来之前我说什么'去天府一定要吃辣才算过瘾'，现在就觉得非常后悔。"

杨威龙这时也放下手机，抬起头，笑道：

"我突然想起你初中时候的一句嘴瓢，叫'夏天的太阳，火辣辣的凉'，我估计你现在下面可能是这种感觉。预言家实锤了，刀了刀了！"

"岂止是因为这边儿的火锅、串串香和麻辣烫太辣，就咱这一天俩小时的骑行强度，我的陈年老痔疮都快犯了。"

抱怨过后，温笃行伸手指天，赌咒发誓道：

"明天我要还骑车上路，我是你们弟弟！"

"你这小弟大哥我收下了。"

陈昊从水床上站起身来，扭扭腰活动了一下筋骨，然后道：

"这地方连广告标语都是'我们不卖鸳鸯锅，微辣是最后的底线'，你想在这种无辣不欢的地方独善其身，我劝你还是洗洗睡吧。你还记得咱今天看见的除四害广告吗？稍微改动半句就是'在天府吃辣，五天内全员歼灭'。至于为啥改成这样，你也别问，问就是为了应景。"

温笃行就着陈昊的话反过来调侃他道：

"那你特意在网上订情侣民宿也是为了应景？我本来还以为你跟我开玩笑呢，刚才推门进来的时候我都害怕了，仨大老爷们儿住情侣民宿，这是碳基生物能想出来的活儿？我这老玻璃的身份怕是跳进黄河也洗不清了……慢着，发生了什么？！"

温笃行的话刚说到一半，他突然意识到他们所在的高层公寓出现了晃动。

陈昊此时也有了震感，但他却不慌不忙地给房东发了条微信消息：

"您好，这个房子怎么在晃？"

"别紧张，台风吹的。"

杨威龙露出了一个了如指掌的微笑，他故作镇定地拍拍身边的陈昊，宽慰道。

"同志，你很好地体现了理科生的素养，说是豆腐渣工程都比你这答案靠谱。"

温笃行指了指脚下，不解地说：

"而且在天府这片儿地界儿，你们第一时间想到的不应该是地震吗？"

陈昊一听这话，二话不说，几乎立刻破门而出，坐着电梯往楼下去了。

"地震的时候坐电梯，真就嫌命长呗？"

温笃行感慨之余，发现震感在逐渐减弱，于是便和杨威龙慢慢悠悠地从楼梯间往下走。

到了楼下，眼前的一切令温笃行和杨威龙感觉震惊不已，只见晚上十一点的小巷子里摩肩接踵，挤满了前来避难的人们。在一望无际的人群中，有条件身披睡衣的人已属幸运，很多匆匆下来的人甚至只裹了条单薄的浴巾。

目睹了这番狼狈的景象，温笃行为天府这座矗立于地震带上命运多舛的城市叹息了一阵，然后才想起寻找陈昊的下落。

温笃行和杨威龙两人向自由碑广场的方向走去，沿途还看见一两只老鼠在大楼边缘出没的身影，但却遍寻陈昊而不得。

杨威龙累得蹲到地上，奇怪地说：

"咱都走了三百米还没碰上那小子，光上坡就爬了两个，他是不是去破飞毛腿博尔特的世界记录了？我没带手机，你给他打个电话。"

温笃行联系上陈昊之后，陈昊通过微信给他们发了定位，两人抱着手机一看，短短十分钟内，陈昊硬是迈过三个上坡，一口气跑到了离民宿五百米开外的自由碑广场。

"这就是华夏速度吗？我们华夏真的是太厉害了！"

温笃行看着地图上显示的他们和陈昊的距离，调侃道：

"吃火锅也是，外国的火锅，不好吃，加了华夏的料，好吃！"

杨威龙在一旁开玩笑道：

"可惜你是亚洲人，就算掌握了伏拉夫的财富密码也没用，密码正确但账号错误。"

温笃行摊手一笑，道：

"看吴京也就图一乐儿，真爱国还得看伏拉夫！"

在拒绝了温笃行回民宿的邀请后，陈昊也在微信中表明了这么做的原因：

"凌晨一点有余震，祝你们好运。"

这条消息进入杨威龙的视野后，发生了奇妙的化学反应，杨威龙不仅放弃劝说陈昊回民宿，反而向温笃行提议结伴去找杨威龙会合，他给出的理由是：

"咱哥儿仨死也要死在一起！"

温笃行指着手机上的表，反问道：

"不是大哥，现在夜里十二点多了，你俩是不打算睡觉了吗？"

杨威龙却信誓旦旦地说：

"人只要睡一个小时就够了吧？你还想睡多久啊？"

见温笃行还在犹豫，杨威龙拍拍温笃行的后背，继续劝道：

"你这都小问题，比起这个，还是命要紧！"

但温笃行最终还是拒绝了杨威龙的好意，独自一人往民宿去了，他在民宿熬到凌晨一点多，见什么都没发生，这才放心地去睡大头觉了。

第二天早上十点，陈昊和杨威龙两人吃过早饭后，红光满面地回到了民宿。

温笃行在洗手间内洗漱时，听见房门有响动，当他叼着牙刷从洗手间内探出头来时，他看见了挺着圆滚滚的肚皮，酒足饭饱的两人，于是问道：

"你俩昨儿个晚上上哪儿晃荡去了？"

陈昊满足地打了个饱嗝儿，然后伸出一只食指画了一个圈，迷迷瞪瞪地解释道：

"我俩昨晚没敢在街上晃悠，坐着轻轨在高架桥上跑了一晚上环线。"

温笃行一听，顿时来了兴致，赶忙打听道：

"我这几天都没来得及体验一把轻轨穿城，啥感觉啊？"

"不知道，我们在轻轨上太困了，就头挨头睡着了！"

陈昊说到这儿，连打了几个哈欠，然后才继续道：

"而且因为咱的民宿在终点站的前一站，所以我们从终点站出站的时候只交了一站的钱……"

在一旁换拖鞋的杨威龙此时扭过头来跟陈昊抱怨道：

"你昨天吃晚饭的时候刚说了一句'太可惜了，这次在天府也没体验到一次地震。'，结果昨天半夜地震就来找咱来了，你这嘴怕不是请少林寺的方丈开过光吧？"

"不足为外人道也！"

陈昊神秘兮兮地回应了一句，然后他一下子跳到了水床上，说：

"我得先睡个回笼觉儿，轻轨的椅子又冷又硬，我脖子都快断了。"

"臣附议！"

杨威龙说着，也走向了水床。

见两人一时半会儿也不可能起床，温笃行就拿着民宿的钥匙，出门吃了碗豌豆杂面。

中午十二点多的时候，温笃行从外面回来，看见两人依旧沉浸在梦乡里，没有起床的意思，便不耐烦地上前催促道：

"Wake up man！太阳都晒屁股了！上午都被你们睡没了！"

"……你俩别搂着了，快给我起床！"

温笃行一把掀开两人的被子，并试图掰开他们缠绕在一起的胳膊。

在三人步行去景点的途中，温笃行还和陈昊聊起到天府的第一天他在东西巷子里买翡翠的事儿：

"当时我们明明已经提醒你一折买翡翠都是骗人的了，就差直接架着你回民宿了，结果你小子还是脑抽把钱掏了，而且你出来跟我们说的第一句话居然是'我怎么感觉被骗了？'别说我们了，我估计骗子干这么多年都没见过你这样的。我和我的小伙伴儿们都惊呆了！"

"别提了，因为这事儿，我幼小的心灵受到了极大的伤害。"

陈昊摆摆手，似乎不愿多谈。

三人又走了大约两公里，疲惫不堪的温笃行拽拽陈昊的衣袖，恳求道：

"哥，太远了，咱骑车吧！我像卢姥爷一样跪下求你！"

"行啊。不过在此之前，咱午饭在哪儿解决？"

陈昊答应了温笃行的请求后，征询两人的意见道。

"火锅走起！我吃辣的！"

温笃行打了个响指，不假思索地说。

午饭过后，众人来到了昭烈庙。

看着树影斑驳下的白砖黑瓦，温笃行联想到蜀汉贯穿蜀先主刘备和蜀后主刘禅两代的，前赴后继以兴复汉室为己任，却壮志未酬的往事，便随手作了一首《游昭烈庙有感》：

青苔阶上绿已深，千秋遗梦百代闻。
祁山北望六挥泪，中原不复汉君臣。
昔日豪杰宴桃园，汉祚颠沛入西川。
兴复五铢两代志，后主自缚献锦官。
草创基业事非易，业绍高光志不难。
但使荆州终未失，北伐宛洛犹可盼。

几天后，三人起个大早赶个晚集，在出租车师傅相当给力的车神附体下，三人提着大包小包，在起飞前四十分钟杀到了机场的快捷通道，赶上了最后一班从航站楼开往飞机扶梯处的摆渡车。

上了飞机，三人把所有行李简单安置在行李架上后，如释重负地坐在了各自的位置上。

"此间乐，不思秋阳。"

起飞前，温笃行看着窗外的停机坪和蔚蓝的天空，不禁大发感慨道。

坐在两人身后的杨威龙扒着温笃行的座椅靠背儿，探出头来调侃温笃行说：

"蜀汉后主刘禅直呼内行！"

"我们玩儿捉迷藏吧！"

陈昊突然对身边的温笃行提议道。

"三秒一轮当鬼吗？"

温笃行皱起眉头看着陈昊，哭笑不得地说。

接着，温笃行一仰脖子，问身后的杨威龙，道：

"对了，你现在在秋大数学系感觉怎么样啊？我记得你高二的时候就凭着全国数学奥林匹克竞赛一等奖免试入学了吧？"

杨威龙一撇嘴，话中带刺地说：

"别提了，在那种卧虎藏龙的地方，我跟他们除了整天'巨膜拜您，您太强了！'别的基本也不用干了。"

陈昊双手交叉放在胸前，也加入了这个话题：

"我是听说今年维新理工大学新开了个经济学的中外合作项目，我感觉一般新开的专业学校都比较重视，估计老师应该也好，所以我打算报志愿的时候碰碰运气。"

"我听秋大的学长学姐说，劝人学医，天打雷劈；劝人学法，千刀万剐。不听前辈言，高三天天见！不过我看你俩倒是对这俩学科都不感兴趣。"

杨威龙笑着道。

温笃行点点头，然后问道：

"话说你们有人知道刘博阳去哪儿了吗？"

"刘博阳好像高三寒假就申请了帝京悉尼大学吧？那个应该是澳洲悉尼大学在帝京建立的分校，考个五百七八就差不多够线了，现在录没录我不清楚，但我觉得他应该问题不大。"

杨威龙说到这儿，突然话锋一转，以颇为艳羡的语气说：

"况且他家也有的是钱，毕业之后家里肯定给解决工作，他要实在没本事估计就直接继承家产了。我听说他家光在梦悦城附近就有三户房产，占了整整一层楼，现在保守估值两个亿。我估计只要他不沾黄赌毒，单纯坐吃山空几辈子也花不完！"

"哎？"

聊到一半，陈昊好像突然想起什么似的，开始毒奶道：

"咱好像还没体验过坠……"

温笃行一听苗头不对，赶紧捂上陈昊的嘴，连声制止道：

"闭嘴！住口！你天天这么说话为啥还没被干掉？"

"你们这一路上确实不是很太平。"

听完温笃行等人的遭遇，萧婧怡忍俊不禁地说。

"对了，所以你和羊晓萌为什么突然想学经济学和建筑学了？我初中的时候还真没看出来你俩对这些东西感兴趣。"

先前一直插不上话的董晓峰这时终于逮到机会，见缝插针地问，

萧婧怡皱起眉头，语气中显得很是无奈：

"不学这些我们还能学啥呀？而且我选个双学位还能提前修满学分毕业，多好呀！"

羊晓萌也跟着解释道：

"最近懂王的移民签证不是收紧了嘛，结果殃及池鱼，连带着工作签证也收紧了。可是这年头儿，没点儿工作经验在国内就业都成问题，我也是没办法才选了个建筑专业，毕竟这种移民专业毕业后好拿工作签呀。"

"唉，家家有本难念的经啊！"

温笃行仰起脖子，将杯中的苹果汁一饮而尽，有些沮丧地说：

"那些熠熠生辉的日子，再也回不去了。"

众人听了温笃行的话，无不沉默地低下了头。

"虽然快乐的时光转瞬即逝，但朋友可以互相陪伴很久。"

董晓峰接过温笃行的话，满怀期待地对众人道：

"所以，以后如果大家都有时间，咱们一定要多找机会聚到一起叙叙旧。"